天津博物館藏

直報 陸

天津古籍出版社

光緒二十二年三月

直報

光緒二十二年三月初一日　第三百七十五號
西歷一千八百九十六年四月十三日　禮拜一

上諭恭錄

上諭譚鍾麟奏特參貪劣各員弁請分別革究一摺廣東廣州協左營都司杜金衙縱匪開賭物議沸騰試用府經歷徐乃呂委辦西河口厘卡違例苛罰均着即行革職以肅官方新興縣桐村汛外委張亮有誣民爲盜索賄泄擾情事著先行斥革提省審辦該部知道欽此　上諭崧蕃奏故員虧欠銀兩請革職勒追一摺雲南已故前署羅平州事富州知州謝本崙富民縣知縣黃福祥虧欠米折銀兩迭經飭催該家屬迄未完繳實屬延玩謝本崙黃福祥着一併革職並着貴州廣東各巡撫轉飭該故員原籍地方官查傳該家屬勒限追繳如限滿不完即查封家產備抵以重庫款該部知道欽此　上諭榮毓奏病難速痊懇請開去差使停俸一摺榮毓着准其開去差使並着停俸欽此　旨國子監司業員缺着黃思永補授福建道監察御史員缺着忠廉補授截取刑科給事中楊晨着照例用兵部主事李象辰着交部記名以直隸州知州用擬補福州將軍衙門筆帖式錫楨着准其補授廣西桂林府全州州同員缺着劉南補授黑龍江綏化廳上集廠經歷員缺着李錫淇補授保舉山東補用知府倉爾頴着照例用吏部考功司員外郎員缺着雷祖迪補授所遺主事員缺着侯葆文補授吏部額外主事李廷颺着准其留部擬補吏部筆帖式國泰富永俱准其補授卓異俸滿廣西桂林府知府趙時熙著回任准其卓異加一級仍註冊候升京察盛京金州副都統衙門筆帖式常萬印著准其一等加一級欽此

總理衙門擬辦郵政奏稿

光緒二十二年二月初七日本衙門謹　奏爲遵　旨議辦郵政請由海關現設郵遞推廣並與各國聯會以便商民而收利權恭摺仰祈　聖鑒事竊臣衙門准署南洋大臣張之洞咨鈔擬請設立郵政請　飭議章程一片光緒二十一年十二月初三日欽奉電傳　諭旨郵政一節業經總署籌議粗有頭緒矣欽此欽遵仰見　聖主周恤商旅通志類情之至意查原奏內稱泰西各國郵政重同鐵路特設大臣綜理取資甚微獲利甚鉅權有統一商民並利近來英法美德日本在上海及各口設局實背萬國通例曾經前南洋大臣曾國荃據道員薛福成委員李圭稅務司葛顯禮等往復條議咨由總理衙門飭總稅務司赫德詳議謂此舉裕國便民爲辦得到之事至稅關所辦郵遞因與國家所設體制不同故推廣每多窒礙現復與葛顯禮而加籌議知其情形熟悉各關稅務司熟諳辦法者當亦不乏請　飭總理衙門轉飭赫德妥議章程即辦即推行沿江沿海各省及內地水陸各路務令各國將所設信局全撤並與各國聯會彼此傳遞文函等語臣等查光緒二年間赫德因議滇案請設送信官局爲郵政發端之始經臣衙門函商北洋大臣李鴻章於四年間覆稱擬開設京城天津烟台牛莊上海五處畧仿泰西郵政辦法交赫德管理嗣因各國紛紛在上海暨各口設立郵局處佔華民生計九年間值德國使臣巴蘭德來請派員赴會十一年曾國荃咨揚州同李圭條陳郵政利益各節並據署海關稅務司葛顯禮申稱香港英監督有願將上海英局改歸華關自辦之語經臣衙門先後飭據江海關道總稅務司籌議咨行南北洋大臣查核十六年三月札行赫德以所擬辦法既於民局無損即就通商各口推廣辦理擬俟辦有規模再行請　旨定設此該大臣張之洞所稱各稅關試辦郵遞之權與臣等復查嘗海江海各關道來稟每謂稅關郵局未經奏定外人得以藉口十八年冬赫

德亦以數年來創辦艱難若再不奏請設立官郵政局恐將另生枝節十九年五月迭接李鴻章劉坤一咨據江海關道聶緝槼稟稱上海英美工部局現議增設各口信局異日中國再議推廣必更維艱各等語是原奏所稱體制不同推廣每多窒礙誠爲洞見癥結之論至各國通行歲收鉅帑一節考泰西郵政自乾隆初年普國始議代民經理統以大臣位齊卿貳各國以爲上下交便仿而效之

此稿未完

急公捐命 ○日前戶部顏料庫失火已列前報昨經戶部奏聞欽奉 上諭敬信等奏戶部衙門顏料庫科房不戒於火延燒大堂等處請將吏役人等送刑部審辦並請將堂司官分別議處一摺本月二十二日亥時顏料庫科房失火延及戶部大堂南北檔房等處至二十三日寅刻撲救止熄共計延燒房屋八十餘間當月筆帖式桂斌習學主事蕭樹昇司務廳住班筆帖式錫元未能小心防範桂斌竟未在署住宿着交部分別議處戶部尚書敬信翁同和侍郎張蔭桓剛毅陳學棻着一併交部議處餘着照所議辦理欽此已見邸抄惟立少司農時在 頤和園駐班是以未有失察之咎並聞是日有三里河廣仁水會軋傷鐃命水夫潘某年二十七歲素習玻璃行生理居住前門外草廠五條胡同當經稟報南城司相驗旋即會首備買棺殮據情詳報按潘某急公好義因撲救官署重地殞命與歿于王事者無異諒堂司諸憲必當奏請賞邺以慰幽魂並奉翁叔平大司農諭令福建司賓部郎廷衡吏查取各水會善紳名氏亦按名請獎云至被焚一切案件檢查案關緊要者按照收文號簿案由飛咨各省督撫一律補行咨報復行定稿立案備查以重公牘

榮任示期 ○新簡工科掌印給事中戴瞻原大給諫定於三月初二日巳刻上任示仰闔署筆帖式書皂人等至期一體謁見毋違特示○又新簡署理廂黃旗漢軍副都統色都護楞額於三月初二日午刻上任示仰闔旗叅領佐領章京人等至期一體謁見毋違特示

欽使估工 ○欽奉 上諭溥齡等奏普陀谷 萬年吉地 東西配殿等處應修各工請飭查勘閱單呈覽一摺著端郡王載漪禮部尚書李鴻藻恭詣 普陀谷敬謹查勘另片奏請添建修理值班房間等語著載漪等一併查勘奏明辦理單併發欽此已見邸報茲聞端邸李尚藩大宗伯委派工部料估所司員禮部司員督飭廣恩天德恒和德盛天全聚豐天和延年各官商木廠前往 惠陵 普陀谷敬謹查勘應如何修理開單繪圖奏報覆 命以便再派承修云

有何膠葛 ○前門外天橋迤西靈佑宮地方皮局張某年甫三旬精神頗超儕輩不識何故竟于二月二十四日吞服洋烟行至靈佑宮前毒發殞命當經該管地面總甲報案稟請相驗飭屬備棺盛殮一面訪查已死張某曾與王姓夥開生意因歇業後轇轕未清故爾仰藥而亡以洩其忿未悉其中是否另有別情俟訪明再錄

旌帷暫駐 ○新授廣東督粮道延錫之觀察祉鑲藍滿洲人由戶部郎中升授新授湖南辰州府斌翰臣太守儒鑲黃滿洲人由禮部郎中升授新授雲南賓缺知府奎鏡峯太守華鑲藍滿洲人由內閣侍讀升授均於日昨抵埠赴督轅稟謁制軍即於下午乘輿往拜三憲繼皆差赴轅下稟辭不日搭輪赴新云

經費到津 ○鐵路橋工在陳家溝楊村一帶業經興辦己紀前報茲聞總辦胡大京兆咨請王制軍委候補縣叅大令朝元暨親兵水師中營哨弁鄭大才赴部請領鐵路經費現己領到銀兩回津交納從此經之營之自當指日可成也

花旛吹折 ○混混每以娼賭爲衣食其在娼妓面前作橫中橫惡中惡原使娼妓知其强橫可作護花旛不致被外人所欺笑視所得纒頭從中分潤慣技也昨有妓女名沙菓者乘洋車至某處後有混混某爲護衛及到某處應付車錢甚少該車夫仍向索要某以爲何物車夫如此大胆遂辱罵講打恰遇九段守望局員經過飭人詢悉以混混恃惡欺貧情實難恕即責棍一百聞者快焉

蓮座生嗔 ○二月十九日適觀世音菩薩聖誕南門外海光寺闢廟賽神所有紳商公子富家少年俱策馬驅車飛馳急赴非爲進香實逞豪華耳更有狂妄無知之輩或携妓女或帶優伶與舜華同車究莫辨爲夫妻爲兄弟也其姓名不堪屈指至於里巷少婦小家碧玉莫不極力修飾以菩薩爲皈依實藉菩薩爲媒 任人品題尤覺可鄙有督家之責者宜何如戒止耶否則婦女入廟燒香有干例禁倘致生事端悔之何及

風何可長 ○南斜街某甲者開設羊肉鋪爲生昨有甲乙二人不知是東是夥亦不知因何起釁始而口角相爭繼而老拳相奉終且各持利刃勢不俱生經街隣見此兇惡急通知該管地方衆人相幫立將甲乙揪扭就近送至守望局訊辦生意中人動輙持刀拚命兇惡極矣此風胡可長也

死甚糊塗 ○昨晚東門外有一人身穿灰布棉袍青布皮坎肩蹲身街旁至半夜旋即倒臥而斃究未知係因病係服毒迨次早所着衣服均被剝去視此情形非乞丐可比竟倒斃街旁已屬可憫倘有剝取衣服未免太忍矣至是晨將屍移去街市紛紛議論其說不一未敢臆斷僅據所聞而錄

賊殊無賴 ○紫竹林土棍段麻子趙樹王二駕駛小船乘夜至賀家口偷扒泰山廟磚瓦經該處民人程洛王七看見向前理阻段等不但不服反將程王殴傷因赴該管武汛報案當將段等傳獲並程王二八一併送縣訊辦偷拆廟宇磚瓦律有明條該土棍可謂胆大妄爲自應從重懲辦以戒將來也

糧城刦案　○軍糧城地方有傅姓者家稱小有於昨夜被賊數人破門入室搶銀百有餘兩及衣物等件來縣報案由縣委赴該處驗盜不知能跟踪紲捕否詰明再報

禿奴受押　○玩僧利方不知產自何籍云來不遵釋教仍染紅塵姘識蕩婦某氏雙宿雙飛儼如夫婦在英租界開設裕豐客棧生意頗佳前日由茶房楊金全招得寓客胡企唐周金堂李和成三人在棧安歇當將衣箱舖蓋行裝等件搬運入棧安擺客房前晚胡等在外遊玩不知被何人乘機進內潛開門鎖將箱內綢皮等衣三十六件併洋銀八十元攫取一空胡等偵知以為棧內舞弊投報捕房捕頭諭飭包探陳阿九緝查有無失竊情事現因証贓未獲失竊甚巨為此將棧主茶房萬客一併拘送英廨請究兩造供詞各執屠迪守商諸讞副領事謂該僧必非善類然竊贓未獲事難懸斷飭將棧主僧利方茶房楊金全善管押過堂研究胡等三人出外候訊均各唯唯而退

光緒二十二年二月二十七二十八兩日京報照錄

宮門抄　上諭恭錄前報○二月二十七日工部　鴻臚寺　正藍旗值日　無引見　濤貝勒因伊子拴婚謝　恩　恩壽大綸駙海公鍾公各假滿請　安　雲南巡撫黃槐森請　訓　張百熙謝授祭酒　恩　鄭王請假十日　李端棻明安蘇魯岱各請假五日　榮公奏請開去差使　召見軍機　麟中堂　黃槐森　皇上明日辦事後至　頤和園　皇太后前請安後駐蹕○二十八日內務府　國子監　鑲藍旗值日　無引見　潤貝勒成公恩公裕興各假滿請　安　裕興致祭明陵請訓　榮公謝准其開去差使　恩　廣西知府趙時熙謝　恩　黃思永謝授司業恩　山東補用知府倉爾頡謝　恩　楊晨預備召見　廖壽請假十日　明秀等奏補進武職六班　派出官祥德魁舒存　掌儀司奏初一日祭　奉先殿派貝勒行禮　召見軍機　趙時熙　楊晨

○○頭品頂戴貴州巡撫奴才嵩崑跪　奏為據情代　奏叩謝　天恩事准署貴州古州鎮總兵平遠協副將阿明阿咨稱該署鎮准奴才奏委署理古州鎮總兵印務由省起程於光緒二十一年十一月十五日馳抵古州廳城據署鎮標中軍遊擊楊道成將　欽頒咸字四百六號貴州古州鎮總兵官關防一顆及文卷等項賫送前來當即恭設香案望　闕叩頭謝　恩祗領任事伏思署鎮蒙古世僕知識庸愚歷蒙　聖恩補授平遠協副將無片長之可錄既涓滴之未酬茲復權篆斯職兢惕倍深查古州一鎮居苗疆心腹之中為荒徼咽喉之地接壤楚粵備極衝煩舉凡操練巡緝安良弭盜諸大端在在均關緊要自維駑鈍深懼弗勝惟有矢慎矢勤殫精竭慮隨時隨事禀商督撫臣認真經理以期仰答　高厚鴻慈於萬一所有到任日期並感激下忱咨請代奏叩謝　天恩等因理合據情恭摺代　奏伏乞　皇上聖鑒謹　奏奉　硃批知道了欽此

○○依克唐阿片　再統帶奉軍正副後中等營頭品頂戴提督銜記名簡放總兵果勇巴圖魯耿鳳鳴與營官林蔭桐互相禀訐當經一併撤差飭委營務處查辦去後茲據查明耿鳳鳴實有濫索公費並侵該營裁餉遣費亦有不實不盡等情稟覆前來查耿鳳鳴身為統領大員應如何潔己自愛乃竟有濫索營私情事實屬貪鄙不職相應請旨將耿鳳鳴即行革職以便歸案徹底質訊謹附片具陳伏乞　皇上聖鑒謹　奏奉　硃批耿鳳鳴着革職歸案審辦該部知道欽此

金陵仁記南味坊

自製本機元溎京緞蠶綢紗縐絨線糟貨食物金腿海味南貨俱全近因錢市漲落不同分別減價抑因無恥之徒假冒南味者甚多雖云謀利誠恐亂眞欲辨薰猶用煩格墨
寄售前兩龍井每斤津錢一千二百文八百文福建條絲格外公道　開設宮北大獅胡同內

告白

啟者報館之有採訪猶古之採風採詩上以考政治之得失下以考風氣之純剝繼諸報端旨之中外取其善懲其惡故言者無罪聞者足戒充是任者品必公正心必仁廉公則明正則直仁則不為己甚之事廉則不貪非分之財用能識大體近人情善善惡惡柔不茹剛不吐凡有關於　國計民生者自大至細悉採毋遺辭取達意而止不以富麗為工發供衆覽於以通上下難言之苦達遠近不聞之聲庶使豫先事之綢繆善後事之補救斯無負泰西設館之本旨焉否則遇事射利飛短流長實為此間所大忌者矣現在本館採訪招人有樂就者祈先以所採新聞投交海大道老菜市本報館門房轉遞是幸如可登錄取有切實公正保人則端人之取友必端本報館不惜重聘定當延致其有冀循情而援本館友人互為請託者一概不收毋怪言之不豫也此啟

本館主人啟

天津 麥加利銀行告白

啓者本行資本英金八十萬磅備用股本英金八十萬磅公積英金三十二萬五千磅總行開設倫敦分行在孟買加拉吉打冷宮哪哈亞伯古隆北新埠太平咪登哈來蘭播新嘉坡香港福州上海漢口暹邏濱角包帶維亞沙來伯鴉神戶橫濱等處起首至今三十九年倘有存欵勿論仕商照期起息請來做行面議做行茲于正月三十日開張恐未週知特登報章佈告

告白

敬啓者京城售報處改在前門外琉璃廠小沙土園路西寶興木廠又楊梅竹斜街中間路南聚興隆小器作內兩處分售此白

售報人陳午清謹啓寓前門內刑部後身草帽胡同北頭大院內

拍賣告白

啟者三月初三日即禮拜三上午十點鐘在海大道招商局後隆茂洋行內拍賣各樣洋爐子地氈桌椅鏡子立櫃花草各樣檯燈料器玩物外國家俱等件於初二日先早來細看祈請是日面拍可也

集盛洋行謹啓

養性園公司於本月十八日在戈登堂會議會登告白布告是日公同議定將養性園產業售與跑馬會所有在股各東請自四月十三日起持票至高林洋行向總理人莫林處收取股銀可也

養性園公司謹啓

德商元亨洋行

本行專辦進出各口貨物今開設在法界鐵路公司西首特此告白

烏利文洋行

啓者本行開設香港上海三十餘年四方馳名專售各式金銀鐘錶鑽石戒指八音琴千里鏡眼鏡等物並修理鐘表價錢比別家格外公道今本行東家米士得巴克由上海來津開設在紫竹林裕泰飯店旁請諸君降臨光顧是幸特此佈聞

丙申年三月初一日禮拜一

浙杭元吉永號

本莊自置紗羅綢緞新樣洋辦花素洋布川廣夏貨團招雅扇南貨頭油俱全祇為近時錢市漲落不同故而各貨減價開設估衣街中間路北凡 仕商賜顧者無悞特此佈達

天津 順昌永保險車船局

本局專寫輪船客票包運遠近水旱車船貨物行李起卸各項貨物機器木料銅鉛米麥等物代報華洋關稅整辦應用諸欵定期不悞格外克己貴 官商無論遲早到埠皆有妥人照料一切非他行可比 賜顧者詳認天津紫竹林鐵路公司傍本局門首招牌便是

本局主人謹白

江南 桂蘭齋茶食店

本齋精製拾錦南糖真素供果嘉湖糕點紹興薄脆八寶京糕異味糕點各種茶食外帶行匣新添拾錦元宵蜜層糕江米糕南北點心無有不精製細做開設天津天后宮南坐西向東便是

三月初一日銀洋行情

天津九七六錢

銀盤二千五百七十五文

洋元一千八百二十文

紫竹林九六錢

銀盤二千六百一十五文

洋元一千八百五十文

三月初二日進口輪船禮拜二

新豐 輪船由上海 招商局

重慶 輪船由上海 太古行

和生 輪船由上海 怡和行

直報

光緒二十二年三月初二日　第三百七十六號

西歷一千八百九十六年四月十四日　禮拜二

總理衙門擬辦郵政奏稿

光緒十九年葛顯禮呈送萬國郵政條例聯約者六十餘國大端以先購圖記紙黏貼信面送局以抵信資其費每封口信重五錢者取銀四分道遠酌加其取資甚微又有定期而無遺折百貨騰趺萬里起居隨時徑達至有事時並可查禁敵國私函誠如原奏所稱權有統一爲利商利民卽以利國之要政也又查十八年以來美國一國郵局清單一歲所收銀圜至六十四兆二十萬九千四百九十元之多張之洞所舉英國收數當中銀三四千萬兩尙係約畧之辭利倂鐵路誠爲不虛且西國郵政與電局相輔以火車輪船爲遞送近年法國設立公司輪船十艘統名曰信船遇口停泊信包未到不得開駛其鄭重如此中國工商旅居新舊金山檀香山新加坡檳榔嶼古巴秘魯者不下數百萬人據李圭稟稱該工等有一紙家書十年不達者緣郵會有拒阻無約國文函之例也中國郵政若行卽以獲資置備輪船出洋藉遞信以流通商貨其挽回利權所關尤鉅臣等博訪周諮知爲當務之急爰於十九年札飭赫德詳加討論是否確於小民生計無礙上年六月至十二月復與該總稅務司而商屢屢先後據其遞到四項章程計四十四欵臣等詳加披閱大致釐然自應及時開辦相應請　旨敕下臣衙門轉飭總稅務司赫德專司其事仍由臣衙門總其成畧如各口新關規制卽照赫德現擬章程定期開辦應製單紙亦由赫德一手經理遇有應行酌改增添之處隨時呈由臣衙門核定期於有利無弊至赫德原呈內稱萬國聯約郵政公會係在瑞士國應備照會寄由出使大臣轉交該國執政大臣爲入會之據自可援萬國通例轉告各國將在華所設信局一律撤回按咸豐八年俄約光緒十二年法約本載明兩國公文信件互相遞送中國既經入會開局各國當無從藉口以上所議如蒙　俞允卽由臣衙門欽遵分別咨照札飭辦理俟辦有頭緒卽推行內地水陸各路尅期興辦一面咨行沿江沿海及內地各直省將軍督撫知照屆期卽將簡要辦法飭地方州縣曉諭商民咸知利便凡有民局仍舊開設不奪小民之利並准赴官局報明領單照章幫同遞送擬與各電局相爲表裏其江海輪船及將來鐵路所通處所應如何交寄文信由該總稅務司與各該局員會商辦理官郵政局歲入暨開支欵目由總稅務司按結申報臣衙門彙核奏報所有遵議推廣海關郵遞開設官局並與各國聯會各緣由理合專摺具陳赫德所擬章程條欵另具清單恭呈　御覽伏乞　皇上聖鑒訓示謹　奏奉

硃批依議欽此

官書開局　○强學書院重開之信已紀前報現聞改名官書局開設在　禁城午門內西闕門外　武英殿所刊書籍均係鉛字倣照洋板刷印其中外紀聞概不復售矣

命案誤登　○日前本館所登有京都前門外某勾欄有宗室某被趙洛振斫傷斃命兇犯遠颺現通飭九城嚴拿不知能否弋獲等情一條昨聞前門觀音寺一帶地方又有趙福卽趙老科約匪徒聚衆械鬥施放洋鎗砍傷蕭某俞某身死已將趙福並羽黨大馬劉二等一併咨送刑部發湖廣司審辦復奉薛雲階大司寇委派秋審處貴部郎熊部郎嚴刑審訊據趙福僅供認幫兇是以中城司西河汛正在嚴飭甲捕上緊捕緝正兇無着忽閱本館所刊直報內有趙洛振將某宗室砍傷斃命正兇未獲

現飭九城嚴拏云云於二月二十七日派差前來向售報人追詰其事據云所屬前門外一帶並無另有宗室被砍身死之案並囑本館速即登報更正嗣後再遇此等事件務須慎重探訪切勿妄登況宗室被人砍傷身死正兇未獲文武地方官均干議處前此定係傳聞之誤以後當慎之又慎也

打鴉驚鳳　○二月二十二日都察院舉行團拜之期假宣武門外虎坊橋湖廣會館雇定四喜菊部外串名班角色演劇備筵設席恭請裕壽田許筠菴總憲良副憲培楊副憲頤宗室奕副憲於是日辰刻入座觀劇一時傳喚名優貴鳳外串登台演劇詎連催三次並未赶到諸大憲震怒即派司坊官速將貴鳳解至都察院交經歷司管押以儆玩忽至如何發落俟訪明再錄

慎無見小　○客商賈某驅車三輛自晉來京於二月二十六日由永定門至前門投刷子市天興店飼裝車中夾帶紬貨漏報稅捐經眼線跟踪報由稅務司巡丁直揆天興店飭賈開箱查驗查出繭綢一百餘疋當即起獲並將賈交永定門外稅務司發落聞已將賈轉發東城坊管押議罰示儆矣錄之以爲貪小失大者戒

蠻觸交爭　○河剝船戶半屬無業游民夤緣承充故在內河往來遇事生風滋生事端昨有友人自通州來京云東門外土垻運河有船滿載鮮鱗正欲傍岸適因慎觸某姓剝船陡啓釁端兩不相干遂各糾約多人稱干比戈以角勝負連日不休今尚聲勢汹汹定欲詰朝相見假須魯仲連輩掉三寸舌排難解紛俾言歸于好不然勢必釀成命案矣有地方之責者急宜不時查拿以爲目無法紀者戒

院批照錄　○義泰昌　玉成號　李錦標　長盛米局　義和號　錦盛祥　王九成　慶豐恒　益和號　聚興和　德陞帽鋪　大德福　春和號　查徐故鎮短欠鋪帳前據銀錢所稟請在拱衛軍應領欵內扣存銀三千一百餘兩交該軍經手餉員劉兆霖清理歸還業經批准在案據稟各情仰淮軍銀錢所查明該故鎮所欠鋪帳如果實有帳目可憑經手可質應准給發該商等具領完案徐國俊服官江西向來並未在營此次清理該故鎮身後各事於公私欵項頗多矯强不能任其始終狡執以致累及衆商也

請郵批駁　○往歲高陞輪船運載通永練軍將弁赴三韓救援行抵中途經日人擊沉陣亡官弁經前督李中堂奏請議郵由練餉局司道酌擬官弁郵銀四十兩目兵郵解三十兩已照飭轉調正定吳樂山鎮軍具領給發茲於日昨有徐維盛之妻孝子洪全並牛李氏孝子振元殷趙氏孝子長順來督轅稟請給領部擬郵賞銀兩蒙批現因國帑支絀各省均未領到不徒直隸爲然所請礙難照准云云

經費到京　○長蘆運司衙門歷年應解內務府經費銀一萬兩現經李都轉由鹽課項下動撥銀一萬兩作爲本年經費歸還庫墊茲已如數裝鞘十桿飭委候補巡檢丁同春領解進京赴戶部交納矣

澤被閭閻　○督轅親軍馬小隊及護衛營除按期操演或迎送差使外別無責任茲聞王制軍以撫綏緝捕均關緊要因飭該隊該營除操練之期即令不時出哨前往各處巡緝以靖盜賊而安百姓即此一端已見督憲之關心民事矣

原非利藪　○問津三取兩書院甄別已列前報發榜後取列如額惟近來書院中頗有槍冒頂替諸陋習叉或一人兩卷三卷甚至實無其人捏名朦混一經取列即定價出售未取者或出資買考是以在院肄業諸生竟多非本名積弊多端筆難盡述現據備取生員朱庸與承辦書吏商論擬具稟聲名請運憲認眞釐剔不至以甄拔人材之地頓成利藪也至若何准稟若何批示容訪再佈

孝思不匱　○津海關監督黃花農觀察三櫂斯任卓有政聲昨太夫人仙逝已恭紀報端本日爲發引之期同城文武自司道以下及各局員弁送者屬於路更有各國領事官稅務司率洋樂一同祇送沿途祭棚儀仗絡繹官常故事無庸細述惟聞太夫人賦性慈祥樂於爲善前數年江皖畿輔疊遭偏災饑民載道太夫人捐擠賙或米穀或棉衣或銀兩多方籌措並命觀察廣募義賑解往灾區因而全活者數十萬人膏澤之　歡動遐邇而觀察秉太夫人懿訓持躬接物一以仁恕爲懷用能中外交孚商民悅服觀察自泰諱後終日哭泣形銷骨立孝矣哉若徒以殯儀之盛謂觀察爲孝思不匱亦淺之乎視觀察矣

遇人不淑　○昨晚有婦人手攜三四歲幼童至橋口一同投河當經岸上人喊救僅將婦人撈起而幼童已無踪影詢及投河根由據稱伊夫王二前在鼓樓東開水鋪生理頗可度日不料溺於鴉片將鋪兌出嗷嗷數口連日不炊是眞生不如死矣言畢大哭有與王二相識者立將喚來婦猶不肯回家經旁人勸說始行但不知回家後有無事端否

荐人宜慎　○針市街某巨號錢鋪於二月朔後上一司事某甲年二十六歲作爲帮理帳目每月薪水約五六竿在鋪方及兩旬至二月二十二日忽言有事告假回家迨晚管帳者納核銀錢查點存數竟短銀條二千兩遍覓不得而合鋪同人無不驚駭遂遣人喚甲質對而甲並未回家以此知銀條顯係所竊只得偵探四出至昨日

在紫竹林娼窰尋獲搜其身旁尚有赤金首飾數件約值銀數百兩卽將甲扭交舖掌按荐甲入舖者卽係該號掌櫃甲母舅也不勝大怒因向甲母訴其罪過未免情詞憤激甲母以兒作此不才事何面目見人竟潛吞鉛粉若干幸被女僕看見急爲灌救不至傷生查甲在津郡亦係望族名列涔班者已有數人何至生此不肖子弟玷辱家聲如此之甚乎至二千金尚未悉如何歸欵諒該掌櫃旣係甲舅又係荐主必有一番打算也甲與掌櫃姓名姑隱之以略存忠厚耳

刦案屢聞　○陳爾準者行至津屬五里堆道上被步賊三人各持器械攔住去路陳再三央懇該賊等不但不允反行拒傷卽將衣服錢文概行搶去陳憤極急赴文武衙門報案雖已經勘驗惟距城約在四五十里迄今多日尚未破獲現在陳以捕獲無期將行上控津屬路刦向不多見今亦屢有所聞何挺身走險者如斯之夥耶茲據佈述合亟錄登

創辦商輪　○金陵訪事人云金陵自創設馬車拉車機磨等事以來風氣漸開閭閻咸知以振興商務爲急因見長江數千里自有招商輪船往返極形便捷而內地仍雇用民舫不但緩不濟急而且風水阻滯動需時日行旅久欲得輪船在內河行駛苦於創辦爲難刻當商務大興之日省垣已有各務以爲之倡於是在城紳商咸擬試辦小火輪在內河駛行目前稟請駐甯商務總局奉批仰候轉詳督憲批示定案祇遵所以該董等卽糾集股本每股計銀五百兩赴滬購辦商輪聞每隻需銀二三千兩業已購定八號不日將由　駛抵下關俟驗看船身材質的係堅固然後分派已議定以兩號赴蘇杭官碼頭停泊兩號赴淸江官碼頭停泊留四號停泊下關倘生意興旺往來裝載仍不敷用再議籌集巨欵陸續購辦當今急務莫先於此而時局利權莫善於此商情踴躍有以夫

西學漸興　○湖北采訪友人云武昌文華書院美國某教士所設也地處幽僻迥絕塵囂書舍講堂修葺尤爲雅潔明窓淨凡不染纖塵禮延中西各名師中學則授以經史文詞西學則授以鈎股方言格致商務化學電學之類入學子弟先審其賦稟之頴鈍氣體之强弱取之甚嚴敎之備至凡十二歲以下二十歲以上者所課學業與津　諸學塾相同月收薪水束修三圓其始也風氣未開負笈從遊者如晨星之寥落近則迂拘漸化後生小子爭自琢磨莫不父勉其子兄詔其弟摳衣請益願附門牆不可見我　國家崇尚西學之一端耶

光緒二十二年二月二十九日京報照錄

○○鹿傳霖片　再查川陝楚三省交界地方向定章程於每年十月間提鎭分年巡哨一次本年秋間經臣飭委川北鎭循例會哨去後茲據署理川北鎭鄧令勝禀報於十一月初一日行抵川陝交界之滾龍坡與漢中鎭派出之定遠營遊擊詹化見面會哨又於二十五日行抵川楚交界之火峰界嶺適湖北宜昌鎭總兵傅廷臣亦抵界所會哨該鎭等察看三省交界處所及所過地方民情均各靜謐並無外來匪徒滋擾等情臣查三省交界地方現雖安靜惟邊界道路紛歧處處可通難保無逸匪游勇繞越潛匿防範未可稍懈仍嚴飭各鎭協營會同文員隨時緝捕實力巡防務使匪徒斂迹百姓乂安不得以會哨已過稍涉懈忽以期仰副　聖主綏靖邊陲之至意所有三省會哨地方安靜情形理合附片具陳伏乞　聖鑒謹　奏奉　硃批知道了欽此

○○奴才依克唐阿跪　奏爲整頓東邊昌圖各項稅捐派員會同道府徵收以杜漏卮而裕餉源恭摺仰祈　聖鑒事竊奴才於上年十二月十五日督將訪查奉省稅務大概情形恭具摺片密陳在案茲查鹽厘各欵向由省派員經徵雖歷年遞有增減尚可隨時稽查嚴飭認眞整頓營口厘捐向由山海關道督徵自光緒十七年經前將軍裕祿奏改派員經理弊竇少淸亦易整理惟東邊木貨各稅屢經密查歲約收銀五六十萬兩左右歷年冊報僅十七八萬兩昌圖府河稅斗租亦經查明歲約收銀十萬兩左右而冊報僅三四萬兩收報懸殊寖成積習細推其故當時東邊設道昌圖設府俸餉無出因而就地籌欵以供開銷草創規模不料日旺一日而該道府竟視稅之盈絀爲缺之肥瘠於開銷常額之外從無責問其贏餘者今當　國計支絀籌餉萬難奴才再四思維若不將東邊昌圖各項稅捐變通辦法極力整頓實無以杜漏卮而濟急用應卽選派妥員會同該道府妥立章程嚴定賞罰並飭該道府與該委員按月終將徵收之款核實造報並咨籌餉總局以便互相稽核庶能涓滴歸公兩難緊混雖兵燹之後商務未遽復元而經此一番整頓當不至毫無起色奴才惟有破除情面竭力經營擬於年終統核收數除東邊昌圖應銷各欵照舊務給外如能增收若干當儘數奏報以備要需儻尚有應須增改變通之處仍隨時奏明辦理以仰副　朝廷整頓稅厘實事求是之至意除一面遴委妥員分往東邊昌圖會同道府實力稽徵外所有派員會同東邊昌圖道府整頓各稅緣由理合恭摺具陳伏乞　皇上聖鑒　訓示遵行謹　奏奉　硃批知道了着實力整頓毋任中飽欽此

○○奴才良弼跪　奏爲運通豆石徵收無多擬請暫緩運解歸併明年搭運以紓民力恭摺仰祈　聖鑒事竊查戶部所屬莊頭每年額交豆石四千八百八十五石二斗遼陽牛莊熊岳蓋州四城界內旗地額徵地米二千五百二十二石零九升二合三　向係派員在牛莊徵收照例次年二月內徵收完竣倒應起運米豆七千二百石剝運營口聽候輪船裝兌運津從無貽誤前因倉座拆毀又兼遼牛熊蓋等城界內應徵地米均經奏准蠲緩僅剩應徵莊頭一項去歲十月開徵之際督經奴才飭令經徵之員

在省賃棧徵收雖令依限完納奈災歉兵燹之餘民力實有未逮現在僅徵豆二千八百六十二石一斗八升五合若照常依限運通未免徒耗運費合無仰懇　天恩俯准將現年應運豆石暫緩運通歸併明年搭運以節縻費藉可稍寬期限陸續催辦實於運務民情兩有裨益謹恭摺具陳是否有當伏乞　皇上聖鑒　訓示遵行謹　奏

請旨奉　硃批着照所請戶部知道欽此

〇〇李秉衡片　再新選甯海州知州玉興業己領憑到省本應卽飭赴任供職惟查該員由邊省土知州州同俸滿推升於東省地方民情尚未熟悉擬令暫入讞局幫審案件稍資閱歷再飭赴任據藩臬兩司會詳呈繳文憑前來除咨部查銷外謹附片陳明伏乞　聖鑒謹　奏奉　硃批吏部知道欽此

都門陳質庵精理男婦方脈著手回春寓紫竹林同宴樓後申報分館

浙紹名醫朱鈍翁先生術高望重寓彌勒巷

沈竹君啓

拍賣告白

啟者三月初三日卽禮拜三上午十點鐘在海大道招商局後隆茂洋行內拍賣各樣洋爐子地氈桌椅鏡子立櫃花草各樣檯燈料器玩物外國家俱等件於初二日先早來細看祈請是日面拍可也

集盛洋行謹啓

養性園公司於本月十八日在戈登堂會議會登告白布告是日公同議定將養性園產業售與跑馬會所有在股各東請自四月十三日起持票至高林洋行向總理人莫林處收取股銀可也

養性園公司謹啓

德商元亨洋行

本行專辦進出各口貨物今開設在法界鐵路公司西首特此告白

烏利文洋行

啓者本行開設香港上海三十餘年四方馳名專售各式金銀鐘錶鑽石戒指八音琴千里鏡眼鏡等物並修理鐘表價錢比別家格外公道今本行東家米士得巴克由上海來津開設在紫竹林裕泰飯店旁請　諸君降臨光顧是幸特此佈聞

丙申年三月初二日禮拜二

浙杭元吉永號

本莊自置紗羅綢緞新樣洋辮花素洋布川廣夏貨團摺雅扇南貨頭油俱全祇為近時錢市漲落不同故而各貨減價開設估衣街中間路北凡　仕商賜顧者無悮特此佈達

天津 順昌永保險車船局

本局專寫輪船客票包運遠近水旱車船貨物行李起卸各項貨物機器木料銅鉛米麥等物代報華洋關稅墊辦應用諸欵定期不悮格外克己貴　官商無論遲早到埠皆有妥人照料一切非他行可比　賜顧者詳認天津紫竹林鐵路公司傍本局門首招牌便是

本局主人謹白

英文夜館

本館專授英文語言繙譯以及算法司賬等學每晚敎授兩點鐘之久每月脩金二元館設紫竹林牌坊外塼子後身

本館主人啟

三月初二日銀洋行情

天津九七六錢

銀盤二千五百七十五文

洋元一千八百二十文

紫竹林九六錢

銀盤二千六百一十五文

洋元一千八百五十文

三月初三日進口輪船禮拜三

新豐　輪船由上海　招商局

連陞　輪船由上海　怡和行

順和　輪船由上海　怡和行

直報

光緒二十二年三月初三日 第三百七十七號
西歷一千八百九十六年四月十五日 禮拜三

論中西善會不同

怵惕惻隱觸目驚心由古而今由上而下由中而外人人有是心卽人人有是事古所未備今補之上所未備下補之中所未備外補之人之好善誰不如我今之官紳中外各善會比物此志也所足異者西士於數萬里外涉重洋入中土歷艱險冒鋒鏑如紅十字會者可嘉也中邦以大丈夫奇男子具真實之善心籌萬全之善策而作法於真其弊猶貪如彭剛直所立蕪湖救生局可惜也竊嘗卽其事推其故而慨然矣事無法不成法無理不立成其事立其法一準乎理者則惟人人何所準準之以心心何所準仍準以理理何所準惟準以心理之同同則平故大人之學其功極於平天下廣矣大矣而其趨則要約無奇曰絜矩而已何謂絜矩簡言之則同而已平而已平不平奚以見惟於財之一聚一散間見之或見其聚不見其散或一散而終不可聚怨讟於是興觖望於是起甚矣人心之不平由於理之不同也理不同而恃法則法雖立而心不平猶欲倚法以成其事則利未得而害已形日日言利事事求利國計惟慮其日虧民生惟憂其日蹙法愈密治愈疎求愈急敗愈速職守益衆漏巵益多歸咎於法法不任受過也亦惟責於立法者之人心與持法者之人心而已矣夫法緣理立理有定而無定理無定而無不定當其事者苟能相時而動無累後人理之平法之得矣中華近歲朝野中外樂善不倦善政而外善會之目自都門首善以及津滬江海碼頭與夫各直省人烟稠密商旅輻輳之處無不各有善會更僕難終其中之盡善盡美或盡美未能盡善抑或有善之名無善之實甚至轉善而為惡者人言嘖嘖其弊竇亦多自都門啓廠見各報大概由官辦者書美劣矜雜其間則其弊較多由紳辦者經手得人則其弊較少初舉則無不竭誠日久則滲以懈惰其能力行不怠者各報無不樂道其善以為勸其美中不足百弊叢出者各報亦無不歷陳其失以為儆日昨新聞報載派還餘銀事知泰西之實事求是好善有誠也按泰西紅十字會因上年北方軍士陣前受傷情甚堪憐遂在滬勸集中外資財前往醫治全活無算經北洋大臣王制軍　奏請　賞給寶星已見邸抄中外共欽　聖朝一善亦矜之殷西士見義必為之勇公且溥矣

以天下養　○京西圓明園等處為歷代避暑山莊據三山之名勝攬玉泉之清漪曾邀　列宗遊賞雖蓬壺方丈不是過也自辛酉兵燹後殿宇摧殘過客不無禾黍之悲今幸海宇乂安民康物阜我　皇上大孝性成備極尊養念　皇太后深宮宵旰造福蒼生三十年如一日非先意希志無以上答勤勞因飭將萬壽山各殿閣及昆明湖堤塢一律修築復修蓋戲樓一座以備巡幸東宮門外羣房九十餘間亦經內務府陸續修齊為隨扈王大臣等他坦之所時觀遊節勞佚於以見我　皇上仰體　慈闈者無所不至焉

有何寃抑　○前因已革御史溥松挾私糾参張春祥等匪徒滋事等情欽奉　密旨令步軍統領等衙門嚴拏送部究辦嗣據給事中端良奏該御史所参各犯均係商人並無不法情事復交刑部秉公研訊茲據刑部奏稱審明張春祥等確係商人並非匪類溥松所參各節毫無實據端良於奏　旨交查之件未經明發何以先代商人剖辨且與該商人等供詞如出一轍溥松挾私糾參端良受人囑託請　旨予以處分等語欽奉　上諭言官糾參事件豈可挾私受託妄行陳　奏此案溥松憑空參奏明係挾私端良於未經定案之先遽為剖析亦顯有受託情事實屬有玷台班端良溥松均着卽行革職以示懲儆等因欽此已見邸抄按挾私受賄例禁綦嚴僅予褫革已

屬　恩施格外乃不思悔過復於二月二十六日正値都察院堂期端頁繕就呈詞赴署前攔輿呈請代　奏寃抑當經總憲申飭未識能否准行俟訪明再錄

懇恩獲譴　○日前内務府愼刑司發交刑部出斬太監寇連才一名已列前報玆聞當時有內侍張某代寇求恩寬恕未蒙　兪允乃張再三瀆請致　皇上赫然震怒　飭交愼刑司將張解送兵部遣發南苑吳店地方充當苦差云

稍縱卽逝　○京師錢行向有定例由衆商共議凡兌換銀兩不得擅動夾剪違者罰戲一臺由是作僞之徒每將銀兩攙灌銅鉛魚目混珠燕石亂玉售其伎倆使非獨具隻眼鮮有不被欺罔也聞崇文門外東茶食胡同地方有李二者專做僞銀混行使用昨在前門外玉成煙錢店易錢若干携之而去旋卽識破追至雲居寺前將張捕獲除奉以老拳外仍送中城坊懲辦以儆效尤

告示照登　○欽加二品銜調署天津新鈔兩關監督辦理直隷通商事務正任天津道李　爲榜示事照得本道于二月二十日考試北洋二等學堂學生課卷名次開列於後須至榜者　正取學生拾名　徐忠揚安徽　黎天保廣東　楊寶長天津　劉尙文天津　廖鳴章福建　張毓芳天津　王克興天津　劉嘉駿天津　李樹芳天津　嚴贊猷安徽　備取學生弍名　劉嘉珩天津　巫克理安徽　右仰知堂　光緒二十二年二月二十五日榜

未免誤公　○各憲衙門每有曉諭抑或嚴禁等告示自應於標發之日刻卽貼掛使軍民立卽周知遵守勿犯惟是文職衙門告示向由承差領出轉交各該管地方貼掛無如該地方或藉端需索或故意隱瞞以至躭延不貼是以近來貼掛告示之日核計標發之日竟有相隔八九日及十餘日者在本官以爲告示已出何能查及已否貼掛而差役地方遂得肆其伎倆從中舞弊倘不嚴查重懲誤公害民恐諸弊叢生矣

海糧進埠　○日昨見陳家溝一帶停泊糧艘數隻聞由牛莊營口而來奉省現已安謐如常僅藏得紅粮玉米小米業售其半售畢購辦洋廣各貨復赴營口銷賣從此海疆平定富商巨賈想還有無裕國便民富庶可拭目待之矣

刲股療親　○營弁臧某舊在正定徐鎭軍麾下當差前月上旬來津暫寓本埠永豐屯伊母王氏染患痼疾醫藥無靈延至中旬仙逝該弁哀毀骨立水漿不入口者數日其僕云前三年太主母染疾甚危主人焚香祝禱借壽三載至夜半煮藥時潛割股肉和藥以進竟一飲而愈今次染疾恰及三年故知不可爲矣噫該弁一武夫耳而能祝天借壽割肉療親其愚可憫其孝尤可嘉也故急錄之以爲事親者勸

拐騙被獲　○日昨下午三點鐘見有二人坐洋車自南斜街如飛而來行抵新當舖街問路旁人曰見有小轎一乘由此經過否答以適纔經過去亦不遠遂急追之少時見二人同押一三十餘歲男子送往十一段鄉甲局稟訴隨有轎二乘抬一童子二閨秀齊集該局議論紛紛似係拐騙押經審訊不難水落石出也

緝捕得力　○玆有遊勇十數名在紫竹林一帶逗遛該管地方劉春圃看出破綻會同汛兵楊長太留意詳查知該勇在王玉廷烟館窩藏火藥二箱當卽搜獲並在娼窰拏獲夥黨李納清陳桂香二名其餘聞風隱跡當將人贓寫主送汛研問據稱俱係湖北人王玉廷係河間府人隨將火藥秤重一百二十斤一併送縣訊辦先是該勇等在烟館娼寮常與本地人應酬交結爲影射計故被獲時正與人攀談因一併拏獲旋經討保以本地人俱係良民均行開釋王玉廷窩藏匪人自有應得之咎而該勇等私運火藥重至一百餘斤將欲何爲倘非劉春圃楊長太留心緝捕其爲禍何堪設想耶

託妻被拐　○鄧歪仔與孫八海年相若素相善也鄧妻單氏小有姿色孫早垂涎而鄧以孫日益親昵視爲莫逆交又豈知項莊舞劍意在沛公乎鄧胞兄向在平山縣作事前月杪來信囑鄧往接家眷一同照料回津鄧因責不容辭又慮家中無人照管遂延孫於家具以胞兄來函云云相告孫慨然曰君請行有弟在可無內顧憂也及鄧南行孫竟與單氏偕逃行至新安停船打尖恰値鄧歪仔接嫂北來亦在該處停泊一眼瞥見甚爲詫異謂妻何故來此當卽過船詰問而孫已抽身遠颺矣鄧將妻携回送至母家有言已經涉訟者未知確否俟訪明再佈

原稟擲還　○昨有徐姓舉人合族聯名赴道署遞稟當由道憲立委王大令堂訊供稱刻因查勘運河南隄指日舉修該舉人等恐工人無知妄掘塋地土方有碍風水且啓小民偷挖之漸大令復翻閱稟詞謂修隄用土自有定規絕不能肆行挖取況有委員監修耶未免多慮爾等可將原稟携回該舉等仍乞留批卒被擲還

郵政章程　○謹將總稅務司赫德所議開辦郵政章程敬繕清單恭呈　御覽　郵政開創之初訂立章程無須過繁甚細但宜大概酌訂分晰門類俾外人易於知曉並使在事員役得所遵循俟行之既熟體察情形再爲因時制宜酌立詳章分歸各類登記奉行所有中國開辦郵政擬訂之章宜分四大類以清眉目通商各口往來寄遞一也通商口岸往來內地寄遞二也通商口岸往來外國寄遞三也開辦郵政總章四也玆將擬訂之章開列於左　郵政開辦章程　一通商口岸互相往來寄遞　一通商口岸往來內地寄遞　一通商口岸往來外國寄遞　一郵政總章　一通商各口岸互相往來寄遞　郵局處所　一各新關已設之寄信局現擬改爲郵政局凡

設有　郵政局之處應謂爲聯約處所其未設有郵政局之處應謂爲不聯約處所　二通商各口郵政局仍歸稅務司等管理照他項關務會同監督商辦　三除通商各口設立外局倘有京都總稅務司署中寄信局應改爲郵政總局管轄各口郵局凡一切事宜轉呈總理衙門核辦　四上海通商口岸爲中國寄遞適中之區分赴南北暨入長江並往外海較爲事繁任重應特派員役辦理仍歸稅務司會同監督管轄　五上海已設有造冊處稅務司一員擬委兼管郵政事宜各口分局均應報由兼管郵政稅務司轉呈總稅務司核辦　六現將京都天津牛莊烟台重慶宜昌沙市漢口九江蕪湖鎭江上海蘇州杭州甯波溫州福州厦門山頭廣州瓊州北海蒙自龍州等處所設之寄信局統作爲　政局　七以上各處現開設之　政局俟辦有端倪卽在附近處所隨設分局卽如天津之唐沽大沽並鐵路電線沿途各站上海之吳松甯波之鎭海福州之羅星塔廣州之黃埔沙市之陸谿口九江之武穴湖口蕪湖之安慶大通鎭江之南京等處所有各該處分局應由該稅務司會同監督派人管理　八九等欵俟關後有同類應載事宜卽添註於此

登壇必究　○浙撫廖中丞奏　旨整頓沿海水師特飭費毓卿統領吳吉人果勛閣二營務處抽調各標營師船汰弱留强現在定海黃巖溫州乍浦各鎭營船陸續已到候閱閱後軍門參合中西兵法認眞訓練其水師一大轉機乎

近市須知　○九江各茶棧解銀進山採買新茶向於正月底卽陸續由張瑞豐信局匯解進山今年遲至仲春中浣頭班銀兩始由諸愼安厚生祥等棧匯交該信局於二月十二日起解云○蘇州鹽公堂昨奉運司告示約謂經戶部　奏准以沿海防軍未能裁撤定於每斤鹽加價二文以佐月餉自二月十五日起無論軍民商販每斤加收二文以符定例○淮南北各鹽商前奉部文每斤加收鹽價二文以佐軍需當經江都轉督同淮南總局海州分司一再核議除飭令鄂湘西皖四岸商照加外其淮南江都甘泉等縣各口岸均因附近場灶平時售價不及鄂湘等岸之豐若令一律照加恐民有食貴之嫌勢必致官滯私充擬令每斤減半加收一文至淮北票鹽向由販戶零星售賣輾轉接運無從兌收鹽價非比淮南商運到岸歸督銷局售按斤可稽者比若令票商先行墊完恐商力不逮等情詳經前督憲批准今此案經戶部斥駁仍飭各商自上年正月起按照實銷引數照數賠繳以重軍需

剿回捷報　○魏午莊中丞在甘剿回圍攻哆巴各處會同董鄧兩軍連破上五莊六堡下五莊五堡正月二十七日大戰一次斃匪最多云

駐韓郵筒　○朝鮮山城內砲手五六千人聚衆爲亂與鮮兵開仗數次茲聞官兵失利二次傷者共七八十名亂民傷者三十餘名鮮兵失去大砲三尊退敗四十餘里○忠淸道一帶亂民約有三四萬人國王發兵往剿敗則四散竄匿勝則逢村縱火不識天心何時厭亂也

西電譯登　○英國總理外務大臣克珍答巴提來德函云英政府並未與各國約定不列顚不進越東滯力之事○檀國變法會各首事已奉派審訊作亂者之職任矣○吉非與得之衆已自布路衞由歸矣彼等在於該處迤北地方酣戰二十英里維時援師已至也○義王韓伯德隨帶侯爵路得尼公爵倫茂尼佗駐蹕維也納以會日耳曼皇帝○法國某報云君主塗佛林者已安抵巴黎所有埃及之和議業經酌定矣○英國現派官員十六名齊往埃及云

光緒二十二年二月二十九日京報照錄

宮門抄　上諭恭錄前報○二月二十九日理藩院　鑾儀衛　光祿寺　八旗兩翼値日　無引見　澤公假滿請　安　恩壽等演放水師砲位覆　命　召見軍機

皇上明日辦事後至　圓明園少座畢還　頤和園

○○經筵講官戶部尙書臣宗室敬信等謹　奏爲顏料庫科房不戒於火延燒臣部大堂等處謹將大概情形恭摺奏聞仰祈　聖鑒事查三庫衙門所屬顏料庫司堂科房茶房等處設在臣部署中二門以內本月二十二日亥刻該處科房失火以致延及戶部大堂南北檔房司務廳司堂科房現審處司堂承發科錢法堂俸餉處各科房臣等聞報當卽馳赴救護所有堂司印信均無遺失戶部銀庫亦未損傷旋經步軍統領衙門官兵及各城水會先後馳至協力撲救於二十三日寅刻止熄計延燒房共八十餘間其餘詳細情形應由臣等再行　奏明辦理查此次係由顏料庫科房起火其該處値宿書吏官役有無情弊應由三庫衙門咨送刑部審訊具臣部江南司滿當月筆帖式桂斌漢當月學習主事蕭樹昇司務廳住班筆帖式錫元未能小心防範桂斌是日竟未在署住宿相應請　旨交部分別擬處臣等未能先事豫防實屬咎有應得應請一併議處再臣立山是日有差未能進署救護理合聲明謹將大概情形先行奏　聞伏乞　皇上聖鑒謹　奏奉　旨已錄

○○直隸總督北洋大臣臣王文韶跪　奏爲江西藩司陳　所部湘軍奉　旨簡留二十營內步隊十八營馬隊二營月餉應領銀六萬二千九百十四兩二錢二分四厘至照章更換帳棚賞犒雜費均不在內僅據造送花名勇冊並無餉冊應飭支應局將該軍餉章造冊送部查核等因當經轉飭去後茲據海防支應局詳稱陳　提所部各軍餉項前因湘軍糧台裁撤經臣會同　欽差大臣劉坤一奏

准自上年十月起歸併北洋海防支應局經理由部籌撥專欵其馬隊二營名額餉數及起支日期先後 奏明在案所有步隊十八營日支薪粮馬乾雜費等銀五萬九千五百八十九兩二錢另有帳棚經費等項隨時照章請領不在月餉之內開具餉章清摺詳請具 奏前來臣覆查無異除咨部外理合繕單恭摺具陳伏乞 皇上聖鑒
勅部查照立案謹 奏奉 硃批該部知道單併發欽此

○○陳寶箴片 再查湖南岳常 道桂中行欽奉 諭旨升授廣西按察使應即交卸起程新授岳常 道陳 到湘尚需時日所遺該道篆務自應委員署理以重職守查有特用候補道周麟圖才識閎敏辦事勤能堪以著理除檄飭遵照外謹會同兼護湖廣督臣譚繼洵附片具陳伏乞 聖鑒謹 奏奉 硃批吏部知道欽此

○○譚鍾麟片 再廣東東莞縣萬頃沙田一案因劣紳把持經前督臣張之洞奏奉 諭旨禮部主事鄧佐槐着暫行革職俟查辦完竣後查看有無阻撓情事再行奏明請旨等因欽此當經轉行欽遵嗣據印委各員將未經繳價之屯田八十頃零撥歸廣雅書院繳價升科仍由明倫堂承佃自光緒十六年起按年繳租為書院經費其舊欠屯租亦於應給工本銀內扣納該革紳深知改過並無抗違阻撓情事現在業已身故由各紳呈報詳請開復前來臣覆查無異合無仰懇 天恩俯准將已故禮部主事鄧佐槐開復暫行革職處分以符原案而順輿情謹附片具陳伏乞 聖鑒 訓示謹 奏奉 硃批着照所請吏部知道欽此

三月初三日銀洋行情

天津九七六錢
銀盤二千五百九十二文
洋元一千八百三十文
紫竹林九六錢
銀盤二千六百三十二文
洋元一千八百六十文

三月初四日出口輪船禮拜四

新豐	輪船往上海	招商局
連陞	輪船往上海	怡和行
順和	輪船往上海	怡和行

直報

光緒二十二年三月初四日
西歷一千八百九十六年四月十六日
第三百七十八號 禮拜四

第一頁

天津鐵軌商路公司派股利啓　啓者鐵軌商路公司前於去年九月間奉　直隸督憲王　奏准歸併官局辦理以一事權當將自天津迄至古冶商路三百餘里之鋼軌電線車站碼頭各廠以及車輛房間家生機器物料等項次第交代接管又於冬月將一切帳簿契據存票案卷等件一律移交完訖現奉　督憲札行據稟現存商股二千八百四十七股結至二十一年九月底止援照第一二屆成案每股給息六釐即由該官局收回舊票換給新票註明以後按年支利六釐盈虧兩不相涉以示限制等因查商路股本於第一二屆派利後計自光緒十四年起至二十一年九月底止共七年零六個月每股派息六釐計每股應派行平銀四十五兩雖七年有餘未經分利今蒙一併派給且以後不計盈虧每年支利六釐仰見　督憲體卹商情厚待無已想有股諸君定當同深感激卽勿論何項奉招商股亦必聞風興起踴躍爭先矣茲定自本年三月朔起自四月朔止遵照　憲批派分商路股利在天津海河東岸大王莊開平礦務津局代爲經理專候有股諸君屆期將原發股票息摺一併帶臨以憑核股發息眷注數目將票摺存留彙送先行發給收條另行定期由官局憑條換給新票除俟分利後再將商路歷年進支款項數目情形另行彙刊帳略分布外特此布　達幸勿遲悞爲禱
前辦鐵軌商路公司謹啓

論中西善會不同　續前稿

查當日紅十字會各董會請駐滬英領事函致江海關道勸捐除零星所收難計外其大宗則前署南洋大臣張香帥捐銀一萬兩前蘇撫奎中丞捐銀二千兩前署上海道劉康侯觀察捐銀一千兩仁濟善堂捐銀一千兩共銀一萬四千兩由江海關道函交英署轉給紅十字會收領閱西報載進項計西人共捐銀三千九百二十六兩五錢九分華人捐銀二萬三百三十六兩六錢三分利息銀三百五十四兩六分出項計付牛莊來遠洋行銀八千四百十二兩五錢付烟台滋大洋行銀一千一百兩付電報銀十兩九錢二分付藥料銀五百九十五兩八錢九分付醫生器具銀一百十七兩一分尙存滙豐銀行計銀一萬四千三百二十二兩九錢四分茲悉紅十字會將餘下之欵按每百兩派還六十兩計還張香帥銀六千兩奎中丞一千二百兩劉觀察六百兩仁濟善堂六百兩共出有滙豐銀行票四張是西士之實用實銷絲毫不浮不濫可貴也又前月申報載善舉不善事知華人之遇事射利作僞日拙也按蕪湖救生局在東梁山下昔年彭剛直督師江上見東西梁山對峙江濱如天門雙闕故又名天門其高聳與蜀道之劍閣相似山頭時有怪風捲下舟行其處猝不及備往往覆溺剛直公憫之爰就東梁山下創立救生局置紅船數艘派本處鄉紳董其事其經費由蕪湖關及牙厘局籌給並置田畝歲徵其租以敷局用章程盡善原爲久遠之計剛直歿後日久倦生地復離城遙遠官不及察司事篙工第知食薪工任游蕩忘其爲乘風破浪救人性命而設者客冬某日清晨連覆兩舟不知救生船何往未幾又有兩枝桅民船一艘滿載搭客二十餘人由裕溪口出江下駛適逢石尤作祟顚簸異常舟子因繞東梁山下疾駛以冀飛渡天塹詎甫近山側陡破罡風突自山頭壓下船翻入落齊呼救命聲震山谷未見救生一船幸有渡江民船急來先後援起搭客十有八名送至救生局領賞復蒙西梁山精健營統帶陸副戎送來棉衣爲客更換飲以煖酒哺以飯食旋將覆舟撈獲帶送來局其搭客中年老四人一息尙存惜局中人只顧爲生者報名註册未暇如法施救亦卽就斃查該局向章凡救生船不及救而他船代爲施救重生者每救一名賞給大錢八百文死者六百文聞是役該局按每名僅給四百文渡夫不允爭論多端

此稿未完

是否局董故意剋扣其半以飽私槖耶如此善舉竟至於斯可怪也

示期榮任 ○新簡署理鑾儀衛鑾儀使奕大廷尉功定於三月初二日午刻上任示仰闔署廳員雲麾使筆帖式書皂人等至期一體謁見毋違特示○新簡署理正紅旗護軍統領阿統制克丹署理廂白旗漢軍都統裕壽田統制德署理正藍旗蒙古都統懷紹先統制塔布署理鑲黃旗漢軍副都統蘇統制魯倫均定於三月初二日巳刻上任示仰闔旗參領佐領章京人等至期一體謁見毋違特示

書吏冒功 ○戶部失火各情巳列前報茲聞是夜正火光熊熊時有山東司學習貼寫謝某飛奔至印憲宅第報信印憲卽至署內並令各司科房所存一切案牘及現辦文移稿件均行搶出至廣東廣西山西福建江南江西湖廣河南雲南四川貴州陝西等司書吏亦將案件一併搶出昨經敬子齋大司農諭令寶部郎廷那部郎桐轉飭各司署速將昏夜救火之書吏開列姓名以便給與優奬並聞山東司與印憲送信之學習貼寫謝某另賞銀四兩其餘救火書吏每名給銀一兩以示鼓勵至福建等司業經開列姓名淸單不日當卽舉辦惟福建司直倉科學習貼寫楊某陳某胡某三人均在家中巳入睡鄉忽聞聲鑼四起赶卽披衣起視聞悉戶部失火倉皇失措亦足馳至戶部大門內火燄騰騰巳不可向邇隨同出署繞至富貴街溝沿地方由福建司後墻跳過祇見火燄直撲福建司小稿庫楊某陳某胡某以水澆身得免魚池之殃時値班貼寫祝其昌張斌二人是夜並未在科房住宿巳濡書吏樋惠在家幫辦喜事道經開知赶至前門候至數刻始開城放進來至農曹但見火勢甚猛亦繞至後墻經楊某等將墻推倒一同擁入卽將安櫃[illegible]出並經胡某見領劄緊要恐有遺失隨將領子攜帶身傍至張曉亭張三天曉進署胡某恐身攜銀領諸多不便卽將銀領交給祝科張三張曉亭二人竟將楊某等搶過以爲已功故衆人議論紛紛頗爲不平究竟如何辦理訪明再錄

原告掌刑 ○京師因地面寬闊良莠不齊前三門外設有五城司坊官凡命盜等案及一切詞訟均聽剖決頗與州縣均權地方事務全資料理無奈賢能者甚屬寥寥竟有高坐堂皇不諳治理令原告當堂責打被告者實所罕聞也前門煤市街王某因索欠啓衅將童某毆傷當赴中西坊楊副指揮紹時案下喊告旋經堂訊兩造供認前情不諱坊官憤然曰欠帳者還錢毆者還打童某所欠錢文據稱無力償還由本司代付童某被毆卽令童某當堂將王某掌責十下論理論情法豈不兩得其平與兩旁隸役皆掩口胡盧噫似此賢有司定係捐班科第中人無此權變也

得隴望蜀 ○朝陽門內南小街有吳甲者前操淮南王業妻某氏摘花插 頗彰自憐招婿某乙少年韶秀跌蕩風流於是不喜西廡雲居最愛東床坦腹入言藉甲亦心疑二月二十四日甲夜半歸家見乙僕被而出形狀驚惶不禁怒火勃發大聲喝斥其罪乙則指天晝地力辯其無鄰右聞聲驚起甲以顏面所關遂亦緘口無言然人巳聽之甚悉無不點頭吐舌也

運鉛赴京 ○貴州 憲接奉部劄以京局鼓鑄需鉛甚鉅亟應委員赶卽採辦速爲解京以濟要需茲由藩憲飭將光緒二十年分應解第二批白鉛四十萬斤黑鉛三十萬斤札委准補畢節縣知縣繆大令纖彤赴 兌足押解赴京交納所有運腳一切照章由沿途省分預備應用以利遄行免致稽延茲繆大令業巳抵津應給運腳欽一千三百五十餘兩惟據該員報稱在四川省河沒鉛八萬五千斤現有黑白鉛六十一萬五千斤自應按實核計運腳一千一百八十餘兩應由支應局如數發給諒卽指日到京矣

課題照錄 ○昨日輔仁書院補試二月十八日齋課謹將詩文題照錄 生文題 天將以夫子爲木鐸合下一章 詩題 三月三日天氣新得新字五言八韻

童文詩 束帶 詩題 踏青節得青字五言六韻

補試示期 ○問律三取兩書院甄別已經發榜現由運憲接奉兩書院山長函遞詩文各題卽擬初五日補試已於昨晚標牌示知矣

勘驗堤工 ○子牙河修堤已紀前報茲有河間縣舉人馬天驥等赴院署稟請制憲由河間董家房至獻縣馬房一帶須改築近堤伏秋汛泛方保可恃昨蒙批示所稟於附近堤外村莊有無窒礙候行水利局派員查勘再行定奪聞已委候補同知李司馬文楷赴該處勘驗不日起行云

塾師被竊 ○大城劉茂才在河北西窰窪地方設館訓蒙束修不過數十金聊借餬口而已昨屆清明因家人來館竄與學東湊集薄貲寄回度日乃僅見津錢十餘千除清還舖帳外所餘無幾因假友人摹本馬褂一件質錢益之不料昨夜偷兒入室席捲一空當票一紙亦隨手携去噫塾師所失不過布衣而所借馬褂約值十數千窮措大恐無力賠償也聞已報案至如何辦理訪明再登

天時多變 ○津埠於暮春之初佛燈初上時杏花村一帶雨雹一陣地爲白頃閱滬報知揚城入歲後晴少雨多上月五日傍晚急雨雜以冰雹大如豆歷半點鐘許初六日大風起日色淡二鼓時花飛六出料峭之寒加前數夕按巴黎雨雹歲以爲常事載王方伯使俄草云爲地氣之偏由是而推則中土何莫不然且嘗誌中土雨雹

之處其咸田不不旺其爲地恭無疑寒爲陰氣春多寒風則夏多淫雨老農之論有以夫

姑妄聽之 ○津郡爲水旱通衢無業貧民來茲就食者不下數萬計事最苦而人最多者尤莫如拉 車昨閱報有此項捐欵改於望日收納過期卽不准截客云云近聞流言復云祇准新車報捐招攬客載以三千輛爲額舊車概不收捐亦不准拉客不悉是否屬實果如所云則鵠面鳩形之輩何以爲生弱者將轉乎溝壑强者勢不至流爲盜賊不止也想諸大憲軫卹民艱未必出此

借穀還米 ○不田而食者世有之不種而獲者不少概見也有之則傳諸瀛海之北里瀛海北界平舒地阜而腴農有某甲者善播種穀粱菽麥覗歲所宜而種之無不熟室以裕地隣某乙黠之去歲播種時潛詢甲之亞旅曰汝主人某田播何種衆以穀對乙亦命亞旅以穀播及榆錢落時甲之穀甾油而秀乙之田則不見勾萌也遂改播他種及秋甲大熟乙田薄熟而已乙以運不及甲嘆其兩氏亞旅有知其事者乃相與鼓掌曰乙運誠不及甲然甲已借穀還米矣蓋播種時甲性急瞬月未沉卽速催亞旅操作誤以米播諸乙田乙之亞旅復誤以穀播諸甲田也不種而獲亦創聞矣

解醋以薑 ○醋海汪汪苦無舟楫古今人所同慨也鄉有某姓者椿萱已謝年少室豐娶未久復購側室營金屋於別墅之柳圻爲藏春計未幾春光易洩夜雨難瞞妻約母氏造其處大興問罪之師入室植愕似曾相識之燕者審睇之則妻父之妾前被母逐者母益怒大罵驚四鄰羣集問故有魯仲連者謂某妻之母曰昔爲爾家妾汝既逐燕答鶯疇昔之羊子爲政今爲壻家姬汝復驚鶯打鴨竊恐今日之羊汝不得以爲政矣家醜勿外揚汝當取三十六策之上策而行之否則泰水恐成禍水也妻母聞言酷益上湧卒倒地衆失措鄰有姜姓者曰毋怖速取生薑汁灌之果頓甦此誠救醋之奇方也樂誌傳之以行方便

駕以惡名 ○初一日報登紫竹林土棍乘夜至賀家口偷扒泰山廟磚瓦云云茲查段某乃脚行生理因台四斜約多人爭此脚行未經得手是以布散流言揑造黑白以段廝子爲土棍聳人聽聞實則段姓人極老實並無偷扒磚瓦等事沙訟一節仍係爭競脚行起事也

郵政章程 ○寄送信件 一信件之類分爲封口信及明信片與貿易冊並刊印各件共四項 二各局收發之件宜分兩項一爲總包一爲零件 三此局收到彼局所交之總包有應原包轉送者有應開包就近分投者尙有轉寄之件須復行裝成總包另寄此外又有本處交局之零件亦須分別辦理各局轉送分投暨復封等事以及何時可收何時須發均須遵照總局所示辦理並在附近示告衆人知曉 四各局所發之件有應將零件在本處分投者有應自作總包與收到總包轉寄他處者若寄送通商口岸卽用往來通商口岸之輪船若寄送內地卽用已設之民局代遞各局均須自行就近酌擬辦法仍聽總局之指示遵行並示告衆人知曉 五各局所發總包須隨有開錄之清單由接收之局查對單包相符卽將收條字據送交原局 六七等欵俟嗣後有同類應載事宜卽添註於此 徵收信資 此稿未完

光緒二十二年二月三十日京報照錄

宮門抄 上諭恭錄前報○二月三十日吏部 翰林院 侍衛處值日 無引見 謨貝子徐甫明桂紐楞額各假滿請 安 信侯請假十日 恩崋續假十日 崇光續假十五日 召見軍機 熙敬

○○恩澤片 再黑龍江勘辦荒地正在需員差委查有禮部小京官毓衡曾任綏化廳理事通判在黑龍江三載有餘頗能實心任事嗣以丁母憂去官服 改作京職於光緒二十一年由該旗請咨赴吉林修墓經奴才咨調來黑龍江辦理勘丈一切事務尙能得力合無仰懇 天恩俯念邊地乏人准將該小京官毓衡留黑龍江差委以資臂助除咨部外理合附片陳明伏乞 聖鑒 訓示謹 奏奉 硃批着照所請該衙門知道欽此

○○恩澤片 再上年八月間經奴才增祺電商前任 盛京將軍裕祿由調去齊字營槍械子母內撥還毛瑟槍五百杆子母五十萬粒當飭佐領恩玉等四員督帶護兵赴奉天運解黑龍江存儲備用所有運解此項槍械之官兵需用過津貼苫藤並入境車價等項銀一千二百八十八兩已由奴才恩澤等照章飭由齊字營正餉項下如數發給除造冊咨部查照外理合附片陳明伏乞 聖鑒謹 奏奉 硃批戶部知道欽此

○○恩澤片 再上年二月間經奴才增祺奏明由天津武備學堂調到武備學生趙福匯許玉峯夏恩綬田錫恩周恩貴朱遠會等六員由北洋大臣墊發該學生等每名川資銀五十兩整裝銀五十兩共銀六百兩咨行撥還歸欵等因前來當經奴才恩澤等飭由鎭邊軍糧餉項下如數撥還以清款目除咨北洋大臣並報部查照外理合附片陳明伏乞 聖鑒謹 奏奉 硃批知道了欽此

都門陳質庵精理男婦方脈著手回春寓紫竹林同宴樓後申報分館 沈竹君啓

金陵仁記南味坊

自製本機元淺京緞甯綢紗縐絨線糟貨食物金腿海味南貨俱全近因錢市漲落不同分別減價抑因無恥之徒假冒南味者甚多雖云謀利誠恐亂眞欲辨薰蕕用煩楮墨

寄售雨前龍井每斤津錢一千二百文八百文福建條絲格外公道　開設宮北大獅胡同內

告白

啟者報館之有採訪猶古之採風採詩上以考政治之得失下以考風氣之純剝載諸報端宣之中外取其善懲其惡故言者無罪聞者足戒充是任者品必公正心必仁廉公則明正則直仁則不爲已甚之事廉則不貪非分之財用能識大體近人情善善惡惡柔不茹剛不吐凡有關於　國計民生者自大至細悉採毋遺辭取達意而止不以富麗爲工發供衆覽於以通上下難言之苦達遠近不聞之聲庶使豫先事之綢繆善後事之補救斯無負泰西設館之本旨焉否則遇事射利飛短流長實爲此間所大忌者矣現在本館採訪招人有樂就者祈先以所採新聞投交海大道老菜市本報館門房轉遞是幸如可登錄取有切實公正保人則端人之取友必端本報館不惜重聘定當延致其有冀循情面援本館友人互爲請託者一概不收毋怪言之不豫也此啟

本館主人啟

養性園公司於本月十八日在戈登堂會議會發告白布告是日公同議定將養性園產業售與跑馬會所有在股各東請自四月十三日起持票至高林洋行向總理人莫林處收取股銀可也

養性園公司謹啓

德商元亨洋行

本行專辦進出各口貨物今開設在法界鐵路公司西首特此告白

烏利文洋行

啓者本行開設香港上海三十餘年四方馳名專售各式金銀鐘錶鑽石戒指八音琴千里鏡眼鏡等物並修理鐘表價錢比別家格外公道今本行東家米士得巴克由上海來津開設在紫竹林裕泰飯店旁請

諸君降臨光顧是幸特此佈聞

丙申年三月初四日禮拜四

浙杭元吉永號

本莊自置紗羅綢緞新樣洋縐花素洋布川廣夏貨團摺雅扇南貨頭油俱全祇爲近時錢市漲落不同故而各貨減價開設估衣街中間路北凡　仕商賜顧者無悞特此佈達

天津順昌永保險車船局

本局專寫輪船客票包運遠近水旱車船貨物行李起卸各項貨物機器木料銅鉛米麥等物代報華洋關稅墊辦應用諸款定期不悞格外克己貴　官商無論遲早到埠皆有妥人照料一切非他行可比　賜顧者詳認天津紫竹林鐵路公司傍本局門首招牌便是

本局主人謹白

敬啟者京城售報處改在前門外琉璃廠小沙土園路西寶興木廠又楊梅竹斜街中間路南聚興降小器作內兩處分售此白

售報人陳午清謹啟寓前門內刑部後身草帽胡同北頭大院內

三月初四日銀洋行情

天津九七六錢

銀盤二千五百九十文

洋元一千八百三十文

紫竹林九六錢

銀盤二千六百三十文

洋元一千八百六十文

三月初五日進口輪船禮拜五

海晏　輪船由上海　招商局

通州　輪船由上海　太古行

怡生　輪船由上海　怡和行

第一頁

直報

光緒二十二年三月初五日
西歷一千八百九十六年四月十七日
第三百七十九號
禮拜五

本館告白

啓者本館售報需人如有情願承辦者至本館帳房面議可也

天津鐵軌商路公司派股利啓　啓者鐵軌商路公司前於去年九月間奉　直隸督憲王　奏准歸併官局辦理以一事權當將自天津迄至古冶商路三百餘里之鋼軌電線車站碼頭各廠以及車輛房間家生機器物料等項次第交代接管又於冬月將一切帳簿契據存票案卷等件一律移交完訖現奉　督憲札行據禀現存商股二千八百四十七股結至二十一年九月底止援照第一二屆成案每股給息六釐卽由該官局收回舊票換給新票註明以後按年支利六釐盈虧兩不相涉以示限制等因查商路股本於第一二屆派利後計自光緒十四年起至二十一年九月底止共七年零六個月每股派息六釐計每股應派行平銀四十五兩雖七年有餘未經分利今蒙一併派給且以後不計盈虧每年支利六釐仰見　督憲體卹商情厚待無已想有股諸君定當同深感激卽勿論何項奉招商股亦必聞風興起踴躍爭先矣茲定自本年三月朔起自四月朔止遵照　憲批派分商路股利在天津海河東岸大王莊開平礦務津局代爲經理專候有股諸君屆期將原發股票息摺一併帶臨以憑按股發息登注數目將票摺存留彙送先行發給收條另行定期由官局憑條換給新票除俟分利後再將商路歷年進支欵項數目情形另行彙刊帳略分布外特此布　達幸勿遲悞爲禱

前辦鐵軌商路公司謹啓

上諭恭錄

上諭胡聘之奏特參文武不職各員請分別降革一摺山西解州直隸州知州張喜田性耽安逸諸事廢弛安邑縣知縣萬啓鈞才識庸闇難勝繁劇均着開缺留省另補垣曲縣知縣戴家椿心地糊塗辦案草率署壽陽縣知縣王廷鋭藉差苛歛民怨沸騰該二員文理尙優着以教職歸部選用前署遼州直隸州知州單熙昭信用家丁皺私很籍蒲縣知縣周道淵工於作僞操守難信候補遊擊王枝發縱兵滋擾毫無紀律路安協中軍都司張有才嗜好甚深難期振作均着卽行革職以示懲儆餘着照所議辦理該部知道欽此　上諭前據御史敬祐胡景桂先後奏參山西河東監掣同知張貽瑨營私牟利各欵迭經諭令張煦胡聘之確查具奏茲據胡聘之查明奏稱張貽瑨被參與置畔地開設鹽店縱容白役加價霸運各節皆有確據實屬嗜利無厭貪鄙不職河東監掣同知張貽瑨着卽行革職候補知府徐杰與張貽瑨暗通聲氣調護掩飾平日藉勢招搖不知檢束候補鹽大使孟起鳳行同市儈有玷官箴着一併革職以示懲儆餘着照所議辦理該部知道欽此

論中西善會不同　續前稿

雖然無怪也中國善會始而定例極詳繼而奉爲故事有一例卽有一弊立法善而持法未能盡善也法猶是法胡爲昔善今不善則以立法與持法者易其人遂並易其心心既易法雖不易無當也一事也有事中之義卽有事中之利喻其義則有定法固善無定法亦善譬之冬裘而夏葛渴飲而飢食惟求有益於公苟能適宜不憚其煩夫固無往不善也喻其利則無定法固非善有定法亦非善勢將責冬裘者而一律爲葛責飢食者而一律爲飲惟求有益於私苟能省錢不顧其他夫固無往或善也在紅十字會之初勸捐也只有惻隱之心並無藉此沽名從中分潤之意亦並無先立成議事後果有餘貲仍須歸還之說且既立成會定將永遠舉行以長此善念其當如何拯救之

處隨時隨事無量無休其當如何勸化接濟處亦必隨時隨事與爲無量無休焉若是乎其無定也然而有定也奚以定定之一言以救東方陣前戰士之傷而已旣傷旣救無所遺戰畢則救傷之事亦畢會爲救傷興非爲生財起一切所勸之欵實用實銷絲毫不濫來明去白必有管收除在之目方見眞實斯無負樂輸之眞實善心斯無負勸捐之眞實善念例因事起時各有宜無須膠柱爲也何必定法不然救生會與紅十字名雖不同其義無二倘其顧名思義事更顯而易明况剛直公旣已置備紅船數艘復以其事屬之蕪湖關屬之牙釐局籌給其欵更置田產歲收其租以供會中費用其爲謀生聚計久遠者旣已無微不至而又慮及拯溺之事禍起倉卒呼吸之頃便爲生死關頭倘或救生船趕救不及而他船遇其間者得謂事有專責諉之局外而不顧其於救生猶恐心有餘憾也特又定以他船代爲施救重生者每名賞給大錢八百文死者六百文之例爲法外之法以勸善言猶在耳人所共聞剛直雖終其心如見又况獲溺之舟非必月日恒見而關局田畝之入則歲有常規綜核出入其爲有羸無絀不致先盛後衰也自是定理胡爲於他船救生之賞而頓減其半理有未順情有未平其不能不有所爭辨也夫復何說然則雖有前定之章其如持法者之心喻利不喻義何也然此猶其小焉者也竊嘗以此推中國定例之弊如此類者不堪枚舉試舉一端以畧指其凡如各關收取貨稅貨有衰旺卽稅有多寡儘征儘解理自公情自平也乃自膺此任者之人心不平事事虞詐不足取信於公庭遂定以額收若干不得增減爲例夫制拋莫不善於貢龍子譏之譏其豐年多取不爲虐則必寡取凶年糞田而不足則必取盈也然貢之初猶必較數歲之中以爲常今關之稅未審其所較若何而稅旺之關每歲則解有定額所收盈餘儘飽私橐其波及屬下者其毫末之毫末也第充此差者無不各稱優缺優其肥耳故閩海粵海各關每派一任則富無與匹以致謀斯缺者先有報効若干之論財何自來倘一廻思不禁心寒髮指從未聞有以所收額外之餘以歸公者至收數短絀之關則責令該員減成賠繳膺其任者莫不於未任前百方營脫從未聞有不知難而退者則中土上下之不能以信相孚固不獨救生局之事不堪比美於紅十字會也盱衡中西其風氣可勝浩歎哉

寒暑不時　○京師自今春以來屢次得雪已登前報又於二月二十八日夜間黃昏後濃雲密佈春雨連綿歷兩日之久滴瀝不休至三十日淸晨又見屋瓦鋪銀如粉裝如玉砌厚約三寸有餘至三月初一日大曙少頃晴晞微露卽漸消融現在節近穀雨而春寒料峭凜凜逼人幾似冬景居人圍爐密室稱爲春寒已極氣候不正刻下都中染患瘟疫者比比皆是作睡咨者亦復不少於是藥店材廠又加利市三倍矣

幸而解脫　○北方風氣剛勁往往因睚眦微隙動輒尋仇昨有某甲在前門外栢順胡同地方尋花問柳途遇某乙某丙素有嫌隙肆口謾罵兩不相下繼以揮拳經多人勸鬨甲去如黃鶴乙丙二人乃復各持利刃追趕幸被西珠汎兵丁將乙捉送官裏去丙則逃矣

難得善終　○京師永定門外蔦家廟地方某氏婦平時放債爲生重利盤剝歷有年所然往往貸他人之財獲他人之利其本初非吾家故物也本則以大易爲小息則入輕而出重卽諺所謂挖東牆補西牆者今年該氏權其子母子雖盈而母多絀各債主屢行討索奈皆赤手無以爲應於是求生無路避債無臺於日昨獨自出門去無踪影業經親友百方偵探不知去向其家人諠知其必不得以善死也現已焚芻化楮一律麻衣如雪矣

疾果何由　○候選通判某者在部投供有年終無選期意欲加捐海防新班庶幾補署有期無如囊中空虛以致未能如願終朝以粉缺爲念於二月二十八日忽然衣冠齊楚形似瘋顚始則作謁見上憲儀注自言自語歡笑非常繼則設立公案作審判狀並高喝京腔聲音洪亮觀者如蟻莫不嗤之以鼻經其家人再三勸慰泒丁看守勿令遊出滋生事端現雖覓醫調治不卜能否痊愈按此病固屬名利之心所致然觀其舉動似亦不盡爲此或其平日有違心之事故召此疾病歟然非外人所敢知也

黨選類誌　○鹽運司李都轉希蓮升授貴州臬司刻已請咨赴京引見並請先行委員接署以便清理經手事件已由制軍檄委電報局總辦佘觀察昌宇署理仍兼電報局事務現定於初七日接印任事

標餉已到　○天津鎭標各營官兵薪俸馬乾餉米銀兩向由鎭道兩憲分派文武委員赴省請領派委銜名曾列前報頃悉文武委員已將春季餉銀押解到津仍交津河道庫再爲核計示期發領凡食糧兵丁莫不喜形於色互相傳述云

貼封防弊　○南糧海運抵津兌交剝船時嚴查極爲周密茲聞沿河有一種奸匪專以海運剝船偷盜糧米爲生其價值若干米之數目及代運　糖土塊攙和等事均有別號非個中人不知其發查之雖嚴亦難禁絕說者以封倉俱用麪糊一經燒酒揭之極易且毫無痕跡若改用水膠貼封當不易揭也是否有當茲據述姑錄之以質當其事者

刼物傷主　○東安縣屬得勝口居民李福貞者家稱小康因邀夥友販賣烟土詎於前月上旬起更時分忽被賊人撞落大門入內刼去烟土錢文衣服而逸當時鋪夥只積善驚覺喊捕被賊拒傷李只得查點失物開單分投文武衙門報案勘驗飭緝未悉能弋獲否耶

局員公正　○某公館服役者日昨持錢票三千向某雜貨鋪兌換某以公館中人斷無舛錯卽收票付錢及以帖買貨經人批假比向公館人追究不惟不認反以憑空訛詐將某拜送鄉甲局局員訊明情由乃飭公館如數還錢並飭將造帖之人交送縣署究治噫局員此舉可謂公正廉明矣

神豈無靈　○三月三日或謂踏青節或謂蟠桃會義各有所取爾也距城數里小稍直口村福壽宮塑王母像每屆是日善男信女白叟黃童結香火緣者不憚跋涉趨若鶩更有輕狂子弟乘車策馬携妓招優爭逞豪華進香耶作孽耶昨有某甲正在得意疾馳忽馬蹶跌傷甚重衆香侶紛紛議論或謂王母無靈或謂王母有靈彼有所取夫人而知之矣

福終有相　○戶母霸身長十丈腰大十圍祇聞其語未見其人也昨友人相告新建陸軍徐統領新由安徽亳州招得勇丁千名督辦點名時見鄧姓一勇年二十三歲身長八尺有奇勝關三停督辦見喜惟語曰惜乎汝聲不洪頭尚尖耳否當大貴也昔有名將選兵必取相貌魁梧奇偉者謂其人具此福相自可與共功名我　朝雍正　上諭每遴武將多有謂漢仗去得者然則一分相貌一分福良有以也

糧價頓減　○津郡柴米向以四外運來米麥則由御河上河運載柴薪則由東南兩皂運載近日來源不裕米珠薪桂未免堪虞昨東浮橋迤南來有森省糧船數十隻絡繹進埠所載芝蔴玉米各雜糧業經售賣開盤芝蔴每石約售五兩三錢玉米一兩四五錢不等米麪價頓皆跌落窶人慨呼猶憶往年北直省一帶歉收街市相値人愁糶貴忽有傳海糶到埠者聲起致問有某學生口號曰一語令人眞失喜隔窻聞得海糶來先生大加獎異乃知詩史之妙傳神阿堵多係實情不在修辭飾句也

少尉賢聲　○署玉田縣典史周景章者端方潔已矢愼矢勤現聞署期於六月卽滿恐有調遷城鎭紳董商民不約而同者五十餘人具稟公懇縣主加結詳請保留以洽輿情其公稟內　政績六條一琴堂佐治一巡緝有方一獄囚感恩一惡丐潛踪一品端性善一恩威並具噫如周少尉者涖任不過數月紳商百姓如此保留誠賢尉乎

照會風聞　○探聞義大利國領事官於前日照會滬埠關道憲畧云蘇州地方日本既新立租界本國亦例應遵照條約在蘇省閶關通商埠頭建立租界大約俟各洋商議妥之後自當一律照辦是否容再細訪

油價彙誌　○漢口桐油暨菜蔴皮油消場極暢近日行情均較去冬有漲無跌桐油約値價紋八兩二錢蔴油値七兩二錢菜油値六兩八錢皮油値七兩二三錢之譜操奇計贏者皆謂行情若此不無徵利可沾云

郵政章程　○徵收信資　一寄送信件既分口岸內地外海三項其信資亦當分晰爲三一爲岸資一爲內資一爲外資　二往來外國之信件應取信資若干須照萬國郵政聯約卽信會條例第五第六兩欵所定之外資辦理　若外國信件送到本局轉寄不聯約之處其內地運送之資應由收信之人付給若由不聯約之處將信件送到本局轉寄外國其內地運送之資應由交信之人付給所有民局運送之資卽內資聽民局自行酌訂收取　三通商口岸聯約處所往來信件之信資本有自定之權所擬之資卽岸資列後蓋明信片每張應收洋銀一分封口信每件計重二錢五分以下應收洋銀二分五錢以下應收洋銀四分一兩以下應收洋銀八分餘以此類推新聞紙華每張應收洋銀一分洋每張應收洋銀二分貿易冊並刊印各件計重二兩應收洋銀二分若由不聯約之處將信件送到本局轉寄聯約他處其內地運送之內資應由交信之人付給若至聯約他處後尙欲送赴不聯約之處內地運送之內資應由收信之人付給所有民局運送之內資聽其自行酌訂收取　四凡往來外國暨通商各口之信件在郵局掛號與否均聽自便如掛號應另納號資擧取收單其往來外國信件應按聯約條例第五第六第七等欵辦理其往來通商各口信件應按岸資之例辦理若欲收信人之回單則須於另納號資外加倍付給　五凡往來內地不聯約各處之信件其內資多寡應由民局自行酌定一面報明附近郵政局曉諭衆知　六郵政局須製造信票以便　貼信面作爲寄送外國暨通商各口之信資俟分定岸資外資各信票之式樣再行宣示衆知　七凡將信件交付郵政局寄送必須於信面上貼郵政局之信票作爲信　八信票係在各處郵政局並郵政局託售之鋪店等處均可購買　九僞造信票應按僞造銀錢票擬之罪懲辦　十十一等欵俟嗣後有同類應職事宜卽添註於此

此稿未完

光緒二十二年三月初一日京報照錄

宮門抄　上諭恭錄前報○三月初一日戶部　通政司　詹事府　鑲黃旗値日　無引見　椿壽假滿請　安　樹貝子請假五日　王汝濟請假十日　吏部呈進月官卷　召見軍機　皇上明日辦事後至　圓明園少坐畢還　頤和園申初還宮

○○譚鍾麟片　再廣東水師提督臣鄭紹忠歷辦廣州韶州肇慶各府屬鄉匪並西北江清鄉緝匪事宜水陸各營所獲匪犯由該提臣督同審案委員訊明確供就地懲

辦疊經前督臣　奏報有案該提臣辦理認眞勤勞久著現因地方安靖獲犯較少咨請派員接辦積案事宜臣以此事本屬權宜辦法所有該行營審案委員應即裁撤以後營獲盜匪凡籍隸外府縣者即解歸營務處審辦籍隸首縣解該地方官審辦有報案者歸案辦理仍由該提臣督飭水陸各營講求緝捕有犯必獲以靖地方理合附片陳明伏乞　聖鑒謹　奏奉　硃批着照所請刑部知道欽此

○○降二級留任又降二級留任山東巡撫臣李秉衡跪　奏爲紳士報效軍需鉅款籲懇　特恩給獎以昭激勸恭摺仰祈　聖鑒事竊臣前准戶部咨議覆兩江總督劉坤一等奏籌餉各條一摺內稱如有紳富捐助軍需銀至一萬兩以上者准專摺奏請　特恩獎敘等因茲查有山東在籍紳士萊州府掖縣人花翎知府銜江蘇候補直隸州知州杜向榮報捐庫平實銀三萬兩經臣飭由萊州收發局照收供支軍需據聲稱不敢仰邀議敘等情臣維山東上年籌辦海防每月需餉銀二十餘萬兩獨能捐助鉅欵以濟軍需其慷慨急公之忱實屬不可多得查由直隸州捐升知府例銀五千八百五十九兩今杜向榮報効銀二萬兩較之報捐知府十成銀數多逾數倍雖據聲稱不敢仰邀議敘而其捐欵甚鉅與專摺奏獎之例相符應如何　破格恩施以示鼓勵之處出自　聖裁謹專摺具　奏伏乞　皇上聖鑒　訓示謹　奏奉　硃批戶部議奏欽此

敬啟者京城售報處改在前門外琉璃廠小沙土園路西寶興木廠又楊梅竹斜街中間路南聚興隆小器作內兩處分售此白

售報人陳午濤謹啟寓前門內刑部後身草帽胡同北頭大院內

三月初五日銀洋行情

天津九七六錢

銀盤二千五百八十文

洋元一千八百二十五文

紫竹林九六錢

銀盤二千六百二十文

洋元一千八百五十五文

三月初六日出口輪船禮拜六

海定　輪船往上海　招商局

新濟　輪船往上海　招商局

承平　輪船往上海　礦務局

直報

光緒二十二年三月初六日　第三百八十號

西歷一千八百九十六年四月十八日　禮拜六

天津鐵軌商路公司派股利啓　啓者鐵軌商路公司前於去年九月間奉　直隸督憲王　奏准歸併官局辦理以一事權當將自天津迄至古冶商路三百餘里之鋼軌電線車站碼頭各廠以及車輛房間家生機器物料等項次第交代接管又於冬月將一切帳簿契據存票案卷等件一律移交完訖現奉　督憲札行據禀現在商股二千八百四十七股結至二十一年九月底止按照第一二屆成案每股給息六釐卽由該官局收回舊票換給新票註明以後按年支利六釐盈虧兩不相涉以示限制等因查商路股本於第一二屆派利後計自光緒十四年起至二十一年九月底止共七年零六個月每股派息六釐計每股應派行平銀四十五兩雖七年有餘未經分利今蒙一併派給且以後不計盈虧每年支利六釐仰見　督憲體卹商情厚待無已想有股諸君定當同深感激卽勿論何項奉招商股亦必聞風興起踴躍爭先矣茲定自本年三月朔起自四月朔止遵照　憲批派分商路股利在天津海河東岸大王莊開平礦務津局代爲經理專候有股諸君屆期將原發股票息摺一併帶臨以憑按股發息登注數目將票摺存留彙送先行發給收條另行定期由官局憑條換給新票除俟分利後再將商路歷年進支欵項數目情形另行彙刊帳略分布外特此布　達幸勿遲悞爲禱

前辦鐵軌商路公司謹啓

親耕典禮

太常寺題三月初四日致祭　先農壇　皇上親詣行禮已見邸報茲聞　皇上於五點鐘逾三十分由　內廷出乾淸門　太和門　午門禮輿用校尉十六人肩荷以行　皇上御朝衣朝冠掛一百零八顆珍珠朝珠請轎校尉皆穿紅綢駕衣禮輿左右御前大臣朝衣團龍褂冠紅寶石頂跨刀騎馬隨行又有帮轎之上虞備用處侍衛二員管轎鑾儀衛官二員兩旁步行輿前九龍黃雲緞曲柄傘一柄武備院司蓋官騎馬持行兩旁提爐數對侍衛拜唐阿輪持步行再前有八駿馬金鞍玉　鵝黃韁轡胸垂紅纓每騎一官牽行係上駟院阿敦侍衛也八駿之前除鹵簿儀仗數十對外則三旗大門侍衛數十員負長槍佩儀刀懸跨弓矢撒袋箭壺騎馬排行聯若雁序再前卽爲五輅以象背負寶瓶隨扈有豹尾槍儀刀捧弓擎箭拜唐阿數十人自王貝勒貝子公御前侍衛三旗滿漢侍衛各項官弁隨行者百數十騎皆跨刀挾弓貫矢出端門天安門大淸門兩旁站有護軍前鋒佩刀持鞭每距數武肅然侍立至不陪祀之王公文武大臣皆朝服於午門前跪送正陽門有步營堂司官員跪送由石路直南約數里沿途各巷口內結席棚外張藍帳各有綠營官兵內外把守以禁閒人往來喧笑肅靜無譁兩旁舖戶皆扃閉門戶每舖前立一人身穿袍褂跨刀持鞭蓋護軍營打街兵也及　聖駕詣　先農壇換八人亮轎肩至壇前　上步詣拜台致祭　先農讀祝行禮樂部作樂焚表後　上詣太歲殿拈香畢　具服殿總管內監恭備更衣處用早膳御膳房按序以進賞畢更換黃龍袍至耕藉所舉行典禮藉田方約三里周圍均豎旗幟不僅青黃赤白黑五色有絳綠青碧月白顏色旗不下十餘樣田之四隅結以綵亭四座高約數尺內陳穀麥豆粳田之中央又有衣花衣高擎彩旗者多人鵠立兩行旁有老農耆民蒼顏白髮者十數人身披　衣頭戴草笠手持農具如　稀者然　皇上卽行耕藉之典左手扶犂右手持鞭御前侍衛二員前導牽牛牛係黃色引紼悉黃絨繩結成犂具飾以黃油上繪金龍犂之兩旁又有侍衛二員佝僂向前扶犂捐籽子

齋大司農在前導引粦順天府府尹陳六舟大京兆府丞李小川少京兆携斗灑種　上親耕回隴往返八次旁有樂部和聲署吏作樂皆衣彩衣笙管簫笛音韻悠揚並以禾歌十則以和洵一片承平雅頌聲也　上耕畢登觀耕台閱視公卿耕　樂歌皆止派出從耕睿王莊王怡王三邸亦躬扶犂把持鞭以耕牛係黑色赤　紅紼灑種者順天府屬員扶筴耒耜爲農政牽牛吏耕五隴長允升少冢宰立少司農陳桂生少司農坤少司空岫棨迪甫少司馬李宓園少司寇鳳竹嵐少宗伯許筠菴總憲壽副憲九人儀與三王相同惟九推九返皆不作樂和歌站道官兵三面環立迨三王九卿耕　禮成後各部官向台上叩頭鳴贊贊引畢　皇上乘亮轎至慶成宮御寶座　賞從行耕　王大臣茶諸臣叩首跪飲謝　恩　皇上仍乘禮輿出壝門入正陽門關帝廟菩薩殿拈香廟內住持羽士跪迎門左拈香畢入大清門由舊路還宮引扈從王公文武大臣逾時伺候　皇上詣　頤和園　皇太后駕前行慶賀禮悉循舊制云

辯也何爲　○戶部顏料庫科房失火已經戶部將顏料庫科房飽宿書吏王某茶役張某一併送交刑部發交陝西司審辦旋經問官將書吏王某茶役張某由獄提出追詰起火緣由據王某張某同供係戶部儀門向有賣食物者堆積柴薪以致遭此回祿等語當據問官詰訊汝既供有貿易人在官署重地堆積柴薪何以戶部堂官奏摺內聲明顏料庫失火本部豈容爾等强辯立將王張一併掌責收禁一面行文戶部提傳大門儀門皂役當堂質訊昨據戶部將皂役趙某方某一併送交刑部歸案審訊究係由何處起火自不難水落石出也至所供何情俟訪明再錄

戲乃有益　○京師彰儀門外某村農人爲子娶婦女家殷實奩具甚豐宵小垂涎至期先有羣丐盤旋村落察其意似覬覦其財欲行盜竊者特以婚家客衆無隙可乘該宵小終逗留不去適同村某人有子之喪賓客亦衆村中往來如市並請有陰陽生擇地於村後廟側聚觀山向一客大言戲曰今日能捉否如我輩相幫務使不能逃脫矣蓋謂捉其龍脈以嘲陰陽生也時衆丐正傍斷垣朋炊忽聞斯語疑其察知隱情遂驚惶散去噫無心戲言恰入有心之聽不測之禍潛消於無稽之談幸矣哉昔有學究設館於廟夜爲生徒宣講訛字訛句聲聞四鄰其說蘇文前後赤壁賦讀賦爲城以赤壁爲紅牆曰前面紅牆有賊適有賊欲行竊蹲伏廟之前牆下聞師語乃移伏後牆師又言後面紅牆有賊賊以爲師有先知懼而遁蓋廟之前後皆繚以紅牆也堪與此條同爲一笑

可以喻大　○京師安定門內剪子巷丁某向充大興縣署差役頗有積儲遂以夜郎自大爲子聘得清風巷慶福館飯店某甲女爲媳女雖出自小家頗嫻內則奈丁婦强悍咸以燕脂虎目之去年丁婦與媳因細故口角遂將媳退休甲家甲以女有乖婦道嚴加訓諭卽令女向翁姑服罪甲亦引咎不遑詎丁一味饒言堅不肯受甲無奈惟偕女垂頭喪氣而歸復挽人向丁懇說至再丁總不允今正丁又爲子聘某成衣匠之女雖不如已休之婦賢而丁亦忍而安之事爲前婦之父風聞將以停妻再娶與訟焉吁世本無事庸人自擾且不遑跋　之惡不知犒獻之忠其事雖小可以喻大矣

是謂眞賢　○京師內西華門酒醋局胡同周姓婦年僅花信結褵數載伉儷甚諧去冬其夫貿易他鄉沾染寒疾抵家未及半月遽爾西歸僅遺五齡弱女不幸旋夭婦孑然獨處含辛茹苦誓守柏舟意謂南山可移此志必不可奪詎夫兄某甲素行無賴見弟婦楚楚丰姿久欲居爲奇貨復經牀頭人絮叨不休謂如許年華豈願終甘岑寂不於此時得一注大財彼若意中有人效紅拂之私奔豈不悔之晚哉甲以爲然遂與某富商定議得朱提三百願出據爲小星婦弟畧與染指遂首肯約某日婦赴戚家乘便舁之以去鄰媼頗有所聞向婦暗通消息婦大駭恐一聲張彼設計者惱羞成怒必至不暗取而明奪更屬無奈伊何因念留此一身必遭强暴甘爲玉碎毋爲瓦全計較已定遂於二月二十五日早起哭奠其夫引吭哀啼聲震戶外哭畢含淚奔出逕投河干奮身一躍計圖畢命時有某紳過而瞥見急救之詢其顛末無不代爲髮指擬具稟投訴宛平縣該婦以偭偭公堂出乖露醜不從紳議紳體其苦志將甲飭人拘至當面諭以利害甲亦自知其罪誓不再作此想並向該婦再三謝罪而後已夫都地風俗素壞若婦生長小家而貞烈若是賢淑若是誠以足維風化矣表而出之敬備　軒之採

贓賊未全　○葛沽搶案昨已辦到案內正賊六名在縣均係游勇聞已招供贓証俱有尙有數名據供携去贓銀數百兩在逃未獲此六名亦未收禁不知作何處置俟訪再報

小不可忽　○某甲者駛船爲生爲磁器幇載貨數十年以該幇經手人換一某姓者遂言甲載貨不妥竟裁去不用甲云我船運貨數十年從無遺悞人所共知歲以爲常今若不雇我船則全家無飯求之再三某執意不允甲以絕食無路因購紫霞膏服畢尋至某家家人見形色不佳卽向外推出未及大門甲已氣絕因將屍移至戶外甲家赴縣鳴寃官判甲爲藉端訛詐押令殮埋甲家復控於府判如縣此數年前事也現聞甲家在京告准由部行文直省札飭地方官傳某提省研審不知某已到案否小不忍則亂大謀可不戒哉

利聚則爭　○河東粮店街腳行與興隆街腳行不知因何各糾多人羅干比戈正在兩敵交衝之際該管地方見勢甚兇恐釀巨端立卽飛報該管汎官帶兵前往

彈壓當即抓獲粮店街腳行人劉洛劉起趙四周國平張三劉三紀二張六張七等九名並獲扛子二根扁担七根又抓獲興隆街腳行人陳三李二孫長有李榮陳三于四孫元寅五陳大等九名並護木棍三根扁担六根一併押解送交有司訊辦吁利之所在人盡趨之趨則爭爭則禍起利大者害亦大爭行奪市利固厚禍豈淺哉

幷剪雲刀　○某宅有子之喪延某寺僧禮懺晚間登台諷經先以大擂吹如雷鳴殿角雨灑松稍梵儀也觀者聽者婦女爲多僧有心動神疲者手持鐃鈸然落地議僧猶若未知也事主見其出神一擁而上將盲眼僧拉下拳脚交施餘僧不及脫衫各奔散諺云念完經打和尚今則未念先打可謂幷州剪子雲南刀矣聞者見者無不捧腹焉

不知有母　○城內大胡同後某氏子既嗜烟復好賭一日輸急計生服齊衰向姑母家告貸據稱伊母暴卒無棺殮姑母信之付給錢物約二十餘千而去次日姑母往弔見門無喪旛入室則姪之母固在也正以前情相述其姪自外至見姑母知事洩將趨避母與姑乃發雷霆怒氏子竟復頂撞伊母即赴縣呈控送逆吁不知有父知有母者禽獸則然至不知有母是誠禽獸不如矣

遵化聞雷　○易云雷出地奮則雷之爲地氣也審矣土薄則雷多土厚則雷少中土地勢西北高東南下西北土厚東南土薄東南多雷粵東於今正雷電雨集低處積水尺有咫西北甘陝少雷又西北與俄界者則終歲無雷即古所謂無雷國也惟近畿各屬氣候每與月令多符昨遵化採訪友云遵屬二月二十六日晚鐘七鳴雷殷殷爲今春初發之響雨隨至澤下約四寸嗣於三月初二日雷鳴復約一時許所降非雨非雪聲似碎玉形似梧子說者謂其中雜有冰雹也

郵政章程　○匯寄銀鈔　一各國郵局於寄送信件外亦代爲匯寄銀鈔以期便利其准匯寄之欵立有定額其匯費亦應有定數中國開辦郵政局亦應照辦以便商民現擬如有人欲將銀鈔自此聯約處所送交彼聯約處所其數不得過一百兩以外即可代爲匯送按照所定匯費製取匯單寄往此項詳細章程須俟隨後酌訂宣示　二三等欵俟嗣後有同類應載事宜即添註於此　寄送包裹　一各國郵局於寄送信件外現時亦代爲寄送包裹等項中國郵政局開辦有頭緒後亦擬一律代爲寄送須俟隨後將包裹之尺寸輕重與運送之規矩費用等項酌定明晰再爲宣示　二三等款俟嗣後有同類應載事宜即添註於此　專款　一凡民局之信件逕經通商口岸交輪船寄送者均須由該局將信件封固裝成總包交由郵政局轉寄不得逕交輪船寄送並應按往來通商口岸之章完納岸資至其輕重大小隨後酌定由各該郵政局曉諭衆知所有在內地往來之內資由該民局自行酌定收取　二郵政局接運民局之封固總包應寄交書明處所之同行民局查收取回收單備查　三凡民局開設聯約處所應赴郵政局掛號領有執據爲憑無須另納規費倘該局領有執據後不願復行承辦此項事件應先赴郵政局呈明將執據繳銷　四五等款俟嗣後有同類應載事宜即添註於此

此稿未完

光緒二十二年三月初二日京報照錄

宮門抄　上諭恭錄前報○三月初二日禮部　宗人府　欽天監　正黃旗值日　無引見　慶王榮祿由　東陵回京請　安　潤貝勒請假十日　李端棻蘇魯岱各續假十日　崇文門呈進黃花魚　禮部奏請換戴涼帽日期　旨着於本月二十二日　又奏改派從耕禮之大臣　派出薛允升　召見軍機　慶王　榮祿　皇上明日卯初二刻升　中和殿看版

○○奴才溥齡麟嘉文瑞跪　奏爲工程緊要請　飭查勘修理以昭慎重恭摺奏　聞仰祈　聖鑒事竊奴才等恭查　普陀谷萬年吉地因近年雨水過大所有大殿並宮門等處均有滲漏　朽脫落爆裂情形於去歲八月間據兼管　普陀谷萬年吉地事務護軍參領銜掌關防郎中文錦呈報經奴才等查明方向相宜處所　奏請查勘修理在案其　東西配殿暨朝房等處均有滲漏　朽脫落爆裂情形自應一律修整方足以昭慎重而順觀瞻查本年俱屬方向相宜謹將各處情形敬繕清單恭呈御覽請　飭查勘理合專摺奏　聞伏乞　皇上聖鑒謹　奏奉　硃批另有旨欽此

○○步軍統領衙門片　再據中營署副將鮑溥泉等督率都司趙春霖帶同弁兵在成府地方將疊次偷竊　園庭木植賊犯張六四兒徐山兒暨買贓之陳安堂劉香子拿獲並起獲現贓木植等物因劉香子患病將張六四兒等解送到案奴才等督飭司員詳加審訊據張六四兒徐山兒均供認疊次偷竊　養花園內木植等物售賣得財花用屬實陳安堂供稱買得張六四兒松木一根伊現情愿交出劉香子在營供稱買得不認識人松木碎劈柴約二百餘斤均已燒火使用伊現情愿將原價交出各等供查張六四兒徐山兒現均膽敢潛入　園庭重地疊次偷竊木植實屬藐法已極亟應嚴行究辦除將買贓人陳安堂取保因病未到案之劉香子均聽刑部傳質外相應請旨將張六四兒徐山兒二名交刑部審明辦理爲此附片謹　奏請　旨奉　旨已錄

天津麥加利銀行告白

啓者本行資本英金八十萬磅備用股本英金八十萬磅公積英金三十二萬五千磅總行開設倫敦分行在孟買加拉吉打冷宮哪哈亞伯古隆北新埠太平咪登哈來蘭播新嘉坡香港福州上海漢口暹邏濱角包帶維亞沙泰伯鴉神戶橫濱等處起首至今三十九年倘有存欵勿論仕商照期起息請來敝行面議敝行茲于正月三十日開張恐未週知特登報章佈告

啟者報館之有採訪猶古之採風採詩上以考政治之得失下以考風氣之純剝載諸報端宣之中外取其善懲其惡故言者無罪聞者足戒充是任者品必公正心必仁廉公則明正則直仁則不爲己甚之事廉則不貪非分之財用能識大體近人情善善惡惡柔不茹剛不吐凡有關於　國計民生者自大至細悉採毋遺辭取達意而止不以富麗爲工發供衆覽於以通上下難言之苦達遠近不聞之聲庶使豫先事之綢繆善後事之補救斯無負泰西設館之本旨焉否則遇事射利飛短流長實爲此間所大忌者矣現在本館採訪招人有樂就者祈先以所採新聞投交海大道老菜市本報館門房轉遞是幸如可登錄取有切實公正保人則端人之取友必端本報館不惜重聘定當延致其有冀循情面援本館友人互爲請託者一概不收毋怪言之不豫也此啟

本館主人啟

養性園公司於本月十八日在戈登堂會議會登告白布告是日公同議定將養性園產業售與跑馬會所有在股各東請自四月十三日起持票至高林洋行向總理人莫林處收取股銀可也

養性園公司謹啓

德商元亨洋行

本行專辦進出各口貨物今開設在法界鐵路公司西首特此告白

烏利文洋行

啓者本行開設香港上海三十餘年四方馳名專售各式金銀鐘錶鑽石戒指八音琴千里鏡眼鏡等物並修理鐘表價錢比別家格外公道今本行東家米士得巴克由上海來津開設在紫竹林裕泰飯店旁請　諸君降臨光顧是幸特此佈聞　丙申年三月初六日禮拜六

浙杭元吉永

本莊自置紗羅綢緞新樣洋辮花素洋布川廣夏貨團摺雅扇南貨頭油俱全祇爲近時錢市漲落不同故而各貨減價開設估衣街中間路北凡　仕商賜顧者無悞特此佈達

天津順昌永保險車船局

本局專寫輪船客票包運遠近水旱車船貨物行李起卸各項貨物機器木料銅鉛米麥等物代報華洋關稅墊辦應用諸欵定期不悞格外克己貴　官商無論遲早到埠皆有妥人照料一切非他行可比　賜顧者詳認天津紫竹林鐵路公司傍本局門首招牌便是

本局主人謹白

敬啟者京城售報處改在前門外琉璃廠小沙土園路西寶興木廠又楊梅竹斜街中間路南聚興隆小器作內兩處分售此白

售報人陳午濤謹啟寓前門內刑部後身草帽胡同北頭大院內

三月初六日銀洋行情

天津九七六錢

銀盤二千五百八十文

洋元一千八百二十五文

紫竹林九六錢

銀盤二千六百二十文

洋元一千八百五十五文

三月初七日出口輪船禮拜日

海晏　輪船往上海　招商局

重慶　輪船往上海　太古行

通州　輪船往上海　太古行

恰生　輪船往上海　怡和行

直報

光緒二十二年三月初八日　第三百八十一號
西歷一千八百九十六年四月二十日　禮拜一

上諭恭錄　水利瑣言　陪祀銜名　神機師法
自他有耀　與古爲新　勿謂善小　利在則爭
死亦大易　搶案未獲　幼孩失迷　蕪湖春景
海國風聞　郵政章程　京報照錄　各行告白

本館告白

啓者本館售報需人如有情願承辦者至本館帳房面議可也

天津鐵軌商路公司派股利啓　啓者鐵軌商路公司前於去年九月間奉　直隸督憲王　奏准歸併官局辦理以一事權當將自天津迄至古冶商路三百餘里之鋼軌電線車站碼頭各廠以及車輛房間家生機器物料等項次第交代接管又於冬月將一切帳簿契據存票案卷等件一律移交完訖現奉　督憲札行撫卹現在商股二千八百四十七股結至二十一年九月底止援照第一二屆成案每股給息六釐卽由該官局收回舊票換給新票註明以後按年支利六釐盈虧兩不相涉以示限制等因查商路股本於第一二屆派利後計自光緒十四年起至二十一年九月底止共七年零六個月每股派息六釐計每股應派[illegible]一五兩[illegible]不[illegible]分不今蒙一併派給且以後不計盈虧每年支利六釐仰見　督憲體卹商情厚待無已想有股諸君定當同深感激卽勿論何項奉招商股亦必聞風興起踴躍爭先矣玆定自本年三月朔起自四月朔止遵照　憲批派分商路股利在天津海河東岸大王莊開平礦務津局代爲經理專候有股諸君屆期將原發股票息摺一併帶臨以憑接股發息登注數目將票摺存留彙送先行發給收條另行定期由官局憑條換給新票除俟分利後再將商路歷年進支欵項數目情形另行彙刊帳略分布外特此布　達幸勿遲悞爲禱

前辦鐵軌商路公司謹啓

上諭恭錄

上諭額勒和布奏假期又滿病仍未痊懇准開缺一摺額勒和布着以大學士致仕欽此　上諭昨日道旁叩閽之河南民人卅九經着交刑部嚴行審訊欽此　旨崑岡着補授閣兵大臣欽此　旨載勛着補授內大臣欽此　硃筆劉恩溥補授通政使司副使欽此　硃筆李殿林轉補翰林院侍讀姚丙然補授翰林院侍講欽此　上諭麟書着稽察欽奉上諭事件處欽此　上諭麟書着充國史館正總裁崑岡着充國史館副總裁欽此　上諭麟書着充會典館正總裁熙敬着充會典館副總裁欽此　上諭章高元現已服闋仍着補授山東登州鎭總兵欽此

水利瑣言

子輿氏有言旱乾水溢則變置社稷社稷有禦水旱之責社稷實無司水旱之權誰司之天司之地司之也天與地豈必故降災祲以困阨斯民使之不得遂其生限於時格於勢天無如何地亦無如何也至天與地皆付之無可如何則挽回補救不得不責之於人雖然辦事易而解事難肩其責者必須有學有識之士因天之時察地之勢斟酌而變化之乃至上縻國帑下累閭閻否則矯揉焉遷就焉見小謨大顧此失彼徒勞無益耳試卽直隸一省言之西方高阜而多山衆水所從出也東方窪下而近海衆水所共趨也故保陽以北津門以南多水患　國初時特派怡賢親王暨陳學士儀興辦水利畿輔蒙其福者百餘年迨同治中　沱泛溢不由故道奔騰北下勢等建　若順屬之文大霸津屬之天青靜以及保陽河間毗連諸州縣一片汪洋儼成澤國誠百年未有之災也前督憲李傅相札委道府大員督同各印委查勘情形土功大作於是在饒陽所屬挑挖橫河過　沱北趨之勢使之東入鹽河以達於海復因鹽河兩堤加高倍厚約束之使不得逞區畫可謂周矣然自此以後無歲不修堤亦無歲不決口迄今二

十餘年水患依然如故何也查　沱發源之處有曰十支河河十支滙爲一力最猛性最狂向經正定廣平等處紆迴千數百里有淀有濼有渠以殺其流有叉港以害其勢故爲害不至甚劇耳奈現挑横河河身太直亦太近直則無所蓄近則無所分以千數百里所容與之水而置之數百里間其湍激潰決不問可知况永定河漸徙而南清河下游被淤一遇伏秋盛漲倒灌逆流爲禍尤巨於此而欲挽回之拯救之誠不可不急思變計矣昔漢哀帝時黃河爲患賈讓獻三策焉徙冀州民當水衝者放河使北入海卽以治河之費業所徙之民此功一立河定民安千載無患謂之上策據堅地作石堤旱則開東方下水門溉冀州水則開西方高門分河流富國安民可支數百歲謂之中策若繕完故堤增卑培薄勞費無已數逢其害最下策也考直隸地勢中策似無所用若現時治水之法卽勞費無已數逢其害之下策是焉審時度勢惟上策可以照行蓋合被水諸州縣大概較之文大一窪爲最大而最低形如釜底水一入不復能出故王家口修閘洩水而水不洩埧台修閘洩水而水仍不洩灘里修閘洩水雖少洩而終不能盡洩至今該處積水深者約七八尺淺者亦不下三四尺雖經賑欵頻頒而流離死亡尚不堪言狀也此誠時之變勢之窮而人所不能爲力者爲今之計莫如令該窪灾戶將地畝報由縣註册按四五年放賑修堤之欵按地畝給發爲民資斧以便各尋樂土其有不願遷徙者亦可藉所給資斧製辦網罟捕魚爲生而所置閒田縱横百里卽作諸縣洩水之區是棄一窪於水中可出十餘州縣於水外一勞永逸不得謂非救時之計也然　沱水濁半挾泥沙該窪漸淤漸高約三十年後卽變膏腴流民復業亦可指日待耳當無可如何之際作萬不得已之思瑣瑣妄談不無一得關心民瘼者倘加採擇焉則幸甚

陪祀銜名　○太常寺題二月二十九日致祭　歷代帝王廟奉　旨遣凱泰行禮兩廡遣坤岫溥良鍾鑣溥廷各分獻欽此已見邸報茲將各部院開送陪祀司員開列於左　吏部堂主事覺羅榮勛員外郎裕興主事崔澄寰侯葆文　戶部員外郎文續郎中覺羅鍾俊主事鍾祺吳國霖　禮部員外郎晉齡郎中貴唐主事李世祥張守炎　兵部員外郎廣潤主事廣斌郎中黃廷魁主事王萃雲　刑部郎中恩符員外郎鑾桂郎中傅霖主事劉錫恩　工部員外郎宗室英綿主事恩豐郎中孫棠主事吳鶴洲均於是日寅刻前往陪祀以昭愼重

神機陣法　○神機營奏　憲諭擇於二月二十五日合操砲隊現因膏雨濛濛春泥滑滑操演未便至三月初二日天氣晴朗領隊大臣是日清晨七點鐘督五營兵勇列隊前來鼓角轟雷旌旗燦日齊集小營邊大校場俄而營官辰正兩行燃鎗砲以迎至演武廳軍門降輿營哨各官前趨恭謁軍門公服升座附前立武弁一員手執令旗運動如飛俄而大號齊鳴五色旗幟漸移漸近霎成一字長蛇衆方竦立目注令旗忽一麾則首尾相聯頓變方城一座勢如山立有數人操洋音者振振有詞片語未終大聲迅發火光如電山岳震搖烟霧迷漫不辨形影少頃凝眸已非向之陣勢前有砲車數十架上下馳驟燃放極靈倏焉左倏焉有集不俟心驚耳者每隊約以二十車分爲二隊一擊便退洋鎗隊出施若連珠意似恐有乘虛入者忽鎗隊內砲車復前畧一瞻顧又不識砲車何往場上陣圖如八卦如梅花如二龍出水百變千奇目爲眩初猶能約畧指名繼則忽聚忽散忽整忽斜出人意外正喧闐間令旗忽兀然不動鎗聲砲聲角聲步履聲一時俱寂再視各隊已分前後左右中各歸其伍矣轉移之速幾若羚羊挂角香象渡河有神無迹未幾軍門啓輿赴營轅稟知情形漸行漸向營哨官贊嘆不置各營恭送如儀遙遞一下乃各收隊而返聞此砲造自外洋機器局決勝疆場尙稱利器加以訓練精熟謂非禦侮威鄰之實據乎

自他有耀　○京師永定門外菓園村等處地方靑苗會年例於清明節後演戲數日恭祈神靈保衞昨有巨室某者在菓園關帝廟演戲一天觀者較平昔尤盛聞該班脚色皆係子弟戲衣係某巨室自蘇省定辦而來繡織一切異樣鮮明以故興高采烈延頸相望無不拍掌稱讚云

與古爲新　○自泰西以鐘表售於中土其獲利不知幾倍論者每稱其巧奪天工以爲西人特創及考唐書天文志渾天銅儀立二木人於地平其一上置鼓以候刻至一刻則自擊其一前置鐘以候辰至一辰則亦自擊皆於匱中各施輪軸鈎鍵關鑰交錯相持置於武成殿前以示百官云云則是自鳴鐘之製自前代業有造之者蓦擬其形似尙勝於西人之法只因中朝以禮樂詩書爲務每以奇技淫巧爲盛明所必禁遂經久而失其傳今風會所趨自鳴鐘幾爲人家日用必需將必有聰頴之人起而仿造者刻聞友人來告某世族近日不惜資財購置中西天文格物諸書延聘通儒數位日以講求天文算學及製造機器等事爲務並招精細工人數名指示製造各物意欲仿唐書所云自擊鼓鐘者製作一具而後已果底於成可爲學製機器者之先導矣

勿謂善小　○勸善云敬惜字紙雖不顯榮亦當延壽作踐五穀非受奇禍必遭其殃查津郡地大人多百貨銷場何可悉計惟於應惜應戒者則未能窮其源流以絕之是猶不無遺憾也如洋火柴一種家家需用自從易方盒以來製造精良多爲小兒女玩耍之具終以踐踏棄入穢物之中縱有敬惜字紙者以爲不潔多不拾取其褻瀆無可再甚至於津中賭具仍以紙牌爲最按賭具何必書寫名目是亦不敬惜字紙之一端也紙牌舊卽拋棄到處灰土中爲更多以本津婦女多不識字雖苦口勸戒碍難敬惜惟有絕其源流誠爲善法可否由官出示勸諭洋火柴各廠悉將字號改花樣再論飭地方查禁造牌作坊將字跡消去如有不遵從重懲辦是實爲善莫大矣

利在則爭　○南省漕粮海運抵津所有官弁書役一切飯食經費俱由南省籌辦交票莊匯解來津轉交錢舖易錢以資各項花費津埠有錢舖數家通年不以貿易爲以海運爲生迄今多年已成巨富今聞有新開錢舖數家賄通門路欲與爭利未識果能如意否姑照有聞必錄之例誌之俟訪實再錄

死亦太易　○茲據探訪云河東鹽坨某姓婦以鄰婦欠錢十數吊某婦討要鄰婦無力給還因此口角鬬毆鄰婦受有抓傷赴縣控告某婦之丈夫性極老實以被鄰婦控告便恐懼無地時時怨其妻不賢與男子惹禍如被傳到官受刑其何以堪婦聞夫言自亦大畏無奈因服洋藥身死該管地方報案昨縣委廳赴河東驗屍矣據訪如是至確係何情容俟再訪

搶案未獲　○甯津縣籍內居住候補山東巡檢宋載勳者兄弟二人其弟宋敬熙在城外東鄉宋家庄寄住客臘除夕前二日遣人赴文武衙門報稱夜間忽被賊撞落大門入室搜翻衣箱將宋拒傷刦去銀七十餘兩該管官以拒傷刦銀案情頗重立即前往勘驗據失主云銀在衣服之中未失衣服僅將銀兩拏去尚有一包七十餘兩未曾拏去於今早送至城內宋之傷痕據稱黑暗中不知被何器打傷云云因案係拒傷被刦飭捕嚴緝迄尚未獲遐邇知悉茲據所聞姑照錄之

幼孩失迷　○河東楊家台王姓者有幼子年八歲於昨日失迷其家倩多人各街市鳴鑼尋找後不知能球還否耶

蕪湖春景　○蕪湖來函云中和節後天氣驟暖上月初五日忽嚴寒北風大作向午細雨濛濛次晨雷殷殷借電以作意似繞樹數十匝一擊銀鞭兩師隨來威震從空飛鳴而下夜變爲雪次晨積三寸許至初八日始轉温和不知二麥有傷否○錢市得鄂局新鑄小銀圓數萬頗資挹注二月初旬已有起色近則通照牌示出入一律計錄價一千三百四十文本洋一千二百文英洋九百二十文○蕪湖各業獲利以土店爲最今年又增設多家云

海國風聞　○法國增立上等水師學堂特撥大鐵甲船一艘大巡海船三艘聘名師教上等學生以掌握兵權之法定章須常出外洋練習風濤沙線駛船拆船備戰懸旗傳令放雷轟敵并教以史學養生學一年期滿則命官考試量材作用歐人之專心武備可知也

郵政章程　○示禁　一凡郵政局之員役等若有私行拆動信封及傳揚洩漏等事除照局中定章罰辦外猶須按其本國律例治罪　二凡有郵政局之處除掛號之民局外所有商民人等不得擅自代寄信件違者每件罰銀五十兩　三輪船進出通商各口除承寄郵政局所交之信件外所有行主船主水手搭客等俱不准携帶郵政局應寄之信函等件惟露寄之字紙如薦書暨辦事之隨身單據等類與本船之本行本船本貨各情之書件等項不在其內違者每次罰銀五百兩　四五等款俟嗣後有同類應載事宜即添註於此　帳目　一各郵政局應將進出款目按月具報造冊處管理郵政稅務司按結轉報總稅務司查核俟每屆年底由總稅務司彙報總理衙門鑒查其具報樣式隨後酌定　二三等款俟嗣後有同類應載事宜即添註於此

此稿未完

光緒二十二年三月初三初四兩日京報照錄

宮門抄　上諭恭錄前報○三月初三日兵部　太常寺　太僕寺　正白旗值日　宗人府引　見八名　吏部四十八名　工部二名　翰林院十五名　都察院二名　國子監二名　上駟院二名　明安　照各假滿請　安　直隸臬司季邦楨到京請　安　徐樹銘請假十日　額中堂奏請開缺　宗人府奏改派致祭　定東陵　派出讀貝子　召見軍機季邦楨　皇上明日寅正至　先農壇行耕　禮○初四日刑部　都察院　大理寺　正紅旗值日　無引見　額中堂謝致仕大學士　恩　召見軍機　皇上明日巳刻升文華殿

○○譚鍾麟片　再丁憂補用同知王鴻鈞前署新甯縣任內徵存雜欵銀三千六百餘兩米一石零迭催未解經前撫臣馬丕瑤會同　奏請革職勒限嚴追欽奉　諭旨轉行遵照去後茲據布政使張人駿署督糧道閻希范會同交代總局司道詳稱該員於參追後陸續將欠解銀米完解清楚請將原參革職之案具　奏開復等情前來臣覆核無異相應請　旨將前署新甯縣事丁憂補用同知王鴻鈞原參革職之案准予開復臣謹附片陳明伏乞　聖鑒謹　奏奉　硃批着照所請該部知道欽此

○○劉樹堂片　再臣標候補守備周春成前因統領嵩武威靖諸軍廣東潮州鎮總兵劉世俊帶兵北上調赴行營差遣詎周春成於光緒二十年十一月二十三日在於奉天海城縣缸瓦寨私自逃走經劉世俊呈由臣飭屬查拿至該守備如何逃走當經咨行由營查明參辦在案茲奉天軍務平靖劉世俊所部撤防回隊該守備周春成宕查無下落因係候省候補人員復據劉世俊呈請參辦前來相應請　旨將河南候補守備周春成即行革職以便嚴拿番辦謹附片具陳伏乞　聖鑒　訓示謹　奏奉　硃批着照所請兵部知道欽此

○○劉坤一片　再泰興縣知縣王舉嵩撤任所遺員缺亟應遴員接署該縣近來民情刁詐獄訟繁多非精明幹練之員不足以資治理查有請調甘泉縣正任　山縣知縣陳守　堪以調署據江甯藩司會同臬司具詳前來除批飭遵照外謹合詞附片具陳伏乞　聖鑒謹　奏奉・硃批吏部知道欽此

天津

麥加利銀行告白

啓者本行資本英金八十萬磅備用股本英金八十萬磅公積英金三十二萬五千磅總行開設倫敦分行在孟買加拉吉打冷宮哪哈亞伯古隆北新埠太平咪登哈來蘭播新嘉坡香港福州上海漢口暹邏濱角包帶維亞沙來伯鴉神戶橫濱等處起首至今三十九年倘有存款勿論仕商照期起息請來敝行面議敝行茲于正月三十日開張恐未週知特登報章佈告

養性園公司於本月十八日在戈登堂會議會登告白布告是日公同議定將養性園產業售與跑馬會所有在股各東請自四月十三日起持票至高林洋行向總理人莫林處收取股銀可也

養性園公司謹啓

浙杭 元吉永號

本莊自置紗羅綢緞新樣洋辮花素洋布川廣夏貨團摺雅扇南貨頭油俱全祇爲近時錢市漲落不同故而各貨減價開設估衣街中間路北凡　仕商賜顧者無悞特此佈達

金陵 仁記南味坊

自製本機元綫京緞寗綢紗縐絨線糟貨食物金腿海味南貨俱全近因錢古漲落不同分別減價抑因無恥之徒假冒南味者甚多雖云謀利誠恐亂眞欲辨薰貓用煩楮墨

奇售兩前龍井每斤津錢一千二百文八百文福建條絲格外公道　開設宮北大獅胡同內

德商元亨洋行

本行專辦進出各口貨物今開設在法界鐵路公司西首特此告白

烏利文洋行

啓者本行開設香港上海三十餘年四方馳名專售各式金銀鐘錶鑽石戒指八音琴千里鏡眼鏡等物並修理鐘表價錢比別家格外公道今本行東家米士得巳克由上海來津開設在紫竹林裕泰飯店旁請

諸君降臨光顧是幸特此佈聞　丙申年三月初八日禮拜一

天津 順昌永保險車船局

本局專寫輪船客票包運遠近水旱車船貨物行李起卸各項貨物機器木料銅鉛米麥等物代報華洋關稅盤辦應用諸欵定期不悞格外克己實　官商無論遲早到埠皆有妥人照料一切非他行可比　賜顧者詳認天津紫竹林鐵路公司傍本局門首招牌便是

本局主人謹白

新書出售

粵東王君煜初所編中日戰輯一書分裝四帙幷附水陸戰圖地圖六幅書中所載中日軍情始末實事求是絕無虛飾且詳析中國今日必當如何改革以臻富强想有心時事者當爭先睹爲快也

每套售價一元

代售處鍋店街文美齋仝啟　紫竹林同興號　估衣街逸雲齋

三月初八日銀洋行情

天津九七六錢

銀盤二千五百八十八文

洋元一千八百三十文

紫竹林九六錢

銀盤二千六百二十八文

洋元一千八百六十文

三月初十日出口輪船禮拜三

豐順　輪船往上海　招商局

武昌　輪船往上海　大古行

景星　輪船往上海　怡和行

普生　輪船往上海　怡和行

直報

光緒二十二年三月初九日　第三百八十二號
西歷一千八百九十六年四月二十一日　禮拜二

上諭恭錄

旨吏部郎中着李光宇補授翰林院孔目着王肇鼎補授安徽鳳潁二府分防同知着聯盛補授貴州廳哈州知州着寶巽補授雲南石屏州知州着李炳麟補授江蘇六合縣知縣着鄧義豫補授山東　城縣知縣着馬丙炎補授浙江宣平縣知縣着劉肇甲補授江蘇如皋縣知縣着單儒紳補授河南葉縣知縣着余鉞補授四川新津縣知縣着[illegible]祖廣補授甘肅鎮原縣知縣着汪宗瀚補授浙江西安縣知縣着吳德瀟補授直隸廣昌縣知縣着鍾樹森補授山西猗氏縣知縣着王寶賢補授安徽婺源縣知縣著方永　補授廣東長甯縣知縣著呂道象補授廣西懷集縣知縣著葉大涵補授江西新昌縣知縣著陳君耀補授江西鉛山縣知縣著范道生補授河南許州直隸州州判著陳鳳恩補授截取舉人劉炳勛著以知縣用詹生成樸著以文職用良說著以文職用崇裕著以文職用山西道監察御史著潘慶瀾補授直隸遵化理事通判著英泰補授保舉在任候補道廣西桂林府知府趙時熙直隸沿河補用知縣汪宗瀚俱照例用擬補山海關副都統衙門筆帖式松凌著准其補授卓異前山西雁平道玉恒著准其卓異加一級仍註冊候升吏科筆帖式著世平補授刑部筆帖式著佟茂補授戶科筆帖式著托莫洪武補授吏部筆帖式著鍾崙補授　醇賢親王園寢筆帖式著樂[illegible]補授戶部筆帖式着毓彬補授欽此　旨巡視西城事務著管廷獻去欽此

雨暘寒燠說

入春以來都門雨雪迭霑雖寒多燠少第以中華而論地近北陸較之南省寒也其宜也至析津一帶去薊門路僅二百華里則其寒遽減地氣也又其南而滬上而揚州而蘇杭而江湖閩粵地愈南則氣愈暖原不可以北直例南多雨北多暘亦大致有差南之又西古稱漏天雨多之謂也北之又西國號無雷雨亦罕見南之又東則雷電之作每於月令不符皆其常也非變也蓋月令為古書其時版章之闊即中土亦迥非今比况外洋乎王芍棠方伯使俄艸所載外洋寒燠概與中土不同其言巴黎雨雹每歲恒見則地氣之偏可知常即泰西地球地動天不動之說推之知天氣之變恒隨地氣地多水則多寒地多陸則多暖諺云熱極生風冷極生雨是寒燠為雨暘之先聲雨暘為寒燠之後應莫之為莫之致一氣相感其來也遏之無方禦之無術其去也留之無計挽之無從勢有不得不然而然夫以高高在上之天無如地何况乎地之上天之下藐焉中處而為人不過五大洲內隨地而生之五種裸虫耳顧欲旋乾轉坤握其軸而强持之亦妄矣哉乃昨接粵東訪事來函云鶴山之波山地方於正月二十一日辰刻彤雲密佈冷雨廉纖石燕商羊同時飛舞擁絮無温忽而天色驟沉如近薄暮未幾黑甚一室之內非燭無見居民驚怪互相走呼遙望空際似雲非雲如烟如霧時雖北風怒號吹之不散地有文塔一座勢如浙之文筆峰高插霄漢是時望之頓失所在樓台竹樹似有若無猛聞霆響隆隆不絕於耳俄而烟燄冲霄上與雲混畧逾時復見天日既復大雨如注瓦甕欲崩轉瞬旭日一輪光明如故時因海面巡船停輪其處燃炮向空連擊氣乃散而雨集焉是人力亦可勝天也古之猛將能與雷霆鬥或亦非事之必無乎蓋天氣也地亦氣也金石土木無非氣之所結而成其氣之陽者則輕陰者則重輕則上浮重則下降古文水字為巛象一陽動於二陰之中其上浮而為陽則無形下降

而爲陰則有迹自卑而升上則水出於山氣之化也自高而就下則水入於海氣之歸也氣爲水之本水爲氣之變氣鍾而水長水流而氣消蒸上之氣之水其驗也地之陽氣上騰而爲雲陽中有陰暖極則陰散故蘊降之旱氣不爲雨亢陽也雲氣上騰至高處則氣寒故復下降而爲雨高極則寒極寒極則爲雪夏之雲常低低而爲雨無伏陰也冬之雲常高高而爲雪無伏陽也其有時雨雪交加者一時之雲高低不同所遇之風氣亦不同高者雪低者雨遇不同而其燠之遇寒而必降也則無不同勢有必至理無難明也而或黑雲不動寒極不雨者以涸陰　寒之際陰陽未和故不動而不變不化日昨波山之黑氣或卽陰寒之氣凝而不化故風吹而不散寒極而不通得互炮轟擊烟燄上衝以鑿其陽則陰陽合而甘霖降如人患疫得桂枝麻黃以通其陽則大汗而疫解其理也總之天地之二氣原不相離陽中有陰陰中有陽無陽而陰不生無陰而陽不長之二者其勢相需理無孤立偏則乖乖則寒燠不齊而寒正則和和則寒燠各得而通一轉移間卽此而在無須他求也吁天地然人胡不然天事然人事又胡不然哉是在善轉移之者

五年一操　〇八旗漢軍砲營所儲五城武固紅衣大將軍諸鉦砲經神機營會奏准五年一次與神機營八漢自來火砲克虜伯砲格林砲開花砲洋銅砲暨神機鋼砲後膛礮新式洋礮電氣礮並添練八漢[illegible]騎練兵神威子母大小礮位演打鉛丸考校練兵測量等學茲已屆期由神機營會同八漢都統奏明擬於南苑內擇三月初七八九等日會演礮位並演打各項大小新舊礮位鉛丸奉　旨知道了欽此神機營管營八漢都統遂率領章京弁兵於初六日五鼓各請礮位往南苑會操云

八旗對冊　〇値年旗爲咨行事查八旗護軍營兩翼前鋒營兵丁軍政業經　欽派王大臣考驗馬步騎射所有記雙圈若干名記單圈若干名有無記直相應咨行各翼旗逐一查明聲覆並飭承辦人員携帶堂冊於五日內一併到旂核對以昭畫一而便分行

理不可無　〇日前戶部衙署突肇火警已詳報中詎聞是日之前一夜尙有平則門內西四牌樓濟生堂藥店不戒於火聞該店中夙貯參著上品與丸散神方無不盡付丙丁傷心一炬卽凡門面及堂後瓦屋亦皆化爲灰燼無有一椽存者幸而當時有衆水會聞聲馳至竭力援救鄰佑未遭池魚殃僅受虛驚而已迨至二十三日夜西安門內某雜貨店亦報警繼二十五日宣武門外十字店某柴廠又傳災信延至夜間則又有彰儀門大街廿　香燭店繼之噫嘻三日以來五報火警何如此之多也豈殆如某　仙所云都人士心思漸入邪無復有稍萌善念者故爾迭降奇殃耶安得有維持世運之大善人及時補救焉昔有理學先生向無妄念出宰某邑政有聲一日忽見色心動自覺慾火難遏而馬號之災信立至先生乃自懺悔心地頓涼馬號之火旋熄何感應之速也生平此失每舉示人事有可必不可必理則必不可無矣

不容狡展　〇日前欽奉　上諭步軍統領衙門奏續獲交拿人犯請交部歸案審辦所有正陽門外觀音寺地方棍徒糾衆械鬥案內所獲之毛驢李三郎李[illegible]益張二楊六韓盛永王羣山張義全芮秃爾張文田等八名着交刑部嚴行審訊照律懲辦未獲各犯仍飭嚴緝務獲毋任漏網該衙門知道欽此已見邸報茲聞刑部承審司員將前次中城咨送所獲械鬥棍徒趙福卽趙老等並毛驢李三等由獄提出單訊均皆堅不吐實當經盤鎖拷訊數次俱供幫兇諒此等不法之徒似此嚴訊自不難水落石出也

功過分明　〇頃有友人來自保陽述悉王方伯廉自履任以來留心吏治接見屬員心平氣和不遺遐邇前兩論首府縣不許代求差缺今又示論同寅一紙黏貼東西官廳示云本司手諭同寅中有求差求缺而遞職名者記一過有投遞大人先生八行輾轉請託者記二過有與本司官親幕友結納夤緣希通聲氣者記三過有愛民勤政勉爲循良上益於國家下益於百姓與本司相助爲理者記第一功有能條陳時事興利除弊實可見之行事者記第二功有繩愆糾謬言本司過失記第三功據此實事求是功過分明洵畿甸之保障也

直隸牌示　〇委署東鹿縣縣丞王兆煌牌示日久並未來轅領委照章扣委另行詳委候補縣丞李式穀署理　保定府訓導孔昭鉞修墓遺缺詳委候補教諭張鳳翔署理　甯河縣蘆台司巡檢沈寶賢丁憂遺缺擬以新海防遇缺先用巡檢蔡鳳沼咨署　宛平縣石港司巡檢王佑病故遺缺擬以邊俸期滿撤回另補巡檢稀詡酌補　河間縣管河縣丞周鳴和丁憂遺缺擬以河工大挑知縣翁爲龍借補

海運近信　〇福建甯波沙船所載漕米進大沽海口者已有三十餘隻因海河水淺不能直抵津埠碼頭現皆停泊吳家嘴候潮水大至方可抵埠

都轉政聲　〇都轉李亦青運憲升　授貴州臬司已紀昨報茲聞衆商民恭頌德政爲上一匾顏之曰正直淸廉其孚於衆者深矣至於何日恭送俟訪再報

培修義塚　〇津郡城外西園墻內外義塚向由天津府於歷屆春令飭工培修現由府憲沈太尊照例詳請撥款舉辦聞已蒙制軍[illegible]撥銀兩發府興修矣

勘估橋　〇冀州鹽河大橋上年被水衝壞刻下水已入槽行船不便現委北段[illegible]委員候補大使孫大尹前往勘估橋座以便具覆葺修

昭雪不易　〇昨報磁器帮經理雇船之某甲被船戶以勒措逼命在京都控准奉文着該管地方官嚴傳到案解省研究等情頃又訪悉某以情虛畏審設法隱避

延宕若果如斯天下之□冤者定無伸雪日矣

戕命誌詳　○津屬靑光村農民朱長喜被賊拒傷身死搶去衣被一案曾列前報頃又探悉被傷勘驗情形合再錄登該管地方賈寶和協同屍子朱永晉赴縣報稱朱長喜在村北窩鋪住宿看守柴禾是日四更朱永晉夜巡至窩鋪見其父業經被賊拒傷身死查點失去衣被等物當經邑尊前往勘驗朱屍橫於炕上身底尚有羊皮褥子一床及梯一條靠墻有雙臉藍布鞋一雙該屍渾身光赤據仵查驗頂心　門相連右額角重疊鐵器傷一片皮骨已碎右太陽兩鼻有血水流出實係鐵器傷重身死驗畢錄格存案遂查得靠炕有鍋台一座上有蓋頂其上放有鐵　一把鍋內有血水半鍋比對鐵　兇器尚屬相符並據屍子供稱身父年已七十四歲遭此橫死殊爲可慘惟該賊所得之贓值錢不多何竟忍心害命殊爲狠毒已極若不嚴拿重懲何以儆兇暴耶

小心軍藥　○遵郡城東南娘子莊寶姓爲人傭工於上月二十二夜間聞犬吠聲急起執洋炮裝藥出燃不意藥係重裝炮響而五指已隨若綴旒然幸賴廣集醫撓按西法調治得保性命吁可戚哉夫兵爲凶器近日洋槍炮愈快利愈宜小心否則爲禍愈速矣

蘆花續記　○某甲者年五十餘歲妻故復續少妻年廿餘與甲長女同庚甲之子女年幼者尚有二三繼室入門半月以來便與甲云幼子女均無材料當嚴責訊甲初不聽至今已兩閱月甲與繼配愛漸深情漸密言無不從因亦說兒女不好每斥責以迎合妻意其年幼子女無知亦無所怨其二女年長者每日放聲哭其亡母鄰人聞者見者無不流涕女哭時如爲甲所遇定必責罵夫人倫骨肉之際譬之一身無尺寸之膚不關痛癢着不得些許芒刺倘非所生直是肉中之刺無處可容無時可忍至彼此漠不相關猶其餘也吁黑心符出蘆花變生古與今誠一邱之貉耳尚何言哉

郵政章程　○　冊帳　一凡郵收局應將信件各類往來若干隨時登記冊簿其冊簿式樣應照聯約條例第四第十七款暨第二十三與二十四條詳章辦理

二三等欵俟嗣後有同類應載事宜卽添註於此　冬季封河　一凡值冬季封河之時北方各處之郵政局如北京天津牛莊烟台至鎮江收發信件來往須由陸路遞送應由各該郵政局將陸路遞寄之章隨時宣示衆知　二三等欵俟嗣後有同類應載事宜卽添註於此　雜欵　一重慶一處之郵政局暫時祇寄零件信函不代寄總包如民局欲將信包轉寄他處卽須自己送赴宜昌交彼處郵政局代遞　二蒙自龍州之郵政局亦不代寄總包暫時祇寄零件信函　三長江六處如陸谿口武穴湖口安慶大通等以及南京之郵政局係由稅務司會同監督派人管理各該處民局信件總包亦須由郵政局轉交輪船代寄或將輪船寄來信件總包轉交民局查收　四五等欵俟嗣後有同類應載事宜卽註於此　示諭　一郵政局開創之初暫照各關現辦寄信章程辦理俟開辦就緒再爲體察情形將以上章程所載各事復行明晰示諭各局員役遵行　二三等欵俟嗣後有同類應載事宜卽添註於此

此稿未完

光緒二十二年三月初五日京報照錄

宮門抄　上諭恭錄前報○三月初五日工部　鴻臚寺　鑲白旗值日　無引見　睿王謝授閱兵大臣　恩　莊王謝授內大臣　恩　麟中堂等謝充正副總裁　恩　克公假滿請　安　王文錦前往　東陵請　訓　劉恩溥謝授通政司副使　恩　文治等因伊子因伊姪以文職用謝　恩　廣西知府趙時熙謝　恩　山西道玉恒謝　恩　卓公續假二十日　方汝紹　假十五日　工部奏派承修　東陵工程　派出昆中堂吳廷芬　召見軍機　玉恒　趙時熙　本日　皇上升　文華殿

奧國使臣比田布祿古覲見

○○廖壽豐片　再准部咨光緒二十年十月二十八日奉　上諭戶部奏撥撥籌備餉需一摺據稱乙未年籌備餉需共指撥　二百萬兩請飭依限報解等語此　餉關緊要着該撫按照指撥　數於來年四月前解到一半十月全數解清毋稍遲逾欽此並准單開撥浙江省　四十萬兩等因業經先後五批共籌解　二十五萬兩分別　奏咨在案茲據布政使龍錫慶詳稱准運司在於綱票課釐　下動支　三萬兩並在藩庫正雜　下動支　二萬兩共合　五萬兩派委候補通判陳廷杰管解由陸路解京赴部投納作爲浙江省籌解光緒二十一年第六批籌備餉需之欵等情詳請　奏咨前來臣覆核無異除分咨查照撥護並取起程日期咨報外理合附片具陳伏乞　聖鑒謹　奏奉　硃批戶部知道欽此

○○頭品頂戴河南巡撫臣劉樹堂跪　奏爲恭報查閱東南兩鎮營伍起程日期仰祈　聖鑒事竊臣上年欽奉　諭旨校閱三鎮營伍當於十月將閱過河北鎮標營伍情形具　奏並聲明時值冬防緊要緩俟來春再赴南陽歸德兩鎮屬校閱在案茲已春融新署河臣任道鎔亦已抵豫臣於二月十八日交卸兼署河督篆務後卽出省先赴南路由襄城而至南陽鄧新信陽光州汝甯陳州歸德自當懍遵　諭旨將營伍認眞校閱以重武備其沿途地方一切事宜亦當留心體察與該道府州縣講求整頓至署中日行公事照例檄委藩司代理代行遇有緊要事件包封送至行次核辦臬司解審命盜等案亦委臬司代勘仍由臣覆核具　題以免延擱所有續赴南陽歸德兩鎮屬遵　旨校閱營伍起程日期理合恭摺　奏報伏乞　皇上聖鑒謹　奏奉　硃批知道了欽此

天津鐵軌商路公司派股利啓　啓者鐵軌商路公司前於去年九月間奉　直隸督憲王　奏准歸併官局辦理以一事權當將自天津迄至古冶商路三百餘里之鋼軌電線車站碼頭各廠以及車輛房間家生機器物料等項次第交代接管又於冬月將一切帳簿契據存案卷等件一律移交完訖現奉　督憲札行據稟現存商股二千八百四十七股結至二十一年九月底止援照第一二屆成案每股給息六釐卽由該官局收回舊票換給新票註明以後按年支利六釐盈虧兩不相涉以示限制等因查商路股本於第一二屆派利後計自光緒十四年起至二十一年九月底止共七年零六個月每股應派行平銀四十五兩雖七年有餘未經分利今蒙一併派給且以後不計盈虧每年支利六釐仰見　督憲體邺商情厚待無已想有股諸君定當同深感激卽勿論何項奉招商股亦必聞風興起踴躍爭先矣茲定自本年三月朔起自四月朔止遵照　憲批派分商路股利在天津海河東岸大王莊閘平礦務津局代爲經理專候有股諸君屆期將原發股票息摺一併帶臨以憑按股發息登注數目將票摺存留彙送先行發給收條另行定期由官局憑條換給新票除俟分利後再將商路歷年收支款項數目情形另行彙刊帳略分布外特此布　達幸勿遲悞爲禱

前辦鐵軌商路公司謹啓

都門陳質庵精理男婦方脈著手回春寓紫竹林同宴樓後申報分館

沈竹君啓

養性園公司於本月十八日在戈登堂會議會登告白布告是日公同議定將養性園產業售與跑馬會所有在股各東請自四月十三日起持票至高林洋行向總理人莫林處收取股銀可也

養性園公司謹啓

德商元亨洋行

本行專辦進出各口貨物今開設在法界鐵路公司西首特此告白

烏利文洋行

啓者本行開設香港上海三十餘年四方馳名專售各式金銀鐘錶鑽石戒指八音琴千里鏡眼鏡等物並修理鐘表價錢比別家格外公道今本行東家米士得巴克由上海來津開設在紫竹林裕泰飯店旁請

諸君降臨光顧是幸特此佈聞

丙申年三月初九日禮拜二

浙杭元吉永號

本莊自置紗羅綢緞新樣洋辦花素洋布川廣夏貨團摺雅扇南貨頭油俱全祗爲近時錢市漲落不同故而各貨減價開設估衣街中間路北凡仕商賜顧者無悞特此佈達

天津順昌永保險車船局

本局專寫輪船客票包運遠近水旱車船貨物行李起卸各項貨物機器木料銅鉛米麥等物代報華洋關稅墊辦應用諸款定期不悞格外克己貴　官商無論遲早到埠皆有妥人照料一切非他行可比　賜顧者詳認天津紫竹林鐵路公司傍本局門首招牌便是

本局主人謹白

新書出售

粤東王君煜初所編中日戰輯一書分裝四帙幷附水陸戰圖地圖六幅書中所識中日軍情始末實事求是絕無虛飾且詳析中國今日必當如何改革以臻富强想有心時事者當爭先睹爲快也

每套售價一元

代售處鍋店街文美齋仝啟　紫竹林同興號　估衣街逸雲齋

三月初九日銀洋行情

天津九七六錢

銀盤二千五百八十五文

洋元一千八百三十文

紫竹林九六錢

銀盤二千六百二十五文

洋元一千八百六十文

三月初十日出口輪船禮拜三

豐順　輪船往上海　招商局

武昌　輪船往上海　太古行

景星　輪船往上海　怡和行

怡生　輪船往上海　怡和行

直報

光緒二十二年三月初十日　第三百八十三號
西歷一千八百九十六年四月二十二日　禮拜三

上諭恭錄

硃筆圈曾通武補授詹事府詹事欽此　旨這所參蘇防監犯越獄之管獄官奉化縣典史係廷楠着卽革職拿問交廖壽豐提同刑禁人等嚴訊有無賄縱情弊按律懲辦仍勒限飭拿胡才本等務獲究辦有獄官署奉化縣知縣周炳麟據報先期公出着俟限滿後逸犯有無弋獲再行核辦餘着照所議辦理該部知道欽此

答客論奚鼠牛事

小不能以勝大弱不足以敵强故力如烏獲捷如慶忌勇如賁育無往不摧物之同類而殊形殊能者其弱之肉强之食也亦如之此勢之必然理之衆著夫人而知之矣反是則人將不信卽至顯受其害身敗名裂國破家亡前車己覆後車罔戒史册累書項背相望人竟熟視而無覩甚巳物情之喜逸而縱慾忽於微而畧於初也容有自邊外蒙古來者言其地有鼠厥名爲奚其力之弱狀之小亦中土之鼠若然能食人畜雖畜之力强身大如牛者亦能食之而牛之被其噬也非特不覺且若甘之何也其鼠之口甘其食牛也先舐以舌牛之狀似因舐而癢甚遂任其舐而不之去及其嚙也牛之狀又若因癢而得搔然安受之且恐其去食漸深牛狀似覺痛而屈腰搖角若奮鼠復以舌舐牛復安受似癢極而抖毛縮項鼠復噬之牛似復得搔而逸悅疲神形且倦如是數次漸食以深牛陡然一奮則形遽仆而斃殆緣鼠食牛至心頓大痛而氣已絕矣客述之意若甚怪余曰勿怪也奚鼠食郊牛角春秋巳誌之是其物亦天地所生且鼠於十二支中屬居第一以爲子爲水大易河圖曰天一生水是天闢之候生物以此爲先萬物皆其繼起者何怪之有客曰萬物以有用於人爲貴鼠之爲物無所用且有所害卽不食牛者亦無不穿人之墉毁人之器乘人之虛晝伏而夜動故以例小人厠惡類人人惡之從古無道其善者天地好生何弗並害物類而去之余曰請勿憚煩我明語子一陰一陽之謂道洋洋乎發育萬物峻極於天悠悠大哉約之又約則藏以一言曰彰善癉惡而巳在人爲善惡在天爲陰陽善屬陽惡屬陰陽爲君子陰爲小人天不能有陽而無陰人不能有君子而無小人物之不能盡利人而不害人亦猶是也天之生物也一息相吹無所待無所擇遇氣之和則生善類遇氣之乖則生惡類無所容心於其間物之承天以生也自生自滅以類爲招以氣相感天無所禁亦無所阿栽培傾覆因而篤之而巳矣卽如牛之被食也非鼠能食牛牛自貪其癢利其搔奚鼠自獻身以供其食也何罪於鼠不見夫世之喝雉呼盧者乎彼夫一付花骨頭特一撮磁瓷之物顧能罄吾囊以傾吾家乎而嗜之者必至罄囊傾家而後巳蓋因貪利之心勝利其償之厚而取無勞以視世之竭力盡心僅供俯仰者其相去何啻什伯得意則[illegible]　其再四失意則望其更償迨至債負重重覺舍此更無他術甚至身無完袴而不愉遑恤其家之成敗乎此亦牛自供食之例也然孤注之擲千慮猶有一得也不見夫世之問柳尋花者乎初則爲夜雨䀶人繼則爲春風放膽不畏物議且詡風流自以爲天台無此遇廣寒無此遊比至金盡床頭疾成癆瘵一悔無及招謗貽羞此又牛自供食者類也然此猶然此僅害其身也至於長國家而遠君子近小人聽讒言之甘則有似乎舐之而作癢迨從其說而害巳形則曲爲牽就　肉補瘡又不得不將錯就錯以濟燃眉有似乎舐後之噬如癢待搔洎乎政愈弊害愈形如水益深如火益熱或欲止沸而揚湯抑或抱薪以就火任其所爲概置毋問奚鼠愈噬愈深神爲疲形爲倦比食至心而大痛

雖悟其非其將如之何哉容閒而識之曰吾於是獲炯鑒焉願書以誌之

司成履新 ○新授國子監祭酒張大司成百熙涓吉於三月初七日辰刻詣成均先行謁 廟禮畢然後履新經典籍廳示仰闔署官員吏役門斗人等知悉至期一體謁見各宜凜遵毋違特示

揀選聽命 ○吏部爲知照事所有揀選戶部漢軍掌主事等缺本部於三月二十六日開列滿洲大學士六部九卿滿漢堂銜奏請 欽派揀選相應知照貴衙轉請各堂於是日五鼓齊赴 午門前聽候宣 旨一經 派出即請遵 旨前赴天安門外本部朝房會同揀選

飯銀修署 ○戶部署內延燒大堂等處應即修理經敬子齋翁叔平大司農委派郎部郎督飭泉盛萬昇木廠官商勘估所修工程共需木料磚瓦等項銀二十四萬數千兩之多現因庫款支絀業經飛咨各省督撫府尹將軍即將歷年積欠解部飯銀限一月內一律解齊以資需用而重要工

慣作牽頭 ○京北望兒山後身黑龍潭迤北之西北旺村鄉民謝某育有一子年甫花信聘娶紀氏女爲媳自過門後侍奉翁姑頗得歡心惟伉儷間情同冰炭紀氏未免背泣鄰居馮婦見紀氏雖係鄉間婦女而容貌不俗加以修飾當必益形 嫵媚乘間挑唆密約同作黃鵠高飛另擇佳婿紀氏年幼被唆日久未免心動於去冬隨馮同逃至京時謝某父子日出偵騎杳無踪影無奈將情告知其母紀母聞知怒火中燒即向謝某父子索女聚衆興師頗有以命相拚之勢旋在村中訪查馮婦亦於數日前忽然不見料爲所拐遂於二月二十四日星夜到京將馮尋見始不承認經謝子鞭責後始稱紀氏尚在媒媼家復經押同至包頭章胡同珠巢街一帶販賣人口家尋覓仍無蹤跡又經謝某父子用麻繩將馮吊在馬棚痛毆仍不吐露實情遂控於北城司坊已蒙批准聞悉馮氏誘拐婦女非止一次屢經被控有案可稽此次到案諒須澈底根究按律懲儆也

無從插腳 ○京師雖五方雜處良莠不齊往年刦案尚不多見自去歲城廂內外竊盜幾無時蔑有明火執杖亦復層出閧宣武門內西單牌樓車兒胡同旗人阿某女年及笄字文某爲室文家道殷實所備文定禮甚豐女媼輩傳說致爲匪人所聞二月廿八日夜時交三更匪黨撬門入室施放洋鎗持刀威嚇旋將衣物銀兩攫取所幸文定各禮未經刦去經該管地面營廳勘驗詳報步軍統領衙門嚴飭番役認眞緝拿並悉五城察院步軍統領衙門會同商議於某日爲始督飭司坊營汛各官各按所屬地段認眞稽查遇有烟館賭局一律禁止並嚴查容寓小店及菴觀寺院毋許寓居來歷不明之人致匪徒得以混跡並將各巷按戶籍插黃布旗一杆上書公議守助約數字遇有竊盜等事即可守望相助諒經此次整頓匪徒或稍斂跡矣

榜示給委 ○第一缺應委候補縣趙景忭二通判錢彥三候補縣石立坊四許顯鈞五鄭壽祺六陳鶴鳴七俊良八陶承先九唐國楨十鍾靈

榜示功過 ○深州吳東鹿縣沈唐縣黃天津縣王蔚張均審解命案雜案三四起均各記功一次通州孫東明縣錢肥鄉縣祝疏防楊志忠等家被刦各案印捕各官均記過一次平山縣石疏防匪犯段子祥在押脫逃捏稱責釋廣平縣吳解審獲賊劉文亮至府節次簽差不愼各記大過一次

整頓牙行 ○本埠炭舖生意頗佳今則率多賠累大抵有以擾之也蓋牙行於尋常抽用之外無不告貸倘有不從即送官究辦說者謂牙行實甚究之過不盡在牙行也每逢冬季各署例有官炭多至十數萬斤數十萬斤不等而發價不及其半牙行無力墊辦故不得不累及舖戶然此等積弊官長未必周知無非辦差諸人從中漁利所望賢有司嚴加整頓也

大閱洋車 ○本埠自東洋車盛行殷災黎便往來於人有益於事無傷也近地方官以街窄車多時形擁擠大加裁汰凡經委員驗准者到工程局納捐領照方准攬載拉貨其餘一概停止已由局出示曉諭矣查從前上捐每月八九千號今則以四千爲定額計裁去者四五千人不知被裁之四五千人將何以爲生也然四千之數在街市已覺擁擠矣

鄉團得力 ○有客自遵化來者據稱豐潤縣境屬韓城地方盜風頗熾擾害閭閻自該處紳士創辦團練支更巡夜稍形安謐仍不免乘間竊發嗣由捕頭王洪順明查暗訪知鎮北有窩主李長順招聚黨羽猖獗異常立即知會鄉團約期協緝果抄出洋槍軟梯並舖民樊成科所失贓物一並起獲呈案且從李長順家中拏獲慣賊李雙頭李堂等由縣解州訊係眞賊無疑現時正在擬辦想經此番剿除地面定當安靜矣

花間戀蝶 ○妓女金翠善睞宜笑勾欄中翹楚也蒙京都某公子青賞前數年爲脫籍藏之金屋中其僕某從公子有年矣去臘趁公子外出將該妓携拐來津及公子回家詢悉情由因遣家丁某來津偵探知該妓實在舊僕家一面稟知家主速速來津辦理一面倩人暗中把守不使遠颺昨公子到津與家人張某帶同三四人將該妓與僕一并抓獲言欲送官究治遂拱拉而去云

未免寡情 ○昨有一貧婦携帶子女沿門求乞衣雖樸素却不甚藍縷語音亦不似本埠人有好事者詢據該婦云本靜海人家有地二十餘畝儘可餬口因連年被災遂於去冬隨夫來津覓食今正據夫稱你母子且先回家待我稍有積蓄亦即言旋好及時耕種嗣後兩月有餘毫無音信甕底空空日不舉火不得已復來尋覓前晚在西門外相遇不但不加憐憫反肆辱罵詢及同鄉方悉已入下流好烟好賭好嫖無所不至故視妻子如贅疣也我一婦人復何能爲只得與子女乞討度命而已且訴且泣語不成聲聞者莫不酸鼻噫津地固稱繁富之區然可以養人亦可以陷人若該婦之夫恐終不免溝壑之塡耳

賭與誤事 ○現屆暮春晝長夜短正宵小歛跡之時然城鄉內外仍不免偷竊等案昨日鬧口下某姓家有喜慶事晚間女眷鬥牌所謂葉子戲也迨時交夜半婢嫗倦極有酣而睡者有坐而垂頭者屋門均倘未閉遂有梁上君子潛入堂屋中將佛前錫器概行竊去諸女眷並未稍聞聲息以注意在賭故也未悉已否報案茲有所聞姑錄之

孫得勝住陳家溝娶妻孫陳氏長女福姐年十五歲又生二子一年十三一年四歲自去年孫得勝投軍按月寄銀養家而孫陳氏竟被劉得起霸佔將福姐由其嫂劉氏賣於都門客臘孫回家度歲詢妻福姐何在陳氏自認出賣旋即同劉得起移住窰窪孫得勝往尋劉於半途糾衆毆打幾至傷命控經縣署驗明准理而劉得起恃在護衛營當兵到案即經保釋且將孫十三歲之子藏匿僅令孫陳氏携四歲兒到堂凡劉得起恃强霸佔各情該氏矢口自承將劉得起攛去現該氏雖蒙押候本夫請領而與劉得起合謀俟下堂時即搶之而去似此目無法紀正不知到若何地步也

孫得勝同岳母陳魏氏泣訴

民之父母 ○昔人論畜牧之道惟去其害羣者而已此言雖小可以喻大古良有司之牧民亦惟先除其爲民害者然後能教養兼施所謂慮之深者則其成之也亦易今觀吾邑侯李公之爲政於斯旨殆有合焉敝邑向多遊徼大猾有温剛明者尤梟桀羣不逞之徒推爲盟長温本小有才能邏厥狡謀以部勒其黨皆爲所用平日行鄉肆有所欲偶或迕輒思甘心焉以是顓其土莫敢誰何有司名捕不能獲蓋其蟠結固閑衛嫌嚴其醜又皆敢死攻之不克履尾必噬故任其縱横而莫之遏也先是朱幹臣明府假令吾邑用法峻政行年餘而民樂業惜未擒其渠公既去風復熾近如温剛明趙傻子李壞子趙宿子等皆聚衆數百人名其會曰黨子設偵卒探悉某家富某家孤兒某家子兼祧白其長輒遣人擄以去曰請財神視其家私之厚薄而定贖價之多寡有不聽者立支解之以示威甚至以睚眦怨殺人受害者飮恨不敢聞於官官亦幸其無擾牘且自睬衛單無能草薙而禽獮之也遂不過問自是而邑之良懦無甯日矣去夏奉天李公秉和奉檄權縣篆公固稔知吾邑之俗倘剽悍也思有以挫敗之未下車即詗得羣凶姓名既而披籍取之悉論如法餘衆知不可以倖免也相率引避公仍不稍逮每於簿書之暇微行暗訪有所聞立捕治之古云嫉惡如仇又云農夫之惡去草如我邑侯者近之矣其折獄也必洞見本原惟恐一屆得當致不吾民於縲絏間有失察之案事後訪知必立予平反以是吏畏民懷政平訟理固不僅轄境平安已也於戲民之父母微我公其誰與歸然而非我邑民之眞幸也惟願公常令吾邑斯則敝邑人民之眞幸耳

東鹿縣闔邑士民公啟

光緒二十二年三月初六日京報照錄

宮門抄 上諭恭錄前報○三月初六日內務府　國子監　鑲紅旗值日　內務府引　見十九名　兩翼二十四名　端王等由東陵回京請　安　印啓假滿請　安　春副都統恩祥到京請　安　濤貝勒請假五日　樹貝子溥侗各續假五日　光公續假十日　順天府奏京師得雨二寸有餘　掌儀司奏初十日十一日祭　奉先殿倫貝子䫻貝子行禮　召見軍機　端王　李鴻藻　恩祥　皇上明日辦事後至　頤和園　皇太后前請安後駐蹕

○○溥齡等片　再據兼管　普陀谷萬年吉地事務護軍參領銜掌關防郎中文錦稟稱恭查　普陀谷萬年吉地經　奏准添設樹夫二十名俾資看守儀行樹株以昭愼重惟查原建值班房間不敷居住擬請在東砂山迤外添建值班房二所俾令常川承值以便晝夜巡察至原建內務府暨綠營值班房四所因年久未經修理亦均有滲漏情形不堪居住擬請一併修理等情稟請前來奴才等查該郎中所稟係屬實在情形惟查　普陀谷萬年吉地原建值班房四所係光緒五年全工告竣經前任守護奴才榮頤等　奏請經工程處玉大臣等議覆請　旨飭下守護大臣率屬經理所需工料銀兩由工程處核給工竣自行報銷等因遵辦在案此次應請添建值班房二所並應行修理值班房四所謹擬查照成案可否　飭下工程處照案估修之處出自　聖裁謹附片奏聞奉　硃批另有旨欽此

○○胡聘之片　再河東監掣同知張貽瑄因案撤省查辦所遺之缺查有調署永濟縣知縣本任靜樂縣知縣趙爾豐堪以調署其永濟縣知縣一缺查有盂縣知縣項則齡堪以調署遞遺盂縣一缺以候補知縣丁兆彬署理又高平縣知縣韓仲荊因病出缺查有靈石縣知縣祝裕堪以調署遞遺靈石縣一缺委大挑知縣易倘勦署理據藩臬兩司會詳前來除分檄飭遵外理合附片陳明伏乞　聖鑒謹　奏奉　硃批吏部知道欽此

天津鐵軌商路公司派股利啓　啓者鐵軌商路公司前於去年九月間奉　直隷督憲王　奏准歸併官局辦理以一事權當將自天津迄至古冶商路三百餘里之鋼軌電線車站碼頭各廠以及車輛房間家生機器物料等項次第交代接管又於冬月將一切帳簿契據存票案卷等件一律移交完訖現奉　督憲札行據稟現存商股二千八百四十七股結至二十一年九月底止援照第一二屆成案每股給息六釐卽由該官局收回舊票換給新票註明以後按年支利六釐盈虧兩不相涉以示限制等因查商路股本於第一二屆派利後計自光緒十四年起至二十一年九月底止共七年零六個月每股派息六釐計每股應派行平銀四十五兩雖七年有餘未經分利今蒙一併派給且以後不計盈虧每年支利六釐仰見　督憲體邺商情厚待無已想有股諸君定當同深感激卽勿論何項奉招商股亦必聞風與起踴躍爭先矣茲定自本年三月朔起自四月朔止遵照　憲批派分商路股利在天津海河東岸大王莊開平礦務津局代爲經理專候有股諸君屆期將原發股票息摺一併帶臨以憑核股發息登注數目將票摺存留彙送先行發給收條另行定期由官局憑條換給新票除俟分利後再將商路歷年進支欵項數目情形另行彙刊帳略分布外特此布　達幸勿遲悞爲禱

前辦鐵軌商路公司謹啓

英文夜館

本館專授英文語言繙譯以及算法司賬等學每晚教授兩點鐘之久每月脩金二元館設紫竹林牌坊外塘子後身

本館主人啟

天津 元利齋京靴店 告白

本店開設北門外估衣街歸賈胡同內專做時式靴鞋數十年四遠馳名今特做鑲𣑽京式等鞋料高樣巧價廉一概發賣賜顧者須認明本號發票及鞋內圖印庶不致悞本號只此一家並無分號謹聞本齋主人識

德商元亨洋行

本行專辦進出各口貨物今開設在法界鐵路公司西首特此告白

烏利文洋行

啓者本行開設香港上海三十餘年四方馳名專售各式金銀鐘錶鑽石戒指八音琴千里鏡眼鏡等物並修理鐘表價錢比別家格外公道今本行東家米士得巴克由上海來津開設在紫竹林裕泰飯店旁請

諸君降臨光顧是幸特此佈聞

丙申年三月初十日禮拜三

浙杭 元吉永

本莊自置紗羅綢緞新樣洋辮花素洋布川廣夏貨團摺雅扇南貨頭油俱全祗爲近時錢市漲落不同故而各貨減價開設估衣街中間路北凡　仕商賜顧者無悞特此佈達

天津 順昌永保險車船局

本局專寫輪船客票包運遠近水旱車船貨物行李起卸各項貨物機器木料銅鉛米麥等物代報華洋關稅墊辦應用諸欵定期不悞格外克己貴　官商無論遲早到埠皆有妥人照料一切非他行可比　賜顧者詳認天津紫竹林鐵路公司傍本局門首招牌便是

本局主人謹白

新書出售

粤東王君煜初所編中日戰輯一書分裝四帙并附水陸戰圖地圖六幅書中所載中日軍情始末實事求是絕無虛飾且詳析中國今日必當如何改革以臻富强想有心時事者當爭先睹爲快也

每套售價一元

紫竹林同興號

代售處鍋店街文美齋仝啟

估衣街逸雲齋

三月初十日銀洋行情

天津九七六錢

銀盤二千五百八十文

洋元一千八百二十五文

紫竹林九六錢

銀盤二千六百二十文

洋元一千八百五十五文

三月十一日出口輪船禮拜四

豐順　輪船往上海　招商局

武昌　輪船往上海　太古行

景星　輪船往上海　怡和行

怡生　輪船往上海　怡和行

直報

光緒二十二年三月十一日　第三百八十四號
西歷一千八百九十六年四月二十三日　禮拜四

錄順天府署治中堂詳文

順天府署治中林爲詳請咨部示覆事光緒二十一年八月二十八日奉　憲台札開案查前准東城察院咨送六吉紙行張子芳即張銀塘呈控星記等四家紙行藉口場差私行抽用等情一案當將人卷飭發該廳審辦旋據該前廳以移查糧廳案據並無紙行自運之貨應否仍交行用及紙行如何取用定程詳請咨部查示當經咨查去後玆准戶部覆稱查本部現行則例並無官設紙行之外有仍准商人自運自賣而不交行用及仍交行用暨紙行如何取用專條此案應如何核定之處應仍由順天府辦理等因到府並准東城察院以復據張銀塘稟控此案過府四月星記等把握有標治憲察一味袒護要案久懸等情將原呈移送核辦前來本兼尹尹堂查各部定例無非斟情酌理例無專條自可比附定斷此案紙行收用之處戶部既查無專條自應秉公核訊比例定斷以昭平允而免纏訟該廳非原審之員無所用其袒護合行札飭札到該廳立即遵照破除情面核明卷宗提集前發人証秉公訊斷迅速議結詳覆如有恃符狡展即行詳辦毋再遷延仍蹈前轍致干物議切切此札計發抄部院咨文二件原呈一扣等因蒙此職聽隨查照部院咨文暨　憲台核飭事理檢齊卷宗悉心核閱一面移會糧廳查詢別行經紀將各行如何抽用及各行自行由外販貨到京者曾否與經紀納用之處詳悉移覆一面提集兩造人証確切研訊據原告張銀塘供伊係山西平陽府臨汾縣人向在六吉紙行管事六吉紙行帖名黃明遠行內專管買賣南紙雜貨等物向來在京各紙店無論客販自販均歸官行內評價按三分抽用現在星記等四家包攬三十餘家藉口自販不歸行不納用以致官行虛設無從抽用生意蕭索難以應差辦課是以呈控只求恩斷據被告景廷桂供伊向在前門外興隆街開設星記紙舖先前伊舖在六吉紙行取貨給他行用如今不拿他貨也就不給行用了京城各行自販自賣向不納用只求恩斷據張貽傑供伊在崇文門外開福聚乾菓舖據段幹臣供伊在崇文門外開全昇瑞顏料舖又據全供伊等各舖均係自販自賣向不納用等語連日反覆開導兩造各執一詞其餘各被告有屢傳不到者有未經票傳者總之均以自販自賣爲詞堅不肯納行用　此稿未完

鐵路紀聞　○順天府府尹胡大京兆奉　命創修津蘆鐵路二百餘里其工甚鉅鳩工購料丈地募夫均已齊備聞於二月二十五日業經開工先修大橋四座小橋數座水溝十餘道工竣即平治道途添車二輛經之營之自必不日成之已列前報後聞所修鐵路自蘆溝橋西南擬通保定漢口茲將永定河上游蘆溝橋拱極城迤南修築鐵路地址鄉村訪錄於左　老店　王家口　高家堡　倘家莊　古莊　北李　郎　天堂　康莊　蘆城　野場　鄭家莊　王家莊　黃村　海子角　新店　華家村　轆各莊　孫家村　許各莊　東許村　鮑家村　小吳家莊　郭家村　侯家村　蘆家　楊坊　賈家馬坊　大張本村　小張本村倪家營　高莊子莊　王各莊　沙子營　趙家莊　崔家莊　南　沙河　長山村　高家店　野廠村　黃家莊　華家營　蔡家營　孫莊　尤家塢　樹林　回回營　石家橋　高家營　小營　樹林　家岱　鄒家莊　魏家墳　樹林　北田上　南田上　河西務　磚子營　大關莊　翟家嘴河　新開河　陳家溝河　陳家溝　丁字沽　西沽　天津　閘子與山海關鐵路相連

幾人燒尾　○三月初三日是天在京各官行團拜之禮中有已丑登第者藉以延同年諸公聯作雅集假座於宣武門外虎坊橋湖廣會館招同春臺部演劇計自午刻十點鐘開演至夜間兩點鐘始散管絃絲竹絕勝曲水江頭霓裳羽衣疑似大羅天上雖異鹿鳴之宴寔頗洽燕笑之幽情第未卜此會中人將來燒尾化龍者能有幾人詠明月漸低人擾攘不知誰是謫仙才之句殊令人怦怦欲動矣

報應不爽　○京師左安門外襄林街某姓者幼失怙恃爲人誠實不欺人以獃子呼之畜一小犬飲食坐臥一切與共獃狀可掬然平素勤勤懇懇凡負販得錢一文不肯浪用有餘則交當舖生息十數年積得紋銀約數百餘兩遂幷存於某姓家鄰人知之甚悉至年半百藉息爲生坐享溫飽忽於二月中旬無疾而逝鄰人以有存項可恃遂向其商酌殯殮等事而某姓昧良堅執不認衆人無如何共憐其樸誠一世乃湊集京錢十數千買棺瘞之詎某姓家於上月下旬夜遭回祿片瓦無存說者以爲報應之速卽在須臾其信然與其信然與

冰玉雙清　○女子擇婚相攸固難男子娶妻選配亦屬不易若彼此以誠相與無詐無虞則嫁者娶者可省却許多口舌無如世風澆漓動輒以門戶相炫赫冀人之俯攀以豔麗相欺矇期人之俯就及至馬脚盡露口角相爭徒貽話柄是亦無謂之甚矣京師東便門內下二條胡同張某年近花甲膝下二女年皆及笄長者貌甚美意非富貴家未肯許字次者貌遜於長亦同待聘今春經冰人執柯將長女許與前門外草廠九條胡同太醫院御醫童某爲妻蓋因冰人極言童某勢位榮顯炙手可熱張甚歆羨恐失機緣童亦素聞女美故倉卒文定納彩之先始悉童某並無官職祇藉三指爲生欲罷婚恐童不准思得一計擬將次女頂替俗所謂抽樑換柱也三月初二日迎娶過門結拜花燭合婚之夕細視女貌迴非昔日目中美人不覺勃然大怒遣媒責岳以醜女騙婚欲送之返女聞而暗泣冰人反命當日相女時其長女已經許人曾指次女而言爾特錯會耳張某亦向冰人饒舌問婿果是御醫否冰人答以原說御醫乃童某之弟亦屬爾自悞聽於我何尤彼此較量嘖有煩言旋經和事老人解之曰赤繩暗繫本屬天緣業經對騙成婚豈可離異翁若不誤認婿貴婿若不貪圖女美事必無成漠漠中當有莫之爲而爲者也既成翁婿復事爭競不將貽笑旁人乎童無言張亦首肯遂琴瑟諧和焉此眞謂之冰玉雙清矣

咎由自取　○從來恩最重者莫如父母情最親者亦莫如父母子有財而私之非孝也乃有以己之父母視同陌路轉以妻之父母引爲腹心罄所有而付之意以爲諒無他變者豈知變不出於意中往往出於意外固爲始念所不及料也王某者北京人向在外省貿易日前由汴梁捆載言旋腰纏千五百貫並有絲綢若干疋恐父母知之不便已之揮霍乃盡存諸岳家昨因需欵孔殷索取前項詎被泰水乾沒不發一文反被呵斥萬端並言以後不得登門一步王忿氣塡胸而無可如何次晨手持利刃尋至岳家劈門闖入意欲得而甘心幸有排難解紛者出爲調停許以五十金了之噫了事者亦未免偏袒矣夫王某果以千五百吊交付岳家自當如數繳還今以百五十千了之豈公允哉雖然王之岳家固無良王亦咎由自取耳

善政及人　○昨報登商民因運憲李都轉升授貴州臬司恭送匾額係初六日由綱總姚紳率同衆商詣署恭懸矣

力清街道　○工程局已經出示東洋車只准驗留四千五百輛舊車捐例照舊新車納捐八千至三個月後再將壞車裁去一千五百輛只留三千所裁舊車交局作價四千新車須有舊車捐票者方准上捐拉載如無捐票概不收捐如此釐剔行人可無擁擠之虞乘駟馬而擁八騶者不妨清道而馳矣

訛詐淂兒　○昨午後林西駁船駕長朱姓忽被土地廟徐姓呼喚下船向之索錢朱以手乏告徐等四五人竟木棍齊施將朱下半身骨殖打斷事經駁船公司稟知關憲由該管員弁將徐等五人如數捉獲送案聞徐某等向以抬轎起貨爲生近因輪船不能抵埠無所事事忽生心訛詐淂兒將人殘廢幸未漏網懲一儆百是所望於賢有司矣

俗例拘人　○本郡娶婦有南北禮之說不知始於何時而積習相沿牢不可破南禮惟宦途中行之若本地人則皆行北禮也新婦入門冠鳳冠服蟒玉以紅帕蒙首拜堂畢用紅毡鋪地扶掖入與新郎比肩坐曰坐帳稍遲新郎出撤紅帕女眷爲理妝傅粉畫唇珠翠滿頭端坐牀沿任人平視不食不飲亦不笑言至三日拜翁姑始分長幼屋中率有陪嫁媪伺候之早晚兩餐姊妹妯娌輩殷勤勸讓餘時不肯久坐恐新婦不便歇息也昨聞西頭趙姓娶婦第二日新婦正默坐陪嫁媪適如厠而諸女眷笑談者門牌者正喧譁間偷兒乘間入將洞房銅盆錫壺竊去新婦限於俗例不肯詰問並不辨是賊抑是家人只得任其挈去迨陪嫁媪回屋始悄悄言之合家大驚然已追之不及倘遇衛婦則賊無從遁矣昔衛婦者嫁時夫家以車迎婦指其驂曰殷而赤者誰氏駒耶及入門見灶火外延曰盍速移薪入室見臼曰當移向僻處此三言也當其可矣然人或以新婦不當輕言而笑之世有言當其可或以越俎笑之者何以異是俗例拘人可勝嘆哉

郵政章程　○一通商口岸往來內地寄遞　一凡由聯約處所與不聯約處所往來寄送信件或係民局將信件交由郵政局轉寄抑或郵政局將信件交由民局

轉寄其內地遞寄之信資應由民局照舊自定自取與郵政局無涉　二凡民局開在設有郵政局聯約處所應赴郵政局掛號領取執據為憑無須另納掛號規費倘該民局領有執據後不願復行承辦應先赴郵政局呈明將執據繳銷　三凡民局將封固之總包交郵政局代寄該郵政局應照所書寫寄交他處之郵政局轉交彼處之掛號同行民局查收　四凡郵政局接到別局或外海送來之零件信函寄赴不聯約處所者均應交付掛號之民局承寄該民局應向接收信件之人收取內地運送之資　五六等款俟嗣後有同類應載事宜即隨註於此

此稿未完

民之父母　○昔人論畜牧之道惟去其害羣者而已此言雖小可以喻大古良有司之牧民亦惟先除其為民害者然後能教養兼施所謂慮之深者則其感之也亦易今觀吾邑侯李公之為政於斯旨殆有合焉敝邑向多遊猾大猾有溫剛明者尤梟桀驁不逞之徒推為盟長溫本小有才能遙厥狡謀以部勒其黨皆為所用平日行鄉肆有所欲偶或迕輒思甘心焉以是顯其土莫敢誰何有司名捕不能獲蓋其蟠結固閉衛蹕嚴其醜又皆敢死攻之不克履尾必噬故任其縱橫而莫之遏也先是朱幹臣明府假令吾邑用法峻政行年餘而民樂業惜未擒其渠公既去風復熾近如溫剛明趙儼子李壞子趙宿子等皆聚衆數百人名其會曰黨子設偵卒探悉某家富某家孤兒某家子兼祧白其長輒遣人擄以去曰請財神視其家私之厚薄而定贖價之多寡有不聽者立支解之以示威甚至以睚眦怨殺人受害者飲恨不敢聞於官官亦幸其無擾瀆且自衛蹕無能草薙而禽獮之也遂不過問自是而邑之良懦無甯日矣去夏奉天李公秉和奉檄權縣篆公固稔知吾邑之俗倘剽悍也思有以摧敗之未下車即遍得羣凶姓名既而披籍取之悉論如法餘衆知不可以倖免也相率引避公仍不稍逮每於簿書之暇微行暗訪有所聞立捕治之古云嫉惡如仇又云農夫之惡去草如我邑侯者近之矣其折獄也必洞見本原惟恐一屆得當致不吾民於縲絏間有失察之案事後訪知必立予平反以是吏畏民懷政平訟理固不僅轄境平安已也於戲民之父母微我公其誰與歸然而非我邑民之真幸也惟願公常令吾邑斯則敝邑人民之真幸耳

東鹿縣闔邑士民公啟

光緒二十二年三月初七日京報照錄

宮門抄　上諭恭錄前報○三月初七日理藩院　鑾儀衛　光祿寺　正藍旗值日　無引見　鄭王慶福各假滿請　安　鍾公榮祿各請假五日　載瀛請假十日

召見軍機

天津鐵軌商路公司派股利啟　啓者鐵軌商路公司前於去年九月間奉　直隸督憲王　奏准歸併官局辦理以一事權當將自天津迄至古冶商路三百餘里之鋼軌電線車站碼頭各廠以及車輛房間家生機器物料等項次第交代接管又於冬月將一切帳簿契據存票案卷等件一律移交完訖現奉　督憲札行據稟現在商股二千八百四十七股結至二十一年九月底止援照第一二屆成案每股給息六釐即由該官局收回舊票換給新票註明以後按年支利六釐盈虧兩不相涉以示限制等因查商路股本於第一二屆派利後計自光緒十四年起至二十一年九月底止共七年零六個月每股派息六釐計每股應派行平銀四十五兩雖七年有餘未經分利今蒙一併派給且以後不計盈虧每年支利六釐仰見　督憲體卹商情厚待無已想有股諸君定當同深感激即勿論何項奉招商股亦必聞風興起踴躍爭先矣茲定自本年三月朔起自四月朔止遵照　憲批派分商路股利在天津海河東岸大王莊開平礦務津局代為經理專候有股諸君屆期將原發股票息摺一併帶臨以憑按股發息登注數目將票摺存留彙送先行發給收條另行定期由官局憑條換給新票除俟分利後再將商路歷年進支款項數目情形另行常刊帳略分布外特此布　達幸勿遲悞為禱

前辦鐵軌商路公司謹啟

拾班寄津增補增像繪圖活板石印書籍列後　葉天士經驗良方復出　正續通天秘書　龍圖包公洗冤錄　情絲緣　萬法歸宗　遊歷日記　分類經藝尺牘　大商賈尺牘　採新　句解　新里新　合璧　續增批分類尺牘　算法大成全圖　算法捷經　先零算法　封神演義　駐春園外史　時務叢鈔　英烈傳　國色天香　中外戲法大觀　時事新論　後清列傳　後施公案　洋務決要　孤忠錄　農學新書　古微書　安危大計疏　洋務十三篇　一見哈哈笑　續盛世危言　笑話大觀　醉茶誌異　客窗閒話　採金桃　十二樓　出洋須知　時務要覽　歡喜奇觀　救時提要　絕妙奇書　四續今古奇觀　流上見聞錄　海上青樓寶鑑　花間楹聯　中日戰守始末記　劉帥地營法西法操練　戚大將軍大管紀　武侯心書十三律　藥性賦解　西海記天外歸槎　西事類編　徐霞客遊記　玉鴛鴦　改正玉堂字彙　熱河三十六景　銅印台灣福洲厚門地圖　台灣小圖　劉帥小圖　新闢非洲圖　北洋鐵路圖　又武陛官圖　洋務陞官圖　京調脚本　梨園小影　飛雲館畫報　點石齋畫報　字林滬報　新聞報　代送申報　本津直報　以上書籍均部無多遍覽先取為快每日午後直至申後敝堂靜候餘時無暇面　主莫怪

天津府署西三聖菴西直報分處內紫氣堂欒子亨啟

金陵 仁記南味坊

自製本機元燚京緞寗綢紗縐絨線糟貨食物金腿海味南貨俱全近因錢市漲落不同分別減價抑因無恥之徒假冒南味者甚多雖云謀利誠恐亂眞欲辨薰貓用煩楮墨
寄售雨前龍井每斤津錢一千二百文八百文福建條絲格外公道 開設宮北大獅胡同內

英文夜館

本館專授英文語言繙譯以及算法司賬等學每晚敎授兩點鐘之久每月脩金二元館設紫竹林牌坊外塘子後身 本館主人啟

都門陳賓庵精理男婦方脈著手回春寓紫竹林同宴樓後申報分館
沈竹君啓

告白

敝局承平輪船於光緒十八年六月二十三日到埠裝帶靈柩一具暫存碼頭隙地迄今無人尋問現在敝局起築園墻有碍地址因將此柩移厝太平庄後義地立有標記如有來尋之人請到敝局帳房說明以便指認領還特此謹白
開平礦務津局啟

天津 元利齋京靴店 告白

本店開設北門外估衣街歸賈胡同內專做時式靴鞋數十年四遠馳名今特做鑲挿京式等鞋料高樣巧價廉一概發賣賜顧者須認明本號發票及鞋內圖印庶不致悮本號只此一家並無分號謹聞本齋主人識

德商元亨洋行

本行專辦進出各口貨物今開設在法界鐵路公司西首特此告白

烏利文洋行

啓者本行開設香港上海三十餘年四方馳名專售各式金銀鐘錶鑽石戒指八音琴千里鏡眼鏡等物並修理鐘表價錢比別家格外公道今本行東家米士得巴克由上海來津開設在紫竹林裕泰飯店旁請 諸君降臨光顧是幸特此佈聞 丙申年三月十一日禮拜四

浙杭 元吉永號

本莊自置紗羅綢緞新樣洋辮花素洋布川廣夏貨團摺雅扇南貨頭油俱全祗爲近時錢市漲落不同故而各貨減價開設估衣街中間路北凡 仕商賜顧者無悮特此佈達

天津 順昌永保險車船局

本局專寫輪船客票包運遠近水旱車船貨物行李起釘各項貨物機器木料銅鉛米麥等物代報華洋關稅墊辦應用諸欵定期不悮格外克己貴 官商無論遲早到埠皆有妥人照料一切非他行可比 賜顧者詳認天津紫竹林鐵路公司傍本局門首招牌便是
本局主人謹白

新刻中日戰輯

內錄中日和約

粵東王君煜初所編中日戰輯一書分裝四帙幷附水陸戰圖地圖六幅書中所載中日軍情始末實事求是絕無虛飾且詳析中國今日必當如何改革以臻富強想有心時事者當爭先睹爲快也
每套售價一元
代售處鍋店街文美齋仝啟 紫竹林同興號 估衣街逸雲齋

三月十一日銀洋行情
天津九七六錢
銀盤二千五百八十文
洋元一千八百二十五文
紫竹林九六錢
銀盤二千六百二十文
洋元一千八百五十五文

三月十三日出口輪船禮拜六
豐順 輪船往上海 招商局
武昌 輪船往上海 太古行
德生 輪船往上海 怡和行
景星 輪船往上海 怡和行
和生 輪船往上海 怡和行

直報

光緒二十二年三月十二日　第三百八十五號
西歷一千八百九十六年四月二十四日　禮拜五

上諭恭錄

旨正紅旗滿洲都統著隆懃調補鑲藍旗漢軍都統著長庚補授長庚現在伊犂任所其缺著凱泰署理欽此

錄順天府署治中堂詳文

職查東城察院前請部覆以本部並無辦有此等成案應由順天府核定等語又據糧廳移覆訊據毛頭紙行槐子窰行藥材行銅器土　等行均無論客販自販按三分取用等語職廳復細檢本衙門辦理成案有同治九年間茶葉行經紀方順等以聚昌義指用不給等情控蒙前　憲台飭廳核辦一案情事與此案相同經前廳內治中訊明核斷按茶葉每包以五六十斤至一百斤重爲度酌中定議斷令該經紀准於每包中抽取行用銀八分該經紀方順與各茶葉舖聚昌義等均各輸服遵斷完結在案伏思各行經紀交納帖稅承辦塲差向藉抽收行用藉資津貼是以取用應差例有定章私牙□應嚴禁此案大宛兩縣前次斷令星記等夥辦塲差不納行用以致官牙無從抽用鋪戶均令辦差不特與例不符亦且官私混雜誠如察院來文所云將斷實不公允然若必如張銀塘所請不論客販自販一律抽用三分爲數甚鉅亦難强令星記等各舖遵辦職再四思維與其首鼠兩端模棱從事致各舖藉口辦差官牙轉成虛設莫若仿照茶葉行成案輕減行用明定章程使經紀無從勒索舖戶各有適從誠如憲論自可比附定斷職查該經紀承辦塲差每逢三年兩次文武鄉會試約共需費銀五千兩之數核計三年所抽行用得有六千兩上下則離遇　恩科亦不致賠累擬查明星記等各紙舖在崇文門歲輸稅課常則比照茶葉行成案酌量定斷核定貨物納稅若干准經紀抽行用若干不准格外多索分文庶經紀不致無用可抽各舖亦不致以貨物價值爭長較短自可相安無事乃屢經反覆開導不啻舌敝唇焦該星記等各舖商不特不肯遵斷交用並不肯將崇文門歲輸稅課常則問呈核辦似此刁抗何有完結之期惟有將兩造供情及擬斷是否允協詳請　憲台咨請戶部酌奪示覆俾有遵循如果該星記等舖始終抗違不遵惟有按舖查封以儆刁狡倘部覆礙難酌定則本衙門別無成案可循應請將全案八卷咨送戶部訊斷以免久懸而成信讞仍將如何斷結示覆嗣後遇有此種控案以便援照辦理實爲公便爲此備由具呈伏乞　照詳施行須至呈者

照例帶征　○禮部所轄豐台等處各廠官租銀兩向分上下忙折錢交納麥秋征收一半大秋掃數全完歷年應征銀兩據各佃戶遵照道光年間原領執照每銀一兩折交制錢九百即京錢一千八百文完納在案去歲上忙開徵未許旋准順天府咨據民人謝春齊等以疊遭水患懇請豁免等情抄呈送部核辦當經禮部查嘉慶道光年間均有被災較重年分地租從未減免此次礙難俯如所請惟據稱被水一節亦係實在情形所有各廠官租除上忙已完若干外其上忙未完暨下忙應完各項均准緩至次年開徵時帶徵以示體恤屆期不容帶欠除示知各廠外並移覆順天府存案現在時近麥秋所有光緒二十二年上忙錢糧及上年上下忙欠交錢糧均定於五

月初九日開徵帶徵仍照例每銀一兩折收制錢九百卽京錢一千八百文如制錢不便願納實銀者聽限兩月報竣不准遲延其本年下忙銀兩仍俟大秋後啓徵剋由禮部示知遵照並諭於開徵後每逢三六九日親身赴部投納云

有無情節　○京師永定門外李家村地方郭某農家也家道小康子聘定孫氏女爲媳擇於三月初二日迎娶詎伊子竟於三月初一日投井身死經郭某查知痛子情切魂不附體報明南城稟請相驗備棺殮埋噫紅鸞未照黑獄先招世豈有不樂魚水之諧甘蹈幽冥之地者杜詩云自是君身有仙骨世人那得知其故可爲郭氏子詠矣

屠者豪舉　○京師三月初三日有京北農人偶來都中購買布匹午後言旋行至東四牌樓地方因街旁列肆金碧輝煌如入山陰道上目不暇給遂被小綹將布攫取而去該農人癡立街頭不覺泣下適有素識屠者某甲見而憐之極意慰藉且請少待去未逾刻竟將小綹拑來以布付農曰速出勿少延嗚將小綹按地痛毆謂汝等伎倆只宜伺　袴兒膏粱子問柳尋花者售之如此貧民何堪下此毒手以後再犯定令飽吾老拳噫似此胸襟何等豪爽因憶宋人鄭毅夫過朱亥舊里詩云高論唐虞儒者事賣交負國豈勝言憑君莫笑金椎陋却是屠酤解報恩若該屠其庶幾乎

過猶不及　○古者易子而敎蓋恐以義傷恩勢難兼盡也故養在父而敎在師若朋友勸善規過聽受固佳否則盡心而已愼無絮聒以取辱語曰忠告而善道之不可則止又曰朋友數斯疏矣朋友固然親戚亦莫不然京師前門外西柳樹井地方鄒某因表姪伍姓不務正業時時訓責伍已不勝厭煩昨於二月二十九日復行訓敎始呵斥繼辱罵終且責打不意一時失手立卽毆斃當報經中城司相驗詳城咨送刑部按律定擬噫嘻豈但因好成仇抑且釀成命案若鄒某者亦無謂之甚矣

使相抵俄　○出使俄國頭等全權大臣李爵相起節行程迭紀前報茲本埠官場接奉外洋電音相節已於本月初十日安抵俄京先是俄廷知　爵相之將來俄也派頭等大鐵甲停泊黑海預備迎迓迨入俄境一切供應悉由俄廷備辦於以見三百年相交之鄰邦其睦誼更加人一等也

示期補課　○三取問津兩書院向例三月初二日開考官課署道憲李觀察因交卸在卽未及照考現由新任余觀察定於十四日補試先期牌示與考諸生童至期齊集伺候點名領卷切毋自悞云

產子奇聞　○河東陳家溝某姓婦昨日孕生一子耳目口鼻形亦猶人而臀下僅有一腿落蓐時呱呱而泣但不食乳按古人眉八彩目重瞳以及枝指駢脅諸家所載歷歷可稽而一足者不少概見是當於反踵結趾之外求之矣

奇情可愕　○滄州城南狼救主地方李氏婦因夫外出撫子女生計維艱親赴母家告貸囊負歸中途已暮突遇伏莽荷擔繫繩攔其路哀之不許以囊與復索上衣脫擲之囊固有餱糧賊探取卽地坐而食李乘隙抽擔猛擊就斃焉取衣攜囊望燈火急奔村落扣門婦出年相若告以投宿婦納之因述途中事共　吾婦言夫適未歸可就吾女炕頭伴宿方就枕聞剝啄啓門一男子入婦問何狼狽男告之卽日間事語次殊恨恨婦曰勿高聲彼固在吾女炕頭宿也詗復喞喞嘐嘐不辨何語李大驚知所遇卽主婦夫倉猝生一計聽女睡熟互易其處傾之有人入室就炕頭刃女首呼婦共拖屍出意將拋棄李乘間呼四鄰衆集問故乃知誤殺者其女也遂協地方報官現聞已成信讞該賊論大辟嘖嘖默默中固有職之使之者第生女何辜將毋前世冤耶

示保洋將　○金陵自强軍統領洋將來春石泰等在小營萊相度練兵操場爲村氓所攢毆上江兩縣當奉督憲劉　帥諭飭嚴拏滋事之人務獲究辦等情茲接白門來信知不法之徒迄未弋獲劉　帥除再飭兩縣趕緊拏辦外復又大張曉諭徧示軍民略謂省垣洋將係由前署督張奏請來甯充當練軍敎習現經本部堂添派自强軍統帶各職該洋將竭受我　國差遣卽與我　國官弁無異爾軍民人等宜悉泯中外之見不得視爲異國之人致生欺侮自示之後如有不逞之徒煽惑愚民聚衆與洋將爲難定卽查拏到案從重懲辦決不姑寬云想從此蚩蚩之氓當不敢逞兇滋事該　將等亦可專意敎習練兵以酬　帥委任保護之意矣

東報譯錄　○日本某日報登海參威來信云俄國報章言及朝鮮木浦港隆冬並不結冰水深七尺至十六尺足容軍艦三十艘其形勢可以控制對馬及巨文兩島且出入有二道不憂敵人封港爲朝鮮第一形勝之區現在尚未見他國占取我國近日於朝鮮大爲得勢足以壓制外邦宜早占取此港爲力爭上游之舉云云一時日人紛紛議論謂俄人若占此港妨害他國不少一朝有事黃海一帶海上之權全歸俄有矣○日本某日報云日廷向英京倫敦定造之軍艦名曰八島於東歷二月二十八號下水其船長四百十二尺最闊處七十三尺入水四十三尺能容煤炭軍實一切共一萬二千三百墩裝十二寸口之巨砲四門四十九墩大口砲二門船側置速射砲十門甲板上有六角砲臺各隅置砲一門實得馬力一萬匹

郵政章程　○一通商口岸往來外國寄遞　一凡郵政局將信件寄送聯約各國者一切條規自應入會後俱照萬國聯約條例辦理　二凡外海寄來之信件必

須交由本口郵政局轉交應收各人不得自行另交轉送惟上海一處暫時不在此例若有須寄往內地不聯約處所投遞者卽由郵政局交給掛號之民局轉寄其內地運送之資方可由民局向收信之人按其自定條規收取　三凡郵政局若在無船開往外國之處須將信件送交有船之處轉寄其規費一切悉照信會條例辦理　四五等款俟嗣後有同類應載者宜卽添註於此　一開辦郵政總章　一現經　奏明將以上各章作爲開辦章程嗣後隨時體察情形因時制宜增添更改均可隨時添入當經
奏　旨准行照辦　以上所擬四項章程是爲開創郵政嗣後應增應減再當隨時隨勢詳細擬議仍一面　奏明遵行爲要　仝日奏　硃批覽欽此　此稿已完

民之父母　○昔人論蓄牧之道惟去其害羣者而已此言雖小可以喩大古良有司之牧民亦惟先除其爲民害者然後能敎養兼施所謂慮之深者則其爲之也亦易今觀吾邑侯李公之爲政於斯旨殆有合焉敝邑向多遊傭大數有溫剛明者尤梟桀羣不逞之徒推爲盟長溫本小有才能運厥狡謀以部勒其黨皆爲所用平日行鄉肆有所欲偶或迕輒思甘心焉以是顧其土莫敢誰何有司名捕不能獲蓋其蟠結固閉衛㨗嚴其醜又皆敢死攻之不克履尾必咥故任其縱橫而莫之遏也先是朱幹臣明府假令吾邑用法峻政行年餘而民樂業惜未擒其渠公既去風復熾近如溫剛明趙飛子李壞子趙宿子等皆聚衆數百人名其會曰黨子設偵卒探悉某家富某家抓兒某家子衆懦白其長輒遣人擄以去曰請財神視其家私之厚薄而定贖價之多寡有不聽者立支解之以示威甚至以睚眦怨殺人受害者飲恨不敢聞於官官亦幸其無擾贖且自距衛蹕無能草薙而禽獮之也遂不過問自是而邑之良懦無甯日矣去夏奉天李公秉和奉檄權縣篆公固稔知吾邑之俗尙剽悍也思有以挫敗之未下車卽密得羣凶姓名旣而按籍取之悉論如法餘衆知不可以倖免也相率引避公仍不稍遂每於簿書之暇微行暗訪有所聞立捕治之古云嫉惡如仇又云農夫之惡去草如我邑侯者近之矣其折獄也必洞見本原惟恐一屑得當致不吾民於縲絏間有失察之案事後訪知必立予平反以是吏畏民懷政平訟理固不僅轄境平安已也於戲民之父母微我公其誰與歸然而非我邑民之眞幸也惟願公常令吾邑斯則敝邑人民之眞幸耳

東鹿縣闔邑士民公啟

光緒二十二年三月初八初九兩日京報照錄

宮門抄　上諭恭錄前報○三月初八日吏部　翰林院　鑲藍旗值日　無引見　澍貝勒請假十日　召見軍機　皇上明日申刻由頤和園還宮○初九日戶部　通政司　詹事府　八旗兩翼值日　無引見　鄭王謝署鑲藍漢都統　恩　敬信謝寬免處分　恩　闊普通武謝授詹事　恩　馮文蔚請假十五日　閩防衙門奏十八日　大高殿　大光明殿拜表澍貝勒讀貝子行禮　召見軍機

○○譚鍾麟片　再省外緝捕營守備張鍾訪聞有匪徒假充官兵在各處擄人勒贖情事當率師船緝獲汾江小輪船一號拖艇一隻匪已濳逃獲水手一名縣差拿獲小艇一隻起出被擄之周同萬鍾亞慎馮亞進三名旋有民婦赴縣稟稱伊夫周同萬被胡廷謙等擄去訊據水手陳明供係逸匪胡廷謙等假充巡匪□兵皆穿號衣雇商輪拖小艇兩隻疊次擄人勒贖船內有高要縣舉人胡廷槐主持各事據署南海縣知縣黃恩稟報前來相應請　旨將舉人胡廷槐斥革拘拿到案究辦除咨部外謹附片具陳伏乞　聖鑒謹　奏奉　硃批着照所請該部知道欽此

○○常山片　再查接管卷內上年十二月間奉內務府文開接案附片　奏請添派緞綢以濟要需計　上用緞五十疋素緞五十疋官用緞五十疋彩緞五十疋杭綢三百疋開單行令辦解等因經奴才照章呈估料工數目咨撥銀款現俱一律織辦齊全敬謹裝箱封固附同大運解京交納除將動用銀數彙案報銷外理合附片陳明伏乞　聖鑒謹　奏奉　硃批該衙門知道欽此

天津鐵軌商路公司派股利啓　啓者鐵軌商路公司前於去年九月間奉　直隸督憲王　奏准歸併官局辦理以一事權當將自天津迄至古冶商路三百餘里之鋼軌電線車站碼頭各廠以及車輛房間家生機器物料等項次第交代接管又於冬月將一切帳簿契據存票案卷等件一律移交完訖現奉　督憲札行據稟現在商股二千八百四十七股結至二十一年九月底止援照第一二屆成案每股給息六釐卽由該官局收回舊票換給新票註明以後按年支利六釐盈虧兩不相涉以示限制等因查商路股本於第一二屆派利後計自光緒十四年起至二十一年九月底止共七年零六個月每股應派息六釐計每股應派行平銀四十五兩雖七年有餘未經分利今蒙一併派給且以後不計盈虧每年支利六釐仰見　督憲體郵商情厚待無已想有股諸君定當同深感激卽勿論何項奉招商股亦必聞風興起踴躍爭先矣茲定自本年三月朔起自四月朔止遵照　憲批派分商路股利在天津海河東岸大王莊間平礦務津局代爲經理尊候有股諸君屆期將原發股票息摺一併帶臨以憑按股發息登注數目將票摺存留彙送先行發給收條另行定期由官局憑條換給新票除俟分利後再將商路歷年進支款項數目情形另行彙刊帳略分布外特此布　達幸勿遲悞爲禱

前辦鐵軌商路公司謹啓

都門陳質庵精理男婦方脈著手回春寓紫竹林同宴樓後申報分館

沈竹君啓

寄賣

前次所售河南土已經賣完今又來上等河南土每兩九七六錢五百二十文如買整包格外價廉
鼓樓東聚豐成具

浙紹名醫朱鈍翁屢診重症悉慶回春寓彌勒菴

告白

敝局承平輪船於光緒十八年六月二十三日到埠裝帶靈柩一具暫存碼頭隙地迄今無人尋問現在敝局起築圍墻有碍地址因將此柩移厝大平庄後義地立有標記如有來尋之人請到敝局帳房說明以便指認領還特此謹白
開平礦務津局啟

烏利文洋行

啓者本行開設香港上海三十餘年四方馳名專售各式金銀鐘錶鑽石戒指八音琴千里鏡眼鏡等物並修理鐘表價錢比別家格外公道今本行東家米士得巴克由上海來津開設在紫竹林裕泰飯店旁請　諸君降臨光顧是幸特此佈聞
丙申年三月十二日禮拜五

德商元亨洋行

本行專辦進出各口貨物今開設在法界鐵路公司西首特此告白

天津元利齋京靴店告白

本店開設北門外估衣街歸賈胡同內專做時式靴鞋數十年四遠馳名今特做鑲摔京式等鞋料高樣巧價廉一概發賣賜顧者須認明本號發票及鞋內圖印庶不致悞本號只此一家並無分號謹聞本齋主人識

英文夜館

本館專授英文語言繙譯以及算法司賬等學每晚教授兩點鐘之久每月脩金二元館設紫竹林牌坊外塘子後身
本館主人啟

浙杭元吉永莊

本莊自置紗羅綢緞新樣洋辮花素洋布川廣夏貨團摺雅扇南貨頭油俱全祇爲近時錢市漲落不同故而各貨減價開設估衣街中間路北凡　仕商賜顧者無悞特此佈達

新刻中日戰輯

粵東王君煜初所編中日戰輯一書分裝四帙并附水陸戰圖地圖六幅書中所載中日軍情始末實事求是絕無虛飾且詳析中國今日必當如何改革以臻富强想有心時事者當爭先睹爲快也
內錄中日和約
每套售價一元
紫竹林同興號
代售處鍋店街文美齋仝啟
估衣街逸雲齋

三月十二日銀洋行情
天津九七六錢
銀盤二千五百八十文
洋元一千八百二十五文
紫竹林九六錢
銀盤二千六百二十文
洋元一千八百五十五文

三月十三日出口輪船禮拜六
豐順　輪船往上海　招商局
武昌　輪船往上海　太古行
德生　輪船往上海　怡和行
景星　輪船往上海　怡和行
和生　輪船往上海　怡和行

直報

光緒二十二年三月十三日
西歷一千八百九十六年四月二十五日
第三百八十六號
禮拜六

本館告白

啓者本館售報需人如有情願承辦者至本館帳房面議可也

上諭恭錄

上諭張之萬假期又滿病仍未痊懇准開缺一摺張之萬着再賞假兩個月調理毋庸開缺欽此　上諭前據御史敬祥奏山東案犯那二等脫逃來京交結訟棍肆行無忌等語當諭令順天府飭拿訊辦茲據順天府奏拿獲那二等現審情形一摺與該御史所奏情節諸多不符此案着交刑部提集人証秉公確切審訊另片奏匪徒假冒官役將那二家抄搶一空現獲之犯請併案審辦等語所有拿獲之趙三頭一名着交刑部嚴行審訊未獲之關岐祿等各犯着步軍統領衙門順天府五城一體嚴拿務獲送部歸案審辦欽此

書孟曹氏死貞事

嗟乎人生不幸謫爲女子之身妾命堪憐流入平康之籍賣身求活能得已者幾人殘喘苟延其奈何也同嘆迹其陷茲藩溷究亦各有夤緣或因養親無資節與孝不能兼盡或因撫孤無計慈與義不克兩全抑或過人不良勢迫而驅爲賤業或所天殘廢情急而仰給室人品雖厠國人皆賤之流事實在得情可矜之例而鴇婦之乘其間蠱媒之肆其姦者固假作購婢掩人耳目或託爲娶婦誑彼蠢愚且仗錢可通神廣求及笄之美婢財能壯膽賄買無辜之嬌娃一値流離之際客途窮而掌珠忍棄飢得暫飯之區每逢荒歉之餘民畏殍而骨肉生離聽作分飛之雁鴇也得之則名爲義女飾以聲容納入青樓教之歌舞梳頭求美因而摘及皮毛纏足務纖甚至斷其筋骨濟以淫戲個中之術日求而日精授以春方迎送之情愈久而愈熟洎夫米既成飯玷且難磨因而伺意承歡受飽苦中以求樂倚門賣笑漸由勉強而自然以爲衣食之計無處奔詭知龜窩風波一朝數起鴇兒慾壑百計難填狎客之喜怒無常則恨其未工酬應纏頭之豐嗇無定則責其不善逢迎立志從良則又百般覇阻生心外向必遭意外摧殘最可恨者曳尾之龜辱其軀復漁其色美頭之兎污其體更騙其財拚此一身作客飄泊如舞絮隨風可憐兩眼無親飲泣似落花帶雨又況玉貌易衰花容頓老牀頭金盡台上債多其中下場誠有一言難盡者然猶未可概論也其在都門上等妓寮高張豔幟如前門外石頭胡同得泉妓寮萬人迷老西五子小李紗帽胡同春和妓寮狀元一仔等富商大賈任意揮金公子王孫爭先問鼎由是皮肉生涯利市三倍衣則曳錦繡食則厭肥甘馳馬車於五壇八廟該妓女顧而樂之念且易辱而爲榮意竟忘賤而擬貴矣其大不幸者則烟花下院妓女牆花路柳任人攀折而無閑浪蝶狂蜂恣意宣淫而莫禁幸而獲利甚豐猶可相安於無事不幸而桃源寂寞無人問津勢必肆口以罵之非法以威之獅吼一聲五體投地魂驚魄散血濺肉飛頓以鬼祟之心腸變爲夜叉之面目銜鬚之杖責鞭鍊不足以比其嚴刑地獄之劍樹刀山亦不過方斯慘境誰無慈祥之念胡乃喪盡良心豈非血肉之軀竟忍下此毒手見之者慘目聞之者酸心嗚呼傷哉　此稿未完

經之營之

○戶部顏料庫科房失愼延燒大堂等處前據敬子齋翁叔平大司農原奏聲稱燒燬房屋八十間查例載官署重地延燒房屋至九十間以上者堂司官皆干重咎今幸未及其數現已派萬昇宮木廠商人鄧某按照被燒顏料庫司堂三間科房四間茶房一間正黃旗司堂三間科房三間茶房一間正紅旗司堂三間科房

三間茶房一間廂紅旗司堂三間科房三間茶房二間承發科科房三間現審處司堂三間茶房一間穿堂一間南擋房司堂勾連六間科房三間茶房二間大堂勾連十五間穿堂勾連十五間稿庫結連十五間司鼻坐落公所結連十間堂書科房五間茶房三間監印處房五間北擋房司堂三間科房四間茶房二間銀庫庫柵一間司務廳司堂結連六間科　三間茶　二間陝西司承平科一間督催所　司堂三間科　三間茶　一間勘估共需銀二十六萬零今經翁叔平大司農擬將大堂坐落公所移在稿庫地址修蓋其原舊大堂公所改爲稿庫擇於三月初九日開工拆墻興修矣並聞在福建司衆內設立本部工程處辦公所有鐵面公戴花翎四品頂服者數人每日前來監工據工人等皆呼爲木匠老爺奇哉按有明嘉靖間土木大作有石工　祥木工　通皆官至工部侍郞時以匠官呼之工豈可小哉

先覩爲快　○工部尙書兼管順天府府尹孫燮臣大司空撰作新書二部名曰庸書內篇庸書外篇現於三月初十日巳將板片刻就不日刷印裝訂出售矣聞悉所撰者皆係去歲中日軍情與割地遼台及刻下修築鐵路議鑄洋錢等項並近日一切時事無不備載其他別項未得盡知俟新書出售再爲錄佈以供衆覽

三善備焉　○工部都水司河防科書王幼菴者住前門外小安南營地方昨聞自備資斧由天津購水龍三架置辦燈籠茶桶衣箱火食担旗幟號衣鈴號銅鑼等物約費三千數百金之譜每日雇夫四名常川照料飛報警信遇有失愼之處立卽飛馳撲救今在西珠市口給孤寺內建屋二十餘間爲公所名曰三善水會不向各舖戶募化一切用項皆出自備誠爲急公好義矣

幸未成災　○三月初七日午後一點鐘時前門大街行人俱向南仰視黑烟上冲約高數丈經各水會前往探視鋪陳市地方某油局與草舖毗連處失愼幸在日間經鄰人七手八脚當卽撲滅祇燒燬柴草一堆瓦房三間隣居未遭池魚殃幸哉詢悉緣盪酒起火蓋油酒性急見火卽燃今年京師火災屢見大半以此爲家督舖掌者尙其愼之又愼乎

津埠官常　○江蘇海運津通總辦道員用候補知府林哲侯太守文炳會辦候補知縣江小梅刺史錫珪委員候補知府王六峰太守毓萍知縣鐘堯堦大令鴻鈞均到津○新簡山東運河道羅郁田觀察錦文由京來○記名提督霍軍門福喜前解新疆軍火昨已差旋○總辦武備學堂督練旗營學生候選道蔭午樓觀察昌現奉督憲保加二品頂戴○新授肯州臬司李廉訪希蓮交卸運篆於十一日上船由水路進京十三日解纜○新　簡雲南巡撫黃大中丞槐森由閩遺缺府洪朗齋太守思亮湖北武昌鹽法道郭觀察承舉先後附輪南下

知人善任　○吳寶臣觀察廷斌長於治水嫻習營伍前權天津道篆時正値河流泛濫雨水兼旬觀察督同疏濬隄防暑不張蓋與夫役人等同甘苦不踰時而奏績全活生靈無算至今頌聲不絕任大名道時留心河務軫念民瘼該處素稱強悍觀察恩威並用數年帖然祇以威厲風波因而鬥訟非觀察過也督憲知人善任昨飭察交代來津卽札委會辦天津營務處想觀察蒙茲知遇必當出其素蘊共濟時艱也

官商莫辨　○閘口下浙江海運局南向爲朝鮮公館後以東韓變事韓爲自主之國駐津通商委員先後回國其館無人居住昨見門傍貼有聚源號雜貨局字樣係屬新張不知住主爲誰並不知　主爲誰而朝鮮會館匾額尙未撤去官耶商耶噫

違諭提金　○銀中有金猶人身之有精神也豈可貪利傾提況歷經嚴禁憲示煌煌何得弁髦視之津埠商賈雲集財源流通向由官定以元寶按九九二色行使嗣以各爐　藉詞傾銷淨寶實則設立分金爐用藥水將十足銀內眞金提出疊經歷任關道憲以眞金爲銀之精華不准擅行提取出示嚴禁在案無如該爐　陽奉陰違漫無顧忌現仍明目張胆仍以提金爲正項生意大約號東皆顯耀富厚之人掌櫃等有恃無恐該管者亦明知違禁不肯揭稟以致爐　以利爲重以法爲輕究不知攪毁國寶提用精華關係　國家氣運頁非淺鮮勿得以細事忽之也茲姑隱其號名倘再怙惡不悛仍蹈前轍當揭示以供衆覽也

快人快語　○于家廠某姓者外鄉人與其弟以抬轎爲業前年伯氏娶再醮婦爲妻婦性放曠男子不及其男亦莫如何也昨有媒媪與閒談云給某婦與滄州客締婚客貧與年俱富但婚後欲帶回滄州某婦不允可惜某妻遽大言謂媒媪曰速去爲我言之要津錢十五吊爲定禮非汝誑也媒信之一言卽諧遂攜錢交某妻該妻卽以錢擲其夫曰我去逃活矣不與你共作餓殍某不敢阻積威約之漸也來去自由的是快人快語以視心違面從拘拘俗例者其相去奚啻數千里哉錄之以供一笑

形跡逼眞　○昨夜四更時鄉甲局在南門內拏獲賊犯楊五等二名帶局提訊從身邊搜有挖刀一把該犯供猾狡展訊居何處供住南門外不知姓名店內旋由該店起獲贓具並有洋槍一桿復加刑求始招有案爰將二犯暨槍刀一併送縣究辦

性何殘忍　○某弁向充嵩武軍五營總巡查一妻一妾膝下兩女均嫡出妾性悍妻性懦妾馬氏乘嫡外出將嫡出長女用雜戕害意欲掩埋適至知女被害痛哭經該管地方查知據實稟案邑尊當卽委廳詣驗長女誰害屬實將馬氏帶案訊認不諱但因妾夫某弁在營未經赴案當將馬氏交地方保回俟某弁來津再行傳訊此

上月事也刻下弁已由山東營次回津親具稟詞赴縣於十二日投審矣吁嫡庶之間動關姓命其何術以出此曰分則兩美合則兩傷處其阨者不可不豫爲籌也

安慶錢價　○安慶省城每銀一兩向可換九七大錢一千六百文本洋一元換九五錢一千四百文英洋一元換一千一百有奇時價低昂上下不過二三十文至去冬銀陡跌錢陡漲每銀一兩少易錢二百餘文且又攙和小錢經府縣出示禁運大莊錢出境云

九江茶行　○九江茶棧多至十三四家二月十二日厚生祥謙慎安二棧交張瑞豐信局運銀一百三十八擔至義甯州買茶已紀前報茲聞俄國派員赴中華各省採辦土產於二月二十日由漢皋至九江關道接到江漢關移文即派哨弁帶勇四名護送至義甯州云

孫得勝住陳家溝娶妻孫陳氏長女福姐年十五歲又生二子一年十三一年四歲自去年孫得勝投軍按月寄銀養家而孫陳氏竟被劉得起霸佔將福姐由其嫂劉氏賣於都門容臘孫回家度歲詢妻福姐何在陳氏自認出賣旋即同劉得起移住窩窪孫得勝往尋劉於半途糾衆毆打幾至傷命控經縣署驗明准理而劉得起特在護衛營當兵到案即經保釋且將孫十三歲之子藏匿僅令孫陳氏攜四歲兒到堂凡劉得起恃強覇佔各情該氏矢口自承將劉得起撤去現該氏雖蒙押候本夫請領而與劉得起合謀俟下堂時即撥之而去似此目無法紀正不知到若何地步也

孫得勝同岳母陳魏氏泣訴

光緒二十二年三月初十日京報照錄

宮門抄　上諭恭錄前報○三月初十日禮部　宗人府　欽天監　侍衛處值日　無引見　肅王謝調正紅滿都統　恩　恩賞假滿請　安　安興阿請假五日　信恪續假十五日　張中堂奏請開缺　幼官學奏派管理幼官學事務　派出啓秀　召見軍機　崑中堂

○○奴才額勒和布跪　奏爲假期又滿病仍未痊仰懇　天恩俯准開缺調理恭摺仰祈　聖鑒事竊奴才前因腿疾未愈於正月初三日又復奏請開缺仰蒙　恩施再四仍予調理之期未允退休之請奴才聞　命之下感激涕零伏念奴才屢荷　優容之德時切依戀之思滿擬病勢稍輕即行勉強從公仰酬　高厚於萬一無如月餘以來動須扶杖腿疾仍未少除火復上炎目疾因而更甚刻值假期又屆萬難銷假當差再四思維五中焦灼惟有據實瀝陳仍懇　恩准開缺俾奴才得以靜心調理一俟病體就痊即當泥首　宮門求　賞差使斷不敢稍耽安逸自外　生成所有奴才因病仍未痊懇請開缺緣由謹繕摺具陳伏乞　皇上聖鑒謹　奏請　旨奏　旨已錄

○○陝西道監察御史奴才敬祐跪　奏爲貪官營私牟利病民害商請　旨飭下查辦以裕正課而蘇民困恭摺仰祈　聖鑒事竊維鹽課爲餉項之大宗當此多事之秋籌項支絀之際正賴賦課充裕酌盈以濟其虛奴才愚以爲除弊則利自興得人則法自立欲正本以清源必得廉隅自持愉商愛民之官方足以裕餉需而籌課稅豈可容貪汙之員任意攫累乃奴才聞山西河東鹽掣同知張貽瑄身任鹽務竟在河東置買鹽畦加價病民勒價害商甚至把持河南鹽務經河南紳商在河東道具控至今久未擬結而該員貪婪無厭又縱令家丁溫姓姚姓等冒名承辦鳳台汾西聞喜陽城高平臨汾等縣鹽商僅於臨汾臨縣入本銀二千兩他無則空名分利商受空股之害民受加價之累正課半歸侵吞以致公私交困商民切齒該員又復將本身之張姓及伊僕之姚姓編作張兆同名目貪辦長子縣鹽商激成各商歇業衆民怨嗟似此貪劣不職之員若令久任鹽政必致貽誤地方奴才職司糾察既有所聞豈敢安於緘默相應請　旨飭下山西巡撫迅就認眞查明據實嚴參以懲貪縱而儆效尤將該員之家丁溫姓等立即驅逐回籍勿任逗遛滋事庶鹽課賴以整頓而民困得以稍蘇矣奴才爲懲貪除弊起見是否有當伏乞　皇上聖鑒謹　奏奏　旨已錄

天津鐵軌商路公司派股利啓　啓者鐵軌商路公司前於去年九月間奉　直隸督憲王　奏准歸併官局辦理以一事權當將自天津迄至古冶商路三百餘里之鋼軌電線車站碼頭各廠以及車輛房間家生機器物料等項次第交代接管又於冬月將一切帳簿契據存票案卷等件一律移交完訖現奉　督憲札行據稟現在商股二千八百四十七股結至二十一年九月底止援照第一二屆成案每股給息六釐即由該官局收回舊票換給新票註明以後按年支利六釐盈虧兩不相涉以示限制等因查商路股本於第一二屆派利後計自光緒十四年起至二十一年九月底止共七年零六個月每股派息六釐計每股應派行平銀四十五兩雖七年有餘未經分利今蒙一併派給且以後不計盈虧每年支利六釐仰見　督憲體卹商情厚待無已想有股諸君定當同深感激即勿論何項奉招商股亦必聞風興起踴躍爭先矣茲定自本年三月朔起自四月朔止遵照　憲批派分商路股利在天津海河東岸大王莊問平礦務津局代爲經理專候有股諸君屆期將原發股票息摺一併帶臨以憑核股發息登注數目將票摺存留彙送先行發給收條另行定期由官局憑條換給新票除俟分利後再將商路歷年進支款項數目情形另行彙刊帳略分布外特此布　達幸勿遲悞爲禱

前辦鐵軌商路公司謹啓

天津　麥加利銀行告白

啓者本行資本英金八十萬磅備用股本英金八十萬磅公積英金三十二萬五千磅總行開設倫敦分行在孟買加拉吉打冷宮哪哈亞伯古隆北新埠太平咪登哈來蘭播新嘉坡香港福州上海漢口暹邏濱角包帶維亞沙來伯鴉神戶橫濱等處起首至今三十九年倘有存款勿論仕商照期起息請來敝行面議敝行茲于正月三十日開張恐未週知特登報章佈告

天津　元利齋京靴店告白

本店開設北門外估衣街歸賈胡同內專做時式靴鞋數十年四遠馳名今特做鑲揷京式等鞋料高樣巧價廉一概發賣賜顧者須認明本號發票及鞋內圖印庶不致悞本號只此一家並無分號謹聞本齋主人識

浙杭　元吉永號

本莊自置紗羅綢緞新樣洋辨花素洋布川廣夏貨團摺雅扇南貨頭油俱全祗爲近時錢市漲落不同故而各貨減價開設估衣街中間路北凡　仕商賜顧者無悞特此佈達

浙紹名醫朱鈍翁屢診重症悉慶回春寓彌勒巷

寄賣

前次所售河南土已經賣完今又來上等河南土每兩九七六錢五百二十文如買整包格外價廉鼓樓東聚豐成具

德商元亨洋行

本行專辦進出各口貨物今開設在法界鐵路公司西首特此告白

烏利文洋行

啓者本行開設香港上海三十餘年四方馳名專售各式金銀鐘錶鑽石戒指八音琴千里鏡眼鏡等物並修理鐘表價錢比別家格外公道今本行東家米士得巴克由上海來津開設在紫竹林裕泰飯店旁請

諸君降臨光顧是幸特此佈聞

丙申年三月十三日禮拜六

英文夜館

本館專授英文語言繙譯以及算法司賬等學每晚教授兩點鐘之久每月脩金二元館設紫竹林牌坊外塘子後身本館主人啓

告白

敝局承平輪船於光緒十八年六月二十三日到埠裝帶靈柩一具暫存碼頭隙地迄今無人尋問現在敝局起築圍墻有碍地址因將此柩移厝太平庄後義地立有標記如有來尋之人請到敝局帳房說明以便指認領遷特此謹白

開平礦務津局啓

新刻中日戰輯

內錄　中日和約

粤東王君炽初所編中日戰輯一書分裝四帙幷附水陸戰圖地圖六幅書中所載中日軍情始末實事求是絕無虛飾且詳析中國今日必當如何改革以臻富强想有心時事者當爭先睹爲快也

每套售價一元

紫竹林同興號

代售處鍋店街文美齋仝啓

估衣街逸雲齋

三月十二日銀洋行情

天津九七六錢

銀盤二千五百七十文

洋元一千八百二十文

紫竹林九六錢

銀盤二千六百一十文

洋元一千八百五十文

三月十四日出口輪船禮拜六

新豐　輪船往上海　招商局

重慶　輪船往上海　太古行

德生　輪船往上海　怡和行

景星　輪船往上海　怡和行

和生　輪船往上海　怡和行

直報

光緒二十二年三月十五日　第三百八十七號
西歷一千八百九十六年四月二十七日　禮拜一

天津鐵軌商路公司派股利啓　啓者鐵軌商路公司前於去年九月間奉　直隸督憲王　奏准歸併官局辦理以一事權當將自天津迄至古冶商路三百餘里之鋼軌電線車站碼頭各廠以及車輛房間家生機器物料等項次第交代接管又於冬月將一切帳簿契據存票案卷等件一律移交完訖現奉　督憲札行據稟現在商股二千八百四十七股結至二十一年九月底止按照第一二屆成案每股給息六釐即由該官局收回舊票換給新票註明以後按年支利六釐盈虧兩不相涉以示限制等因查商路股本於第一二屆派利後計自光緒十四年起至二十一年九月底止共七年零六個月每股派息六釐計每股應派行平銀四十五兩雖七年有餘未經分利今蒙一併派給且以後不計盈虧每年支利六釐仰見　督憲體卹商情厚待無已想有股諸君定當同深感激卽勿論何項奉招商股亦必聞風興起踴躍爭先矣茲定自本年三月朔起自四月朔止遵照　憲批派分商路股利在天津海河東岸大王莊開平礦務津局代爲經理專候有股諸君屆期將原發股票息摺一併帶臨以憑核股發息登注數目將票摺存留彙送先行發給收條另行定期由官局憑條換給新票除俟分利後再將商路歷年進支欵項數目情形另行彙刊帳略分布外特此布　凈幸勿遲悞爲禱

前辦鐵軌商路公司謹啓

上諭恭錄

旨巡視中城事務着張仲　去欽此　上諭貴州貴西道員缺着玉恒補授欽此　上諭陝西提督雷正綰着開缺回籍欽此　太常寺題四月初一日孟夏時享　太廟奉旨朕親詣行禮後殿遣魁斌行禮東廡遣黃永安西廡遣文熙各分獻欽此　又題四月初五日常雩大祀　天於　圜丘奉　旨朕親詣行禮四從壇遣立瑞鍾秀英俊徐壽各分獻欽此　旨分發直隸補用道張振棨江蘇知府田承熙安徽知府許以增江蘇知府徐乃昌河南同知王芝祥江蘇同知寶謙宋振麟南河同知朱恕江蘇直隸州知州德存甘肅直隸州知州符瑞湖南直隸州知州郭廣平直隸直隸州知州徐楨祥山東知州邵元瀚兩淮鹽運司運判松壽直隸知縣羅鼎昆平步元江蘇知縣王以梁徐樾湖北知縣翁隼直隸知縣劉尙文李燦章陳沐江蘇知縣松齡陳樹滋劉廷鳳黃樹琦王毓江山西知縣樊榕李秉彝河南知縣應大坤湖北知縣周昌壽吳琳四川知縣和庚吉黃葆謙劉肇坦廣東知縣謝裕棠雲南知縣莊楷長蘆鹽大使經文布兩淮鹽大使章棨本浙江鹽大使孫克謀雲南鹽大使張世福俱照例發往截取內閣中書朱文震中書科中書楊樹績國子監博士石耀宗俱照例用保送直隸州禮部主事陳德龔着交部記名以直隸州知州用卓異俸滿安徽安廬滁和道丁峻着回任准其卓異加一級仍註冊候升保舉直隸沿河候補知縣費毓貳着照例用　惠陵禮部郎中着貴印補授刑部漢字堂主事着瑞啟補授光祿寺署丞着多文補授欽此

書孟曾氏死貞事　續前稿

更有賢淑嬌姿伶仃弱質雖牢籠之誘入終清白以全貞百折不回靡他自矢誘以甘言而拒愈峻任其威嚇而若無聞甚則炮烙頻加慘矣皮焦而肉爛抑或空房禁錮傷

哉夕泣而朝啼於斯時也欲速死而不能欲逃生兮何計九迴腸拚教寸斷千金體羞作瓦全但期白璧無瑕遂至黃泉飲恨矣然而鐵骨冰心仍其生成之至性貞魂義魄終無不發之幽光九重白日能照覆盆一點丹心定蒙昭雪是尤天地鬼神所降鑒仁人君子所哀矜者也日前煤市街地方拿獲車載女屍一具當將車夫女媼一併鎖拿到案供認由小馬神廟許姓抬出載入車內擬棄郊外等情旋將許某獲案責押一面飭仵相驗己列前報茲聞已死婦人孟曹氏係武清縣人幼字孟某爲妻適孟後因近年家業蕭條今春夫婦來京覓主傭工以謀衣食情緣孟曹氏雖係鄉間婦女而姿色天然大非鳩盤荼首經媒媪誘入許姓養家逼令作夜度生涯孟曹氏執意不從鴇母積之體已遍仍不從乃置密室錮手足納鐵物於爐燒紅赤取以烙氏下體少完膚氏忍之鴇婦少縱氏乘隙得紫霞膏盡吞之毒發現面色俄即畢命鴇見勢不佳裹以棉被雇車載運擬棄諸郊外時經中城獲案驗得孟曹氏兩膝傷形似跪磚石血淋漓模糊徧體腐爛係受炮烙刑彼其宛轉呻吟概可想見茲已送交刑部飭讞雲南司審訊當必將許某按律擬抵以正　國法矣查例載開窯作囮罪干斬絞所望官斯土者急急申明定例出示嚴禁首懲媒媼水販以杜其萌繼辦惡鴇龜奴以戢其惡總以有犯必懲勿使幸免庶幾買良爲娼者皆知法律森嚴而惡鴇虐妓之風亦可從茲稍息焉按近日京師虐妓之案層見迭出昨又聞左安門外城根五道梁口地方與有赤條條女屍一具年約十八九以來咽喉下繫有布帶一根顯係被人勒斃棄屍者當經地面總甲查知報於南城司相驗備棺成殮一面嚴飭甲捕　緝兇犯務獲究辦毋任漏網此女屍或亦似孟曹氏之慘耶若夫爲人婢妾遇主橫暴被擄辱摧殘其毛髮肢體攖金鐵飢寒磨折以殞命而棄屍無敢過而問之者嘀在多有焉得有大力之菩薩以楊枝水灑遍大千也有能嚴行懲辦清其源流脫離千萬難女於孽海中者都人士誠敬之重之馨香祝之爰擬頌曰嗟爾弱女墜洞飄茵拐騙販鬻火坑葬身骨肉生別舉目少親橫遭毒虐百般苦辛賢哉父母善政及人安良除暴德澤如春超爾苦海出爾迷津萬家生佛作頌揚仁

姑惡宜懲　○昌平州鄉間有某甲者一子一媳媳之母家亦係本州人自于歸後未知因何事故不得姑歡百般凌虐媳畏姑嚴厲忍死須臾不敢違拗媳之母家頗諳理義明知每日受苦楚終以惡姑凌媳世俗常有況甲家兒媳不多斷不至有已甚之事遂以度外置之詎料上月某日其媳不知又因何事獲罪於姑姑竟不顧情理痛笞遍體之餘不容一人排解幷覓得斧頭一柄將媳足齊脛刖下通信媳之母家稱媳陡患脫節瘋症所致媳母心疑奔來看驗血淋未止姑猶嘵嘵狡辨媳之母族憤恨已極據情就究狀一紙赴順天府投詞鳴訴豈意俱被該姑着人搶去直至第五紙始獲投上現閤業經大京兆札飭昌平州從嚴究辦矣

當思變計　○某甲某乙係屬同胞久已析居各爨兄弟雖均無恆產然先人遺有某署差使皆得作給以贍其身家惟此差使本由乙料理充當進款應由乙分撥日昨甲遣子向乙索取分內應得之項乙以叔姪分殊棠棣不特膜後置之且將姪大加詈毆甲聞信怒憤交幷聞已赴琴堂控訴詩曰兄弟鬩于牆易曰訟則終凶甲與乙其知所變計乎

訟則終凶　○朱栢廬家訓云居家戒爭訟訟則終凶故訟之一端不得已而爲之君子所不取也通州某素健訟每恃一衿武斷鄉曲藉詞訟爲生涯以抗粮爲活計歷任州吏靡不聞而痛恨之上年以房產細故與人爭訟到官刺史嫉惡如仇迅即稟詳上憲褫革衣頂笞責數千並定罪永遠監禁其家人痛哭哀號泣求紳耆保釋而鄉隣中結怨素深竟無一人憐惜二月二十九日因病保釋始得一家聚首樂敘天倫經此番懲治之後想當痛自改悔不致再蹈前愆歟

米珠薪桂　○米珠薪桂長安本不易居乃自今春以來凡日用必需之件更無一不貴老米每斤四百八十文白麪每斤三百六十文小米麪每斤三百二十文玉米麪每斤二百四十文其餘菜蔬等價亦倍於往歲而銀價每兩松江銀易當十大個錢十二吊三百文洋銀每元可易錢九吊零五百文順治門外一帶居住宅食擇和私錢每銀一兩可易二路當十錢十五吊五百文以致舖戶居家及小本營生者莫不日用維艱嗟歎於道路也

題目照登　○問津三取兩書院前紀十四日補試本月初二日官課矣茲悉補試題目生題　孔子曰爲此詩者其知道乎故有物必有則民之秉夷也故好是懿德　童題　詩曰天生烝民　詩題　賦得綠柳飛黃半未勻得飛字五言八韻並六韻

兩不相下　○盛軍飛騎馬隊正營勇丁馮得明昨在西門北不知因何與羅雲樓羅年打降將羅打傷該管地方理說不服報經存城汛派兵將馮羅等一併拏獲送縣矣

一訊便知　○劉鳳岐者在開平馬隊昨日携眷並行李乘火車來津及下車時忽有西方莊前土棍黃二張二趙二將劉妻妾包裹等一併搶去時該管地方雖不知其詳深恐釀禍急報該管武官率兵前往將劉妻妾並包裹均行搜獲並抓獲該土棍等三名及劉與其妻妾一併送交有司訊辦其中有何情由想一經堂訊皂白不難立判矣

事出非常　○事出非常人皆異議勢有使然實不可沒也河東白影壁某姓刀傷數口自刎一案已記前報昨　番委驗屍畢將某之父之妻一幷帶案據其父

供傷人及自刎之刀係其妻手遞於夫其妻供亦然但云該夫向其索要菜刀隨卽遞給實不知用刀傷人並以自刎也供畢將其妻暫交官媒將來若何發落自有公斷惟輿論紛紛多以爲該夫不成丈夫致生此變果爾其不堪爲子不堪爲人死有餘辜矣然歟否歟

頑童惡劇 ○昨下午有瞽者在照壁胡同懷抱三弦且行且彈聲稱算命忽一十餘歲頑童欲惡作劇躡迹潛蹤至瞽前以穢物抹其口瞽大吒伏地不語佯作跌死狀童不知是計近前探試瞽突起用馬杆狠打致破額顱童父固書吏也聞耗卽喝人將瞽綁將官裏去不知若何了結訪明續佈

抑何忍心 ○北城根某甲者業放重利有贅兒把子等名目以故家小康去歲爲子娶某氏氏生長鄉村不善逢迎翁姑視爲眼中釘朝打暮駡聲達四鄰今歲更甚至用非刑身無完膚衆鄰人恐釀成命案致被訟累於正月間聯名具稟赴縣呈明奈官以家門瑣事不便斷離不過勸諭數語艸艸完結事後某更切齒於氏非理凌虐與有不能盡述且不忍盡述者該氏所遇良因耶孽緣耶噫

不足取信 ○長媼者以穿珠花說媒爲生與其同業吉媼厚長子爲某巨家僕性謹慎吉愛之吉有生女年及笄矣於是與長而訂婚議迎娶從此兩家情愈密今正長媼生辰吉媼命姪女往賀年十四五以來姿色頗麗長留住數日忽一晚有洋車來云接吉姪女歸長亦未留任之去次日吉媼到長處來詢女始共驚悟被洋車騙去立卽偵覓踪影毫無各處 貼告白終無音信久之長購辦廣雜等貨向子媳言將赴京都銷賣遂以其母家孫女接至伊家與子媳作伴長卽携貨起程走數日吉媼來視其女知長赴京不免疑問適有長之族姪無賴某甲者乃向吉曰前次走失之令姪女我知詳細實我嬸母詭計先騙至丁字沽某戚家至昨乃以賣貨爲由方携女乘船赴京耳此我有丁沽友人親見毫無虛假吉聞不勝憤怒言如此至戚竟忍下此毒手然欲鳴冤官府又恐不確遣人追趕又恐不及且長果携女赴京都地大人多亦不知其投向何人住止何所計無所出歸與子謀令子赴京尋覓不知能獲原璧否也究之事或屬實語或無稽均未可卜以其類之不足信也久矣

何未與聞 ○陳爾璋者前行至五里排道上被步賊三人持械拒傷搶去錢文衣服一案當經陳赴 報案曾列前報惟其報案時並未詢明該管地方果在津屬何方昨由官差查明五里排地方係在葛沽左近距雙港不遠其該管武官並未與聞諒必例獲處分矣

光緒二十二年三月十一十二兩日京報照錄

宮門抄 上諭恭錄前報○三月十一日兵部 太常寺 太僕寺 鑲黃旗值日 吏部引 見五十名 兵部三十五名 理藩院三名 都察院二名 欽天監一名 廂白蒙二名 正紅漢二十一名 廂紅滿九名 濤貝勒 樹貝子 鍾公 溥侗 各假滿請 安 張中堂謝賞假兩個月 恩 啟秀謝管幼官學 恩 裕公由明陵回京請 安 僑公 海公各請假十日 王汝濤續假十日 吏部奏派稽察右翼宗學 派出馮文蔚 召見軍機 張蔭桓 吳廷芬○十二日刑部 都察院 大理寺 正黃旗值日 侍衛處引 見一名 戶部七名 武備院十名 直隸臬司季邦楨請 訓 潤貝勒 蘇魯岱 李端棻各續假十日 崐貝子 椿壽各請假十日 榮祿續假五日 掌儀司奏十五日祭 奉先殿澤公行禮 召見軍機 薛允升 季邦楨

○○廖壽豐片 再浙江杭州府知府陳 欽奉 上諭補授湖南岳常 道所遺員缺應先遴員接署查有衢州府知府林啟廉幹勤明堪以調署遞遺衢州府知府員缺查有候補知府劉宗標才具開展堪以委署又署奉化縣知縣周炳麟飭令仍回餘姚縣本任所遺員缺現有應辦要務應卽揀員調署查有正任太平縣知縣但懋祺堪以調署據藩臬兩司會詳前來除檄飭遵照外謹會同閩浙總督臣邊寶泉附片具奏伏乞 聖鑒謹 奏奉 硃批吏部知道欽此

三月十五日銀洋行情

天津九七六錢

銀盤二千五百七十文

洋元一千八百二十文

紫竹林九六錢

銀盤二千六百一十文

洋元一千八百五十文

三月十五日出口輪船禮拜一

新豐	輪船往上海	招商局
重慶	輪船往上海	太古行
新濟	輪船往上海	招商局
連陞	輪船往上海	怡和行
順和	輪船往上海	怡和行

直報

光緒二十二年三月十六日 第三百八十八號
西歷一千八百九十六年四月二十八日 禮拜二

上諭恭錄

上諭恩澤等奏革員潛行來京請飭嚴拿等語前署呼蘭理事同知刑司委署主事文曜因案被參前經降旨革職交延茂提審該革員於滬稟後卽行赴京以致無從傳訊着步軍統領衙門順天府五城直隸總督盛京將軍吉林將軍一體嚴拿務獲解回黑龍江歸案審辦欽此 旨山西大同鎮標左營遊擊着沈兆樑補授欽此

規復制錢說

古者日中爲市以有易無民皆便之然不過農之粟女之布互相通融無所謂錢也至夏商採銅鑄幣以贈民天下稱仁錢法之行實權輿於此而利之所在害亦因之嗣是以後或失之重或失之輕鮮有斟酌合中者故單穆公有言天降災戾於是乎量資幣權輕重以振救民民患輕則作重幣以行民皆得焉若不堪重則多作輕而行亦不廢重小大利之繹斯言也蓋謂因時制宜之權操之自上斯泉之流刀之利乃能通行無滯耳否則一失其宜遂滋流弊非特奸商大賈漁利營私壞國法而累閭閻也卽鄉民之狡獪者往往暗地設爐私銷私鑄運赴各處互相販賣以小易大以僞亂眞故近日物價之昂貴市肆之蕭疏半由於此我 朝定鼎以來錢法最善如順治如康熙如雍正乾隆類皆銅質精良銖兩悉稱嘉慶道光間雖稍殺然亦未甚支離也道咸豐初邊省用兵道途梗塞雲南銅運不克來京而奸商復盜燬重大錢文改鑄器皿以致制錢日形短少錢價日增居長安者殊不稱便曾經壽陽祁相國酌爲劑處 奏鑄當十大錢而錢法一變時闤闠汹汹爭端四起猾以爲若若之氓可與鬬終難與更始未必於

民諸多窒碍也乃未幾而弊竇叢生富者貧而貧者更不堪問以國家通寶字爐鼓鑄不特不能行之外省並不能行之近畿如是者二十餘年我 皇太后通商惠工勤求民隱於光緒十四年以前特諭鬨爐鼓鑄制錢與當十大錢並行不悖復經戶部 奏定每當十錢一文改爲制錢兩文內外通行不准奸商輕重其間爲閭閻害不料錢舖錢攤不知國法只便私圖仍復巧立當十大個及二路原串等名目爲剝削貧民計鄉民肩挑背負來市貿易者初以制錢易大錢錢攤勒索每串補水五六十文比及鄉旋又以大錢易制錢每串亦勒補五六十文幾經輾轉而錢幾歸諸烏有制錢仍未通行每當十錢一文准作制錢兩文之議亦徒託空言至京師當舖又與外省懸殊外省典當行息不過二分且錢當錢贖銀當銀贖不能上下其手而京師當舖名則以銀質物實則凡質一兩以下者皆係給錢卽多至三五兩者非經聲說取銀仍係給錢以便從中弊混及至贖取除取利三分外銀則加價錢則補底譬之當銀七分只給當十錢一千文經一兩月取贖逐層滾算計已須錢一千一百餘文弱者忍隱不言强者或相詰駁則以向例如斯不能更易對小民終歲勤動所入幾何何堪此典當之盤剝耶當十之行流弊一於此然則名雖當十實不過當二而細核錙銖則當十一文之銅又不當制錢三文之重是誠無益於國有害於民徒爲奸猾開一作僞之途不可不急思變計者倘將部定章程再行申明布告天下凡官局所鑄當十大錢仍作制錢二文使用不得任意低昂其或輪郭狹小質體輕薄者卽係私爐按銅定價由官收買以便改鑄制錢市廛商賈有敢攙和弊混者治以應得之罪仍通行各直省督撫轉飭各州縣嚴禁銷毀銅器偷鑄私錢以維持市面制錢愈積愈多亦愈制愈精市有周轉之便物無昂貴之虞行之數年然後體察情形所有當十大錢或仍與制 並行或一切收回存庫可斟酌行之如此則利源可裕 國體可尊而於負販貿易之民亦無所害不揣固陋艸艸書此至於圖維補救一切權宜則計臣之責也

選秀例章 ○三月十二日 內廷遴選秀女先期傳諭八旗各都統轉飭各該旗三品以下五品以上官員有女年已及笄者註明冊檔屆期由各家父母送集地安門內燕翅樓恭候再由 神武門帶入內宮按冊遴選聞入選者留內先行學習禮儀以備差遣其未經選中者卽由家屬領回再行婚配

巡差易員 ○欽命巡視中城察院管侍御一年差竣今已簡放巡視西城事務所遺巡視中城事務現經都察院委派福建道監察御史張侍御仲 署理俟帶領引 見後再行實授

功侔造化 ○去年冬令天氣亢晴今歲又料峭春寒陰陽失理是以甫交春令京師癘疫流行因之殞命者不知凡幾聞宣武門外教場三條胡同居人俞某於三月初三日陡染時症半日而死而前門外火把廠一帶孩提染疫並患痘疹夭折者尤多俞某之弟以兄驟殞恢爲身死不明業經報驗據仵作喝報委由患疫而死於是疑團始釋云按痘疹亦曰天花醫治頗爲棘手自經西人創種牛痘保全蒼赤厥功甚偉然天花仍未絕根株也刪經德國醫士創立新章凡小兒女於襁褓中種痘之後至十二歲時復種一次於是該國絕無痘患現聞是症傳染至京凡保赤者盍亦倣行免貽後悔也

引狼入室 ○京師安定門外居民龐某去冬忽占炊臼一女甫六齡無人撫養急欲膠續而低昂不就今春二月中旬龐自沙河回途遇一婦年約而立而風格尚存屢目之婦作嗔曰個男子目灼灼向人得毋欲肆强暴耶龐曰非也吾視娘子似曾相識者婦曰勿妄言妾一嫠婦何處與爾相識問答間龐見其流盼含情因挑之曰玉貌青春若娘子何患無佳婿坐守空房毋乃太迂婦言妾意亦然但恐遇薄倖郎未必白頭偕老耳龐以皦日自矢婦笑頷之遂邀至家居然夫婦愛女如已出料理一切井井有條龐竊喜得賢內助迨三月初七日龐赴某營公幹抵暮始歸室中寂然婦女皆杳無蹤跡矣噫如龐某者殆所謂引狼入室與

悍婦之報 ○茲據友人述及三河縣某鄉農人子某者於上年娶鄰村某姓女爲妻異常悍惡不僅凌夫並虐翁姑夫家雖係鄉愚深恐被人恥笑事事輒諱詎該婦視爲懦弱益肆其威婦身懷六甲至前月將欲分娩臨蓐數日胎竟不下婦腹如刀絞痛徹於心日夜號泣至第七日甫落草孩身大如逾週人其身而猫其首雙目灼灼舉家駭極婦亦驚昏幾斃有鹵莽滅劣者竟格斃之埋諸野於是遐邇相傳均謂爲悍婦不孝之報書之以爲虐翁姑丈夫者儆按近日胎產之異時有所聞或一足或並頭或獸首然皆人產之異未聞獸產之異也昨有人自武清縣來者言武清某鄉某姓家犬生一子耳目鼻口手足無一非人但形體微小據云臨產時犬哀號幾斃臥起不定主人忽見兒頭出犬下急倩穩婆取之抱諸室呱呱而泣形頗長如嬰孩覓乳哺之兒以育友云係其親見言之鑿鑿附錄之以誌異聞

熙朝人瑞 ○山西平定州人段文椿者於光緒二十一年四月間娶文姓女爲妻過門後隨結珠胎于今春正月十五日始行分娩一產三男隨卽報官經平定州楊刺史具文詳請咨部禮部具題 恩賞段文彬紅緞一疋白米五石白金十兩定於三月初九日由禮部給領以示 恩施而彰人瑞

刼賊遠颺 ○軍粮城村傳文秀家於前月被賊跳墻入院撥門入室事主驚覺喊捕卽被拒傷翻箱倒篋刼去衣服等物臨行猶燃放洋槍嚇禁追緝似此持械搶刼放槍拒捕殊屬胆大已極傳當卽赴文武衙門報案已經勘驗飭捕嚴緝惟多日尚未弋獲現聞事主欲行上控未知確否

誰職其咎 ○本郡水陸通衢商賈雲集銀錢流通向稱繁富惟近因現錢稍絀錢法遂壞各舖出錢不無沙板鵝眼等名目典舖中亦間有之不但漁利營私亦有

實逼處此者也昨有某甲者小本營生同院某乙之妻因有急需煩甲代典首飾甲知乙婦悍惡本不願應承又不敢推却只得勉强代典準錢一千五百文回家卽向乙清奈每串中竟有私錢十數乙婦謂甲所搭甲無以自明仍赴典舖更換而該舖執意不認於是口角相爭經人勸散甲無可如何只得忍氣呑聲自己出洏爲更換方始了結按典當中出納向稱認眞今一千餘千中私竟如此之多其有意和卽抑係未加檢點耶必有能辦之者

信募高僧　○靜邑獨流鎭舊有太陽宮一座高踞街口旣壯觀瞻且關風水兵燹之餘頓成焦土悟全上人過而憫之發願重修募化巨資以故未竟厥功而上人雲遊遠去矣今閤鎭人等鳩工庀材尅期落成擬延上人作是廟住持如有知其踪迹者勸駕前來閤鎭幸甚

定難漏網　○柴禿子蘆三柱等前將縣署護院張占元刀傷立將該犯獲案究治分別管押現因張占元傷痕較重恐有性命之憂昨將確情禀明復經查驗並訪柴禿子等明目張胆立有鍋夥領袖實爲某姓蘆柴皆餘黨耳遂飭差票拘逾限竟未遞案昨晚堂各役皆板責六百復令換打皮鞭該役百般央求自具限狀定於明早獲案邑尊姑如所請想該犯定難漏網矣

閩中郵筒　○福州米價昂貴每升售大錢五十文左右近日因有滬米運到雖不甚多而市間稍覺充裕市價亦覺漸平但連江等縣地方守禁運米出境米價恐仍難驟平也○福建瀕海華洋互市亟當挽回利權閩有婦利用者閩殷戶也請於當軸承辦鎔銀元局開設南台大橋頭總辦爲孫幼谷太守所鑄之銀入閩城市已暢行矣

婦爲盜媒　○甯波奉化方橋日前有媼搭船狀類傭炊婦謂舟子某甲欲附舟赴郡城買物以靑錢六百翼爲舟資甲許登舟遂放棹前經一處有强漢六七輩踽立河干遙呼媼曰阿媽吾輩久候矣媼向甲謂若輩吾比隣曾約同赴郡可卽附此舟甲移舟近岸六七人超跳以登卽解外衣露器械甲懼形於色媼曰非禍汝勿懼也但過葵橋航船煩指點之當厚酬也甲窮竭智生詭對曰該航船不經是處須候前塡媼頷之甲挽舟其地乘隙上岸邇强漢等見而窮追甲繞荒塚還竄其舟媼適不在遂登舟飛刺而逸抵家見舟有尖刀一把賊衆遺物也翌日强漢向甲索刀甲不敢匿取付之强漢曰君何胆小也一笑而別此種作爲的係巨寇非常人所能爲識者

光緒二十二年三月十三日京報照錄

宮門抄　上諭恭錄前報○三月十三日工部　鴻臚寺　正白旗値日　無引見　讓貝子王文錦由　東陵回京請　安　孫家鼐謝賞壽物　恩　記名總兵李先義李大霆謝　恩　玉恒謝授貴州貴西道　恩　安徽道丁峻謝　恩　杭州協領柏樑謝　恩　道府張振棨等謝　恩　恩澤請假五日　遷公請假十五日　徐樹銘續假十日　召見軍機　玉恒丁俊布隆德勒格爾齊莫特哩克津　皇上明日辦事後至　頤和園　皇太后前請安後駐蹕

○○廖壽豐片　再查江蘇松常鎭太五屬引地整頓漸有成效於光緒十八年間經前撫臣奎駿飭據運司將光緒九年起至十六年分止溢完課銀儘數歸公　奏明聽候部撥聲明嗣後應於每年奏銷時查明認額之外溢完課銀若干專案奏報仍於春秋二季入冊報撥如果僅銷足額並無盈餘亦准據實詳奏等因欽奉　硃批著照所請該部知道欽此並准戶部恭錄　諭旨行文遵照當經轉行遵辦所有光緒十七十八十九等年分溢完銀兩亦經先後列冊造報候撥分別　奏咨各在案茲據鹺運使惠年詳稱光緒二十年分該五屬共額外溢銷正引一萬四千四百一引三分一厘計正雜課銀一萬五千八百九十二兩四分四厘現儲在庫造入光緒二十二年春撥冊報部候撥至二十一年分有無溢完之引容俟奏銷屆期再行辦理以昭核實再此項溢完課銀係歸公候撥之款與正引有間懇免造冊　奏銷等情詳請　奏咨前來臣覆核無異除鈔片咨部查照外理合附片具陳伏乞　聖鑒勅部查照施行謹　奏奉　硃批戶部知道欽此

○○張汝梅片　再各省州縣無論奏調委署代理每屆三月彙奏一次歷經遵辦在案茲查陝西省自光緒二十一年十月起至十二月底止咸甯縣知縣焦雲龍請咨引見遺缺委岐山縣知縣記佩調署耀州知州唐松森丁憂遺缺委候補知縣佘宏蔚署理岐山縣知縣記佩調署咸甯縣知縣遺缺委候補知縣鈕福嘉署理鎭安縣知縣陳斯丙丁憂遺缺委另補知縣齊澤署理署石泉縣知縣蔣連三調省遺缺委候補知縣彭樹蘇署理署甘泉縣知縣朱璉調省遺缺委試用班前知州賈致忻署理米脂縣知縣李裕道病故遺缺委綏德州吏目傅霈和代理署佛　廳同知袁啟鈞調省遺缺委試用通判李聰署理神木理事同知薩炳阿丁憂遺缺委神木縣知縣方福葆代理署武功縣知縣張守　荼大計叅劾遺缺委分缺間用知縣黃鑾宏署理等情由署藩司李有　署臬司馬相如會詳請　奏前來臣覆核無異所有光緒二十一年冬季分委署調署代理同知州縣各缺緣由謹附片具陳伏乞　聖鑒謹　奏奉　硃批吏部知道欽此

告白

本號向在天津紫竹林大街開設洋廣貨店陳集於原占半股今集於情願將伊名下半股退出即將通盆數目清算計半股老本息溢銀共二千二百大元正本號刻將該項交與集於親手收還集於即立退股單交與本號收執存據自退之後集於如欠各號帳目與本號無干本號日後生意興隆亦與集於無涉恐未週知特此佈告

泗合盛益記告白

寄賣

前次所售河南土已售經賣完今又來上等河南土每兩九七六錢五百二十文如買整包格外價廉鼓樓東聚豐成具

都門陳質庵精理男婦方脈著手回春寓紫竹林同宴樓後申報分館

沈竹君啓

集賢書畫館白

余雖識經未深但有書畫癖今卑禮敬聘約集有素擅山水人物花卉翎毛一切眞草隸篆者二十餘位凡 同好諸公有屛幅對聯團摺等扇者請送至東門內彌勒菴決不致悞

本館主人識啟

天津 元利齋京靴店 告白

本店開設北門外估衣街歸賈胡同內專做時式靴鞋數十年四遠馳名今特做鑲掙京式等鞋料高樣巧價廉一概發賣賜顧者須認明本號發票及鞋內圖印庶不致悞本號只此一家並無分號謹聞本齋主人識

德商元亨洋行

本行專辦進出各口貨物今開設在法界鐵路公司西首特此告白

烏利文洋行

啓者本行開設香港上海三十餘年四方馳名專售各式金銀鐘錶鑽石戒指八音琴千里鏡眼鏡等物並修理鐘表價錢比別家格外公道今本行東家米士得巴克由上海來津開設在紫竹林裕泰飯店旁請 諸君降臨光顧是幸特此佈聞

丙申年三月十六日禮拜二

浙杭 元吉永號

本莊自置紗羅綢緞新樣洋辮花素洋布川廣夏貨團摺雅扇南貨頭油俱全祇為近時錢市漲落不同故而各貨減價開設估衣街中間路北凡 仕商賜顧者無悞特此佈達

告白

敝局承平輪船於光緒十八年六月二十三日到埠裝帶靈柩一具暫存碼頭隙地迄今無人尋問現在敝局起築園墻有礙地址因將此柩移厝太平庄後義地立有標記如有來尋之人請到敝局帳房說明以便指認領遷特此謹白

開平礦務津局啟

新刻中日戰輯

內錄中日和約

粵東王君煜初所編中日戰輯一書分裝四帙幷附水陸戰圖地圖六幅書中所載中日軍情始末實事求是絕無虛飾且詳析中國今日必當如何改革以臻富强凡有心時事者當爭先睹為快也

每套售價一元

代售處紫竹林同興號 鼓樓店街文美齋 估衣街逸雲齋 全啟

三月十六日銀洋行情

天津九七六錢

銀盤二千五百七十文

洋元一千八百二十文

紫竹林九六錢

銀盤二千六百一十文

洋元一千八百五十文

三月十六日出口輪船禮拜二

新豐 輪船往上海 招商局

重慶 輪船往上海 太古行

新濟 輪船往上海 招商局

連陞 輪船往上海 怡和行

順和 輪船往上海 怡和行

光緒二十二年三月十六日
直報
第四版

直報

光緒二十二年三月十七日
西歷一千八百九十六年四月二十九日
第三百八十九號　禮拜三

上諭恭錄

硃筆陳兆文轉補翰林院侍讀學士李紱藻補授翰林院侍講學士欽此　上諭巴克坦布奏假期屆滿病尚未痊懇請續假並請派員署理專差一摺巴克坦布着賞假一個月所管上駟院印鑰着懷塔布署理欽此　旨巴克坦布奏假期屆滿病尚未痊懇請續假並請派員署理專差一摺巴克坦布着賞假一個月所管左翼前鋒統領着敬昌署理欽此　硃筆陳邦瑞補授通政使司參議欽此

藥時策

天下無不患病之人天下亦無不可救之病何救之醫救之也藥救之也然而醫外感則易醫內傷則難醫外感內傷交作則難之又難善醫者無難無易惟視其用藥何如耳苟能辨虛實時消補將見危者可安弱者可強壽世活人斯良醫之功同乎良相醫人然也醫國亦何莫不然今天下病矣病則醫醫則藥而醫之藥之究未審其爲外感也爲內傷也抑外內交乘也卽審其爲外感爲內傷爲內外交乘究未審其外感者何如內傷者何如內外交乘者又何如醫之而病轉劇藥之而病益增遂歸咎於病之不可爲噫豈真病之不可爲哉抑醫之不能爲耳故明醫必先辨症識病之所在從而藥之易者固不見其難難者亦轉而爲易矣試卽當時病之最重者歷指之緬甸越南中國藩籬也屛蔽西南實與川貴閩粵相脣齒而英法據之凡毗連諸省處處宜防一有疎失輒啓戎心朝鮮琉球我　朝附庸也服屬有年爲東方門戶一旦棄之數千里海疆盡失其險輪艘出沒亦有防不勝防之勢况東省新疆綿亘遼遠置兵戍運餉需勞費無已隱憂方大此皆病之感於外者也近年以來黃河屢泛河南山東傍近諸州縣實受其災胡沱不由故道湍激潰決畿輔以南百姓困苦流離不堪言狀修堤放賑　國帑之靡費年復一年以及民教之相爭動成巨案會匪之滋事伏莽未靖巡緝撫綏在在胥煩　宸慮此又病之傷乎內者也二病交乘動輒棘手顧此則失彼見小則害大於此而醫之藥之非權其輕重酌其先後而欲奏效於一朝難矣或謂感於外者皮膚之病也無關緊要綏之則自安急之而反劇一不得當反至引邪而入裏何妨度外置之傷於內者疥癬之疾也無多痛苦平心靜養需以歲月自可默化潛消倘驟加峻補抑或輕事攻伐恐病未除而元氣已傷斯言是矣雖然猶有說夫身有強與弱年分壯與衰而病亦因之而不同強也壯也正氣旺則邪氣不侵有病實等於無病弱也衰也正氣虧則邪氣乘機以入小病轉釀成大病故醫者審其病尤貴審其時因時而制宜卽對病而下藥然後從容調理可馴致成功今何時也內外交病之時也壯者強者尚有不堪持久之虞况弱與衰者乎尤可慮者內傷之症初不過失於檢點疎於調攝耳久且變爲癥瘕而牢不可破外感之症初不過冒受風寒染患暑濕耳漸且釀爲風痹而麻木不仁是不可不未雨綢繆思所以救之矣雖然非醫不能救且非良醫不能救

此稿未完

傳聞異詞

○日前欽奉　上諭前據御史蔣祐奏山東案犯邢二等脫逃來京交結訟棍肆行無忌等語當諭令飭拿訊辦茲據順天府奏拿獲邢二等現審情形一摺與該御史所奏情節諸多不符此案着交刑部提集人證卷宗確切審訊另片奏匪徒假冒宮役將邢二一家抄搶一空現獲之犯請併案審辦等語所有拿獲之犯三頭

一名着交刑部嚴行審訊未獲之關歧祿等各犯着步軍統領衙門順天府五城御史一體嚴拿務獲送部歸案審辦欽此巳見邸抄茲聞所獲王二所供各情殊屬不符惟趙三頭等假冒官役狐假虎威突至邢二家抄搶一空傳聞異詞是以畧訪大概至其中有無別情俟訪明詳佈

整頓幼學　○幼官學之設　朝廷不惜帑金延師訓課爲師者當如何精一乃心認眞訓迪近聞黽勉從事者固屬不少而素餐尸位濫厠吹竽者亦頗有之幸有欽命大臣隨時稽查學規不致大壞否則習俗相沿恐不免肆無忌憚矣三月初十日幼官學奏派管理幼官學事務欽奉　諭旨派出管理官學大臣理藩院尚書啓公秀傳諭前門內碾兒胡同幼官學各教習等務當勤加訓課毋許怠荒並定於三月十五日起親詣學中查察功課分別等第嚴予獎斥自有此諭想該師等定有一番振作不致再蹈前非焉

暮春天氣　○京師二月三十日濃雲密佈雨雪中兼有冰粒業列前報至三月初五日紅日韜光風伯雨師先後稅駕初六日畧放晴旭初七至初十日乍雨乍晴十一日晝晴夜雨近數日間時而微風振鐸時而煖日烘窗時仍濃雲凝絮細雨垂絲料峭餘寒猶形瑟縮未知碧翁翁何日肯大放晴光也

爇煤宜愼　○三月初八日五更時分京師前門左近忽又鳴鑼擊柝火警遙傳居人聞聲驚起有升屋脊瞭望者謂火勢應在刑部街一帶地方頃之果有報係刑部街永隆煤鋪失愼者按該鋪主段某同夥三人皆在櫃房下榻因近炕火爐誤迸爇煤致將諸人熏悶不省人事以致枕頭棉被墜落爐邊遂兆焚如幸經鄰居急起將段某等救出然巳頭焦額爛矣段某延至次日斃命鋪夥等三人傷勢亦殊不輕能否保全尙未可知聞該煤鋪係初七日開張次日卽遭此禍誠大不幸哉

保全嬰命　○引種牛痘始於泰西後遂流入中國咸豐初京師只有前門外廣仁堂東局一處後經兪子安部郎在大李紗帽胡同設立廣仁堂西局每逢施種之期各局均以五十號爲度先期掛號以次施種每至二三月間城鄉內外無不襁負至者然亦有驗有不驗非法之不神實技之不精也近有一種庸醫竊取皮毛以爲深得此中三昧向尹憲請得告示一紙藉此牟利是眞視人命如兒戲矣刻因節近立夏引種屆期牛痘局紳董稟明尹憲嗣後如有此種庸醫任意妄爲一經查出卽當稟送究辦以全嬰命云

成何體統　○直省雖稱瘠苦而捐納人員指分者正復不少蓋以差使多而薪俸優故也於是人員擁擠而品類亦頗不齊茲有某甲者積蓄頗廣曾援例報捐佐貳在直候補前有友人說合借給候補人員某乙銀百兩約定三個月本利歸還詎乙並無差使苦累萬端竟屢次爽約至昨有某宦作壽甲乙均往致祝甲見乙怒不可遏卽行索討乙以賓客滿堂遽行索欠何太不情始而以口相角繼且徒手相搏互揪髮辮扭作一團衆客急爲排解二人始憤憤而走噫闤闠中稍顧體面者尙不至此況衣冠人物耶倘一旦臨民更不知作何變相矣

拘案詳登　○河東頭甲趙某業薙髮妻只氏素冶蕩不安於室本月初十日晚被三甲土著蘇某誘拐偕逃只母馮氏因與蘇等通謀而佯爲不知反向趙姓索女趙母王氏計無所出因赴縣呈訴端委未及批示而趙巳訪悉前因知妻被蘇拐逃尙未遠颺卽復呈明立經差役將姦夫淫夫一並緝獲旋於十三日晚堂經江大令星階提訊只氏供係被母接去歸甯並非背夫脫逃馮供略同據趙王氏供稱如係伊母接去住家何得復向氏家索女大令聞之首肯未置一詞又訊蘇某何以只氏在爾家拏獲蘇供只氏素與身妻相善伊適來望看卽被上差連小的一同拏獲大令微哂謂爾寃矣吾爲爾雪之飭左右將一干人證隔別研訊始據蘇等供認誘拐前情不諱但稱係潘姓拐來暫寄身家實非小的主謀當卽添傳潘姓限明日拘案不得違悞除將趙母子釋候質訊外其蘇某只馮氏趙只氏等分別嚴押俟潘姓到案再行訊究○茲悉訊明設計誘拐情形據供照錄先是只氏由伊母只馮氏暗通聲息使潘姓蘇姓在趙家門首候至天晚只氏乘間出門蘇等四望無人卽將只氏竊負而逃潘在背後把風兼作護衛該三甲地方知而不舉大約意在染指除將三甲地方戒責外餘亦各責有差復訊飭本夫將只氏具領安度趙亦允遵惟趙母王氏頗有後慮求在當堂飭媳母只馮氏具不再拐切結日後無論何人拐去惟馮氏是問馮氏狡展不肯具結大令飭差仍將馮氏管押俟潘二到案再行覆訊

鄉人何幸　○日昨分司前有一鄉人似初次來津者肩搭藍褂一件東瞻西望目不暇給偷兒出其不意從背後將褂竊去抽身欲走忽一人向前攔住人以爲鄉人同伴也不知實偷兒黨夥追鄉人去後欲向瓜分正爭論間被官人看破詢悉緣由立將鄉人追回給還原物並囑以小心等語隨將二人一併帶去

相度減河　○大畢莊附近之減河原爲宣洩各水以便直趨歸海近今以來伏秋兩汛水勢建瓴而下近畿一帶動輒堤潰河決災祲依然減河殊無裨益因將減河報廢已經奏明奉　旨依議而該處生員某僅顧一隅之私赴各衙門投稟懇請開挖均蒙批庫欵支絀不能籌挖廢河等語惟此河向係軍械局轉運軍器火藥之捷徑自減河報廢趨飭維艱刻有派委苗大令前往履勘一面移會軍械局總辦自行相度應否籌疏然此係傳聞未知確否

似有別情　○昨鼓樓東有男子年約三十餘拉一婦人頭面光潔頗有姿色好事者見其形迹可疑向前詰問據稱任邱張庄人姓石因連年被水謀生無計令妻

來津傭工在其宅爲僕至去冬向該宅詢問言已辭去然家中實未見人心頗疑惑因暗在門首偵探已非一日今晨竟在門內走出其中定有別情因向官署申理耳衆人聞之恐有是非任其牽拉而去

集善社丙申年正月清單　○計閏乙未十二月現存銀二百二十二兩六錢　錢一千八百八十一千五百九十二文　補乙未十二月入欵　房租錢一百八十吊　王潤田助銀四錢二分　樂安郡十一十二兩月助錢二十吊　米袋錢四十二吊　丙申正月入欵敏求子助錢十五吊　劉俊德助錢十吊　樂安郡助錢十吊　慶餘堂
德義厚助錢三吊　奬義堂助銀一千兩　蠲恕房助銀一百兩　王潤田助銀二兩九錢五分　利息銀十兩　易進銀二百九十一兩五錢三分　補乙未十二月出欵　運米脚力錢二千六百文　助故孀喪費錢四千文　助引善社恤米銀三十兩九分　補虧底錢十六千九百六十二文　補平銀一兩三錢　賑濟額外嫠婦恤米合銀二十五兩七錢二分計米十一石八斗每石價銀二兩一錢入分　丙申正月出欵　運米脚力錢十四千四百文　易銀用錢七百五十七千三百八十文　加平銀五分　放本月恤米合銀一百十四兩九錢六分　計米五十一石　內四十一石二斗一升六二五　每石價銀二兩一錢八分　九石七斗八升三七五　每石價銀二兩五錢六分七厘　計嫠婦三百十戶內二百戶各吃米二斗　一百十戶各吃米一斗　出生息銀一千兩　統結現存銀四百五十五兩三錢八分　現存錢一千三百六十六千二百五十文　外計現存生息房產銀四千三百二十三兩　生息錢一萬六千吊

光緒二十二年三月十四日京報照錄

宮門抄　上諭恭錄前報○三月十四日內務府　國子監　正紅旗值日　無引見　安興阿假滿請　安　察哈爾總管布彥德勒格爾齊莫特哩克津謝　恩　雲南叅將陳安邦謝　恩　啓秀請假十日　崇光續假十日　巴克坦布奏請署缺　掌儀司奏十八日祭　奉先殿瀰公行禮　召見軍機

○○頭品頂戴浙江巡撫臣廖壽豐跪　奏爲浙洋購置小輪價值及起支管駕員弁薪費遵章先請立案恭摺仰祈　聖鑒事竊照浙洋元凱輪船損壞修費需晋萬金經臣會同督臣　奏明飭令候補叅將吳杰駕赴滬廠估變約值萬金合修費並計可購淺水小輪三艘擬以元凱月支薪糧分給三輪作爲常年巡緝經費在案旋准部咨以該輪變價未免廢棄可惜令送閩廠拆卸其議購之淺水輪另行籌欵購置等因當卽飭將元凱送交閩廠一面令該叅將吳杰赴　先後購置永福永安永靖淺水三小輪又以浙洋遼闊三船不敷分布續購永定一船共四隻均據報明駕回分配甯波温州台州洋面巡緝永福價銀一萬三千四百兩永安價銀一萬三千一百兩永靖價銀一萬三千六百兩永定價銀一萬三千九百兩瑪力俱五十四共銀五萬四千兩不逾前估元凱變價及修費之數卽於防軍經費項下撥該四輪每船募設管駕人等三十六員名大建月支薪糧銀四百六十二兩公費銀一百二十兩小建月支薪糧銀四百四十六兩六錢公費銀一百十六兩以元凱原支之數分給所增無幾均自光緒二十一年十一月初一日起支據防軍支應局司道核明開摺詳請　奏咨立案前來臣覆核無異除將送到清摺分咨查照外所有浙洋購置小輪價值及起支管駕員弁薪費緣由理合會同閩浙總督臣邊寶泉恭摺具陳伏乞　皇上聖鑒謹　奏奉　硃批該部知道欽此

十二班奇津　千金寶要方　藥性賦解　醫門法律　葉天士經驗良方　諸葛金錢數　增像封神演義　呂祖生生數　孔子綱目　綠野仙踪　淵海子評附萬年通書　麻衣相全編　柳莊相全編　覺後傳　夏小正箋疏　新式分類經營尺牘　連十二大本九章全算法　算法大成全圖　金磅先零算法　無師自通算法提經　續增批分類尺牘　洋務抉要　出洋須知　各國時事類編　時事新論　續盛世危言　徐霞客遊記　西事類編　西海記天外歸槎　俄國志　火器略說　洋務十三編　還魂記　鬼話連編　駐春園外史　意外緣　一片情　巧合情絲緣　天緣巧配十二樓　萬花樓　海上青樓寶鑑　繪眞記　採金桃　孩兒笑話　熱河三十六景　風流天子傳　大明奇俠傳　醒夢全傳　節義廉明傳　忠孝勇烈木蘭傳　大紅袍全傳　聖仙傳　玉燕姻緣傳　巾幗英雄傳　江南勝景圖　台灣福州厦門地圖　文武陞官圖　洋務陞官圖　飛雲館畫報　點石齋畫報　字林滬報　新聞報　代送申報　本津直報　廣廣畫譜　均部無多遍覽先取爲快遲者再候來班每日午後敝堂靜候

城內三聖菴西紫氣堂梁子亨啟

拍賣告白

啟者三月十九日卽禮拜五下午二點鐘在英國府巡捕房內拍賣桌椅鐵床鏡子立櫃椅燈掛燈磁器蘇州荷花缸各樣酒盃十二號圓椅子二千餘個外國家俱等件請早來細看面拍可也

集盛行謹啓

儒醫陳雨蒼貧病送診過午不候寓工程分局迤東

告白

本號向在天津紫竹林大街開設洋廣貨店陳集於原占半股今集於情願將伊名下半股退出卽將通盆數目清算計半股老本息溢銀共二千二百大元正本號刻將該項交與集於親手收還集於卽立退股單交與本號收執存據自退之後集於如欠各號帳目與本號無干本號日後生意興隆亦與集於無涉恐未週知特此佈告

泗合盛益記告白

寄賣

前次所售河南土已經賣完今又來上等河南土每兩九七六錢五百二十文如買整包格外價廉

鼓樓東聚豐成具

德商元亨洋行

本行專辦進出各口貨物今開設在法界鐵路公司西首特此告白

集賢書館白

余雖識經未深但有書畫癖今卑禮敬聘約集有素擅山水人物花卉翎毛一切眞草隸篆者二十餘位凡　同好諸公有屛幅對聯㘰摺等扇者請送至東門內彌勒菴決不致悞

本館主人識啟

變別真偽　天津元利靴店

本店開設北門外估衣街歸賈胡同內專做時式京靴鑲鞋料高價廉數十年馳名已久向來並無分號今竟聞有無恥之徒開設鞋店造言與本號聯號恐　貴士商悞爲魚目所混兹特謹登告白如　賜顧者須認明本號發票及鞋內圖記庶不致悞

本齋主人識

烏利文洋行

啓者本行開設香港上海三十餘年四方馳名專售各式金銀鐘錶鑽石戒指八音琴千里鏡眼鏡等物並修理鐘表價錢比別家格外公道今本行東家米士得巴克由上海來津開設在紫竹林裕泰飯店旁請　諸君降臨光顧是幸特此佈聞

丙申年三月十七日禮拜三

浙杭　元吉永號

本莊自置紗羅綢緞新樣洋辮花素洋布川廣夏貨團摺雅扇南貨頭油俱全祗爲近時錢市漲落不同故而各貨減價開設估衣街中間路北凡　仕商賜顧者無悞特此佈達

告白

敝局丞平輪船於光緒十八年六月二十三日到埠裝帶靈柩一具暫存碼頭隙地迄今無人尋問現在敝局起築圍墻有碍地址因將此柩移厝太平庄後義地立有標記如有來尋之人請到敝局帳房說明以便指認領遷特此謹白

開平礦務津局啟

新刻中日戰輯

內錄中日和約

粵東王君焜初所編中日戰輯一書分裝四帙幷附水陸戰圖地圖六幅書中所載中日軍情始末實事求是絕無虛飾且詳析中國今日必當如何改革以臻富强想有心時事者當爭先睹爲快也

每套售價一元

代售處鍋店街文美齋仝啟

紫竹林同興號

估衣街逸雲齋

三月十七日銀洋行情

天津九七六錢

銀盤二千五百七十文

洋元一千八百二十文

紫竹林九六錢

銀盤二千六百一十文

洋元一千八百五十文

三月十九日出口輪船禮拜五

海晏	輪船往上海	招商局
重慶	輪船往上海	太古行
新濟	輪船往上海	招商局
連陞	輪船往上海	怡和行
星景	輪船往上海	怡和行

直報

光緒二十二年三月十八日　第三百九十號
西歷一千八百九十六年四月三十日　禮拜四

上諭恭錄

上諭陝西提督着鄧增補授欽此　上諭昨日道旁叩閽之順天民人劉文鳳着交刑部嚴行審訊欽此

藥時策　續前稿

古之良醫莫如孔與孟孔子孟子不但醫一國醫天下而有餘者也周衰諸侯橫王綱不振而內傷深蠻夷猾夏而外感劇孔子憂之憂之不得不救之救之不得不醫而藥之仁義道德中和之品也倫常綱紀補益之劑也禮樂兵刑疏利之方也惜乎世皆諱病而忌醫其術不得行歷百餘年孟子出焉以孔子之醫爲醫卽以孔子之藥爲藥於是以仁義藥梁惠以同樂藥齊宣以井田學校藥滕文書曰若藥不瞑眩厥疾不瘳孟子引之其意深矣嗣是以後藥雖存猶無能用之者李斯醫秦蕭曹醫漢王謝醫晉非良醫亦無妙藥輾轉遷延以迄南北朝天下遂至於不可救李唐乘時應運而名醫生焉劉文靜許寂聞其先繼之者狄仁傑再繼之者姚崇宋璟韓休張九齡李泌有唐三百之天下屢蹶屢起而不遽淪亡者皆諸人藥之之力也宋之初趙普藥之仁宗時韓琦范仲淹藥之南渡後趙鼎張浚藥之當其時盜賊蠭起夷狄交侵病已入於膏肓而圖維補救尚延殘喘至百有餘年其功不亦巨哉明之世爲病最重而救之亦甚難自永樂中遷都燕京外則也先俺答屢盜北邊烽烟四起而平秀吉復肆擾於東黎氏且不靖於南內則校尉刺事以撓擾閭閻採辦營私以誅求黎庶種種弊政其病可謂深矣雖名卿賢相若謝遷劉建諸公嘗醫而救之無如宦官竊柄屢事阻撓使其技不得行而功不能就迨至天啓崇禎間天下糜亂遂不堪問矣我　朝龍興東北代有明平定中原二百年來深仁厚澤上安下全陰陽燮而風雨時本無所謂病又安用所謂醫卽偶有逆和如髮逆如捻匪不過癬疥之疾一調劑而已底於平豈料有今日之事哉然而非人也天爲之也亦時爲之也時爲之將委之於天乎抑救之以人乎苟救之以人則不得不醫不得不藥而亦未易言也治外宜表散又恐表散太過中氣益虛轉成危篤之症治中宜溫補又恐溫補或偏邪氣未退致有決裂之虞倘有濟時之才作藥時之計勢不得不內外兼顧矣現今各直省雖屢告偏災而百姓安謐諒無他虞是宜結之恩無使橫征暴斂致失民心民教之案類因教士偏袒欺壓平民結怨既深一經奸人煽惑遂起爭端是宜嚴飭教士約束教民不得倚勢作威各督撫曉諭鄉間之不入教者既事不相干亦無庸歧視民教自相安無事矣至會匪盜賊係州縣專責不過嚴行緝捕而已無難辦者中東和議已成泰西各國通商如故尤宜講信修睦慎固邦交不得輕生嫌隙此固病勢稍鬆之時也不知正醫藥難緩之時蓋國家有貨財猶人身之有氣血也貨財充則國富氣血旺則身強國家有武備猶人身之有手足也武備修則國威手足靈則身活知此則救時之藥可知矣乘海禁大開之際急宜勸課農桑裕生財之道整頓商務收取利之權如人之氣血調和周流無滯何至有疾病之生製備輪船以時巡海儆訓練陸軍以防禦邊陲如人之手足便捷操縱自如何至有傾危之虞雖內傷外感均何足患哉然而醫而藥之者伊何人哉不禁引領望之矣

吏部傳示　○吏部爲傳示事所有本部帶領引　見之分發直隸補用道張振棨　江蘇知府田承熙　安徽知府許以增　江蘇知府徐乃昌　河南同知王芝

祥　江蘇同知寶讓宋振麟　河南同知李恕　江蘇直隸州知州徐存　甘肅直隸州知州方瑞　湖南直隸州知州郭慶平　直隸直隸州知州徐恒祥　山東知州邵元翰　兩淮鹽運司運判松壽　直隸知縣郭典煜　平步元　江蘇知縣王以宗　徐樾　湖北知縣翁集　直隸知縣劉倚文　李燦章　陳沐　江蘇知縣松齡　陳樹涵　劉廷鳳　黃樹琦　王毓江　山西知縣樊榕　李秉彝　河南知縣應大坤　湖北知縣周昌壽　吳琳　四川知縣和庚吉　黃葆謙　劉驊坦　廣東知縣謝裕棠　雲南知縣莊楷　長蘆鹽大使經文布　兩淮鹽大使齊榮本　浙江鹽大使孫克謀　雲南鹽大使張世福　俱照例發往保舉　直隸沿河候補知縣費維武等均限於本月二十一日辰刻赴部領照毋違特示

龍光鶴算　○三月十二日為工部孫燮臣大司空七旬壽辰　皇上御賜無量佛一尊福壽字各二方對聯二副蟒袍一身補褂一件緯冠一頂上帶珊瑚頂珠一座蜜蠟朝珠一掛朝靴一雙荷包活計二十四色搬指翎管四個帽綢衲褂料四疋用黃龍亭六座命內侍蘇拉人等由　內務府出東華門抬至東單牌樓二條胡同孫大司空府第大司空先在府第門前跪迎在庭前昇放香案望闕謝　恩畢並派定四喜班戲部外串各班名優鬥場演劇並筵宴諸鉅公祝嘏稱觴盡歡極樂聞悉是日前往祝嘏者徐蔭軒崑小峯麟芝菴中堂剛子良張樵野陳桂生少司農敬子齋翁叔平大司農李尚孫大宗伯熙綱莊大冢宰長允升少冢宰裕壽田許筠庵林總憲松壽泉薛雲階大司寇暨各門生等簪纓蹡蹡車馬塞途可謂　恩錫龍光壽添鶴算矣

榮任有期　○直隸按察使季廉訪邦楨日前來京　陛見今於三月十二日赴　內廷請訓定於十七日由京裝束起程至津謁見王制軍旋即赴省接篆任事云

國法森嚴　○二月二十二日刑部安徽司出決斬梟盜犯賈四小孟即孟玉賈八張永山王四等六名已列前報茲聞步軍統領衙門續獲之同案夥犯徐二立隨即送交刑部歸案審辦據供與賈四等夥同持械搶刼事主得贓分用復經刑部於三月十二日具　奏奉　旨徐二立着即處斬欽此當經刑部安徽司將徐二立由獄提出綁入囚車派兵押赴市曹行刑將首級裝入木籠懸杆示衆以正典刑云

感慨係之　○世祿之家能不惜多金購置今古圖書築曹倉以貽諸子孫固較收藏奇珍珠玉古董玩物者相去有霄壤之別然吾謂貽子孫以藏書不若教子孫以讀書古人所以有黃金滿籯不若教子一經之訓也近有書賈自西城根某故相國宅中買出藏書五千餘部統計價銀三千七百數十兩內中有宋板明板及　國朝殿板諸書幾於指不勝僂雖老書賈尤多目所未覩聞該書賈買妥後一轉瞬間即賣出八百四十餘部收銀及二千五百兩之譜其餘四千餘部獲利當不止倍蓰因念其相國藏書之日豈不曰大丈夫擁書萬卷何假南面百城以此貽子孫庶幾書香不墜耳何期身沒未及十載而牙籤錦帙已為他人有實令人感慨係之據云書係柏中堂家故物然則父析薪而子克負荷者古今固不多覯也噫

皇會屆期　○本郡天后宮供奉天后聖母靈應異常三月二十三日為聖誕之期歷屆於本月望日關廟請駕巡香備極繁華凡南朝金粉北地燕脂莫不爭奸競媚也承辦會首多係鹽務中人因上年海疆不靖籌辦餉需殺費張羅今雖敉平欵項未免支絀將　皇會暫行停止惟遐邇進香者現已陸續到津挨向例凡進香船帶有土貨概免納稅故諸貨源源而來現在三岔河口結棚售賣者已有十數家然較之往年已減十之三四矣

事頗可疑　○宮北新街口廣盛錫器舖於十六日申刻忽然爐內作響聲大如雷衆舖鄰驚駭不解何故旋經十一段守望局鄭大令派勇到該舖細查定係何物聲大至此即查出後門鎗子二箱火藥一缸又大炮子數枚隨將舖掌温某舖夥數人並槍子火藥等送總局訊究既係舖戶何得有此豈知貪便宜耶抑另有別情耶想一經審訊定當水落石出

法網難逃　○自中東失和大兵雲集今因和議已成遣散各軍而游手好閒之輩不免逗留滋事二月二十八日夜間海下葛沽鎮顏料烟錢店被賊十餘人撞門入室搶去銀衣古玩等物當經該管汛弁帶兵跟踪追捕拿獲馬翰卿等六名餘皆逃逸當將該犯等連原贓一併解送到津業經王邑尊嚴訊供認不諱復在小站緝獲臺得勝等二名亦經訊明供認邑尊赶即通稟　督憲並各憲於三月十七日申刻蒙　督憲批廻將馬翰卿臺得勝陳家臣孟得勝石文光曹得勝侯得勝等七名就地正法梟首犯事地方懸杆示衆邑尊復即會同城守營徐都戎存城汛任千戎於是日將該犯七名押赴市曹處決訖聞尚留一名監候待質云

監守自盜　○近來富商顯宦每招致健兒以備不虞名曰護院為保護家資也豈知事有出人意外者經司胡同某公館因前次被竊雇護院之丁某黃夜守宅不料丁見財起意將主人貴重之物暗藏身邊揚言被賊竊去孰知收藏不密被主人暗地搜出立時送官除板責二百外並予荷校以為監守自盜者警

拏獲慣賊　○前鄉甲局在南門內拏獲賊犯楊五等二名送縣訊究昨經堂訊楊五原係慣賊縣捕所素知並稟明楊五等各有綽號於是加以刑求楊五初猶狡展後供在大沽一帶有案立飭鎖押一面飭房檢卷以憑併案究治

前言未踐　○針市街□王號錢莊被新同事某甲竊去銀條一千兩隱在紫竹林娼窰中捉獲等情曾列前報因甲素好冶遊早有虧空遂竊得銀兩稍為彌補擬攜帶餘資前赴上海所謂纏十萬貫騎鶴上揚州也因行裝未備暫在娼窰作樂詎被執獲雖有赤金首飾約值四五百兩所短甚多按號中章程凡有傾騙等情應由舉荐人賠償今保荐者既係該號掌櫃又係甲母舅不能不應允賠償究竟尚未交出故號中同事不免退有後言也

岐黃餘義　○湖北某郡劉半仙有善解比霜藥秘其方友人置酒延之食畢友扃劉於室隔窗語曰半仙聞今中比霜毒矣劉初不信繼覺腹痛難忍欲出不能請友曰何竟如是惡作劇汝速去白礬三錢用冷水調之可也友如法治之毒立解劉又有治跌打損傷方甚靈效亦不傳人後亦被人留心竊得係用紅沙丸器製成碎片夏日浸溺桶中經三伏後火煆合醋研末以二三錢冲酒服之立愈友自是皆以其方榜通衢行方便焉按治跌打損傷莫善於溺嘗見京師小綹遭棒打至不能起立匍匐至溺坑飽飲之無不旋愈破傷處急以溺頻洗之血立止永無潰腐蓋以人治人至妥且速理固然也又自西洋傳種牛痘全活無算誠哉惠此中國也近來皆取諸先種之兒身苟或先種者身有瘡氣瘋症則後種者多為傳染蓋一氣相感亦理之自然如有前項諸種之事可急用銀簪等物將前漿刮去另種可也並附之以供留心岐黃者

光緒二十二年三月十五日京報照錄

宮門抄　上諭恭錄前報○三月十五日　理藩院　鑾儀衛　光祿寺　鑲白旗值日　無引見　懷塔布謝署上駟院印鑰　恩　敬昌謝署左翼前鋒統領　恩　巴克坦布謝賞假一個月　恩　李紱藻謝授侍講學士　恩　陳邦瑞謝授通政使司參議　恩　召見軍機

○○臣張之萬跪　奏為假期又滿病仍未痊籲懇　天恩俯准開缺調理恭摺仰祈　聖鑒事竊臣因假期屆滿病尚未痊陳請開缺正月初九日奉　上諭張之萬著賞假兩個月毋庸開缺欽此跪聆之下感激涕零兩月以來醫更數手並加意靜攝氣喘不痊腰腿痠軟諸證時復發動氣體迄未復元現在假期又滿焦灼萬分伏念臣服官中外垂五十年迭受　豢天重地之施未伸墜露輕塵之報但使稍堪支拄何甘自外　生成無如篤老之年加之痼疾雖藿葵向日　主恩之依戀靡忘而蒲柳經霜漂植之精華已竭當茲漏盡鐘鳴之際仍蹈素餐尸位之譏不惟無裨涓埃抑且負慚夙夜惟有瀝陳下悃仰懇　聖慈始終成全　俯准開缺此後有生之日皆戴　德之年不勝屏營待　命之至所有微臣假期又滿病仍未痊懇請開缺緣由謹繕摺具陳伏乞　皇上聖鑒　訓示謹　奏奉　旨已錄

○○御史敬祐片　再奴才風聞大興縣所屬二十里堡地方有在逃逸犯邢二邢三者原係山東濟南府長山縣大合莊人因在籍毆斃期親叔長犯逆倫重案脫逃來京投在蒙古護衛包尚志名下為奴祖居二十里堡巴林旗公主祭田莊園久而霸佔結交訟棍玉春徐殿魁李秀等肆行無忌強搶兇橫無所不為以致順義地面盜案多起迄無破獲市井喧傳人言嘖嘖該犯既有逆倫重情又有聚衆搶霸惡迹豈可久容縱擾應請　飭下順天府嚴飭大興縣將該犯等按名拿獲訊明不法情事即行解交原籍長山縣歸案審結庶兇惡知戒良善得安矣奴才為地方除害起見是否有當謹附片具陳請　旨奉　旨已錄

○○長順片　再兵部咨駁片奏開復各員行令一律詳核刪減等因除開復儘先協領花翎佐領明順請　賞還勇號已革花翎一品銜儘先即補協領黑龍江布特哈正白旗驍騎校訥勒請開復原官原銜翎枝並請免繳捐復銀兩之處業經奴才於上年歸入前敵保案奏獎外所有已革五品藍翎拉林鑲藍旗驍騎校依朗阿一員仍請開復原官原銜翎枝並邀部駁飭繳捐復銀兩以符定章除咨部查照外謹附片陳明伏乞　聖鑒謹　奏奉　硃批兵部議奏欽此

告白

本號向在天津紫竹林大街開設洋廣貨店陳集於原占半股今集於情願將伊名下半股退出卽將通盆數目清算計半股老本息溢銀共二千二百大元正本號刻將該項交與集於親手收還集於卽立退股單交與本號收執存據自退之後集於如欠各號帳目與本號無干本號日後生意興隆亦與集於無涉恐未週知特此佈告

泗合盛盆記告白

寄賣

前次所售河南土已經賣完今又來上等河南土每兩九七六錢五百二十文如買整包格外價廉

鼓樓東聚豐成具

德商元亨洋行

本行專辦進出各口貨物今開設在法界鐵路公司西首特此告白

集賢書畫館白

余雖識經未深但有書畫癖今卑禮敬聘約集有素擅山水人物花卉翎毛一切與草隸篆者二十餘位凡　同好諸公有畀幅對聯團摺等件者請送至東門內彌勒菴決不致悞

本館主人識啟

天津元利靴店　變別真偽

本店開設北門外估衣街歸賈胡同內專做時式京靴鑲鞋料高價廉數十年馳名已久向來並無分號今竟聞有無恥之徒開設鞋店造言與本號聯號恐　貴士商悞爲魚目所混茲特謹發告白如　賜顧者須認明本號發票及鞋內圖記庶不致悞

本齋主人識

烏利文洋行

啓者本行開設香港上海三十餘年四方馳名專售各式金銀鐘錶鑽石戒指八音琴千里鏡眼鏡等物並修理鐘表價錢比別家格外公道今本行東家米士得巴克由上海來津開設在紫竹林裕泰飯店旁請　諸君降臨光顧是幸特此佈聞

丙申年三月十八日禮拜四

浙杭　元吉永莊

本莊自置紗羅綢緞新樣洋辮花素洋布川廣夏貨團摺雅扇南貨頭油俱全祗爲近時錢市漲落不同故而各貨減價開設估衣街中間路北凡　仕商賜顧者無悞特此佈達

告白

敝局承平輪船於光緒十八年六月二十三日到埠裝帶靈柩一具暫存碼頭隙地迄今無人尋問現在敝局起築園墻有碍地址因將此柩移厝太平庄後義地立有標記如有來尋之人請到敝局帳房說明以便指認領遷特此謹白

開平礦務津局啟

新刻中日戰輯

內錄中日和約

粵東王君煜初所編中日戰輯一書分裝四帙幷附水陸戰圖地圖六幅書中所載中日軍情始末實事求是絕無虛飾且詳析中國今日必當如何改革以臻富强想有心時事者當爭先睹爲快也

每套售價一元

紫竹林同興號

代售處鍋店街文美齋仝啟

估衣街逸雲齋

三月十八日銀洋行情

天津	九七六錢	
	銀盤	二千五百七十文
	洋元	一千八百二十文
紫竹林	九六錢	
	銀盤	二千六百一十文
	洋元	一千八百五十文

三月十九日出口輪船禮拜五

海晏	輪船往上海	招商局
重慶	輪船往上海	太古行
新濟	輪船往上海	招商局
連陞	輪船往上海	怡和行
景星	輪船往上海	怡和行

直報

光緒二十二年三月十九日　第三百九十一號
西歷一千八百九十六年五月初一日　禮拜五

上諭恭錄

上諭甘肅西甯鎮總兵員缺着何美玉補授欽此

紀都門善堂事

惻隱之心人皆有之情也即性也故曰今人乍見孺子將入於井皆有怵惕惻隱之心由孺子而推之凡事雖稍異而情實相同者即悍夫俗子莫不矜憐先王所以有不忍人之政者此耳但古者王畿不過千里諸侯則百里七十里五十里不等地近而人稀撫養自易爲功降及後世土地日闢生齒日繁貧民多而富民少體察亦遂難周非今之設施不及於古實古之情形不同於今也按古之善政莫詳於周官大司徒以保息養民賑窮恤貧爲最急亦最重蓋猶是文王治岐之遺意耳文王之治岐也窮民之最可哀者有四老而無妻曰鰥也老而無夫曰寡也幼而無父曰孤也老而無子曰獨也謂之無告發政施仁必先之皆有常餼時賑救初不藉乎善堂也又旅師凡用粟春頒而秋歛之註云困時施之饒時收之此即恤貧之政蓋其時國有定制由官查明春貸之以補其不足秋歛之以節其有餘故當時無凍餒之老亦無所謂善堂也自海禁大開爰仿泰西之制設立善堂收養貧民施放　粥官總其成紳理其事官紳相輔非所謂因時制宜者乎試即如都門言之曰廣仁曰育生曰嬰濟曰悅生曰百善曰資善曰普善曰公善曰同善曰興善曰崇善曰勉善曰成善曰補善曰願學堂曰功德林曰養濟院善堂林立名目不一然就其中而較之惟前門外梁家園百善堂惜字會館懷少局尤爲美備焉聞堂中共蓋房屋二百六十餘間各分爲所一爲懷少局專收初生幼孩爲之洗[illegible]爲之治病爲之乳哺待其稍長分撥各所授之以事二爲蒙養所擇聰穎者延師課讀嚴其功課評其優劣冀有成材爲國家之用三爲力出所凡幼民粗笨者在橋子胡同南購買地畝選老農老圃教以耕植樹藝等事四爲工藝所分爲四項以學習技藝曰印書曰刻字曰作筆曰織布俟藝成年長聽其出堂自謀衣食五爲敬節所婦人青年守節者一概收留給衣服供飲食以全其貞而遂其志幼女無依者亦准附入長爲擇配六爲戒烟所妥製戒烟藥料凡貧民欲戒烟而無力者預先報名由醫生驗明烟癮重輕分別服藥多寡章程之美規制之宏所以爲貧民計者不可謂不周不可謂不厚矣此外若宣武門外之廣仁堂所辦義學工藝所恤嫠施藥捨材及前門外小沙土園育生堂就美恩明畧亦相等然始勤者終怠日久者弊生誠以事多則稽查難周人衆則情性不一也風聞某處收養嬰孩所雇乳僕多係空額竟至一婦乳哺四孩乳少孩多因餓而斃者無日不有嗚呼呱呱者何辜忍使爲溝中瘠哉由此一事推之則他事之廢弛可不問而知夫天地之大德曰生然能生之而不能自養之於是乎　國家不惜重欵官紳不憚勤勞創立義舉所以體天地之心濟天地之窮也倘虛應故事有名無實已屬不可何敢以養之者戕之乎賢者修德而愚者作孽彼固謂他人未及知豈知局外之譏評甚於鬼神之鑒視所謂雖將一人手掩得天下口也現聞尹憲派委[illegible]日[illegible]查恐難免撤差之咎倘能及早猛省頓悟前非易轍改絃實事求是上無負乎國家下有益於孤寒即在己之愆尤亦稍贖一二焉是則區區所甚望者

體恤臣工 ○海甸 頤和園 圓明園隨扈王公大臣及各部院住班堂司各官他坦不敷坐落暨八旗綠營弁兵尙缺堆撥房間現經內務府勘估建蓋宮門他坦房三百數十間 頤和園 圓明園兩處圍墻外添蓋堆撥房四百數十間共需工料銀六十五萬零聞此項由土藥稅項下提款動用業經內務府知照戶部矣至所派某廠承修尙無確信

指日落成 ○戶部失火所燒房間開工興修各情疊列前報玆聞所派木廠各官商復估大堂梁柱甚巨現在都中各廠所貯木料尺寸均不符用現擬將朝陽門外空閒倉廒木料拆運戶部以備建設大堂其餘房間皆用 祈年殿餘剩木植聞中秋後工程卽可告竣矣

咄咄怪事 ○京師平澤門外八里橋庄地方甲婦與乙有染被甲撞見羞忿交加未免辱罵婦因無面見人投井自盡經親隣調處令乙出資爲之殯殮誦經事巳竣矣詎昨日乙赴阜成園觀劇忽然倒地不省人事經人舁回口中喃喃作婦聲並稱須索爾命方釋我恨頃倒逾時果登鬼籙知其事者咸咄咄稱怪謂活捉張三係戲劇演義今竟實有其事哉漁色者當早自猛省矣

何太輕生 ○京師崇文門外元寶市地方某油鹽店三月十二日淸晨見門首 杆上懸有男屍一具係自縊身死當經中東城司報案稟請相驗聞悉尸死者某與該舖素有挾嫌於十一日夜乘間自縊現傳屍弟到案供詞狡詐祇得詳城咨送刑部審辦至其中有無別情諒不難水落石出也

計騙孀孤 ○天下至苦者莫甚于鰥寡孤獨人當憐之憫之賙卹之何忍任意欺凌設謀傾騙人將不食其餘矣京師前門外大柵欄萬順漆店劉某閩產也來京貿易頗稱小康娶妻潘一女甫五齡子尙襁褓前年秋間劉染時疫身故拋妻撇子苦不勝言當經潘氏備辦棺殮暫厝義園擬將舖底兌出得有價銀始能搬柩返里今春二月中有王某者弄妥該舖門面貨底許給價銀二千三百兩因潘係屬女流目不識丁經王某延友代寫字據交給王某收執爲憑輒付銀三百兩其餘銀兩俟將舖戶賸出如數付淸不料王某見孤寡可欺頓生詭計旋將萬順漆店舖底轉賣與慶隆燈舖李姓爲業挾銀逃走李姓隨向潘氏索房百般威嚇立卽逐出現聞潘氏欲留則無屋可居欲去則無資可措無可如何遂向宛平縣呈控未知作何訊斷統俟再訪

神之格思 ○黃河神金龍四大王爲至尊至久凡有河工地方莫不處祀本 朝河督栗襄勤公近年化身河神疊膺封號亦躋大王之列頗著靈驗本月十五日栗大王神降津門迎於大王廟供奉同城文武自督憲以次皆赴大王廟拈香致祭說者以爲現當春汛之時神靈來格津地可免水災云

示期換季 ○都門換戴涼帽日期巳見邸鈔昨督轅牌示本省文武官員定於本月二十三日換戴涼帽憲示煌煌各宜懍遵第查歷年換季天公故爲顚倒於示期之先數日寒暖炮不能如序宜寒則暖宜煖則寒卽如本屆現己將交夏令而棉衣總不能去身迥非暮春天氣也

冠蓋往來 ○督辦軍務處文案廷變自京來○江蘇海運委員候補知縣周恩 自南來○候補道李竟成進京引 見○出洋接帶飛英獵船直隸州陳恩燾到津○江蘇海運總董補用知府王宗壽委員卽用知縣李祖壽鮑德麟候選巡檢孫寶瑞來津○浙江海運會辦津通局道員用知府吳 培知府蔡增光委員同知朱福潛知縣孫鳳鈞均到津

慈作寃禽 ○昨午東浮橋有婦人手攜一女由西而東勢若遠行恐被火車遺下不能就道者正値開關放船而此婦急不可待遂倚小船渡過不料搖至中流溜急船小竟被覆沒惟船夫得救不死而一婦一女隨波逐浪去矣

鴻鯉傳訛 ○榮家胡同某甲者於光緒十一年赴關東謀食迄無音信家人皆疑有他故適今正某乙從關東來家人往問消息乙言因案㧟幞巳斬決矣闔家大哭甲妻遂服齊衰作未亡人現時甲竟回家見妻不勝詫異妻以乙言實告甲怒謂伊回家時向吾借銀數兩吾因手乏未允伊卽信口毁謗何太不情遂持木棍找乙不依兩不相下將乙頭顱打破現有人出爲調處未知能了結否

尋香逐臭 ○河東鹽坨混混花鞋李四者與東門外混混積有仇隙昨日李偕同黨赴東門外土窰尋釁被該處混混看見兩相扭結滚作一團詎未留意跌落臭溝恰如負塗之豕幸有某姓者尋得撓鈎二把始將鈎出臭水淋漓人皆掩鼻而過經旁觀解勸各自歸家噫本作尋香之客反成逐臭之夫不惟沾體抑且塗足不幾令花鞋笑人乎

穢泥宜運 ○城垣四隅濠溝漸次挑峻挑出穢泥由工程局用馬車運赴野外以淸街道惟查東門迤南所挑穢泥均堆積溝岸迄今十餘日未曾拉運該處行人頗多不僅臭氣薰蒸往來亦殊覺不便豈因公事冗雜未能憶及耶抑差役人等藉端舞弊耶是皆未可知者

入贅誌勝 ○莫春初吉出使俄國欽差爵閣憲李傅相之姪孫前廣督小荃之孫江蘇候補道李金楚之猶子與僑寓金陵前使英法欽差劉芝田之孫女締結秦

晉之好粧奩美麗實爲世所罕覯早經衆口喧傳迨至吉辰李公子乘八人大轎著一品冠服前導鼓吹並銜牌百餘對轎前頂馬對馬戈矛擁護隨後伺應伴娘均各乘坐肩輿徐行過市將至劉第劉亦排列全副儀仗出迎於途及至其門爆竹喧嗔歷兩時許其聲始息門中鼓樂迎公子入內成禮其往賀者冠蓋絡繹道爲之塞洞房內外四圍悉用絨緞製成各種花卉嵌五色寶石穿繫吉祥花邊圍墻壁悉皆遮滿不留罅隙一似天衣無縫者其賠贈衣飾則以紅花玻璃爲廚一切莫不顯呈於外往觀者目爲之炫皆咤爲僅見焉

樂善好施　○天津工程總局代收山東義賑所有諸大善士樂助銀錢洋元已經照冊陸續送登報館在案又有第二十四起培隆堂助銀一百兩積善堂餘慶堂愼修堂存模堂承立堂各助銀十兩源慶當益慶當陳少周固本堂各助津錢四千文承慶當助錢八千文德合當裕興當中孚當萬德當中育當萬益當義成泰文盛號德茂當德裕增裕號裕隆號萬全當萬合當東萬勝號西萬勝號四合順雙順香店各助津錢二千文但該處被災甚廣尤望樂善諸君大發慈悲焉

光緒二十二年三月十六日京報照錄

宮門抄　上諭恭錄前報○三月十六日吏部　翰林院　鑲紅旗値日　無引見　禮王等合操覆　命　光裕假滿請　安　官祥請假十日　載瀛續假十日　召見軍機　皇上明日辦事後由　頤和園至　圓明園看解馬畢還宮

○○頭品頂戴河南巡撫臣劉樹堂跪　奏爲審明搶奪良家婦女殺人重犯照章懲辦恭摺仰祈　聖鑒事竊查前因豫省盜風未息先後請將夥衆强刧重案及土匪游勇並搶奪良家婦女殺人輪姦重犯一體就地正法按季彙奏均奉　旨允准並將光緒二十一年夏季分懲辦盜案彙寄　奏咨在案嗣據睢州稟獲匪犯陳四培一名訊認夥搶良女仲秀閣已成拒殺仲張氏等二命並將仲秀閣輪姦後致死滅口不諱核其情罪重大未便稽誅當經批飭開封府提審明確稟經批令將陳四培照章就地正法傳首犯事地方示衆以昭炯戒茲據按察使長䘵詳請核　奏前來所有光緒二十一年冬季分懲辦搶奪良家婦女殺人重犯緣由謹恭摺具陳伏乞　皇上聖鑒謹　奏奉　硃批刑部知道欽此

○○頭品頂戴漕運總督奴才松椿跪　奏爲謹將正月分湖河水勢情形恭摺仰祈　聖鑒事竊照光緒二十一年十二月分湖河水勢情形經奴才於本年正月二十八日專摺具　奏在案茲查二十二年正月初一日起至三十日止洪澤湖長水三寸現存水六尺一寸高郵玉馬頭落水一尺一寸現存水二尺一寸淮揚裏運河各汛均落水數寸至一尺餘寸不等徐州廳屬一帶運河亦均落水在一尺以內上下游隄埽工段一律平穩現在趕辦春修籌備運道之際奴才謹當督率道廳汛弁隨時防護設法挑濬淤淺不敢稍涉疏懈所有正月分湖河水勢情形理合繕摺具陳伏乞　皇上聖鑒謹　奏奉　硃批知道了欽此

○○張汝梅片　再准戶部來電甘肅提督臣董福祥安撫難民應需經費擬由陝省司庫酌撥等因當司庫封儲銀兩因軍務製辦機器軍裝及募勇等項屢經挪用所餘無多惟提臣辦理安撫事關緊要自應竭力籌撥以濟要需隨由司籌撥銀三萬兩委解河州董福祥行營交收應用除分咨外謹附片具陳伏乞　聖鑒謹　奏奉　硃批戶部知道欽此

○○鹿傳霖片　再准署提督臣何乘鰲咨開據綏甯協副將李忠楷稟稱籍隷湖南長沙縣由行伍出師廣西等省洪克堅城力解重圍歷保叅將咸豐十年經前督臣駱秉章奏調來川招募親兵隨營攻勦著績保准以副將留川補用復因生擒黔省馬邊首逆劉儀順宋任傑等攻克雲南永北廳城勦辦滅邊蠻匪並歷次勦援秦隴逆回等案歷保記名提督並蒙　賞給桓勇巴圖魯名號光緒元年借補重慶鎮屬綏甯協副將十三年十一月到任視事四年三月十五日赴京引　見十月回任二十年八月奉飭交卸任內並無經手未完事件旋接家信祖墓坍塌亟擬回籍修理惟副將係實任人員修墓既需時日員缺未便久懸懇請開去綏甯協副將底缺以便回籍修墓等情前來臣查該副將早已交卸回省並無經手未完事件現因回籍修墓有需時日員缺未便久懸相應請旨飭部查照將綏甯協副將李忠楷即行開缺所遺綏甯協副將員缺川省現有應補人員應請扣留外補除咨部查照外謹附片具陳伏乞　聖鑒　訓示謹　奏奉　硃批兵部知道欽此

儒醫陳雨蒼貧病送診過午不候寓工程分局迤東

信募高僧

靜邑獨流鎭舊有太陽宮一座高踞街口舊壯觀瞻且關風水兵燹之餘頓成焦土悟全上人過而憫之發願重修募化巨資以故未竟厥功而上人雲遊遠去矣今闔鎭人等鳩工庀材剋期落成擬延上人作是廟住持如有知其踪迹者勸駕前來闔鎭幸甚

告白

本號向在天津紫竹林大街開設洋廣貨店陳集於原占半股今集於情願將伊名下半股退出即將通盆數目清算計半股老本息溢銀共二千二百大元正本號刻將該項交與集於親手收還集於即立退股單交與本號收執存據自退之後集於如欠各號帳目與本號無干本號日後生意興隆亦與集於無涉恐未週知特此佈告

泗合盛益記告白

寄賣

前次所售河南土已經賣完今又來上等河南土每兩九七六錢五百二十文如買整包格外價廉

鼓樓東聚豐成具

德商元亨洋行

本行專辦進出各口貨物今開設在法界鐵路公司西首特此告白

集賢書畫館白

余雖讀經未深身司書畫癖今卑禮敬聘約集有素擅山水人物花卉翎毛一切眞草隸篆者二十餘位凡 同好諸公有屏幅對聯團摺等扇者請送至東門內彌勒菴決不致悞

本館主人識啟

變別真偽 天津 元利靴店

本店開設北門外估衣街歸賈胡同內專做時式京靴鑲鞋料高價廉數十年馳名已久向來並無分號今竟聞有無恥之徒開設鞋店造言與本號聯號恐 貴士商悞爲魚目所混兹特謹登告白如 賜顧者須認明本號發票及鞋內圖記庶不致悞

本齋主人識

烏利文洋行

啓者本行開設香港上海三十餘年四方馳名專售各式金銀鐘錶鑽石戒指八音琴千里鏡眼鏡等物並修理鐘表價錢比別家格外公道今本行東家米士得巴克由上海來津開設在紫竹林裕泰飯店旁請 諸君降臨光顧是幸特此佈聞

丙申年三月十九日禮拜五

浙杭 元吉永號

本莊自置紗羅綢緞新樣洋辦花素洋布川廣夏貨團摺雅扇南貨頭油俱全祗爲近時錢市漲落不同故而各貨減價開設估衣街中間路北凡 仕商賜顧者無悞特此佈達

告白

敝局承平輪船於光緒十八年六月二十三日到埠裝帶靈柩一具暫存碼頭隙地迄今無人尋問現在敝局起築圍墻有碍地址因將此柩移厝太平庄後義地立有標記如有來尋之人請到敝局帳房說明以便指認領還特此謹白

開平礦務津局啟

新刻中日戰輯

內錄中日和約

粤東王君煜初所編中日戰輯一書分裝四帙并附水陸戰圖地圖六幅書中所載中日軍情始末實事求是絕無虛飾且詳析中國今日必當如何改革以臻富强想有心時事者當爭先睹爲快也

每套售價一元

代售處鍋店街文美齋仝啟

紫竹林同興號

估衣街逸雲齋

三月十九日銀洋行情

天津九七六錢

銀盤二千五百五十文

洋元一千八百文

紫竹林九六錢

銀盤二千五百九十文

洋元一千八百三十文

三月十九日出口輪船禮拜五

海晏	輪船往上海	招商局
豐順	輪船往上海	招商局
武昌	輪船往上海	太古行
盛京	輪船往上海	怡和行

光緒二十二年三月十九日 直報 第四版

直報

光緒二十二年三月二十日　第三百九十二號
西歷一千八百九十六年五月初二日　禮拜六

毀譽辨　功德莫大　替商斂怨　假道學
舊典重新　借醫行騙　小心火燭　京報照錄
敬節從寬　文生武斷　趣人趣事　各行告白
報應有時　利小害大　死猶索負

啓者本館售報需人如有情願承辦者至本館帳房面議可也
本館告白

毀譽辨

泰西創設報館所以考風俗別是非勸善而懲惡也故言者無罪聞者足戒倘多所忌諱故事摸棱又何貴乎報館爲本館自開設以來凡忠孝節義有關風化者則極力表彰之貪婪强悍爲害閭閻者則據實指摘之甯爲向隅之貧苦明心不爲當道之權要捧脚爲利爲義不辨自明或有劣蹟昭彰而報則改大爲小改多爲少者實啓其愧悔之心予以自新之路姑存忠厚云耳倘怙惡不悛恃勢逞刁向本館曉曉不休則前之隱而不言者將必盡數確指續刊登報勿謂不留餘地也本月十二日本館所登順天府咨文內稱淮東城察院咨送六吉紙行張子方即張銀塘控是記等四家紙行藉口揚差私行抽用等情一案並錄戶部咨覆暨尹憲抄詳咨呈等文者原因案情有關國課是以遵泰西有聞必錄之例刊登報端忽聞三月十五日有不識姓名人手持報紙向本館售報人聲言何以擅將紙行訟案妄行登報並稱本館准情受賄肆意毀譽等語嗚呼異矣該行自興訟以來縱有託情行賄等事本館尚不肯輕言本館原無准情受賄等事該行竟敢妄言豈非誕妄不經之甚者哉毀譽云者大抵憑空結撰節外生枝變亂是非顛倒曲直鄉黨自好者尚不肯爲而謂本館爲之乎前錄詳文原係照本謄錄如文章敘事體例未嘗格外一加斷語無所毀亦無所譽而該行云云何自而起雖然吾知之矣該行定有詭計陰謀不可對人之隱常懔懔於心深恐一旦發覺有干厲禁忽聞報錄案情未免驚疑而若輩市儈又不過僅識之無不通文理以爲報中定有洩露隱情之處故作此等面目實欲箝本館未開之口阻本館再登之路豈知本館固不侮鰥寡不畏强禦者乎昔孔子之作春秋也一字之褒榮於華袞一字之貶嚴於斧鉞豈故褒之而故貶之實有可褒可貶者在耳本館固不敢妄擬聖經亦豈敢故違斯旨故嘗諄囑訪事友人凡採訪諸事必詳加審慎勿使稍有含混致乖立館本意即或偶有傳聞異詞立即更正未敢文過遂非實事求是之心亦可略見一斑矣詎料今日尙有此意外之事該行有無託情有無行賄姑置勿論即此一番饒舌已失生意中體統平日行事爲人定非循分守法者比也傳云禮義不愆何恤人言毀譽尚不足憑况本無毀譽乎不然本報具在何妨反覆推敲以昭核實則本館之有無情賄有無毀譽不難立辨也然此非專爲該行而言也所以著善惡之公評揭勸懲之微旨區區苦心天下人當共諒之

舊典重新

○聖諭廣訓所以化民成俗使之改過遷善革薄從忠也是以五城院憲每逢朔望兩日宣講　聖諭十六條爲斯民矩矱詎奉行不力日久怠生遂如告朔之餼羊矣茲由順天府兼尹憲會議五城各就練勇局內恭設香案延請講生宣講　聖諭訓迪都中人士口講指畫務使詳明有裨人心風俗當非淺鮮云

敬節從寬

○京師敬節會捐資恤嫠業將查放各節彙紀前報今悉該會自新正以來擇極貧孀婦百名照章籌送恤費外復自二月迄今又復紛紛投遞姓氏名單並聲明年若干歲居孀年分有無子女現住何處詳細掛號驟增至二百三十餘戶之多衆善士等心焉憫之爰自三月朔日起挨戶密查更將孤寡堪憐實屬窮民無告者再增百名擬於本月二十日裹糧相贈以副恤寡矜孤之本意然所遺諸戶未免向隅聞會中擬仍速爲籌款從寬調恤毫不稍形退縮想負茲宏願料必有聞風興起者源源接濟代分其憂藉施之澤正未有艾矣

報應有時　○京師前門外正陽橋樓前向來擺列車輛以便行人雖覓有前二者家居該處養車十餘輛占踞巷口不准他車停住其車則雇人執鞭每日工食僅付京錢三千所得車價歸己本年入春以來嫁娶殯葬者頗多以故較往年利市十倍有高某曾欠前舊賬因亦招置門下將每日工價扣還欠欵不給一文而高別無恒產一家數口嗷嗷待餔不得已央黃告退黃恃富逞兇將高痛毆經人勸散高無計可施遂以一齋芙蓉膏自盡短見高母詢悉服毒情形沿途呼救幸遇陳某慨助京錢十千買藥灌救始得無恙而黃不以人命爲意仍向高母強討借項似此驕橫吝嗇終恐釀成大禍特未到惡貫滿盈時耳

功德莫大　○西門內常九者不事家人生產專慣販賣人口以牟厚利近從保陽等處販來婦女數口賣入娼寮內有陳張氏頗知廉恥不願爲娼鴇兒無奈遂將退回常以該氏執拗終夜吊打如拷賊盜同院楊姓以性命相關不忍坐視將一切情由稟明鄉甲局寶大令由局移縣請究邑尊當卽飭差皂役等於十八日夜間將常九拏獲並搜出婦女陳張氏等五人暨楊姓一併遞案立飭刑房開單親訊據陳張氏供係保定府人因家貧賣與常九身價一百三十吊只准作妾今伊竟將氏賣入娼寮云云幸遇同院楊老爺報官救氏不娩訊及二女供係豐潤縣人叩求恩典其六七歲之二幼女不能自道姓氏里居當將常九責手一百鎖押候辦陳張氏及二女等擬解交原籍地方官傳屬具領幼女二口立飭差役片送廣仁堂收養噫楊姓之好義大令之急公眞功德莫大矣

借醫行騙　○本郡素稱衝繁三教九流莫不聚集於此西門外賣醫賣卜者實繁有徒往往按照成方配製丸散膏丹自炫其術卽偶爾奏效亦適逢其會耳西河人魏某於上年來津租屋二椽懸壺賣藥有某乙患便毒爲醫痊於是聲聞遐邇購丸買藥幾於門限爲穿前日同鄉某甲造訪談及友人現患惡瘡因年輕臉熱不肯求醫浼我道意務卽言明藥費若干張言七日保好須給津錢十千甲首肯約定次日同來次日甲先赴某鋪購洋貨價值十千有零付錢帖二紙該鋪以而生須保甲云我寓西門外某醫處距此不遠可以答話該鋪令夥隨往甲向張曰十年敢保乎張疑鋪夥卽醫瘡者也遽云何不敢保該夥聞言將貨交付而去頃之該鋪認出假帖令張認賠張言所說敢保者乃保治病非保錢帖也何賠之有兩相爭執勢將興訟經鋪鄰排解令彼此各認其半始得了結張猶望甲復來而終寂然矣

文生武斷　○南皮文生郭景汾同子松壽居邑城北二里之翟家屯與鄰村王家莊文生李林森廩生李某文字交松壽又爲李某廩保弟子誼至厚也去臘景汾與林森以細故口角景汾餘憤未捐令松壽於今春進城尋林森設帳處報復林森未見路遇廩保李某詢松壽何爲松壽具以對李某以大義責之詎松壽老羞成怒不顧師生之誼出袖中刀向李某力刺李出不意被中兩刃經途人勸救當投控邑尊而景汾鬼　技倆始而不令松壽到案繼且設法散押未經深究夫廩保亦師也竟敢遷怒逞兇文生也而武斷之殆亦新聞也夫

利小害大　○本埠近歲以來現錢短絀銀盤大落經各憲出示嚴禁現錢出境茲聞西頭李姓者販賣糧食雜貨往來直豫間惟所存銀兩按現在錢盤核計每百兩須賠錢二十餘千而運錢出境又恐差役查出因收買煤油空箱若干隻裝貯現錢僞作煤油所經關卡不過掛號起單小有花費而已然計誠巧矣終屬行險一經發覺其能免於科罰乎所謂見小利而忘大害者此類是也

替商歛怨　○近今生意本大而利厚者莫如鹽當茶商然茶當皆公出公入惟鹽商一項則不公種種弊端不可枚舉按津郡口岸論之如赴店買鹽一概收用清淨滿錢而槽中之鹽非摻泥卽使土不堪食用兼之分兩不足每斤至多不過十四兩四門鹽店惟東西二店爲尤甚小民因商人勢利　手可熱忍氣吞聲莫敢與較然富貴中人未必刻薄至此想皆司事者從中舞弊耳該商人何弗一整頓之

小心火燭　○時値暮春風高物燥最宜小心火燭不然遺害匪輕昨日辰刻北門內任家胡同有某署皂役徐姓高搭蓆棚爲子娶親彩輿到門正在交拜時因燃放爆竹遺火於蓆棚之傍風吹蓆灰將棚燃着一時烈燄騰空街鄰驚駭赶緊將粧奩等件並新婦一併背搶出門當卽鳴鑼告警水會雲集旋卽撲滅是眞不幸之幸也

趣人趣事　○王某者往府署西以事過東浮橋腰間時辰表被小綹竊去初頗懊惱既而心生一計翌日復換一表故垂銀練於外使之易於入目復向浮橋往來東瞻西望若有所伺者小綹果挨近身邊伸手竊取竟被某抓獲因謂之曰昨日所失定入爾手倘將原璧歸趙卽從寬宥不深究也否則送官懲辦恐三木無情非爾所能勝小綹無奈只好將表獻出叩頭而去噫王之計亦巧矣哉

死猶索負　○江陵王宜生與其姊夫周湖門家相去十里之遙去歲王借周青錢六十串許年終歸欵至臘月初一日晚五下鐘時王方籌度此事忽報周至急出迎迓相將入室一揖就坐寒暄語畢卽言吾弟前借之欵兄家中現有亟需可速措還言訖顏色悽慘與之茶不飲遞烟亦不食隨起身告別王挽留不住問何往曰遠矣方送至前廳轉瞬忽失所在大疑入語家人咸惶惑不解方紛嚷間而訃音已至謂於昨晚酉時以暴疾身故然已登鬼籙復現形債索豈非咄咄怪事哉

假道學　○江陵某君才名藉甚設臯比座於沙市桃李盈門其人語笑不苟矩步規行人皆敬之與門弟子講詩經至鄭衛諸篇必反覆譬喩謂儒生切不可以名

士風流自命一有淫行則爲名教罪人聽者每神爲之聳一日晚膳後挈門徒散步道經妓寮謂門徒曰此地如唐之平康里左右皆是吾輩於此等處宜有把握不可偶一失足門徒唯唯正言讜論間一妓倚門悄立望君若弗見也者妓忽呼某君曰騷秀才時辰表何久持去不歸耶某君又若弗聞也者妓飛步扯其衣曰勿假作道學腔調欠嫖錢十餘串復帶吾時表充賬主耶從衣扣間解之而去其君紅漲於頰行幾不能成步門徒喧傳其事衆始知其色莊者也

光緒二十二年三月十七日京報照錄

宮門抄　上諭恭錄前報○三月十七日戶部　通政司　詹事府　正藍旗值日　無引見　榮祿假滿請　安　召見軍機

○○二品銜粵海關監督奴才文佩跪　奏爲叩謝　天恩恭摺仰祈　聖鑒事竊奴才接准戶部來文於光緒二十一年十二月初四日奉　旨粵海關監督仍着文佩接管欽此奴才跪聆之下感激難名當卽恭設香案望　闕叩頭謝　恩伏念奴才內府世僕知識庸愚一管熱河　園庭再司江南織務上年渥承　異命筦　粵東値時事之多艱恐勝任之不易涓埃未報兢惕方深迺蒙　綸綍榮頒仍留接管凡此　鴻施之逾格均非夢寐所敢期自顧何人膺茲　異數奴才惟有益加奮勉設法招徠凡督徵稅課撥解餉需自當分別妥籌不敢稍存疎懈過有中外交涉事件會商督臣力求平允於稅務有應行整頓者仍當隨時　奏請務期興利除弊上慰　宵旰之勤勞以仰答　高厚生成於萬一所有奴才感激下忱理合恭摺叩謝　天恩伏乞　皇上聖鑒謹　奏奉　硃批知道了欽此

○○奴才惠銘跪　奏爲察哈爾總管五次三年期滿循案恭摺具　奏仰祈　聖鑒事竊據察哈爾鑲藍旗總管登博　勒札普詳稱職於光緒六年十二月十六日補放察哈爾正藍旗總管於八年八月十九日奏請調補正白旗總管復於十一年十二月間調補鑲藍旗總管自七年二月十五日補放察哈爾正藍旗總管接任之日起扣至十九年二月十五日四次三年期滿又値三次六年任滿曾蒙代　奏奉　硃批毋庸來見欽此欽遵在案現在扣至二十二年二月十五日第五次三年期滿呈請具奏前來奴才恭查道光十二年正月間欽奉　上諭向來將京五部侍郞及各省將軍都統副都統城守尉總管等有年班輪替進京之例嗣後着自到任之日起扣滿三年奏請陛見俱毋庸年班進京欽此歷經欽遵辦理在案今總管查博　勒札普現屆第五次三年期滿可否將該員送京　陛見之處自應循案奏請　旨恭候　欽定所有察哈爾總管五次三年期滿緣由理合恭摺具奏伏乞　皇上聖鑒　訓示遵行謹　奏奉　硃批毋庸來見欽此

寄到書籍列左　增像封神演義　諸葛心書十三律　金錢數　生生數　戚大將軍大實紀　劉帥地營法西法操練　中日戰守始末記　彭剛直公奏稿　彭剛直公洋務十三篇　時事新論　洋務抉要　洋務機器要訣各國遊歷日記　聖朝名公奏議　安危大計　洋務叢鈔　出洋須知　西事類編　俄國志略條約　各國時事類編　徐霞客遊記　電報總編　火器略　中外戲法大觀　海上青樓寶鑑　海上見聞錄　中西醫學入門　正續通天秘書　醫門法律　千金寶要方　經驗良方　綠野仙踪　孔子綱目　夏小正箋　四書彙解　古微書　尺牘合璧　尺牘句解　商賈尺牘　續增批分類尺牘　尺牘採新　尺牘新里新　花間楹聯　九章算法大全　巾幗英雄傳　大紅袍傳　包公洗冤錄　駐春園外史　醉茶誌怪　牡丹亭　十一才子連篇鬼話　孩兒笑話　新鮮笑話　致正玉堂字彙　各色畫報　字林滬報　新聞報　代送申報　本津直報　諸君先覩爲快遲者再候來班每日午後至申後敝堂靜候　天津府署西三聖菴西紫氣堂啓

信募高僧

靜邑獨流鎭舊有太陽宮一座高踞北街口旣壯觀瞻且關風水兵燹後頓成焦土啓全上人過而憫之發願重修募集巨資工將興以事阻未得就而上人雲遊遠去矣今鳩工庀材尅期落成擬仍延作住持如有知其踪迹者勸駕前來亦上人之素願也

闔鎭公啓

都門陳質庵
精理男婦方
脈著手回春
寓紫竹林同
宴樓後申報
分館

沈竹君啓

天津　麥加利銀行告白

啓者本行資本英金八十萬磅備用股本英金八十萬磅公積英金三十二萬五千磅總行開設倫敦分行在孟買加拉吉打冷宮哪哈亞伯古隆北新埠太平咪登哈來蘭播新嘉坡香港福州上海漢口暹邏濱角包帶維亞沙來伯鴉神戶橫濱等處起首至今三十九年倘有存欵勿論仕商照期起息請來做行面議做行茲于正月三十日開張恐未週知特登報章佈告

告白

本號向在天津紫竹林大街開設洋廣貨店陳集於原占半股今集於情願將伊名下半股退出即將通盆數目清算計半股老本息溢銀共二千二百大元正本號刻將該項交與集於親手收還集於即立退股單交與本號收執存據自退之後集於如欠各號帳目與本號無干本號日後生意興隆亦與集於無涉恐未週知特此佈告

泗合盛益記告白

告白

浙紹名醫朱鈍翁屢診重症悉慶回春寓彌勒巷

德商元亨洋行

本行專辦進出各口貨物今開設在法界鐵路公司西首特此告白

集賢書畫館白

余雖識經未深有但書畫癖今卑禮敬聘約集有素擅山水人物花卉翎毛一切眞草隸篆者二十餘位凡 同好諸公有屏幅對聯團摺等扇者請送至東門內彌勒巷決不致悞

本館主人識啓

變別真偽 天津元利靴店

本店開設北門外估衣街歸賈胡同內專做時式京靴鑲鞋料高價廉數十年馳名已久向來並無分號今竟聞有無恥之徒開設鞋店造言與本號聯號恐 貴士商悞爲魚目所混茲特謹登告白如 賜顧者須認明本號發票及鞋內圖記庶不致悞

本店主人識

烏利文洋行

啓者本行開設香港上海三十餘年四方馳名專售各式金銀鐘錶鑽石戒指八音琴千里鏡眼鏡等物並修理鐘表價錢比別家格外公道今本行東家米士得巴克由上海來津開設在紫竹林裕泰飯店旁請 諸君降臨光顧是幸特此佈聞

丙申年三月二十日禮拜六

浙杭 元吉永號

本莊自置紗羅綢緞新樣洋辦花素洋布川廣夏貨團摺雅扇南貨頭油俱全祗爲近時錢市漲落不同故而各貨減價開設估衣街中間路北凡 仕商賜顧者無悞特此佈達

告白

敝局承平輪船於光緒十八年六月二十三日到埠裝帶靈柩一具暫存碼頭隙地迄今無人尋問現在敝局起築圍墻有碍地址因將此柩移厝太平庄後義地立有標記如有來尋之人請到敝局帳房說明以便指認領還特此謹白

開平礦務津局啓

新刻中日戰輯

內錄中日和約

粵東王君焜初所編中日戰輯一書分裝四帙幷附水陸戰圖地圖六幅書中所載中日軍情始末實事求是絕無虛飾且詳析中國今日必當如何改革以臻富强想有心時事者當爭先睹爲快也

每套售價一元

紫竹林同興號

代售處鍋店街文美齋仝啓

估衣街邀雲齋

三月二十日銀洋行情

天津九七六錢

銀盤二千五百五十文

洋元一千八百文

紫竹林九六錢

銀盤二千五百九十文

洋元一千八百三十文

三月二十日出口輪船禮拜六

海晏 輪船往上海 招商局

盛京 輪船往上海 太古行

武昌 輪船往上海 太古行

三月二十日進口輪船禮拜六

豐順 輪船往上海 招商局

直報

光緒二十二年三月二十二日　第三百九十三號
西歷一千八百九十六年五月初四日　禮拜一

上諭恭錄

上諭恩祥現已補授　春副都統仍着隨同長順幫辦吉林邊務一切事宜欽此　上諭廣東北海鎮總兵員缺着劉邦盛補授欽此　上諭廣東高州府知府員缺着惠昌補授欽此

鑄銀圓以收利權論

昔仲尼告子夏曰見小利則大事不成又曰小人喻於利故聖門中無言利者雖然彼一時此一時也古之時四海一家利權操之自我故不言利而利終在今之時五洲共處利權分之於人故不言利而利遂失此不可不急思變計者也近年以來因財源不旺庫款支絀爰仿泰西之例設局招商開煤礦造輪船修鐵軌凡所以均其利而收其權者無不日事講求獨銀圓之鑄未能興辦何也銀錢之制始自泰西後漸流入中國名目雖有不同而大小則無或異常用之錢每圓以七錢二分爲準其用之中國也貴時可抵紋銀八錢賤時亦不下七錢四五分利厚而用便故每歲由墨西哥運入中華者不知幾千萬計而利權遂爲彼國所奪矣昔林文忠公撫吳時見及於此鑄銀餅代之計重七錢三分初亦通行無滯民皆便之乃未及一年而僞者出焉其事遂廢然猶謂銀餅與銀圓形式不同易於作弊也咸豐年間黃侍郎壽臣巡撫浙省仿照西國形式自鑄銀圓與西國無異以便使用而市儈從中作梗立有新板土板等名目每圓須補銀水數十文故其法仍不能久行近年海禁大開通商互市洋錢愈用愈多愈推愈廣於是廣東省城首先購運機器自鑄大小銀圓通行各處未幾而滯於香港未幾而滯於新嘉坡蓋因西官故意阻撓謂銀色漸劣摻銅太多不及英國與日本所鑄較有準色故粵省銀圓雖多祇能行於本省而未能及於遠方也前年浙省劉方伯亦擬自鑄銀圓有浙省巨紳請在上海糾集股份承辦專鑄謂每鑄一小洋可獲利三十文然事亦終不能成夫洋錢鑄自泰西竟能行之於中華而銀圓鑄自中華反不能行之於本國何哉亦以西人好利而重信成色始終一律華人貪利而寡信弊端未免叢生耳近聞鄂督張香帥擬在鐵政局建局鼓鑄大小銀圓以便通用而江督劉　帥亦有在上海製造局購備機器如法仿製之議惟既自行製造必期通行無礙而欲通行無礙必當嚴絕弊端但使成色較勝於外洋則流通自廣自速而外洋之銀圓可不禁而自絕矣雖然分鑄於各省猶不如統鑄於京師之爲功省而爲益大也分之各省則勢難畫一倘有作僞稽察難周統歸京師則責有專司雖有弊端易於防範是宜飭下戶部購置機器開爐鼓鑄特簡大臣總理其事不使稍有參差然後頒行天下可以充錢糧可以作捐款庶幾中國銀圓與各國同一功用不但行之中國而無礙并可用之外洋而亦無礙中國利權何不可仍還中國乎試觀直隸藩庫之錢糧銀錠每錠以二兩爲率銀色最佳他省均不能及兩淮運庫所鑄備賞之小銀錠亦有數種爲數亦復不少並未聞有銀色不符者可見認眞講求實事求是奸工猾吏自不致肆其伎倆斯行旅易於携帶商賈便於通融國寶流通街市間必不肯妄生異議也前者總稅務司赫德君曾勸中國自鑄銀圓以便民裕國天津稅務司德璀琳君亦上條陳於李傅相請鑄銀圓准用於關稅錢糧俾易流通西人最工心計兩君所見既同定非浮無把握何不可與煤礦輪船鐵軌次第舉行也艸茅下士區區一得當軸誠不責其謬妄爲幸甚

頤復舊觀 ○皇太后駐蹕 頤和園已將恭備要差彙列前報現聞總管內務府大臣復經咨會鑾儀衛堂官務將應用 鑾駕儀仗限二十日以前一律恭備齊全每得草率計黃緞九龍曲柄傘一柄黃緞鑲花直柄傘四柄紅方蓋二柄紅素方傘二柄龍旗八杆素色雲綸繪金龍旗二杆黃紅緞龍鳳扇四柄黃紅緞雉鳳扇四柄金節二對立瓜臥瓜各四對豹尾槍阿虎槍各十六杆並飭鑾儀使督率校尉三十二名每晨赴 頤和園伺候所有值班大臣裕公博公海公延公在 頤和園輪流值班並派頭等侍衛宋占魁張憲周二等侍衛馬倚德傅懋凱花翎侍衛李永堃林國俊楊際昌靳占元章祖恩張德元林天驥金國治沈瑞舟張寶泉于金聲林洪鈞郭鍾秀鍾聯甲楊元慶馬鎮山李飛龍戴九經喬熾昌孫建邦張殿元楊芝田李如全王文綱閻兆祥周瑞生陳慶祥紀堪榮謝定邦王慶麟張鴻喜吳振邦郭鳳鳴等每班十員在 頤和園各門輪值並飭官匠造紅花鸞衣五百件壽蟒鸞衣五十件涼帽六十頂均限于本月二十日竣工呈驗以備二十一日頒給喻鸞樂部執事人夫穿用園內鋪陳齊楚禁絕遊人回憶 圓明園未經 鑾幸時附近扇子河青龍橋馬廠等處鋪戶均皆歇業多年塵封蛛網破敗不堪過客不勝故宮禾黍之思現在側聞 皇太后駐蹕回鑾無期赴將房屋修建以便開張經營締造頓復舊觀矣 一人有慶兆民賴之用敢拜手颺言以頌焉

避債無臺 ○京師前門內西交民巷向有義泰軒茶社因鋪事賠累歇業有年昨聞該鋪掌袁某於三月十五日因避債無台懸樑自縊頃刻間幽明異路矣經該管地面官廳詳報步軍統領衙門票委南城司帶領吏仵相驗飭傳屍屬備棺成殮徑報刑部至其中有無別情俟訪明再錄

謳尊彌光 ○二十日早十點鐘樊王庄合村鄉民恭製萬名傘一柄進西門出東門循城而北由毛賈胡同過鐵橋直入督轅詢係該村地居窪下向有水災由王制軍委員平治除一方之害僉謂數十年痔壞一旦變爲腴田何幸如之爰送傘一柄以誌不忘旋有十八州縣剝船戶製造萬民傘十二柄德政牌十二對匾額一方進東門出北門亦赴督轅恭獻聞督憲不肯收受飭移大王廟收存美哉謳德其有古大臣之風乎

入覲龍光 ○新授廣東按察司魁文農廉訪元由廣東糧道濟陳臬事循例進京引 見昨由申江附輪來津又金陵淮軍報銷局總辦江蘇候補道吳鑑泉觀察學廉由江甯附輪到津日內皆須北上 天顏有喜近臣知當爲二公詠矣

管帶易員 ○統領保定督標親軍馬隊左中二營汪亘川軍門文 中營營官周軍門得勝現奉撤差另委補用叅將蘇清雲叅戎長慶接統中營委補用都司李松亭都戎洪斌接管親軍馬小隊委補用遊擊熊滌泉遊戎統帶

民堤民辦 ○三渠隄原爲防護邢庄等十餘村而修向由民間自捐自辦官不與聞因上年水災民力不足由官籌辦以工代撫現據該村民等赴轅投稟懇請撥欵估修已將前情批示仍飭民人等自行修理上年以工代撫原係一時權宜不得援以爲例云

國課攸關 ○長蘆鹽引行銷直豫兩省每春秋告運鹽船抵關時報明運憲親臨監掣方准過關長行此定例也惟近來做鹽該商不能親自監視委之商夥而商夥遂與廠戶船戶勾串合謀從中舞弊所做鹽包重逾官砝 及至過關凡書役人等均有規費抽包監掣約定暗號斷不致查出破綻積弊相沿牢不可破日昨某商家南鹽過關一時疏忽未將暗號記清及上秤時驗將官砝漂起幸執事人手急眼快遮掩過去然練達鹽務者早經冷眼看破矣聞該商爲綱中首領富擬侯王依然貪圖小利私做大包紊亂鹽章咨有應得該管者倘不嚴行查辦恐諸商效尤關係課稅非淺鮮也

誤傷斃命 ○東新街通義順錢莊學徒某甲年方十七歲乘鋪掌外出與同人諧謔竟被踢傷腎子越日身死當經屍屬報官除已驗訊外現將一干人証押候覆訊云

掌珠失去 ○本邑西門外葛家大院東馮某業貨郎一子甫七齡愛如掌上明珠在街前玩耍已慣不料有他乃日昨出門至晚未歸四出偵探亦無踪影未知迷途耶抑被奸人拐去也然則家有小兒女者其亟加防範乎

善避嫌疑 ○南門外某甲者小本營生妻某氏貌僅中姿而性頗冶蕩最好塗脂抹粉倚門賣俏某乙狂且也踰園折柳是其慣技屢在門前眉挑目語桃源仙境遂許漁郎問津矣甲有所聞而未得確據日昨向氏詭云赴某處購貨二三日方回氏暗喜約乙早赴陽台三更後正在雨濃雲慵甲越墻入手執東洋刀至窗前竊聽烈火中燒踢門而入乙驚起急遁甲追至大門將脛扎傷忍痛而逸氏大懼四體投地軟語相央甲歎曰一頂綠頭巾固不至壓人死但臉面相關恐惹旁人笑話惟有移居他處以避之可耳

如蟬脫殼 ○南門西某甲素行不端專在賭局娼寮尋覓生活每夜晚赴各街買物手持字號燈籠僞稱開設雜貨生理所用錢票半係僞鼎鋪戶中被其欺者指不勝屈昨日又赴雙廟街某燒鍋用票沽酒被鋪掌看出破綻將衣領揪住欲赴該管鄉甲局稟控詎伊用金蟬脫殼法將綿衣輕輕脫下飄然而逸追之不及如某者亦狡

矣哉

女中光棍　○招蓄娼妓貽害地方固已有干例禁然皆係男子未聞出於婦人也東南城根有婦某氏素潑悍招致土娼開設花局受其害者指不勝屈昨有某姓子在錢舖學徒家小康被鄰某誘至該處既嫖且賭勾留數日計纏頭資並輸帳共百有餘千非立時交清不時並勾串土棍一再威嚇該子無措又不敢令家人知情急欲死該婦恐肇禍端又軟語哄騙該子不得已向親串處借得衣服數件典錢二十餘千及身旁現有之錢帖均行付給始行了結究不知回家後作何辦理似此悍婦設阱陷人較勝男子若不嚴拿懲辦實地方之憂也

湘水漸漲　○湘水以下支流均由省河而入江漢每值冬季水落小河船隻艱於行駛近來時得大雨河水漲至七八尺之多想上游貨船必將滿載揚帆順流而下矣

官米減糶　○湘省去歲荒歉頻仍各鄉小有之家稟請地方官禁止移粟出境以保閭閻省會缺少來源而奸商亦藉此居奇現聞各處捐款源源而來已在省垣設所減糶時價每石三千文各米肆價亦稍減平上白米三千四百文陳大中丞以及各大憲痌瘝在抱慮事周詳想我小民當無斯饑之嘆矣

光緒二十二年三月十八十九兩日京報照錄

宮門抄　上諭恭錄前報○三月十八日禮部　宗人府　欽天監　鑲藍旗值日　無引見　澍貝勒假滿請　安　崇光專摺謝賞綢緞　恩　莊王請假十日　恩壽續假十日　恩慶請假十五日　宗人府奏派正進補進王六班　派出澗貝勒遷公卓公　又奏派充族長　派出崐貝子　內務府奏派致祭　昭顯廟　派出慶麟　召見軍機　崑中堂　坤岫○十九日兵部　太常寺　太僕寺　八旗兩翼值日　無引見　崐貝子謝充族長　恩　春副都統恩祥請　訓　貴州臬司李希蓮到京請　安　興伯舒存各請假十日　召見軍機　恩祥　李希蓮

○○廖壽豐片　再案准戶部奏撥光緒二十二年京餉案內指撥兩浙鹽課鹽厘銀二十二萬兩又內務府經費撥兩浙鹽課銀五萬兩又丙申年籌備餉需銀六萬兩行令於奉文後分批起解限五六月前解到一半十二月初間全數解清等因恭錄　諭旨行文到浙即經轉飭欽遵籌解去後茲據浙江鹽運使惠年詳稱在於鹽場竈課暨綱票課厘項下籌解戶部京餉銀六萬兩內務府經費銀二萬兩籌備餉需銀二萬兩籌備餉需銀三萬兩委候補運副蔡德培鹽大使呂懋荃管解仍照成案飭令該委員由浙至　搭坐輪船運至天津由陸赴部交納等情詳請　奏咨前來除分咨查照咨行沿途文武各衙門一體撥護前進以昭慎重仍飭將起程日期速行詳咨外理合附片陳明伏乞　聖鑒謹　奏奉　硃批該衙門知道欽此

告白

本號向在天津紫竹林大街開設洋廣貨店陳集於原占半股今集於情願將伊名下半股退出卽將通盆數目清算計半股老本息溢銀共二千二百大元正本號刻將該項交與集於親手收還集於卽立退股單交與本號收執存據自退之後集於如欠各號帳目與本號無干本號日後生意興隆亦與集於無涉恐未週知特此佈告

泗合盛益記告白

金陵 仁記南味坊

自製本機元淺京緞寗綢紗縐絨線傳貨食物金腿海味南貨俱全近因錢□漲落不同分別減價抑因無耻之徒一冒南味者甚多雖云謀利誠恐亂眞□辨薰䲭用煩楮墨

奇售雨前龍井每斤津錢一千二百文八百文福建絲格外公道　開設宮北大獅胡同

變別真偽 天津 元利靴店

本店開設北門外估衣街歸賈胡同內專做時式京靴鑲鞋料高價廉數十年馳名已久向來並無分號今竟聞有無耻之徒開設鞋店造言與本號聯號恐　貴士商悞爲魚目所混兹特謹登告白如　賜顧者須認明本號發票及鞋內圖記庶不致悞

本齋主人識

烏利文洋行

啓者本行開設香港上海三十餘年四馳名專售各式金銀鐘錶鑽石戒指八琴千里鏡眼鏡等物並修理鐘表價錢別家格外公道今本行東家米士得巳由上海來津開設在紫竹林裕泰飯店□請　諸君降臨光顧是幸特此佈聞　丙申年三月二十二日禮拜一

浙杭 元吉永號

本莊自置紗羅綢緞新樣洋辮花素洋布川廣夏貨團摺雅扇南貨頭油俱全秖爲近時錢市漲落不同故而各貨減價開設估衣街中間路北凡　仕商賜顧者無悞特此佈達

告白

敝局永平輪船於光緒十八年六月二十三日到埠裝帶靈柩一具暫存碼頭隙地迄今無人尋問現在敝局起築圍墻有碍地址因將此柩移厝太平庄後義地立有標記如有來尋之人請到敝局帳房說明以便指認領遷特此謹白

開平礦務津局啟

新刻中日戰輯

內錄中日和約

粵東王君焜初所編中日戰輯一書分裝四帙并附水陸戰圖地圖六幅書中所載中日軍情始末實事求是絕無虛飾且詳析中國今日必當如何改革以臻富强如有心時事者當爭先睹爲快也

每套售價一元

代售處鍋店街文美齋仝啟　紫竹林同興號　估衣街逸雲齋

三月二十二日銀洋行情

天津九七六錢
銀盤二千五百六十三文
洋元一千八百零五文
紫竹林九六錢
銀盤二千六百零三文
洋元一千八百三十五文

三月廿三日出口輪船禮拜
海晏　輪船往上海　招商
盛京　輪船往上海　太古
武昌　輪船往上海　太古

三月廿四日出口輪船禮拜
豐順　輪船往上海　招商

直報

光緒二十二年三月二十三日
西歷一千八百九十六年五月初五日
第三百九十四號
禮拜二

上諭恭錄

硃筆綿文補授詹事府少詹事欽此

聽訟無訟辨

孔子曰聽訟吾猶人也必也使無訟此極言無訟之可貴非謂聽訟之決不可爲也故片言折獄且於及門中特許仲由可知聽訟一事亦甚難能非至明至決至公至平者不足勝任而愉快乃近世官吏誤會聖言未能通變徒慕無訟之虛名不講聽訟之實政豈知州縣爲親民之官自宜不辭勞瘁勤求民隱直者伸之曲者抑之强者鋤之弱者扶之方懼沉冤未能盡白下情未能悉達豈有哀號呼籲於前而反置之不聞不見者近時官吏於攔輿者投遞白稟者一切以不合體例借端擯斥即至三八告期准例投紙自朝至於日昃尚不得見官一面甚或候至夜分非稱本官患病即稱公事忙碌意付承發科代收有幷因爲時過晚傳諭散歸俟下期再收者城內之人猶可也鄉居百姓來城不易代書有費掛號有費飮食住宿又有費一紙甫投已屬拮据萬分況候批候審杳無定期耽延旣久所控案情尤易謊張爲幻狡猾差役又或託名和事向原被告詐取錢財種種弊端何可勝言在本官豈不謂吾少收一紙少准一案即可少煩一分之心抑且准不勝准收不勝收吾一切付之不問使百姓知難而退爭訟自息所謂多事不如省事也殊不知欲求訟案之稀須勤聽訟之政果能實心爲民不遺餘力案則隨到隨審呈則隨遞隨批其始也似乎案牘繁多倍形勞苦　之又久彼情虛者見明鏡高懸斷不敢輕於嘗試其實在冤枉待官剖斷者究竟不多不必望訟案之稀而自可翹足以待且不必賢能出衆者方能爲此也即屬中材皆可勉强爲之況才情以歷鍊而愈出精神以勤苦而愈生信能堅忍耐勞不偷安逸從未見才力不足者無如庸俗書吏滿腹中但有富貴功名四字一味逢迎上司鑽營優缺若何而可得上憲歡心若何而可償平生奢願但望他日之升遷安計民間之疾苦蓋視官如傳舍而視民尤甚於秦人視越人之肥瘠也其尤可異者一切才具平庸辦事塗糊舉不自知而但委其過於百姓不曰民風刁健即曰地多訟師一若天下之大幾於無一塊好土無一個好人者迨至雲牌一響高坐堂皇或優柔寡斷任意遷延或妄作聰明不加研鞫民之含冤莫伸者不知凡幾又豈必貪贓枉法罔利營私者始足爲害地方哉設兩造偶有不服曉曉置辯無可如何則曰候添某人再行訊奪不則姑行看管云云一經退堂入內聲色滿前騁心娛目而一切人命盜案悉付之九霄雲外矣民雖理直情屈而延遲日久負累難堪倘經親友調處不得不隱忍就和其萬難和息者遂至赴府赴道赴司徧行呈控於此而曰政簡刑輕吾能使地方無訟也豈眞無訟哉是猶患病者然內傷外感病入膏肓而畏藥忌醫不加療治一旦決裂遂至和緩不能爲豈非掩耳盜鈴自欺之甚者乎嗚呼訟之不能無也時爲之非人爲之也以今天下之大良莠不齊誠使孔聖復生亦豈能不事科條不用刑罰頓返渾噩之天使之相安於無事乎他人乎惟望賢有司撫心自問所藏者何人之名器所食者何人之脂膏勿因循勿鹵莽勿侮鰥寡勿畏强禦隨時隨事實力實心循吾分以供吾職庶幾奸民不能逞志良民不至銜冤也天下幸甚

恩施秀女　○皇上選看秀女前已恭紀報端茲聞此次八旗備選者除告病並有事故外實到者僅五十八人復經　皇太后遜一選看於排單上鈐記留名者二十二人聽候覆行選看其餘未入選者復經賞予綢緞首飾活計以示恩施

慎重園庭　○圓明園內古銅殿被匪拆竊瓦片等物茲聞管園章京等以園內值守官兵不敷防守而內務府包衣三旗暨滿洲旗鼓六十五佐領管領所屬各戶幼丁頗不乏人與其投閒置散孰若入值承差擬由此項幼丁中酌挑二百人分班在　圓明園內值宿仿照守衛西苑章程各予器械晝則往來巡察夜則傳籌支更設有盜賊立集圍捕照章日支口分外按月給與津貼銀數以示體恤至挑充時即由各該佐領等准於十六歲以上者保送如此籌備庶於園庭益昭慎重現經詳稟各堂憲核奪矣辦未知能否准如所請耳

浮生若夢　○京師西直門外高亮橋河一水清漪向有溺斃人口情事曾經西城外防責成汛甲小心防範以免不虞計已年餘相安無事詎於三月十四日有不知姓名童子逍遙河干瞬即身落水中如　鷺之截沈截浮官差瞥見趕即援救詎絮衣未經濕透而氣已絕矣當報西城司相驗成殮候傳親屬領棺並將防守不力之總甲枷號高亮橋示衆或謂該處係水鬼討替此乃總甲造作謠言希圖卸罪無稽妄語望勿信以為真也

天女散花　○京師時疫流行釀成痘疹遍染九城內外現在前門外廣仁堂各善士趕購痘漿乘春施種以期防患未然凡保赤者均趨之若鶩矣又刻下天花較前稍稀且种鍊而漿足尚少夭折敬告客外官商不必北望京華而遙憐小兒女也

官場體制　○京師各部院衙門會題案件兵部係專管武職行文體制與文職殊科且駐劄地方衙門不能徧悉應聽兵部自行辦理其餘各部院會稿事件凡應行行文之處俱令主稿衙門通行知照不得推諉遺漏貽悞干咎

浙餉遄京　○浙江省歷年應解京餉銀兩現經撫憲籌解本年第一批京餉由鹽課項下撥銀十一萬二千兩詳明撫憲飭委候補運判蔡德培等領解附輪船至津再換內河船至通州運京赴　戶部交納○再浙江藩憲由地丁項下撥解本年第一批京餉銀五萬兩飭委候補同知朱錫僑領解由省起程附輪抵津再進京赴　戶部交納

東餉起程　○山東省每年應解京餉銀二十一萬兩茲由鹽課各款項下先行籌解銀二萬兩飭委鹽大使邱泰庫大使李清瑞領解自省起程赴戶部交納計日抵京矣

承租批駁　○新慶鎮稻田招佃各情洪經登報現聞該處除稻田外尚有荒地一段亦由局詳道擬即招租事已准行刻經附近村民認租大半乃有某甲者欲自行承租利權獨握經局員批駁復繪圖貼說在道轅投稟道憲高觀察札局照會該局當將前情詳覆道憲遂將原稟圖說一併擲還云

村人心細　○昨在大王庄附近有一男一女年約六十左右衣甚襤褸急遽前行隨一童子年六七歲見者皆疑為逃難流氓也該村有趙某頗精細察其情形謂童子目直而神獃恐中有別故阻之不住問之不語急取涼水噴之方漸甦醒放聲大哭知被迷拐欲追前行之一男一女已遠不可及矣

庸人自擾　○左倉門口設立教堂歷有年所有某甲在堂附近修蓋房間竟將堂中地址侵占若干經管堂人稟知堂主勘驗屬實即據情詳明該國領事官函知關道飭縣立傳某甲將地退還某甲逃在縣署稟陳屈抑前經縣主飭差勘丈甲始語塞遂煩鄰右向堂主說合尚不知堂主肯讓否侵占地基例所不容況泰西教堂乎語云天下本無事庸人自擾之此之謂也

巾幗英雄　○某甲者富戶也僕人某相依已久四季衣箱皆使經手詎該僕素好賭博負累太多將衣服陸續偷出典當已空恐甲查知致干未便因在屋內放火以為玉石俱焚可無從質對矣幸他僕見屋內烟起大呼家人齊集將火救滅及檢點衣箱盡歸烏有因悟起火原由欲喚該僕訊問竟作鴻鵠高飛毫無踪影甲忿甚將控官究辦甲妻勸云火未延燒即屬大幸受禍多矣衣服所值幾何不必追求也甲遂止賢哉婦乎具此識力真不愧巾幗英雄

隱憂方大　○海洋大盜某甲綽號草上飛在天津保定府等處皆有搶刦重案存卷可查伊姪二人素兇悍有名大兇手者在本縣曾犯盜案同治年間經各村莊紳民聯名公稟監禁數年旋蒙開釋現今故態復萌創立窩夥夜聚明散各處搶奪本莊鋪戶住家屢被盜竊皆係同黨所為不早戢之恐貽害地方非淺鮮也

好雨知時　○寧城天氣自上月下浣暢晴數日暄熱異常白袷臨風猶覺汗流浹背識者已料封姨之將至焉至昨日濃雲果然飄忽而來竹瓦蓬窗莫不震撼至翌日商羊亂舞始行收拾剪刀斂袵而退本月初旬累日雨師灑道霡霂宜春附郭田疇既沾既足綠野耕夫或可預占大有矣

罪當議抵　○湍營軍甲毆斃其婦經鄰里人等不服報諸將軍請飭縣相驗一節已登前報茲悉初三日錢塘東李符大令帶同刑件穩婆人等臨塲相驗經仵作

及官媒報稱尸身上下並有皮傷並無致命之處當由大令塡明尸格飭尸母屬備棺成殮現在該處鄰人及屍親復環禀吉軍憲謂當日甲毆婦時衆人目覩踢傷該婦小肚致中要害斃命何以驗時報無重傷其中難保不得賄徇隱請復飭縣再行詣驗務必伸雪以慰冤魂如驗無重傷願甘治罪云云軍憲俯如所請初十日卽札知枋理事清司馬東大令及左右兩司到場會驗後詳細禀覆聞已驗出傷痕詳覆軍憲請示核奪想不免擬案擬抵矣

英電譯登　○總理外務大臣克珍云俄大臣全然不認中俄現有私約及中割地與俄之事○總理屬國事務大臣乾伯爾在下議院宣讀伊請克魯加來英之復文中撮要數語詞意甚恭并有望彼此遇事和衷共濟之意乾又云伊迫於不得已將請克來英之文撤回○檀國維新會黨諸首領已定死罪○總理屬國大臣乾伯爾電致總統克魯加謂英政府深信其必翻此案且信其已確告此事原委於議院矣○介朮生之案須延至六月十一號○瑪他必爾亂黨大敗傷夷甚重○杜總統已改變所定維新會黨諸首領死罪之案矣惟餘人之判當須再思○米蘭現爲法國樞密院大臣韓陶司外務大臣老來掌稅大臣必勞戰務大臣○俄太子忽然病重人人耽憂

光緒二十二年三月二十日京報照錄

宮門抄　上諭恭錄前報○三月二十日刑部　都察院　大理寺　侍衛處値日　刑部引　見四名　侍衛處二十一名　鑾儀衛十六名　廂白滿十一名　中正殿一名　恩湃謝幫辦吉林邊務一切事宜　恩　惠昌謝授廣東高州府知府　恩　召見軍機　惠昌　皇上明日辦事後至頤和園　皇太后前請安後駐蹕

○○頭品頂戴浙江巡撫臣廖壽豐跪　奏爲籌解本年第一批地丁京餉銀兩恭摺仰祈　聖鑒事竊准軍機大臣字寄欽奉　上諭戶部奏撥光緒二十二年京餉限五月前解到一半十二月初間全數解清不准截留改撥藉詞延誤等因欽此並抄單內開撥浙江地丁銀四十萬兩卽經恭錄行司遵照籌解去後茲據布政使龍錫慶詳稱應解光緒二十二年第一批京餉動支本年春撥報存各款銀二萬七千五百六十一兩零並湊支本年地丁銀二萬二千四百三十八兩零共合銀五萬兩派委候補同知朱錫彝管解至滬由滬附搭輪船運津解交等情詳請　奏咨前來臣覆核無異除分咨査照撥護並取起程日期咨報外理合恭摺具　奏伏乞　皇上聖鑒謹　奏奉

硃批戶部知道欽此

○○奴才巴克坦布跪　奏爲假期復滿病尚未痊籲懇　天恩賞假一個月並請　派署奴才專管差使恭摺仰祈　聖鑒事竊奴才於今年入春以來偶感風寒致觸發舊疾於正月十四日請假十日迨病未痊三次續假又復五十日之久雖經延醫調治惟病久氣弱因之步履遲頓據醫者云卽此春和如得如意調攝尙可奏效奴才受恩深重豈敢因病遽萌退志再四思維惟有籲懇　天恩續請　賞假一個月俾得趕緊醫治伏查奴才所任兵部左侍郎正白旗滿洲副都統總管內務府大臣以及兼管各項差使均有同管之員一切公務尙可分任至左翼前鋒統領係奴才專管　上駟院印鑰係奴才佩帶責無旁屬未可久曠謹擬請　旨派員署理以重職事儻託如　天之福奴才痼疾得瘳卽行銷假當差稍盡犬馬微勞所有奴才因病續假並請　派署專管差使緣由恭摺瀝陳伏乞　皇上聖鑒謹　奏請　旨奉　旨已錄

○○王文韶片　再長蘆鹽運使李希蓮荷蒙　簡授貴州按察使應卽委員接署運司篆務以便李希蓮交卸晉京陛見查有　特旨補用道余昌宇才具穩練熟悉情形堪以委令署理仍照案飭令會辦各局事務除檄飭遵照外理合附片陳明伏乞　聖鑒謹　奏奉　硃批知道了欽此

○○張汝梅片　再查陝西省前因海防善後及京旗餉甚鉅自光緒十二年爲始專款分批解部所有二十一年以前應解■兩業經按年報解淸楚分別奏咨在案茲値二十二年籌解之期現飭藩司在於司庫留備款內動支銀三萬兩作爲本年初批京餉又光緒二十一年扣存各官廉費等項六分減平初批銀二萬兩以上共銀五萬兩由司揀委妥員於二月初一日起程解赴戶部交納等情據署藩司李有棻具詳請　奏前來臣覆查無異除咨部外所有籌解光緒二十二年分初批京餉銀數日期理合附片具陳伏乞　聖鑒謹　奏奉　硃批戶部知道欽此

元晨農先生精岐黃地理尤精稔其名而迄未謀面也昨聞友人談及始知爲堪輿中絕無僅有者據稱劉庶常汝驥未第時延修祖墓修訖屏指計云某年當領鄉薦聞一科提南宮矣後竟不爽毫釐他若劉孝廉福田周孝廉士選事亦大略相同神哉技乎現以事來津寓河北義昌祥洋貨舖求富貴者愼勿失機會也　本館主人啟

集賢書畫館白

余雖識經未深但有書畫癖今專禮敬聘約集有素擅山水人物花卉翎毛一切眞草隸篆者二十餘位凡同好諸公有屏幅對聯團摺等扇者請送至東門內彌勒庵決不致悞　本館主人識啟

告白

敬啟者京城售報處改在前門外琉璃廠小沙土園路西寶興木廠又楊梅竹斜街中間路南聚興隆小器作內兩處分售此白　售報人陳午濤謹啟寓前門內刑部後身草帽衚衕北頭大院內

告白

本號向在天津紫竹林大街開設洋廣貨店陳集於原占半股今集於情願將伊名下半股退出卽將通盆數目清算計半股老本息溢銀共二千二百大元正本號刻將該項交與集於親手收還集於卽立退股單交與本號收執存據自退之後集於如欠各號帳目與本號無干本號日後生意興隆亦與集於無涉恐未週知特此佈告

泗合盛益記告白

告白

浙紹名醫朱鍾翁屡診重症悉慶回春寓彌勒巷

德商元亨洋行

本行專辦進出各口貨物今開設在法界鐵路公司西首特此告白

都門陳賀庵精理男婦方脈著手回春寓紫竹林同宴樓後申報分館

沈竹君啓

變別真偽 天津元利靴店

本店開設北門外估衣街歸賈胡同內專做時式京靴鑲鞋料高價廉數十年馳名已久向來並無分號今竟聞有無恥之徒開設鞋店造言與本號聯號恐 貴士商悞爲魚目所混茲特謹登告白如 賜顧者須認明本號發票及鞋內圖記庶不致悞

本齋主人識

烏利文洋行

啓者本行開設香港上海三十餘年四方馳名專售各式金銀鐘錶鑽石戒指八音琴千里鏡眼鏡等物並修理鐘表價錢比別家格外公道今本行東家米士得巴克由上海來津開設在紫竹林裕泰飯店旁請 諸君降臨光顧是幸特此佈聞

丙申年三月二十三日禮拜二

浙杭吉永元號

本莊自置紗羅綢緞新樣洋辮花素洋布川廣夏貨團摺雅扇南貨頭油俱全祇爲近時錢市漲落不同故而各貨減價開設估衣街中間路北凡 仕商賜顧者無悞特此佈達

告白

敝局承平輪船於光緒十八年六月二十三日到埠裝帶靈柩一具暫存碼頭隙地迄今無人尋問現在敝局起築圍墻有碍地址因將此柩移厝太平庄後義地立有標記如有來尋之人請到敝局帳房說明以便指認領遷特此謹白

開平礦務津局啓

新刻中日戰輯

內錄中日和約

粵東王君焜初所編中日戰輯一書分裝四帙并附水陸戰圖地圖六幅書中所載中日軍情始末實事求是絕無虛飾且詳析中國今日必當如何改革以臻富强想有心時事者當爭先睹爲快也

每套售價一元

代售處鍋店街文美齋仝啓

紫竹林同興號

估衣街逸雲齋

三月二十三日銀洋行情

天津九七六錢

銀盤二千五百五十六文

洋元一千八百文

紫竹林九六錢

銀盤二千五百九十六文

洋元一千八百三十文

三月廿三日出口輪船禮拜二

海晏 輪船往上海 招商局

盛京 輪船往上海 太古行

武昌 輪船往上海 太古行

三月廿四日出口輪船禮拜二

豐順 輪船往上海 招商局

直報

光緒二十二年三月二十四日
西歷一千八百九十六年五月初六日
禮拜三
第三百九十五號

上諭恭錄

上諭方汝紹奏假期屆滿病仍未痊懇請開缺一摺鴻臚寺少卿方汝紹着准其開缺欽此　硃筆稽察厢藍旗蒙古旗務着恩順去欽此　硃筆稽察厢黃旗漢軍旗務着敬祐去欽此　上諭江南徐州鎮總兵員缺着劉青照補授欽此　硃筆着慶綿稽察左翼前鋒統領護軍統領事務欽此　硃筆文郁補授工科掌印給事中欽此　太常寺題四月初五日常雩大祀天於　圜丘視牲看牲奉　旨遣凱泰視牲坤岫看牲欽此

惜福說

僕寠人子也早歲失怙患難數經岌岌不能自保幸託先人餘德採芹食餼藉筆硯爲生活得免凍餒今老矣猶復奔走風塵東塗西抹碌碌庸庸不一揚眉吐氣人豐而我嗇人伸而我屈人亨而我困每一念及不禁拍案狂呼謂蒼蒼者位置低昂何至斯極哉然回憶數十年來嘗見貴者富者輕裘肥馬炫赫鄉閭抑或矜才飾智倚勢作威非不氣燄薰蒸炙手可熱不轉瞬間如烟消如火滅一切頓歸烏有子若孫甚至貧無立錐而我固視聽食息未嘗貧困以死又不覺心平氣和恍然自悟曰天之所以嗇我屈我困我未嘗非憐我而厚我也客曰天果憐而厚之矣當使之豐使之亨使之伸予以功名富貴予以學問技能予以金玉錦繡車馬衣服娛目騁心爲所欲爲今不過筆耕墨耘依人作嫁以老明經終其身何厚之憐之有曰是有說焉夫顯名厚實與一切智慧勢力皆福也皆天所吝惜而不肯輕以予人者也即予之必遲徊焉審顧焉視其量之所能載而力之所能勝倘任情揮霍恣意奢華不知少加愛惜是謂逆天逆天者天且褫而奪之矣乃或庸夫俗子下士窮民屋不過數椽田不及負郭且性成迂拙不善與世俗相逢迎宜其塡溝壑久矣而依然無恙者何故然後知惜福之說爲不誣也不見夫天乎風雲之變化生育之蕃昌至大至神何所爲而不可然春生也秋必殺夏燠也冬必寒撙節之蘊蓄之未肯發洩太盡者所以待來年耳推之日月亦猶是焉日則縱橫照耀徧九萬里而遙一經過午便漸斂而歸於暗所以韜其光也月則往來溥行歷數千年之久一至旣望便漸缺而不復圓所以蓄其明也盈虛消長一定之數即係一定之理固至顯而至明者世人不察往往窮其欲而逞其私衣食也務華美機謀也務險詐權力也務暴橫誇之者垂涎畏之者側目不爲後人留餘地並不爲一身留餘地焉譬之漁獵者然今日取之而有所獲明日取之而仍有所獲有餘故也倘竭其澤焚其林所獲則較多矣其如明日之無獸無魚何嘗見鄉邑間父老持家憂深慮遠敝其篋衣裳滿焉視其倉穀麥盈焉取攜非不便也乃一粟一絲不敢妄用人或非之笑之豈知荒年饑歲鄰里鄉黨間若者兒啼飢若者婦號寒而彼固宴然坐享溫飽乃知從前之儉嗇蓋早爲今日計也若僕者一介寒微謀生計拙數卷殘經蠹蝕過半飢不可以爲食寒不可以爲衣仰藉中書君吹噓力以傳食於富室巨家受賜多矣尙敢非分妄爲自絕於天乎故半生來常慄慄焉以三事爲戒一曰戒奢華所以保廉節也一曰戒機變所以存忠厚也一曰戒勢力所以養性情也存心以此傳家以此待人亦以此倘能布衣糲食無非無譽以終天年所謂福也何羨乎駟馬高車何取乎尊爵厚祿

不然則是曰是心非所行猶未至焉客曰誠哉是惜福之道何容諸報端以質諸世因不揣固陋濡筆而書之

光緒二十二年三月分缺單 ○員外郎刑部直隷司王炳奎故 小京官國子監博士石耀宗呈請分發 知府四川信甯唐翼祖調 同知安徽徽州府松源故 知州雲南鄧州程鼎元近 直隷晉州王化光故 通判福建延平府陳汝寶年老 知縣湖南辰谿黃國墁降 山西蒲縣周道淵革 四川郫武陳偉哲 山西長子劉朝銘 山西石樓華鳳章 江西東鄉林履端 湖南會同柳恩誠 安徽祁長王錫光俱丁 湖北長樂到錦棨 廣西來賓恩順 廣東開建王會同 河南輝縣黃祖徽俱近 福建將樂汪保駒 罷軟德化邵書升不謹 府經河南汝甯王啟耀故 縣丞江蘇句容季逢辛保升 福建南安胡湛棨莆田吳鈺俱不謹 吏目四川漢州張邦翰病 巡檢湖南麻陽駱志植近 福建霞浦蘭 不謹 典史廣東茂同唐稱林近 四川樂山王珍冒缺 陝西永壽汪宗元修墓 福建邵武潘文翰故 仙遊任玉材 安溪徐之 俱不謹 長泰周鳳翔浮躁

國法森嚴 ○人能守法安分何至有殺身之禍況籍隷旗下貲厠覺羅更宜束身自愛以保令名爲非且不可況盜賊乎前經步軍統領衙門拿獲覺羅存秀即趙六馮七郎振起賈孳兒任五兒三饅首劉帥小劉等五名訊明行劫各情奏請飭交刑部會同宗人府審明辦理已見邸報茲聞刑部將此案飭擊江蘇司審辦另奉堂憲派委秋審處部郎會同宗人府右司理事官提訊存秀等供認疊次在通州地面路劫行人衣物銀錢夥同俵分花用等情不諱經刑部宗人府會議比照强盜得贓不分首從皆斬立決加以梟示預於三月十九日傳知五營員弁兵丁點名伺候次日護決隨於二十日刑部專摺具奏恭奉 命下即將覺羅存秀等五名提出由提牢廳點名綁入囚車押赴市曹行刑梟首示衆所有屍身經步軍門助給棺木成殮掩埋云

參商太甚 ○廣渠門外玻璃營住戶玉某正藍旂人昆仲二人自幼失敎性情强悍日前偶有不和互相毆打弟因力不敵兄心懷憤恨隨用利刃將胞兄砍傷斃命經城坊相驗咨送刑部發擊安徽司審辦諒不日定當處決以正典刑也

因戲生殺 ○彰儀門內居住之回民修甲錢乙每値閒暇輒以貫交爲樂甲腰腿壞便乙力不能支屢行敗北非一朝一夕矣日前復約貫交乙竟暗藏利刃乘甲不防直刺肚腹血流如注以致腹破腸出立時斃命經該管地面總甲將錢乙鎖拿解案旋經西城金中甫指揮提訊供情一面帶領吏仵前往相驗取具供招填寫屍格詳城咨送刑部按律審辦云

寃魂作祟 ○刑部爲詰奸禁暴之官而審斷案件必細加研訊以期無枉無縱何至有怨鬼作祟實所罕聞也頃西曹友人紛紛談論有江西司皂役二人及走差之幼童名喚黑狗年十三歲均被怨鬼作祟口中喃喃作語不省人事據稱平富氏緣去歲江西司審訊慶富氏誣告平富氏拐帶伊媳一案印憲覺羅崇薦擅用刑求逼令供認拐情滿腹含寃碍難伸訴在刑部自縊身殞當經 皇上另派 欽憲研訊確情始得平反雖將慶富氏擬絞監候罷名而去年秋審歸入緩決係婦女例准收贖求經抵命寃魂留滯冥署迄不得出叩求伸寃云云怪誕不經之事本屬難憑然君子甯信其有莫謂其無故錄之爲草菅人命者作當頭棒喝也

獨當一面 ○鎮憲羅耀廷軍門擢任天津時曾經督憲王制軍奏明仍駐紮新城督辦海口防務現雖和議告成安堵如故而軍門因海防要緊亟應隨時防守不容稍有疎虞況兼統親軍開花砲隊亦應親自督操勤加訓練期成勁旅爰於前日帶同各員弁及書吏等移駐大沽以便就近籌辦並將所部雲字營馬隊飭分數撥凡津沽往返要務均由該馬勇星馳飛遞以期迅速海防爲當今重任得軍門調度有方雍容坐鎮 朝廷當無東顧之憂矣

鶯遷志喜 ○本任邑尊李摛霄大令前奉調署宣化縣篆務昨因公來津恭謁督憲已蒙升補灤州知州昨日事竣回宣履 州履新任尚無期日

樂善好施 ○昨晚二更時有少婦年約二十餘在河東大道北臨水啼哭似將尋死有好事者向前問故據云妾夫作粮行生意二年前因賠累歇業欠債若干被其債主將夫控告現在縣署被押不但無力還帳並不能餬口舉目無親借貸無門只有一死而已正說間有一人類舖掌模樣從腰中取出十千錢帖一紙遞給該婦婦不肯收旁觀代爲接過始行收下問何姓名並不回答飄然而去噫似此疎財仗義好善樂施真古之人與安得巨商富戶盡如斯人以徧救窮黎也

求福得禍 ○昨値天后宮闢廟之期進香者絡繹不絕有東鄉婦人年花甲矣隨會來津寓河東某店偶然失足跌倒昏不知人經同行者扶回店中半日遂絕本欲祈福轉以致禍豈因心不虔而神降之災耶抑白日飛昇而屍解以去耶吾不得而知也

是無人理 ○紫竹林北同宴樓後某姓家有小婢約六七歲未知何故失主母歡時加虐凌日昨竟將該婢致死忍哉聞該管地方欲赴縣報案某姓現頰人說合不知能了結否

香侶被竊 ○本埠東門外天后宮供奉天后聖母久著靈應距津數百里莫不虔心奉祀今雖 皇會暫停而進香者仍復不少有某婦在于家隊劉家店內暫寓

因赴廟燒香了愿呼店夥鎖門而去適有偷兒乘往來雜沓之際暗開屋門竊去衣物首飾若干該婦回店見屋門大開心知有異因向店主詰問竟諉爲不知該婦通知會首欲向地方官控告店主始煩人許賠一半未知能了結否

一往情深　○楊某者江右新邑諸生也少孤貧而性甚慧風流跌宕早詠采芹書畫詩文頗爲時流所稱許年十二其兄挈母與妻游幕嶺南令楊肄業舅氏家舅固尋陽巨室由孝廉官部郎外擢知府歷任繁劇宦橐頗豐時已解組歸田不復作出山之想止生一女與楊同庚約小數月舅夫婦視女如男愛之不啻掌上珠幼時亦爲延師課讀慧姿蘭質能得父母歡與楊爲中表兄妹垂髫嬉戲兩小無猜及楊稍長出入閨幃深相愛悅其舅嘗曰吾女貌美才清若配吾甥堪稱佳耦心許之而未[illegible]也而女與楊一聞此言兩情愈密以爲縱尚未歃燕[illegible]何妨先訂鴛儔於是月下盟山花前誓海同心悄結嚙臂無渝特家人不之知耳嗣因楊恃才負氣嚴觸其舅舅惡之爲女論婚他族漸有成言先遣楊赴粵以探其母兄越年餘又詭託楊兄函稱己爲楊聯姻粵省以絕女念詎意女既恨父母食言並怨楊負情別聘悲思成疾年止二九病瘵而亡彌留之際曾作匯俸詩十餘首爲其父所見付諸丙丁以掩其跡此去秋九月間事也近楊因其母在粵棄養偕兄若嫂扶柩還鄉道出潯陽乘便謁舅舅與女重踐前盟比入門但見紙閣塵封花鈿泥委人亡室在不覺悲從中來後聞女爲已捐生益復憤不欲生隱萌遯世之念於前日行抵章門後乘間逸去不知所之其兄偕嫂四出到處招尋迄今尚無下落大約已遁入空門矣語云太上無情其下不及情情之所鍾正在我輩若楊生者可不謂鍾情之尤哉

光緒二十二年三月二十一日京報照錄

宮門抄　上諭恭錄前報○三月二十一日工部　鴻臚寺　鑲黃旗值日　無引見　潤貝勒假滿請　安　並謝進玉六班　恩　李端棻假滿請　安　綿文謝授少詹事　恩　鯤貝子續假五日　裕德請假五日　德公王汝濟各續假二十日　方汝紹奏請開缺　工部奏派承修過關倉房工程　派出熙敬溥善　召見軍機

皇上明日申刻由頤和園還宮

○○直隸總督北洋大臣臣王文韶跪　奏爲津海關續徵第一百四十一結洋稅收支各數繕單恭摺具陳仰祈　聖鑒事竊津海關收支洋稅截至光緒二十一年八月十二日第一百四十結止業經　奏報在案茲據代理津海關道黃建筦詳稱光緒二十一年八月十三日起至十一月十六日止按英國三個月一結係屆第一百四十一結期滿除外國船隻江海等關免單銀六萬三千五百九兩七錢七分九厘招商船隻免單銀六萬九千五百三兩八分六厘並未收銀外實計徵收各項稅鈔銀三十一萬六千五百八兩七錢三分四厘督飭委員會同稅務司詳細稽核調取收稅總冊核對數目相符又收東海關解到機器局經費四成銀四萬兩計開支餉項經費薪工各款統共發過銀二十一萬二千七百六十三兩七錢一分四厘除俟分項造冊詳咨外所有津海關經徵第一百四十一結洋稅收支數目開單請　奏前來臣覆核無異理合繕單恭摺具陳伏乞　皇上聖鑒謹　奏奉　硃批該衙門知道單併發欽此

○○直隸總督北洋大臣臣王文韶跪　奏爲北洋裁遣新舊各營截清正餉日期並發給遣餉繕單具陳仰祈　聖鑒事竊津關防營前經督辦軍務處議令分別裁留歸併奏奉　諭旨咨行遵照辦理除提督聶士成揀留三十營業經奏明在案其餘新舊各軍遵飭次第裁汰妥爲遣送如一軍之中裁新留舊或裁減數營者即令詳加挑選去弱留強務須養一兵得一兵之用計裁撤聶士成雷兵一百三名長夫五十名吳鳳柱馬小隊兩哨拱衛步隊十營二哨才字步隊二營仁字步隊四營宏字步隊二營勝字步隊三營祥字步隊二營雷兵八十七名練軍新左一營銘軍步隊十營一哨馬隊一營一哨又新募步小隊一哨守台步隊六哨雷兵四十名慶軍馬步四營又收集潰勇兩營盛軍步隊十二營兩哨馬隊二十五哨又營務處委員長夫一百六十一員名統計五十八營十五哨二十五棚雷兵二百三十名委員長夫二百十一員名正餉截至裁撤之日爲止凡在本省招募者加給遣餉一月其籍隸各省者加給遣餉兩月責成各該統領營官收繳軍械號衣按冊點名散放分起遣送回籍現已一律竣事除由糧台暨天津支應局淮軍銀錢所分別彙案詳請報銷外謹繕清單恭摺具陳伏乞　皇上聖鑒謹　奏奉　硃批該部知道單併發欽此

○○王文韶片　再上年直屬水災辦理冬撫除將賑撫局捐款提用外在於藩庫地糧項下動用銀二萬兩現值青黃不接災黎乏食堪虞應即籌辦春撫並有修辦堤河以工代撫之處共估需銀五萬兩伏查乙未年領存　恩賞銀一萬兩原係賞濟窮黎之款請照數撥歸賑撫尚需銀四萬兩已在藩庫地粮項下動支分撥散放計先後動用地粮銀十二萬兩作爲光緒二十一年秋災賑撫銀款據藩司王廉詳請具　奏前來理合附片具陳伏乞　聖鑒勅部查照謹　奏奉　硃批戶部知道欽此

告白

本號向在天津紫竹林大街開設洋廣貨店陳集於原占半股今集於情願將伊名下半股退出卽將通盆數目清算計半股老本息溢銀共二千二百大元正本號刻將該項交與集於親手收還集於卽立退股單交與本號收執存據自退之後集於如欠各號帳目與本號無干本號日後生意興隆亦與集於無涉恐未週知特此佈告

泗合盛益記告白

告白

浙紹名醫朱鏡翁屢診重症悉慶回春寓彌勒菴

德商元亨洋行

本行專辦進出各口貨物今開設在法界鐵路公司西首特此告白

儒醫陳雨蒼貧病送診過午不候寓工程分局迤東

辨別真偽 天津 元利靴店

本店開設北門外估衣街歸賈胡同內專做時式京靴鑲鞋料高價廉數十年馳名已久向來並無分號今竟聞有無恥之徒開設鞋店造言與本號聯號恐　貴士商悞爲魚目所混玆特謹登告白如　賜顧者須認明本號發票及鞋內圖記庶不致悞

本齋主人識

烏利文洋行

啟者本行開設香港上海三十餘年四方馳名專售各式金銀鐘錶鑽石戒指八音琴千里鏡眼鏡等物並修理鐘表價錢比別家格外公道今本行東家米士得巴克由上海來津開設在紫竹林裕泰飯店旁請　諸君降臨光顧是幸特此佈聞　丙申年三月二十四日禮拜三

浙杭 元吉永號

本莊自置紗羅綢緞新樣洋辮花素洋布川廣夏貨團摺雅扇南貨頭油俱全祇爲近時錢市漲落不同故而各貨減價開設估衣街中間路北凡　仕商賜顧者無悞特此佈達

告白

敬啟者京城售報處改在前門外琉璃廠小沙土園路西寶興木廠叉楊梅竹斜街中間路南聚興隆小器作內兩處分售此白

售報人陳午清謹啟寓前門內刑部後身草帽胡同北頭大院內

新刻中日戰輯

粵東王君焜初所編中日戰輯一書分裝四帙幷附水陸戰圖地圖六幅書中所載中日軍情始末實事求是絕無虛飾且詳析中國今日必當如何改革以臻富强想有心時事者當爭先睹爲快也

內錄　中　日　和　約

每套售價一元

紫竹林同興號

代售處鍋店街文美齋仝啟

估衣街逸雲齋

三月二十四日銀洋行情

天津九七六錢

銀盤二千五百五十六文

洋元一千八百文

紫竹林九六錢

銀盤二千五百九十六文

洋元一千八百三十文

三月廿五日出口輪船禮拜四

豐順　輪船往上海　招商局

新裕　輪船往上海　招商局

通州　輪船往上海　太古行

怡生　輪船往上海　怡和行

直報

光緒二十二年三月二十五日　第三百九十六號
西歷一千八百九十六年五月初七日　禮拜四

上諭恭錄

上諭依克唐阿等奏 福陵 隆恩殿滲漏情形過重今歲方向不宜修理擬移請 神牌於東配殿安奉一摺着欽天監於本年四月上旬選擇吉期行知依克唐阿等遵照敬謹移請安奉以昭愼重欽此 上諭昨日道旁叩閽之馬甲慶壽着交刑部嚴行審訊欽此

形勝論

有天地卽有山川所以分疆域立險阻便防守也而形勝之說於是乎起自古形勢莫勝於關中故武王定鼎鬥八百載鞏固之基東遷而後遂至於不可支其後若秦若漢若唐皆建都於此以臨御天下所謂秦川自古帝王州者此耳然統計之固在關中一隅析言之則又分而爲五一曰江淮也長江所以限南北長淮所以蔽長江而欲守長淮則又不自長淮始宜自丹陽而廣陵而淮陰而盱眙此全淮之左臂也宜自采石而歷陽而鍾離而蘄春此全淮之右臂也一曰荊襄也自武昌至江陵東通吳西通蜀南極漢湘北控關洛荊湖之險人皆知之矣而不守襄漢則荊湖必不能自固故吳人不得襄陽杜預遂有江陵之捷陶侃能守襄陽賴人不敢越漢沔以取荊州此荊與襄相輔之大概也一曰川陝也江南所恃者惟長江而四川據上游以臨吳楚勢足以奪長江之險河北所恃者惟黃河而陝西據上游以臨趙代勢足以奪黃河之險是川陝實足制南北之命焉一曰青齊也齊與陝相對峙有東帝西帝之名其地固稱强富其中亦分差等臨青南北之咽喉也武定燕薊之門庭也曹濮魯衛之藩蔽也沂州徐淮之鎖鑰也登萊海東之保障也五要守而山東安山東安而天下安所謂負海而扼其吭者也一曰淮蔡也天下有變地當其衝且自李希烈稱兵吳少誠拒命其人狃於干戈好爭喜鬥故亦爲要害焉雖然勢有定者也時無定者也時無定則勢之有定者亦因之而無定我．朝建都燕京踞高臨下雖偏居西北實操東南二十餘省之樞機如人身然京師元首也玉門遼陽上谷雲朔肩背也伊洛襄漢江淮腹心也齊魯秦晉左右手也吳蜀兩腋也閩廣滇黔足股也一旦有事天下形勢瞭如指掌權輕重計緩急先固肩背運左右手以拱護腹心次及兩腋次及足股合全身力量以尊奉元首自無震驚之虞此向來之形勝然也乃至今則又不然昔之禍患在內地今之禍患在外洋昔之險要在山川今之險要在海口昔之屯戍在西北今之屯戍在東南昔之利器在車馬弓矢今之利器在槍砲輪船此天時之變也天時變則地勢變地勢變則人事不得不變思患豫防之策顧可緩乎天津近距京師大沽等處固當建立砲台嚴加守護然山東之烟台江蘇之上海以及閩粵東省各口岸盡屬要區實有防不勝防之勢兵多則糜費不支兵少則單薄難恃故泥古以論今沾沾焉自詡形勝皆老生常談無當事實也爲今之計守之於內不如守之於外守內則機滯守外則機活是宜多置鐵甲鋼殼等船分爲數營安設各口無事則往來梭巡有事則互相救應千里赴援朝發夕至至便且捷濟形勝之窮收形勝之用未有愈於此者也區區一得姑書之以質夫世之知事變者

犯蹕呼寃

○三月十六日 皇上由 頤和園回鑾行至西直門外高亮橋進西時值四鼓初過道旁忽有人呼寃前鋒侍衛等遵制提過一旁禀知領侍衛內

大臣著交隨扈刑曹暫行管帶候　行在所派員訊究卽刻具陳　上聞欽奉　上諭昨日道旁叩閽之順天民人劉文鳳著交刑部嚴行審訊欽此已見邸報該叩閽者不知有何寃抑竟於起鑾之初卽行犯蹕求伸入骨之寃先受𥌓身之苦吁可憫矣

要工改派　○戶部署內應修工程前據各木廠官商勘估共需工料銀二十六萬數千兩現擬拆倉廒木料以備興修前估之價自應從減各情疊列前報矣茲聞奉敬子齋翁叔平大司農諭令各木廠官商復將應修工程如何作法另行勘估價值詳細開具清單務須封固投遞現將各官商所遞應修工程價值公同閱視有計估十八萬數千兩者有估十五萬數千兩者惟崇文門內東四牌樓廣德木廠官商所遞估單計需工料銀十萬零八千兩遂將工程改派廣德木廠承修所有前派各木廠官商應需修工皆成畫餅矣

僞鼎亂眞　○自銀票通行以來片紙可作數十百金一人可攜百千萬兩移輕運重搶掠無虞坐賈行商通行無滯事甚省勢甚便也無如日久弊生僞者出焉然有全僞者有眞中之僞者全僞者製作粗笨尙易看破且所用之票多不過十兩卽使悞用亦不致大有虧損惟眞中作僞者係用眞銀票將銀數挖補或五兩改十兩或十兩改百兩一切圖章鈐記悉仍其舊故雖於辨別也聞此項僞票前門外謙益恆估衣店𦲷古齋玉器店受騙不少生意場中稍不留神頓遭虧折吁可畏也

蓮花落樂　○京師西華門內椅子胡同田某小販流也素日販賣荷包繡帕爲業頗稱利市家道小康生有別癖最重婦人蓮鈎以爲貼識土重步欠輕爲則雖花貌柳腰終難消魂蕩魄也去年十月下辭娶陳氏女爲妻當下聘時惟於三寸弓鞋再三致意迨洞房花燭一揭繡裙而貼地雙翹竟變爲蓮船盈尺於是不暇計居急爲拖脚每日親代苦纏必期瘦小而後止忽於三月十六日晨刻忽聞房中大呼救命聲隣右齊集見新婦抱足哭泣牀褥血汚詢其故蓋田某用力過猛纏斷左足一指故痛哭呼救耳監藥調治漸就痊愈而足已半跛不能穩步見者以爲搖曳多姿轉增風韻耳

使節到俄　○頭等全權大臣李傅相出使俄國行程已據所聞恭錄前報茲聞宮場接有電音相節已於本月十八日安抵森彼得堡俄國各大官皆於火車站相迓俄皇已於二十二日在皇村行宮接見云云合亟照登以供衆覽

監掣認眞　○南䀌起運必須先期具報俟運憲示期詣廳監掣始准南下名曰放䀌關二十三日係放關之期是日己刻運憲親臨按號抽包驗以官秤余觀察不辭勞瘁提包上秤親自查察並飭吏役不得早晚提包一包秤畢親到船前指提某包及上秤時果重逾定額遂大加申斥將造䀌之戶交祇驗所帶署照例科辦

示期散餉　○天津鎭標各營俸餉向來分季發放現春季餉兩業經由省領解到津曾紀前報頃悉津河道憲牌示於本月二十三日午堂發放屆期由各營具領接馬步守分別包固至二十五日散給兵丁云

乾綱宜振　○䀌坨小道子地方王劉氏與邱張氏不知因何起衅始口角繼斷打經人勸散詎邱張氏憤不能伸竟潛服洋藥毒發而斃業由地方報案此刻何事也不知已否了結惟邱張氏有胞妹適外縣現已知悉擬與邱問罪一波未平一波又起皆口舌之過也作男子者可不大振乾綱嚴加約束乎

暴富生淫　○某甲者粗鄙人也吃洋飯發迹車馬衣服頓改舊觀去歲雇一女僕年約花信以來雖滿面風塵而暗含姿色甲心動誘以利遂相歡好日昨本夫某乙來津見衣服華麗面貌豐腴且帶有脂粉氣心疑之將接還家甲惶惶若有所失急煩孔方兄出爲調處令乙自回度日而乙妻遂長作床頭人矣此等行徑名爲價雇女僕實則霸占有夫之妻暴富兒亦太不自量也哉

舵工失愼　○剝當漕糧到津剝船必須及時運通免交昨晚回空剝船在東浮橋由北而南甫經開關船空溜急順流而下舵工失手將船撞壞適有空船相救未經立沉然東浮橋竟一夜未曾上關行人卽從撞壞之船往來而車馬居然梗塞矣

拐匪宜防　○近來拐帶頻多二三日間聞郡城內外失迷童男女者八九家各處跟尋尙無蹤影又河東于家廠孫姓者有女十二歲出門未入竟被拐去今已三日矣大約十二歲幼女定非迷路可知亦必不受生人引誘旨者謂拐匪係用迷魂藥雖未見眞似亦有理有地方之責者所當嚴行察拿也

設阱自陷　○齊甲者學校中人也素慣挑詞架訟與本埠某乙爲莫逆交相與憑空結撰揑造黑白探知富戶石姓有納妓爲妾事起意陷害勾結蠹役某丙使乙改姓爲金聲稱伊姐金氏孀居有子十八歲爲石妾誘以花賭輸債太重不敢歸家至今不知下落在縣具控乞賞究治邑尊當卽票傳該妾到案石姓甚爲詫異訪悉前情卽赴府指告當蒙提案委阮大令研訊乙猶堅稱姓金當傳該管地方查其實姓乙自知隱瞞不住據實承招供出係甲設謀唆令改姓揑控遞丙從中詐贓三股平分昨已將甲遞案供認前情不諱除將石妾等保釋外將乙丙嚴押甲詳革候辦以爲差役訟棍勾串詐財者戒現飭房開單一二日當卽覆訊云

雞狗交爭　○西門外張二鄰三無賴者流也昨在西北城角與府署轎夫胡六賈六鬥毆竟將胡賈打傷當經該管地方飛報汛官將張鄰一併送縣而府署亦將

胡買二八片送歸案至因何起疑作何辦理容續訪再報

鮮亂彙志　○朝鮮訪事友函報云慶尙道地方近有鄭姓興兵爲亂此人年力方壯現已自立爲王所用儀仗如曲柄黃傘金爪銀鉞等俱係國王制度帳下有鮮兵十餘萬人能征慣戰之士不知其數而軍法森嚴兵丁所過之處頗能秋毫無犯刻更開科取士不論出身微賤量才擇用以故各道變民多有相率投降者目下鮮廷漢城內有鮮兵一千餘名日兵五六百名加意防維深恐各道變民趁此攻取城池之故鮮亂如此相彼小民其何以堪

製炮絕技　○聞美國有新製大炮一尊曾在陸路操演其炮力可至三十英里之遙雖有大石當前卽洞穿一穴而過無少阻碍又有一炮係水軍所用者其命中可至六千三百英尺之遙其子墜入海中闢開一路餘波直沖起六百英尺之高且令三十英里前後海水爲之搖動果爾則此二炮夫固無敵於天下矣

光緒二十二年三月二十二日京報照錄

宮門抄　上諭恭錄前報○三月二十二日內務府　國子監　正黃旗值日　無引見　崑中堂前往　東陵請　訓　慶生謝補侍衛班領　恩　方汝紹謝准其開缺　恩　蘇噜岱續假十日　福森布請假十日　召見軍機　皇上明日卯正二刻至　奉先殿　壽皇殿行禮

○○頭品頂戴署理河東河道總督臣任道鎔跪　奏爲查明本年正月分各湖存水尺寸謹繕清單恭摺仰祈　聖鑒事竊查按管卷內案查嘉慶十九年六月內欽奉上諭湖水所收尺寸每月查開清單具奏一次等因欽此所有上年十二月分各湖存水尺寸經前兼署河臣劉樹堂繕單具奏在案茲據護理山東運河道河南候補知府黃履中將本年正月分湖水尺寸稟請核奏前來查微山湖定誌收水在一丈四尺以內嗣因豐工漫水灌注暑驗湖底積受新淤恐不敷濟運奏准加收一尺以誌收存水一丈五尺爲度上年十二月分存水一丈四尺九寸本年正月內消水六寸實存水一丈四尺三寸較上年正月水大一尺七寸此外除馬踏一湖水無消長其餘昭陽等六湖消水二寸及三寸計昭陽湖存水六尺二寸南陽湖存水六尺四寸南旺湖存水四尺獨山湖存水六尺八寸馬場湖存水二尺一寸蜀山湖存水五尺三寸馬踏湖存水六尺一寸以上各湖存水尺寸除昭陽南陽南旺蜀山四湖比上年正月分水大一尺三寸及六寸外餘俱較小自一寸至一尺一寸不等查正月間天氣晴霽雨雪稀少來源綫弱是以各湖之水多見消耗惟馬踏一湖地居上游注入之水僅能長消相敵現屆春汛惟冀雨澤應時泉源暢旺湖水定可望增等情繕單具稟到前兼署河臣劉樹堂未及核辦移交到臣覆核無異惟有督率道廳轉飭司湖汛閘文武員弁盡心經理認眞收蓄備濟新漕斷不敢稍涉懈忽以期仰副　聖主利運濟漕之至意所有查明本年正月分各湖存尺寸謹繕清單恭摺具陳伏乞　皇上聖鑒謹　奏奉　硃批工部知道單併發欽此

○○頭品頂戴浙江巡撫臣廖壽豐跪　奏爲恭報海運漕船頭批開行日期仰祈　聖鑒事竊照浙江省光緒二十二年起運二十一年漕白交倉正耗等米五十萬五千六百三十餘石業經　奏明仍由海運遴委通埦以期妥速茲據海運滬局委員候補知府莊人寶等稟稱本屆海運漕白粮米分作三批放洋現在頭批米石已據各州縣剝運到滬經該員等會督斛手逐日交兌計起運漕白交倉正耗米二十一萬一千餘石內輪船裝運米一十二萬七千八百餘石商船裝運米八萬四千一百餘石定於二月初五日飭令各船陸續開至崇明十　地方候風放洋等情前來除飛咨江蘇山東直隸省督撫臣轉飭沿海水師實力迎護並飭將二三批粮米迅速運兌接續放洋外理合循例恭摺由驛具　奏伏乞　皇上聖鑒謹　奏奉　硃批戶部知道欽此

金陵仁記南味坊

自製本機元淺京緞羣綢紗縐絨線糟貨食物金腿海味南貨俱全近因錢市漲落不同分別減價抑因無恥之徒假冒南味者甚多雖云謀利誠恐亂眞欲辨薰蕕用煩楮墨

寄售雨前龍井每斤津錢一千二百文八百文福建條絲格外公道

開設宮北大獅胡同內

元泉農先生者岐黃地理尤精秘其名而迄未謀面也昨聞友人談及始知爲堪輿中絕無僅有者據稱劉庶常汝驥未第時延修祖墓修訖屆指計云某年當領鄉薦間一科捷南宮矣後竟不爽毫厘他若劉孝廉福田周孝廉士選事亦大略相同神哉技乎現以事來津寓河北義昌祥洋貨舖求富貴者愼勿失機會也

本館主人啟

拍賣告白

啟者本月二十七日禮拜六下午三點鐘在阜通行內棧房拍賣磚茶葉二百三十六箱請早來細看面拍可也

集盛行謹啟

取材於電

本行經理西門子廠專辦電報各種材料各種電機及水雷用電綫並兵船砲臺以及各廠各礦暨街路需用各種電燈一切俱全貨眞價廉各省官商如須購辦請惠臨敝行看圖議價可也

天津信義洋行謹啟

三月二十五日銀洋行情

天津九七六錢　銀盤二千五百五十六文　洋元一千八百文

紫竹林九六錢　銀盤二千五百九十六文　洋元一千八百三十文

三月廿六日出口輪船禮拜五

豐順	輪船往上海	招商局
新裕、新豐	輪船往上海	招商局
重慶	輪船往上海	古太行
北直隸	輪船往上海	怡和行

直報

光緒二十二年三月二十六日
西歷一千八百九十六年五月初八日
第三百九十七號
禮拜五

本館告白

啓者本館售報需人如有情願承辦者至本館帳房面議可也

上諭恭錄

上諭步軍統領衙門奏遴保獲盜尤為出力員弁請旨獎勵一摺着該部議奏欽此　上諭光祿寺卿曾廣漢奏遴保人才一摺江蘇候補道凌除廷直隸試用道林志道江蘇候補道杜愈吏部候補主事陳三立候選知縣鄒代鈞揀選知縣黃彝凱着直隸兩江西湖南各督撫給咨送部引見欽此

戒虐婢

惟天好生天所生皆天所愛也天既愛之必思有以養之安之何至窮其遇阨其身鬱其情使之流離顛沛不得遂其生數有所限力有所窮所謂天地之大人猶有憾者此耳同一支體也富貴安逸而貧賤勞苦同一口腹也富貴膏粱而貧賤粗糲同一性情也富貴恣肆而貧賤唯阿或因棲身無所托迹朱門餬口無資傭工豪貴仰眉承睫耽望色顏足欲前而只趄口欲言而囁嚅其情亦可憫矣幸而所事者為正人為君子不至恣睢暴戾朝辱罵而夕鞭箠則巳色然喜欣然慰矣否則待之無情加以非禮驅策必盡其力呼喚不計其時進退應對處處皆疵氣則忍之無可忍聲則吞之無可吞千苦萬難有不堪言狀者雖然僕隸猶可說也其最可憐者奴婢耳大抵官場中人類皆家有奴婢否則排場不闊體統不尊風氣然也其價買之初必寫立文契註明疾病死亡該父母親屬不得問問所以防後患也而弊端即從此而起其在聰明慧巧以耳視以目聽得主人歡心者亦復不少乃或幼小無知性成迂笨頤指氣使未必圓轉自如也始則呵叱之繼則詈罵之終且鞭楚之乃呵叱而心愈獃罵詈而胆愈怯鞭楚而手足愈無所措欲遣之則無歸欲留之則無用如附身之贅如剌眼之丁是不得不置之死地矣更有猾賈奸商視為利藪徧向災區賤買貴賣以獲盈餘平等則販為奴婢上等則售之娼寮其餘醜陋蠢笨毫無主顧者或絕其飲食或閉之空房甚至炮烙刀錐百般凌虐為戲劇為玩物不斃其命而不止直令聞者寒心見者髮指蛇蝎耶豺狼耶抑殺人之強盜耶到處皆然而本埠尤多而尤甚或謂事豈偶然是宿孽也大約該婢之若祖若父定有凌虐奴婢情事未報於本身而報於後人耳抑或該婢前生為富人為顯宦作此業緣遂使今生受報未可知也佛經不云乎欲知前世因今生受者是欲知後世因今生作者是嗚呼信如斯言若輩尤當警心動魄悔改前非矣誠知報應循環捷於影響何弗洗心滌慮易轍改絃恩養之體恤之以補其過而贖其愆免使轉世與後人均受慘毒也豈不甚善或又謂此事率出於婦人非男子罪也男子或應官聽鼓或局廠當差在家時恒少該婦遂得逞兇鋒肆惡欲不怕街鄰之唾罵不惜親友之譏評及釀成事端男子不得不託情面耗資財費多少言談口舌然已晚矣雖然推是說也猶未足信男子為家主婦人之或賢或否豈不盡知乎日既失於訓誡咎已難辭況凌虐情形及該婢之枯槁憔悴與一切傷痕鄰里知之街坊知之而家主顧佯若不知也必聾而後可必瞽而後可僕本鄉居數十年足迹未嘗出里巷鮮見寡聞自今春來遊斯土匝兩月耳而同人議論紛紛事不止一家家不止一次大約皆僑寓者多土著者少想因地處衝繁人雜頁夥遂駭人聽聞一至於此乎惟在賢有司寬其已往嚴禁將來出示曉諭如有前項情弊責成地方呈報職官則詳憲懲叅平民則從重治罪庶足以懲惡風而全民命也不禁引領望之

豸節到津

（　）直隸臬司季廉訪邦楨奉　旨入都陛見即於召見後束裝起程已於二十五日五點半鐘到津暫寓吳楚公所以便謁見制軍然後履任

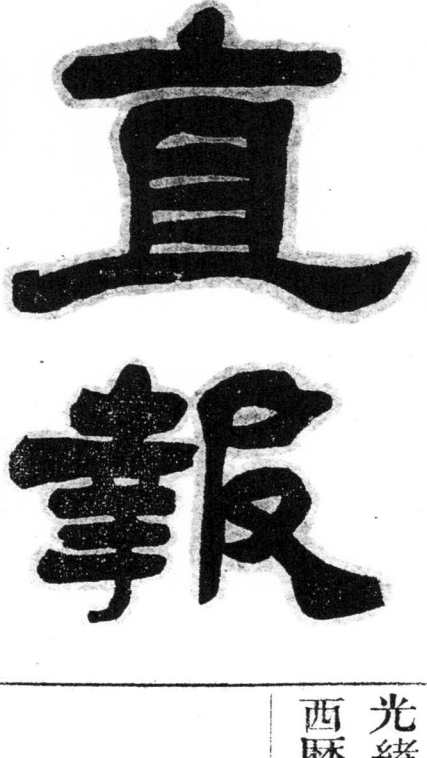

光緒二十二年三月二十六日 直報 第二版 一六一四

敬禮大臣 ○我 朝興隆二百餘年深仁厚澤洽肌淪髓而體恤臣工尤屬至優趙渥前任都察院副都御史鹿萍沈副憲在京病故靈柩回籍蒙 恩奉旨入城已於本月二十五日辰刻到津靈寄城內關帝廟聞於四月初八日發引云

補課示期 ○三取問津兩書院三月十六日齡 應齋課因山長赴京未能按期開考現已將題寄到運憲定於二十六日補試並飭房預於二十四日循例掛牌示知俾與考諸生至期無誤云

瘋婦失迷 ○河東鹽坨張某妻龎氏素患瘋疾不時發作因與龎家商妥將該氏鎖錮空房以防滋事不料乘夜將鎖扭斷破扉而出不知去向張偕氏弟在大街鳴鑼賊覓至今尚無踪影云

恩周枯骨 ○朱家坟一帶義塚向由工程局經理每届春季照章雇工添補一切款項由長蘆運綱籌辦現將此欵撥交工程局今已定於二十六日起逐段興工矣

有秋預卜 ○自入春以來細雨連綿頗稱優渥近復風日晴和豐年之兆也聞粮行中人云高麥每石時價七吊一百零次麥六吊五百零每石價已落至一吊上下而城內外各米面鋪尚勒價居奇此等存心真不堪問矣

恩施格外 ○中營西貧民羅元者年甫十九在減壩迤北新開鐵路修造橋梁處傭工一時失神致被千斤鐵閘將左手第五指 為粉碎趕緊抬赴紫竹林醫院醫治現在家養傷蒙局憲恩施格外日給工錢餬口憲恩真天高地厚矣

無理取鬧 ○詐日剝船過關因舵工不愼將船撞壞巳紀前報茲悉因下水溜急誤撞民船幸未沉沒而該剝船戶反無理取鬧欲行控官經人說合應許賠修尚不知能了結否

慣作引線 ○城內某甲作小經紀在家時少一出門往往三五月方歸妻某氏曾認某媼為干娘蓋水滸傳中王婆子之流亞也在某宅傭工宅有男僕某乙亦係媼干兒媼因甲在外遂作引線將干兒干女勾串成姦甲早有風聞昨日回津在附近暗訪知乙正與妻調笑作樂即赴鄉甲局稟控當經派勇將姦夫淫婦一併抓獲由局訊明即送縣懲辦矣

忠厚可風 ○津邑五方雜處人烟稠密攘往熙來幾于轂擊肩摩近復添有東洋車地爬車擁擠更不待言日前有徐某者忠厚人也在南門內開設小本生理赴洋貨街置買貨物行至東門口不意被地爬車掛斷筐繩筐內物件掀翻落地致將磁壇等物摔碎約值津錢三四千文拉車人自知理屈温語相央徐慨然曰旣行拉車豈有富者必令照賠則吾不忍嘗作罷論而巳旁觀莫不稱為長者噫古之人哉若徐者可以風矣

味猶可責 ○本埠民風強悍動輒械鬥有帝君廟腳行與達摩菴土棍素有嫌疑屢起爭端日昨帝君廟脚行仵五者赴達摩菴尋隙名曰賣味至該處堵門辱罵被土棍等七手八脚毆傷甚重經人背回尚駡不絕口噫誰非父母遺體而任人毆傷其不孝可恨其愚亦可憫矣

雞飛卵破 ○本埠呂瀛套鰥居數載矣忽有大腳張其人者為之締婚係再醮婦呂因中饋無人亦甚如意一切花費不過七八十串遂於去冬十一月過門貌僅中人性情亦頗和順本月二十三日呂歸家稍晚入室寂然心知有異檢點物件大半席捲以去徧覓無踪赴鄉甲局哭訴該局謂不得指名碍難照准云

蘇江奇案 ○姑蘇采訪友人云光緒十九年七月十四夜常熟徐莊錢潤甫家有盜踰垣入室將其妻某氏剖腹斷頸砍成數段并殺傭婦一口年未及笄之甥女朱姓則刃傷頭面二處旋翻動箱篋搜取資財大踏步出門一擁而去事後報經常熟縣主朱大令乘成勘驗飭緝後經差捕拘獲木桶匠顧炳觀研訊之下供出錢姪名福森者為是案正犯大令飭拘福森疊次刑訊堅不認承大令固善以神道設教者至此處詣城隍廟拈香祈夢毫無應驗爰於深夜設案廟中大殿與城隍神並坐訊鞫福森一味叫屈神固土木偶豈能剖析案情大令則惟有默坐沉思付之太息而巳旣而錢姓族長赴京控告批飭本省臬司提集人證詳細研訊大令奉文之下即將全案解赴省轅其時陳廉訪方綰柏臺之篆提訊數次亦難定讞蘇州府桐太守及發審局諸委員疊次輪流研究終不能水落石出迄今巳訊過百餘堂顧仍執定福森下手福森每於堂上自稱願受極刑而死斷不妄供本月某日太守將此案情節稟知趙大中丞中丞諭令太守解歸元和縣飭葉潤齋明府訊理某夜明府升坐花廳提顧盤詰至三鼓後顧始稱大老爺欲明此案須提訊甲乙二人明府細查案卷從未有甲乙名姓詰之地保稟稱圖中確有此二人係江北某縣產久在徐莊僑寓者也明府乃立飭差役偕地保連夜往拘至則甲乙巳知風遠颺明府訪得係地保通風所致遂將地保重鞭藤條千餘下釘鐐收入獄中著交到甲乙始可無事

朝鮮錄要 ○朝鮮地工每年春間山上旱草甚厚土人有放火燒荒之說離漢城四十里之果川地方有國王之先塋在焉樹木叢雜野草蔓延上月有不知死活

之鮮民多人在塋左近放火燒荒適西北風大作頃刻烈燄迷漫焚燬十餘里之遠塋旁樹木盡付一炬幸離村尚遠又在白晝得無他禍然亦險矣〇漢城府觀察使李夏榮新放全權公使駐紮日本於日前至日公使館拜會日欽差設晏款待日兵日捕咨站班相迎頗形輯睦〇據朝鮮鄉民傳述十餘年前慶尚道某郡地方有某夫婦獲產一男落地之時門首來一僧人聲請化緣給以錢米分粒不取惟言頃聞主母生養貴兒乞賜老僧一觀乃抱與相見該僧撫視良久疊言此兒好相但家中萬不可留可否給與老僧抱去俟三年後送歸其夫婦聞言再三不允詎僧竟納入懷中霎時逸去後竟徧訪無着越三年又生一子亦被僧依舊抱去臨行言十五年後當准爾母子相見遂至去歲冬月變民四起忽於某日夜間兄弟二人騎馬至家登堂拜母其母已不能認識道及往事始抱持大哭少頃忽言刻下世亂兵荒母在家中萬勿憂慮此一二年大勢未能承平須俟西北方黑蛇將軍出世兒等乃可回家奉母言訖欲去其母留之不果上馬疾馳而逸現又不知下落說者謂即係鄭姓慶尚道領兵元帥年僅十五六歲即是此童其然豈其然乎〇前月某日日本租界不戒於火焚去房屋四五十間〇十六日漢城東門外離城十里之阿　村居民不戒於火自午前九點鐘起至晚五點鐘止燒去房屋二百餘間〇上月十九日午前由仁川到有俄步兵八十名駐紮俄公使館刻下漢城內共有俄兵二百七八十名之多國王則仍在俄公使館頗甚相安云

來詩照登　〇許烈婦田氏行　紅淚滴殘蝕黃土蒼烏啼月蟾蜍雨珠沉玉碎光不磨化作長虹照千古地近畿南屬保陽天生淑媛窈窕芳深閨恪守三從誠迨吉旋歌百輛將夫君樂道守貧賤筆墨耕耘田是硯抽簪勸學佐辛勤蓄旨禦冬忘怠倦伉儷相諧二十年明珠掌上望終懸打槳代迎桃葉渡典衣空費買花錢却幸瑟琴長靜好禍機鹿車誓偕老一朝噩夢慘龍蛇柔腸寸斷心如擣夫亡那惜隨夫亡脈脈含情費審詳倉卒何人視含斂春秋且恐曠烝嘗區畫安排期妥貼生死一身輕似葉生當比翼作鴛鴦死願雙飛化蝴蝶月黑燈昏掩曲屏冰　一幅繫疎櫺庭前摧折菩提樹天上光寒婺女星死生先後殉經旬茫茫何處覓良人天遣百靈來接引雲車風馬爭紛綸我聞自古皆有死遺臭流芳各殊旨從容取義出裙　愧殺鬚眉負男子感此傷心發嘯歌焚香再拜淚滂沱窗前彷彿精魂過悲風颯颯吹女蘿

光緒二十二年三月二十三日京報照錄

宮門抄　上諭恭錄前報〇三月二十三日理藩院　鑾儀衛　光祿寺　正白旗值日　無引見　徐樹銘假滿請　安　馮文蔚假滿請　安　並謝稽察宗學　恩
椿壽續假十五日　吏部呈進夏季搢紳　召見軍機

〇〇福潤片　再防營管帶員弁遇有更換應遵光緒五年十月二十八日　諭旨隨時奏　聞茲壽春鎮總兵郭寶昌呈報丁親母憂所統皖北練軍卓勝防營請派員接統查有記名提督郭占元堪委暫行代統管帶　北練軍右營副將康裕興另有差委查有副將戴景明堪委接管管帶卓勝左營都司薛鴻範現經撤差查有都司李清潑堪委接管管帶卓勝右營遊擊杜春林據稟請假查有副將王鳳臺堪委接管管帶省城練軍砲隊遊擊杜成清請假回籍修墓改委遊擊饒金鰲接管饒金鰲旋即病故查有遊擊張玉崑堪委接管張玉崑原帶省城練軍二起馬隊查有都司魏學盛堪委接管管帶省城練軍前營遊擊陳兆棠現經撤差查有參將徐印川堪委接管徐印川原帶省城練軍頭起馬隊查有管帶二起馬隊魏學盛堪委暫行兼帶　北營務處右翼馬隊遊擊何宗文據報病故查有管帶左翼馬隊提督周正元堪以兼帶另派守備解星科幫帶右翼令各駐紮原處力加訓練勤慎巡防除分飭遵照並咨兵部查照外理合附片陳明伏乞　聖鑒謹　奏奉　硃批兵部知道欽此

〇〇依克唐阿等片　再部定章程試用人員應扣足一年甄別補用等因歷經遵辦在案茲查有三品銜道員用試用知府陳霽現年四十八歲河南祥符縣人由廩膳生中式光緒壬午科舉人十一年經直隸督臣李鴻章奏保以教諭不論雙單月儘先選用並加五品銜十五年在鄭工合龍案內經兼署東河總督河南撫臣倪文蔚保免選教諭以知縣不論雙單月儘先選用並加六品銜十六年山東堵築張村大寨西紙坊合龍案內經山東撫臣張曜奏保免選本班以同知不論雙單月選用並加四品銜俟於山東連年河工搶險並堵合高家套漫口案內經山東撫臣張曜奏保免補本班以知府不論雙單月選用並加三品銜先後均經本部覆准十七年十月十九日投効奉天十八年十月於援剿熱河朝陽教匪案內經前練兵大臣定安督臣裕祿會奏請俟補缺後以道員用奉部核准十九年十月奏請以知府留於奉天補用經部覆准十二月初六日具　奏奉　旨依議欽此二十年七月請咨赴部十月二十日經吏部帶領引　見奉　旨著照例發往欽此在部領照於二十一年正月十四日回省茲查自回省之日起扣至二十二年正月十四日試用一年期滿例應甄別奴才等查該員年壯才明留心吏治堪以留省照例補用除咨吏部查照外謹附片具陳伏乞　聖鑒謹　奏
奉　硃批吏部知道欽此

〇〇福潤片　再含山縣知縣蔡如景現經撤省所遺員缺應即委員往署以專責成今查有准補當塗縣知縣呂耀彬明白安詳實心任事堪以調署據藩臬兩司會詳請
奏前來除檄飭遵照外謹會同兩江總督臣劉坤一附片具　奏伏乞　聖鑒再呂耀彬准補當塗縣倘未到任並無己起承緝四參案件合併陳明謹　奏奉　硃批吏部知道欽此

取材於電

本行經理西門子廠專辦電報各種材料各種電機及水雷用電綫並兵船礮臺以及各廠各礦暨街路需用各種電燈一切俱全貨眞價廉各省官商如須購辦請惠臨敝行看圖議價可也

天津信義洋行謹啟

拍賣告白

啟者本月二十七日禮拜六下午三點鐘在阜通行內棧房拍賣磚茶葉二百三十六箱請早來細看面拍可也

集盛行謹啓

元臯農先生諱鮍黃地理尤精稔其名而迄未謀面也昨開友人談及始知爲堪輿中絕無僅有者據稱劉庶常汝櫄未第時延修祖墓修訖扇指計云某年當領鄉薦間一科捷南宮矣後竟不爽毫厘他若劉孝廉福田周孝廉士選事亦大略相同神哉技乎現以事來津寓河北義昌祥洋貨舖求富貴者愼勿失機會也

本館主人啟

告白

浙紹名醫朱鈍翁屢診重症悉慶回春寓彌勒菴

德商元亨洋行

本行專辦進出各口貨物今開設在法界鐵路公司西首特此告白

儒醫陳雨蒼貧病送診過午不候寓工程分局迤東

天津元利靴店 辨別眞僞

本店開設北門外估衣街歸賈胡同內專做時式京靴鑲鞋料高價廉數十年馳名已久向來並無分號今竟聞有無恥之徒開設鞋店造言與本號聯號恐貴士商悞爲魚目所混茲特謹登告白如賜顧者須認明本號發票及鞋內圖記庶不致悞

本齋主人識

烏利文洋行

啓者本行開設香港上海三十餘年四方馳名專售各式金銀鐘錶鑽石戒指八音琴千里鏡眼鏡等物並修理鐘表價錢比別家格外公道今本行東家米士得巴克由上海來津開設在紫竹林裕泰飯店旁請諸君降臨光顧是幸特此佈聞

丙申年三月二十六日禮拜五

浙杭元吉永號

本莊自置紗羅綢緞新樣洋辮花素洋布川廣夏貨團摺雅扇南貨頭油俱全祇爲近時錢市漲落不同故而各貨減價開設估衣街中間路北凡仕商賜顧者無悞特此佈達

告白

敬啟者京城售報處改在前門外琉璃廠小沙土園路西寶興木廠又楊梅竹斜街中間路南聚興降小器作內兩處分售此白

售報人陳午清謹啟寓前門內刑部後身草帽胡同北頭大院內

新刻中日戰輯

內錄中日和約

粵東王君煜初所編中日戰輯一書分裝四帙幷附水陸戰圖地圖六幅書中所載中日軍情始末實事求是絕無虛飾且詳析中國今日必當如何改革以臻富强想有心時事者當爭先睹爲快也

每套售價一元

代售處紫竹林同興號、鍋店街文美齋、估衣街遊藝齋全啟

三月二十六日銀洋行情

天津九七六錢

銀盤二千五百五十六文

洋元一千八百文

紫竹林九六錢

銀盤二千五百九十六文

洋元一千八百三十文

三月廿七日出口輪船禮拜六

豐順 輪船往上海 招商局

新裕 輪船往上海 招商局

新豐 輪船往上海 招商局

重慶 輪船往上海 太古行

北直隸 輪船往上海 怡和行

直報

光緒二十二年三月二十七日　第三百九十八號

西歷一千八百九十六年五月初九日　禮拜六

上諭恭錄

硃筆華金壽轉補翰林院侍讀李昭　補授翰林院侍講欽此

歷代文體辨

自倉頡仰觀奎宿俯察鳥跡而文字興不過記姓名代語言以便作事無所謂文章也故曰辭達而已六經體例雖不同而樸茂宏深一歸於正亦非馳騁才華者比惟左氏春秋一傳緣經起義變化錯綜文章體例實權輿於此漢之興也才人輩出制作紛如類皆雅健不俗厚重有力如董之醇賈之茂遷之潔匡衡劉向之經術湛深蔚然稱首[illegible]太元法言未免艱深子虛上林徒矜華藻然皆自闢門戶攄絕古今故昌黎嘗稱之東漢而後漸變而漸靡不如西京渾厚矣彪固賈逵之輩僅能步武子長崔馬蔡張之徒未免流於華縟惟諸葛前後出師二表爲能駕西京而上直與伊訓說命相表裏耳魏七子之徒遒文壯節各有短長而陳思實秀出班行但按之於道未能不詭也蓋因淡采有餘氣骨不足已爲六朝萌芽此漢魏之文變而逾下者也晉尚談元風逸韻遠若太沖若茂先若二陸兩潘三張爲當時巨擘然皆因博溺心以文滅質而格律高邁氣體從容惟淵明歸去來辭諸作爲他人所莫及宋齊則趨於纖巧梁陳則尙專刻雕大約駢體居多真氣愈漓矣雖徐庾顏謝樹幟於南崔魏薛溫揚名於北而本經術以發爲文章者蓋不多見李唐開國飾章繪句猶沿江左遺風自明皇好經術於是厭彫琢而索理致尙渾厚而去浮華韓文公出承文敝之後振八代之衰李翺皇甫湜等從而和之約六經之旨殫精研思珠光玉潔六朝金粉於斯一變其時可與昌黎相頡頏者柳柳州一人而已他如楊炎陸贄之長於制冊李杜之光燄萬丈張九齡之辯時實用雖有足稱爲稍遜矣宋之初雖有古文猶染五代舊習未能脫盡駢麗焉歐陽公篤好昌黎遂力追深古抑裁險怪乃得歸於雅正其後王介甫筆力峭勁曾子固根柢盤深蘇氏父子馳騁縱橫奮迅浩蕩宋代之文無踰此數公者若夫王黃州孫泰山范文正諸人皆肆力於古文以及南渡之周平園胡澹菴亦卓然有聲不愧作者或謂宋代之文止有太極圖西銘易傳序春秋傳序四篇而已不知此四篇者本道以爲文不得僅以文章目之歐陽諸作因文以見道雖未必盡合乎道實足羽翼經傳並傳不朽也元代歷年未久著作亦遜於前朝以文章名世者約有四家虞集得程朱微意揭傒斯敘事謹嚴黃則俯仰從容不矜聲色柳則沉鬱頓挫涵肆汪洋此外如元德明歐陽元吳萊楊載亦彬彬然後先輝映焉明之文始於宋潛溪雖乏剪裁之用而敷腴暢朗深博典贍蔚然可觀實有開國氣象其後楊東里繼之法律謹嚴和平簡易其格甚高故當時稱爲台閣體誠不誣矣李西崖源出虞道園濃於楊而法不如簡於宋而學不足要其吐囑和雅猶不失正始之音唐荊川熟於史事黃陶菴長於論斷皆有大家風度惟歸震川原本六經醞釀深醇尤爲粹然有道之言卜香南豐真追昌黎矣至前後七子或優孟衣冠或互相標榜大抵取其貌而遺其神故歸震川倡言排之迨末七子又益之以蔓蕪文體愈卑矣

司員陪祀

○太常寺題四月初一日孟夏時享　太廟奉　旨朕親詣行禮後殿遣魁斌行禮東廡遣黃永安西廡遣文熙各分獻欽此已見邸抄茲聞各部院咨送陪祀司員請錄於左　吏部員外郎榮臻主事鍾琦員外郎孫朝華主事洪嘉與　戶部堂主事隆泰郎中陳寶晉員外郎全順主事鄭文欽　禮部員外郎恩緒郎中齡

昌主事范金庸耕鳳華　兵部員外郎裕麟主事瑞鑒郎中黃廷魁主事陳毓蓮　刑部郎中覺羅桂恩員外郎熙璋主事李陰棠員外郎鄭如翰　工部員外郎錫綸郎中長潤主事王瑞麒余維楨　太常寺博士成霖田芸　贊禮郎清瑞廣隆慶勳松齡英祥玉山德山德祿　讀祝官宗室崇秀英勳啓順崇恩　司樂李兆塀王德祿任永福張光耀楊嗣海蕭澤瀛王澤順朱玉麟　太廟四品官豐運嵩祿五品官清昌博崇武豐紳錫麟伊精阿常陞等均於三月三十日赴　內廷朝房住宿於四月初一日寅刻俱穿朝服伺候陪祀而昭慎重

槃任示期　○新簡詹事府少詹事綿詹翰文定於三月二十五日巳刻上任示仰閤署廳員筆帖式供事官皂役人等至期一體謁見毋違特示○新簡工科掌印給事中文大給諫郁定於三月二十四日午刻上任示仰閤署筆帖式書皂人等至期一體謁見毋違特示

領餉新章　○京營兵丁向歸步軍統領八旗都統管轄餉銀係按四季分發例由提憲備文派員前赴戶部具領三月二十三日京營八旗關餉之期先經左右南北各營編造兵丁花名清冊具呈中營轉詳提憲稽核榮振華大吾金自涖任以來深恐五營兵丁有名無實因改新章每逢發餉時飭將各冊造齊傳諭兵丁齊集大堂聽候按名點給本屆亦照章辦理所有空糧情弊一掃而空

慎重天儲　○朝陽門外大通橋海運儲濟富新等倉週圍倉房工程經工部奏請　欽派承修大臣熙纘莊大冢宰宗室溥大司農委派司員督飭天德天全泉盛延年興隆廣德木廠官商人等敬謹開工興修以重要工

憲示照登　○欽命二品頂戴署理長蘆都轉鹽運使司鹽運使兼雲騎尉世職余　為榜示事照得書院課試必須認真整頓方足鼓勵人才振興實學本年三月十四日補試初二日官課本署司親詣書院點名考試查有生員石作爰之名當堂訊明實非本人應考已照例扣除在案本署司訪聞近年問津三取兩書院生童竟有冒名頂替倩人代領代作以及一人兩卷者致交卷太遲不能完場諸弊叢生殊屬不成事體合亟榜示為此榜仰各該生童等自示之後務即遵照如前司詳定勒碑條規無論官齋課生童等並於辰刻齊集候點名時分生左童右站立堂下一聞唱點高聲應名務須親到公堂案前接卷如有倩人代領代作以及一人作二卷者察出即行扣除限酉刻交卷不准繼燭或屆時不能完卷者另封不錄其各恪遵毋得自誤特示

課題詳錄　○三月二十六日補試十六齋課護將生童文詩各題照錄生文題古之人脩其天爵而人爵從之　童文題今之人脩其天爵　通場詩題賦得三月春陰正養花得陰字生八韻　童六韻

春修分段　○本埠輔城外郭向有歲修章程本年春修將工分歸四段西北段歸運憲承修東北段歸道憲承修東南段歸關道承修西南段歸營務處承修現聞運憲已將應修工段札委天津府督辦矣

示期相驗　○李某者係毆傷人命案中押犯於本月二十五日在押病故當由差役等照例稟官相驗現蒙邑尊批候明日親驗矣該刑招仵役等均照章先時伺候云

局弁勤能　○昨廿五日四更時守望局武弁呂聞帝君廟與達摩庵前等土棍又欲尋衅鬥毆當即暗帶勇丁不動聲色到達摩庵抓獲劉玉等十名帝君廟抓獲七名聞已訊明送案矣

犯規受罰　○津郡水會舊由各會首議定章程凡遇火災須由起火處送鑼然後各會按序接送以便往救不准越次前進防紊亂也本月初八日河東于家廠偶有火災鳴鑼報警未嘗過河而河西聚津議善從善二會遽行下送警鑼以致各會紛紛東進殊屬犯規現由公地議罰聚津議善兩會首跪香一炷在天后宮罰戲一台從善嗣供一桌已明貼榜示定於二十六日照行云

藉資熟手　○郡城育嬰堂創自乾隆間歷百餘年矣查舊章原由本地紳董經理輪按春秋兩季換班另由運憲逐季派委諳堂稽查誠恐日久弊生故也現該堂自某委監理稽堂迄未更換因堂務繁重未便遽易生手耳

得賄匿禀　○紫竹林北同宴樓後陳姓家凌虐六齡婢女致死一案已畧紀前報因聞已由地方報案知官必有以嚴懲是以未經續錄嗣悉是日地方報縣值日差役覺親為奇貨糾同地方詐騙經陳姓邀出和事人說合由值日差役及地方勾串買出一人認作婢父自認病斃已經了結噫虐斃婢女罪有明條該婢以六歲小孩身受大小傷一百餘處並聞當將死未死之際陳姓夫婦恨其不死將該孩提起用力擲於堦下始經斃命何酷虐至斯耶差役乃敢得賄匿禀此誠理之不解者矣

車夫失慎　○昨河北大街鄭家客店由北京來二套轎車一輛行至北營門內將蘇姓九齡幼童右腿軋傷童父蘇某赴店理論聞車主赶即請醫調治矣

加冠費浩 ○俄國新皇擬於西五月在模士高舊都舉行加冠之禮凡各友邦皆已遣派重臣往爲慶賀茲聞俄皇此舉需用俄金六百五十萬羅卜現已由內務府籌撥備用矣

奸婦鳴冤 ○蘇垣訪事人云本月初旬某日蘇州府發審局委員張司馬祥符訊出謀斃本夫重案一起頗駭聽聞亟錄之以供衆覽據知其事者曰是案出於儀徵縣距城數里之某鄉犯婦某氏年僅花信略有三分姿色而淫蕩性成與甲乙丙三人姘識本夫某丁不甘戴綠頭巾而又不能戒妻拒絕惟向之喃喃而已一日三姦夫各集內室丁忍氣吞聲提壺出門沽酒甲乘興曰伊再如此嘵嘵請嘗嘗老子手段氏聞言勃然曰老娘當先動手俄頃丁提壺而歸舉盃獨酌至玉山傾倒氏卽躍至牀上極力將夫按住於是三姦夫一齊動手登時將丁置之死地事畢各拱手分道而去詎氏見親夫已斃回思結髮情深頓覺心中不忍乃竟奔投儀徵縣署鳴冤喊稱親夫被甲乙丙三人謀斃求請勘驗申冤縣主朱大令江淮詞帶同刑件書差臨塲相驗當驗得謀命屬實立卽籤差將三犯拘案三犯僉稱氏先動手氏供通姦不通謀大令飭將三犯釘鐐收監氏交官媒看管旋卽錄供申詳解府提爲揚州府發研訊數堂三犯供仍如前氏供青天大老爺明鑒彼三人將小婦人本夫謀斃小婦人出首告發若輩自然懷恨於心三口同詞咬定小婦爲首矣倘求大老爺核情鑒察府尊得供卽將全案備文解省臬憲吳廉訪飭發審局詳細研鞫務審委員張司馬祥符以三犯執定前供喝將氏鞭責纔上天平連訊七堂堅不肯供前日第八堂提訊並不用刑氏跪在旁邊忽然一躍而起指手劃脚將前後細情朗聲直供司馬大喜當卽喝令罪押釘 收入女監退堂後卽據情申稟上憲上憲卽備文調儀徵縣原審官前來會訊聞朱大令不日卽當到省矣

樂善好施 ○天津工程總局代收山東義賑處茲又有第二十五起善餘堂助洋三十元文修堂天長仁記各助洋十元無名氏無名氏各助洋一元無名氏助洋二元張建巷四合廣號同順號各助津錢十元金向辰助津錢四千但該處被災甚廣尤望樂善諸君大發慈悲則本局心香一瓣謹代災民九頓首而祝之焉

光緒二十二年三月二十四日京報照錄

宮門抄 上諭恭錄前報○三月二十四日吏部 翰林院 正紅旗值日 吏部引 見四十四名 廂黃滿四名 正白滿一名 健銳營十名 卓公啟秀各假滿請安 廣東總兵劉世俊到京請 安 海公崇光各續假十日 吏部奏派驗看月官 派出熙敬王文錦溥善李端棻良培壽昌明桂張英麟國秀誠勳溥頲式芬戴存裴維安張仲炘馮錫仁鄭思賀 正紅漢奏派署稽察備察壇廟 派出鄭王儒魁豐深 召見軍機 熙敬劉世俊 皇上明日巳正升 文華殿

○○譚鍾麟片 再准部咨光緒二十二年分在外各官應將養廉照前案核扣三成再行接扣一年奉 旨允准咨行到臣當經轉行欽遵辦理查光緒二十一年廣東省文武大小官員養廉核扣三成業經照數扣存候撥一年以來察看佐雜微員及武職末弁因廉銀減成辦公未免拮据查文職州縣以上武職叅遊以上養廉較優自當照案核扣其文武微末員弁額設養廉本屬無多粵東地僻人稠百物昂貴日用倍於他省若將養廉再行照案核扣於公項所節無幾而微員倍形困乏廣西湖北等省已奏蒙恩准免扣有案廣東事同一律所有光緒二十二年文武首領佐雜武職都司以下各官三成養廉合無仰懇 天恩俯准免扣以示體恤據廣東布政使張人駿具詳前來除咨戶部外臣謹附片具陳伏乞 聖鑒訓示謹 奏奉 硃批着照所請戶部知道欽此

○○太子少保兩廣總督兼署廣東巡撫臣譚鍾麟跪 奏爲光緒二十一年秋季分廣東省委署知縣各缺循例恭摺具陳仰祈 聖鑒事竊照各省州縣無論奏調委署代理向係三個月彙奏一次茲據廣東布政使張人駿詳稱光緒二十一年秋季分有署澄海縣知縣鄧衍喜飭回豐順縣本任遺缺以優貢知縣陳廷蔚署理又署合浦縣知縣柴廷□丁憂遺缺以教職知縣賈世興署理又感恩縣知縣潘志駿調省遺缺以卽用知縣劉勳署理又署潮陽縣知縣蕭鳴慶飭回長樂縣本任遺缺以大挑知縣鄧景臨署理又署河源縣知縣沈士蒨調省遺缺以試用知縣董元度署理又四會縣知縣劉德垣調省遺缺以大挑知縣唐緒松署理又仁化縣知縣盧蔚猷飭先赴防城縣調任遺缺以試用知縣王其恒署理又署信宜縣知縣李之藩撤任遺缺以試用通判鍾昌世署理又陽春縣知縣蕭汝礪病故遺缺以卽用知縣劉能署理又署長甯縣知縣潘福陰病故遺缺以拔貢知縣錢振湪署理會詳請 奏前來臣覆查無異謹循例恭摺具陳伏乞 皇上聖鑒謹 奏奉 硃批吏部知道欽此

○○譚鍾麟片 再三品銜卸署廣東惠州府事高州府知府隆斌因其先塋爲雨水冲塌家無次丁照料稟懇給假回京修墓經藩臬兩司會查該員隆斌歷任交代均已結報清楚並無經手未完事件詳請准其開缺等情前來查現任官員例准開缺修墓相應請 旨俯准開缺俾遂孝思所遺高州府知府係衝繁難要缺並懇 迅賜簡放以重職守除咨部外理合附片具陳伏乞 聖鑒訓示謹 奏奉 硃批另有旨欽此

○○譚鍾麟片 再據新授廣東按察使魁元稟稱前 奏請陛見一摺奉 硃批着來見欽此應卽交卸起程稟懇委員接署臬篆前來查有候補道張鈞溎老成諳練熟悉刑章堪以暫委署理除分飭遵照外謹附片具奏伏乞 聖鑒謹 奏奉 硃批吏部知道欽此

取材於電

本行經理西門子廠專辦電報各種材料各種電機及水雷用電綫並兵船砲臺以及各廠各礦暨街路需用各種電燈一切俱全貨真價廉各省官商如須購辦請惠臨敝行看圖議價可也

天津信義洋行謹啟

天津 麥加利銀行告白

啟者本行資本英金八十萬磅備用股本英金八十萬磅公積英金三十二萬五千磅總行開設倫敦分行在孟買加拉吉打冷宮哪哈亞伯古隆北新埠太平咪登哈來蘭播新嘉坡香港福州上海漢口暹邏濱角包帶維亞沙來伯鴉神戶橫濱等處起首至今三十九年倘有存欵勿論仕商照期起息請來敝行面議敝行茲于正月三十日開張恐未週知特登報章佈告

德商元亨洋行

本行專辦進出各口貨物今開設在法界鐵路公司西首特此告白

儒醫陳雨蒼貧病送診過午不候寓工程分局迤東

辨別真偽 天津 元利靴店

本店開設北門外估衣街歸賈胡同內專做時式京靴鑲鞋料高價廉數十年馳名已久向來並無分號今竟聞有無恥之徒開設鞋店造言與本號聯號恐 貴士商悞爲魚目所混茲特謹登告白如 賜顧者須認明本號發票及鞋內圖記庶不致悞

本齋主人識

烏利文洋行

啟者本行開設香港上海三十餘年四方馳名專售各式金銀鐘錶鑽石戒指八音琴千里鏡眼鏡等物並修理鐘表價錢比別家格外公道今本行東家米士得巴克由上海來津開設在紫竹林裕泰飯店旁請 諸君降臨光顧是幸特此佈聞

丙申年三月二十七日禮拜六

浙杭 元吉永號

本莊自置紗羅綢緞新樣洋辮花素洋布川廣夏貨團摺雅扇南貨頭油俱全祇爲近時錢市漲落不同故而各貨減價開設估衣街中間路北凡 仕商賜顧者無悞特此佈達

告白

敬啟者京城售報處改在前門外琉璃廠小沙土園路西寶興木廠又楊梅竹斜街中間路南聚興隆小器作內兩處分售此白

售報人陳午清謹啟寓前門內刑部後身草帽胡同北頭大院內

新刻中日戰輯

內錄中日和約

粵東王君焜初所編中日戰輯一書分裝四帙幷附水陸戰圖地圖六幅書中所載中日軍情始末實事求是絕無虛飾且詳析中國今日必當如何改革以臻富强洵有心時事者當爭先睹爲快也

每套售價一元

代售處 紫竹林同興號 鍋店街文美齋 估衣街逸雲齋 仝啟

三月二十七日銀洋行情

天津九七六錢

銀盤二千五百五十六文

洋元一千八百文

紫竹林九六錢

銀盤二千五百九十六文

洋元一千八百三十文

三月廿九日出口輪船禮拜六

豐順	輪船往上海	招商局
新豐	輪船往上海	招商局
重慶	輪船往上海	太古行
和生	輪船往上海	怡和行
北直隸	輪船往上海	怡和行

直報

光緒二十二年三月二十九日　第三百九十九號

西歷一千八百九十六年五月十一日　禮拜一

上諭恭錄

晉齡生崇蔭奎榮俱着以侍衛用欽天監左監副員缺照例將景泰轉補所遺右監副員缺着桂山補授吏科給事中員缺着戴存補授工科給事中員缺着鄭思賀補授戴璣刑部郎中彭見紳兵部司務鮑忠瀚俱照例用唐古忒學筆帖式員缺着葉普肯補授實授直隸永定河石景山同知張恩尉着准其實授奏留吏部主事章士䔶着准其留部欽此　上諭前據御史齊蘭奏參密雲副都統謙光貪婪營私各欵當諭令王文韶確查具奏茲據奏稱謙光被參各欵均無實據惟旗營挑補馬甲該副都統卟憑弓力挑補並未驗看騎射究屬錯誤密雲副都統謙光着交部察議驍騎校崇慶雖查無朋比斂賄情弊而需索餽送物議沸騰實屬不知檢束着即行革職以肅營伍餘着照所議辦理該部知道欽此　上諭王文韶奏參知縣虧短交代請飭查抄等語已革前署三河縣知縣陳澤醲虧欠交項銀兩迭經勒限飭催仍未補繳着王文韶查明該革員任所寓所有無貲財寄頓嚴密查封備抵並着山西巡撫將該革員原籍家產一併查抄變價解交直隸以重庫欵該部知道欽此　上諭前據工部議覆御史胡景桂奏請將山東河南河工變通辦理御史熙麟奏河督應轄全河請飭另議先後諭令任道鎔體查情形妥籌具奏茲據任道鎔奏稱河督移札濟甯窒礙難行山東河工應仍歸巡撫兼管等語自係實在情形河南山東兩省河工應仍照歷年辦法着河道總督山東巡撫各專責成認眞經理以一事權而免貽誤至疏濬河海口一節着李秉衡酌度情形奏明辦理該部知道欽此

詩學源流考

世之言詩者必宗唐誠以風會所趨人才競起莫不致力於斯故能上接風騷下凌漢魏集一代之大成要其淵源所在初不始於唐也考王嘉拾遺所載皇娥白帝子歌還賡吼鵾鷄爭曲以及斷竹逐竹等謠類皆出自洪荒其眞僞固有不可辨者迨堯之時封人致三多之祝康衢作擊壤之歌詞雖古拙意實深長他若五子之戒太康也微子之悲麥秀也伯夷叔齊之歌采薇也載之經史韻語昭彰詩之濫觴實始於此嗣是而後三百篇出焉大抵四言居多自是正體然亦不拘一格如嘗沙析父肇禋則二言也如螽斯羽振振鷺則三言也如誰謂雀無角胡爲乎泥中則五言也如我姑酌彼金罍嘉賓式燕以敖則六言也若父曰嗟予子行役以燕樂嘉賓之心等篇則又爲七言固無體不備矣三百篇後一變爲楚騷遭遇世變忠悃莫明不無憂愁悲激之音實具悱惻纏綿之意是能承國風之遺韻而開辭賦之先聲者再變爲五言樂府初具規模又變爲六朝綺靡漸趨雕琢遙情逸韻固遠遜於唐然非才力之不及實風氣之未開耳宋詩摹倣唐音而風格實不及唐明人欲反宋弊而體格轉不若宋此風雅之愈趨愈下而因流溯源非唐不足爲楷法也唐詩以李杜韓爲最而身分亦有不同李以才氣勝韓杜以學力勝學力可以馴致也力氣不容强爲也故論者謂學韓杜如刻鵠不成尙類鶩學李恐畫虎不成反類犬其信然乎唐之初造承陳隋餘習猶染俳優自陳子昂張九齡出一掃而空力追先哲沈宋繼之燕許繼之有足多焉迨至盛唐精緻若王右丞清雅若孟襄陽眞率若儲光羲深俊若王昌齡悲壯超逸若高適岑參李　常建諸人皆一時傑出者也大曆貞元之世雅淡則有韋蘇州也閒曠則有劉隨州也清華

則莫如錢起沖秀則莫如皇甫冉後先輝映而魄力稍有未逮惟韓昌黎博大奇崛氣象獨造焉嗣是以後元微之詞多纖藉白香山語尙詳明溫飛卿以綺麗爲主李商隱以隱僻相矜甚至李賀盧仝之險怪孟郊賈島之寒瘦體愈卑而風愈靡矣初盛中晚之分固爲定評然亦大槪論之實有不必過泥者初唐有四傑中唐有十才子晚唐有十哲並驅各樹一幟究不如三傑之能軼後超前耳總之諸家各有體裁亦各有師承溫李元白溫柔敦厚得力於風者也王孟韋柳中正和平得力於雅者也工部昌黎縱橫奇崛得力於頌者也若盧仝李賀奇情詭狀語必驚人又得力於離騷經之大招天問者也耳食之輩往往自矜風雅不辨源流妄託大家傍人門戶其亦不思之甚矣太白仙才也人所不能學盧仝李賀鬼才也人又不必學諸家固可學矣而又不可不善學何也學元白者其弊常失於淺學韋柳者其弊常失於弱學韓杜者其弊失於粗學溫李者其弊常失於纖詩學豈易言哉我　朝文明大啟科歲鄉會等試皆有五言八韻詩一首名曰試帖功令所在人所共趨而詩教遂益失其傳蓋今之所謂詩異乎昔之所謂詩也學詩者所貴兼收博採棄瑕錄瑜吐糟粕而吸精華由三唐以溯六朝由六朝以溯國風是爲得之矣

聖人享帝　○太常寺題四月初五日常雩大祀　天於　圜丘奉　旨朕親詣行禮四從壇遣亦瑞鍾秀英俊德壽各分獻欽此又題視牲看牲奉　旨遣凱泰視牲坤鯛看牲均見邸報茲聞各部院咨送陪祀司員訪錄於左　吏部員外郎聯壽主事克昌主事范廣衡張祖厚　戶部郎中與福員外郎恩通郎中楊星曜主事周錦生　禮部員外郎榮奎主事益慶郎中李光宇主事胡壽榮　兵部郎中惠兆主事穆克登額員外郎趙賢書主事許承祖　刑部堂主事覺羅平康員外郎松均郎中周廷棟主事陳焜坤　工部員外郎鐵麟主事劉之翰郎中伊金泰主事耿如蘭　太常寺典籍崇山方光紳贊禮郎宗室松鈺斌福覺羅德齡錫福阿昌阿吉昌覺羅瑞岳秀伊里布文元世除孝順　讀祝官貴印志驤貴昌色欽景存裕晉　司樂祁與元汪原慶李肇禪崔家福祁有麟楊家魁徐宏德黃家瑞　圜丘壇奉祀陸祥元祀丞王遠壽等均於四月初四日赴　壇內朝房住宿初五日寅刻俱穿朝服伺候陪祀以崇典禮

清道而馳　○四月初五日　皇上大祀　祈穀壇所有各部院應值各差曾詳前報茲悉侍衛處奏請　派出稽查壇墻之大臣督飭八旗各營兵丁在　天壇圜墻外支搭帳棚晝夜輪流梭巡以昭嚴密並聞　鑾輅經行之處由步軍統領衙門飭該管地面各弁兵預期平治務使周道如砥所有正陽門甕城內卦攤命館煙舖筆舖暨正陽門外大街石路兩旁魚市飯攤等俱飭拆毀以清蹕路

福能壓禍　○鬧市馳馬最易闖禍行者乘者均當戒以小心不容疏忽也三月二十二日早九點鐘時西城羊市有一貌似械役者乘馬而來其行如風毛黑如墨蹄白於銀俊物也正行間一小孩橫街而過適當馬頭其人緊銜轡而緩搖鞭馬昂首長嘶直從孩身上躍過旁觀大懼以爲孩童粉碎矣詎馬去孩起毫無損傷人咸嘖嘖稱馬性之馴良然而該童福澤正亦未可量也

好行其德　○偶步街頭見一貧民年四十餘自稱齊人肩一猪一頭鍋灶一頭裝二小孩呱呱不止後跟老嫗白髮龍鍾向東四牌樓一帶沿門托缽附近人家爭呼而與之頃刻已得當十錢十餘千文殆所謂好行其德者歟

學海課期　○學海堂專考經古係於各書院外另闢一課一切章程經前運憲詳定由督憲閱課次官課次齋課無論舉人生童均准一體投考由領卷之日起限十日繳納此定章也本月二十六日係該堂齋課之期已由運司先期牌示矣

堂主從寬　○左倉門口張某侵佔美國教堂地基等情已到前報茲悉堂主顧鄰人情面不爲已甚按例私侵地址照拆退還猶不無應得之咎該堂主格外從寬准張某自行循檐安置水桶遇有陰雨滴水從張某院中行走不至沖激堂地俟將來重修時再將所佔照址繳還現聞張某均如所請從此息和說爲者堂主之厚予則謂張某之福也

命案覆訊　○通義順錢舖學徒被踢身死一案昨經覆訊舖掌張某仍供係患病身死屍屬借端訛賴大令飭仵細驗壞明屍格實屬被踢越日身死質之崔姓正兒亦供認不諱大令大怒將舖長重責方肯實招不敢狡展遂將舖掌崔姓等均予嚴押以憑覆訊核辦

淫婦太狠　○東門外某姓婦倖而淫但年逾四旬敗草殘花人皆厭棄之婦因衣食無資益加躁暴有子八九齡與鄰子因戲鬥毆打該婦見之將鄰子咬破血流如注鄰婦以子受傷遽向理論轉被辱罵登時氣倒夫因外鄉人稔婦兇惡不敢攖其鋒昨已移居以避之矣

設阱陷人　○東城根混混某甲開設烟館以其黨某乙爲掌櫃朋比爲奸設阱陷人該烟館有暗樓一間窩藏娼妓既爲花賭又爲花烟且係鍋夥有某婦者經年守節僅一子在南製造局做工該烟館引誘每月辛資均付之標賭前晚某婦查悉即赴該烟館理論而該混混等竟恃橫相敵無理取鬧街鄰恐釀事端急爲排解將婦勸回似此陷害孤兒欺凌寡婦兇惡已極若不查禁恐非地方之福也

惟口興戎　○李甲者曾爲某宦紀綱娉定某氏女爲妻上年迎娶入門貌雖不陋却少風韻甚不愜意氏揣知夫意極力承迎濃粧艶抹要亦少婦常情詎房東某乙鄉中富室也有二女年及笄語言伶俐放誕風流始而譏誚繼且捏造謠言直以窯姐呼之氏與口角奈一嘴難敵二嘴氣憤難伸遂用頂針刺腹殞命李查悉大怒信知氏家遂來多人將趙家門窗俱毀復索二女已移避他處經人說合由趙備辦衣衾暫行入殮再議一切此係二月間事至今尚未了結嗚呼以言語微嫌釀成大禍固屬年幼無知亦爲父母者之咎也

事頗解頤　○某甲者居郡城東門外家小康生三女一子長適人次三未字也女因摽梅已屆迨吉無期往往指東說西隱示瑟歌之意母覺之屢託媒媼始得議娶女不嫌與高采烈閨房中日以婿家相誇耀姊矜門第妹侈家貲卽到鄰舍閒坐所談者亦十有八九甲子增姊放誕遂向勸阻女不服反出惡聲於是姊與弟因口角而斷打亦小戶人家常事耳詎女氣憤難伸暗倩媒人邀姑壻前來向母家大肆咆哮經人力勸始散諺云女心外向爲已嫁者言也未嫁者亦若是乎奇聞哉故錄之以博一笑

案中有案　○近日秋審會勘伊犂江右安遠縣麥雨嚴大令錫艮親解要犯晉省內一犯婦某氏年僅二十聞其案情經南昌府倪莫園太守恩齡親提覆訊頗多轇轕據供一人起意並無同謀用蚊烟藥置諸飲食本欲謀毒丈夫後因丈夫有事不卽取食命不該死以致誤斃翁姑云云至于原告卽其夫若夫弟現經縣訊定案後不知冥飛何處查無着落而上憲之意必須原被提案兩造對質方成信讞刻聞麥大令稟辭回縣提集人證幷札委候補縣李和叔大令克棨同往會辦不知若何了結也說者謂婦人從夫者也若非戀姦情切何至謀毒其夫甚且誤毒翁姑身犯大辟亦可謂厲氣所鍾罪大惡極者矣但其夫若夫弟苟非知情何至報案縣訊後相與遠遁是亦不可强解者也俟觀其後

光緒二十二年三月二十五日京報照錄

宮門抄　上諭恭錄前報○三月二十五日戶部　通政司　詹事府　鑲白旗值日　無引見　鄭王等謝賞稽察備察壇廟　恩　裕德假滿請　安　李昭　謝授侍講　恩　那公請假十日　召見軍機　張蔭桓　陳學棻　本日　皇上升　文華殿英國使臣竇納樂覲見　皇上明日辦事後至　頤和園　皇太后前請安後駐蹕

○○邊寶泉片　再查福州厦門二口按結應解總理各國事務衙門三成船鈔銀兩經臣於二十一年十月二十二日解過一百三十九四十兩結分晰銀數恭摺奏報在案今自光緒二十一年八月十三日起至十一月十六日屆滿第一百四十一結期內福州口徵收洋商船鈔銀八百六十七兩三錢招商船鈔銀三百十五兩八錢厦門口徵收洋商船鈔銀一萬四千七百一十四兩招商船鈔銀四兩三錢核計福州厦門二口共徵鈔銀一萬五千八百九十七兩四錢應解三成銀四千七百六十九兩二錢二分除將前項銀兩按數兌足塡具文批照案發交號商源豐潤蔚泰厚承領匯解赴總理各國事務衙門投納外謹附片具陳伏乞　聖鑒謹　奏奉　硃批該衙門知道欽此

金陵仁記南味坊

自製本機元塗京緞寧綢紗縐絨線槽貨食物金腿海味南貨俱全近因錢市漲落不同分別減價抑因無恥之徒假冒南味者甚多雖云謀利誠恐亂眞欲辨薰蕕用煩楮墨

寄售雨前龍井每斤津錢一千二百文八百文福建絛絲格外公道　開設宮北大獅胡同內

福建賴天生德煙絲皮莊

本號專辦皮絲加工監製向在湖南江南等處開設歷有年所四遠馳名今分設天津東門外宮南天后宮隔壁第一家開張請諸君降臨光顧是幸特此佈聞

浙紹名醫朱鈍翁履診重症悉慶回春寓彌勒庵

取材於電

本行經理西門子廠專辦電報各種材料各種電機及水雷用電綫並兵船砲臺以及各廠各礦鐵街路需用各種電燈一切俱全貨真價廉各省官商如須購辦請惠臨敝行看圖議價可也

天津信義洋行謹啟

天津 麥加利銀行告白

啟者本行資本英金八十萬磅備用股本英金八十萬磅公積英金三十二萬五千磅總行開設倫敦分行在孟買加拉吉打冷宮哪哈亞伯古隆北新埠太平咪登哈來蘭播新嘉坡香港福州上海漢口暹邏濱角包帶維亞沙來伯鴉神戶横濱等處起首至今三十九年倘有存欵勿論仕商照期起息請來敝行面議敝行茲于正月三十日開張恐未週知特登報章佈告

德商元亨洋行

本行專辦進出各口貨物今開設在法界鐵路公司西首特此告白

儒醫陳雨蒼貧病送診過午不候寓工程分局迤東

辨別真偽 天津 元利靴店

本店開設北門外估衣街歸賈胡同內專做時式京靴鑲鞋料高價廉數十年馳名已久向來並無分號今竟聞有無恥之徒開設鞋店造言與本號聯號恐貴士商悞爲魚目所混茲特謹登告白如賜顧者須認明本號發票及鞋內圖記庶不致悞

本齋主人識

烏利文洋行

啟者本行開設香港上海三十餘年四方馳名專售各式金銀鐘錶鑽石戒指八音琴千里鏡眼鏡等物並修理鐘表價錢比別家格外公道今本行東家米士得巴克由上海來津開設在紫竹林裕泰飯店旁請諸君降臨光顧是幸特此佈聞

丙申年三月二十九日禮拜一

浙杭 元吉永莊

本莊自置紗羅綢緞新樣洋𦈢花素洋布川廣夏貨團摺雅扇南貨頭油俱全祇爲近時錢市漲落不同故而各貨減價開設估衣街中間路北凡　仕商賜顧者無悞特此佈達

告白

敬啟者京城售報處改在前門外琉璃廠小沙土園路西寶興木廠叉楊梅竹斜街中間路南聚興降小器作內兩處分售此白

售報人陳午濤謹啟寓前門內刑部後身草帽胡同北頭大院內

新刻中日戰輯

內錄中日和約

粵東王君煜初所編中日戰輯一書分裝四帙幷附水陸戰鬭地圖六幅書中所載中日軍情始末實事求是絕無虛飾且詳析中國今日必當如何改革以臻富强想有心時事者當爭先睹爲快也

每套售價一元

代售處　紫竹林同興號　鍋店街文美齋　估衣街逸雲齋　仝啟

三月二十九日銀洋行情

天津九七六錢
銀盤二千五百六十文
洋元一千八百零五文
紫竹林九六錢
銀盤二千六百文
洋元一千八百三十五文

四月初一日出口輪船禮拜三

新濟　輪船往上海　招商局
重慶　輪船往上海　太古行
順和　輪船往上海　怡和行

直報

光緒二十二年三月三十日　第四百號
西歷一千八百九十六年五月十二日　禮拜二

上諭恭錄

上諭奎順奏回匪竄往青海蒙古貝子等陣亡請旨優䘏一摺西甯上五莊地方前經官軍將回匪擊敗後該匪竄擾青海蒙古貝子納木希哩帶兵截擊衆寡不敵該貝子力戰捐軀又陣亡章京阿音奇一員死事情形實堪憫惻蒙古貝子納木希哩素木章京阿音奇均着交該衙門照陣亡例從優議䘏以慰忠魂餘着照所議辦理欽此

論選將

古者將無專職六卿皆將也無事則與亞旅主伯以相安於都邑有事則率伍兩卒旅以效命於疆埸上下一心兵將相習故能如身之使臂臂之使指所向有功雖無將之名而實收將之效自七國爭雄而後畧地攻城殆無虛日而善陣善戰之說紛如矣南有伍員范蠡孫武子北有廉頗李牧趙奢樂毅東有孫賓田穰苴西有吳起王翦陰謀秘計傾國殺降古道之變於斯爲極可勝歎哉自是以後文武分途文則惟司吏治而轉輸饋餉以濟軍武則專掌兵權而決策運籌以禦侮然士卒多則有强枝之患誅殺擅則有尾大之虞統轄既久勢且至於不可收勦爵太尊弊轉流於無所制唐季藩鎮之禍可爲寒心爰世有鑒前車漸削其權而鈐之以文吏使之不得跋扈之憂雖去而微弱之弊旋生矣蓋兵貴神速頃刻萬狀機宜一失潰敗立形兩陣對壘之間非深諳韜畧者不能騎機而應變文臣未歷行間一切進退疾徐虛實奇正豈遂了了於心即手執太公陰符孫子十三篇日夜講求終屬紙上空談難期實效趙括善讀父書而敗於長平坑卒四十萬非其明徵乎故建節登壇不必强分文武要視將畧何如耳將以胆爲貴識次之謀又次之技藝其末焉者也蓋胆壯則識生識生則謀成佐之以技藝運之以器械制勝之道決不外是然胆非鹵莽之謂沉毅之謂也沉毅根於忠義其人苟能不負君國然後能不顧身家既能不顧身家然後能不惜性命所謂託孤寄命臨大節而不可奪者此耳不然矜論見竭機謀乎居雄辯高談非不頭頭是道一經臨事倉遑失措莫展一籌惟有縮頸抽身爲自全計况當入死出生之地砲雷槍雨之時尚堪問乎尤可恨者近年來營中積弊太深自統領以至管帶乎以尅扣餉需爲事恣一身之揮霍忘士卒之飢寒擁巨貲牟厚利意謂縱使一旦失官猶可作富家翁以終天年老死牖下如此存心而猶曰摧鋒陷陣忘身殉國吾知其必不能也徧觀當世將才實不易得惟降格以求尚可爲救時計從前中興諸大臣若曾若左若彭胡以及鮑劉諸爵帥類皆優於謀畧忠勇性成所有舊日部曲尚有存者當擇其身經百戰且善待卒伍無尅扣聲氣者授以節鉞厚其餉需使之得盡所長蓋閱歷深則情形熟敵人之虛實不難測度也身家輕則名節重一己之死生無所繫戀也然後決機於兩陣定策於俄頃操縱自如成功何難哉更有進者古來喪師失律半由於將帥不和事權不一以致當進也而反退當疾也而反徐號令紛更士卒無所秉承甚至勝則彼此爭功挫則互相推諉此尤弊之大者也苟能深信不疑何妨任賢不貳勿掣其肘勿撓其計勿分其權勿窘其用督撫不必居節制之名樞部不必示鈐束之勢一切賞罰黜陟皆得專達於　朝廷如唐之任郭李者然然後責其成效不效則治其罪既鼓勵於前復警惕於後有不激發天良浹肌淪髓者鮮矣縱兵勢無常成敗利鈍未敢預知然亦必不至如向之望風奔潰畏死偷生無恥之甚者也區區管見未必有當事情姑錄之以質夫深知時務者

光緒二十二年三月分選單　○員外郎刑部直隸司鄭德基順天監　主事禮部主客司于式枚廣西甲　小京官國子監博士孟春華直隸舉　知府四川保甯府邵世恩浙江甲　同知安徽徽州田芸鑣監生員　知州直隸晉州劉　湖南監雲南鄧川胡璧湖南廩　通判福建延平馮閎勳直隸監知縣江西東鄉王會同浙江監山西石樓劉錦榮奉天四川平武陳兆豐福建甘肅吉浪黃雲標順天廣西來賓唐宗海四川俱甲廣東開建黃祖徽江西陵山西長子恩順正藍舉湖北長樂葛鴻恩直隸廩山西蒲縣梁懷顏山東附河南輝縣龐傑鑣監舉安徽祁門吉元江蘇舉福建德化胡永榮陝西舉將樂壽恩榮浙江附湖南會同羅炳鎔湖北監辰谿王道生江蘇恩　布理陝西劉式銘浙江監　府經河南汝甯余建揚四川監縣丞江蘇句容劉鼎元湖南福建南安蕭徵蒸江西蒲田葉錫祺廣東俱監　吏目四川漢州李遂淵直隸附　巡檢湖南瀏陽馬逢豐直隸福建霞浦張照關四川俱監　典史陝西永壽唐稱林河南福建邵武張潘浙江廣東揭陽楊士筏四川福建仙遊李先事河南廣東茂名曾紀光湖北福建長泰賈鍾珍陝西四川營山程秉衡江蘇俱監福建安溪牟璞齋山東俱事

振聵發聾　○都察院奏查明各省上控未經親提各案開具清單呈覽各州縣審斷不公致令屬民上控該管上司自應親提審辦俾無冤抑前經通行各省督撫凡京控奏咨各案該管上司如未親提卽將違例之員嚴參懲處嗣後審結各案卽於覆奏一面聲叙甘結虛實一面將職名隨案附參

桃李清陰　○京師順天府義塾創自前憲周小棠大京兆自咸豐紀元迄今已越四十六載除小塾外另立大塾附在金台書院專爲栽培寒畯由署順天府尹憲陳六舟大京兆厘定規條凡生徒應試遊庠者恩准給銀十兩以示鼓勵當蒙批准註冊垂諸久遠本屆科試塾生吳廷藻等俱採芹香經總理紳董吳鼎循例稟請徐山長于叅軍照章給銀十兩滿門桃李莫不仰沐恩施云

金鈴誰繫　○通州某氏女年十七矣豐姿秀質直可比美阿環經人撮合嫁與西鄉希姓家姑雖徐娘半老猶尚多情常與惡少相往來女不然其所爲以是結怨於姑笞鞭鳳殆無虛日甚欲置之死地無賴某甲知之以爲奇貨可居詭言有富翁欲求燕婉若以畀中人與之十斛明珠不難立致姑信之甲遂挈至京師售與蔡家胡同某妓寮女至此身入牢籠矣然清白盟心誓不迎新送舊又被惡鴇摧折遍體鱗傷奄奄待斃適有通州某乙偶過琵琶花下見女幽愁掩抑楚楚憐人細詢顛末始知爲無賴所賺女亦潸然隕涕懇其寄語家人代謀脫籍乙慨然允之回通後信知其母急赴公庭稟控想賢父母定能超拔沉淪必不使一朶青蓮花久插污泥中也

或有憑焉　○劉甲者世業屠生平戕害不知幾千萬億以是戾氣所感唾種不祥所生子女或手足或肩背均生有茸毛形如剛鬣苟知儆懼卽當立改他途甲竟悍然不顧今春三月正當奏刀之際其第三子甫七歲忽然大哭小泣一似悲從中來從此病狂日作家鳴延至昨日而斃噫放下屠刀立地成佛不知甲能悔悟否耶

輕重有權　○日前所登逢摩菴與箔君廟械鬥經守望局呂弁抓獲十七人一節正欲送案間旋奉道憲委守望局總辦李太守蔡大令江大令三堂會訊均掌嘴一百責手一百兩造十五人皆叩頭乞饒卽飭取保具結釋放惟劉玉黃福元郎黃玉春二人供詞狡展且係案中要犯已發縣鎖押聽候重辦矣

進香遺臭　○李明庄香火會來津進香畢昨日將歸老少婦女二十餘口乘坐大車行至河東于家廠正當過橋橋忽塌陷將車翻落臭溝溝深約七八尺個個盡染污泥無復廬山眞面雖未淹斃被傷者亦頗不少有一老媪將眼眶擲破傷勢甚重不知能保性命否已另雇脚車回鄉矣

願收覆水　○前登李大妻改嫁滄州一則隨客去數月矣昨忽歸來並帶有男子二人口稱仍願在一處度日李素忠厚以爲聲氣不雅且斷無二男一女同居之理村斥之該氏反事要挾如不允准須將前次財理如數退回李無可如何將妻安置旗間帶來二人亦寓居客店然後煩人說合不知能了結否容俟再訪

女中光棍　○津邑西沽有木匠妻某氏貌僅中姿性頗放蕩身雖女流而膂力過人情投意合則小大由之一有齟齬便大肆雌威日前本村龍王廟演戲酬神該氏赴場觀劇與同村人詼諧翻臉突用茶杯砍去悞將丁字沽孫某頭顱砍傷當卽喧鬧該管汛弁不能彈壓聞經鄉鄰理處始得了結云

急何能擇　○津邑五力雜處賊匪最易溷跡近來胆敢白晝行竊殊屬目無法紀某禿子者東鄉人也日在各處試其妙手昨見攏船在河壩起運包米乘忙亂之際易如拾芥將包米抗起而逸經船戶等瞥見同脚行追赶伊見勢不佳踴身跳落河中不意被鐵錨插傷右臂當經脚行等連米撈獲扭送十段守望局將人贓一併送歸總局審訊矣

行船當慎　○東浮橋下一帶船隻素多而河撥之待裝糧米者又停泊於此以故擁擠非常昨有小火輪駛至該處猛將河撥船撞壞二隻水手家眷紛紛落水當經別船撈救幸未傷人而該船則如石沉海矣但河撥原係官船未知作何辦理訪明再佈

因奸疑拐　○某甲充庖丁妻某氏性頗輕狂素與同院張某有染因結珠胎時將彌月張雇洋車一輛擬將氏拉向他處分娩不令甲知詎有好事者告之甲疑係拐逃立將該氏追回聞尙有控告情事未知確否訪明再錄

善竊奸謀 ○昨有某甲口操南音向河北大街當舖贖當手持錢帖八吊文該當以面生要保甲出旋同來一人聲稱係當舖鄰佑洋貨舖中夥友情愿作保當掌櫃細察情形恐表裏爲奸設謀撞騙因向洋貨舖中根究果無來人作保情事該 貨舖亦恐冒充舖夥大有干係遂協同當舖將兩人扭住及到錢舖兌號果係假帖立交鄉甲局究辦兩舖掌可謂老成練達稍一疏忽定受朦籠矣

盜欺孤寡 ○南大水溝某姓孀滑氏寡且獨少有積蓄放鄉帳爲生活繼內姪滑大爲嗣大年方十六歲每日入學讀書昨日該孀下鄉討帳大清晨入學託同院某照覷門戶迨晚放學歸家瞥見本屋房山露有一孔嚮卽開門撿查各物失去約值二百餘金當赴二段守望局鳴寃大令將大併同院某一併送縣聞某已願照數賠補矣

狀元夫人 ○洋場北里櫛比鱗次有名燕儂者中有一家高黏曹寓二字于門首訪豔尋芳之流逡巡不敢遽入探之知卽當日名妓傅彩雲校書今則改名曹夢蘭重結香巢高張豔幟處也校書于十年前適某顯官蓋由殿撰出身以卿貳而膺皇華之選者上年遽歸道山嗣續無人一空依傍遂重理舊業然以曾侍清貴故脾睨一切不屑下交庸流凡一應旗亭酒舍之召皆拒而不赴惟任人登門造訪披幃索見則來者不拒限爲之穿閒又有某殿撰者與之殷勤結納校書頗而樂之紅情綠意輝映後先回首當年殊不必與雲散風流之慨焉

購買南北 ○四明儒穩來函云甬人呼物渾其名曰東西所以不曰南北者以南北屬水屬火未能手持而東西屬木屬金可以手取也甬有某生學問淹博宜可屈宋爲衙官惟性成迂拙病似瘋魔日前特出資向某雜貨舖堅購南北某夥倒篋翻籠徧覓不得婉言謝之某生不從某夥曰本舖雖有南北雜貨招牌祇因雜貨分南北耳若指名欲購南北實無此物某生聞言大肆咆哮謂某夥欺巳太甚非俟此物到手不肯歸家一時聚而觀者密如堵墻皆鼻笑口笑腹笑不置有某乙者亦明經也爲之揣透心思欣然而入遣人轉購自來火及香水回舖出而付之某生喜溢眉端持以雙手長揖而去蓋南者火而北者水也某乙洵能知人心事哉誌之以博一笑

光緒二十二年三月二十六日京報照錄

宮門抄 上諭恭錄前報○三月二十六日禮部 宗人府 欽天監 鑲紅旗值日 無引見 崐貝子載瀛各假滿請 安 承侯因伊弟以侍衛用謝 恩 景泰桂山謝左右監副 恩 熙貝勒櫄貝子錫侯各請假十日 阿公請假十五日 信侯官祥各續假十日 彭見紳預備 召見 召見軍機 彭見紳 皇上明日申刻由 頤和園還宮

○○鴻臚寺少卿臣方汝紹跪 奏爲陳請開缺事竊臣前因喘嗽兩次具陳蒙 恩賞假在案現在假期屆滿病仍未痊伏念臣年巳逾七旬氣血衰憊現患病症一時難望速痊臣寺職司贊引典禮攸關若以病軀戀棧深恐貽誤致蹈衍尤惟有仰乞 天恩俯准開缺俾得安心調理倘能醫治獲痊則此後有生之日皆 聖主再造之恩矣所有陳請開缺緣由謹繕摺具 奏伏乞 皇上聖鑒謹 奏奉 旨巳錄

○○鹿傳霖片 再前准通行內閣嗣後道府丞 州縣等官無論何項勞績保奏歸入候補人員卽以此項人員到省之日起予限一年詳加察看出具切實考語奏明分別繁簡補用等因又查例載試用道府等官到省一年期滿例應察看出考分別堪勝繁簡專摺具奏等因均歷經遵奉在案茲查有候補知府王明德試用知府朱大庸均試用一年期滿例應甄別由藩臬兩司造具該員等履歷清册填註考語會詳請 奏前來臣查該員候補知府王明德才具精明試用知府朱大庸年壯才明均堪以留川照例補用除分案咨部查照外理合附片具陳伏乞 聖鑒謹 奏奉 硃批吏部知道欽此

○○趙舒翹片 再查定例捐納道府分發人員試用一年期滿察看才具分別堪勝繁簡奏明照例序補又道府州縣無論何項勞績保歸候補班人員卽以到省之日起予限一年詳加考核奏明分別繁簡補用各等因歷經循辦在案茲查三品銜試用道蔡國熊自光緒二十年十一月初六到省之日起連閏扣至二十一年十月初六日止試用一年期滿又試用知府羅道源自光緒二十年九月初八到省之日起連閏扣至二十一年八月初八日止試用一年期滿又候補班知縣李鈞自光緒二十年十二月二十二到省之日起連閏扣至二十一年十一月二十二日止試看一年期滿據蘇藩司會同臬司分別驗看加考先後詳請甄別具奏前來查該員蔡國熊才具明敏人亦安詳堪以繁缺道員補用羅道源年力富強才具開展堪以繁缺知府補用李鈞才識穩練辦事細心堪以繁缺知縣留省序補除將該員等履歷咨部查照外謹會同兩江督臣劉坤一附片具陳伏乞 聖鑒謹 奏奉 硃批吏部知道欽此

取材於電

本行經理西門子廠專辦電報各種材料各種電機及水雷用電綫並兵船砲臺以及各廠各礦暨街路需用各種電燈一切俱全貨眞價廉各省官商如須購辦請惠臨敝行看圖議價可也

天津信義洋行謹啟

福建 賴天生德 皮絲煙莊

本號專辦皮絲加工監製向在湖南江南等處開設歷有年所四遠馳名今分設天津東門外宮南天后宮隔壁第一家開張請諸君降臨光顧是幸特此佈聞

德商元亨洋行

本行專辦進出各口貨物今開設在法界鐵路公司西首特此告白

儒醫陳雨蒼貧病送診過午不候寓工程分局迤東

變別真偽 天津 元利靴店

本店開設北門外估衣街歸賈胡同內專做時式京靴鑲鞋料高價廉數十年馳名已久向來並無分號今竟聞有無恥之徒開設鞋店造言與本號聯號恐貴士商賜顧悞爲魚目所混茲特謹登告白如者須認明本號發票及鞋內圖記庶不致悞

本齋主人識

烏利文洋行

啟者本行開設香港上海三十餘年四方馳名專售各式金銀鐘錶鑽石戒指八音琴千里鏡眼鏡等物並修理鐘表價錢比別家格外公道今本行東家米士得巴克由上海來津開設在紫竹林裕泰飯店旁請諸君降臨光顧是幸特此佈聞

丙申年三月三十日禮拜二

浙杭 元吉永號

本莊自置紗羅綢緞新樣洋辮花素洋布川廣夏貨團摺雅扇南貨頭油俱全祇爲近時錢市漲落不同故而各貨減價開設估衣街中間路北凡仕商賜顧者無悞特此佈達

告白

敬啟者京城售報處改在前門外琉璃廠小沙土園路西寶興木廠又楊梅竹斜街中間路南聚興隆小器作內兩處分售此白

售報人陳午清謹啟寓前門內刑部後身草帽胡同北頭大院內

新刻中日戰輯

內錄中日和約

粵東王君焜初所編中日戰輯一書分裝四帙幷附水陸戰圖地圖六幅書中所載中日軍情始末實事求是絕無虛飾且詳析中國今日必當如何改革以臻富强想有心時事者當爭先睹爲快也

每套售價一元

代售處 紫竹林同興號 鍋店街文美齋仝啟 估衣街逸雲齋

啟者本莊向運鉛板石印各書已蒙 賜顧者僉稱貨高價廉茲添木板書籍新印算學及格致等書與李鼎和各色湖筆蘇杭時式象牙玳瑁宮紗雅扇象牙梳篦漢鎮雲白水烟袋等貨揀選精工倘蒙 紳商賜顧祈到本莊購取可也

北城根鄉嬛書莊謹啟

三月三十日銀洋行情

天津九七六錢

銀盤二千五百六十七文

洋元一千八百一十文

紫竹林九六錢

銀盤二千六百零七文

洋元一千八百四十文

四月初一日出口輪船禮拜三

新濟 輪船往上海 招商局

重慶 輪船往上海 太古行

廣生 輪船往牛莊 怡和行

光緒二十二年四月

直報

光緒二十二年四月初一日　第四百零一號
西歷一千八百九十六年五月十三日　禮拜三

上諭恭錄　論奢儉利弊　移請神牌　有玷臺班
沉冤待白　鬼　難防　運憲牌示　拐犯供招
先事預防　冤魂索命　整頓地溝　腦後下針
拐孩屢見　不幸之幸　聯語解頤　心計獨工
京報照錄　各行告白

啓者本館售報需人如有情願承辦者至本館帳房面議可也

本館告白

敬者光緒二十一年分本局第十二屆總結款項帳目現已彙齊照章應請有股諸君來山會核以便刊刻帳略派分股息茲定於本月十五日以前務請　各股友來局看帳其往返川費悉由局備送緣候刊略幸勿稽延爲荷特此佈　達

開平礦務總局謹啓

上諭恭錄

上諭劉樹堂奏查明州縣優劣請旨分別勸懲一摺河南裕州知州徐佐喜心精力果措置裕如署上蔡縣知縣徐壽茲興利除弊器識閎深舞陽縣知縣張慶麟志趣向上勤奮從公調署安陽縣宜陽縣知縣葉濟居心正大擘畫精詳署固始縣知縣費坤治劇理煩不遺餘力署汝陽縣知縣楊清魁實事求是雅尚廉勤永城縣知縣沈德義强幹有爲饒於權略署商邱縣知縣沈樹人才具開展撫字盡心滎陽縣知縣張駿篤實不浮書生本色以上各員據該撫聲稱均有政績可觀輿情愛戴卽着傳旨嘉獎仍飭令該員等益加勤奮勉爲循良用副朝廷勤求吏治至意淇縣知縣葛秉彝疏於聽斷息縣知縣宋克揚事多廢弛均着開缺留省另補餘着照所議辦理另片奏特參不職佐雜等語開封府經歷杜受濬任性妄爲西平縣典史王敬熙遂平縣典史孫藍田均擅受呈詞着一併革職該部知道欽此

論奢儉利弊

人事與天時相感召民風與世運相推移利弊乘除理之自然數之一定也而顯然易見者莫如奢儉之分粤自上古渾渾噩噩丕丕榛榛巢居而穴處抔飲而汚樽無所謂奢並無所謂儉故民皆甘其食安其居老死不相往來不啻游華胥之國焉何樂如之唐虞之世制作漸興衣裳也則有山龍華虫祭祀也則有宗廟社稷飲食也則有犧牲酒醴然不過郊天地奉祖考已耳由夏商迄成周沿兩朝之舊制集一代之大成彬明文物稱極盛焉然而時之盛俗之衰也寖假以至東遷上則踵事增華下則變本加厲其勢遂至於不可挽孔子曰禮與其奢也甯儉喪與其易也甯戚蓋有慨乎其言之嗣是以後大凡一朝開創之初則民樸而俗厚降及末流則風侈而民窮有歷歷不爽者竊謂儉者質之別名也奢者文之流弊也尙質則務本而利收於儉食以蔬衣以布量入爲出致富之道也富則禮義生而風俗厚矣尙文則逐末而弊在乎奢曳綺縠饜珍羞揮金似土致貧之由也貧則廉恥喪而風俗漓矣以當世論之京師爲首善之區也列居者王公大人僑寓者貴官顯宦加以富商大賈霧集雲屯故應酬必極周詳禮儀必期繁縟車馬衣服惟華惟美固非他省所能彷彿一二者乃自海禁大開通商互市沿海各口岸頓改舊觀如申江之繁富香港之浮華固足創千古未有之奇卽天津一隅亦有日新月異者焉該地習氣尙功利喜懋遷本自好奢而惡儉近因洋行林立局廠星羅謀生之道更覺裕如或領某行之事或應某署之差便陡然富貴爲所欲爲一出門輿焉馬焉轎焉東洋車不屑坐也夏綺羅冬狐貉奔走而承迎者豐頰曲眉脅肩重足言則咬文咋字行則折矩周規偶爾宴會狎遊一飯之資一夕之費動至數十百千不止旁觀者以爲非豪富卽貴官也乃家無斗石之儲居無數椽之屋不過討口行糧按月交租而已一旦緘閉薪水立止何無田之可耕更無產之可售始則質其玩好

繼且典其衣服左支右吾多則一年少則數月甚有流離轉徙棲身無所者矣當其盛時志高氣揚養尊處優視寒士莊農衣服之樸陋舉止之粗疎如土苴如草芥不值一文孰知今日反不若寒士莊農之藍縷粗糲尚得免於飢寒哉若鄉閭則不然窮區僻壤大抵力田者多爲買者甚少春而耕夏而耘秋而獲竭一年筋力受幾多苦辛倘遇水旱偏災蝗蝻爲害卽不免無聲之嗟幸而豐年樂歲千斯倉萬斯箱室家相慶矣然除糶種備工而外不過僅供八口溫飽之資語曰天下大利歸農言其多非言其厚也故父老持家務期節省一粟一絲不敢妄費老幼無細軟之衣婦女乏金銀之飾非吝嗇也勢有不得不然者耳然源遠者流必長舊家世族往往祖父子孫門戶相承寔皆坐守歷數百年而依然如故無奇福亦無奇禍較之煊赫一時轉瞬成空者不大相懸殊哉是故奢與儉相反也利與弊相因也奢者驕豪華恣揮霍或快於先世而累及後人或樂在少年而窘於暮歲此弊之因利而生者也儉者酌盈虛計長久或當前不足而日後有餘或外面樸鄙而中藏殷富此利之因弊而出者也孰優孰劣孰得孰失必有能辨之者

移請神牌　○日前欽奉　上諭依克唐阿等奏　福陵　隆恩殿滲漏情形過重今歲方向不宜修理擬移請　神牌於東配殿安奉一摺著欽天監於本年四月上旬選擇吉期行知依克唐阿等遵照敬謹移請安奉以昭慎重欽此已見邸鈔茲聞管理欽天監事務和碩禮親王監正恩祿井衛垣等委派天文科靈臺郎崇祉崇仙趙元煜劉景蓮敬謹擇選於四月初八日辰時移請安奉　神牌當經專摺具奏奉　旨依議欽此遵卽飛咨奉天將軍　盛京禮部一體欽遵矣

有玷臺班　○日前巳革御史奏參琉璃窰戶趙永第素日不法等情恭奉　廷寄嚴拿送交刑部衙門飭湖廣司審訊據趙永第供稱素與張煥亭在琉璃窰同夥當差伊曾將領過　新年殿琉璃瓦料銀十一萬兩肆行侵吞身恐干罪咎阻止不服彼此挾嫌諒此番暗害定係張煥亭轉託元亨金店李新之賄買摺奏指斜云云當將趙永第取保候傳一面票仰北城司派差立將張煥亭李新之一併嚴拏送部歸案審辦詎張煥亭李新之聞風遠颺已據刑部定案將妄行奏參之御史革職並將在逃之張煥亭李新之緝獲另結張煥亭現聞案結卽潛回都中經刑部堂書丁壽堂誘令自行投案以免後患當經承審司員先將張煥亭杖責四十追詰如何賄買摺奏等情張堅不承認跪鍊七次受刑不過卽將轉託李新之賄買摺奏各情供認不諱現經刑部行知廂紅旗都統飭令該管佐領將該御史解送宗人府會同刑部歸案審辦至如何訊究容俟再訪

沉冤待白　○日前東城坊官楊昌壽貪贓枉法致釀命案現經刑部將楊昌壽革職收禁已擬遣戍暨大興縣將洋藥店鋪主魏子恒撥行押店與賊盜同入縲絏均列前報近聞東直門外岔子胡同開設源勝成麵店之武榮吉山西平遙縣人在都貿易多年家道小康又在二里莊等處開設兩家麵鋪因年老不能兼顧經　善繼舉薦　俊德承管三家鋪事並將該三號一切賬簿均交　俊德經理迄今一年有餘不料　俊德與廣隆糧店鋪主孫六串通起意謀霸鋪產令孫六以該鋪欠銀三百零三十兩爲詞向東城副指揮衙署控告隨卽派差將武榮吉傳案竟聽一面之詞並未深究　俊德欠賬虛實卽將武榮吉責押迨至詳城城憲復將武榮吉責打仍行管押三月二十三日派差勒令武榮吉將買賣三處寫給廣隆糧店抵還欠款當經武榮吉胞姪武英以串通謀產受賄枉法等詞赴都察院攔輿呈訴蒙總憲批准想一經提訊不難水落石出沉冤可白矣至如何訊辦訪明再錄

鬼　難防　○京師風俗日壞一日鬼　多端遇有人命盜案如與某人挾嫌串通差役囑令案犯誣攀輕則破產重則擬罪吁可畏哉日前觀音寺地方有趙碻等聚衆械鬥致斃人命等情疊列前報茲聞正在提訊該匪等挰碻有某庫兵同戶部貴州司書吏張振清帮兇等情當經票傳該庫兵書吏等赴卽煩孔方兄上下關說始免訟累然已破費多金矣聞張振清前因置買房產與刑部書吏某甲構訟今特串通陷害以爲報復然京師首善之區此風斷不可長所望賢有司破除情面嚴行懲辦則閭閻獲福多矣

遵憲牌示　○爲牌示事照得三月二十六日三取書院月課查出頂冒童生劉玉瑛之名冒名領卷當卽扣除以備取第一名童生陳自正頂補合行牌示

拐犯供招　○河東頭甲趙某妻只氏被拐及一干人証訊供各節前已登報茲由該處地方探悉潘二隱跡信知原差已於昨晚獲案立予堂訊潘二初猶狡展後因衆供確鑿不能抵賴遂據實承招除板責外仍押候懲辦

先事預防　○現値時事多艱正　國家整軍經武之時昨由德國用輪船運到馬蹄尼快槍計一千四百根用地爬車轉運至城內水月菴軍械庫存儲此誠有備無患先事預防之要務哉

冤魂索命　○河東官汛前李潤田之弟李洛去歲毆斃徐大一案已登前報昨將李洛刑訊供認不諱已收監候辦並將李洛之姪李來子鎖押屍親徐洛在押患病呈請同家調治茲聞徐洛病中譫語喃喃據稱當初鬬毆原從你身上起事竟將我毆斃我已在陰司控告不但將你喚去並將李姓喚去一併歸案審訊云云傍人細聽

恰似已死徐大理怨徐洛口吻然以譫語難憑多不深信乃昨日李來子在縣署籠內忽患暴病而死徐洛現雖未死病亦十分沉重然則冥司之說果有之乎姑錄之以質
高明

整頓地溝　○城內地溝所以備夏秋宣洩雨水也故修理大街石路時重行建造堅固無如附近居民鋪戶竟將穢水傾棄溝內以致壅塞不通現交夏令時雨將行昨由工程局雇工將石板均行揭起一律挑濬現在工將告竣可否由大憲出示嚴禁勿許再以穢水傾入如有不遵將該居民鋪戶從重究辦以免效尤亦清理街道之一端也

腦後下針　○城內某甲妻小家碧玉也天生麗質顧影弄姿尤好抹粉搓脂向門前消遣某乙者係登徒子一流人見而悅之勾搭與語繼且入以游詞詎該婦變喜作嗔正向村斥甲適從內出便欲奉以老拳乙鼠竄而去甲不甘心擬將興訟經鄰人竭力勸解甲稱如願息事須乙手捧高香一步一頭磕至吾門首非此不可乙只得應允昨已遵照舉行旁觀者莫不掩口葫蘆噫某甲此舉真不啻輕薄少年腦後針也

拐孩屢見　○西門內朱姓家昨失迷幼子一名方四歲朱姓赴縣指控桑某將子偷去當將桑姓傳案縣委訊究桑姓不招後飭差帶桑各處搜尋迄無著落據朱姓云已經訪確實係桑姓拐去賣與鐵路公司某委員爲子縣委復飭差役同去訪查不知能得確耗否

不幸之幸　○昨四更時分雙井西胡姓家被人撥門入院在窗外放火幸胡未睡熟卽起驚呼鄰人齊集撲救幸未殃及惟胡姓住房已經拆毁不少當火初起時烈燄騰空勢幾不可向邇若非益照臨店中更夫瞥見急行報警少遲卽不堪設想矣

聯語解頤　○客有從南沙來者抄示本館云前南匯縣汪大令以名進士現宰官身自命風流耽於聲色曩曾服官江右以細優被劾落職嗣以輸貲捐復得補南匯各春又被言官登諸白簡去任時自撰兩楹聯懸諸堂上其大堂聯曰斯地有前因金字題楹猶記夢魂瞻北斗此行無別望鐵沙環海但期屛障保南州二堂聯曰不殘何酷不取何貪兩年來撫字催科敢謂無虧職守雖舉弗榮雖毁弗辱五夜間質幽課獨惟期可對神明聯語如是見者無不竊笑之聞其在任二年不理民事日與四五姬妾縱情行樂其納上海名妓林黛玉爲妾一事尤爲笑柄蓋大令曾以三千金爲林妓脫籍另賃公館爲藏嬌之所詎該妓有舊姘伶人李春來乘大令不在時任意直入閨人阻之則以白刃相嚇厥後醜聲遠播大令乃任其所之近有人撰成一聯黏諸大堂楹聯之旁頗足發笑因並錄之力難庇弱女子傷哉林黛玉綠珠淚換仍未爲金屋之藏居然百里小諸侯問爾何顏忝爲民牧勢不敵一優伶恨煞李春來白刃相加竟直闖玉關而入休矣兩江賢令尹請君自鏡殊玷官箴

心計獨工　○某署庫款向來存項不下數百萬金經手之帳房百忍堂之華胄也藉以營運牟利分放各莊每月結算拆息之數所入甚鉅並於鎮江等處開莊匯兌有多財善賈之目風聞近日大憲得悉底蘊有將飭委員密訪之說事之確否因關機要一時殊難得實然大憲愼重庫儲公忠體國之心已可概見故欲爲彌補之計者不得不提回庫項以待盤查而銀拆因之日漲市面亦從而受累不淺云

光緒二十二年三月二十七八日京報照錄

宮門抄　上諭恭錄前報○三月二十七日兵部　太常寺　太僕寺　正藍旗值日　無引見　耆齡請假十日　兵部奏派查齋　派出澤公敬昌善耆玉書祿珠禮恩普明秀海緒　太常寺奏改派分獻之大臣　派出銘公　召見軍機○二十八日刑部　都察院　大理寺　鑲藍旗值日　無引見　莊王假滿請　安　恩壽續假十日　慶公請假十日　成公請假十五日　召見軍機　阿克丹　吳廷芬

○○崧蕃片　再新授雲南布政使裕祥現已抵省應卽飭赴新任其署藩司湯壽銘署臬司曹津均飭各回臬司鹽法道本任以重職守仍照案派委兩司總理通省營務處暨委該司道會辦善後釐金事務並委雲南府知府興祿充善後局總辦以專責成除分別檄飭遵照外謹附片具陳伏乞　聖鑒再雲貴總督係奴才本任毋庸會銜合併陳明謹　奏奉　硃批吏部知道欽此

○○福潤片　再安徽省年例應解兵部驛站飯食銀一千兩前經戶部奏准自光緒三年爲始暫由耗羨項下動撥仍查照借動耗羨數在五百兩以上之例專摺奏報等因遵照在案茲據藩司將光緒二十二年分應解驛站飯食銀一千兩循案在於庫存耗羨項下照數動撥飭委試用知縣徐景庸解赴兵部交納詳請　奏咨等情前來奴才覆核無異除咨部查照外謹將動用耗羨銀數緣由附片陳明伏乞　聖鑒謹　奏奉　硃批戶部知道欽此

取材於電

本行經理西門子廠專辦電報各種材料各種電機及水雷用電綫並兵艦砲臺以及各廠各礦鐵街路需用各種電燈一切俱全貨眞價廉各省官商如須購辦請惠臨敝行看閱議價可也

天津信義洋行謹啟

福建 賴天生皮絲煙莊

本號專辦皮絲加工監製向在湖南江南等處開設歷有年所四遠馳名今分設天津東門外宮南天后宮隔壁第一家開張請諸君降臨光顧是幸特此佈聞

新出 中東戰紀本末

此書八本係美國林樂知華蔡爾康先生纂輯所錄皆電報公牘及名儒偉論其紀事之切實論事之精當較各種戰紀戰議誠爲遠過並附日皇日后中東將領小像每部津錢三吊

在天津宮北格致書室寄售

德商元亨洋行

本行專辦進出各口貨物今開設在法界鐵路公司西首特此告白

儒醫陳雨蒼

貧病送診過午不候寓工程分局迤東

天津元利靴店 變別眞偽

本店開設北門外估衣街歸賈胡同內專做時式京靴鑲鞋料高價廉數十年馳名已久向來並無分號今竟聞有無恥之徒開設鞋店造言與本號聯號恐貴士商悮爲魚目所混茲特謹登告白如賜顧者須認明本號發票及鞋內圖記庶不致悮

本齋主人識

烏利文洋行

啓者本行開設香港上海三十餘年四方馳名專售各式金銀鐘錶鑽石戒指八音琴千里鏡眼鏡等物並修理鐘表價錢比別家格外公道今本行東家米士得巴克由上海來津開設在紫竹林裕泰飯店旁請諸君降臨光顧是幸特此佈聞

丙申年四月初一日禮拜三

浙杭 元吉永號

本莊自置紗羅綢緞新樣洋辮花素洋布川廣夏貨團摺雅扇南貨頭油俱全祗爲近時錢市漲落不同故而各貨減價開設估衣街中間路北凡 仕商賜顧者無悮特此佈達

啟者本莊向運鉛板石印各書已蒙 賜顧者僉稱貨高價廉茲添木板書籍新印算學及格致等書眞李鼎和各色湖筆蘇杭時式象牙玳瑁宮紈雅箑象牙梳篦漢鎮雲白水烟袋等貨揀選精工倘蒙 紳商賜顧祈到本莊購取可也

北城根嫏嬛書莊謹啟

新刻中日戰輯

內錄中日和約

粵東王君煜初所編中日戰輯一書分裝四帙并附水陸戰圖地圖六幅書中所載中日軍情始末實事求是絕無虛飾且詳析中國今日必當如何改革以臻富强想有心時事者當爭先睹爲快也

每套售價一元

代售處 紫竹林同興號 鍋店街文美齋 估衣街逸雲齋 仝啟

四月初一日銀洋行情

天津九七六錢 銀盤二千五百六十文 洋元一千八百零五文

紫竹林九六錢 銀盤二千六百文 洋元一千八百三十五文

四月初二日出口輪船禮拜四

新濟 輪船往上海 招商局

廣生 輪船往牛莊 怡和行

富平 輪船往上海 礦務局

直報

光緒二十二年四月初二日　第四百零二號
西歷一千八百九十六年五月十四日　禮拜四

上諭恭錄

上諭順天府奏查明順屬賑務平糶隄工出力員紳請獎開單呈覽一摺着該部議奏單併發欽此　上諭邊寶泉奏查明貪劣局員請旨嚴懲一摺候補同知任如芬卽任如芬候補同知蘇紹艮均利營私聲名甚劣均着卽行革職永不敘用以儆官邪餘着照所議辦理該部知道欽此　上諭萬國本着開缺另候簡用南澳鎮總兵員缺着潘瀛補授欽此

辨惑

有事必有理事可惑理不可惑也理不惑則無所用其辨矣而卒不能辨者何故溺於情激於氣耳溺則不知辨激則不暇辨以致顛倒錯亂固結糾纏遂至於不可辨苟能曉之以理不難豁然悟渙然釋而不可辨者立辨愛之欲其生惡之欲其死既欲其生又欲死子張之惑也夫子曉之而張辨矣一朝之忿忘其身以及其親樊遲之惑也夫子曉之而須辨矣故曰事可惑理不可惑也何不可辨之有雖然辨賢人之惑易辨俗人　惑難俗人之惑約有三端試言之惻隱之心人皆有之拯災救患恤老憐貧根於性發乎情者也嘗見乞丐到門懸鶉百結鵠面鳩形性命岌岌在呼吸間一甌薄粥半盞殘羹皆可苟延殘喘而或呵叱之辱罵之呼號半日未肯慨給一文似乎鄙吝不堪矣乃乞丐未去而緇流至而道侶來某廟之正殿宜修某寺之山門將圮一書緣簿多至數百金少亦不下數十金曾不少愛惜焉何也彼固謂濟貧未必感恩敬神可以獲福豈知聰明正直之謂神非同人世可以賄賂邀求者不過徒恣僧道之奢侈毫華己耳此惑之難辨者一也世情重男而輕女自古有然誠以男子奉先祀啓後昆光大門閭女子不能也諺云生男勿喜女勿悲非其明徵乎故人家子弟必令讀書望之登科第作貴官顯親揚名其次亦欲通古今明理義爲正人君子不至敗壞家門情也亦理也然往往苟且遷就不肯延名師不肯成專館束脩則省之無可省節敬則薄之無可薄所費儉而所望奢己屬不可解矣及嫁女也則又不然奩具必豐排場必闊衣服也錦繡首飾也金珠玩好器皿也鐘表銅錫磁木惟華惟美否則面目無光親朋見笑富貴固優爲之平民小戶亦竭力經營多方設措甚或典當田產稱貸息錢恣一時揮霍一旦過門人財兩空惟有浩歎而已此惑之難辨者二也語云鄰里鄉黨有相賙之義何況親戚族人倘一時窘手周轉不開宜視情誼之疏密量家道之盈虛爲之扶持爲之接濟異日歸還可也卽不能還亦無大損傷義有然耳乃吝嗇者流見親友入門或衣服暗淡或言語囁嚅便逆料其來意恐有借貸等情故意厲其色峻其辭使之不能啓齒卽偶爾通融必其人尚有房產土田可以相抵及至清欵則又計算息錢錙銖必較俗所謂善財難舍者此也一旦禍事猝臨訟端驟起差賬若干房費若干來往盤纏

光緒二十二年四月初二日　直報　第二版　一六三六

又若干皆不暇計得宜則已不然赴府赴道赴省徧行鑽控託人情行賄賂費財不足則糶糧石糧石既盡則割腴田及案結事了而家已傾產已破此成之難辨者三也總之質用之與虛縻也施恩之與結怨也孰優孰絀孰得孰失不難辨者不難辨而終不能辨且不肯辨情所溺氣所激而總歸於理不明耳苟能明理則情可以理節氣可以理制不待辨而惑自無矣故畧書數言以質夫世之明理者當不河漢斯言否

祀典恪將　○四月初五日　皇上致祭　圜丘已將應值各差詳登前報茲聞定於初三日由禮部堂官繕正表文進呈　御覽奉入黃亭飭令校尉抬出　午門一路由　天安　大清　正陽等門行走直至　圜丘壇內交壇官看守伺候　鑾臨行禮煌煌祀典孰敢不敬謹將事哉

傳示謝恩　○吏部爲傳示事所有本部帶領引見之廕生崇陰李榮欽天監左監副景泰右監副桂山吏科給事中載存工科給事中鄭思賀截取刑部郎中彭見紳兵部司務鮑忠瀚唐古忒學筆帖式葉晉肯直隸永定河石景山同知張恩尉奏留吏部主事章士荃等均限於本月廿九日辰刻赴鴻臚寺署內望　闕謝恩毋違特示

實惠虛名　○九經詳勸士之文忠信必兼重祿東山致勞軍之意深情下逮室家蓋官愈卑而愈貧兵不恤則生怨自古然也我　國家深仁厚澤二百餘年凡京官禁旅於俸餉之外並頒給廩粟以示體恤至優極渥莫不仰戴高深去歲某太史支領倉米糟爛不堪已列前報近聞某部曹於本年春季所領俸米既朽且黴並不足額則是國家頒實惠官吏受虛名此項俸米只供奸胥猾吏之中飽也殊屬不成事體用特訪錄以為職司　天庾者告

表裏爲奸　○諺云拘賊不遠妓館煙館是煙霞窟與花柳場均易納污藏垢不待明眼人始能辨也乃近來前門一帶烟館竟與妓館表裏爲奸燕燕鶯鶯時出沒于短榻橫陳間尤爲不成體統實足傷風敗俗溺賊藏奸若非賢有司雷厲風行嚴加查禁恐日久將至淫褻難圖也噫

雞姦被獲　○崇文門外木廠胡同居住之米三賣糖爲生價雇十餘歲幼童幫同看守糖攤夜間即同榻而眠忽於三月二十三日頓起淫心乘該童睡熟强行雞姦該童驚覺號嚷適南城練勇局哨：關廷棟梭巡至此聞聲向前盤詰該童據實哭訴即經關哨官將米三解局責訊供認不諱旋送交南城坊叙供詳城咨送刑部按律懲辦恐難逃法網矣

盡心鹺政　○佘澄甫方伯需次畿轉瞬經二十載歷奉要差各上憲皆倚如左右手功績尤彰人耳目者爲創設東三省朝鮮等處電線一事關外人情樸愿從未見此奇異當創設時人情洶洶經方伯婉爲敎化用能易於蕆事至今稱便前運司李升任黔臬督憲以方伯資深望重委署斯篆方伯接篆後剔弊釐奸百廢俱舉昨以花下秤觔輕重不一過關時易有弊混方伯飭下批驗所陳大使立將官秤試準於二十九日親詣官廳而諭衆商嗣後務照試準秤碼造包如敢故違照例罰辦經此一番整頓大包之弊庶有豸乎又聞方伯劄放綱總二人一爲振德店黃姓一爲前口岸故商王益齋之子王某二商家道殷厚當不致有虧課之累方伯之盡心鹺政於此可見一斑矣

殺生致報　○任建功者寄居天津南關先在關外當兵後因遣撤暫居津邑遺有洋槍一杆每日在盧家莊家後窪中轟打雀鳥爲戲昨日清晨又赴窪中打鳥致被火藥轟傷右手此殺生之報也可不戒與

竊案實招　○本埠地面遼闊宵小最易混迹昨有捕役會同守望周巡勇在毛家胡同水鋪內拿獲竊賊段四一名解赴總局審訊聞已供認在津城內外行竊十餘案矣

私錢宜禁　○津邑雖係通衢鋪戶林立而現錢短少街市頗形支絀該錢商等又藉此牟利私攙小錢任意短數稍不細心即被欺朦現今如恒鴻等大字號暨各小錢鋪皆所不免若不早行整頓恐買賣交易甚至不能周轉矣

眞情畢露　○齊某勾通陷害並府提各節已紀前報茲於二十九日太守仍委阮大令梅卿提案覆訊仍復發展大令將架訟底案檢出數卷相詰齊始語塞復將改稱姓金之孫翰卿研鞫供稱當初起意係在宮北黃姓畫鋪內小的與齊某相遇齊言石某巨富家有新買一妾係妓女出身可揑詞指告小的素行安分未敢應承適有某姓皂役亦在鋪內言此無妨爾可改姓控告石姓必不敢到案一經說合得錢按三股平分小的因即允行此實在情形也質之齊某亦據實供招大令飭具謂詞串差切結然後還押候辦

竊米被傷　○昨訪魯禿子河壩竊米一節已經守望局總辦驗訊明確係被鎗扎傷甚重現經伊姐劉氏保回養傷候傷痊再訊云

漁人好義　○日昨河東西方菴前有一婦人女僕打扮行至該處遲徊不進適來一男子向婦問有何事欲找何人婦答以身有病症不知何處有能醫者男子云我知之可隨我去於是男子前導婦隨其後有賣魚人見形迹可疑欲覷其變尾之果將婦人領入小店知非好意即向前盤詰男子斥其多管閒事二人口角因而鬭毆該

婦乘間而走噫若非賣魚人多事該婦隨其衛中矣

脚行樂鬥　○李公樓大王莊兩村脚行曾於光緒十三十五十九等年屢次械鬥迭經地方官嚴加懲辦始行斂迹三年來安然無事無如日久生玩故態復萌昨夕因起卸貨物搶起舊嫌各率羽黨數十人即在釐務局附近一塲惡戰聞大王莊傷人較多然李公樓已抬受傷六人赴縣署請驗矣

雷殛謀斃　○溫州永嘉縣南門外上河鄉地方有謝某者家頗豐饒而苦乏嗣去年身故幸妻某氏腹內珠胎暗結約今春可以分娩有堂叔某甲窺伺遺產恐異日生兒伊子不能承繼乃暗賄收生婦洋元百翌囑其臨盆謀斃乃一聲墜地果是甯馨合家大喜以爲從此有接替人不虞外來之操戈賊矣不意霎時間收生果起毒心將兒前陰揑碎奔還閣經傍觀不悉無奈褁付河干詎料家犬知恩當晚將兒負歸婦房拆包驚視氣息猶溫正詫異間忽聞霹靂大震收生婦跪于門外手捧洋元口中言暗害小孩情事非我本意乃受某叔賄囑致下毒手言畢雷電一閃即將致謀之某叔殛死該婦越日亦死而嬰孩則依然能乳哺矣可見天道報應絲毫不爽貪財昧良者其亦鑒此而痛改也夫

光緒二十二年三月二十九日京報照錄

宮門抄　上諭恭錄前報○三月二十九日工部　鴻臚寺　八旗兩翼值日　起居注引　見二名　翰林院十一名兩翼十三名　潤貝勒由東陵回京請　安　遷公假滿請　安　廣東臬司魁元到京請　安　巍州城守尉義秀到京請　安　恩公陳彝各請假十日　舒存續假十日　召見軍機　魁元　義秀　皇上明日卯初二刻升　中和殿　看版

○○陳寶箴片　再湖南辰州府知府夏王瑚升道所遺員缺自應委員接署查有候補知府徐培元守正才明器度深厚堪以署理據藩司何樞臬司俞廉三會詳前來除批飭遵照外謹會同湖廣總督臣張之洞附片具陳伏乞　聖鑒謹　奏奉　硃批吏部知道欽此

○○延茂片　再奴才於上年奉　命派赴黑龍江查辦事件當即揀選得司員內閣候補中書容賢刑部候補主事劉敦謹工部候補主事廣寄總理各國事務衙門同文館繙譯官瑞安等四員堪以隨帶先後　奏明在案伏思此次查辦事件頭緒紛繁該司員等或派往金廠嚴密訪查或分飭荒塲督催勘丈以及辦理文牘逐款勾稽所有隨帶四員僅敷從事茲復欽奉　諭旨交查姓兵爭鬧一案案牘較多隨員已不敷差遣若再請調京員往返徒稽時日查有奉天候補知府徐維第有志向上長於勾稽又實還原銜已革奉天知縣陳士芸前任鐵嶺縣時因羣毆匿屍一案未能緝獲被議革職係屬因公並非贓污私罪且才長心細熟悉刑名以上三員來江藉供驅策如蒙俞允再行分別咨調俟差竣仍令各回原省理合附片陳明是否有當伏乞　聖鑒　訓示謹　奏請　旨奉　硃批着即咨行依克唐阿調往差委欽此

○○唐炯片　再據署布政使湯壽銘詳稱天順祥商號匯解到廣東銅本銀十萬兩河南一萬兩湖北二萬兩於光緒二十一年十一月二十六十二月初六二十二年正月二十九等日飭屬驗收訖理合附片陳明伏乞　聖鑒謹　奏奉　硃批戶部知道欽此

告白

啟者報館之有採訪猶古之採風採詩上以考政治之得失下以考風氣之純剝臧諸報端寓之中外取其善懲其惡故言者無罪聞者足戒充是任者品必公正心必仁廉公則明正則直仁則不爲已甚之事廉則不貪非分之財用能識大體近人情善善惡惡柔不茹剛不吐凡有關於　國計民生者自大至細悉採毋遺辭取達意而止不以富麗爲工登供衆覽於以通上下難言之苦達遠近不聞之聲庶使據先事之綢繆善後事之補救斯無負泰西設館之本旨焉否則遇事射利飛短流長實爲此間所大忌者矣現在本館採訪招人有樂就者祈先以所採新聞投交海大道老菜市本報館門房轉遞是幸如可登錄取有切實公正保人則端人之取友必端本報館不惜重聘定當延致其有冀循情面托本館友人互爲請託者一概不收毋怪言之不豫也此啟

本館主人啟

取材於電

本行經理西門子廠專辦電報各種材料各種電機及水雷用電綫並兵船砲臺以及各廠各礦暨街路需用各種電燈一切俱全貨眞價廉各省官商如須購辦請惠臨敝行看圖議價可也

天津信義洋行謹啟

福建 賴天生德 皮絲煙莊

本號專辦皮絲加工監製向在湖南江南等處開設歷有年所四遠馳名今分設天津東門外宮南天后宮隔壁第一家開張請諸君降臨光顧是幸特此佈聞

新出 中東戰紀本末

此書八本係美國林樂知華蔡爾康先生纂輯所錄皆電報公牘及名儒偉論其紀事之切實論事之精當較各種戰紀戰議誠爲遠過並附日皇日后中東將領小像每部津錢三吊

在天津宮北格致書室寄售

德商元亨洋行

本行專辦進出各口貨物今開設在法界鐵路公司西首特此告白

儒醫陳雨蒼

貧病送診過午不候寓工程分局迤東

變別眞僞 天津 元利靴店

本店開設北門外估衣街歸賈胡同內專做時式京靴鑲鞋料高價廉數十年馳名已久向來並無分號今竟聞有無耻之徒開設鞋店造言與本號聯號恐貴士商賜顧悞爲魚目所混茲特謹登告白如賜顧者須認明本號發票及鞋內圖記庶不致悞

本齋主人識

烏利文洋行

啓者本行開設香港上海三十餘年四方馳名專售各式金銀鐘錶鑽石戒指八音琴千里鏡眼鏡等物並修理鐘表價錢比別家格外公道今本行東家米士得巴克由上海來津開設在紫竹林裕泰飯店旁請諸君降臨光顧是幸特此佈聞

丙申年四月初二日禮拜四

浙杭 元吉永號

本莊自置紗羅綢緞新樣洋辮花素洋布川廣夏貨團摺雅扇南貨頭油俱全祇爲近時錢市漲落不同故而各貨減價開設估衣街中間路北凡仕商賜顧者無悞特此佈達

啟者本莊向運鉛板石印各書已蒙賜顧者僉稱貨高價廉茲添木板書籍新印算學及格致等書眞李鼎和各色湖筆蘇杭時式象牙琲琯宮紗雅箑象牙梳篦漢鎮雲白水烟袋等貨揀選精工倘蒙紳商賜顧祈到本莊購取可也

北城根炳媛書莊謹啟

新刻中日戰輯

內錄中日和約

粵東王君煜初所編中日戰輯一書分裝四帙幷附水陸戰圖地圖六幅書中所載中日軍情始末實事求是絕無虛飾且詳析中國今日必當如何改革以臻富强想有心時事者當爭先睹爲快也

每套售價一元

代售處 紫竹林同興號 鍋店街文美齋仝啟 估衣街逸雲齋

四月初二日銀洋行情

天津九七六錢 銀盤二千五百六十文 洋元一千八百零五文

紫竹林九六錢 銀盤二千六百文 洋元一千八百三十五文

四月初三日出口輪船禮拜四

新濟 輪船往上海 招商局

廣生 輪船往牛莊 怡和行

永平 輪船往上海 礦務局

直報

光緒二十二年四月初三日
西歷一千八百九十六年五月十五日
第四百零三號
禮拜五

論官書局事宜

昔人詩云萬卷藏書宜子弟宜者安也適也蓋言藏書萬卷予弟誦讀敦德行稱經綸如宮室之安身如器皿之適用宜之爲義根常然耳夫藏書善矣然沾沾焉僅爲子弟計抑何所見之不廣也西報稱泰西各國胥重讀書故無處不設立書局有官設者有民設者類皆宏廠堅固需費數百萬藏書數千種任人觀看手抄不取一錢但須遵局中禁例如欲入局看書抄書預送名條寫明某書某卷管局者卽爲檢出置於局案任其抄閱惟不許交頭接耳不許喧譁不許攜出此書局通例也德國書局最多統計大小有二千所存書一千六百零九種計二十七兆零九萬一千二百八十八册皆爲刻本其餘手抄之本又有二十四萬零四百十六册此外又有義學書局格物書局救會書局武備書局各種別會書局家中書局指不勝屈其閒存書較多者莫如勒發利亞京城伯靈京城斯得軺斯潑城每年增添購買用費浩繁不可以億兆計他如英國倫敦京城之博物書院法國巴黎京城之書局亦日新月異互相輝映焉議者謂中國向稱秉禮之邦聲名文物遠過歐美而讀書種子顧不如泰西之盛何也且豪富之家不屑購書寒素之家無力購書卽有一二紳官未始不購書往往秘而　之不肯示人以致牙籤玉軸滿架盈廚卒無人焉得窺其奧人才之不世出有由來矣愚謂斯言也未免輕視中國中國雖無此種書局然自古以來豈無存書供人抄閱者業架最稱美富人固知之矣至雲仙雜記稱倪若水家書甚多列架不足疊置窗牖間至於不見天日子弟值日看守有借書者先投束脩羊非卽不自秘惜之一證乎然猶受人束修也宋史胡仲堯傳稱其擇精舍於華林山別墅聚書萬卷大設廚廩廣延四方學士文人互相討論足使業侯不得專美於前近代則推甬江范氏天一閣聚書數十萬卷許人入閣借閱借抄惟不得攜出立法與李氏略同蓋許人抄閱則不至置書於無用而通才多不得攜出則不至散失損壞而藏愈久所以嘉惠來學者亦愈推而愈廣至公至善誠盛舉也惜乎繼起不聞有人非眞無人也無其心者固不肯爲有其心矣而或無力仍不能爲今欲以一人一家之力師法范氏固非易易若出之官辦或官紳同辦則衆擎易舉無不可以集事且當時各省多設有書局矣凡大書院亦廣購書籍供人肄業矣乃或祇刻書而不聞藏書或書雖多祇供肄業人取用而不在院者不得與究屬美中不足竊謂宜仿照范氏成法或專設官書局或卽附於各書局各書院廣購經史子集與夫近日所出天算地輿洋務格致一切有用之書充滿其中許人抄閱由省而推之郡由郡而推之縣文瀾學海普潤士林菁莪造士棫樸作人豈不足以邁越泰西耶

謹按乾隆年間四庫全書告成　特詔鎭江揚州等處分設文淵文匯等三閣用資收庋原欲作饋貧之糧濟枯腸之潤無如奉行不力視爲具文以致郎環秘笈森列玉堂未許俗人窺覽詎非憾事現經總理各國事務大臣會議設立官書局購書供人抄閱嘉惠士林一洗從前積習奏請　欽派孫燮臣大司空管理官書局事務已見邸報

茲聞該書局所刊書籍數千種均用鉛字照洋板刷印存書之所擬在禁城內武英殿另設書局於虎坊橋地方寬敞屋宇深嚴一切條規悉仿照泰西而變通之豈與盛哉　朝
一時名儒碩彥莫不先覩為快矣雖然書籍雖多全才恨少與其務博而徒資泛覽何如守約而獨尚專精是宜就其性之所近力之所及實力實心以求實用斯無負
廷作養之至意也夫所望羨學者斟酌行之

光緒二十二年三月分教職單　○教授奉天昌圖朱𪏮成順天拔雲南景東黃國臨安舉　正諭奉天興京王薦先順天江蘇青浦陳志堅蘇州山西代州秦撫岐太原遂州劉振德霍州陝西　陽汪炳熙漢中富平王燦林同州三原黃玉堂興安甘肅靈州王式金蘭州湖北安陸蔡黎先黃州黃安余益杞武昌浙江金華湖　紹興湖南桂陽鄭業鴻長沙益陽鄒振麟岳州廣東澄海陳輔清廣州德慶梁慶李廣州俱舉陝西南鄭王廣年綏德優　訓道安徽銅陵程秉釗徽州山西偏關張金鑑太原靈邱李恒朔平河南武安張加會開封修武高景浚衛輝江西　溪徐敏德廣信廣東平遠汪心鑑廣州四川慶符江濟重慶俱舉湖南鳳　縣鍾朝生永順恩廣西恭城范錫明桂林優武宜羅梓材平樂挨四川隆昌盧銘昌雅州挨　復諭直隸無極張伯虞順天廩遂安張省三河間歲江蘇蕭縣路明昇江甯拔河南泌陽張玉德衛輝廩甘肅甯朔李桂芳固原恩武威李英平涼恩廣西馬平李樹蕊桂林廩四川東鄉陳鴻年敘永廳副仁壽張世汀成都副　復訓直隸保定張其梧天津山東恩縣孫肇勳濟甯河南河南蕭培元南陽新鄉申纘庭汝州俱廩河南太康韓培梓開封挨山西陽城李名高太原歲湖南武岡王景森長沙附

五城火閱　○三月二十八日五城察院飭傳五城司坊各官中城給孤寺練勇局東城花兒市練勇局南城三里河練勇局西城彰儀門大街增壽寺練勇局北城梁家園壽佛寺練勇局各備弁勇丁操演技藝並傳五城各水會試演激桶先期飭南城正指揮在前門外東大市布置一切恭候五城滿漢院憲駕臨校閱該勇丁等各盡所長極形嫺熟一切刀矛鎗棒等器盤旋舞蹈矯捷如飛五城院憲願而樂之賞賚有差各勇丁叩謝如禮歡聲雷動校閱畢至午三點鐘各憲始命駕言旋各勇丁亦遂整隊回局云

是何神術　○列子御風而行泠然善也不過莊叟寓言若果排空馭氣掉背游行非不食人間烟火者未易言也近有異人田松樵者係古北口人年約三旬以來亦不知所操何業來遊京師風致翩翩昨有友人過於花柳場中談言傾洽酒闌人散後自言善御風術能超越重城頃刻可行二百里昔在軍營曾司偵探今已無志騰驤偶因訪舊來此小作北里之遊與君幸有夙契些須薄技頗願觀否友人且驚且喜請試其術因步出院中口中喃喃有詞以指畫地作符躡足其上果見憑虛而起漸起漸高一聲長嘯飄飄然已高可丈餘方目　口呆驚為神異而田君已翩然下此友人不勝拜服問何術致此則笑而不言固詰之曰此小術耳然非屏絕嗜慾者不能學時漏已四下田君欠伸思寢遂各還本寓詰朝趨視已先出勾欄矣四出尋覓竟不可得因囑加墨以廣異聞且待索解於博雅者

豈不夙夜　○彰儀門大街西城勇局每日巡邏下夜意在弭盜賊而衛閭閻也前夜魚更三躍行經南橫街地方突見前有二人影從暗中摸索而行疑是偷兒乘夜奏技當即追踪察看乃一男一女且係青年詢其黃夜何來支吾隱約情形詭異遂一併逮回稟報局員至如何審訊尚未探悉然亦諒非好姻緣也

浮生若夢　○某叟者不詳其姓氏住前門內西城根昨午左挈壺右曳杖神情索漠步履蹣跚蓋龍鍾之甚矣方行經街前忽然傾跌壺與杖盡擲之十步以外當有人趕緊援手竟一蹶不振氣絕身冰矣吁浮生若夢死生本屬無常然何其易也若叟者亦可悲已

課題照錄　○稽古書院經古論題　經題　古者墓而不墳　族葬論題　問津郡義阡暴露不少仰蒙督憲籌款飭交天津府妥善籌辦并論商善後之策誠仁政也夫族葬之制載於周官後世遂無行之者諸生等世居章武熟知津郡民情不知此法可試行否其抒卓見以備採擇

重整院規　○三取問津兩書院向有槍冒捏造等弊曾由運憲余訪聞示禁並飭仍遵前司詳定條規不准繼蹈等情迭經列報無如陽奉陰違積重難返現今與考中捏造假名者仍復不少經備取生員等遵示指名攻揭並牽涉科房有勾通隱瞞分利情事此稟到官諒必照章懲辦從此剔弊釐奸亦培植人才之一助耳

以水濟工　○我朝自同治初年添設東南二局製造洋鎗洋砲原以飭武備濟要需也然所有機器非水火相濟不能奏功近來二局之月牙河因年久淤淺河水不能周流當經督憲　特派各營練軍於二月間齊赴大直沽挑挖今已工竣聞又派赴海光寺機器局工作矣

好善樂施　○小稍直口楊長發年方而立家道艱難有女適城中秦姓為室昨來求助借給津錢五千不意行至橫街西被賊將口袋划破盡行竊去楊不覺失聲痛不欲生適有西方太平街某紳經過問知情由命跟人在西關大街換現錢五千並買大餅十餘枚付之楊叩頭稱謝求道姓名該紳笑而不答飄然自去噫津郡善人何多也

慎重人命　○邇來河漕並行每值開關行人為之梗塞或性急與有緊要事件者動輒從行船上搶過時有失腳落水之患現撥救生社董事等分稟運憲道憲請

卽飭下監放漕各船委員轉飭把守橋頭夫役遇有漕船隨到隨放不得仍前勒抑致關閘許久使行人搶關以致失脚落水撈救不及動至傷生等語救生社原爲愼重人命起見兩觀察已經俯如所請照准施行矣

剃髮示儆 ○昨訪遊擊巷與帝君廟土棍門毆發縣鎖杻一節旋於四月初一日由縣票提到局每名戒責三十除荘福元等四名因病取保外其餘劉玉等十一名飭將髮辮剃落在傍邊留髮一綹俗所謂歪桃者也此太守本愛民如子之心開該犯等改過自新之路剃髮後復又發縣管押候果能改悔前非再行核辦云

妓以官名 ○榷子三者郡名妓也十餘年前曾隸關榷座鳳儀名曰又杆意合情投儼同夫婦廖旋故身後事宜均係該妓營辦復恤其家時加賙濟人遂以女俠稱之孰知有始無終後漸冷落今年又與某署之巡捕某甲交歡恃爲護符甲遂陡然富貴頓改舊觀矣先是該妓曾買幼女三人將作錢樹子者至是甲將幼女荐至小班每月得利可數百吊該小班卽甲聲勢靑眼相看卽應酬偶有不到之處客亦格外包含噫巡捕亦官也而養妓而架娼不知有玷官箴否請還質之仕版中人

近水樓台 ○沈家柵欄某甲現充縣署某差前月杪被竊衣服等件稟報乞追昨晚嘗訊立將捕役並地方各笞責二百限三天破案贓賊務獲該地捕等唯唯具遵聞報盜者不止一案迭經失主稟追均批卽予比緝該承行房迄未開單送比而該案竟如斯緊要詩云近水樓台先得月其此之謂與

擠碰互劫 ○昨接訪事友人來函云客佮和洋行往來長江之安和輪船裝載貨客由滬開行至吳松口適値太古洋行之牛莊輪船由汕頭開駛回申兩下相遇不及避讓以致碰擠安和船登時沉下船中洋人及買辦水手搭客等不下三百人均遭淹溺牛莊船急放杉板上前施救奈爲巨浪所衝杉板亦竟翻覆淹斃四人所有安和船中之遇救得生者開止船主洋人與華人某某等四名又有美國兵輪停泊左近救起數人牛莊船亦受重傷現在停泊該處淺灘云又據西人傳言安和搭客華人約三百名計死二百五十八人洋人亦溺斃七人惟有三副及一洋人名柯伯者遇救得生怡和行中聞耗後立派小火輪駛往昨晨已撈起屍身若干具買辦甯波人顧姓向住逢路公益里經其家屬雇船前往將屍身載至中虹橋旁抬入寓中收殮嗚呼慘已尙有一切詳情統俟續探再錄

光緒二十二年三月三十日京報照錄

宮門抄 上諭恭錄前報○三月三十日內務府 國子監 侍衛處値日 無引見 興伯假滿請 安 召見軍機 皇上明日寅正至 太廟行禮畢還宮辦事召見大臣後至 頤和園 皇太后前請安畢還宮

○○臣奕訢等跪 奏爲繕修漢字檔冊恭摺奏 聞事竊查軍機處錄存漢字檔案每屆五年奏請辦理一次將檔冊另錄一分收存備查嗣於咸豐四年因檔案繁多奏請三年辦理一次奉 旨允准歷經遵辦在案茲自光緒十九年正月起至二十一年十二月止欽奉 上諭及寄信會議各漢字檔冊又屆三年應修之期應請照例選派內閣中書在於方略館分冊繕寫責令認眞校對並揀派漢章京二員總司校勘及方略館供事在彼承値一切紙張筆墨等件均照向例行文各處咨取如果辦理妥速再行查照例案奏請獎勵至供事人等向於告成時隨案聲請議敘如能奮勉出力俟修整檔冊完竣時應請查照成案給予獎敘所有繕修漢字檔冊緣由理合恭摺奏 聞伏乞
皇上聖鑒謹奏奉 旨知道了欽此

○○閩浙總督兼署福州將軍閩海關稅務臣邊寶泉跪 奏爲閩海關各項 稅第一百四十一結收支數目分晰繕單恭摺仰祈 聖鑒事竊查福州廈門二口第一百三十九四十兩結各項[illegible]稅收支數目業經臣開單 奏咨在案茲查光緒二十一年八月十三日起至十一月十六日屆滿第一百四十一結所有收支各稅銀兩數目仍行援照前結辦理敬繕清單恭呈 御覽除分咨查照外謹繕摺具陳伏乞 皇上聖鑒謹 奏奉 硃批該衙門知道單併發欽此

○○寶箸片 再州縣爲親民之官催科中有撫字全在得人而理查有前署保山縣知縣李光舒於徵收田房稅契頗滋物議並於家丁詐贓毫無覺察似此庸懦之員未便姑容據該管道府揭由藩臬兩司詳請 奏參前來奴才覆查無異相應請 旨將前署保山縣事候補知州李光舒卽行革職以肅吏治除咨吏部查照外謹附片具陳伏乞 聖鑒訓示再雲貴總督係奴才本任毋庸會銜合併陳明謹 奏奉 硃批著照所請吏部知道欽此

○○李秉衡片 再臣於上年十二月具 奏黃河應用料物據爲儲備隄埝緊急工程擇要修培一摺本年正月初十日欽奉 寄諭東省河工極關緊要仍着該撫將應行修培之處趕緊興修務臻穩固等因欽此當卽欽遵轉行各總辦一體遵照茲查前次所購料物已驗收完竣修培工程先後據報竣工已有十分之七本擬俟河臣到東一併移交核辦惟本年節氣較早現在桃汛將過轉瞬節交夏令卽屆長水之期前購木料計一年之用僅得其半若不寬爲籌備一屆伏汛臨時倉猝購覓恐不免糜帑誤工查河臣至今尙無來東之信而修防工程日緊一日臣何敢稍存觀望致滋貽誤謹當檄飭各總辦將伏汛應用 料趕緊購買仍委員逐次驗收以昭核實臣一日仔肩未卸卽當勉盡心力未雨綢繆以期仰副 朝廷廑念要工至意謹附片具 奏伏乞 聖鑒 訓示謹 奏奉 硃批知道了欽此

取材於電

本行經理西門子廠專辦電報各種材料各種電機及水雷用電綫並兵船砲臺以及各廠各礦暨街路需用各種電燈一切俱全貨真價廉各省官商如須購辦請惠臨敝行看圖議價可也

天津信義洋行謹啟

福建 賴天生德皮絲煙莊

本號專辦皮絲加工監製向在湖南江南等處開設歷有年所四遠馳名今分設天津東門外宮南天后宮隔壁第一家開張請諸君降臨光顧是幸特此佈聞

新出 中東戰紀本末

此書八本係美國林樂知華蔡爾康先生纂輯所錄皆電報公牘及名儒偉論其紀事之切實論事之精當較各種戰紀戰議誠爲遠過並附日皇日后中東將領小像每部津錢三吊

在天津宮北格致書室寄售

德商元亨洋行

本行專辦進出各口貨物今開設在法界鐵路公司西首特此告白

朱鍾翁近治瘟瘀臟瘡崩帶產瘕痘癇均愈寓彌勒巷

天津 變別真偽 元利靴店

本店開設北門外估衣街歸賈胡同內專做時式京靴鑲鞋料高價廉數十年馳名已久向來並無分號今竟聞有無恥之徒開設鞋店造言與本號聯號恐 貴士商悞爲魚目所混茲特謹登告白如 賜顧者須認明本號發票及鞋內圖記庶不致悞

本齋主人識

烏利文洋行

啓者本行開設香港上海三十餘年四方馳名專售各式金銀鐘錶鑽石戒指八音琴千里鏡眼鏡等物並修理鐘表價錢比別家格外公道今本行東家米士得巴克由上海來津開設在紫竹林裕泰飯店旁請 諸君降臨光顧是幸特此佈聞

丙申年四月初三日禮拜五

浙杭 元吉永號

本莊自置紗羅綢緞新樣洋辮花素洋布川廣夏貨團招雅扇南貨頭油俱全祇爲近時錢市漲落不同故而各貨減價開設估衣街中間路北凡 仕商賜顧者無悞特此佈達

啟者本莊向運鉛板石印各書已蒙 賜顧者僉理貨高價廉茲添木板書籍新印算學及格致等書真李鼎和各色湖筆蘇杭時式象牙玳瑁宮紬雅箑象牙梳篦漢鎮雲白水烟袋等貨揀選精工倘蒙 紳商賜顧祈到本莊購取可也

北城根嫏嬛書莊謹啟

新刻中日戰輯

內錄中日和約

粵東王君焜初所編中日戰輯一書分裝四帙幷附水陸戰圖地圖六幅書中所載中日軍情始末實事求是絕無虛飾且詳析中國今日必當如何改革以臻富强想有心時事者當爭先睹爲快也

每套售價一元

代售處鍋店街文美齋仝啟　紫竹林同興號　估衣街逸雲齋

四月初三日銀洋行情

天津九七六錢
銀盤二千五百六十五文
洋元一千八百一十文
紫竹林九六錢
銀盤二千六百零五文
洋元一千八百四十文

四月初五日出口輪船禮拜日

海晏　輪船往上海　招商局
北直隸　輪船往牛莊　怡和行
盛京　輪船往上海　太古行

直報

光緒二十二年四月初四日
西歷一千八百九十六年五月十六日
第四百零四號
禮拜六

上諭恭錄

上諭御史彭述奏近日軍營積弊營官公費統領並不給足僅酌予薪水兵勇衣履等項以及軍營需用之物無不由統領扣名分給任意苛派請飭嚴禁等語國家養兵旣用其力當恤其艱帶兵各員自應與士卒同甘苦方能衆志成城若如所奏統領營官逐層盤剝離軍心而殆貽悞殊堪痛恨嗣後統領各官如再有藉端苛派等弊或經糾叅或被告發定卽嚴行懲辦決不寬貸將此通諭知之欽此　上諭御史彭述奏武營扣餉缺額積弊已深請嚴定罪名一摺着刑部議奏欽此

論重開官書局事

天運有循環世局有變遷人事卽不無興廢時也勢也亦理也倘惕時玩日上下恬熙泥古昔之成規守迂拘之淺見欺蒙諱飾未有能善其後者故識時務者爲豪傑高瞻遠矚深思遠慮不求其粗而求其精不取其迹而取其神不重其末而務其本凡可以啓人聰明益人智慧者必建議興辦一力主持所謂爭先著操勝算者此耳當其初或非議之阻撓之追遲之又久著有成效未嘗不厭人心而息羣喙也當今海禁大開天演之窮世局之變未有甚於此者非臥薪嘗胆勵精圖治何以轉危爲安成自强之計乎故近年來仿照西法諸務畢舉開銅煤諸礦所以裕財源也立機器等局所以飭武備也設鐵路公司所以便商賈而收利權也然皆步西人之後塵拾西人之牙慧非惟不能駕乎其上抑且不能與之齊驅則亶以心思有所蔽耳目有所拘不能獨出新裁神明變化坐使抱異懷奇之士歲月消磨終歸於無用亶可慨已都門士大夫當目時艱因有强學書院之舉一切章程條例悉仿泰西各國而加以變通刷印書籍之外無論中國外國以及窮鄉僻壤凡奇聞軼事皆採而錄之是蓋總直報申報滬報新聞博聞等報而集一大成者善可勸惡可懲作戶牖之銘供芻蕘之採種種裨益固指不勝屈矣更有進者山川之險要洋面之風濤五大部洲〻風土人情政治皆瞭如指掌一且有事決策運籌不啻按圖而索何善如之乃旋開旋止未收實效識者惜焉今春復經大臣奏請重開已蒙　俞允准在前門外虎坊橋開辦改强學書院而曰官書局改中外紀聞而曰彙報名目雖新而規模大約不離乎舊嗚呼此殆中國之一大轉機乎就中國而論禮明樂備毓秀鍾靈實得天地中和之氣才力聰明勝西人遠甚所以不敵西人者皆由耽宴安尙紛華日就頹靡無以振興而鼓舞之耳今則學問有所憑藉矣識見有所擴充矣才藝有所標榜矣將見人才日出風氣日開向所學而不能能而不精者皆足競巧爭奇洩天地未發之精抉天地不傳之秘煤礦也輪船也火車也機器電線也一切自爲無庸仰息於他人豈不甚善乎由此而進焉神之明之變化而錯綜之日新月異安知不轉出西人意料之外凡我所購辦於彼者復使之購辦於我哉蓋技藝者末也有形迹可循者也智慮者本也無形迹可循者也以無形運有形不啻

操其券而握其樞矣今按彙報所載　俞旨摺片而外次則有路透電新聞紙西國近事焉次則有外國新聞各國洋文焉次則有儒先格言論說焉約其大旨無非振聵發聾長人智慮智慮長則技藝精正本清源之道無愈於斯且也僅收紙墨之資不取分毫之利貧士寒儒無難購致山陬海筮亦可郵傳作養人才之意至矣切矣無復加矣不揣固陋畧叙顚末以誌向慕之忱且爲閱報諸君子作前路之導焉○京都彙報章程附錄　一本局彙報每日一本首幅恭錄前一日　諭旨　宮門抄次載前二日發抄摺片摘要次載總署送到路透電及新聞紙西國近事等次載本局譯出各種外國新聞現有英文日本文將來續有俄文德文法文末附儒先格言論說之屬或新譯各種書籍　一報中選譯各種新聞注明來歷不加論斷惟權量各名之類閒加詮釋使人一目了然　一出報之初排列中西年月表續看者一律附送　一彙報每月每分實收紙墨資京松銀三錢願看者即飭送京報人領送酌量遠近加給送費京當十錢八百文至一千二百文爲止倘送報人未能送到請先期來局掛號由本局交人代送送費從同　一京外各處可由信局領寄寄費聽照遠近酌收　京內外無論何人願多領分送者均可訂取　一每月之報願交回裝訂成書做套者加收銀一錢　一本局彙印報本藉廣見聞係照總署原奏辦理畧做各省官書之例酌量收回紙墨資其購買各報原本及繙譯司事謄錄校對薪水匠役工食概不於此計較故收資極其從廉閱者諒之

孀婦堪悲　○京師宣武門外教場五條胡同某姓孀婦年三十餘一子甫七齡家計艱難惟借女紅餬口伶仃孤苦殆不堪言狀忽於三月二十七日夜間乘兒睡熟用菜刀刎頸而死經隣人呈報西城司坊帶領仵作驗明稟詳城憲傳該屍屬隣右到案細心研鞫並無他故因飭備棺木即日殮埋併咨刑部存案噫該婦之死其有別情乎藉曰殉夫似乎已遲且遺七齡幼子撫養無人又未免太忍一旦輕生將何所取然而其情可悲矣

輕等鴻毛　○從來姑媳間最難相得蓋義雖合而情不屬求其諒美恩明如母女者不數覯也宣武門內茄子胡同有王嫗者爲子娶婦高氏以婦不善承迎常呵斥之其媳漸亦反唇相稽不稍讓遂致時相詬誶聲聞隣里日昨復小有勃谿媳竟潛購阿芙蓉膏吞之旋即知覺竭力灌解奈已一息奄奄反魂無術當經地方報官並請相驗或謂該婦之死必有別情不然姑媳夙稱不睦口角視若尋常何待此時始行自戕耶言雖近理亦未敢臆決迨經驗訊方能水落石出耳

姑妄聽之　○俗謂凡物以庚申日得人血跡者皆能化形作祟如掃帚變人木杵對語固屬附會然石能言家人立載在經史未可概以無稽斥之也前門內西長安街某姓家每至夜半窗外常有步履聲初亦不甚介意今年三月二十四日値更三躍月色初升某甲將赴　內廷値差挑燈獨坐忽聞東檐下有聲如婦人利屣踏地者然頃之閣閣燊燊巡檐而西甲出視徧燭無他物後於簷下得方寸木係修房時所剩零星木料甲曰得毋是乎劈而視之中有紅絲如血色舉火焚之亦無他異後遂不復作聲然則俗語云云非盡子虛也姑錄之以質諸博物君子

惡僧斃命　○僧人某甲曾受戒于崇文門東某寺以性好冶遊爲師所逐雲遊年餘不通音耗今春師恒化僧師弟某乙承受衣鉢嗣爲該寺住持月前甲忽返並攜一女僧自言來自河間詢知寺中景況即匿女僧於密友家往爭住持甲素兇暴乙憚之因自避去甲以挂錫得所擬畧作厤擋迎女僧同居是晚就寺中宿次蚤未起聞敲門聲甚急披衣出視則乙率黨十數人蜂擁而前拽甲倒地立時毆斃地方報官驗訖將乙收獄女僧聞甲死便求甲友送回河間現登程數日矣其中情事未詳惟案關人命姑照例登之

課題照錄　○四月初二日問津三取兩書院應渾憲官課講將生童文詩各題照錄　生文題　致知在格物物格而后知至　童文題　而后知至知至　通場詩題　賦得首夏猶清和得和字　生五言八韵　童六韵當日有某生特書紙條黏貼題牌云闈墨第十七名倪春溶成文一篇予已抄錄恐諸君雷同特此示知噫當此整頓院規之際竟抄錄成文公然貼條示衆其視考課不成兒戯耶

誤傷斃命　○昨有馬夫不知姓名並不知在何處當差牽紅馬一匹在西南城隅行走馬忽驚跑踢傷一人仆地不語經該處人將馬夫攔住一面給家屬送信一面暫寄附近柴廠醫治不料越日身死已由該管地方報官併將馬夫送案有白某者以爲係屬誤傷何必涉訟將出爲調處諺云一紙入公門九牛二虎拉不出白某誠和事老哉但不知能了結否

霸喪被責　○鹽山四甲于某家因婦病故延僧修經正在登壇諷誦時陡有至親李三率子李大闖入院中將和尚打散並將一切陳設毀壞一空于亦喝令子姪輩動手打作一團勢甚兇猛旁人皆袖手不敢解勸次晨于即赴縣以霸喪等詞喊控立蒙傳訊李供于三係身妹丈先年身妻與張姓傭工頗有積蓄以于係至親全寄放伊家刻下身妹病故並不還錢找向理論反斥身憑空訛詐乞將先年寄放之項恩准追還大令謂當年寄放有何憑據李云無有大令謂無憑即屬訛詐且胆敢阻喪因將李板責釋押派差彈壓飭于姓將棺埋葬再行訊辦于叩頭稱謝而退

劉長撤差　○練軍中營翼長黃心海鎮軍本河現奉　督憲札飭撤去翼長差使人言嘖嘖有謂鎮軍空額過多者有謂尅扣太甚者鎮軍平日風流倜儻智術自矜豈蹈此種積習姑誌之以覘厥後

眞該咬殺　○南門外某甲以東洋車店爲名開局招賭有李德者武清縣人拉車爲生寓居該店遂誘入局中並不顧家昨因陰雨連綿未出拉車即在店內晝夜博賭輸賬數千甲欲將車扣抵李不肯因口角而毆打適李妻正來尋夫詢悉情由以甲設阱陷人不勝憤恨向前將臂一口咬傷鮮血直流旁人恐肇禍端急行勸散惟甲咬傷頗重復經人說合由李出資調治痊愈再議論者皆謂該婦太狠吾則謂該婦太慈耳惜乎何不竟一口咬殺

見財起意　○營務處巡捕某氏子求上司荐信一封並錢帖五吊用手巾包好行至城中某茶舖稍坐適小解將包暫放櫃上而出該舖夥見財起意携之逃走迨某回來則已無有向舖掌詰問據云我實不知想是夥計收起可試問之等候許久竟如鴻飛冥冥毫無踪影矣喧嚷半晌則已無可如何日昨某偶過河東于家廠不期而遇遂被扭獲想該包定當追回矣

指官訛詐　○昨有兩人頗似差役模樣向河東浮橋下吳姓店中稱係縣署護院特來索費店主笑謂開店並不犯私不知來索何費兩人云如不給費即不能開兩造爭吵竟將店主揪扭聲稱送縣及至半途逼廻不進被店主看出破綻知係冒充遂彼此相揪適遇值日班暫見一同帶案開單送訊果係冒充縣署中並無此兩人遂將店主開釋大令以指官詐騙除重責外並飭嚴押候辦云

因竊行强　○近來津郡城廂內外頗形安靜皆因各大憲緝捕巡防實事求是以故宵小斂迹不敢肆其伎倆不料河東三甲有劉姓者開小本生理家道頗康昨夜陡有三四人撥門入院臨時行强搶掠一空除報該管營汛暨鄉甲局外並稟報邑尊飭捕嚴緝矣

貞淫並志　○鎮江采訪友人云孫家巷某氏婦生有一女幼曾許字城中人某甲荔枝年紀未賦桃夭貞靜幽嫻從不賦迨吉傾筐之句月之初三日小青皮某姓年二十餘倚鞠秀才之勢闖入婦家適婦因事出門不覺色瞻如天向女調笑竊意梢頭荳蔻正在含苞偷嫁東風當亦易易不料女雖貌如桃李而性若冰霜見此狂且遽作投梭之拒韋未遂其欲怒從心起大聲曰小尼子不堪擡舉我惟有逢人說項四布醜聲已耳女且忿且慚暗將所貯紫霞膏和酒吞服迨至薄暮婦自外歸見女偃臥繡衾中泊泠泠下察知服毒立即覓方從救然已無術返魂矣哀哉○某甲海州人也携一少婦僑寓新河街婦年二十許豐容盛鬋艷奪夭桃而㧗絮顛狂時不免沾泥帶水同鄉某乙見而悅之眉語目成漸與有染甲雖微知其事然礙於孔方兄情面祇得暗中戴上綠頭巾乙卜居德勝門婦以往返路遙近更作接葉移花之舉暮雨朝雲視故夫如陌路蕭郎甲果腹無資不得已以肩挑餬其口日前聞地方官有疏濬荷花塘之事因浼工頭舉荐在彼挑泥適乙貿貿然來甲一見忿生飛步上前扭其髮辮按倒於地飽以老拳復從腰間拔出利刃刺之致乙身受重傷大呼救命斯時觀者甚衆皆不敢爲之解和旋由地保稟明丹從縣宗邑尊親帶差役仵作等人臨塲驗視仵作唱報驗得乙身有刀傷數處大令飭差將甲帶回訊辦乙則延醫敷治未識能保無性命之虞否

好義樂施　○天津工程總局代收山東義賑茲又有第二十六起無名氏自願助捐銀十五兩正但該處被災甚廣樂善諸君倘肯大發慈悲儘可赴局助捐災民幸甚且爲𠃋獲福彼蒼自有厚報焉

光緒二十二年四月初一日京報照錄

宮門抄　上諭恭錄前報○四月初一日理藩院　鑾儀衛　光祿寺　鑲黃旗值日　無引見　濟澂謝充日講起居注官　恩　吏部呈進月官卷　侍衛處奏派稽察壇墻　派出長萃海緒補頁明秀奎齡福珠哩　召見軍機

○○譚鍾麟片　再前廣東赤溪協副將馮英華因籍隸本省與福建閩安協副將王世明對調尙未到任丁降服憂茲屆服闋自應仍歸廣東本標候補除咨部外謹附片陳明伏乞　聖鑒謹　奏奉　硃批兵部知道欽此

○○閩浙總督兼署福州將軍閩海關稅務臣邊寶泉跪　奏爲閩海關各口徵收常稅現屆半年期滿謹將徵收數目恭摺奏　聞仰祈　聖鑒事竊照閩海關稅課原定正額銀七萬三千五百四十九兩五錢九分七厘盈餘銀十一萬三千兩全年共應徵銀一十八萬六千五百四十九兩五錢四分七厘茲自光緒二十一年六月十六日起至十二月十五日半年期滿通關各口共徵常稅銀八萬一千八百七十四兩五錢六分六厘今將半年期滿徵收常稅數目緣由恭摺具　奏伏乞　皇上聖鑒謹　奏奉　硃批戶部知道欽此

○○鹿傳霖片　再准兵部咨光緒二十年十一月二十二日奉　上諭四川建昌鎮總兵員缺着閃殿魁補授欽此查該鎮閃殿魁業已到川應即飭赴新任以資鎮守而專責成除由臣照會該鎮遵照赴任外理合附片具陳伏乞　聖鑒謹　奏奉　硃批知道了欽此

取材於電

本行經理西門子廠專辦電報各種材料各種電機及水雷用電綫並兵船砲臺以及各廠各礦暨街路需用各種電燈一切俱全貨眞價廉各省官商如須購辦請惠臨敝行看圖議價可也

天津信義洋行謹啓

福建 賴天生德 皮絲煙莊

本號專辦皮絲加工監製向在湖南江南等處開設歷有年所四遠馳名今分設天津東門外宮南天后宮隔壁第一家開張請諸君降臨光顧是幸特此佈聞

新出 中東戰紀本末

此書八本係美國林樂知華蔡爾康先生纂輯所錄皆電報公牘及名儒偉論其紀事之切實論事之精當較各種戰紀戰議誠爲遠過並附日皇日后中東將領小像每部津錢三吊

在天津宮北格致書室寄售

德商元亨洋行

本行專辦進出各口貨物今開設在法界鐵路公司西首特此告白

朱鍾翁近治瘟癆臌瘡崩帶產瘕痘痢均愈寓彌勒菴

變別真偽 天津 元利靴店

本店開設北門外估衣街歸賈胡同內專做時式京靴鑲鞋料高價廉數十年馳名已久向來並無分號今竟聞有無恥之徒開設鞋店造言與本號聯號恐 貴士商悞爲魚目所混茲特謹發告白如 賜顧者須認明本號發票及鞋內圖記庶不致悞

本齋主人識

烏利文洋行

啓者本行開設香港上海三十餘年四方馳名專售各式金銀鐘錶鑽石戒指八音琴千里鏡眼鏡等物並修理鐘表價錢比別家格外公道今本行東家米士得巳克由上海來津開設在紫竹林裕泰飯店旁請 諸君降臨光顧是幸特此佈聞

丙申年四月初四日禮拜六

浙杭 元吉永號

本莊自置紗羅綢緞新樣洋辮花素洋布川廣夏貨團摺雅扇南貨頭油俱全祇爲近時錢市漲落不同故而各貨減價開設估衣街中間路北凡 仕商賜顧者無悞特此佈達

啓者本莊向運鉛板石印各書巳蒙 賜顧者僉許貨高價廉茲添木板書籍新印算學及格致等書眞李鼎和各色湖筆蘇杭時式象牙玳瑁宮紈雅箑象牙梳篦漢鎮雲白水烟袋等貨揀選精工倘蒙 紳商賜顧祈到本莊購取可也

北城根瑯嬛書莊謹啓

新刻中日戰輯

內錄中日和約

粵東王君煜初所編中日戰輯一書分裝四帙幷附水陸戰圖地圖六幅書中所載中日軍情始末實事求是絕無虛飾且詳析中國今日必當如何改革以臻富强想有心時事者當爭先睹爲快也

每套售價一元

代售處 紫竹林同興號 鍋店街文美齋 估衣街逸雲齋 仝啓

四月初四日銀洋行情

天津九七六錢 銀盤二千五百六十五文 洋元一千八百一十文

紫竹林九六錢 銀盤二千六百零五文 洋元一千八百四十文

四月初五日出口輪船禮拜日

海晏	輪船往上海	招商局
北直隸	輪船往牛莊	怡和行
盛京	輪船往上海	太古行

直報

光緒二十二年四月初六日　第四百零五號
西歷一千八百九十六年五月十八日　禮拜一

上諭恭錄

上諭福建督糧道陳鳴志浙江嚴州府知府鶴山江西南昌府知府倪恩齡廣西思恩府知府周天霖均著開缺送部引見欽此　上諭廣西左江鎮總兵黃履高著開缺送部引見欽此　硃筆文海轉補翰林院侍讀學士恩順補授翰林院侍講學士欽此　硃筆張仁黼補授鴻臚寺卿欽此　上諭譚鍾麟奏提督因病出缺懇恩優郵一摺廣東水師提督鄭紹忠忠勇性誠聲威久著於同治年間統帶安勇轉戰廣西福建等省迭復城池髮逆由閩竄粵該提督與各軍併力痛剿全股盪平厥功尤偉疊經補授廣東潮州鎮總兵擢任湖南提督調補廣東水師提督均能安良除暴綏靖地方遽因傷疾歿於防次殊深軫惜加恩著照提督軍營立功後積勞病故例從優議郵生平戰績宜付國史館立傳該故提督子嗣幾人著譚鍾麟查明具奏候旨施恩以彰勞勩該衙門知道欽此

論邪教流弊

邪教之說古無有也漢明帝時佛始流入中國漢以前則未之聞道教始於老子亦因道德經而附會之孔子問禮猶師事焉固非邪教比然語曰攻乎異端斯害也已所謂異端果何所指意者邪說詖行春秋已伏其端特未著其名耳百餘年後而楊朱墨翟之徒出為我兼愛爭相鑽鼓遂至惑世誣民充塞仁義勢幾不可復挽遷流至今流弊更不勝言矣可慨已按左道惑人久干例禁向惟外省荒僻之處間有游方僧道託藥方符呪欺哄愚民藉圖布施地方官聞有此等僧道必驅逐出境遞回原籍誠恐涓涓不息流為江河如前明白蓮教之徐鴻儒本朝臨清起事之王倫川楚教匪之齊王氏等釀成事端致勞剿捕耳然若輩本心不過藉為餬口之謀初無異志故惟於窮鄉僻壤小試其技薄有所得舍而之他遨遊江湖間得以終老天年雖為　聖世之莠民幸逃　皇朝之法網從未有通都大邑亦敢公然施其伎倆也不謂首善之區此類亦頗不少近有某甲倡立教名曰太陽神針據稱書符誦呪善能療病藥到病除並可代求名利及時運顛倒者能設法挽回一時哄動都城稱為壇長收徒傳法種種異詞不勝枚舉逐日焚香禮祀者男婦不絕於道並有官場內眷乘車往來一意皈依有司即有風聞並不認真嚴拿蓋緣某等素嘗交結官宦內眷善能酬應故也其稍習風雅者或精於書畫兼工技藝者或推擅星占雖非佛門本色猶無害於世道人心別有以菩薩低眉作金剛努目如所謂少林宗派者自六朝以迄唐宋朝廷往往恃為護法何誕妄不經一至此乎大抵神道設教原以濟刑政之窮不過勸人齋僧禮佛茹素念經使凶暴者戢其戾氣愚頑者化其邪心若謂富貴利達可以操其券而握其樞直不值識者一哂然無知之輩千百為羣信從不疑者特誤於輪迴因果渺茫無據之說耳如該甲云云不必驗之於來生不必俟之於異日直可當前見效立地成功是誠奪造化制死生神出鬼沒而不可測矣試問何術可以致此昔唐有胡僧自言能咒人立死復咒人立生試之果然傅奕曰使咒予必不驗咒之僧竟仆地而死梁武帝舍身佛寺以邀福宗廟犧牲皆以麵代之不忍殺生侯景之亂竟餓死台城然則胡僧之邪術猶不能侵正武帝之佞佛尚未足保身況若輩徒託空言毫無奇技何足信哉倘不嚴行禁絕日引

月長必至勾結蔓延不可窮詰小則託名供養歛錢作會以飽其私囊大則引誘婦女寅夜宣淫以喪人名節更有甚者徒愈衆而愈多人日積而日衆結成黨羽暗布腹心漸萌異謀妄希非分一旦禍發攻城刦獄殺吏戕官然後作補牢之計興噬臍之嗟不已晚乎爲今之計莫若弭禍於無形防患於未萌或飭差明查暗訪或責成鄰右首告舉發如有妄託神仙謠言惑衆者重則置之典刑輕則流之邊遠誅首惡而散脅從勿使爲害地方是卽除莠安良之要務也閭閻幸甚天下幸甚

禮儀既備　○太常寺題四月初五日大祀　天於　圜丘奉　旨朕親詣行禮欽此當將太常寺應備禮儀暨部院開送陪祀司員銜名繕錄由禮部恭備犧牲鹿隻行文鑾儀衛飭傳鑾輿司雲麾使松秀治儀正多壽馴馬司雲麾使端岳治儀正連珍馴象所冠軍使文綠雲麾使慶坤管理步輦雲麾使慶壽治儀正宗室亨嘉等敬恭將事並劄順天府府尹恭辦玉棠米運送　天壇備用步軍統領亦飭八旗兵丁預將前門迤達　天壇一帶　御路修墊平穩以重要差屆期前三日　派出王公大臣一律齋戒　皇上初四日卯刻升　太和殿看視祝版巳初乘坐禮輿出　乾清門　太和門　午門　端門　天安門　大清門　正陽門至　天壇齋宮住宿初五日寅刻致祭禮成更衣後仍由舊路還宮八旗兵丁環守壇門以昭愼重

鄭重要差　○順天府署南營朋參戎票示內開頃奉大金吾三堂憲劄諭　皇上於四月初四日由內廷乘轎出正陽門外赴　天壇內齋戒住宿至初五日寅正時刻恭祀　圜丘禮畢仍由舊路還海所有初四初五等日充當防護巷口巡查　壇墻各項差使之官弁等均須先期傳知伺候俾無貽悞其各街巷口各舖門首站立之兵丁務卽傳知各穿號衣掛刀於初二日齊集正陽門大街左右官廳伺候點名分派差使以備敬謹充當無悞

稟求補試　○本埠集賢書院在河北獅子林由前督憲李傅相創設專爲培植外省士子詳定章程每月初三十八兩課由地方官輪考周而復始自二月初三日第一課作爲甄別如此課不到後卽不准再考現有監生附生舉人等四五人聯名赴督轅投稟聲稱來津較遲已過甄別之期乞照案准予入院肄業等詞已蒙制憲札飭司道核辦矣

官場定例　○凡候補人員無論勞績捐班到省後均須投寫親供履歷本月初三日督憲牌示諭指分北河主簿劉　桐知悉該員自帶白摺三扣於本月初四日親赴督轅聽候傳寫履歷至期無悞特示

實事求是　○本埠南門外往西一帶娼窰林立屢滋事端已登前報日昨守望局總辦李太守飭令該管地方將該處娼窰查明挨家拆毀永不准再招從此是非坑變爲乾淨土整理地方實事求是如太守者真一路福星也

如是我聞　○河東白影碑石某兒媳懷孕年餘昨方分娩以爲必貴子也及落地視之頭生兩角長寸餘眼在頂上炯炯有光如世所畫夜叉狀家人大驚莫敢近李收生婆胆大扼其頸而斃之不知此何故也姑錄之以廣異聞

拐逃被獲　○某甲者前由武清縣拐一少婦來津暫寓河東後因膠纏告罄遂入土窰爲娼借資餬口昨該縣捕役來此探明下落卽赴縣署投文協同本地捕役到該窰立將男女一併拏獲旋卽解回本縣矣

誤挑貞婦　○城內劉媪孀居一子在外跟官媳某氏雖小家碧玉而性頗貞靜日昨媪出外探親氏在門首買布突有街鄰蕭姓子狂且也挑以穢語氏羞愧難堪忿不欲生媪詢悉情形將赴守望局鳴冤經衆街鄰理處令蕭子陪罪尚未知能了結否

兩孩有福　○昨晚鼓樓東大街有洋車拉載男女兩幼孩約六七歲後隨一老者一似幼孩長輩然由西而東忽一少年攔車呼幼孩名詰以何往竟噤不能言狀類癡獃大加驚怪而隨行人已抽身遁去盤詰車夫據稱係車後老人所雇拉向老龍頭車價八十文他事不知蓋少年祁姓卽男孩胞兄女則祁同院張姓女也知被迷拐便領回家噫險哉倘晚來一步不堪設想矣

是神是怪　○草木之妖事常有之見於經傳者不一而足大抵樹木歷年既久得受精靈若妄伐之能招奇禍潮人蔡白吳妹李珠均以伐木爲生住居新嘉坡曾偕往前數日結伴入山斫取樹株見有一樹老幹參天枝繁葉盛蔡遂以爲奇貨卽以斧斤從事詎斧方劈下覺有鮮血流出蔡見之駭絕以爲樹必成神因不敢再施刀鋸爰卽以泥敷樹之傷處更拾巨葉爲之裹紮裹畢乃行詎行不數武忽然仆地而白唇青昏然若死吳李二人見而大懼知蔡係觸樹神所怒因共回樹處欲代蔡禳解吳因跪於樹前喃喃祝禱詎禱猶未畢亦旋昏仆與蔡無殊李見之益駭因不敢逗遛棄蔡吳二人於不顧踉蹌遁回叨中在寶籠岡某宗人處暫爲寄宿三日後始見蔡吳二人尋至據言當時昏迷在地不殊夢寐恍惚見一老婦以泥丸塞其口卽悠然而醒幸尚無恙云噫蔡吳所遇神耶怪耶請以質諸好談神異者

日絲疲滯　○日本絲繭一業向極繁盛至去冬今春機器絲價碼驟跌虧折殊甚存貨壓擱頗多以致素藉銀行通有無之家統計欠項百有餘萬不能歸欵市面

大爲不虞各絲商擬設法疏通議請銀行先准讓利還本以紓商困又有松山蠶絲會社於前月循例將通年商務稟請政府派員監査惟今屆格外整頓維持特派委日野圖治林常植三原恒固三員會同蠶業專家池田信吉集議一是採各國之所長俾衆工效法擇定四月杪五月初訂約諸公司主人執事臨會開議云

尋梧振務　○粵省采訪友人云廣西一省數十年從未有告饑之事從前廣東未有餘船接濟米石全恃廣西之米供民食今年廣西柳州慶遠南甯平樂四府大旱爲災粒米無收災民轉徙流離草根樹皮掘採殆盡刻下廣交善堂繪圖黏說遍貼街衢求各善士慨解囊金解往振濟想粵垣不乏積德行善之士不難集腋成裘也

西電譯登　○俄皇與俄后在於沙口西樓地方欸接李中堂一切費用甚繁禮節崇隆○美國向爲合衆之邦每國皆有總統一人茲有數國合派馬慶來爲當選總統之職而克里非蘭竟有欲立伊爲克繼之意○旂他射公司總理諸公會決計欲綫路畢二君辭職歸田之請但此僅諸公暫時之計耳蓋彼深悉路畢之去實非得已否則諸公自行辭退也○美政府令在福樓哩達地方速製器球一具備用○下議院乾伯蘭宣言曰若爲由提藍德司復仇之故致英楂開戰斷無此理蓋觀者僅防兩國聯盟之需也○又云若論當茲大勢第一英國務宜謹保本朝威望第二須與丹國連合○印度步兵兩營馬兵一營礮兵一隊已奉大皇帝懿旨前往秀野京去矣所有紮於該處之埃及軍營則須拔隊渡漢至奈河也○義大利軍隊已退出愛的格來提矣

光緒二十二年四月初二三日京報照錄

宮門抄　上諭恭錄前報○四月初二日吏部　翰林院　正黃旗值日　宗人府引見　六名　吏部三十七名　正白漢十名　造辦處一名　崑中堂由　東陵回京請　安　貴州臬司李希邁請　訓　蘇魯岱假滿請　安　祿森布續假十日　召見軍機　李希邁　○四月初三日戶部　通政司　詹事府　正白旗值日　戶部引見　八名　鑲黃漢八名　火器營十八名　海公假滿請　安　崇光巴克坦布專摺謝賞綢緞　恩　張仁黼謝授　鴻臚寺　卿　恩　恩順謝授侍讀學士　恩　玉書請假五日　鈕楞額請假十日　崇光恩慶各續假十日　召見軍機　張蔭桓　皇上明日卯初二刻升太和殿　看版巳初至　天壇入齋宮

○○奴才榮祿等謹　奏爲選保獲盜尤爲出力員弁籲懇　恩　施獎勵以昭激勸恭摺仰祈　聖鑒事竊據左營兼署叅將遊擊王漢池前經督飭千總李瀛等會同南城副指揮王桂芬等拿獲結夥持械施放洋槍刦盜犯趙四即趙椿兒等一案又據該員弁等會同南城副指揮王桂芬西城紳士劉士驥等暨署宛平縣知縣張筱鏞拿獲施放洋槍拒傷事主搶刦盜犯王豬仔即王二等一案傳同被刦各事主解經奴才衙門研訊供招先後奏交刑部審辦嗣准刑部訊明各犯定擬罪名將趙四即趙椿兒王二即王二格李三即李老黑王豬仔即王二倪騾仔即小倪周六即周六指仔小辮劉即劉山兒王七即王志淋均擬斬決梟示餘均分別辦理並聲明獲盜之員弁應由該衙門自行酌核請獎等因抄錄原奏知照前來查原拿各案之員弁等均能不分畛域悉心　訪將施放洋槍搶刦二案各盜犯跟踪分行弋獲實屬緝捕勤能未便沒其微勞自應擇優保奏以爲勸於緝捕者勸除隨同獲盜各員弁擬由奴才衙門存記各以應升之階酌量補用並會同獲盜之司坊紳董等官仍由奴才等移咨各該城自行酌核請獎外謹將首先尤爲出力之千總李瀛擬請以守備補用候補把總王明顯華劉玉奎王璨均擬請以把總補用協獲出力之驍都尉史魁俊擬請　賞換三品頂戴雲騎尉張念勳擬請　賞換四品頂戴六品頂戴候補把總陳毓庭王　胡國祺王鈞李興郭錦成均擬請　賞換五品頂戴　以示鼓勵之處出自　皇上逾格　恩施爲此謹　奏請　旨奉　旨已錄

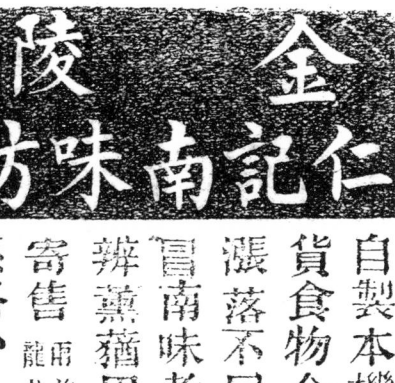

取材於電

本行經理西門子廠專辦電報各種材料各種電機及水雷用電綫並兵船砲臺以及各廠各礦暨街路需用各種電燈一切俱全貨眞價廉各省官商如須購辦請惠臨敝行看圖議價可也
天津信義洋行謹啟

福建賴天生德皮絲煙莊

本號專辦皮絲加工監製向在湖南江南等處開設歷有年所四遠馳名今分設天津東門外宮南天后宮隔壁第一家開張請諸君降臨光顧是幸特此佈聞

新出

中東戰紀本末

此書八本係美國林樂知華蔡爾康先生蒐輯所錄皆電報公牘及名儒偉論其紀事之切實論事之精當較各種戰紀戰議誠爲遠過並附日皇日后中東將領小像每部津錢三吊
在天津宮北格致書室寄售

告白

朱錦翁　近治瘟　瘵臌瘻　崩帶產　痕痘痼　均愈寓　彌勒菴

天津變別真偽元利靴店

本店開設北門外估衣街歸賈胡同內專做時式京靴鑲鞋料高價廉數十年馳名已久向來並無分號今竟聞有無恥之徒開設鞋店造言與本號聯號恐　貴士商悮爲魚目所混茲特謹登告白如　賜顧者須認明本號發票及鞋內圖記庶不致悮
本齋主人識

烏利文洋行

啓者本行開設香港上海三十餘年四方馳名專售各式金銀鐘錶鑽石戒指八音琴千里鏡眼鏡等物並修理鐘表價錢比別家格外公道今本行東家米士得巴克由上海來津開設在紫竹林裕泰飯店旁請　諸君降臨光顧是幸特此佈聞
丙申年四月初六日禮拜一

浙杭元吉永號

本莊自置紗羅綢緞新樣洋辦花素洋布川廣夏貨團摺雅扇南貨頭油俱全祗爲近時錢市漲落不同故而各貨減價開設估衣街中間路北凡　仕商賜顧者無悮特此佈達

啟者本莊向運鉛板石印各書已蒙　賜顧者僉稱貨高價廉茲添木板書籍新印算學及格致等書眞李鼎和各色湖筆蘇杭時式象牙玳瑁宮紈雅箑象牙梳篦漢鎮雲白水烟袋等貨揀選精工倘蒙　紳商賜顧祈到本莊購取可也
北城根嫏嬛書莊謹啟

新刻中日戰輯

內錄中日和約

粵東王君煜初所編中日戰輯一書分裝四帙幷附水陸戰圖地圖六幅書中所載中日軍情始末實事求是絕無虛飾且詳析中國今日必當如何改革以臻富强凡有心時事者當爭先睹爲快也
每套售價一元
紫竹林同興號
代售處鍋店街文美齋仝啟
估衣街逸雲齋

四月初六日銀洋行情
天津九七六錢
銀盤二千五百七十文
洋元一千八百一十文
紫竹林九六錢
銀盤二千六百一十文
洋元一千八百四十文

四月初七日出口輪船禮拜二
通州　輪船往牛莊　太古行
連陞　輪船往上海　怡和行
四月初七日進口輪船禮拜二
海晏　輪船由上海　招商局

直報

光緒二十二年四月初七日　第四百零六號

西歷一千八百九十六年五月十九日　禮拜二

上諭恭錄

上諭福建督粮道員缺着唐寳鑑補授欽此　上諭廣西思恩府知府員缺着豐培補授欽此　上諭江西南昌府知府員缺緊要着該撫於通省知府內揀員調補所遺員缺着俞培元補授欽此　上諭廣西左江鎮總兵員缺着莫善喜補授欽此　旨刑部直隸司員外郎着鄭德基補授國子監博士着孟春華補授安徽徽州府督粮同知着田芸補授直隸晋州知州着劉　補授雲南鄧川州知州着胡璧補授廣西賓州知州着馮熙年補授福建延平府上洋通判着馮畇勳補授山西石樓縣知縣着劉錦榮補授江西東鄉縣知縣着王會同補授廣東開建縣知縣着黃祖徽補授四川平武縣知縣着陳兆豐補授安徽祁門縣知縣着吉元補授甘肅古浪縣知縣着黃雲標補授河南輝縣知縣着龐傑補授廣西來賓縣知縣着唐宗海補授湖南辰谿縣知縣着王道生補授福建將樂縣知縣着壽恩榮補授湖南會同縣知縣着羅炳鎔補授貴州仁懷縣知縣着林慶堯補授四川灌縣知縣着方連鼎補授俸滿前河南　鄉縣敎諭李光華着以知縣用戶科筆帖式着吉福補授工科筆帖式着恩榮補授理藩院筆帖式著寶訓補授刑部筆帖式著儀品補授翰林院筆帖式着慶廉補授截取福建道監察御史胡孚宸著照例用保送知府翰林院編修張孝謙吳嘉瑞俱以知府分發省分補用明保直隸補用道張振　以道員仍發直隸補用並交軍機處存記保舉直隸候補知縣焦立奎安徽候補知縣鈞山東候補知縣胡尙志遲謙廣西候補知縣馮錫芳俱照例用擬補岫巖城守尉衙門筆帖式榮昌盛京戶部筆帖式扎青阿俱准其補授欽此

論言官獲譴事

慨自士風日下流品愈雜無論內外大小各官往往以盡職爲虛文視官途爲利藪植黨營私受贓枉法弊端種種指不勝屈惟台諫一職均係科甲出身復經各堂官保送取其人品端方學問優長者始克補授及其言事也許以風聞准其密封天下之利弊百爾之賢愚政事之得失皆得指參陳奏卽或事本無憑言屬誤聽亦得從寬免議不加罪責所以開言路重台班者其意深矣傾閱邸抄有某侍御言事被革一案竊有不釋然者溯查原案係有人片奏匪棍張春祥等素行不法結黨滋事等因奉　廷寄著步軍統領衙門嚴拿務獲懲辦欽此復經御史端良奏稱張春祥等委係木廠商人被人陷害並無不法情事請　旨交刑部傳案質訊嗣經刑部覆奏摺內聲稱奉　旨交查之件並未明發不越旬日卽行具疏剖辨且張春祥等供詞與該御史所奏大畧相同如出一轍顯係受人囑託請予處分奉　旨御史端良著卽行革職欽此嗚呼異矣此中疑竇叢生諸多費解能不纏析言之乎細繹刑部覆奏摺內奉　旨交查之件並未明發不越旬日代爲具疏剖辨等語蓋謂以不得而知之事遽形入奏迹近攻訐也雖然謂外人不得而知則可謂侍御不得而知則大不然大抵旣屬同寅原貴協衷該侍御等同在諫垣凡有陳奏或詢其事之是否虛實或質其言之有無防碍往復商搉亦情理之常以此爲罪未免過矣倘或中有情弊卽當歸案審訊一俟衆供確鑿証佐分明然後治以應得之罪夫亦何辭若憑空揣測不事詳求不特無以厭人心亦恐來

能成信讞若謂受人囑託豈無囑託之人或本人自行囑託抑係他人代爲囑託必詳細查明確有實據况受賄與行賄同罪律有明條旣受囑託安知不更有通路尤當徹底根究務令水落石出豈受賄者旣獲譴責而行賄者遂可概置不問乎且也風憲一官實寄　朝廷耳目何敢稍避怨嫌惟知無不言言無不盡始不致有愧清班貽譏尸位倘旅進旅退與世浮沉但取事之無關緊要者苟且塞責爲持祿固身之計則台諫一班可以不設矣原奏又謂某等供詞與該御史所奏大致相同如出一轍噫誠如是也當該御史具奏之初委係訪查確實毫無含混爲斯民白不白之冤代問官發未發之覆旣經訊明該商人等實係被人陷害概蒙開釋在刑部覆奏時便當隨摺聲明請旨嘉獎乃不受平反之賞反成無妄之災則事理之不可解者也更有進者該御史所奏與供詞大略相同指爲受人囑託奏請處分是所奏與供詞均屬誕妄矣刑部審訊時何不將供詞駁斥另行研鞫乃一切按照原詞率行定案是刑部意見亦與該御史大略相同果受何人囑託乎總之囑託一節或有或無均未可知無庸深辨惟不合對詞不事查辦旣無囑託之人又無囑託之地遽以顯係受人囑託一語概之其與莫須有三字何以異無怪其抱屈含冤曉曉不置也僕草茅下士足跡未嘗出里門與該侍御無怨無德不過就事論事自抒管見非有所偏袒然也識者諒之

五城會驗　○東便門外二道閘馮姓養船爲生子娶俞氏女爲室姑媳情同冰炭伉儷亦因之失和日前不知何故棍棒交加鱗傷遍體復用布帶勒斃竟以蘆蓆包裹私埋匿報意圖滅跡嗣經氏兄查悉赴都察院呈控當經批仰東城司傳案訊究一面帶領吏仵穩婆如法相驗據仵作報稱已死婦人馮俞氏咽喉近下勒有布帶一根係自勒斃命遍身並無傷痕屍親供稱仵作相驗恐有不實不盡仍懇五城會同相驗尙未驗訖究竟有無傷痕有無別情俟訪明再錄

小店移屍　○都會之地客寓最多而前門外草帽店一帶地方別有一種小店俗謂之雞毛房專棲乞丐流民如有患病瀕危者即行掩出置之街巷聽其自斃殊屬可惡雖地方嚴禁而若輩相沿成習仍不免陽奉陰違三月二十八日草市地方有二人舁屍一具被官人拿獲鎖解南城司管押一面帶領吏仵相驗該屍雖係病死無傷惟移屍街巷例干法紀仍詳城咨送刑部按律究辦矣

津上官常　○練軍中營翼長黃本河因事撤差已畧紀昨報茲悉此差已奉　督憲撤委練軍右營董鎮軍全勝接管所遺練軍右營委辦遊戎先第管理均於昨日接差任事想必皆以黃本河爲前車之鑒也○營務處提調正任深州錢太守溯耆奉　藩憲札委飭回本任所遺提調一差事體重大　督憲以總辦守望局李太守蔭梧辦事認眞不辭勞怨札委太守兼理

西人春賽　○寓津西國官商春秋兩季賽馬皆於禮拜四五六三日自去年秋季因雨改期禮拜一二三等日乃途中泥濘不得已耳本屆春賽訂期月之初六七八等日昨係首日雖天氣晴朗而杲杲之日炎氣偪人來者觀者不免揮汗如雨兼之西南風大作塵土迷天令人不耐俟三日事畢再將得彩者錄報以紀一時之盛

天福善人　○趙生者津門人未詳其名少孤受孀母撫養性嗜讀孝行尤篤妻亦士族女頗嫻閨訓承順姑意奈時數限人年二十未青一衿家貧甚且爲豎子所困以致硯田就荒四壁徒立惟仰屋興嗟而已幸氏工針黹菽水藥餌之資皆仰給於十指而藍縷糟糠處之怡然每夜焚香告天惟以姑壽夫安爲祝歷寒暑如一日昨晚檢點舊書意欲易錢糴米忽見舊書夾有字據一紙上鈐圖章呈夫查閱係生父在時某甲曾借錢三百千因往諸甲甲曰以貧故遂至拖及舊欠然但望母還不計子也甲曰僕與生父本係至交雖無此事猶當解囊相助何忍吝惜錙銖遂如數付之生於是一家溫飽矣說者謂父留之而子受之分所當然無足異也雖然非母之賢子之孝婦之順焉知不飽蠹魚之腹倘留遺以待今日乎卽謂天之所以福善人也誰曰不宜

補牢未晚　○朱家坟一帶義塚由工程局培修並與工日期已紀前報茲悉由東向西逐次添培工已過半初五日附近郭姓家養豬數頭疎於防範將修竣之坟拱壞十餘座經看地夫役稟知監修委員立將郭姓傳至罰令賠修郭以無力央求寬免並經鄰衆代懇始行免究但飭諭嗣後不得任意放豬致損義塚有關善舉郭卽唯唯而退

惡風未熄　○河東小口脚行與關帝廟脚行因爭起卸糧石至有彼犯此疆此侵彼界之說遂各集數十人棍棒齊施除該管營汛派兵彈壓外聞兩造受傷者各有數人抬赴縣署乞驗因傷較重已立差皂役傳兩處行頭歸案究治矣

掌珠沉水　○向來河撥船均以水爲家在船日久故婦女皆會使船然只可扶舵他事不能也昨有某姓河撥滿載糧米逆流而上一幼女扶舵年約十六七適過東浮橋水急溜猛頓將舵梃撞飛並幼女帶落河中赶緊撈救已蹤影不見矣女母痛哭許久始開船而去

宜爲鬼祟　○某甲者說祟爲生好聯絡富家子弟帮嫖看賭從中取利於是衣輕食美意氣揚揚家在東南城角迤西每至三更後方回昨日與友歡飲不覺醺醺大醉手持紙燈踽踽獨行至城角燈忽自滅不禁毛髮直立四顧無人酒已嚇醒因疾行無好步脚下一慌竟跌入糞坑裏去酣飲之餘眞難得此一副醒酒湯也勉强扒起

急奔至家猶覺驚魂莫定或爲鬼魅所祟抑係仇人乘間侮弄均未可知然聞者莫不稱快則其素行可想矣

愛何可溺 ○小鹽店某姓販賣洋藥爲生夫婦年逾知命止有一女年十七矣愛如掌珠所欲委曲從之無敢拂以致因慣成嬌因嬌成悍日前微加訓誡女憤不可忍遂將家存芙蓉膏吞服父母驚覺赶緊灌救幸得回生噫溺愛之弊大矣倘因此傷生非卽以愛之者戕之乎

有傷風化 ○某甲者某社之首也子某乙年方三七與某孀交歡已歷數年乙擇於本月初旬行奠鴈禮而該孀雖半老徐娘風情不減聞乙迎娶有日不覺醋海生波正當賓客滿堂之際找至乙家撞頭拚命尋死覓活有好事者出爲調處聲稱非孔方兄五百千不可喧嚷數日尙未了結似此敗名喪節何無恥之甚也

行船失愼 ○何承泰者西鄉之船戶也日昨裝運紅糧七百餘石赴通售賣行抵新浮橋上艤重溜急人力難施轉瞬間船沉桅折船上水手人等滿河紛如鷄鴨幸遇撈救未遭滅頂之凶然則行船之險眞可畏也

以李代桃 ○茲據官塲人述云某甲負債甚多被人告發雖傳案尙未過堂儈論押候適有友來署探視談笑之下乘間步出遽登洋車而逸及原差查問無人卽將友管押勒令將甲找回方能釋放聞者莫不歎友之寃然或謂此金蟬脫殼之法係與友合謀作此狡獪也二說未知孰是姑置諸不論不議可耳

柳絮隨風 ○城內某甲女前被人拐逃寄居孔姓閒房越日卽被偵獲女曾許字陳姓已將擇日迎娶聞此風聲遂行退婚甲因將女改嫁楊村諸某迎娶過門頗覺相安日昨諸忽來津向甲家偵探據[illegible]又不知被何人拐去矣詩云顚狂柳絮隨風舞此女之謂乎

空中樓閣 ○豐潤縣西潘家庄距城四十里有鄉泰者在沙流河鎭開設公興泰雜貨店爲人端正公擧董理鎭事凡一切公項皆存其舖以備便用有牙行李鬧甲喜訟人也以鄙某所行多不合意藉端控告謂鄙某侵吞公項縣主尙未判斷李自知妄控意欲罷訟適鎭天成號丁某亦該鎭辦事人猝患身亡李又赴遵控鄙某因公項不淸威逼人命等語州牧素本賢明知所告盡屬子虛奈事關人命[illegible]飭豐邑傳集尸親人証審明詳報丁某係山西人其胞弟知兄義終已扶柩回籍殯葬矣不知傳案時伏俯法堂李將何以爲詞也

光緒二十二年四月初四日京報照錄

宮門抄 上諭恭錄前報○四月初四日禮部 宗人府 欽天監 正紅旗值日 無引見 直隸補用道張振棨謝 恩 補用知府吳嘉瑞張孝謙謝 恩 胡孚宸預備召見 睿王請假五日 黃永安請假二十日 値年旗奏派專操之大臣 派出恩壽吉恒 召見軍機 胡孚宸 張振棨 皇上明日寅正由 壇內上祭禮成後還宮辦事召見大臣後至 頤和園 皇太后前請安後駐蹕

○○陳寶箴片 再湘省制錢缺少已閱多年惟當饑饉之時小民生計因茲益窘臣於上年冬由鄂附鑄銀圓來湘冀可稍彌其缺而錢商利用錢票終非所願臣於該各錢店甫領銀圓一萬兩次日陰使人持銀及錢向換鄂鑄銀圓遍歷十餘家均稱無有並輙昌言於市銀圓無人行用下次決不能領等語奸商抑勒把持利權操之自下此自各省向來通病又不特湖南爲然臣誠不勝憤懣因與各司道並省城紳士前國子監祭酒王先謙等往復熟商皆以爲欲持其弊非開設官錢店不可而公私閭欵羅掘久空實更無可湊撥乃就各局現存待用諸項通盤籌畫權衡緩急先後之序稍一轉移實可應之無匱業於本年二月十六日在省開設阜南錢號官局遴選身家殷實廉正而久孚鄉望紳士在籍江西候補道朱昌琳一手總辦以專責成所有寶南局鼓鑄制錢一事亦卽令該紳來局經理實事求是於市肆情形不稍隔閡小民生計隱有裨益所有湖南省城開設阜南錢局緣由理合會同湖廣總督臣張之洞附片陳明伏乞 聖鑒謹 奏奉 硃批知道了欽此

出售 洋務抉要 時事新論 洋務十三篇 西事類編 西海記天外歸槎 各國時事類編 彭岡直公奏稿 火器略說 俄國志 徐霞客遊記 中日戰守始末記 巾幗英雄 戚大將軍大寶紀 諸葛心書附十三律 孔子綱目 古微書 夏小正箋 正續通天秘書 三家醫案 經驗良方 千金寶要方 致正玉堂字彙 金榜先零算法 新式分類營經尺牘 續增批分類尺牘 尺牘採薪 尺牘合璧 尺新里新 風流不子傳 巾幗英雄傳 錦香亭全傳 三俠傳 忠孝勇烈木蘭傳 玉鴛鴦傳 十二樓 醉茶誌怪 探金桃 巧合情絲緣 駐春園外史 廣廣書譜採新 點石齋畫報 飛雲館畫報附送石印堂幅 滬報內附送異跡仙蹤 新聞報 代送申報 本津直報 代寄各種書籍 每日午後直至申後敝堂靜候 天津府署西三聖菴西紫氣堂啓

取材於電

本行經理西門子廠專辦電報各種材料各種電機及水雷用電綫並兵船砲臺以及各廠各礦暨街路需用各種電燈一切俱全貨眞價廉各省官商如須購辦請惠臨敝行看圖議價可也

天津信義洋行謹啟

福建 賴天生德 皮絲煙莊

本號專辦皮絲加工監製向在湖南江南等處開設歷有年所四遠馳名今分設天津東門外宮南天后宮隔壁第一家開張請

諸君降臨光顧是幸特此佈聞

新出 中東戰紀本末

此書八本係美國林樂知華察爾康先生纂輯所錄皆電報公牘及名儒偉論其紀事之切實論事之精當較各種戰紀戰議誠爲遠過並附日皇日后中東將領小像每部津錢三吊

在天津宮北格致書室寄售

天津 美昌字號

本號自辦各國鐘表玩物大小八音琴各款新式保安座燈掛燈各樣呂宋烟御用香䴡皂廣東各名家臘丸黑白烟膏各省東土西土一概發莊貨高價廉本號修理鐘表格外價廉諸君 賜顧者請光降是幸特此佈聞 新開在鍋店街中間坐北門面

變別真偽 天津 元利靴店

本店開設北門外估衣街歸賈胡同內專做時式京靴鑲鞋料高價廉數十年馳名已久向來並無分號今竟開有無耻之徒開設鞋店造言與本號聯號恐 貴士商悞爲魚目所混茲特謹登告白如 賜顧者須認明本號發票及鞋內圖記庶不致悞

本齋主人識

烏利文洋行

啓者本行開設香港上海三十餘年四方馳名專售各式金銀鐘錶鑽石戒指八音琴千里鏡眼鏡等物並修理鐘表價錢比別家格外公道今本行東家米士得巳克由上海來津開設在紫竹林裕泰飯店旁請

諸君降臨光顧是幸特此佈聞

丙申年四月初七日禮拜二

浙杭 吉永元 號

本莊自置紗羅綢緞新樣洋辦花素洋布川廣夏貨團摺雅扇南貨頭油俱全祗爲近時錢市漲落不同故而各貨減價開設估衣街中間路北凡 仕商賜顧者無悞特此佈達

德商元亨洋行

本行開設本國上海香港廣東漢口等處歷有年矣今分設天津專辦進出口貨現初開辦所有進口各國貨價格外克已以廣招徠暫寓法界鐵路公司西首恐未周知特再佈聞

新刻中日戰輯

內錄中日和約

粵東王君煜初所編中日戰輯一書分裝四帙幷附水陸戰圖地圖六幅書中所載中日軍情始末實事求是絕無虛飾且詳析中國今日必當如何改革以臻富强想有心時事者當爭先睹爲快也

每套售價一元

代售處 紫竹林同興號 鍋店街文美齋全版 估衣街逸雲齋

四月初七日銀洋行情

天津九七六錢 銀盤二千五百七十文 洋元一千八百一十文

紫竹林九六錢 銀盤二千六百一十文 洋元一千八百四十文

四月初七日出口輪船禮拜二

通州 輪船往牛莊 太古行

連陞 輪船往上海 怡和行

四月初七日進口輪船禮拜二

海晏 輪船由上海 招商局

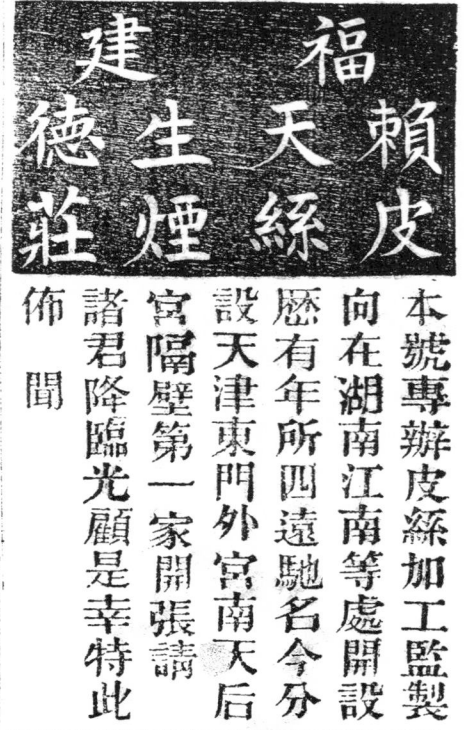

直報

光緒二十二年四月初八日　　第四百零七號
西歷一千八百九十六年五月二十日　　禮拜三

本館告白

敬者光緒二十一年分本局第十二屆總結款項帳目現已彙齊照章應請有股諸君來山會核以便刊刻帳略派分股息茲定於本月十五日以前務請　各股友來局看帳其往返川費悉由局備送緣候刊略幸勿稽延爲荷特此佈　達

開平礦務總局謹啟

上諭恭錄

上諭李秉衡奏遵旨嚴核關稅情形一摺山東東海臨清兩關經李秉衡督飭關道李興銳等澈底清查力祛積弊每歲提出歸公款項共增八萬餘兩洵屬潔已奉公顧全大局近來各省關徵多報少動以常稅短絀爲詞積習相沿顯有中飽情弊着各該督撫監督等激發天良認眞整頓總期核實報部不准稍有隱匿以重稅課將此通諭知之欽此　上諭福建福州府知府員缺緊要着該督於通省知府內揀員調補所遺員缺着張星炳補授欽此　上諭長順奏假期又滿病仍未痊懇請開缺一摺吉林將軍長順着准其開缺回旗調理欽此

讀中東戰輯跋後

詩亡然後春秋作所以維王迹也屬詞比事彰善闡惡藉一時之筆削示萬世之褒譏因亂世而立治法勒成十二公之經其詞約其義嚴其心悲矣繼之者惟紫陽通鑑提綱挈領使閱者瞭如指掌義例一本於春秋此外若秦紀若漢書若三國志五代史類皆駁而不純虛而不實又或倒置是非囿於見聞竊有未安今讀中東戰輯一書實獲我心焉夫中國素稱秉禮聲明文物甲於五大洲淪自結繩以後文字日興而日繁書籍日推而日廣汗牛充棟不足喻其多也剝蕉抽繭不足喻其精也雕風月組雲霞不足喻其華美也然皆有名無實多文少質士子揮毫拈韻鬬秘爭妍無非日郎浮誇而試問以身心性命之理强兵富國之謀茫然不解爲何物國勢之衰實由於此况今强鄰偪處各啓戎心俄踞於北法伺於南英窺於西左支右吾已有應接不暇之勢倘能發憤爲雄幡然變計取泰西各善政倣照推行雖未必遽臻强盛猶可坐守一隅聊固吾圉無如拘泥成見不暇遠圖以中國爲至尊以因人爲可恥忘交鄰之善道啓意外之兵端此有心人所爲頓足撫膺痛哭流涕者也查東洋區區一小國耳土地之廣人民之衆財賦之繁不及中國十分之一乃敢螳臂當車狡焉思啓者實因蓄謀已久籌畫已深凡府庫殷虛甲兵强弱知此知彼歷歷在目故也中國不察以爲整軍經武舉辦有年不無成效可觀輪船備矣槍砲精矣水師武備諸學生可及鋒而試矣於是命將出師昧於一舉孰意畫地爲餅之不可食紙上談兵之不足恃哉勢迫計窮萬不得已然後輸金割地遣使請和良可慨已大凡事變猝臨禍福成敗愚者畧之智者詳焉嶺南王君炳耀傑士也早歲讀書卽不屑爲詞章之學究心性理講求經濟習見夫官吏之因循政事之廢弛心竊憂之曾上書當道指陳當世急務爲救時計滔滔數千言凡古今之變故中外之情形縷析條分悉中肯綮惜不見用遂使奇才異能祇論玄議付之無可如何當國家之厄運未回生民之浩劫將至有以阻之乎迄乎日難初作議者紛紛謂[illegible]國不度德量力妄肆[illegible]隙以致[illegible]何當權[illegible]君[illegible]已[illegible]

人思深慮遠早決其事之無成矣於是以局外之旁觀作操觚之野史舉凡一進一退一屈一伸詳爲論之以戰事起以和議終間附以萬國公報當軸條陳集成一編名曰中東戰輯往復讀之無粉飾無忌諱一皆據事直書雖不加論斷而義例朗若列眉倘能究心於此不難轉弱而爲强去危而就安豈非濟世之寶筏救時之良藥也哉今君不以庸愚見棄遠寄庚郵惠我多矣銘感奚如不揣固陋妄附數言非敢謂抉書中之奧旨見大雅之深心也聊以誌燕雲粵水萬里神交倘他日萍水相逢摳衣晉謁藉聆大教不至揮諸門墻之外爲幸甚

司示照登　○欽加四品銜中城兵馬司正堂沈　爲曉諭事奉　本城院憲牌開本院執法極嚴辦事最決凡有詞訟虛衷聽斷從不聽信情託瞻徇人情由直是非不容絲毫含混所有司坊各官暨書皂人役迭經再三論飭諒能守法奉公宅中向無官親無可假託至門廚車班各役亦經嚴加約束不敢爲非弊絕風清當能共悉乃近訪聞有刑部書吏陳姓因李孟萱一案自稱能向司署城上託情肆行撞騙雖事無實據而似此招搖影射若不訪拿究辦何以昭儆戒而杜效尤爲此牌仰該司坊官等切實訪查拏案懲治並一面出示曉諭一切詞訟人等須知本城向不徇私並不可四處託人討情許費自干法紀如有招搖撞騙假名嚇詐之徒許爾扭至司坊或到城控告審實後另有重賞倘甘受愚弄不即舉發一經訪聞或別經發覺卽將其人一併按法懲治決不寬貸等因爲此示仰一切詞訟人等知悉務須恪遵憲令靜候剖斷不得各處託人討情自干咎戾如有在外招搖撞騙之徒許爾等立卽扭送或指名控告卽予究辦若爾等甘受愚弄私給銀錢一經訪聞立卽鎖拏赴司以憑詳城究辦各宜凛遵毋違特示

示諭停刑　○禮部爲曉諭事四月初八日　佛道日期業經行知文武問刑各衙門是日停刑不理刑名外爲此示仰軍民鋪商人等知悉是日禁止屠宰一日務宜凛遵毋違特示

遵屬試案　○遵化三場考試於三月十一日開棚至二十三日學院起馬赴承德矣謹將試題新生人數登錄謹呈衆覽正場文題　遵化君子哉子謂子賤章　玉田君子哉義以爲質章　豐潤君子哉遽伯玉章　駐防君子哉南宮括章　二題遺俗三處通題提覆題目選擇　遵化新進文童二十二名　楊繼鳴　潘增璜　張世勳　丁甲第　王蔭芳　徐汝翼　了樂天　茹信申　卞葆光　董鴻猷　張士林　趙占奎　張鴻麻　陳作新　劉寶襄　魯鴻翰　趙鶴鳴　韓步青　溫樹培　李毓林　春　芳　張　溥　撥州三名玉田　王國光　豐潤　李蔭蕃　馬金墀○駐防一名　恒　琳○玉田縣文童二十六名　韓長榮　王人杰　王蓮橋　劉樹棠　王濟恩　閻廷祿　盧紹廷　張鳳五　陳密存　李士純　許致中　張鴻鈞　劉春　劉樹人　田嘉禾　鄭之棟　楊謂春　果啟華　何履豐　李崇鉞　王煥辰　喬立卓　王慶增　耕昌雲　劉蔭喬○豐潤縣文童三十二名　高選清　鄭連山　谷鳴鑾　王憲榕　劉价瀋　胡湘林　李蓉鏡　孟潤東　王汝綸　高占邦　史溯薔　王韞之　劉　景　唐　拭　于恩波　劉　楨　劉奎慶　趙　枝　韓鳳桐　錢郁文　佟桂芬　楊化青　李福功　陳曉聲　張桂芳　鄭錫彤　李翼隆　楊德溥　宋鳳翔

私錢宜禁　○本埠自客臘銀盤漸跌皆因現錢短少故也迄今錢法日壞一日無論大小錢鋪無不夾代私錢者甚至鵝眼榆莢覆藉不堪該鋪祇圖牟利而閭閻之受累無窮向來出入錢文惟當鋪爲最眞今亦尤而效之每串皆有沙板或二三十文四五十文不等稍涉疏忽遂受其欺卽將原串送回更易又堅執不認若現錢贖當挑剔最刻絲毫不肯含糊入錢既如此認眞私錢從何而來其爲該當販買私錢從中取利不問可知若非賢有司嚴行查禁有犯必懲則錢法之整頓無期矣

愍不畏法　○昨日大王莊腳行與礦務局腳行構衅各有所傷當經總局總查呂千戎聞信前往拿獲十數名送縣懲辦尚未完案現聞該腳行等仍欲糾集狐羣狗黨再決雌雄似此一波未平一波又起眞所謂　不畏法者矣

畏刑作犬　○守望局總查呂小波千戎自蒞局視事頗耐勤勞認眞辦公訪查城內達摩菴混混並閘口混混等俱著名兇悍屢滋事端共拏獲十八名送交有司訊辦昨由邑尊將兩鍋夥首犯各責蟒鞭一百鎖押候辦其餘分別飭責並令剃髮示辱外復諭該犯等如能改過自新當作犬形由二堂匍匐至大門卽行釋放僅有許復元者眞論照辦餘均未肯故仍鎖押云

不幸之幸　○今日午前有雜貨船一隻在新浮橋經過不知如何撞觸登時船貨俱沉內有客人在船內冒出浮於水面經人救起得慶更生計雜貨所值不下數千金一旦付之東流殊覺可惜然性命無恙則猶不幸中之大幸也

失去掌珠　○鄰某向在通州謀生每屆年終歸家一次現因病回家調治甫經離床攜女往城隍廟燒香還愿不料將女失迷舊病因而復作聞此女年已十七若非有誘拐情事何至失迷女曾許字魏姓現今魏姓亦代爲尋找尚無確耗

咎由自取　○尹某者某營武弁之子也初六日在鼓樓東看棚前以看會爲名向女伴中頻頻窺視並有眉挑目語情狀經女輩家屬看破向前將尹扭住衣以老拳且揚言送官究治有識尹者代爲勸解言此尹弁公子當稍留體面遂縱之使去云

差強人意　○河東西方菴前某甲者前年媒定某姓女爲妻尚未過門近聞該女頗有不雅之名甲於昨晚暗赴女家門首竊聽屋內似有男子笑語聲便走至窗前偷看見鄰人某乙者與女同吸洋烟不禁怒氣塡胸大肆咆哮經鄰人勸開甲回家糾約數人執持器械將女搶來暫作童養從此嚴加防範必不至如前日之放誕矣

事涉附會　○南門內某甲素與某寺僧人交好不時出入甲家不但甲不以爲嫌卽甲之眷屬亦不以爲忌也該處土棍見住宅任和尚往來頗涉疑怪日昨竟將該僧捆捉擬卽送官甲極力央免並煩孔方兄出爲調處事乃得寢於是人言嘖嘖其說不一大半出於附會倘據以爲眞未免有傷忠厚夫

孝婦托鉢　○通都大邑托鉢募化所在多有然非僧卽道他人無有也昨有婦人年四十左右兩頤貫以鐵釘背負布單上書家貧姑老久病不愈倘有不測棺殮無資爲此叩化仁人君子大發慈悲隨意布施以便早爲之備云云此事不多經見故錄之以備新聞之一則

中外聯歡　○中國廣西提督蘇軍門與安南法欽使情親誼厚直同管鮑雷陳前者被越南匪人所擄與龍州相接軍門代爲設法索還送歸加以龍州各處邊防鞏固大有益於安南勸務是以法欽使請於法廷贈軍門第三等北斗佩星一面近日已送至龍州矣

俄日近聞　○日本某日報云俄之於日頗示以威勢自去年到今俄艦若大若小及水雷船往來日本各埠者絡繹如梭近日寄泊長崎港者多至九艘神戸横濱亦有數艘寄泊其威誠非日人所敢輕視者日人自知力有不逮諸事讓俄一步惟於暗中防備外面則加意交親故雖謠言藉藉其實日人決不敢輕舉妄動也○日本與中國結好時條約中既言朝鮮爲獨立之自主國自應將兵一概撤回不得干預國政目下韓民相與起義恨不立時掃盡日人日政府自知衆怒難犯且虞各國向之詰責故日民之被殺及電綫兵隊之被毀者祇有忍氣吞聲不敢肆行需索今雖由駐韓日公使小村壽太郎照會朝鮮外務官索償日民之性命家產然亦徒託空言聞所索銀十五萬元以朝鮮財賦難籌當限三年爲期然此亦不過掩人耳目耳在韓國內地之日商刻已絕跡卽家居通商各埠者亦時有風聲鶴唳之驚去冬至三月末結算各商折閱總額二百萬元本月十七號午前東京來電云日本人之被韓人所殺者由使臣照會韓政府每名索償銀五千元在平壤之日人因亂遷至仁川者損失十二萬元亦須照償

光緒二十二年四月初五日京報照錄

宮門抄　上諭恭錄前報○四月初五日兵部　太常寺　太僕寺　鑲白旗值日　無引見　信侯假滿請　安　吉恆謝專派大臣　恩　豐培謝授廣西思恩府知府　恩　俞培元謝授江西遺缺知府　恩　那公續假五日　錫侯續假十五日　召見軍機　豐培　俞培元

○○署理甘肅新疆巡撫布政使臣饒應祺跪　奏爲知縣呈請開缺回籍修墓恭摺仰祈　聖鑒事竊據護理新疆布政使丁振鐸署鎮迪道兼按察使銜英林會詳據卽任渠城縣知縣王俊稟稱年五十四歲湖北江夏縣文童由從九報捐河南試用知縣甄別革職光緒七年投新疆軍營効力開復原官留歸新疆候補十七年准補渠城縣知縣十八年九月二十二日到任二十一年二月十三日卸事任內正雜交代均經後任接報清楚並無經手未完事件溯自豫出關離家二十餘年屢接家信知祖塋多年失修日形坍塌心實難安呈請開缺回籍修理等情詳請具　奏前來臣查該員王俊呈請回籍修墓委無捏飾規避情事自應准其開缺回籍除咨部外謹會同陝甘總督臣楊昌濬恭摺具陳伏乞　皇上聖鑒所遺渠城縣知縣係衝疲難三項要缺應請扣留外補此案改題爲奏合併聲明謹　奏奉　硃批吏部知道欽此

○○劉樹堂片　再豫省上年冬雪未能霑足入春雨澤愆期至二月初四五日始得雪一次尚稱普徧獲滋培旬餘以後又復微形乾燥天氣驟熱正恐麥苗受傷旋據太康扶溝西華淮甯杞縣通許鄢陵等縣各以境內麥苗間有生蟲其色青黑依根附葉苗卽黃萎往籍無稽老農不識細如螻蟻無術驅除等情稟報前來値臣閱伍在途先均批飭考求成法及早捕除比卽道經杞縣一帶隨在諮詢咸云向所未見揆厥由來大抵因亢燠鬱蒸所致幸近日已得透雨蟲患冀可漸除不至蔓延爲害兼得乘時翻犂播種早秋人心亦皆安定至被蟲之處將來麥收不免減色內惟太康縣片段較多情形較重扶溝西華杞縣次之均已由司委員前往查勘容俟覆到再行酌核辦理其餘各縣臣均飭令地方官詳加體察如有應須接濟之處酌動民捐積穀分別借放以恤民艱相應附片陳明伏乞　聖鑒謹　奏奉　硃批知道了欽此

取材於電

本行經理西門子廠專辦電報各種材料各種電機及水雷用電綫並兵船砲臺以及各廠各礦暨街路需用各種電燈一切俱全貨眞價廉各省官商如須購辦請惠臨敝行看圖議價可也

天津信義洋行謹啟

福建 賴天生德皮絲煙莊

本號專辦皮絲加工監製向在湖南江南等處開設歷有年所四遠馳名今分設天津東門外宮南天后宮隔壁第一家開張請諸君降臨光顧是幸特此佈聞

新出 中東戰紀本末

此書八本係美國林樂知華察爾康先生纂輯所錄皆電報公牘及名儒偉論其紀事之切實論事之精當較各種戰紀戰議誠爲遠過並附日皇日后中東將領小像每部津錢三吊

在天津宮北格致書室寄售

天津 美昌字號

本號自辦各國鐘表雜物大小八音琴各款新式保安座燈掛燈各樣呂宋烟御用香胰皂廣東各名家臘丸黑白烟膏各省東土西土一概發莊貨高價廉本號修理鐘表格外價廉諸君　賜顧者請光降是幸特此佈聞　新開在鍋店街中間坐北門面

變別真偽 天津 元利靴店

本店開設北門外估衣街歸賈胡同內專做時式京靴鑲鞋料高價廉數十年馳名已久向來並無分號今竟聞有無耻之徒開設鞋店造言與本號聯號恐　貴士商悞爲魚目所混茲特謹登告白如　賜顧者須認明本號發票及鞋內圖記庶不致悞

本齋主人識

烏利文洋行

啓者本行開設香港上海三十餘年四方馳名專售各式金銀鐘錶鑽石戒指八音琴千里鏡眼鏡等物並修理鐘表價錢比別家格外公道今本行東家米士得巳克由上海來津開設在紫竹林裕泰飯店旁請　諸君降臨光顧是幸特此佈聞

丙申年四月初八日禮拜三

浙杭 元吉永號

本莊自置紗羅綢緞新樣洋蔴花素洋布川廣夏貨團摺雅扇南貨頭油俱全祇爲近時錢市漲落不同故而各貨減價開設估衣街中間路北凡　仕商賜顧者無悞特此佈達

德商元亨洋行

本行開設本國上海香港廣東漢口等處歷有年矣今分設天津專辦進出口貨現初開辦所有進口各國貨價格外克巳以廣招徠暫寓法界鐵路公司西首恐未周知特再佈聞

新刻中日戰輯

內錄中日和約

粵東王君煜初所編中日戰輯一書分裝四帙幷附水陸戰圖地圖六幅書中所載中日軍情始末實事求是絕無虛飾且詳析中國今日必當如何改革以臻富强想有心時事者當爭先睹爲快也

每套售價一元

紫竹林同興號
代售處鍋店街文美齋仝啟
估衣街鴻雲齋

四月初八日銀洋行情

天津九七六錢
銀盤二千五百八十七文
洋元一千八百二十文
紫竹林九六錢
銀盤二千六百二十七文
洋元一千八百五十文

四月初九日出口輪船禮拜四

新豐　輪船往上海　招商局
重慶　輪船往上海　太古行
京星　輪船由上海　怡和行

直報

光緒二十二年四月初九日　第四百零八號
西歷一千八百九十六年五月二十一日　禮拜四

上諭恭錄

上諭廣東水師提督著何長淸補授欽此

讀醋海波瀾論戲書

天下大矣萬變何窮理之所必無未必非之事所或有小加大淫破義少淩長自古爲然何况近今若夫閨房之曖兒女之私奇情醜態層見迭出更有不可思議者鄰里鄉黨間偶舉一事往往傳爲話柄藉作笑談大抵押褻已甚妄言之而妄聽之亦付諸不論不議之例已耳近閱新聞報有醋海波瀾一論眞所謂名副其實不愧新聞之目也據稱土行主張君妾性悍潑不容夫居大婦所某日違令一往妾竟憤不能平約伴前去大逞雌風甚至吞金覓死諸多恐嚇張不得已央人調處始得寢息又有同業鄭君漁色誘姦性成習慣曾有幾釀人命之說今又與王氏婦姦情甚篤致所押之女校書花珊寶聞信而往任情爭鬧經鮑某勸開乃已噫此兩事也押褻已甚誠不必費詞人之筆墨穢君子之聽聞而顧著爲論說極力形容者不過爲季常一流人作暮鼓作晨鐘作當頭棒喝使之振乾綱守坤道救世婆心己可概見雖然其意則甚善其事可無庸也大抵人情多溺溺則必偏偏則百弊叢生莫能窮詰故朱子云偏之爲害家之所以不齊雖不必專爲此事言之而此事亦在渾括之中不但此也嘗聞宦場諺云不懼內不作官不戴綠頭巾不稱珊瑚頂戲言乎憤語乎聞者笑之豈知卿大夫閱歷世故通貫古今實有所指確有可憑固非憑空結撰烏有子虛者可比昔桓溫恃功驕蹇幾危晉室江山跋扈極矣然以納蜀主女爲妾致宣城郡主持刀相刼王導爲東晉賢相與謝太傅並稱當時亦有短轅犢車長柄麈尾之誚下至五代時若李克用之英勇朱全忠之兇暴皆受閫命惟謹莫抗雌威更有甚者前朝戚繼光爲一代名將功載旗常至今昭人耳目因年老無子納妾別館事爲夫人所聞大肆咆哮勢將置之死地戚計無所施至於負荆請罪俯伏受杖然後已之數公者雖有賢奸之別實皆鷹高騫而負重名較之業土行之張鄭諸人何啻雲泥何啻天淵然猶不免區區者何足道哉况王氏淫婦也珊寶名娼也此輩下流倚門賣笑送舊迎新不知廉恥爲何物洒潑肆悍是其慣技豈必有從一之志結髮之情不過因張鄭皆係富商貪戀金錢恣其揮霍遂至百般出醜貽笑鄉鄰倘一旦牀頭金盡吾恐琵琶別抱將視蕭郎爲陌路人故其所爭者非爭夫也爭錢而已張鄭何夢夢哉至詮釋吃醋二字謂妬心一生必帶酸味如酸心酸蟲之類是味之酸者莫如醋因含含酸而別稱之曰吃醋吃　之甚者謂之醋海因吃醋而別生事端者謂之醋海波瀾雖云附會頗亦近情近理然吃醋之義固如是矣而吃醋之典更有可徵者昔某大臣爲開國元勳聖眷特隆夫人不育因乏嗣　皇上特恩賜美姬二嫡不能容　上大怒封鴆一瓶賜之且曰若能改悔加恩宥免否則立飲鴆命夫人受鴆一吸而盡久之無恙蓋所封者　非鴆也故凡婦人之妬忌者不曰爭風而曰吃　是又一說也紳之家門頭所事若張鄭類者時常有之頗不足怪所

異者昔皆嫡與妾爭而今則妾與嫡爭且妓女與姦婦爭是又世變之愈出愈奇不可以情理論者也因該報所載頗屬刱聞爰濡筆而書之至於事之褻詞之蕪不值大雅一哂閱者諒之

擲石伸冤　○向來各直省詞訟案件有該州縣官未能剖決者一經上控往往仍行批回是以含冤莫伸遂至來京赴都察院擱輿遞呈瀝訴冤情冀得伸雪每逢堂期擱輿遞呈者無慮十數案經總憲接呈閱視交京畿道檢其案情分別准駁如核准者分別奏咨將人犯解往備質倘情節較輕卽將原呈發還乃向章也四月初四日詩鈴華總憲乘輿行至東安門外忽半空中擲來磚石一塊將轎窻玻璃擿碎致將總憲左腮砍破旁有民人口中喊稱我有冤抑呈控數次均未准理特以石擲之看今日准理與否當經該管地面兵丁將擲磚人劉姓拿獲解案懲辦現聞許緘憲交派京畿道核辦無論何項呈詞皆可一律照准矣

罪逃法網　○日前東便門外二閘地方馮二妻勒斃兒媳俞氏私埋匿報等情已列前報茲聞馮二素日强悍不安本分縱容伊妻凌虐兒媳身死復强令陰陽生批寫殃榜該陰陽生見該屍身死不明不肯批榜卽用蔴繩捆縛嚇以利刃旋經俞氏父兄同來向馮理論復與同來之何姓等一併綑縛逼令寫立無事字據親同掩埋滅跡始行鬆放逃生隨赴南城司控告飭差將馮二鎖拏責押詳報並批仰中東南三城指揮會同開棺相驗驗得已死婦人馮俞氏週身木傷甚多咽喉項頸有布帶勒痕委係帶傷致勒身死現聞咨送刑部審辦辦矣似此兇悍妄行豈能幸逃法網乎

濫刑斃命　○日前刑部獄因張煥亭帶傷身死當經都察院委派查監御史督同南城正指揮帶領吏件前往監所如法相驗飭傳屍屬並未赴案聞張煥亭係刑部江西司承審司員擅用刑求立斃杖下現伊妻遣抱赴都察院呈控業經批准諒不日據情　上聞恐該承審司員均當解任備質難逃濫刑斃命之咎而堂書等復有勒索贓款情事亦將和盤托出矣

清和天氣　○都門一帶時令頗覺失正現今四月初旬節方小滿詩云首夏猶清和正謂此也乃初四五六等日每當亭午赤傘高張炎熒非常儼如三伏行人身着單衫無不揮汗如雨聞城內外染患時症者比比皆是岐黃術及藥店材廠無不利市三倍居人大有戒心恐蹈前年覆轍守身如玉者應如何調攝哉

採訪請旌　○本郡採訪局創自邑紳裴某後因事經學校中人告退遂另延張紳接充局總此採訪局之原委也該局原爲採訪貞節婦女請旌建坊所以維持風化詳定章程三年造册呈請督憲會同學憲覆核入奏歷經辦理在案現屆三年之期已由局總將所訪一切核實造具宗圖册結不日當卽照例稟請　制軍會同學憲奏請　旌表矣

課題照登　○郡城書院林立昨學海堂開課之期所有課題照錄如左　鄭君詩箋言時事說　王式以詩諫賦以臣以三百五篇諫爲韻　越句踐論　擬唐張庭珪請勤政崇儉約疏　論書絕句用元遺山論詩絕句體

刼案又聞　○河東西方巷前黃姓家頗殷實曾開設錢舖一座忽於昨夜有賊十數人將門撬開搶去衣物首飾等件迨河東汛聞信赶緊帶兵緝捕賊已逃逸無踪矣次日失主報案該管文武員弁及十四段守望局委員親詣勘驗當將捕役地方比責限三日賊贓務獲不知果能破案否

棄孩獲救　○河東宮汛後溝內不知何人棄一初生幼孩用蒲包兜裹並未絕氣呱呱不止有某甲從該處經過抱之而去然不知能活與否一時論者紛紛有謂因家貧遺棄者有謂係姦生之子恐人知覺乘夜置此者因憶楚令尹子文本　女所棄因虎乳得生其後執國政播賢聲此孩焉知非子文類也噫

珠還合浦　○西門內朱姓日前失迷幼孩四處尋覓迄無踪影幼孩之母舅聞係某乙拐指名呈控業經邑尊訊責未據供認旋於初五日二更時朱姓聞門首有啼哭聲啓戶審視卽失迷之孩不知從何而來合家慶幸不啻珠還合浦次日施食喜面數百斤聞某乙之妻叩求息案矣

險起爭端　○津邑城隍廟四月初旬爲賽會之期所有各會無不競巧爭妍當行出色各行買賣手藝舖夥皆放工觀會以致街市間轂擊肩摩十分擁擠日昨有玉皇閣之鬼會行至鼓樓西大街突有鎮署西箭道甲乙等四人由東而西任意亂撞會首理沮伊等口出不遜因與會首廝打當經存城汛任千戎前往彈壓方各罷手不然又起禍端矣

事屬懷疑　○鼓樓西某甲現充縣役日昨爲弟完婚賃用花轎燈彩異樣鮮明本埠風俗必須前一夕陳設借壯觀瞻而轎夫等小有花消名曰上轎費甲固吝嗇者擁分文不給未免爭競適院內天棚夜間忽然火起幸撲救甚急未至燎原然一切陳設毀壞失迷爲數已屬不少張以轎夫爭要規費疑係挾嫌放火刻已赴縣控告果否批准尚未可知統俟再佈

幸而保釋　○日前李三向于姓阻喪鬥毆各節已經列報茲悉李三在押患病經籠役循例協同班管據實稟報提驗屬實准保調治不料李三開釋到家越日身

故刻振地方臬、相驗矣

興築鐵路　○[illegible]與中門雲南滇界相接屢議接築火車通入華界揭來中法業已議定自安南之諒山接至龍州越官議撥西錢八十兆以資費用第一先築
橋路連絡華界以[illegible]旷久爲主第二火車自諒山抵河內通至中國第三拓瀋海防海口務期大輪船進出無礙泊岸繫纜可以自由並聞俄國火車通過蒙古事亦議定
矣

英電譯登　○非洲西南合洛司境內現有禍亂勢甚猖獗若以德國兵馬往勦則逆黨自不難於授首也○趙大將軍已爲衆推舉擢佛拉禮總統之任○爲赦大
芳沙之事大英政府曾以禮論比國也○大英國在馬達加司加應享通商之利現已備文照會法國然尚未奉回文○佛朗機現與東洋國重議通商條約○布路衛由居
民現皆東遷舊業○增刑院現已定各囚徒爲流罪矣

光緒二十二年四月初六日京報照錄

宮門抄　上諭恭錄前報○四月初六日刑部　都察院　大理寺　鑲紅旗值日　無引見　官祥假滿請　安　克王請假五日　熙貝勒樾貝子各續假十日　召見
軍機

○○直隸總督北洋大臣　臣王文韶跪　奏爲北洋事務繁要懇　恩准留京員助理恭摺仰祈　聖鑒事竊查戶部員外郎毛慶蕃於上年二月間經陳寶箴在直隸藩
司任內呈由臣會同　欽差大臣兩江總督劉坤一奏調來津襄辦湘軍粮台嗣陳寶箴升任湖南巡撫復經劉坤一奏明飭令該員接辦糧台事務聲明將來辦理報銷仍
由陳寶箴覆核具奏等因在案茲據該員呈稱湘軍粮台收支餉項業經督同委員等逐一核明趕造報銷清冊派員齎呈湖南撫臣陳寶箴覆核奏咨餘銀三萬五千餘兩
亦撥解天津支應局收訖並無經手未完事件應卽銷燬關防回京供職呈請　奏報前來臣查毛慶蕃器識宏遠操履篤實在津年餘不特辦理粮台勾稽精細絲毫不苟
且於北洋重要事務隨處講求了然心目臣不時接晤早已心折其爲人伏念臣以衰庸謬膺重任常覺竭蹶不遑近豪　特派會同湖廣督臣張之洞辦理蘆漢鐵路事宜
將來體察商情綜核利弊關繫尤重非有結實可靠之人相助爲理益復無從措手合無仰懇　天恩俯准將戶部員外郎毛慶蕃暫留北洋由臣隨時派辦要務俾收指臂
之助實免隕越之虞微臣幸甚所有請留京員助理緣由理合恭摺陳請伏乞　皇上聖鑒　訓示謹　奏奉　硃批着照所請該部知道欽此

○○王文韶片　再臬司季邦楨　陛見出京現已到津應飭赴任以專責成仍照案會辦各局處事務除飭遵外理合附片具陳伏乞　聖鑒謹奏奉　硃批知道了欽此

○○頭品頂戴河南巡撫臣劉樹堂　奏爲遵查豫省光緒二十年分應徵漕項銀兩數目開列比較清單恭摺仰祈　聖鑒事竊准部咨漕項銀兩比較於奏銷時開單
奏報等因歷經遵辦在案茲查光緒二十年分漕項銀兩除停緩外實應徵銀九萬四千九十兩零以比較數作爲十分截至漕項奏銷止已完銀九萬四千九十兩零計已
十分全完比較光緒十九十八等年分全完相等比較光緒十七年分計多完五毫九絲五忽據糧儲道王延翰造冊開摺詳請具奏前來臣覆查無異除冊咨部外理合敬
繕清單恭呈　御覽爲此專摺具陳伏乞　皇上聖鑒謹　硃批戶部知道單併發欽此

告白

啓者報館之有採訪猶古之採風採詩上以考政治之得失下以考風氣之純
剝譏諸報端寓之中外取其善懲其惡故言者無罪聞者足戒充是任者品必
公正心必仁廉公則明正則直仁則不爲己甚之事廉則不貪非分之財用能
識大體近人情善善惡惡柔不茹剛不吐凡有關於　國計民生者自大至細
悉採毋遺辭取達意而止不以富麗爲工登供衆覽於以通上下難言之苦達
遠近不聞之聲庶使豫先事之綢繆善後事之補救斯無負泰西設館之本旨
焉否則遇事射利飛短流長實爲此間所大忌者矣現在本館採訪招人有樂
就者祈先以所採新聞投交海大道老菜市本報館門房轉遞是幸如可登錄
取有切實公正保人則端人之取友必端本報館不惜重聘定當延致其有冀
循情而援本館友人互爲請託者一概不收毋怪言之不豫也此啓

本館主人啓

取材於電

本行經理西門子廠專辦電報各種材料各種電機及水雷用電綫並兵船砲臺以及各廠各礦暨街路需用各種電燈一切俱全貨真價廉各省官商如須購辦請惠臨敝行看圖議價可也

天津信義洋行謹啟

福建 賴天生德 皮絲煙莊

本號專辦皮絲加工監製向在湖南江南等處開設歷有年所四遠馳名今分設天津東門外宮南天后宮隔壁第一家開張請諸君降臨光顧是幸特此佈聞

新出 中東戰紀本末

此書八本係美國林樂知華蔡爾康先生纂輯所錄皆電報公牘及名儒偉論其紀事之切實論事之精當較各種戰紀戰議誠爲遠過並附日皇日后中東將領小像每部津錢三吊

在天津宮北格致書室寄售

天津 美昌字號

本號自辦各國鐘表玩物大小八音琴各欵新式保安座燈掛燈各樣帋烟呂宋烟御用香胰皂廣東各名家臘丸黑白烟膏各省東土西土一概發莊貨高價廉本號修理鐘表格外價廉諸君 賜顧者請光降是幸特此佈 聞

新開在鍋店街中間坐北門面

天津 元利靴店 變別真偽

本店開設北門外估衣街歸賈胡同內專做時式京靴鑲鞋料高價廉數十年馳名已久向來並無分號今竟聞有無恥之徒開設鞋店造言與本號聯號恐 貴士商悮爲魚目所混茲特謹登告白如 賜顧者須認明本號發票及鞋內圖記庶不致悮

本齋主人識

烏利文洋行

啓者本行開設香港上海三十餘年四方馳名專售各式金銀鐘錶鑽石戒指八音琴千里鏡眼鏡等物並修理鐘表價錢比別家格外公道今本行東家米士得巴克由上海來津開設在紫竹林裕泰飯店旁請 諸君降臨光顧是幸特此佈聞

丙申年四月初九日禮拜四

浙杭 元吉永號

本莊自置紗羅綢緞新樣洋辦花素洋布川廣夏貨團摺雅扇南貨頭油俱全祇爲近時錢市漲落不同故而各貨減價開設估衣街中間路北凡 仕商賜顧者無悮特此佈達

德商元亨洋行

本行開設本國上海香港廣東漢口等處歷有年矣今分設天津專辦進出口貨現初開辦所有進口各國貨價格外克已以廣招徠暫寓法界鐵路公司西首恐未周知特再佈聞

新刻中日戰輯

內錄 中日和約

粵東王君煜初所編中日戰輯一書分裝四帙幷附水陸戰圖地圖六幅書中所載中日軍情始末實事求是絕無虛飾且詳析中國今日必當如何改革以臻富强想有心時事者當爭先睹爲快也

每套售價一元

紫竹林同興號

代售處鍋店街文美齋仝啟

估衣街逸雲齋

四月初九日銀洋行情

天津九七六錢

銀盤二千五百九十三文

洋元一千八百二十五文

紫竹林九六錢

銀盤二千六百三十三文

洋元一千八百五十五文

四月初九日出口輪船禮拜四

新豐 輪船往上海 招商局

重慶 輪船往上海 太古行

景星 輪船由上海 怡和行

直報

光緒二十二年四月初十日　第四百零九號
西歷一千八百九十六年五月二十二日　禮拜五

上諭恭錄　農　論　慎重值班　死其糊塗
賊何胆大　入覲龍光　方伯驕寘　愶褻示諭
一舉兩得　除莠安良　愼密關防　衛身妙術
狂且宜禁　報應不爽　冥刑可畏　相節行程
剿回捷電　三韓近事　京報照錄　各行告白

啓者本館售報需人如有情願承辦者至本館帳房面議可也

本館告白

啟者光緒二十一年分本局第十二屆總結款項帳目現已彙齊照章應請有股諸君來山會核以便刊刻帳畧派分股息茲定於本月十五日以前務請　各股友來局看帳其往返川費悉由局備送緣候刊畧幸勿稽延爲荷特此佈　達

開平礦務總局謹啟

上諭恭錄

上諭劉樹堂奏衙署被刦獲犯審辦等語本年二月間河南林縣衙署被刦當經該縣知縣曹善臻會營追拿格殺賊犯二名先後擒獲首夥十餘名現已飭府審辦衙署重地該匪膽敢夥衆搶刦拒捕傷人玩法已極着劉樹堂嚴飭彰德府提犯研訊懲辦並飭該縣勒緝逸犯務獲究辦毋任漏網欽此　上諭吉林將軍著延茂署理欽此　上諭湖北陽鎮總兵員缺着陳基湘補授欽此

農論

語曰天下之大利歸於農非也竊以爲農之利不惟不大而已且難之至艱之至薄之至特局外人習不加察耳古人憫農詩云鋤禾日當午汗滴禾下土誰知盤中餐粒粒皆辛苦又云四月賣新絲五月糶新穀醫得眼前瘡剜却心頭肉言雖痛切究不過大概形容以云極情盡致猶未也僕一介寒微殘經坐守雖未嘗從事耕耘而目見耳聞備知一二試約畧言之孟子曰或勞心或勞力勞心者治人勞力者治於人士勞心而農勞力特就其獨甚者而言豈農遂無所用心乎嘗見鄉里間鋤以手耒以肩帶笠荷往來於炎天烈日之中奔走於荆棘泥塗之地汗流氣喘而不敢少休且也老幼則提攜而餉於野婦女則炊爨而作於家手足胼胝忙碌極矣而中心之兢業殆有甚焉今年預計來年之事今日先籌明日之功何地高阜宜菽麥何地窪下宜稻　苦慮焦思惟恐一有差跌凍餓隨之既插矣旱則憂潦則憂蝗蝻賊則又憂迨至築場納稼而心與力交瘁矣難乎不難凡事皆可以人力操其權勤則速惰則遲勢也亦理也無論木工石工金工及一切雜藝一日可以併兩日之功即明日可以收今日之效而農則不能春生也夏長也秋成也天有一定之時農必順之時可耕乃耕時可耘乃耘時可獲乃獲由苗而望秀由秀而望實誰有智者固不能揠苗而助之長也緩乎不緩自來牟厚利致富饒惟居積爲最優詩所謂如賈三倍者猶未盡焉蓋買之前日者今日以善價賣矣買之今日者明日以善價賣矣甚至朝買而夕以善價賣夕買而朝以善價賣總計一月一年之間輾轉營謀仟百千萬而不止豈農所能彷彿乎春耕焉子種之費若干夏耘焉傭工之費若干秋斂焉往來載運車馬之費又若干以直隷等處論之上等腴田所獲不過一石其次則七八斗五六斗不等最下甚至有二三斗者除去一切開銷所餘有幾豐年如此一遇水旱災祲更可想矣薄乎不薄或謂斯言是也然古人所謂大利者豈妄語哉曰以壟斷之大之云者乃多之謂非厚之謂多則大矣總四民之數較之大約士居一工商居二三農則實居四五都會城市而外窮鄉僻壤閭林林總總皆農也農多則獲多獲多則利大理或然與抑更有說焉利之爲義廣矣深矣非必貨財始得謂之利凡利益便利皆可謂之利農之利非獨利一人利一家所以

利天下也試觀天所生地所藏商賈之所販運百工之所製造經營錦繡也珠玉也山珍海錯雞鴨豬羊也貴者利之富者利之巨商大賈亦利之而農不利焉農所利者稻粱菽麥黍稷而已然農自利其利而不利富貴者之所利亦無所不利富貴各利其利而不利農之所利則萬不能利何也天下容有不衣錦繡不飾珠玉不御珍饈而可以不死者斷未有不食稻粱菽麥黍稷而可以長生者然後知享農之福而被農之澤者深且久也大利歸農其謂此乎故書之以告天下之輕視農人者

慎重值班　○四月初五日　皇上詣　頤和園　皇太后駕前請安後駐蹕初九始行回鑾還宮今聞禮部呈進　禁城值班儀制條規　向來恭遇圖巡幸之期派出留京王大臣一體輪流值宿每日卯初四人公同進內一人留宿餘三人申初方准散歸所有留京王大臣出入時刻及輪應值宿日期應行派王公同稽察如有遲悞曠班者具摺奏參其餘紫禁城內各該班王大臣等應歸留京王大臣每日開列名單呈送派出王公等抽查或將值班之人傳至乾清門而查或派諳達等赴各值班處所查看倘有遲悞曠班及未見接班之人先行散去者亦應附報參奏

死其糊塗　○三月二十四日宣武門內東城根南城察院牆壁水井內有淹斃屍身一具當經該管地面官廳詳報步軍統領衙門票委南城劉廣廷指揮帶領吏仵前詣相驗驗得該屍係旗裝婦人約年二十餘歲週身有木物傷痕肚腹彭脹復以水由口灌入用手指按其肚腹鼻口俱有水污流出兩手心浸皺白十指甲縫俱有泥沙委係帶木物傷水淹身死因無親屬認領由官發給棺木成殮填格詳報刑部飭甲查訪屍親嚴拿行兇之人務獲究辦以重人命至其中有無別情俟獲犯再行訪錄

賊何胆大　○京師五城所屬地方每城設立練勇局一處各募勇丁一百名以資緝捕每夕至二鼓時即經該局哨官撥隊在各街巷巡梭防範不謂不嚴乃三月二十三日魚更三躍崇文門外邱姓賃貨舖中被賊用薰烟將舖夥薰悶傾箱倒篋竊去紬帳七分綢傘二十四件各色彩衣七十餘件孝衣一百二十餘件尚有首飾衣物共計估贓二千數百金迨邱某蘇醒該賊已攜贓逃逸赴即赴各衙門報案會同勘驗飭捕嚴緝務獲究辦以儆盜風查該舖正與練勇局相對竟敢肆行偷盜已屬目無法紀而該局有緝捕之責亦竟毫無覺察捕務廢弛已可概見矣

入覲龍光　○袁慰廷方伯世凱接統定武軍改練新建軍數月於茲軍律森嚴一洗軍營積習所著練軍要則早已風行海內識者皆知爲節制之師有軍事之責者應奉爲金科玉律現聞方伯以練軍已著成効入覲　天顏即日北上想帝心簡在封圻建節直指顧事耳不禁拭目俟之

方伯騎箕　○江西藩司陳　仙方伯提客年統湘軍福壽十營隨劉　莊大帥駐紮榆關雪地冰天辛勞倍至因而觸發舊傷沈緜數月旋津復駐節江蘇海運局養痾茲悉方伯於初八日酉刻竟騎箕天上惜哉所遺福壽十營皆三湘精銳奉　督憲札委記名提督吳軍門隆海暫爲統帶當茲時事多艱老成凋謝有心時局者能不扼腕以傷乎噫

恤嫠示諭　○本任關道盛觀察設立恤嫠會所以贍孤寡守志窮苦無依者一切款項出自土藥提捐額定章程以一百戶爲率嗣因土藥來源甚旺兼之求恤者多遂額增至四百戶近來提捐一項大減於從前而四百戶之恤費已形支絀欲減戶則情所不忍欲增戶則勢所不能不減不增之間已屬勉強支應昨有孀婦張趙氏攔輿稟求賞恤現據關道憲批示嗣後孀婦求恤應向董事處投遞姓氏住址名條遇有額出即按遞條名次後先挨補永著爲令自牌示之後爾孀婦等當恪遵憲諭不得仍前攔輿云

一舉兩得　○長蘆運憲稟請撥款發修附郭義塚等情已紀前報茲由本府沈太守示諭凡義阡寄埋棺槨欲遷葬者限於一月內即行遷移如係實在無力一切遷費悉由局發給倘逾限不起一經本局代修窪下者或移高埠屆時不易辨認反致曉曉混瀆致干未便等語刻下東段義塚業已興工比每歲添培坟頭較大且地外有人行捷徑亦經格外培高遇有陰雨積水不至行人從地中繞越致踐坟堆善哉此舉不但死者戴德即行人當亦感恩也

除莠安良　○竊聞　莠不去難植嘉禾頑梗不除難安良善土棍者苗中之　莠人中之頑梗也前者達摩菴帝君廟兩處混混業經薙髮示辱冀其改過自新無如若輩怙惡不畏法刻又暗邀著名土棍某甲向各處糾集此倡彼和應聲而起者不啻數十人將大張旗鼓再決雌雄按某甲原係縣署壯頭曾因械鬥重案羈禁三年正擬詳辦經伊母央邀鄰里具保開釋迄今爲日無多舊態復萌殊屬目無法紀聞官場擬調府縣案卷檢查著名土棍照案嚴拿懲辦以靖地方除害飭差役票緝外並先出示曉諭倘土棍等觸目驚心不蹈故轍未始非自全之計也

慎密關防　○關道署中向有家丁某甲者頗不安分遇事生風指官詐騙無所不爲昨經觀察訪悉確情除嚴懲外並立驅出署現出示曉諭軍民人等如再有招搖撞騙情事許即扭送來轅以憑究辦

衛身妙術　○四月初旬城隍廟賽會之期競巧爭奇固各盡其妙而該廟燈棚尤爲洋洋大觀故少婦嬌娃皆欲一拓眼界初七日晚有一壯年婦率領女眷三五

人入廟觀燈該婦手持利錐一把遇有男子擁擠者卽用錐亂刺故少年輩皆遠避三舍莫敢攖其鋒此固衛身之妙術也雖然何如寂處深閨不出頭露面之爲愈乎

狂且宜禁　○津邑人烟稠密良莠不齊近來尤多輕薄子弟每日申酉之交三五成羣由城缺處上城瞭望處處皆有惟南面尤甚遇緣城人家有輕年婦女出入伊等便指手畫脚任意媚笑與無故入人閨闥者何異似此類風斷不可長有巡城之責者若不早行示禁恐日後釀成事端也

報應不爽　○城內于姓者家稱小康妻某氏性頗悍因兒媳不善承迎百般凌虐媳不堪其苦服毒身死經官相驗後飭理處完結事隔數年忽於月之初七日黃昏時氏偶得怪症手足拘攣目直口歪自稱兒媳在陰司控告現拿到案治罪號呼聲慘狀類受刑者延至二更竟至斃命嗚呼觀此一事凡故意凌虐兒媳者當自儆矣

冥刑可畏　○東門外某甲者素不安分詭計多端凡撞騙奸淫等事無所不爲且善於彌縫從無敗露之時日昨忽得奇疾狀類瘋顛自言自語如與人問答者然平生所作所爲盡行傾吐或有時作驚惶之狀云某人用刀刺我快來救命家人視之則皮肉已變青紫色號呼呻吟輾轉顛撲如是者五六日至臨絕氣時自將舌頭咬去一半滿口流血而亡向來陰曹之說半涉渺茫未肯深信如甲者是顯受冥刑矣可不畏哉

相節行程　○出使俄國頭等全權大臣李傅相榮抵聖彼得堡俄皇賜晏情形已據電音畧紀報牘茲悉官場又接洋電相節於本月初五日巳赴莫斯科都城云

剿回捷電　○西陲軍務日久未得確音昨有前敵務來電信云官軍自解蘭州城圍後連戰皆捷勢如破竹回匪力竭乞降不許乃竄回七里溝老巢負嵎自固冀延殘喘遂至五軍門乘勝督師分路進攻搗穴擒渠直指顧間事也所有別股逆回經魏午莊中丞一再痛勦斬馘無算其猶爲害于西寧青海間者僅數百人爲茲醜類想不難一舉蕩平矣亟登之以當露布

三韓近事　○日本報刊有朝鮮漢陽信息言前派往俄國之使臣爾行時曾奉韓王之命着在俄國召募勇丁一隊帶回朝鮮以作王宮之護衛○高麗來函言韓王現下仍在俄國使署未肯回宮大院君深爲之憂特爲查問因何逗遛不返又言高國外務大臣仍請俄國保護高麗以防不測

光緒二十二年四月初七日京報照錄

宮門抄　上諭恭錄前報○四月初七日工部　鴻臚寺　正藍旗值日　無引見　耆齡假滿請　安　張星炳謝授福建遺缺知府　恩　卓公銘公各請假十日　召見軍機　張星炳　皇上明日辦事後至嚳覺寺拈香畢還　頤和園

○○王文韶片　再分省補用道洪恩廣前以知縣投効北洋經前督臣李鴻章委辦水師學堂兼管出使文報局嗣於十六年閏二月丁母憂因堂務局務均資熟手批准給假百日回籍治喪假滿仍回津當差十七年捐升同知分發試用海軍大閱案內保以知府分省歸候補班前補用十九年因辦理文報期滿復保以道員用均經奏　旨允准該員在直年久熟悉情形現據稟請給咨赴部引見其知府保案雖在丁憂期內係勞績在先按照部章准其列保俱經奏　旨有案例得以現在官階分發到省除給咨赴部騐候帶領引　見外理合附片陳明伏乞聖鑒勅部查照謹　奏奉　硃批吏部知道欽此

○○頭戴頂品湖北巡撫臣譚繼洵跪　奏爲道員試用期滿堪以繁缺留省補用恭摺具陳仰祈　聖鑒事竊查定例捐納試用道府該督撫於分發到省後悉心察看出具切實考語奏明分別繁簡補用等因茲查二品頂戴新海防試用道莊兆銘現年三十七歲浙江秀水縣人由附貢生遵籌餉例報捐道員不論雙單月選用光緒十三年十月奏調出洋派充使署文案三年期滿銷差奏保以道員不論雙單月選用並加二品頂戴十七年六月初五日奉硃批着照所請欽此二十年七月遵新海防例報捐分發簽掣廣西復遵例指離原省改指湖北試用十月二十日由吏部帶領引　見奉　旨照例發往欽此十二月初七日到省連閏扣至二十一年十一月初七日試用一年期滿據布政使王之春按察使惲祖翼取具履歷清冊詳請　奏咨前來臣覆查該員莊兆銘才具明練辦事妥詳堪以繁缺留省補用除清冊咨吏部查照外理合會同湖廣總督臣張之洞恭摺具奏伏乞　皇上聖鑒　勅部查照施行謹　奏奉　硃批吏部知道欽此

VACUUM OIL COMPANY
SHANGHAI.

本行開設有年專售各色機器火車等油素蒙諸局光顧然恐僧購未便故今托天津法界鐵路公司西首元亨洋行代爲經理如諸商局欲辦者請向該行買辦取油試用可也特此佈聞

上海光裕洋行啟

取材於電

本行經理西門子廠專辦電報各種材料各種電機及水雷用電綫並兵船砲臺以及各廠各礦暨街路需用各種電燈一切俱全貨眞價廉各省官商如須購辦請惠臨敝行看圖議價可也

天津信義洋行謹啟

福建賴天生德皮絲煙莊

本號專辦皮絲加工監製向在湖南江南等處開設歷有年所四遠馳名今分設天津東門外宮南天后宮隔壁第一家開張請諸君降臨光顧是幸特此佈聞

新出

中東戰紀本末

此書八本係美國林樂知華察爾康先生蒐輯所錄皆電報公牘及名儒偉論其紀事之切實論事之精當較各種戰紀戰議誠爲遠過並附日皇日后中東將領小像每部津錢三吊

在天津宮北格致書室寄售

烏利文洋行

啓者本行開設香港上海三十餘年四方馳名專售各式金銀鐘錶鑽石戒指八音琴千里鏡眼鏡等物並修理鐘表價錢比別家格外公道今本行東家米士得巴克由上海來津開設在紫竹林裕泰飯店旁請諸君降臨光顧是幸特此佈聞

丙申年四月初十日禮拜五

天津美昌字號

本號自辦各國鐘表玩物大小八音琴各款新式保安座燈掛燈各樣紙烟呂宋烟御用香胰皂廣東各名家臘丸黑白烟膏各省東土西土一概發莊貨高價廉本號修理鐘表格外價廉諸君賜顧者請　光降是幸特此佈聞

新開在鍋店街中間坐北門面

浙杭元吉永莊

本莊自置紗羅綢緞新樣洋辦花素洋布川廣夏貨團招雅扇南貨頭油俱全祗爲近時錢市漲落不同故而各貨減價開設估衣街中間路北凡　仕商賜顧者無悞特此佈達

德商元亨洋行

本行開設本國上海香港廣東漢口等處歷有年矣今分設天津專辦進出口貨現初開辦所有進口各國貨價格外克已以廣招徠暫寓法界鐵路公司西首恐未周知特再佈聞

告白

敬啟者京城售報處改在前門外琉璃廠小沙土園路西寶興木廠又楊梅竹斜街中間路南聚興隆小器作內兩處分售此白

售報人陳午清謹啟
寓前門內刑部後身草帽胡同北頭大院內

四月初十日銀洋行情

天津九七六錢
銀盤二千五百九十文
洋元一千八百二十五文
紫竹林九六錢
銀盤二千六百三十文
洋元一千八百五十五文

四月初十日出口輪船禮拜五

新豐	輪船往上海	招商局
重慶	輪船往上海	太古行
順和	輪船往上海	怡和行

直報

光緒二十二年四月十一日
西歷一千八百九十六年五月二十三日
第四百零十號　禮拜六

啓者本館售報需人如有情願承辦者至本館帳房面議可也

本館告白

上諭恭錄

上諭福潤奏調員辦理勘丈田畝等語山東進士前安徽宿松縣知縣孫葆田廣東駐防漢軍繙譯舉人前奉天安東縣知縣潘文鐸江蘇舉人候補同知直隸州鄧嘉緝著廣州將軍江蘇山東各巡撫飭令該員等迅速前往安徽隨辦丈田清賦事宜該部知道欽此

論鹽與五穀無異

王政之大端無非民生之急務後世言政事者概謂以刑錢兩大端一教民一養民也竊以爲養爲先教次之而養民之仰給於錢也尤莫如仰給於穀與鹽蓋民爲天生穀與鹽爲天產以天所產養天所生至便也顧食爲民天而食物或重穀不重鹽者因上古以來民非穀不能生民無鹽猶可活耳自中古火化以後米鹽並重民無食穀而不食鹽者且天地所產貴至金珠賤如草木舉足以佐民食至鹽產於水產於土以例五穀猶地毛也推之以羨補不足之義食穀者既不能因穀而絕鹽並可以因鹽以易穀是鹽與穀均地利也持政柄者不可絕穀以別謀養民而棄地利又惡可因鹽轉以病民而棄地利乎考々禹貢青州貢鹽周官鹽有數品曰苦鹽曰散鹽曰飴鹽曰形鹽苦鹽刮諸地散鹽煮諸波飴鹽風諸水形鹽成諸人祭祀供散鹽而加以苦鹽取其自然不忘本也賓客供形鹽取其威也王侯世子膳羞供飴鹽取其甘而可常食也而鹽人一職不過掌政令以供用未嘗設禁令以病民而僅供邦財也故其利薄於民而不專於國更無所謂商也齊管夷吾建煑海之策國以富強嗣是圖富強者概思窮天地之藏以取其利於是漢武元狩時設鹽鐵官守牢盆有私鬻者鈦右趾又佐以桑宏羊之謀利無遺孔矣東漢時張林建言鹽禁魏復專設鹽官至陳始立鹽稅唐收山海之利又爲鹽池鹽井鹽屯隸諸度支乾道初更制鹽法於山海井灶之地置鹽院鹽政以詳劉晏謂因民所急而稅之則國用足乃於出鹽之鄉置吏收鹽鬻於商任其所之去鹽鄉遠者則轉官鹽以存其處商絕鹽貴時減價以售如常平倉穀法亦名其倉爲常平與穀並重商民皆利鹽稅乃居財賦之半爲軍國大計焉及李錡盛貢獻以固寵而鹽政敝厥後軍興日滋鹽價大貴至以穀數斗易鹽一升而民困矣宋初弛鹽禁民始無苦雍熙後罷官自鬻又以用兵乏餉令輸芻粟塞下增其直又置折中倉令商輸粟京師優其直給以江淮鹽此後世召商之始也而宋之善理鹽者如李沆爲真州發運置鹽倉凡船運米入真州者令載鹽回散於諸路公私便之蔡京罷轉運令商賈納錢請鈔後以鈔不復用海鹽之法壞不行解鹽滄鹽價騰解鹽之法又壞元行鹽法每引重四百斤價銀十兩混一後每引遞加至增爲一百五十貫私鹽日橫官鹽不售乃派戶口收買令其入錢縣官收市吏胥相緣爲奸民苦之

此稿未完

御園演會　○京西妙峯山上有碧霞元君廟由來久矣例於四月初一日開廟起至十八日止上至王公下至士庶莫不跋涉而來朝頂進香答神庥而祈默佑當經諸善紳因道路遙遠崎嶇往來不便先期在各處設立茶棚施助茶水粥十五晝夜供給香客並有津門諸善士建立路燈以便夜間行走沿路又有纏錠會十數處遇有鞋履開錠者代爲縫補種種善舉指不勝屈而諸般賽會亦莫不競巧爭奇互相炫耀歌者舞者鳴鐘擊鼓者吹竹彈絲者粉飾之美也霞蔚雲蒸排演之熟也鴈行魚貫娛目騁心不啻山陰道上均於四月初八日在廟前敬謹扮演日前經內務府掌儀司首領太監傳諭各會於初八初九日俱在海甸松樹畔迤東向　頤和園玻璃亭演唱　皇太后　皇上均詣亭內觀看聞每會均有賞賜云

遣官祭陵　○四月二十九日爲　孝愼成皇后忌辰例應遣官恭詣　慕陵讀文致祭經管理太常寺事務禮部尚書宗室崑小峯協揆查祀典開載應由陵寢公等請派一人就近致祭茲准宗人府送到銜名繕具　御覽恭候　欽定諒不日　命下矣

麥秋將屆　○京師各善堂向於春間三月底停止賑粥現因野多餓莩邑有流亡某善士惻隱爲懷在宣武門長椿廟內續放一年與冬季接連以惠貧黎每日領粥男婦約有二千數百人然時近麥秋遠近窮民當各歸鄉井正不必戀雙弓之米致悞耕耘矣

牌論文童　○運憲牌示　論問津書院備取童生知悉今有備取第一名童生王陰培出外謀食稟請告退嗣後遇有缺出即以備取第二之黃濤挨次頂補合亟牌示

除惡未盡　○誘拐兒童雖屬大干法紀而捉將官裏去指名乞懲者則甚少蓋恐輕與結仇致生後患故稍予薄責即行釋放都門五方雜處所以根株未能盡絕者職此故也聞昨宣武門內王公廠地方有外鄉人以吹糖人爲影射慣行誘拐小兒當經鄰佑等從旁覷破不動聲色先乘間將被拐某姓子伴送回家俾慶團圓後將該匪驅而之他不准逗遛以免後患不知該匪又向何處肆其伎倆矣

男婦爭車　○昨夕有洋車一輛上載婦人行至萬益當南陡然車覆將車上人跌入泥中並將車旁行人馬褂扯破該行人即扭車夫索賠坐車婦人亦嘵嘵不依車夫左右爲難祇得叩頭求恕而一男一婦仍然不允車夫無計可施拋車逃跑男子即欲拉車而去婦人不容謂爾衣當賠我衣獨不當賠耶婦人男子共守一車漸漸日暮究不知其若何結局也

善用火攻　○南門外一帶柴廠林立向係南鄉數十村農家所收柴草運集銷售昨有村民裝柴兩車乘夜運赴南門外交廠價賣行至半途忽然車上火起柴主恐將車燒毀赶緊搶救比及撲滅而拉車牲口不知去向蓋賊人尾隨至此暗將柴草點著乘救火時出其不意遂牽之而逸及至省悟而人馬已無踪影矣狡哉賊乎善用火攻但不知失主報案與否

丟財惹氣　○昨有鄉人背負衣包內有現錢等物行至北浮橋上被偷兒割破衣包將錢拿出復以磚塊塞入意在使之不覺也及鄉人行至橋下磚忽墜地方行知覺一時神色張皇即將身後隨行人扭住向之索要行人怒云不知在何處失落竟來誣我任你搜檢我身如果有贓甘心認罪倘或無有當若之何正吵鬧間地面官巡經其地一併帶去將代爲剖斷云

鳥啼花落　○朱某者曾充某署執帖頗有積蓄素與侯家後某妓善去秋爲醵中數百金爲妓脫籍遂成伉儷寓居城裏形影不離如並蒂花如連理木今春主人榮任並不肯跟去以爲鴛鴦不獨宿也日昨不知何故小有爭吵妓忽不能忍乘夜雉經而死好因緣耶惡因緣耶抑人財兩空世所謂冤孽耶吾不得而知之

幼童好事　○河東沈庄子某姓家失迷幼女年五歲令人各處鳴鑼呼喚至于家大院前適有幼童好事將鳴鑼人領至李姓門前云他家昨日拾一幼女鳴鑼人即向索要李姓不允鳴鑼人回家告知失主女母一聞此信即坐　車並跟男子數人來至李姓家始央求繼哭鬧李姓知隱瞞不住即將女現出已抱之回家矣

神果有靈　○杜某者營弁也二十年前地面不靖經某憲札飭該弁帶兵護庫適該庫被竊失銀數百兩甲與乙二人誣杜某監守自盜發縣嚴問受刑數十堂死而復甦者十數次並未承招嗣因上司知其屈枉旋蒙開釋該弁冤氣難伸每遇朔望在城隍廟升表訴冤以神聰明正直定有果報甲乙果相繼暴亡又數年承審某令亦暴亡本年春間某承刑又暴病身死該弁於月初旬在城隍廟二門大書誣良全報四字洩私忿亦以答神庥也

財命兩全　○鹽坨慶源號米麵舖昨晚着學徒某往河西錢舖付錢手持錢帖一百吊行至鹽坨大道中間忽由背後打一木棍正打在頭頂幸不甚重該學徒大聲連呼救人適行路者趕至賊已逃走踪影不見經行路人將學徒送回該舖掌千恩萬謝謂既未傷命又未傷財眞不幸中之大幸也

派輪護商　○昨閱日本某報章載云政府擬遣松島旗艦等船赴中國新闢商埠保衛客商常泊上海隨時巡弋蘇杭各處以資保護

善舉生嫌　○邗上訪事人函云□甲者善士也糾約同志稟准大憲在揚城東鄉張網溝等處設局檢骨已非一日每次拾骨必先出告白於通衢略稱本鎮一帶義冢如有棺柩暴露後裔有人務於若干日內赴館修理完整如過期不修卽由本局派人檢埋等語本月局中叉出告白一通該局工人卽四出檢拾一日檢至仙鎮文昌宮後不意忽有鄉人出阻謂此棺有主不宜越俎代謀該工人倚勢不聽因之大相齟齬致激衆怒羣起而攻並當場將工人四名拘住本鎮萬壽司屠少尹聞信立帶弓兵前往彈壓見鄉民聲勢洶洶少尹略訊數言隨將工人薄懲詎鄉民意猶未足復來城聯名至江都縣衙控訴謂其私挖墳墓等情而某甲以此係善舉何得誣衊心亦不甘亦至邑署申訴邑宰見兩造各執隨於前日命駕前往親臨履勘昨已事畢回署並將甲等寄居之某道院住持拘帶回揚孰是孰非想一經研訊不難水落石出或曰掩骼埋　善舉也今竟因此肇事豈司其事者之辦理不善致啓鄉民疑竇耶

光緒二十二年四月初八日京報照錄

宮門抄　上諭恭錄前報○四月初八日內務府　國子監　鑲藍旗值日　無引見　恩霖假滿請　安　並謝專操大臣　恩　大額駙請假五日　興伯請假十日　玉書椿壽各　假十日　慶麟請假十五日　關防衙門奏十八日　大高殿拜表瀛公行禮　召見軍機　皇上明日辦事後申刻由　頤和園　還宮

○○奴才恩澤增祺跪　奏爲鎮邊八營業經回防擬請裁撤制兵馬隊以節餉糈而免虛糜恭摺仰祈　聖鑒事竊照前將軍依克唐阿於上年抽帶鎮邊軍馬步八營赴奉本省所剩馬隊無多每遇差遣緝捕在在不敷分布經奴才增祺先後由省城制兵內挑練馬隊兩起暨黑龍江城添練制兵馬隊兩哨月需餉乾由部墊各省欠解俸餉銀內作正開支等因均經奏明奉　旨允准在案現在調赴奉邊之鎮邊馬步八營業已遣撤到防所有省城前挑步兵馬隊兩起並黑龍江馬隊兩哨於本年二月底一律裁撤飭令歸旗當差至用過餉乾等項銀兩俟查明另案核銷除咨部查照外理合恭摺具陳伏乞　皇上聖鑒謹　奏奉　硃批該部知道欽此

VACUUM OIL COMPANY
SHANGHAI.

本行開設有年專售各色機器火車等油素蒙諸局光顧然恐信購未便故今托天津法界鐵路公司西首元亨洋行代爲經理如諸商局欲辦者請向該行買辦取油試用可也特此佈
聞
上海光裕洋行啟

取材於電

本行經理西門子廠專辦電報各種材料各種電機及水雷用電綫並兵船砲臺以及各廠各礦暨街路需用各種電燈一切俱全貨眞價廉各省官商如須購辦請惠臨敝行看圖議價可也
天津信義洋行謹啟

福建 賴天生德 皮絲煙莊

本號專辦皮絲加工監製向在湖南江南等處開設歷有年所四遠馳名今分設天津東門外宮南天后宮隔壁第一家開張請諸君降臨光顧是幸特此佈
聞

新出

中東戰紀本末

此書八本係美國林樂知華蔡爾康先生纂輯所錄皆電報公牘及名儒偉論其紀事之切實論事之精當較各種戰紀戰議誠爲遠過並附日皇日后中東將領小像每部津錢三吊
在天津宮北格致書室寄售

烏利文洋行

啟者本行開設香港上海三十餘年四方馳名專售各式金銀鐘錶鑽石戒指八音琴千里鏡眼鏡等物並修理鐘表價錢比別家格外公道今本行東家米士得巴克由上海來津開設在紫竹林裕泰飯店旁
請
諸君降臨光顧是幸特此佈
聞
丙申年四月十一日禮拜六

天津 美昌字號

本號自辦各國鐘表玩物大小八音琴各款新式保安座燈掛燈各樣紙烟呂宋烟御用香胰皂廣東各名家臘丸黑白烟膏各省東土西土一概發莊貨高價廉本號修理鐘表格外價廉諸君賜顧者請 光降是幸特此佈
聞
新開在鍋店街中間坐北門面

浙杭 元吉永號

本莊自置紗羅綢緞新樣洋辦花素洋布川廣夏貨團摺雅扇南貨頭油俱全祇爲近時錢市漲落不同故而各貨減價開設估衣街中間路北凡 仕商賜顧者無悞特此佈達

德商元亨洋行

本行開設本國上海香港廣東漢口等處歷有年矣今分設天津專辦進出口貨現初開辦所有進口各國貨價格外克已以廣招徠暫寓法界鐵路公司西首恐未周知特再佈
聞

告白

敬啟者京城售報處改在前門外琉璃廠小沙土園路西寶興木廠又楊梅竹斜街中間路南聚興隆小器作內兩處分售此白
售報人陳午清謹啟
寓前門內刑部後身草帽胡同北頭大院內

四月十一日銀洋行情
天津九七六錢
銀盤二千五百八十三文
洋元一千八百二十文
紫竹林九六錢
銀盤二千六百二十三文
洋元一千八百五十文

四月十二日進口輪船禮拜日
新裕 輪船由上海 招商局
新濟 輪船由上海 招商局
四月十二日出口輪船禮拜日
順和 輪船往上海 怡和行

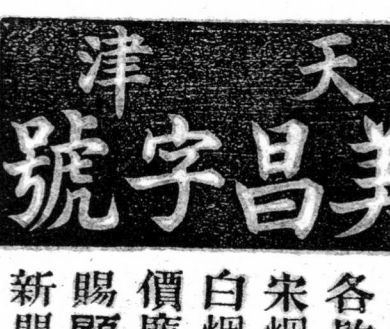

直報

光緒二十二年四月十三日　第四百十一號
西歷一千八百九十六年五月二十五日　禮拜一

本館告白

啓者本館售報需人如有情願承辦者至本館帳房面議可也

啟者光緒二十一年分本局第十二屆總結款項帳目現已彙齊照章應請有股諸君來山會核以便刊刻帳略派分股息茲定於本月十五日以前務請　各股友來局看帳其往返川費悉由局備送緣候刊略幸勿稽延爲荷特此佈　達

開平礦務總局謹啟

上諭恭錄

上諭昨日道旁叩閽之山東民人張洪廷着交刑部嚴行審訊欽此　旨這所參疏防監犯越獄之管獄官奉天義州吏目張錫第着卽革職拿問交依克唐阿等提同刑禁人等嚴訊有無賄縱情弊按律懲辦仍勒限飭拿逸犯宋恒務獲究辦有獄官署義州知州鄭錫華據報先期公出着俟限滿後逸犯有無弋獲再行核辦餘着照所議辦理該部知道欽此

論鹽與五穀無異　續前稿

勝國於產鹽之區設轉運使司歲課有定額不許無故短解行鹽有引地不許任意過界初乃與屯政互相表裏令人輸邊屯政則因兵以務農鹽法則藉鹽以濟穀故招民懇闢招商轉運鹽利卽爲邊利貨鹽不啻殖穀也嗣因改輸粟而輸銀不之塞下而輸鹾司邊方病國與民亦與之俱病察其利弊大抵以鹽易穀互爲通融朝輸穀而夕受鹽則弊少而利多以幣易銀遲有增減吏漁利而商爲奸則弊多而利少蓋以穀視鹽不徒以鹽視鹽則利在民卽在國反是則國與民病而操贏計利倚法舞弊者互爲貪緣適以供豪商汚吏之中飽而已我　朝釐定鹽政利無不興弊無不革特設鹽政大臣並甲商以總其成商運鹽者皆領部照認定引地以爲世業行銷暢絀私鹽　國課充商人裕至善也惟以積久弊生商貪慾而無厭吏倚勢以作奸禁灶戶之私售不禁商人之夾帶禁民間之越境貪食不禁商人之居奇增價商販者爰有攙泥沙減斤兩之弊不知官鹽日貴私鹽日多民迫於日用急需不得不食或遂棄官而食私爲鹽巡者乃多方稽查要挾之以詐其財復視鄉民之可魚肉者或妄指牽連或暗遺鹽斤誣其盜買或串合土匪捏詞送官民受其欺無知者概畏官勢不敢一言其有知者亦懼訟累恐防正業悉隱忍之而役愈橫矣又或近灘之處一遇荒歉無業之流輒聚飢民任意私販驢駝肩負什百成羣刀矛火銃無一不具縱則充斥橫行拒則殺傷爲難緩之則濫急之則變爲又或瘠土之鄉斥鹵不毛而硝鹽甚旺既無以供國賦又無以養身家居其間者相率刮土以熬鹽售鹽以易穀爲鹽巡者或受其賄而賣其路或刦其物而抄其家彼此尋仇互相殘殺嗚呼此窮民也上之畏法而不爲盜下之知恥而不爲娼實良民之陷於飢寒者耳一旦被執罹法家破人亡慘矣哀哉且夫鹽之爲物也日用必需與穀無異土地所產與穀何殊則壤成賦原以所產之多寡定其上下　琳琅玕鉛松怪石之類無一非貢卽無一非賦推大禹任土之意卽中古亦不必專指五穀爲言若專以穀言則貴如金珠賤如茅草奚必以作貢爲今茲專以產穀多寡定爲料則而其地乃不產穀而產鹽既不準其養土爲鹽又不能除其糧課其聽民飢而死與其聽民轉而徙與且地產礦則採之地產鹽則禁之是棄地利也產奇物則採之產

常物則委之是貢異物賤用物也情乎不情乎夫古之鹽不專產於海即今之鹽亦非專產於海古之苦鹽爲祭品固以刮土所成重天生之自然不忘本也即今池井之鹽爲方物未嘗以非海產而棄之奚獨禁乎土產查山右汾屬產鹽因以鹽課規入地糧不另設鹽法任人貨取民以爲便曾爵相文正公　奏定兩淮新章改引爲票其銷亦較前爲暢且近聞蜀鹽來漢獲利甚饒亦可一體於原定章程量爲變通不必互爭所限之引地但每票乃徵領照銀若干兩准其給爲世業則此項銀兩爲數甚鉅於度支不無小補倘準此義而推之無論淮海池井土地凡其所產舉不難隨時隨處斟酌變通一概規入地丁視諸色糧米徵收酌爲增加如丁銀規入地糧之法以穀視鹽不徒以鹽視鹽一切汚吏奸商既無從作弊而向之所謂巡役鹽匪者自可化而爲買爲農則魚肉殘殺官民互仇之風自息上足以裕　國下可以便民宜乎今不悖乎古齊王反手理或近是倘不遺葑菲採芻蕘而潤色之是在執其政者

鐵路傳聞　○刻下都中傳說謂蘆溝橋迤西鐵路直至房山縣共計七十里以備載運煤炭由德國置備火車機器二分計價銀二十二萬五千兩延請西人教演火車每月薪水銀一百五十兩惟由蘆溝橋至天津應修鐵路需用東洋杉木先作木路上釘鐵條可以堅固乃因東洋杉木不准出境現由關東另採木料以備修築諒此工程尚需時日也

徒增冤孽　○婦女所重者節節一失則人盡可夫暮楚朝秦廉恥喪盡矣涿州大興莊王某誘拐羅氏母女本圖地久天長白頭厮守四月初三日到京暫住彰儀門內喬家店雖口稱夫婦而中情虛怯恐後跋前另有一種情形被混混李八看破復見羅氏母女少有姿色因假作殷勤代賃房屋供給食用久之遂將氏霸住不准與王某親近該氏見李身軀偉岸銀錢充裕亦改變心腸將王棄之如遺王雖忿氣塡膺而孤掌難鳴不敢與李八爭競因以一簾芙蓉膏自盡幸該氏等知覺赶緊灌救得慶更生王某至此應自悔其徒造冤孽矣

悔婚毒婿　○董某山東人寓居前門外阡兒胡同媒定張氏女爲婦未曾過門因時常往來暗中已成交頸鴛鴦近日董囊橐空虛泰山張某起意悔婚將女賣與某官爲小星已有成說被女探知密囑董某預備彩輿先期迎娶以伐其謀詎料張恨事不成遂下毒手於日前邀董共飲置毒其中董食畢回寓肚腹疼痛不止滿炕翻滾愈時鼻口中均有血汚流出氣絕體冰矣當經董弟報官請驗據仵作喝報委係紅礬毒發身死詳城咨送刑部審辦現聞將張某父女傳案收禁追詰董某毒斃各情張某供詞狡展屢經嚴刑拷訊至今尚無實供餘俟訪明再錄

婦有急智　○洋火煤油其性燥烈偶涉大意即兆焚如誠不可不慎也南西門外玉泉營村中某雜貨店新運來洋火五百數十包盛之以筐置於店旁簷下不知何故火竟自燃衆皆束手無策掌櫃妻見烟焰迷漫滿院積薪慮將延及急連筐携起擲之門外登時燎原不可嚮邇然則巾幗中有此急智誠不可及哉

縣課示期　○本月十八日輔仁書院輪應縣課現已據請准行當即牌示所有在院肄業諸生屆期無悞是日邑尊親臨點名務須早爲伺候云

未免寡情　○鼓樓東杠張胡同某甲現充運署某差室有一妻一妾而厭故喜新視妻如眼中釘肉中刺恨不一時拔去之而嫡庶間却無嫌忌昨因城隍廟賽會妾向甲婉商言我姐妹終年兀坐閨房殊多寂寞聞此次熱鬧非常何妨一拓眼界甲允諾妾述於妻妻大喜謂可以附驥尾而遨末光也甲果在街租賃舖面半間高搭看棚結彩懸燈如官場模樣並買糕點數色備作截會賞犒之需屆時用肩輿篷接妾去而置妻於不理妻於是悲憤交加自縊身死經該管地方報官已於初九日相驗矣至如何判斷尚未訪明

問諸水濱　○昨午有人載船一隻招坐客男婦多人由東關向下開行不數武同船人因爭坐地勢將揮拳大家七手八脚忙相拉勸致船陡覆幸遇別船赶緊拯救撈出多人據船家云檢點人數幸各無恙雖然倘有隨波逐浪以去者又誰得而知之耶噫

失迷屢見　○津邑四月內失迷幼孩之事屢見疊出屢紀前報初十日又有東門內楊姓家失迷幼孩三名二男一女至申刻南大水溝于姓又失迷七歲女孩一名均沿街鳴鑼尋找聞尚無踪云

學徒殞命　○針市街西九章雜貨鋪有學徒甲乙二人因戲而惱遂至撕打乙弱於甲未免受屈乙憤極將舖內所賣紅礬吞服舖掌知悉急雇洋車拉送回家入門已絕氣身死該舖掌特煩小關居住之某丙說合開屍親以情而過重已經應允矣

山行宜慎　○昨聞妙峯山進香者有一幼童約十五六歲不知姓氏里居因山路崎嶇行走不慣致跌傷甚重僅有吸呼之氣經旁人救至茶棚內暫爲醫治待稍甦後問明住處再行送歸云

何兼節孝　○馬蘭谷東南三十里紀各庄王某匠人也有子二長子甲聘于埝庄李姓女未娶而甲死李聞訃欲女別嫁女以死自誓矢志守節李知女志堅託媒

至王家示意王允諾女親詣墓前致祭變服遂歸於王奉事姑舅以孝聞妯娌和睦至今三十年如一日若李氏者可以風矣急錄之以爲他日褒榮之券

三月肅霜　○潞郡一帶三月二十二日夜間忽然作冷圍城十數里內坑中積水凝結灑冰所有園圃菜蔬凍死者大半據老人云昧爽時寒氣尤甚儼似十月光景徧地結有霜華不知此何兆也

日報摘譯　○日本某日時云印度地方年來創興鐵路製造機器日臻繁盛而需用煤斤亦日益加多從前大半取資日本今該國已查得煤礦多處遂自行開採且所產極佳因是外來之煤逐漸減少日煤于此亦未免乏一銷場矣又云香港一埠日人之旅居者約祗二三百人而生意亦不甚暢旺其商家則除日下部氏及三井物產會社分行外又有郵船公司惟該公司係西人代理爲西村洋行分行至今尙未開辦其他則惟有旅館二家飲食館四家妓寮九家雜貨舖兩三家而已

仙人下凡　○浦東烟泥渡左近有男仙人者覡巫之流亞也平日爲人看香頭治病症煽惑愚民斂錢頗厚雖寄居已久究不知其是雌是雄近與船戶阿生訂莫逆交朝夕過從竟無虛日好事者疑之於前日黎明糾約多人至伊家破扉而入但見該巫與阿生雙雙同睡交頸甜眠至此始知易雌爲雄當將阿生軋入小茶肆中任情譏讓阿生默然良久旋謂衆曰此中佳境非言語所可形容也衆人聞之莫不捧腹

光緒二十二年四月初九初十日京報照錄

宮門抄　上諭恭錄前報○四月初九日理藩院　鑾儀衛　光祿寺　八旗兩翼值日　無引見　舒存假滿請　安　睿王續假五日　愼塔布請假五日　恩輝陳彝各續假十日　召見軍機○四月初十日吏部　翰林院　侍衛處值日　無引見　那公續假五日　英傒請假十五日　文熙慶晉布各請假十日　順天府奏京師得雨二寸有餘　吏部奏派考試漢廕生　派出崑中堂陳學棻徐樹銘　值年旗奏派管理新舊營房　派出肅王吉恆　內務府奏派了髻山廣仁宮拈香　派出車王諴貝子　召見軍機　崑中堂

○○譚繼洵片　再署江夏縣事武昌府通判恒榮飭回本任所遺該縣印務亟應委員接署以重職守查有鍾祥縣知縣徐嘉禾識明才裕幹練有爲堪以調署遴遺鍾祥縣知縣印務查有本任江陵縣知縣劉秉彝才具明晰辦事奮勤堪以署理據布政使王之春按察使惲祖翼會詳前來除檄飭遵照外謹會同督臣張之洞附片具陳伏乞聖鑒謹　奏奉　硃批吏部知道欽此

朱鈍翁近治癰癆臌瘩崩帶產瘕痘瘋均愈寓彌勒菴

普安醫室　楚北咸寗任棟臣廣文爲籲門先生仲子少承家學舉業外兼習岐黃方術所施有起死回生之妙現寓天津道西箭道內鹽庫廳章宅對門謹代登報首以告求醫者　郭天錫洪思齊同啓

文美齋

本齋開設天津府北門外鍋店街自製石青硃砂絹箋冷金赤金團屛描金貢箋各種詩箋徽墨湖筆八寶印色歙硯漂淨顏料精表冊頁屛對時款雅扇箋簡帖套各色南紙並辦各省家藏板官局板石印等書一應俱全又新出書籍列後　論語經正錄　洋務實學新編奏疏錄要　公車上書記　拍案驚異記　通商始末記　中日始末記　萬國史記　使俄草　曾惠敏公全集　左文襄公兵書　智囊補各國鐵路圖考　時事類編　正續盛世危言　日本地理兵要　士商賜顧者請至本齋庶不致悞

金陵仁記南味坊

自製本機元淺京緞寗綢紗縐絨線槽貨食物金腿海味南貨俱全近因錢市漲落不同分別減價抑因無恥之徒假冒南味者甚多雖云謀利誠恐亂眞欲辨薰猶用煩楮墨

寄售雨前龍井每斤津錢一千二百文八百文福建條絲格外公道　開設宮北大獅胡同內

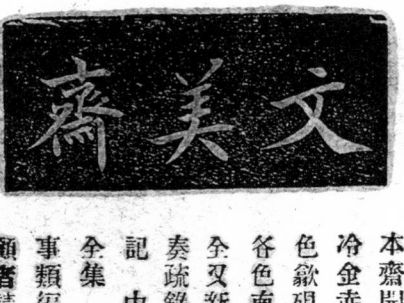

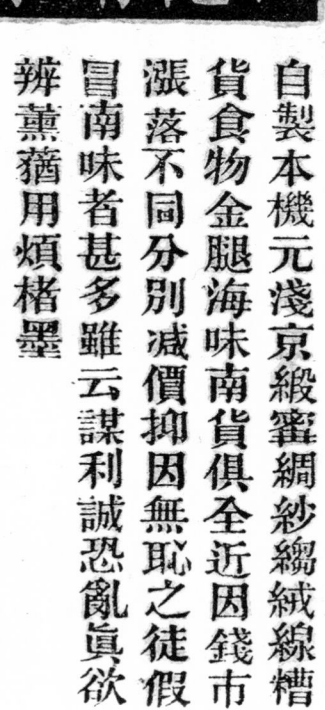

VACUUM OIL COMPANY
SHANGHAI.

本行開設有年專售各色機器火車等油素蒙諸局光顧然恐信購未便茲今托天津法界鐵路公司西首元亨洋行代爲經理如諸商局欲辦者請向該行買辦取油試用可也特此佈
聞
上海光裕洋行啟

取材於電

本行經理西門子廠專辦電報各種材料各種電機及水雷用電綫並兵船礮臺以及各廠各礦暨街路需用各種電燈一切俱全貨眞價廉各省官商如須購辦請惠臨敝行看圖議價可也
天津信義洋行謹啟

福建 賴天生德 皮絲煙莊

本號專辦皮絲加工監製向在湖南江南等處開設歷有年所四遠馳名今分設天津東門外宮南天后宮剏壁第一家開張請諸君降臨光顧是幸特此佈
聞

新出

中東戰紀本末

此書八本係美國林樂知華蔡爾康先生纂輯所錄皆電報公牘及名儒偉論其紀事之切實論事之精當較各種戰紀議誠爲遠過並附日皇日后中東將領小像每部津錢三吊
在天津宮北格致書室寄售

烏利文洋行

啓者本行開設香港上海三十餘年四方馳名專售各式金銀鐘錶鑽石戒指八音琴千里鏡眼鏡等物並修理鐘表價錢比別家格外公道今本行東家米士得巴克由上海來津開設在紫竹林裕泰飯店旁
請
諸君降臨光顧是幸特此佈
聞
丙申年四月十三日禮拜一

天津 美昌字號

本號自辦各國鐘表玩物大小八音琴各款新式保安座燈掛燈各樣紙烟呂宋烟御用香胰皂廣東各名家臘丸黑白烟膏各省東土西土一概發莊貨高價廉本號修理鐘表格外價廉諸君賜顧者請　光降是幸特此佈　聞
新開在鍋店街中間坐北門面

浙杭 元吉永號

本莊自置紗羅綢緞新樣洋蔴花素洋布川廣夏貨團摺雅扇南貨頭油俱全祇爲近時錢市漲落不同故而各貨減價開設估衣街中間路北凡　仕商賜顧者無悞特此佈達

德商元亨洋行

本行開設本國上海香港廣東漢口等處歷有年矣今分設天津專辦進出口貨現初開辦所有進口各國貨價格外克已以廣招徠暫寓法界鐵路公司西首恐未周知特再佈
聞

保命險告白

啟者本行代理長明人壽保險公司如　紳商欲保者請移玉至紫竹林法租界第一樓東間壁華昌洋行面議可也此佈
英商華昌洋行啟

四月十三日銀洋行情
天津九七六錢
銀盤二千五百三十三文
洋元一千八百三十文
紫竹林九六錢
銀盤二千六百三十三文
洋元一千八百六十文

四月十四日進口輪船禮拜二
新裕　輪船由上海　招商局
新濟　輪船由上海　招商局
四月十四日出口輪船禮拜二
順和　輪船往上海　怡和行

直報

光緒二十二年四月十四日
西歷一千八百九十六年五月二十六日
第四百十二號　禮拜二

寒暑風雨誌

記曰寒暑不時則疾風雨不節則疾言天時也又曰敎者民之寒暑事者民之風雨言人事也天人感應之際其理博而微其形簡而明其幾要而約決以雨言時與不時而已矣其時也則無不得其不時也則無不失而形爲理所生猶之跡爲履所印有是理卽成是形有是履卽印是跡理不能自成是形猶之履不能自印是跡此其中有人在焉卽有幾在焉以人律天有天在焉卽有氣在焉寒暑由氣而成風雨由寒暑而得以天例人則事成於敎奚以異是竊嘗卽寒暑風雨而驗諸天天氣也陽也類爲暑而亦有寒地質也陰也類爲寒而亦有暑陽近於上故本乎天者親上而實成於地陰近於下故本乎地者親下而實生於天寒暑之生於天成於地其驗也暑氣上騰乘陽爲風則無形遇陰則寒下降爲雨則有迹反其本也由是言之寒暑風雨陰陽之二氣而已陰陽合則陽中有陰陰中有陽二也互根而爲一一則神神則動雜其時寒暑無失時卽風雨無失節疾於何有反是則病矣今自三月以來至於今綜計氣候由都城而論類爲多雨少晴霢霂如酥薊門麥秋大有可盼三月十六日北風大作頓放晴霽糧價亦漸就平和當不止三農慰望也惟時疫漸作傳染不休喜之中不無憂懼京東冀化一帶三月下旬夜間忽冷晨起池水凖冰園蔬半爲凍傷勾萌甲拆間遍結霜華其氣之䔥無殊秋後雲津所屬地多瀕海東風之寒其常也非變也惟昨接江湖閩粵諸省探訪報云甯波上月二十八日天氣驟熱鬱悶不堪日之方中其熱尤甚炎似三伏下午雲漠漠雷殷殷大雨傾盆狂風繼作人皆披絮宜昌近日晝夜多雨甚至晨夕無歇時塲麥園蔬無不被損江水之漲汎接桃花汩汩然來勢莫能禦江右所屬去秋歉收處又以今春雪重油菜豆麥皆災浣省則春分以前晴多雨少井爲涸塡爲乾暮春之初晝夜滂沱幾至半月始瞻晴霽旣望之次又復大雨自朝迄暮如瀉銀河立夏前微漏曦暘山洪遂奔騰而下江水湍漾飛廉更怒吼肆驕如暴貫者得權逞勢乍寒乍熱令人難當鎮江二三月陰雨連朝江潮大漲招招舟子咸有戒心二十四日雨師甫命駕而回二麥均已損壞矣杭州爲茶之鄉亦因雨水過多天時寒冷出貨不旺荆沙間積雨久困動輙經旬已屢有所聞也

此稿未完

慈駕廻鑾　〇四月十四日　皇太后由　頤和園回鑾還宮　皇上率領王公大臣在瀛秀園門前跪迎是日王公文武大臣俱穿朝服値差人等俱穿花衣經內務府掌儀司傳飭四喜菊部於十四日赴豐澤園演劇十五日同春部十六日承慶部各名優輪流演劇共慶昇平並聞是日由頤和園至西直門一帶石路及西直門內至內西華門北長街等處早經步軍統領衙門撥派八旗兵丁分段平墊西直門內大街地方係正藍旗滿洲兵丁値差新街口迤南係正白旗漢軍兵丁値差四月初九日委員巡査至該段地方應差兵丁均不在工且所墊道路泥土亦多未凈卽將藍白標旗拔去持赴步軍統領衙門據實稟報業將該段兵丁照違悞要差例從重懲辦以爲曠差者戒並經侍衛處劄飭八旗滿蒙漢營各汛兵丁不分晝夜嚴密巡査俟　聖駕還宮始將隊伍撤回各歸旗營均已分別遵照辦理矣

體恤値差　〇京師各部院衙門案牘浩繁所有値差司員部書例於午後進署現因時屆夏令理應避暑今經各部院堂憲公議自四月十六日起改爲淸晨八點鐘進署辦公至十二點鐘散署以示體恤俟中秋節後仍按向例於午刻進署當差云

稽查案卷 ○查五城司坊向例凡一切詞訟案件均於控告之日起每月初八二十二日令司坊各官將已完若干未完若干各案件詳細造冊兩次報院註銷以備稽核現經都察院督催所稽查近來五城詞訟案件竟有遲至八九十日尚未完結者殊屬延宕爲此劄飭五城察院轉飭司坊各官將一切詞訟案件迅速判斷以清積案而免稽延並令司坊速將已未完各案分晰報院以備稽核云

威繼陽平 ○日前五城院憲督飭五城練勇局哨官帶領勇丁各分隊舞在東大市地方會同操演已列前報茲聞其城院憲復於四月初八日十點鐘將練勇一百名傳至宅第將拳腳金斗各項技藝演舞備院憲夫人觀覩至晚四點鐘始經哨官帶隊回局並聞每名賞賜京錢四千無不歡聲雷動按練勇局係奏奉 諭旨而設所以衛閭閻而靖盜賊非若戲劇徒供娛目者院憲此舉想該夫人必深諳韜畧曉暢兵機如唐之陽平公主與柴紹對置幕府不愧爲娘子軍也

地球同慶 ○西歷五月二十六日爲俄國大皇帝加冕吉期合地球各與國先期簡派王公重臣前往莫斯科爲慶賀使亦有國王自往者我華李傅相到莫之期已紀前報今日吉期已屆各國兵船及各領署皆高揭國旗遙相稱慶制憲王夔帥躬詣俄領事府道賀俄府及俄國各大洋行亦皆懸燈結彩聞今日合地球萬國無不燈彩輝煌者猗歟盛哉

憲批照錄 ○道憲批示 吳橋縣武舉侯振芳稟批侯振嶽弟兄輪姦逼命搶取錢物等情如果盡實殊爲藐法仰吳橋縣查核原案傳訊究明據實懲辦毋稍寬縱貽害該舉當即回縣候質

禍降自天 ○語云死生有命富貴在天誠不謬也江某者靜海人寄津多年在南門甕洞北口作鮮貨攤生理四月十三日午刻正在該處擺攤忽由城上落下大城磚一塊適落在江某頭頂登時血如湧泉赶即抬至家中大約凶多吉少矣

誘良爲娼 ○河間康某因頻年荒歉攜眷來津以謀餬口然人地生疏所謀迄不能成有本郡人吳甲與康相識見康妻小有姿色以言挑之曰爾家自有錢樹子何自苦爲康問故吳言本埠有所謂轉子房者雖係皮肉生涯尚不大傷體面稍一遷就則半生吃著不盡矣康心動商之於妻妻以迫於飢寒故從之吳即代爲照辦適康妻弟某乙由關外回家逐次津門偶與一二三友朋尋花問柳有人引至暗窯曹三處即將康妻轉來接客姊弟相見盡皆失色究詰由來因將吳甲引誘情節和盤托出乙大怒日昨糾約多人來津將康重毆並將吳曹等以誘良爲娼等詞指名控告至如何了結容俟再訪

逢凶化吉 ○馮甲成衣也自幼髮重髮辮長大迥異他人日昨在縣署觀聽堂事被邑尊瞥見意爲土棍吩附抓獲責處甲百般央懇言髮辮自幼長成並無爲匪等事命拆閱驗看果係眞髮邑尊自知錯誤遂命賞錢二千壓驚馮甲者眞所謂逢凶化吉也

因賭鬥毆 ○西北城角土棍趙甲等開局招賭受其害者指不勝屈昨有府署轎夫賈胡二人赴局賭錢不知因何起釁與局主互相口角趙即喝令黨羽將賈胡毆傷二人即赴縣署喊控大令驗傷後飭差將趙甲等抓獲到案各責蟒鞭二百復行鎖扛堂諭俟受傷人痊愈再爲擬結云

擒賊妙手 ○昨夜高閣子家被賊在臨街處穴墻入屋正翻箱倒篋時高提燈外歸見穴墻形迹知有賊人在室不動聲色將燈吹滅在穴外暗伺原係兩賊一在內行竊一在外接贜外賊遙見燈光已經遠避而內賊固不知也隨將竊得物件遞出高即一一接過及賊將外出甫經露頭高即扭其髮辮用力按住然後喚醒家人從屋內縛賊兩足當即交地方看管聞已送官究辦矣

是狐是鬼 ○鄭生者住武清城南猴城村年十五六性頗慧宅旁偏院有書舍三四楹竹籬茅屋而掃除雅潔遠絕塵囂館師本村人每夕歸家生獨宿一夕篝燈坐忽有女郎搴簾入生疑非人大懼不知置詞女笑曰書獃子何胆怯妾豈虎狼耶睨之雪骨冰肌迥非俗艷詰所由來曰妾家北村西鄰媼係妾姨行故常居此知郎寂寞一來鑾該耳問答間眼波流媚口脂生香生心動遂擁諸懷遂相歡好自是無夕不至而家人不知也師執友曹生適來造訪暫寓旁室夜聞生齋有女子笑語聲因起伏窗窺之見生欠伸俯仰似與人對談狀而不見其形翌日問生初不肯言固詰之始以實告此四月初旬事也據曹生所述如此是狐是鬼均未可知姑錄之以廣異聞

夫來何巧 ○東門內某宅女僕傭工多年並未回家忽然受妊於前月念一日在本主下房分娩被本夫某乙偵知赶至該主家捍稱伊母病故須妻一並還鄉致該女僕不能隱瞞將一切情節合盤托出乙即將姦生之子抱赴縣署控告矣

冒官被訐 ○擾歲粵垣中來一少年自稱姓魯名大庸原籍三楚自幼投筆從戎保晉監司之職指分粵東遇因軍務敉平是以銷差到此聽鼓當假南關某屋爲寓所出則儀傘前導頂馬後隨翎頂煌然見之者莫不起敬目爲方面大員魯於是鑽營播弄欲乘白鴿票餉劚有疑其年齒太輕不似戎馬中人者細加查訪始知滇督岑宮保部下曾有魯庸其人籍隸浙西由文案保至道員並加花翎二品銜已因積勞病故彼其之子不知如何得其遺札遽敢添名易籍來粵招搖事聞於前藩司沈方伯諮

經正思徵底查辦而方伯因病出缺得以中止魯猶不知斂迹開設女攤抽頭漁利卒爲官憲訪聞札委幹員封屋拘人魯恐二罪俱發當堂審時不敢自認職官適逢　恩詔得以從輕免落遞籍管東此前數年事也茲聞魯改易姓名潛回粵東四行撞騙爲仇家所攻訐盡揭其私榜諸通衢未知能倖逃法綱否錄港報

光緒二十二年四月十一日京報照錄

○○奴才恩澤增祺跪　奏爲黑龍江省制錢異常缺乏請將部撥丙申年官兵俸餉劃解鄂省鼓鑄銀元藉資補救恭摺仰祈　聖鑒事竊查黑龍江省賦課所出以呼蘭綏化兩廳爲多而制錢缺乏並無來源民間輸納賦課貨賣物件概用鋪商憑帖每銀一兩貴至三十吊二十餘吊不等以致百物昂貴生計日艱奴才恩澤到任後屢飭兩廳責令各商收回憑帖平減銀價近雖稍減於前然綏化廳易銀一兩猶須帖錢十五六吊呼蘭次之亦須五六吊市廛之阻滯圜法之不通實爲各省所無查昨准戶部議覆御史陳其璋奏請鼓鑄銀元摺內行令各省自行設局仿照廣東湖北辦理如果購器設廠一時未能應手酌撥成本附鑄粵鄂兩局等因遵照在案奴才等詳加籌議以江省之瘠苦一時無此財力購器鼓鑄惟有按照部議酌撥成本附入鄂局代鑄以資利用而恤兵艱查丙申年黑龍江官兵俸餉經戶部　奏撥長蘆鹽課銀九千兩福建鹽課銀三萬兩直隸旗租銀四萬兩安徽地丁銀三萬兩現尚均未報解合無仰懇　天恩飭下咨行直隸福建安徽各督撫將前撥銀兩如數提前劃解湖北局代鑄大小銀元俟有成數卽行解交　盛京戶部由奴才等派員領解回江支放通行至丙申年以前各省協撥練餉亦令源源報解以紓兵用奴才等爲體恤兵民便於徵收起見是否有當理合恭摺具陳伏乞　皇上聖鑒勅部核覆施行謹　奏奉　硃批戶部議奏欽此

○○三品銜署廣東按察使補用道臣張銘湖跪　奏爲恭報微臣接署臬篆日期叩謝　天恩仰祈　聖鑒事竊臣接奉兩廣總督兼署巡撫臣譚鍾麟飭知現任臬司魁元晉京　陛見所遺臬司篆務委臣署理於三月初二日准臬司魁元將廣東按察使印信文卷移送前來當卽恭設香案望　闕叩頭謝　恩祇領任事伏念臣湘江下士知識庸愚初備員於西曹繼從公於東粵涓埃未報兢惕難安茲復臬事暫權益深恐懼查廣東爲嶺海要區臬司爲刑名總滙舉凡詰奸禁暴察吏安民在在均關緊要如臣檮昧惟弗克勝惟有勉竭駑庸益知策勵隨時隨事禀商督臣認眞經理不敢以暫時權篆稍涉因循以冀仰答　高厚鴻慈於萬一所有微臣接署臬篆日期並感激下忱謹繕摺叩謝　天恩伏乞　皇上聖鑒謹　奏奉　硃批知道了欽此

○○譚鍾麟片　再據廣東布政使張人駿詳稱光緒二十一年冬季分有羅定直隸州知州關廣槐迴避遺缺以番禺縣知縣惠登甲署理所遺番禺縣缺以陸豐縣知縣裴景福調署又裴景福所遺陸豐縣缺以試用知縣張廣權署理又南海縣知縣李徵庸撤任遺缺以准補饒平縣知縣黃恩署理又龍門縣知縣沈鳳詔病故遺缺以調任四會縣知縣劉德恒署理又署長甯縣知縣錢振造調省遺缺以候補知縣左新前署理又普甯縣知縣崔增瑞飭先赴新會調任遺缺以試用知縣陶祖培署理又署臨高縣知縣馮灼孝調省遺缺以儘先補用知縣王春霖署理又署感恩縣知縣劉勳病故遺缺以大挑知縣盧芳林署理會詳請奏前來臣覆查無異謹附片具陳伏乞　聖鑒謹　奏奉　硃批吏部知道欽此

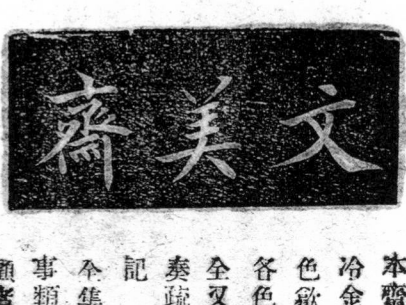

光緒二十二年四月十四日 直報 第四版

四月十四日銀洋行情

天津九七六錢
銀盤二千五百九十八文
洋元一千八百三十文
紫竹林九六錢
銀盤二千六百三十八文
洋元一千八百六十文

四月十五日進口輪船禮拜三
海晏　輪船由上海　招商局
四月十五日出口輪船禮拜三
新裕　輪船往上海　招商局
盛京　輪船往上海　太古行

直報

光緒二十二年四月十五日
西歷一千八百九十六年五月二十七日
禮拜三
第四百十三號

啓者本館售報需人如有情願承辦者至本館帳房面議可也
本館告白

上諭恭錄

硃筆王錫蕃轉補左春坊左庶子李殿林補授右春坊右庶子欽此　上諭江西按察使着松壽調補毓賢着補授山東按察使欽此　上諭山東兗沂曹濟道員缺着錫良補授欽此　上諭前據御史胡景桂奏參直隸清河道潘駿德貪婪不職各款及署任邱縣知縣毛隆光科歛罰民當經諭令王文韶確切查辦茲據查明覆奏潘駿德被參或事出有因或無實據惟其族姪潘龍曾以縣丞分發到省仍令在署司賬委員姚恩綬私糶荳草漁利未能隨時覺查門丁收受隨封亦未能嚴加防範實屬咎有應得直隸清河道潘駿德着交部議處候補知縣姚恩綬罔利病民不知自愛着卽行革職候補縣丞潘龍曾着一併交部議處候補知州裴季倫候補知縣翁寶熾候補同知唐應騊查無實在劣蹟署任邱縣知縣毛隆光查無科歛罰民情事均着免其置議該部知道欽此　上諭江西布政使着翁曾桂補授欽此　軍機大臣面奉　諭旨本月十四日進內奏事當差執事之王公文武大小官員均着穿蟒袍補褂一日欽此

寒暑風雨誌　續前稿

揚州苦雨兼旬來牟糜爛犁雨鋤雲者仰屋吁嗟邑宰憂之設壇祈禱至三月下旬雲始收日始出或云小麥倘可望熟廣西柳州南甯慶遠太平四府早已告災壽州亦有饑荒之報湖南長沙寶衡一帶與廣東高州石城則尤甚焉以視順屬之文大津屬之青靜其衆寡廣狹奚啻什百千萬哉所最異者閩省福州去歲二月十九夕天忽雨磧凡庭前水甕中晨起視之如塵蒙色黃味臭迨五六月時疫遂大作城鄉內外斃無算今歲二月十九夕雨磧如故或謂因雨多溝淤積流倒翻所致適水部門外一帶結核之時症又作患者男婦多不起毒中於氣險矣哉人或謂氣降自天竊以爲氣蒸之地鬱而必發故各衍一方否則中土之節候無甚懸殊胡爲同此一時而寒暑風雨之不齊若此憶周語云水土演而民用水土無演民乏財用按水土氣通爲演演猶潤也潤則生物民得用焉不潤則土枯不養民乏用焉何爲潤陰陽合則寒暑時而風雨節故物無疾人亦無疾也夫陰陽風雨晦明天之六氣也其中於人也陰淫寒疾陽淫熱疾風淫手疾雨淫腹疾晦淫惑疾明淫心疾如影隨形如聲隨響六氣之所淫六疾之所必發也獨是氣既發矣疾既衍矣生其處者其必盡舍其業轉而之他乎抑將呼籲於天使天除戾氣而易爲和氣如朝廷直言敢諫之臣頓使當陽收回成命乎盡徙則勢有不可呼籲則天若罔聞其皆立而視其死歟吾知其又不能也夫惟徵醫藥以濟死亡而已昔春秋魯國夏大旱公欲焚巫尫臧文仲曰非旱備也修城郭貶食省用務穡勸分此其務也巫尫何爲是歲魯饑而不害由是觀之人苟禁嗜慾節飲食時愼風寒與燥濕則筋骨强精神旺卽遇癘疫當亦可免視彼遠究天人侈談感應者彼蹈其虛固不如此務其實之爲愈雖然感應之機古嘗言之春秋繁露云王者與臣無禮貌不肅敬則木不曲直而夏多暴風風者木之氣也其音角故應之以暴風王者言不從則金不從革而秋多霹靂霹靂者金氣也其音商故應之以霹靂王者視不明則火不炎上而秋多電電者火氣也其音徵故應之以電王者聽不聰則水不潤下而春夏多暴雨雨者水氣也其音羽故應之以暴雨王者心不能容則稼穡不成而秋多雷雷者土氣也其音宮故應之以雷是天人感應亦復確有可據竊嘗思之天者自然之理之謂

萬物悉本於自然就自然之理言之人物也天亦物也非第人生於自然之天即天亦生於自然之天人有此天即天亦有此天在人之天卒無殊於在天之天同此天即同此氣一氣相感順中有天逆中亦有天由順而逆此天轉逆爲順亦此天動則俱動天動而人隨之豈人動而天不隨乎子輿氏曰蹶者趨者是氣也而反動其心此物此志也故東萊氏以爲人言之發即天理之發成王啓金縢而天雨反風是天已回於成王悔悟之心也要之與悔於後莫如慎之於前民之從事與從敎又何殊風雨由寒暑而得寒暑由一氣而成哉此知幾而能時中者所爲先天而天弗違歟

作善降祥 ○昔京江張相國玉書嘗曰余好奉齋放生同列譏爲佞佛雖然豈謂佛老好生吾儒獨好殺乎後仍持戒不倦卒至享大年極通顯雖公之貴不必僅由於此而修德獲報未嘗不可取以爲法也京師有董姓善士者服賈致富家稱素封終身能力持殺戒日前因萱幃患瘧醫藥未痊曾跪向神前許願於四月初八日佛道聖誕放生萬命隨即購得羽毛鱗介之屬分別放縱果願畢而母愈現仍康健在堂先是本無子年當知命膝下尚虛頗引爲恨事小星雖結珠胎尚未分娩詎意初十淸晨喜占弄璋試其啼聲的是英物聞誕生前一夕董曾夢灶君示諭謂汝一生保全物命頗多故賜汝玉麟好爲之福澤正未艾也然則作善降祥天之報施善人不爽哉

爲民除莠 ○良鄉縣捕快焦某土棍也在縣充役有年平日倚仗官勢肆行兇暴常有率黨尋仇情事故聲名狼藉惡蹟昭彰前該犯因與豆店洪恩寺僧人秀光羣毆事發被逮大興縣中承審官正欲窮治其罪而供詞狡展游移礙難定讞現由署順天府尹憲陳六舟大京兆先將該犯牢固監禁另行派員審辦矣

細故輕生 ○婦人心腸最屬褊淺偶有口角細故往往投河墜井矢志輕生登報者不止一端頃右安門內三敎寺迤西高某菜園井內淹斃女屍一具隨赴西城司報驗飭甲將屍撈起始知即伊兒媳吳氏屍身聞已死吳氏因與妯娌不和以致憤激輕生當經飭高將屍盛殮詳城咨送刑部審訊不知其中尚有別情與否訪明再錄

緝賊膽大 ○都門宵小最多而神出鬼沒愈出愈奇者尤莫如小綹四月初九日禮部儀制司內竟有小綹城李二冒充跟役接取某部郎衣包等物贓已入手被茶房某役瞥見疑其不類再三盤詰該賊見眞情敗露飛步逃竄茶役跟踪追喊大門皂役聞聲揪獲鎖交司務廳重責送南城坊管押並由身上搜出各官名片一包計有十數張回明堂憲不日將咨送刑部審辦噫該賊膽何大而計何巧而竟罹法網若輩尙不思斂迹何哉

嚴禁賭風 ○京師賭局最多前曾恭奉 諭旨著順天府府尹並五城御史及步軍統領嚴密查拿此風稍戢現各憲恐日久玩生須及時整頓因飭司坊營汛官弁已將崇文門內東單牌樓前門內估衣胡同各賭局一律查封而前門外煤市街地方尙有匪徒孟某開場聚賭月之初四日夜間有劉某輸錢數十吊彼此爭持喧聲達外被菜市汛都戎拏獲賭徒六十餘人解交營汛按律懲辦懲一儆百庶幾有劉盤龍之癖者咸知儆懼乎

猛以濟寬 ○前升任道憲胡大京兆因本埠土棍羣毆私用軍火動成命案爰詳定嚴懲解獄章程亦猛以濟寬救時之善政也查解獄定章羣毆在三人以上者將首犯解鄰縣獄交有獄管獄各官時加察看如該犯眞知改悔許即備文詳道提回原縣查訊可否保釋茲聞前解獄之傅五秃年限屆滿由固城縣備文詳道遞解回津昨經邑尊照例飭取妥保並諭以改過自新等語云云

派員領餉 ○天津鎭綠營官弁兵丁俸餉例按四季由鎭道各派文武委員赴省向藩庫具領投文後候牌示發給以便會同押解回津現屆應領夏季俸餉之期聞鎭憲派委武淸營都司李都戎經衡赴省請領押護都戎奉檄已由任帶兵起程矣

考驗武員 ○武職向例凡副參游都等官每屆五年考驗一次以便分別升遷降留茲本屆期滿先由統轄鎭憲認眞考驗出具切實考語送由督提憲考核後再行送部復核現由部行文各省一體照例辦理勿得稽延遲緩云云

府尊批示 ○府憲批示蒲局王文卿呈批現禀與昨供自相矛盾顯係圖免捐款捏詞聳聽候堂訊再行核奪

適經適重 ○達摩菴當君廟兩造土棍滋事各節迭經列報茲於十二日晚堂經委廉徐大令提集各犯覆訊除將田順義即田老立釘鐐收禁外其餘各犯各責蟒鞭八十一百不等還押候辦

利擅魚鹽 ○沿海居民大半捕魚爲業而因此致富者殊屬不少茲有魚戶首事鄭德瀛馮廷模等聯名赴運署具禀據稱身等世居濱海捕魚爲生每屆出口准帶灘底泥鹽以備醃魚使用春作靑魚在淸明節時出打正網在穀雨節後出打散網在夏至節後魚之三期如農之三時惟屆時出口例請派委驗放云云當蒙運憲批准移會天津鎭轉飭大沽海口營員會同豐財塲及時妥爲驗放以便該魚船出口捕治矣昔管夷吾興魚鹽之利用致富强今津郡鹽塲之盛甲於數省而魚幾與之相埒誠哉富饒之國也

鴛鴦雙飛 ○張甲某營什長也性淫蕩尤好漁獵男色有楊村諸乙少年韶秀張愛之日相狎昵認作義子代聘本埠江丙女爲妻去歲迎娶過門張見氏饒有姿

色亦設計姦占焉江丙諱聞其事禁諸不許與張往來諸頗知愧悔奈欲絕張而勢不能因與江商議據實首告經官判斷令諸携妻回楊村原籍安度遠避嫌疑並飭張不准找向囉唣俱各具遵完結諸無面回里擬携眷暫赴唐山寄居然後再作主意昨即束裝搭赴火車詎張探知早向車站等候扭不放行當經鐵路總辦片送到縣邑尊大怒十三日早十點鐘時立提該犯重懲仍飭諸夫妻作速起身以免別生事端云

行路艱難　○客人孫得正者常往來商販於天河兩府間前行至交河縣屬常家莊北忽被步賊二人攔住去路孫因寡不敵衆不敢支吾當被搶去牛驢錢文綢子等物而逃急赴文武衙門報案當蒙勘驗飭捕嚴緝究不知果能獲案否

營口瑣談　○厘捐局追取上年日人踞營時所收七厘捐款營埠各店陸續交過二萬數千金現將宏盛船店掌櫃了老文送廳訊供已將上年經手之船共一百二十六號開呈現尙押候省轅批示不知將來或送道或在營了結也○關道憲遵總署行咨各水陸通衢添設商務局前已出示令大會邀集各帮錄呈公所會館舊章並商董名姓以火神廟爲營口商務公所每五日各商董集議一次朔望日海防廳到局諮訪本道間或親聽以資整頓使官商聲氣相通法至善也無如大會不諳大局商議十餘日迄無頭緒云

光緒二十二年四月十一十二日京報照錄

宮門抄　上諭恭錄前報○四月十一日戶部通政司　詹事府　鑲黃旗值日　無引見　肅王等謝管新舊營房　恩　崑中堂等考試漢[illegible]生覆命克王德公阿公各續假五日　戶部奏派盤查外銀庫派出肅王　貝勒崐貝子遜公崑中堂榮祿徐　陳學棻溥善會章　召見軍機　許應騤陳學棻○十二日禮部宗人府　欽天監正黃旗值日　無引見　廣東總兵劉世俊請訓　王文錦請假五日　禧森布續假五日　召見軍機　劉世俊

○○譚鍾麟片　再水師提督鄭紹忠原統安勇亟應揀員接統查有署廣東南韶連鎮總兵本任廣西賓州營參將朱國安係該提督舊部現經臣檄飭來省與遊擊鄭潤材分統安勇以期得力所遺南韶連鎮篆查有記名總兵莫善喜堪以署理又署廣東高陽羅鎮總兵記名提督潘瀛現經　奏委署理水師提督篆務所遺高陽羅鎮篆查有留粵記名提督吳永漢堪以署理除分檄飭遵外謹附片具陳伏乞　聖鑒謹　奏奉　硃批知道了欽此

○○王文韶片　再據奉錦山海關道廷雍詳稱該關洋藥厘捐自光緒十三年正月初九日改歸海關厘稅併徵行令扣足四結查照洋稅收支定章奏銷仍造具收支清冊送部稽核等因已將第一百二十九結至一百三十二結收支銀兩造冊詳請　奏咨在案茲自光緒十九年八月二十二日第一百三十三結起至二十年九月初二日第一百三十六結止共徵收洋藥厘捐銀八千三百二十兩除撥給英醫郵款緝私局費馬撥心紅紙張各項房租弁兵衣帽等款共支銀七千七百十九兩八錢二厘連舊管共存洋藥厘捐銀二萬二千一百四兩八錢九分七毫四絲所有牛莊海關併徵洋藥厘捐收支並舊管實存各銀數分款開單詳請查核具　奏前來臣覆核無異除將送到清單分送總理衙門戶部查照外理合附片具陳伏乞　聖鑒謹　奏奉　硃批覽欽此

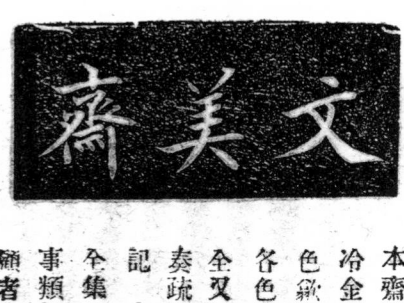

VACUUM OIL COMPANY
SHANGHAI.

本行開設有年專售各色機器火車等油素蒙諸局光顧然恐信購未便故今托天津法界鐵路公司西首元亨洋行代爲經理如諸商局欲辦者請向該行買辦取油試用可也特此佈聞

上海光裕洋行啟

取材於電

本行經理西門子廠專辦電報各種材料各種電機及水雷用電綫並兵船砲臺以及各廠各礦暨街路需用各種電燈一切俱全貨眞價廉各省官商如須購辦請惠臨敝行看圖議價可也

天津信義洋行謹啟

福建賴天生德皮絲煙莊

本號專辦皮絲加工監製向在湖南江南等處開設歷有年所四遠馳名今分設天津東門外宮南天后宮隔壁第一家開張請諸君降臨光顧是幸特此佈聞

新出

中東戰紀本末

此書八本係美國林樂知華察爾康先生纂輯所錄皆電報公牘及名儒偉論其紀事之切實論事之精當較各種戰紀戰議誠爲遠過並附日皇日后中東將領小像每部津錢三吊

在天津宮北格致書室寄售

烏利文洋行

啓者本行開設香港上海三十餘年四方馳名專售各式金銀鐘錶鑽石戒指八音琴千里鏡眼鏡等物並修理鐘表價錢比別家格外公道今本行東家米士得巴克由上海來津開設在紫竹林裕泰飯店旁請 諸君降臨光顧是幸特此佈聞

丙申年四月十五日禮拜三

天津美昌字號

本號自辦各國鐘表玩物大小八音琴各歎新式保安座燈掛燈各樣紙烟呂宋烟御用香胰皂廣東各名家臘丸黑白烟膏各省東土西土一概發莊貨高價廉本號修理鐘表格外價廉諸君賜顧者請 光降是幸特此佈聞

新開在鍋店街中間坐北門面

浙杭元吉永號

本莊自置紗羅綢緞新樣洋瓣花素洋布川廣夏貨團摺雅扇南貨頭油俱全祇爲近時錢市漲落不同故而各貨減價開設估衣街中間路北凡 仕商賜顧者無悞特此佈達

德商元亨洋行

本行開設本國上海香港廣東漢口等處歷有年矣今分設天津專辦進出口貨現初開辦所有進口各國貨價格外克己以廣招徠暫寓法界鐵路公司西首恐未周知特再佈聞

保命險告白

啟者本行代理長明人壽保險公司如紳商欲保者請移玉至紫竹林法租界第一樓東間壁華昌洋行面議可也此佈

英商華昌洋行啟

四月十五日銀洋行情

天津九七六錢

銀盤二千六百文

洋元一千八百三十五文

紫竹林九六錢

銀盤二千六百四十文

洋元一千八百六十五文

四月十五日進口輪船禮拜三

海晏輪船由上海 招商局

四月十五日出口輪船禮拜三

新裕輪船往上海 招商局

盛京輪船往上海 太古行

直報

光緒二十二年四月十六日
西歷一千八百九十六年五月二十八日
第四百十四號　禮拜四

本館告白

啓者本館售報需人如有情願承辦者至本館帳房面議可也

上諭恭錄

上諭巴克坦布奏假期又滿病仍未痊懇恩開缺一摺巴克坦布著賞假一個月毋庸開缺欽此　上諭山東沂州府知府員缺著丁立鈞補授欽此

書慶俄皇加冕事

大抵世俗之交可與共安樂而不可共患難古今所同慨也竊謂共患難則勢易合如同舟遇風胡越可使爲兄弟共安樂則勢易爭驕矜每起於相耀施勞伐善雖聖賢猶兢兢焉以盡泯其念爲難能故貨財之利可以强取諸人歡欣豫悅之情不能以率得諸友也茲觀俄皇加冕之舉地球同慶不禁有感於列邦敦睦遠近臚歡其致此誠非易易也俄自前皇大具德才智邁衆雄聲過人夙有大志其嗣君復能繼先皇之志君臣合德日强其國歐州每有交涉會盟聘問及議論軍國大事俄必遣使與聞於日耳曼凡列邦之事無不留心其於中國爲尤甚往歲我　中國　皇太后萬壽俄之前皇遣使來賀儀禮有加故中國於俄前皇升遐新皇登基時　特命欽使敬申唁賀嗣因中東失和日臣議割我遼東俄之新皇仗義執言邀集德法諸友邦同出助順是俄既親睦於歐州諸大國更大有造於中國也昨中歷光緒二十二年四月十四日卽西歷一千八百九十六年五月二十六日爲新俄皇加冕吉期五大洲與國各先期簡派王公重臣奉命赴俄稱賀亦有國王親自往賀者我　中朝除特派頭等全權大臣李爵相躬捧隆儀前往申賀外其俄國駐華欽使與領事各官及在華各埠俄商凡有開設洋行之處無不高揭國旗遙遙誌慶津埠紫竹林一帶暨河下各國兵船亦滿揭國旗飄搖招展遍結燈彩五色輝煌藏空耀目自制軍以遄道府皆親赴俄領事府道賀河干上下砲聲隆隆猗歟盛哉顧或謂中國此舉爲阿附强鄰不能自强之見自强者當使人來依我不可使我往依人依人爲重未有不自困者嗚乎此特論形勢而昧於情理之言耳若徒以形勢而論非第人不可依以爲存且有轉因所依而亡者昔晋主夏盟宋謹事之以爲身得所依有恃無恐矣及阨於楚師晋爲狄迫莫能救以主盟之强晋尙坐視而不能援手又況其他然此猶論人之不足依而非卽敗於所依也至魏孝武脅於高歡恃宇文泰爲泰山之靠身脫虎口以爲去所畏得所依矣卒之孝武之禍不在於所畏之高歡乃在於所依之宇文泰是禍不息於所依而實生於所依也夫世事之變原不勝窮一視人之能否自謀而已不能自謀依人何爲苟能自謀依人何害春秋時衛禍於狄遺民僅存七百益以共滕之民爲五千文公徙居楚邱衣大布冠大帛務材訓農通商惠工敬敎勸學衛以富庶此猶其小焉者也夏自有窮之變后妻方娠逃出自竇后仍女也歸於有仍生少康焉爲仍牧正有田一成有衆一旅能修厥德卒以祀夏配天不失舊物由是觀之不能修德國無大苟能修德國無小古今一體安在其不可自强也華之與外洋交也唯俄爲先朝聘會盟亦惟俄爲久卽無抑東還遼之役當此慶典亦宜虔敬申賀情也理也况此次銜　命之大臣李爵相元老壯猷社稷所倚自能不動聲色措天下於泰山之安夫固中外意中事也復何所疑草野顓蒙不諳時務僅據管見而喜其事之有成也於是乎書

昇平景象

○皇太后　皇上日前在　頤和園觀看各會巳列前報茲聞當日經　內務府掌儀司傳令槓箱官先行扮演隨卽帶領進園扮作槓箱官者頭帶

紗帽身穿紅袍腰圍玉帶足登方頭皂靴身騎竹竿肩以二人另扮皂役八名持各樣刑具夫役十數名各持儀仗鳴鑼開道押解錢糧而行按此會向係另扮民人紛紛攔輿呼冤懇求該官判斷專門口舌意圖取笑惟此會中人俱係兵部皂役不知宮中局面恐有違犯是以諸多拘促不足解頤復經內務府文堂憲吩咐祗管按外間式樣照常扮演於是奇情醜態變幻百出　皇太后　皇上　皇后暨嬪妃福晉公主均便衣在玻璃亭內無不色飛眉舞當令掌儀司賞銀八十兩叩首謝賞始行散出隨傳髫髻趙等十數人赴　內演唱鐵毛寺王小赶脚鋸大缸逛西頂劉金錠劈牌招親拷打紅娘龍鳳等各樣曲詞當卽諭令掌儀司賞銀一百兩其餘太獅少獅少林棍雙石頭高脚秧歌數十擋均皆挨次扮演均經賞賜白金四十兩二十兩不等猗與盛哉昇平景象不圖於今日見之也

太歲就擒　○永定門外胡家村地方鄭某殷戶也昨赴某處公幹跨黑騾一匹衣履鮮明被該處混混名登眼太歲者瞥見邀集黨羽攔截去路將鄭從騾上掀下剝去衣履隨將黑騾一併刦去當經赴坊稟報立卽飭差將該犯拏獲詳城咨送刑部審辦一經審有實供則登眼太歲將呼爲斷頭將軍矣

惡風未熄　○永定門外南城坊下坡有高四與凱六者均開設烟館爲業因同行挾有宿嫌日前邀集匪棍數十人各持鎗械利刃互相械鬥致將凱六砍傷甚重性命不保赴坊喊控當經坊司官驗明備文詳城咨送刑部按律究辦以儆兇頑云

官課張榜　○運憲余　爲榜示事今將閱過問津書院三月十四日補試初二日官課所有考取內外附課生童等第名次開列於後須至榜者　計開　內課生二十名　陶善璐　趙士林　王春瀛　李　池　蔡　彬　喬瑞年　趙元禮　楊　伺　武世珍　王開第　何錫齡　李智榮　胡　溶　朱　銓　于長藻　魏震　朱士珍　韓濬源　華　澤　魏恩錫　外課生崔澤寰等二十名　附課生傅作霖等七十名　內課童劉式謙等十五名　外課童傅金藻等十五名　附課童張文林等四十九名

道批照登　○道憲批示　農民王長榮呈批稻地既係夥租李益軒等何得恃强霸種惟究係一面空言未便遽信姑候札飭營田局稟覆核奪

私和人命　○姜井周姓娶媳某氏人甚朴實姑以不合已意時肆凌虐猶是常情獨其大姑再醮於楊姓者視氏如讐於三月某日偕其母肆行毒毆某氏奄奄一息恐不卽死復以毒藥灌之當卽斃命該氏母家鄉愚懦弱擬卽控告爲地保郎某得賄壓令和息噫人命至重胆敢瘞於上聞何藐法若斯耶

刦案何多　○海下北羊碼頭李蔭棠者以耕讀爲業家稱小康忽於前日被賊越墻入院將試空空妙手李知覺喊捕該賊等持械威嚇不許聲張硬行刦去衣服首飾錢文而逸當卽赴縣報案已蒙勘驗飭捕嚴緝尙未知能弋獲否

因小失大　○鍋店街磁器鋪少掌櫃某甲素性慳吝已甚鋪中同事或失手毀壞貨物卽按價值尅扣薪水於是人多切齒昨日有乞婆三人向該鋪討要不但不給反出口辱罵致乞婆大怒竟將櫃上所設紅花大瓶推落地上頓成粉碎聞此瓶約值十數兩甲不勝忿怒立將乞婦送交守望局懲辦當經局員面論謂局中僅有軍棍可施於男子並無應責婦人刑具倘非懲辦不可卽送總局轉送本縣否則貧窮婦女縱然責懲亦何濟於事云云噫以一文之故致賠十數兩之多該鋪掌應亦後悔無及矣

野鴛羅網　○南台子某甲弟兄二人弟向在西省貿易甲生一女一男女年方二九去冬與街隣某乙作比翼鳥雙飛而去遍處根尋迄無踪影祇得控縣備案而已甲弟日昨坐船還家經過西鄉某村見河邊茅簷下少婦貌似姪女心甚詫異未敢遽認至家後備述前情方知端委隨卽帶領數人前往將該女並某乙一並擒獲送縣究辦云

無知生事　○中外和約有傳教一條西人不惜重貲不憚勞苦來中傳道實爲善舉而中人拘於成見時有齟齬甚或釀成巨案殊非　國家懷柔遠人之至意四月五日遵屬城南魯家谷莊萧得明因事尋隙將習教人劉廷有與其母用棒毆傷現劉已赴州呈控矣竊思入教者固不得倚勢凌人不入教者亦何可借端生事若萧者眞無知之甚矣

錢二愚果報奇驗新書　憶余二十三歲生子至八歲患痘而死止有二女余年已三十外矣一日過江尖地方遇友張舜期問余已得子否余答曰尙未有子且算命每課無子恐難勉强張云兄知子可求乎余曰不知也張曰吾今已四旬外前患女多子少因得一方四年之間約費銀二十餘兩今已得二子矣余問其方張曰兄若誠心求子當以方奉傳凡人必不可少者衣食兩字耳求子之法在衣食兩字中想法無不極靈如製一衣好者需銀一兩次者需銀五錢吾卽就其五錢者如今日吃大葷需錢二百文小葷需錢一百文吾卽吃小葷省錢一百文卽一切食用零星及遊玩等事器具等物均就其價之賤者將所減之銀錢另備一小囊藏之出入道路遇寒苦人隨時施捨或放生或惜字及一切善事將囊內之錢銀竭力行之日行不倦久久必有奇驗吾之兩子均從此得來請兄試行之余初聞此言尙未深信因思吾既無子卽有錢

錢何用因將衣食並零用及遊玩等事器具等物可免者免之萬不能免者均就其價之賤者將所省之銀另藏一囊並立一簿曰日積月累簿所行善事無不書於簿上初行尚不見效復生二女余仍不灰心至三十五歲冬果得一子查積累簿上行善所用銀錢各數與張君之數相同實屬奇異之至凡人立願行善綱宜誠心不倦久久奉行自可見效余初行時若因未效而即灰心何以今日有得子之報余至今此願不怠五十七歲且得一孫此不但爲種子之方即求福求壽無不應驗張君與余均行此方以得子廣告世之樂善者推而行之所求無不遂也此乃求福求壽簡便良方愼勿忽視　凡有財之人行善尙易無財之人行善甚難若曰待吾有錢而後行善雖有善心與不行善者無異此書言無財之人將衣食日用於萬不得免之中竭力減省以行善事其功最大故獲報最顯如張錢諸君但費二十餘金而竟得子因兩君並非有餘之家三四年內減積二十餘金其苦心可知矣苦心行善天無不報之理凡耐苦者總可獲報如讀書能用苦功可以成名農夫能用苦力可以獲利行善能用苦心天必默佑今人孰不求福孰不求壽惟以無路可求爲恨今有此良方苦心苦力行之未有不求福得福求壽得壽者也張舜期錢二愚得子之報可以爲鑒　此書未完

天津府署西三聖菴西代寄各種書籍　分送各樣報紙處梁子亨啟　敬惜字紙　施送刀瘡藥

光緒二十二年四月十三日京報照錄

宮門抄　上諭恭錄前報〇四月十三日兵部太常寺　太僕寺　正白旗值日　兵部引見　十六名　侍衛處八名　鈕楞額假滿請　安　溯公克公各請假十日　大穎駙成公各續假十日　崇光續假十五日　巴克坦布奏請開缺　兵部奏派點驗軍器之王大臣　派出肅王邦王　貝勒麟中堂敬信松　啓秀裕德　掌儀司奏十五十七日祭　奉光殿派　溥侗行禮　召見軍機　榮惠吳廷芬皇上明日辦事召見大臣後還海

〇〇署理甘肅新疆巡撫布政使臣饒應祺跪　奏爲揀員借補副將員缺以重操防恭摺仰祈　聖鑒事竊巴里坤鎮屬哈密協副將蕭元亨上年因病呈請開缺回籍經升任撫臣陶模具奏奉　旨允准欽遵在案旋准兵部咨該副將員缺係題補之缺應即揀員請補等因臣查哈密爲新疆門戶現值甘回未靖防務尤關緊要非明幹有爲熟習地方之員難期勝任查有新疆補用提督巴里坤鎮標中營遊擊現署該協營副將宋賢聲樸誠穩練夙著戰功於署任內巡防操練均能認眞以之借補斯缺洵堪勝任合無仰懇　天恩俯准以宋賢聲借補巴里坤鎮屬哈密協副將員缺寔於營務有裨如蒙　俞允並懇勅部先給署札俾防務大定即行併案給咨送部引　見以符定制再該員於光緒十七年七月經部議准以提督借補巴里坤鎮標中營遊擊計俸未滿茲哈密協副將員缺應仍請以提督借補所遺巴里坤鎮標中營遊擊由臣另行揀員請補除飭取履歷清册咨部外謹會同陝甘督臣楊昌濬喀什噶爾提督臣張俊恭摺具陳伏乞　皇上聖鑒訓示謹　奏奉　硃批兵部議奏欽此

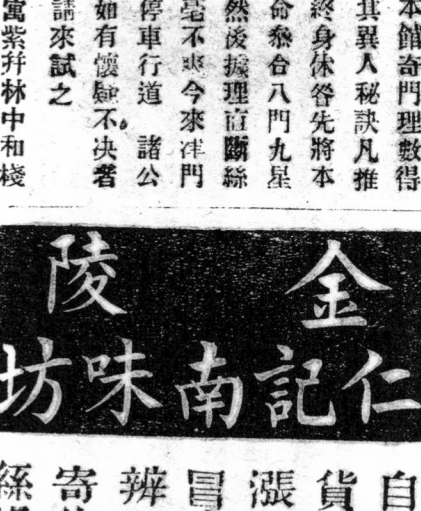

VACUUM OIL COMPANY
SHANGHAI.

本行開設有年專售各色機器火車等油素蒙諸局光顧然恐信購未便故今托天津法界鐵路公司西首元亨洋行代為經理如諸商局欲辦者請向該行買辦取油試用可也特此佈
聞
上海光裕洋行啟

取材於電

本行經理西門子廠專辦電報各種材料各種電機及水雷用電綫並兵船砲臺以及各廠各礦暨街路需用各種電燈一切俱全貨眞價廉各省官商如須購辦請惠臨敝行看圖議價可也
天津信義洋行謹啟

福建 賴天生德 皮絲煙莊

本號專辦皮絲加工監製向在湖南江南等處開設歷有年所四遠馳名今分設天津東門外宮南天后宮隔壁第一家開張請
諸君降臨光顧是幸特此
佈
聞

新出 中東戰紀本末

此書八本係美國林樂知華察爾康先生纂輯所錄皆電報公牘及名儒偉論其紀事之切實論事之精當較各種戰紀戰議誠為遠過並附日皇日后中東將領小像
每部津錢三吊
在天津宮北格致書室寄售

烏利文洋行

啟者本行開設香港上海三十餘年四方馳名專售各式金銀鐘錶鑽石戒指八音琴千里鏡眼鏡等物並修理鐘表價錢比別家格外公道今本行東家米士得巴克由上海來津開設在紫竹林裕泰飯店旁
請 諸君降臨光顧是幸特此佈
聞 丙申年四月十六日禮拜四

天津 美昌字號

本號自辦各國鐘表玩物大小八音琴各款新式保安座燈掛燈各樣紙烟呂宋烟御用香胰皂廣東各名家臘丸黑白烟膏各省東土西土一概發莊貨高價廉本號修理鐘表格外價廉諸君
賜顧者請 光降是幸特此佈 聞
新開在鍋店街中間坐北門面

浙杭 元吉永號

本莊自置紗羅綢緞新樣洋辮花素洋布川廣夏貨團招雅扇南貨頭油俱全祗為近時錢市漲落不同故而各貨減價開設估衣街中間路北凡 仕商賜顧者無悞特此佈達

德商元亨洋行

本行開設本國上海香港廣東漢口等處歷有年矣今分設天津專辦進出口貨現初開辦所有進口各國貨價格外克已以廣招徠暫寓法界鐵路公司西首恐未周知特再佈
聞

保命險告白

啟者本行代理長明人壽保險公司如 紳商欲保者請移玉至紫竹林法租界第一樓東間壁華昌洋行面議可也此佈
英商 華昌洋行啟

四月十六日銀洋行情
天津九七六錢
銀盤二千六百二十二文
洋元一千八百五十文
紫竹林九六錢
銀盤二千六百六十二文
元一千八百八十文

四月十六日進口輪船禮拜四
連陞 輪船由上海 怡和行
四月十六日出口輪船禮拜四
新裕 輪船往上海 招商局
海晏 輪船往上海 招商局

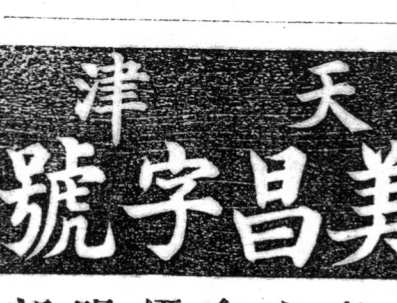

直報

光緒二十二年四月十七日　第四百十五號
西歷一千八百九十六年五月二十九日　禮拜五

論知縣之難爲

世事莫難於知不知則無以行故必知之眞斯行之力也顧或不知而自以爲知則終身固無能知之一候不知不自以爲知而不急急以求知且或甘自處於不知以爲藏身之固之巧倘遇個中人循名責實則始而𧸖然繼而啞然且相視默默而不能爲置一詞者如今知縣事之官是矣方今法令具吏議嚴非病狂愚孰甘蹈罪戾以罹于法其或敢法紀干吏議者亦概由於不知耳概由於不知而自以爲知人更不得以其不知而告之使知耳縣之命官古名爲宰今號曰知推其命名之義宰主也知覺也其主於一縣也猶身之有心心之宰乎身也五官百體莫不從令而一身之痾癢疾痛亦莫不關心宰之於縣猶是也一縣之中其痾癢疾痛也多矣有所弗知則心君失聯肝胆楚越也而况耳目手足之體皆視肝胆爲去心尚遠又安得一一聽令乎不能聽令則令非令縣非其縣矣浸假而鼠生於社則知其社不知其鼠也浸假而狐憑於城則知其城不知其狐也浸假而犬生於門則知其門不知其犬也浸假而虎生於里則知其里不知其虎也如是者則田爲石而不知其石猶目以爲田閭爲河而不知其河猶目以爲閭民之爲鴻爲鳩爲魚而亦不知其爲鴻爲鳩爲魚而猶目以爲民且將徵田之租閭之賦民之役力嗚呼有官若此猶得號以爲知乎知而不知猶得曰縣爲其縣乎獨是縣官之知而不知也其弊有二而官之不才者不與焉一病於上之向例過繁一病於下之習俗難變何謂上之向例過繁也以縣之職隸於各直省也自督撫以逮藩臬而道而府而州以語知縣皆其憲也實則一省之事皆分責於所屬各縣而所謂憲者或督之或課之以坐觀其成夫爲政莫善於勤書曰六府三事惟勤勤之益於政也如是今則知縣有求勤而不得者何也凡縣缺吃緊之地曰衝曰繁曰難其衝繁難也何在承平之歲徒御無驚惟以冠蓋往來應接不暇若行轅若水驛若廚傳酒漿若閤錢雖賞瑣屑繁重其能得上意者稱賢其不能得上意者稱不賢其得與不得又非上下之情眞可以相通也爲大吏者又率皆盱衡厲色矜矜自持餽餉禾不受餼牲牢不受而不受之費往往更甚於受在大府以爲吾既不飲汝一勺水矣其所應備之行館夫馬車舟當無誤也而不知扈從之人所需不遂則毀精舍而污之鞭人夫而逸之詭程途而誤之入山縣則索魚入水縣則索雉臨行或併其所供應之帳幕陳設銀杯象箸搜括而滿載之爲知縣者費盡多少心思財力而一旦消歸無有又不得以伸敬於憲台僅以供僕從之攫取以此情訴之長官長官之聽不聽未敢必也訴之而不聽徒以結怨胥小而爲憲意所不快故居縣令者動稱卑職非徒卑於憲並卑於憲之僕從焉雖在戇直之士亦多畜縮隱忍佯爲不與之較以故示寬容而實則無可如何不得不託詞以自解而爲政之精神已消磨於無用矣　此稿未完

雨師洒道　○皇太后駐蹕　頤和園定於十四日回鑾業經步軍統領榮振華大金吾督飭八旗滿蒙漢兵丁修墊　御路各差迭列前報並經軍機大臣面奉
諭旨本月十四日進內奏事當差執事之王公暨文武大小官員均着穿蟒袍補褂一日欽此已見邸抄詎八旗兵丁正在平墊間忽於十二日清晨陰雲結陣雨師稅駕始則霢霂繼乃淋漓此番得雨約五寸有餘未免道路泥濘難行是以修道兵丁另受一番勞碌作速平墊以備稽查而昭愼重

賞延於世　○四月初十日爲考試漢謄生之期經吏部奏請　欽派考試漢謄生大臣崑小峯中堂等復經吏部傳集三品以上大員子弟赴　內廷　太和殿聽

候點名散卷候題考試所卷彌封俟拆封閱視分別等第即行覆　命恭候命下再行分別文武錄用云

愼重庫儲　○四月十一至十四日爲戶部盤查銀庫之期經戶部堂憲奏請　欽派盤查外銀庫大臣肅王濤貝勒崐貝子溥公崑中堂榮祿徐甫陳學棻沛並會章諸大憲按日齊往農曹委派銀庫部郎將去歲舊存若干至今新收若干開除實存若干各數目詳細盤查核對清楚以重庫儲即行覆　命

紫陌塵清　○近來前門外一帶街道日形蕪穢久欠修治昨經察院陳侍御因各街土堆泥濘不便往來各憲會同到處稽察飭令鋪戶各將門前掃墊平正違者重懲不啻三令五申經此番整頓當不至仍前虛應故事王道蕩蕩王道平平不禁企予望之

館主良言　○王某者父母年皆半百家無恒產惟恃拉車僅資餬口詎近來被人所誘溺於烟賭父屢戒不聽前晚正在東門外某烟館吐霧噴雲父尋至斥責王以大衆之下被責爲羞反用言頂撞該館主人不平斥之曰家貧親老不務正業已屬不可況胆敢任意觸犯天下有此等兒子乎請速出以後莫入吾門王俯首無言而去似此詞嚴義正倫紀攸關足使忤子奪氣衆人驚心豈得以賤業中人而遂忽之耶

事涉懷極　○前報曾紀河東西方庵黃姓被竊一則頃聞黃姓家自被竊以後賊復屢次攪擾昨晚黃昏時即有數賊進院幸而知覺急呼示警衆男僕協同轎夫等一齊兜拿該賊紛紛逃竄最後一名被衆人赶至街前幾乎拿獲該賊情急竟入某姓院內隨將大門關閉及呼某姓開門後賊已由房上逃走矣適有于姓在塲觀看黃某疑其與賊同夥遂送至河東汛究辦至如何了結尙未訪明

强詞奪理　○河東官汛後孫甲自稱能以生魂入冥司所謂走無常也凡人家請去療病須視有無貧富講明價資然後瞑目作態謂之過陰便可斷人生死即有失迷物件者亦能知遺落在何處偷竊係何人偶有效驗人皆信之遂有活神仙之目受其愚惑者指不勝屈昨夜孫家被賊偷去衣物若干當即赴十四段守望局報案鄰人皆曰活神仙既能知過去未來事何不將該賊姓名居址指明以便緝捕孫答曰語不云乎當局者昧旁觀者清他人之事可知己身之事固不可知也噫若孫甲者可謂强詞奪理矣

刦案何兇　○中東和議成後遣散各營雖經給資回籍而逗遛滋事者仍復不少故各處地面不靖甚於往年月之十三日晚有某洋行中人王永成坐車行抵丁字沽河沿突有四五人手持洋槍威嚇刦去銀衣等物隨即逃逸現已稟明邑尊並該管汛弁勘驗明確聽候差緝矣

命案再紀　○通義順學徒鬥毆斃命一案已登前報舖掌孫某未敢到案倩張姓冒充鋪掌赴案代質已被責押昨聞舖東某甲恐遭訟累煩人說合屍親有如願了結須賠償津錢一千吊始得無事等語按學徒之死既爲同夥鬥斃舖掌不過失於防範厥罪甚輕何以避匿不敢到案且舖東又不在舖更可置身事外乃一則倩人代質一則煩人賄和其中疑竇令人莫解人命至重想賢宰官明鏡高懸必不使含寃負恨者沉淪泉下也

女孩奇相　○據楊鄭莊秦雅亭云同里胡姓家前三日產生一女體極胖大但眼碧而眉白周身皆有茸毛惟啼聲與常孩無異胡以爲怪擬欲活埋胡妻謂凡身帶胎毛者俗云主貴況既生矣何可忍心戕命胡遂聽之按生有奇相者類非常人如眉八彩目重瞳不一而足該女豈其流亞與

裸裎鬨鬥　○城內朝陽觀前路東門內昨早有二人鬥毆扭作一團院內有兩三婦人勸解頃之婦人忽紛紛退避門外觀者譁然蓋因兩人均將中衣脫落赤條條仍不肯釋手訪係一姓翟一姓鄭鄭賃居翟房鄭妻係女巫每夜祈禱或號佛誦經翟以晝夜不安辭使去而鄭以並不欠租不能移徙此起衅緣由也幸而該管地方赶到立爲彈壓始克解圍究竟若何結局尙未訪明

通衢行刦　○餘貫胡同通衢也近來屢有刦搶行人情事昨晚某甲行經該處忽從背後被人揪倒竟將身上衣服剝去腰中財物搜檢一空僅留中衣蔽體某立赴縣署報案正在緝捕間又有某營弁在該處被刦幸而立時扭獲一犯送縣審訊該犯向在侯家後跪合供有同夥五人並牽連某小班當即飭差至小班拏獲二犯並在某押當舖起獲所搶坎肩一件贓賊俱獲諒賢有司定當從嚴懲辦以靖地方不然往來通衢竟敢明目張胆肆行搶刦他處更何堪設想耶

燕山經誦　○遵化燕山書院生童膏火共三十分在院肄業者飲食豐備寒士多荷栽培捷南宮入詞林者科有其人文風大有起色四月八日閆課甄別州牧朱公入院點名即刻將門封鎖題下後升堂危坐以候鈐蓋戳記直至申刻繳卷畢方携卷回署將向來冒替等弊一洗而空況現請山長田太史係當世名儒循循善誘該士子當如何鼓舞耶謹將課題登錄　生題　有安社稷臣者一節　童題　月試　詩題　筍蕨園林初夏天

節候失常　○前報曾紀遵屬地方夜間忽然大冷甚至園蔬凍萎曠野微霜至四月初旬天又驟熱儼似三伏最易染受災祲老農云麥苗大半枯槁皆不耐作有秋之望云○薊州一帶種麥時甚得地利及麥苗初出根下生虫半就枯萎聞有富室劉姓播種共計三石有餘迄今無一苗存者噫虫之爲害何酷哉

接續錢二愚果報奇驗新書　余嘗謂行善好名固不可若泛泛行善不出至誠者亦不可且報有遲速不可以其報遲而遂灰心何禮門先行年已七十有七樂善士也嘗云積善可以延年嘗以善書勸人一日以錢二愚果報奇驗書示余曰此法甚妙善雖不大皆從自已身上減刻下來以爲利人利物之事凡人刻減自己最屬難事而我能立願不穿好衣不吃好食器具不求其精遊玩無益之錢一概不用將減下之錢力行善事其功德豈可量哉余恍然悟曰功德雖分惟憑心善所以獲報之顯如是余後患三陰瘧疾勢甚危險醫皆束手命在旦夕闔家驚惶忽見七齡姪奉書一冊至床前曰此書甚好余觀之卽是篇也當焚香祝禱先願刊送五百本以祈速愈着人赶辦兩日刊成病已去半又四日書成頓愈益見　神靈默佑顯應如此由是觀之不獨可以求子並可却疾延壽卽富貴功名無不如願而得一切災難無不應念而消文帝　武帝諄諄訓人莫不如是感應之速無過於此也世之見是書者務須眞實奉行踴躍印送獲福無量　又有一法邀集同人共立一會每以三十文一月爲一願能多更妙在人不過日出一錢所費無幾集少成多卽可行善現當干戈初定更宜廣行善事凡人遭過難者當思在難中時百端苦處望人救援之心何等迫切今旣脫難何妨將自已刻苦以濟人濟物爲急如未遭過難者當思遭難之人何等困苦我幸免難何可不格外節省以濟人濟物爲重在我不過自已刻苦於人實大有益處將來獲報之日方知於人有益卽自已有益也願人人行之並廣勸之　浙秀沈臬兩耳素患重聽時發時愈同治丙寅春需次邦江忽又舉發經月不愈醫藥罔效幾至不能聽聞遂於　神前立願刊印是書次日兩耳漸聰三日已愈其半未及刊成霍然如舊矣是書之神效如此附載篇末爲樂善者勸道果圓分道果圓只在尋常日用間不向自身求福澤更從何處叩靈仙

天津府署西三聖菴西代寄各種書籍　分送各樣報紙處粱子亨啟　敬惜字紙　施送刀瘡藥

光緒二十二年四月十四日京報照錄

宮門抄　上諭恭錄前報○四月十四日刑部　都察院　大理寺　正紅旗値日　無引見　李殿林謝授右庶子　恩　睿王續假十日　召見軍機

○○頭品頂戴浙江巡撫臣廖壽豐跪　奏爲粮道督運北上該衙門公事循案飭委杭州府代行代印恭摺　奏報仰祈　聖鑒事竊據督粮道鄭嵩齡詳稱本屆海運粮米已據各州縣分批剝運赴滬陸續派裝商輪各船乘風放洋該道應卽飭赴津通妥速交兌現定於三月初五日由省帶印起程先行赴滬查驗米色隨卽北上所有粮道衙門日行事件詳請　奏委杭州府代行代印以專責成至催提上下兩忙漕白錢粮並漕項錢粮題銷各冊案一律盖用杭州府印信等情前來臣覆核無異除檄飭遵照外理合恭摺具　奏伏乞　皇上聖鑒謹　奏奉　硃批知道了欽此

本行現今由外洋新到各樣花色料器花盆花瓶並酒盃各樣相冰洋酒出賣如有買者請至本行看明面議可也

西賓館洋行謹啓

朱鈍翁近治瘟痧臌瘄崩帶産瘕痘瘤均愈寓彌勒巷

奇門課命

本館奇門理數得其異人秘訣凡推終身休咎先將本命叅合八門九星然後據理直斷絲毫不爽今來津門停車行道　諸公如有懷疑不決者請來試之

寓紫枰林中和棧

文美齋

本齋開設天津府北門外鍋店街自製石青硃砂絹箋冷金赤金圍屏描金貢箋各種詩箋徽墨湖筆八寶印色歙硯漂淨顏料精表冊頁屏對時款雅扇箋簡帖套各色南紙並辦各省家藏板官局板石印等書一應俱全又新出書籍列後　論語經正錄　洋務實學新編　奏疏錄要　公車上書記　拍案驚異記　通商始末記　中日始末記　萬國史記　使俄草　曾惠敏公全集　左文襄公兵書　智囊補各國鐵路圖考　時事類編　正續盛世危言　日本地理兵要　士商賜顧者請至本齋庶不致悞

普安醫室

楚北咸甯任棟臣廣文爲爾門先生仲子少承家學舉業外兼習岐黃方術所施有起死回生之妙現寓天津道西箭道內鹽庫廳章宅對門謹代登報首以告求醫者

成鶴郭天錫洪恩齊同啓

VACUUM OIL COMPANY
SHANGHAI.

本行開設有年專售各色機器火車等油素蒙諸局光顧然恐信購未便故今托天津法界鐵路公司西首元亨洋行代爲經理如諸商局欲辦者請向該行買辦李在田取油試用可也特此佈　聞

上海光裕洋行啟

取材於電

本行經理西門子廠專辦電報各種材料各種電機及水雷用電綫並兵船砲臺以及各廠各礦鐵衙路需用各種電燈一切俱全貨眞價廉各省官商如須購辦請惠臨敝行看圖議價可也

天津信義洋行謹啟

福建賴天生德皮絲煙莊

本號專辦皮絲加工監製向在湖南江南等處開設歷有年所四遠馳名今分設天津東門外宮南天后宮隔壁第一家開張請諸君降臨光顧是幸特此佈　聞

新出

中東戰紀本末

此書八本係美國林樂知華察爾康先生纂輯所錄皆電報公牘及名儒偉論其紀事之切實論事之精當較各種戰紀戰議誠爲遠過並附日皇日后中東將領小像每部津錢三吊

在天津宮北格致書室寄售

烏利文洋行

啓者本行開設香港上海三十餘年四方馳名專售各式金銀鐘錶鑽石戒指八音琴千里鏡眼鏡等物並修理鐘表價錢比別家格外公道今本行東家米士得巳克由上海來津開設在紫竹林裕泰飯店旁　請　諸君降臨光顧是幸特此佈　聞

丙申年四月十七日禮拜五

天津美昌字號

本號自辦各國鐘表玩物大小八音琴各欵新式保安座燈掛燈各樣紙烟呂宋烟御用香胰皂廣東各名家臘丸黑白烟膏各省東土西土一概發莊貨高價廉本號修理鐘表格外價廉諸君賜顧者請　光降是幸特此佈　聞

新開在鍋店街中間坐北門面

浙杭元吉永號

本莊自置紗羅綢緞新樣洋辦花素洋布川廣夏貨團摺雅扇南貨頭油俱全祇爲近時錢市漲落不同故而各貨減價開設估衣街中間路北凡　仕商賜顧者無悮特此佈達

德商元亨洋行

本行開設本國上海香港廣東漢口等處歷有年矣今分設天津專辦進出口貨現初開辦所有進口各國貨價格外克巳以廣招徠兼保水火二險暫寓法界鐵路公司西首恐未周知特再佈　聞

保命險告白

啟者本行代理長明人壽保險公司如紳商欲保者請移玉至紫竹林法租界第一樓東間壁華昌洋行面議可也此佈

英商華昌洋行啟

四月十七日銀洋行情

天津九七六錢
銀盤二千六百三十文
洋元一千八百六十文
紫竹林九六錢
銀盤二千六百七十文
洋元一千八百九十文

四月十七日進口輪船禮拜四
連陞　輪船由上海　怡和行
四月十七日出口輪船禮拜四
新裕　輪船往上海　招商局
海晏　輪船往上海　招商局

直報

光緒二十二年四月十八日
西歷一千八百九十六年五月三十日
第四百十六號
禮拜六

上諭恭錄

上諭內務府員外郎文麒胆大鑽營卑鄙無恥着卽行革職永不敘用欽此

論知縣之難爲　續前稿

其在會城首縣地大民雜公務尤多卽手不停披席不暇煖以一官理一縣縱將酬應虛文概行删去亦復中昃不遑遑及他事其每日叅謁上官之例天明而往坐候門聽鼓以授手板探憲躬之興候諭言之下忍飢渴冒寒暑卒不知其何所爲而爲此爲尊上耶至尊莫如天子天子端居法宮而趨朝之班如吏部翰林院戶部通政司詹事府禮部宗人府欽天監兵部太常寺太僕寺刑部大理寺都察院工部鴻臚寺內閣理藩院光祿寺鑾儀衛無不按班輪値其各部院寺之堂官正副又復按班輪値初未有一班一人每日往宮門請安終日在宮門候旨者獨至首縣則反是雖其人具兼人之智勇其尙能課農桑理訟獄乎非第不能亦不暇也不知其在官廳偕寅僚雜坐寒暄嬉戲欠伸假寐時卽城鄉內外老幼毀肌膚斷肢體呼天待訴之時胥吏舞文匿案弄權逞勢之時也聖王知民爲邦本自民而上百官皆依天子之權以安富尊榮天子之安富尊榮者所依爲誰惟此芸芸之百姓耳故治世之君莫不着意於百姓而時其疾苦特恐一人難理耳目難周也因廣設知縣爲親民之官將爲民作父母以代君之撫字耳今果以父母自居清夜一思當皆反愧爲笑並不知知縣之知果作何解此知之一字繫於上之向例過繁者也何謂下之習俗難變也下之爲言非第宅內之僕從署中之書役已也一縣之中當知其事者以令爲正卽僚佐紳耆對令言之皆下也僕從之輩大抵爲四民不歸之人志在依官以謀食彼其無爲國爲民之意無怪也書役之輩古所謂庶人在官食祿以代其耕者其人雖賤其事則刑名錢穀天下禮樂兵農之大政實基於此所謂僚佐紳耆者何仲弓爲宰夫子告以先有司舉賢才子游爲宰夫子詢以得人胥是類也有司卽僚佐之謂人卽紳耆之謂皆所以助令爲理而爲國爲民者然而病國病民亦莫甚於此僕從之遇事射利傍觀知之卽本官亦未始不知徒以其服事殷勤順承意旨素有積勞特藉此日之甘聊以償昔日之苦竊喜此日之恩自我施財非我耗但使無大害於已之考成亦第任其所作遂漫付之於不知至書役爲官辦公久無下士之祿而乃捨其家事勤我公事竭其心力爲我考成彼其家之仰事俯畜出於何項申詳文件上台一行駁飭上控案件上台一行提比則在縣書役又必多方營脫以賄爲先其素常解各憲署之規費尤屬每歲常供不以爲意者嗟乎充縣差者其皆好善樂施旣富方穀之善人乎否則不斷國帑不削民膏何以得此知是縣者將知而禁其不爲則勢將無以辦公故雖知之轉不能不巧設條規以取諸民而爲之說項且更有不可解者書差補缺之始又類皆有効敬本官之貲旣取其貲而反罪其人雖極無良當不出此況我爲其官府彼爲我爪牙民雖可親一遇急難舍爪牙均無可恃縱知其弊而少禁其弊則可倘欲盡絕其弊則勢萬不能以積弊者素也至僚佐紳耆之自好者往往以片紙不入公門爲重雖行善百端亦不肯繫稱於人況炫之於官長耶凡出入公門以自炫其才者乃欲籍官爲護符以陰濟其不可告人之私陽長其倚法凌人之勢故遇事則藉端求見求見則有言可陳有言可陳然後有恩威可市迨恩威旣著於衆則地方凡有興革之舉人遂無不以若輩之依違以定行止若輩

乃恃以挾衆之勢以要挾官與爲難則勢有不行不與爲難則自可敷衍夫實授之縣不過以五六年爲率此五六年中又或因處分降調或因卓異升遷既不能久於其任卽不能事觀厥成又誰肯盡心籌畫爲曠日持久之謀者故寧甘蒙不知之譏以從同爲善或卽以不知面責亦將直受不辭也嗟乎宦海東流萬牛莫挽習俗之謬國誤民有坐視而無可如何者特書此以解知縣事者不白之寃雖然變法之勢自下而上也其勢難自上而下也其勢易物極思反治忽相循亦斷無終久不變者變之此其時矣將靜以待夫善變者

姻其偕門　○前任兵部尚書孫萊山大司馬第六女孫公子許字前任兵部尚書許星叔大司馬之孫公子爲室執柯者爲徐壽衡少司空李蘭孫大宗伯四月十二日于歸吉期預於十一日過送粧奩共計一百八十抬送粧鼓樂二十名沿途合樂齊奏導引家人四名俱衣帽齊楚身上十字披紅騎馬四匹後隨家人六名手攜綵花紅帳門簾各二端緩步而行所備粧奩計紫檀牙床二張金漆皮箱十六對頂箱立櫃書案條桌茶几椅櫈八仙桌俱備復有掛屏穿衣鏡如意瓶玻璃燈珊瑚翡翠各樣盆景坐鐘掛鐘磁錫百古杯盞以及錦被緞褥類皆光彩奪目由宣武門外繩匠胡同孫大司馬府第抬往宣武門內許宅安粧觀者如堵無不嘖嘖稱羨十二日許孫公子乘坐綠呢八抬官轎親往迎娶旗牌耀日簫鼓如雷另有彩亭一座抬生鵝一雙行奠鴈禮道御輪將歸新人彩轎前另有護親銜牌八十對及一切儀仗前後擁護而行是日孫許兩家賀客盈門無非名公鉅卿暨諸門生故吏蹌蹌濟濟霞蔚雲蒸猗歟盛哉觀止矣

明珠投暗　○朱柏盧先生云嫁女務求佳婿斯言是也非特彩鳳隨鴉天壤興王郎之歎尤恐名花落溷風靡貽之子之羞皆事之不可不慮者某甲者姑諱其名清苑人父舉孝廉某曾讀書識字父故後家道中落因攜眷來京寓居崇文門外設童蒙館教讀爲餬口計有女及笄矣而擇婿殊苛謂非仕宦中人不得與雀屏之選後憑冰上人許與註名軍籍之某乙爲室乙故以長槍大劍取功名頂染蔚藍翎飄孔翠以爲向平願了門戶增光矣詎六禮既成百輛旋迓婿竟偕女他徙不知所之久之乙復來都急問女下落左右支吾語多含混昨始訪悉確耗知女已賣入青樓蓋乙固水販者流慣假護身符買良爲賤者甲大怒設法邀乙至家乙猶裝眉作樣施施而來甲督率家人奉棒交加乙知萬難隱諱現已供明賣女屬實但不知尚能珠還合浦否此四月十一日事也特書之俾告世人慎毋以一顆掌珠悞落匪人手也噫

桒任風聞　○頃聞鐵路總辦胡欽差奉　旨於五月間到順天府尹新任所遺鐵路總辦一差須另派大員管理然但係傳言虛實尚未可知容探明再報

恩周枯骨　○朱家坟一帶義地經義阡局培修各節迭經列報茲悉一概坟頭盡行添培齊整惟窪下處積水浸蝕棺木多朽復經本府督飭局員另造新棺一百具將骨骸檢入移葬高埠並將義地四至逐段周以短垣以防行人踐踏善哉可謂恩及枯骨矣

能否再生　○從前軍中利器均購自泰西後遂設立東南二局製造槍砲以備要需固整軍經武之急務也日昨東局鋼廠某工人因上船膏油站立未穩觸動輪機致將右臂軋成粉碎立卽氣絕當經同夥救下抬赴醫院療治未卜得慶更生否

貪口貽羞　○韓某者承父遺業坐享溫飽但爲人性情貪鄙好占便宜近見本郡各水局俱在公所擺會酒炙紛綸垂涎已久因冒充會中人每至會期必前往觀劇晚卽擾其酒飯詎某會章程甚嚴前日擺會至上席時向韓查取吃帖據稱吾係某號轉請未攜吃帖該會首謂既未憑帖礙難相請韓中情羞怯强與口角數語佯作惱怒抽袖而去後據看門人云此人無日不來方詫其應酬之大斷不料是吃白飯也聞者莫不呵呵

無故輕生　○本月十二日報登某氏自縊身死一則今聞該氏係山東人某姓女聘與某甲爲妻因甲在某署充當差使攜眷來津住城內鼓樓東胡同內本月初八日氏忽自縊身死該管地方報官相驗初九日蒙縣委林大令堂訊甲供伊妻素有瘋疾時發時愈並無別故云云該委廳飭官媒相驗實係自縊身死並無傷痕因具結完案卽將某甲開釋

禍膝不斷　○河東劉家大院周姓子約十二三歲與鄰人韓姓子鬬毆兩家大人因有口角經鄰人勸開周姓怒氣未消將子拉至家內欲加管教詎子忽得急病猝然仆地不省人事因往告韓曰我子不知死活係與你家鬬毆所致倘有不測我顧不得鄰居情面矣韓姓無奈急爲請醫調治但不知能保內性命否

洋車拐騙　○河東地藏菴旁胡同內某姓家前日子婦歸甯令女僕雇妥洋車一輛因胡同甚窄停車在外該女僕先攜包伏安置車中復入攜抱小孩伺候少婦上車及走出胡同時該車已不知去向女僕大駭急往大街呼號追趕並無蹤跡及詢問他人亦未留意該處歧路甚多究未知從何而逸車夫如此狡猾坐車者可不加時小心哉

嘉惠士林　○豐潤縣胥各莊王某世業農自奉儉約以地畝出產爲日用歲入租項千金不治產業專以此款設立義學不拘畛域來者不拒額定膏火六十分生童肄業分上中下三等各延名師訓迪所有課卷另請翰苑名儒鑒遞錄收以防弊竇學規嚴肅甚於家塾以故四方士子負笈擔簦者踵相接自設館至今幾二十年肄業

諸生擢高科登顯仕者不可指數至今猶力行不倦美哉盛德可以風矣

變姓貽羞　○長崎西式酒肆清　亭懸有燈紅酒綠匾額爲中國已革海軍提督以兵船贈日本之丁汝昌署名倩幕友書贈者當時丁率水師至長崎時在肆中宴飲買笑亭主以得此題贈爲榮裝潢甚精懸之久矣今春忽將丁字改爲王字有客怪而問亭主曰向者丁在汝家揮金如土且以兵船悉數贈諸日本可謂待爾國不薄矣何爾家將伊所贈輕賤若是亭主笑曰否否此係華人所改問者乃箝而不復言

光緒二十二年四月十五日京報照錄

宮門抄　上諭恭錄前報○四月十五日工部　鴻臚寺　鑲白旗值日　吏部引見　四十七名　火器營二十二名　那公錫侯各假滿請　安　啓秀等得賞謝　恩　巴克坦布謝賞假一個月　恩　丁立鈞謝授山東沂州府知府　恩　直隸副將張士翰謝　恩　福建副將謝國恩謝　恩　懷塔布續假五日　召見軍機　丁立鈞

○○王文韶片　再據布政使王廉詳稱前署三河縣知縣陳澤醴虧欠三河縣任內結交項銀一千九百九十三兩四錢二分九厘前因屢經催提延不完解由該管廳揭道咨司詳經奏參暫行革職勒追在案嗣據該員完解司庫銀七百兩解順天府尹衙門銀三百九十六兩共完解銀一千九十六兩計尚不數銀八百九十七兩四錢二分九厘現在已逾勘限仍未補繳清欵自應從嚴參辦除飭查該員歷過任所寓所有無資財寄頓嚴密查封備抵並咨戶部外查陳澤醴係山西渾源州人應請　旨勅下山西撫臣將前署三河縣知縣陳澤醴原籍家產查抄變價解直以重庫欵理合會同兼管順天府府尹臣孫家鼐順天府府尹臣陳彝附片具陳伏乞　聖鑒訓示謹奏奉　硃批另有旨欽此

○○廖壽豐片　再案准吏部咨議覆浙江省辦理光緒十八十九等年冬漕海運出力官員書吏請奬案內有應行查明覆奏另核請奬各員飭據督粮道鄒岦齡會同布政使龍錫慶詳稱光緒十八年冬漕海運案內補用同知直隸州前署嘉興縣知縣余廷棟原請俟離知縣任補同知直隸州後以知府儘先補用今擬改請加四品銜又光緒十九年分冬漕海運案內烏程縣知縣徐國柱原請俟得同知後以知府用今擬改請交部從優議敍其同案奉查之試用縣丞顧鴻縣丞銜賀庤虞二員另俟覈覆到日詳辦等情詳請　奏咨前來臣覆核無異除將清册送部查核外理合附片陳請伏乞　聖鑒勅部核覆施行謹　奏奉　硃批吏部議奏欽此

本行現今由外洋新到各樣花色料器花盆花瓶並酒盃各樣相冰洋酒出賣如有買者請至本行看明面議可也

西賓館洋行謹啓

鐵路圖考　普法戰紀　萬國史記　四元玉鑑　算草叢存　時務要覽　時事新編　游歷日記　行軍鐵路工程　西法算學入門　洋務實學新編　通商約章成案　中西匯通醫書　原板中西算學　正續盛世危言　通商始末記　西洋易筋經　華英尺　全圖清烈傳　三寶太監下西洋　北門東文德堂發售

奇門課命

本館奇門理數得其異人秘訣凡推終身休咎先將本命參合八門九星然後據理直斷絲毫不爽今來津門停車行道　諸公如有懷疑不決者請來試之

寓紫竹林中和棧

文美齋

本齋開設天津府北門外鍋店街自製石青硃砂絹箋冷金赤金圍屏描金貢箋各種詩箋徽墨湖筆八寶印色歙硯漂淨顏料精表册頁屏對時欵雅扇箋餙帖套各色南紙並辦各省家藏板官局板石印等書一應俱全又新出書籍列後　論語經正錄　洋務實學新編　奏疏錄要　公車上書記　拍案驚異記　通商始末記　中日始末記　萬國史記　使俄草　曾惠敏公全集　左文襄公兵書　智囊補各國鐵路圖考　時事類編　正續盛世危言　日本地理兵要　士商賜顧者請至本齋庶不致悞

普安醫室

楚北咸甯任棟臣廣文爲韻門先生仲子少承家學舉業外兼習岐黃方術所施有起死回生之妙現寓天津道西箭道內鹽庫廳章宅對門謹代登報首以告求醫者

咸鶴郭天錫洪思齊同啓

VACUUM OIL COMPANY
SHANGHAI.

本行開設有年專售各色機器火車等油素蒙諸局光顧然恐信購未便故今托天津法界鐵路公司西首元亨洋行代爲經理如諸商局欲辦者請向該行買辦李在田取油試用可也特此佈聞

上海光裕洋行啟

取材於電

本行經理西門子廠專辦電報各種材料各種電機及水雷用電綫並兵船砲臺以及各廠各礦暨街路需用各種電燈一切俱全貨眞價廉各省官商如須購辦請惠臨敝行看圖議價可也

天津信義洋行謹啟

福建賴天生德皮絲煙莊

本號專辦皮絲加工監製向在湖南江南等處開設歷有年所四遠馳名今分設天津東門外宮南天后宮隔壁第一家開張請諸君降臨光顧是幸特此佈聞

新出 中東戰紀本末

此書八本係美國林樂知華察爾康先生纂輯所錄皆電報公牘及名儒偉論其紀事之切實論事之精當較各種戰紀戰議誠爲遠過並附日皇日后中東將領小像每部津錢三吊

在天津宮北格致書室寄售

烏利文洋行

啓者本行開設香港上海三十餘年四方馳名專售各式金銀鐘錶鑽石戒指八音琴千里鏡眼鏡等物並修理鐘表價錢比別家格外公道今本行東家米士得巴克由上海來津開設在紫竹林裕泰飯店旁請 諸君降臨光顧是幸特此佈聞

丙申年四月十八日禮拜六

天津美昌字號

本號自辦各國鐘表玩物大小八音琴各款新式保安座燈掛燈各樣紙烟呂宋烟御用香胰皂廣東各名家臘丸黑白烟膏各省東土西土一概發莊貨高價廉本號修理鐘表格外價廉諸君賜顧者請 光降是幸特此佈聞

新開在鍋店街中間坐北門面

浙杭元吉永號

本莊自置紗羅綢緞新樣洋辦花素洋布川廣夏貨團招雅扇南貨頭油俱全祇爲近時錢市漲落不同故而各貨減價開設估衣街中間路北凡 仕商賜顧者無悞特此佈達

德商元亨洋行

本行開設本國上海香港廣東漢口等處歷有年矣今分設天津專辦進出口貨現初開辦所有進口各國貨價格外克已以廣招徠兼保水火二險暫寓法界鐵路公司西首恐未周知特再佈聞

保命險告白

啟者本行代理長明人壽保險公司如 紳商欲保者請移玉至紫竹林法租界第一樓東間壁華昌洋行面議可也此佈

英商華昌洋行啟

四月十八日銀洋行情

天津九七六錢
銀盤二千六百三十文
元一千八百六十文
紫竹林九六錢
銀盤二千六百七十文
元一千八百九十文

四月十九日進口輪船禮拜日
景星 輪船由上海 怡和行

四月十九日出口輪船禮拜日
通州 輪船往上海 太古行
新豐 輪船往上海 招商局

直報

光緒二十二年四月二十日　第四百十七號
西歷一千八百九十六年六月初一日　禮拜一

上諭恭錄

旨詹生譚傳贊秦光弼何立坦高承惠黃昌元馬德駿許濟均李聯鈺均着外用同林着以文職用詹事府左庶子員缺照例將濟澂轉補所遺右庶子着瑞洵補授兵科給事中着麟趾補授山東道監察御史着宋伯魯補授擬補內閣中書陳惠愷河南城守尉衙門筆帖式聚升俱准其補授卓異俸滿廣西太平思順道蔡希　着回任准其卓異加一級仍註冊候升卓異貴州開泰縣知縣趙一鶴着准其卓異加一級仍註冊回任候升病痊前直隸天津道方恭釗着照例用年滿烏里雅蘇台內閣章京侍讀英奎着加一級保舉東河先儘同知試署期滿河南衛輝府衛糧通判陳增壽着准其實授照例用保舉雲南補用知州蔡鏡蓉山東補用知縣呂昱曾碩儒浙江補用知縣曹紹南廣西補用知縣夏承宗俱照例用　慕陵禮部郎中着存輝補授盛京禮部員外郎着巴克坦布補授刑部司庫着恒廉補授盛京刑部堂主事着焜綸補授兵部司務着錫垣補授奏留吏部學習司務章定基着准其留部欽此

論慎言

嗚呼言之為禍烈哉君子居其室出言善則千里之外應之出言不善則千里之外違之故大禹之謨曰惟口出好興戎抑戒之篇曰無易由言誠以亂之生也以言語為厲階一有不慎小而辱身敗名大而破家亡國歷觀古來以語言細故而釀成鉅禍載在史冊者何可以更僕數甚至親如父子兄弟夫婦誼如君臣朋友而以不慎言之故致父子賊恩者有之兄弟相殘者有之夫妻反目者有之君臣恩禮不終朋友交情中絕者有之更何論陌路之人平日情不相親誼不相屬能保其不積怨成仇與之為難乎此聖經賢傳所為諄諄以慎言為誡也獨是太上立德其次立功其次立言古人謂之三不朽可知言亦在所不容已儒者讀十年書自命云何不能吐氣揚眉操三尺柄而奔走四方俯首求衣低眉就食從事於筆硯間善者從而褒之可以感發人之善心惡者從而貶之可以懲創人之逸志據事直書正言不諱蓋亦附於言者無罪聞者足戒之列未始非三百篇之遺意其間或有不實不盡要皆得自訪聞初非與有嫌隙而故播其惡於衆也而或者謂既知言之當慎亦何取乎不實不盡之訪聞而浪費筆墨致蹈誕妄之愆乎不知以今天下之大安能隨地而身歷之隨事而目擊之况靜坐斗室惟是聽人驅策言之者既已如數家珍鑿鑿可據筆之者自然有聞必錄洋洋成篇而豈知此訪聞之人亦不過得諸巷議街談道聽塗說而已原夫造言生事之人為此捉影捕風之說其初心亦非有所假借以為要挾也有所寄託以為炫惑也不過事出有因因而隨口添註騁四座之高談雄辯快一時之逸興豪情方且推波助瀾淋漓盡致指天畫地奕奕如生不啻目覩其形身臨其境於是一人倡之千百人和之詫為新聞播為口實彼入於耳而會於心者當其興高采烈鋒發韻流口若懸河滔滔不竭遂皆拾其牙慧襲其緒餘間更為之惟闡意致裝點情形抵掌於稠人廣衆揚言於闤市通衢相與縱述之以為奇觴談之以為快而聽者不察見其衆口一詞因之信以為實述之於口筆之於書迨執而質諸局中人遂不免有不實不盡之處曾亦思此中之以訛傳訛以妄聽妄其不慎之咎詎得謂為立言之過哉且夫立言之難亦不自今日始矣昔人有云所見異詞所聞異詞所傳聞又異詞故子輿氏曰盡信書不如無書典謨訓

詰炳若列星倘有不可盡信者況吾人下士窮居兀坐心思不能極天下之情狀耳目不能殫天下之見聞惟是操三寸不律寄目於耳人云亦云而旣迫於立言之責何能辭其不愼之愆使取所訪諸事善者錄之不善者俱在就刪之列勢必諛詞滿紙務爲悅人否則取無關緊要之事敷衍成篇則又非立言者之體裁故不得不並蓄兼收以爲奬勸之地則雖欲避不愼之咎亦惡得而避之是所望於賢人君子諒其心之無他有則改之無則加勉如子曾子之反求諸已而已如必責以立言之不可不愼彼立言者初何嘗不知言之不可不愼也哉

禁垣嚴肅　○四月十四日　皇太后回鑾駐蹕南海所有三海外圍各朱車値班官兵自初更至天曙傳遞更籌幾無片時停歇每夕自公所發籌爲數至五十餘根際此夜短傳送甚忙　欽派專司翼長專操管帶幫帶委員旗步堂司各官往來稽察晝夜不絕並聞三海外圍墻垣寬闊各朱車値班官兵名數本屬寥寥現經欽派稽察大臣於四月十六日爲始另添値班朱車官兵五十名分班輪値倘有貽悞一經查出卽行革去錢糧聞自分班輪値至今爲時無幾卽已斥革四名亦可見令出法隨凡値差諸人倘敢肆懶偷安致干罪戾乎

投供定章　○吏部出示諭在部投供候選各員知悉現屆節交夏令定於五月初一日爲始所有赴部投供呈遞互結供狀每月初一日均改於辰刻一律親身赴部投遞毋得違悞

悔婚計左　○某甲者皖產也生一女愛若掌上珠許字董某爲媳董與甲爲莫逆交秦晉聯歡倍形親洽董隨製銀釧金環綢衣等物而委禽焉後數年董家中落甲亦病歿甲妻決意悔婚將女又媒定某姓爲媳董亦絕不聞問今女年已及笄某姓擇於三月下旬行親迎禮甲妻以董懦弱固無能爲者詎菩意己久其友某乙能作崑崙奴故事預於二十六日晚獨率三四人突至甲家將女從樓中刦下舁之而回花燭洞房竟歌燕爾甲妻束手無策徒喚奈何女自歸董後伉儷甚篤毫無異意迄今鴛鴦比翼奇花欲胎矣

爲富不仁　○身不幸而爲人役此雖貧賤者之所爲而作主人者亦宜時加體恤以盡主僕之情未可視同陌路也四月初旬有兩人抬一老婦行至阜城門外孔王坟側置諸樹下不顧而去該婦年將半百抱病瀕危有詢其來歷者答稱玉田縣人在錦什房街附近某宅傭工近日忽患急症東人遽起疑慮卽著人抬至是處云云少頃卽不能言語未半日而鷖旋有兩人尋至謂與婦同鄉見其已死卽報知該主人欲求少許資財以爲殮具詎漠然置之竟一毛不拔局外人俱抱不平而亦無能爲力後經某富戶施舍棺木始得殮埋噫如該主人所謂爲富不仁者非耶

一路福星　○順天府尹憲胡芸楣大京兆前奉　旨到任已擇日晉京聞督憲暨本域司道各憲已於十八日在浙江會館設筵送行已紀昨報想大京兆一蒞新任京畿二十餘州縣吏治民生定當蒸蒸日上誠一路福星也

節烈流芳　○南大寺西趙某向在樂亭縣充當値堂差使光緒二十年春由樂回津娶劉氏女爲室結褵後魚水甚歡滿擬白頭相守奈梨偏善病桐易悲秋甫匝月染患失紅之症氏每夜焚香祝天願以身代而二豎爲災病轉增劇纏綿四十餘日竟撒手西行小殮旣畢氏卽於是夜仰藥以殉嗚呼烈哉當經報官免驗並蒙邮賞錢文寄埋淺土事已兩閱春秋昨趙族弟擬將合葬壙甫啓未及遷棺陡覺清風一縷香氣撲人衆皆驚以爲異是豈精魂未散與抑貞烈之氣固結而成與據友人所述如此但不知已蒙旌表否故急錄之以俟採風者

峰山賽會　○津城南三十餘里地名峰山又名峰窩建有古刹供奉藥王藥聖華佗神像素著靈應歷屆四月二十後開廟至月底爲止數百里內均前往進香車馳馬驟晝夜不絕更有富室少年宦家公子携優帶妓競事豪華肩摩轂擊之餘輕則滋生事端重則軋傷人命奸情盜案弊端種種指不勝屈非謂事之不善實因良莠不齊耳詩禮文人大家女眷總以愼重爲妙惟由津赴廟因南窪屢經水患逐年道路變遷玆聞探明仍照舊路行走刻下沿途茶棚已陸續張貼報單矣

狗仗人勢　○津邑民氣洋囂狗仗人勢狐假虎威者比比皆然昨有推水車子田某行至鼓樓南馬公館門首悞將公館家丁某甲微擦並不著痛癢甲卽出口大罵田稍與分辨遂喚出同夥三四人將田肆行毆打田因伊等繫公館中人忍氣吞聲未敢與較所可憫者田父母年已七旬專恃一子賣力養生倘被毆後一日不能推車卽一日不能餬口也

賊人計狡　○樂壼洞某舖係小本營生舖夥不過一二人昨二更時忽有人從門外擲進磚塊將燈砍滅舖夥出趕至胡同北頭將拋磚人揪獲原係十餘歲童子卽行按地撕打經人勸釋及回舖時見屋中燈火盡滅甚爲詫異急取火燃燈而櫃上物件失去大半再欲追赶投磚人已渺難及矣原來拋磚者係偷兒所使故意誘使出赶乘間攫竊賊之計亦狡矣哉

案情隱葛　〇如意菴附近劉姓者前曾將女許字薛姓後因度日艱難復許字河東王姓只圖騙得聘錢暫了燃眉而已薛姓本擇於四月十三日過門而王姓更定於初五日以爲爭先之著屆期王姓果將女娶去薛知之而絕不聞問本埠風俗向有回六回九之說迨至九日新婦歸甯正值薛姓來娶由小媒及護轎人等或推之或挽之將新婦強置轎中抬之而去王以新婦初次回九例不留宿何竟至晚不歸甚爲怪異使人往探盡得其情遂於昨午赴縣控告似此案情隱葛但不知賢宰官當如何判斷也

寃將誰訴　〇牛家胡同口有某姓女僕向水舖倒茶突一乞丐出其不意從背後搶壺在手飛跑而去適陳姓子方五歲在後嬉戲竟被撞倒並踏傷肩腹等處及陳聞哭出視而乞丐已無踪影該子竟越日身死人命至重將向何處訴寃耶

孝悌可風　〇遵化州南關郭殿奎者行伍出身年二十餘事孀母以孝稱幼弟四人訓養有方家固不豐而仰事俯恤一堂雍睦鄉里無間言語云雖曰未學吾必謂之學矣誠哉其郭某之謂乎

光緒二十二年四月十六十七日京報照錄

宮門抄　上諭恭錄前報〇四月十六日內務府　國子監　鑲紅旗值日　無引見　慶王謝賞大緞　恩　克王德公各假滿請　安　敬信等得賞謝　恩　廣東臬司魁元請訓　呼倫貝爾副都統烏善到京請　安　熙貝勒續假五日　樹貝子續假十日　倉場奏漕船互日回空　掌儀司奏二十九日祭　奉先殿慶王行禮　召見軍機　烏善魁元〇四月十七日理藩院　鑾儀衛　光祿寺　正藍旗值日　無引見　阿公王文錦福森布各假滿請　安　三德因伊姪以文職用謝　恩　承侯請假十日　召見軍機　啓秀

〇〇胡聘之片　再准刑部咨京控交審案件無論奏咨每年將已未完數目分兩次彙開清單具奏並摘錄案由註明交審月日及未能審結緣由查明咨部等因歷經遵辦在案茲查自光緒二十一年七月起至十一月底止並未奉明京控交審案件無憑造報據按察使劉鼒會同布政使員鳳林詳請具　奏前來臣覆核無異謹附片陳明伏乞　聖鑒謹　奏奉　硃批刑部知道欽此

拍賣告白

啟者本月二十一日禮拜二下午二點半鐘在法國租界礦務局內拍賣外國家俱床舖洋琴雕花架子各樣桌子銅鐵器木料等件祈是日早來細看面拍可也

集盛行謹啓

朱鈍翁近治瘟痧臌㿗崩帶產瘕痘瘤均愈寓彌勒菴

本行現今由外洋新到各樣花色料器花盆花瓶並酒盃各樣相冰洋酒出賣如有買者請至本行看明面議可也

西賓館洋行謹啓

奇門課命

本館奇門理數得其異人秘訣凡推終身休咎先將本命參合八門九星然後據理直斷絲毫不爽今來津門停車行道　諸公如有懷疑不決者請來試之

寓紫竹林中和棧

金陵仁記南味坊

自製本機元綫京緞奮綢紗縐絨線糟貨食物金腿海味南貨俱全近因錢市漲落不同分別減價抑因無恥之徒假冒南味者甚多雖云謀利誠恐亂眞欲辨薰蕕用煩楮墨

寄售雨前龍井每斤津錢一千二百文八百文福建條絲格外公道　開設宮北大獅胡同內

普安醫室

楚北咸甯任棟臣廣文爲𪉈門先生仲子少承家學舉業外兼習岐黃方術所施有起死回生之妙現寓天津道西箭道內鹽庫廳章宅對門謹代登報首以告求醫者

棫鶴郭天錫洪恩齊同啓

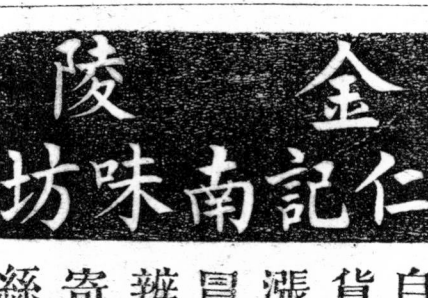

VACUUM OIL COMPANY
SHANGHAI.

本行開設有年專售各色機器火車等油素蒙諸局光顧然恐信購未便故今托天津法界鐵路公司西首元亨洋行代爲經理如諸商局欲辦者請向該行買辦李在田取油試用可也特此佈 聞

上海光裕洋行啟

取材於電

本行經理西門子廠專辦電報各種材料各種電機及水雷用電綫並兵船砲臺以及各廠各礦暨街路需用各種電燈一切俱全貨眞價廉各省官商如須購辦請惠臨敝行看圖議價可也

天津信義洋行謹啟

福建 賴天生德皮絲煙莊

本號專辦皮絲加工監製向在湖南江南等處開設歷有年所四遠馳名今分設天津東門外宮南天后宮隔壁第一家開張請諸君降臨光顧是幸特此佈 聞

新出 中東戰紀本末

此書八本係美國林樂知華蔡爾康先生纂輯所錄皆電報公牘及名儒偉論其紀事之切實論事之精當較各種戰紀戰議誠爲遠過並附日皇日后中東將領小像每部津錢三吊

在天津宮北格致書室寄售

烏利文洋行

啓者本行開設香港上海三十餘年四方馳名專售各式金銀鐘錶鑽石戒指八音琴千里鏡眼鏡等物並修理鐘表價錢比別家格外公道今本行東家米士得巴克由上海來津開設在紫竹林裕泰飯店旁請 諸君降臨光顧是幸特此佈 聞

丙申年四月二十日禮拜一

天津 美昌字號

本號自辦各國鐘表玩物大小八音琴各欵新式保安座燈掛燈各樣紙烟呂宋烟御用香胰皂廣東各名家臘丸黑白烟膏各省東土西土一概發莊貨高價廉本號修理鐘表格外價廉諸君賜顧者請 光降是幸特此佈 聞

新開在鍋店街中間坐北門面

浙杭 吉元永號

本莊自置紗羅綢緞新樣洋蘇花素洋布川廣夏貨團摺雅扇南貨頭油俱全祇爲近時錢市漲落不同故而各貨減價開設估衣街中間路北凡 仕商賜顧者無悞特此佈達

德商元亨洋行

本行開設本國上海香港廣東漢口等處歷有年矣今分設天津專辦進出口貨現初開辦所有進口各國貨價格外克已以廣招徠兼保水火二險暫寓法界鐵路公司西首恐未周知特再佈 聞

保命險告白

啟者本行代理長明人壽保險公司如 紳商欲保者請移玉至紫竹林法租界第一樓東間壁華昌洋行面議可也此佈

英商華昌洋行啟

四月二十日銀洋行情

天津九七六錢
銀盤二千六百文
洋元一千八百四十文
紫竹林九六錢
銀盤二千六百四十文
洋元一千八百七十文

四月二十一日進口輪船禮拜二
順和 輪船由上海 怡和行
四月二十一日出口輪船禮拜二
景星 輪船由上海 怡和行

直報

光緒二十二年四月二十一日　第四百十八號
西歷一千八百九十六年六月初二日　禮拜二

上諭恭錄

上諭桂斌等奏據堪布巴勒黨吹木巴勒呈稱近年貢使到京屢被白塔寺等處居住之喇嘛商人等串同誆騙銀兩請飭傳訊等語所有劉達喇嘛依什扎勒參王喇嘛丹贊吹木巴勒楚達喇嘛楚勒圖木商人李三通事恂姓着步軍統領衙門按名嚴傳送交理藩院研訊確情據實究辦餘着照所議辦理該衙門知道欽此　上諭福潤奏特參庸劣各員一摺安徽統領精健勇營候補道劉作樑性情乖張營務廢弛試用同知丁壽懵聲名甚劣輿論所鄙候補同知秦克任行爲可恥志趣卑汚候補知縣曹乾錢性情貪鄙被控有案池州府經歷張文照遇差訛詐生事妄爲均着卽行革職署宣城縣事建德縣知縣黃國城志識鄙陋行止有虧着革職永不敘用候補知縣汪燻才識粗庸難膺民社着以縣丞降補該部知道欽此　太常寺題五月十一日夏至大祀　地於　方澤奉　旨朕親詣行禮四從壇遣立瑞英俊錫光鍾秀各分獻欽此　又題五月十三日祭　關聖帝君廟奉　旨遣載勛行禮後殿遣徐承煜行禮欽此

誌河間獻縣胡大令詰盜事

治盜難治飢寒之盜尤難時當樂歲戶皆可封以旣富方穀言之苟獲飽食暖衣無不欲室家完聚鄰里親族相悅慕者上畏國法之森嚴下畏鄉里之物議倘一失足衆人不齒除邵積匪猾賊二三無賴輩誰甘敗身喪名以陷於罪而顯爲此不義之行故其時之治盜也第責成於縣之捕快役協諸捕盜營買眼線雖極難治之盜亦無不可治蓋世無不養盜之捕不養盜則無以爲生更無力膺役何也捕之補一缺也該班頭役需錢署內門丁需錢補缺之後凡有詣府受遣遞解之役其於憲署差役應管各行有無花費與否姑不具論第卽其器械資糧犖然具備官所給之口糧不能抵其十之一也設非平日養盜其財將於何辦取故凡名捕必養名盜能養之斯能捕之其有時不能捕者或係外來遠方之盜或係案情可緩不欲遽獻其正犯苟其時案重情急官必認眞責成名捕盜固在也奚不可治然此言治樂歲之常盜也若夫兵燹歲荒之後卽豐於財者且有時不能濟急况閭巷貧民本無擔石之儲一値凶荒則室如懸罄野無靑草饑寒交迫復誘以無賴之慫恿匪徒之倡率則借錢均糧之議譁然以起而水陸刼掠之事所在抑騷矣斯時官第挾勢以威衆彼必恃衆以嚇官緩之則其燄愈張急之則激而生變似盜非盜非盜實盜縱欲治之其奚以治哉直屬子牙河上游河間府獻縣界內小範鎭上下范屯胡車營村一帶向多刦案豐樂之年亦所不免偶遇凶荒則尤有甚焉風俗然也其業此者名曰老搶或爲砍刀會會皆亡命徒殺人如摧枯斬草不介意貿易行旅出其途者有戒心稍挾貲財則必雇驃丁護送設驃局者類爲紳衿富戶豪甲一鄉非獨恃驃丁之技可以禦盜實則以驃局之名可以懾盜也以故貿易行旅出其途雇驃則可保無虞不雇驃則多不能免計自高大窪新開橫河以來沱水正流悉注於子牙一河其南岸東岸臧家橋以上無隄可守任其泛衍其北岸西岸爲文安大窪之上游其隄向係官修旣高且厚近歲文窪之民因其勢益高厚之其迤南迤東之隄向聽民修民力不給則籲於上憲籌欵代修惟是北岸益高勢更逼而南

光緒二十二年四月二十一日　直報　第二版　一七〇〇

溢而沱水勢猛河不能容驟入驟決決則南岸東岸爲多以適當其衝也水之暴漲一夕數尺水可一漲而至隄不能一漲而增故驟入驟決尙無俟閘下流之暢不暢也連年以來其間之民旣染躁俗又兼水患飢溺交迫刁悍益形　此稿未完

五孩何幸　○四月十三日前門外永安橋迤西地方有男婦三人攜帶幼童五名神色慘　而上似有淚痕當經該兵丁看破向前盤詰言語支離卽將男婦暨幼童一併拿送呂廳番訊係由崇文門內誘拐而來並搜出藥麵二包據拐匪何三拐婦吳孟氏均各供認不諱一併解由步軍統領衙門轉解刑部擬辦按用藥迷拐子女層見疊出最難防範凡寓居長安者務當愼益加愼哉

長醉不醒　○西直門外高亮橋地方四月十三日有醉漢年約三旬以外東倒西歪傾吐狼藉人誚笑之則信口慢駡語無倫次行至橋上忽聞撲通一聲路旁某舖夥呼曰醉漢投河矣經行人急爲救起則三魂渺渺已步屈大夫後塵幸屍屬居住附近聞信前來當卽報官相驗備棺收殮惟死者家頗小康不知緣何尋此短見且入水不過片時亦決不料斃命如此之速論者謂河內多有溺鬼討替然乎否乎

胎產奇聞　○安定門內謝家胡同有民婦某氏一產五胎皆狗頭人身時作吠聲其家大驚悉擊殺之該婦猶幸無恙天下之大無奇不有乃有夫之婦雙宿雙棲何至產此怪胎眞索解不得矣

書院課題　○十八日輔仁書院輪應縣課先已登報是日邑尊於辰刻親詣點名生童等接卷後照例局試謹將各題照錄生文題　有不虞之譽有求全之毀兩章童文題　一正君生童詩題棗花未落桐葉長得桐字生五言八韻童六韻

清查義地　○東段義地經委員督修工將告竣惟義地四至多被侵占卽據實面稟本府刻經沈太守一面調取義地契據一面先行出示曉諭將來照契淸查逐段勘修實因本埠人烟稠密此處地段實屬無可再行葬埋旣據委員面稟只得照追以備小戶貧家厝棺之用聞於十九日本府告示已張貼義地迤西鴿子集等處矣

有乖風雅　○白影壁北呂姓花轎舖內有書房一座十九日係塾師壽辰三五同人胥來拜祝酒席之餘紫韵紅腔弦歌極盛而觀者聽者頗形擁擠主人嫌其喧嘩忽下逐客之令有楊姓者係好事一流負氣不服因相口角內忽陡出一人與楊打作一團經人勸解兩人各帶傷痕不多時楊母來館將屋內大肆毀壞歡喜地竟變爲是非坑矣兩造均赴縣乞驗館主亦具詞伸理至如何判斷若何結局統俟續探

斂錢肥己　○向來街市間如有乞丐病斃均係該管地方經手掩埋然後向舖戶斂化錢文惟河東自設立備濟社施捨棺材如有乞丐病斃卽發棺材一口仍着地方掩埋發給工錢一百文不准往舖戶斂錢昨三甲地方將棺木由備濟社領去仍行斂錢肥己當被備濟社董事聞知卽欲送官究辦該地方恐干罪戾煩人代爲懇求據云以後不敢再犯尙未知應允與否

善於了事　○某姓宮閫南紙局發跡因又分設雜貨舖一座用某甲爲掌櫃復有乙丙二人同事乙丙素日不睦常有口角甲未能居間調停前日又大肆鬭口經人勸息詎乙回家卽服芙蓉膏畢命甲一聞信立備津錢二百吊暗送與乙之胞兄乙兄見無故送錢不免懷疑暫行收下旋知其弟服毒身死將赴縣鳴寃隨有多人攔阻從中調停所有値日差役及該管地方亦皆明知不報草草完結矣

火災示警　○本月二十一日鐘鳴七點遙望東北黑烟迷天鳴鑼告警訪之路人言係東門外水閣北某號大顏料舖因熬桐油致成燎原現經各水會齊集極力撲救尙未熄滅是否延及街鄰容訪再登

眞假難辨　○南門外某甲向爲某行同事因性好烟花被辭歇業遂至流連忘返後囊橐已空謀生無計於前月尋一僻靜處所開局設賭入局者率皆生意中人通宵達旦亦頗獲抽頭之利詎料前晚四更時分正當興高采烈忽有頭戴頂翎者率紅邊馬褂數人闖門而入聲言係大局捉賭所有賭具及現錢十數千均行瓜分入囊卽在該處升座飭令將局首及同賭五人身上搜遍或有錢帖現錢者俱行挐去無錢者卽剝取外面衣服復將各人髮辮結在一處言候至天明送縣而該兵等假作好人暗囑該犯偷逃者三人其餘又喝令磕頭求饒果蒙釋放天尙未明若官若兵蜂擁出門而去各賭徒方以幸免送案口念彌陀及次日煩人到該段鄉甲局及大局子探聽俱言並無捉賭情事眞耶假耶不可得而知矣

經世奇文　○前歲讀薛叔耘星使與英人議滇緬分界疏內稱觀察使姚公志梁躬往野人山履勘得以有所藉手與英人爭論云云竊歎觀察地學之精而又忠於謀國也心儀其人惜天各一方不得一晤緒論昨閱𥳑抄內載分發直隸候補道姚謁見制府竊幸觀察之來或天假之緣俾草茅下士得見當代偉人欽欣慶之餘適有友人送到觀察所著雲南勘界籌邊記二冊集思廣益編一冊天南同人集一冊偵探記一冊東槎雜著一冊海外同人集一冊流覽大略益深傾倒觀察秦委審查　邊經

車減從身歷遐陬行千餘里之路經數閱月之久博訪輿評詳稽舊卷將數十年地方興吏模糊欺飾沿邊夷民嗢咽嚮化等情合盤托出俾後來經理界務大臣有所措手假非學力心力宏通忠正曷克臻此使各省大吏均同觀察此心有何强禦之足畏哉爰書數語先志欽慕

路透電音　○傳刑院已暫改前案死罪爲十六年監禁矣其餘他犯名目孔多有監禁三月者有監禁一年者又有囚徒九名已蒙赦放矣○打馬地方總督將有撥兵千人前往該處○柏林藩部官云大德可在南非洲得一外府○俄皇帝后以舊都莫斯科爲受賀之地一切規模宏遠不律侯不能述其萬一

光緒二十二年四月十八日京報照錄

宮門抄　上諭恭錄前報○四月十八日吏部　翰林院　鑲藍旗値日　吏部引　見六十八名　御茶膳房四名　武備院四名　恩慶假滿請　安　鍾公謝補進內大臣班　恩　瑞洵謝授右庶子　恩　廣西道蔡希　謝　恩　卓公銘公玉書各續假五日　溥侗請假五日　召見軍機　熙敬蔡希

○○德壽片　再准部咨嗣後道府州縣無論捐納勞績各項人員應於到省一年後察看考核分別補用等因歷經遵辦在案茲查有捐納試用知府譚寶箴試看一年期滿應行照章甄別據署布政使翁曾桂會同署按使裕昆詳請留省照例補用前來臣詳加察看捐納試用知府譚寶箴才優識卓堪以留於江西補用相應請　旨留省照例補用謹會同兩江總督臣劉坤一附片陳明伏乞　聖鑒謹　奏奉　硃批吏部知道欽此

新寄津門江西省龍虎山　天師親筆鎮宅幷鍾　靈符專避邪去瘟余不貪餘利工料合大錢十六文加寄費四文每張合津錢四十文一人方便人人方便所來無多先取爲快遲者再候來班又寄到　皇朝中外一統圖　中西算學全部大成　各國鐵路圖考　各國時事類編　時事新編　彭公洋務十三篇　洋務提要　游歷日記　中日始末記　俄國志略幷陸路章程二十一欵　火器略說幷製礮圖式　續盛世危言　西算新法叢書　西事類編　徐霞客遊記　電報總編　綠野仙踪　熱河三十六景　連十本青樓夢　餘者閒書係未全載另有各色尺牘出售　字林滬報附送異跡仙踪　新聞報　萬國公報　代送申報　各色書報　本津直報　主顧遍覽賜函分送不悞每日午後直至申後敝處靜候

天津府署西三聖菴西直報分處樂子亨啟

今之扁鵲　僕患氣痛多年百藥罔效今蒙　普安醫室任棟臣兄診治應手即愈頓失沉疴感激萬分登報鳴謝

皖北左襄廷啟

鐵路圖考　普法戰紀　萬國史記　四元玉鑑　算草叢存　時務要覽　時事新編　游歷日記　行軍鐵路工程　西法算學入門　洋務實學新編　通商約章成案　中西匯通醫書　原板中西算學　正續盛世危言　通商始末記　西洋易筋經　華英尺牘　全圖清烈傳　三寶太監下西洋

北門東文德堂發售

本行現今由外洋新到各樣花色料器花盆花瓶並酒盃各樣相冰洋酒出賣如有買者請至本行看明面議可也

西賓館洋行謹啟

奇門課命

本館奇門理數得其異人秘訣凡推終身休咎先將本命恭合八門九星然後據理直斷絲毫不爽今來津門停車行道　諸公如有懷疑不決者請來試之

寓紫竹林中和棧

文美齋

本齋開設天津府北門外鍋店街自製石青硃砂箱箋冷金赤金圍屏描金頁箋各種詩箋徽墨湖筆八寶印色欵硯漂淨顏料精表册頁屏對時欵雅扇箋簡帖套各色南紙並辦各省家藏板官局板石印等書一應俱全又新出書籍列後　論語經正錄　洋務實學新編　奏疏錄要　公車上書記　拍案驚異記　通商始末記　中日始末記　萬國史記　使俄草　曾惠敏公全集　左文襄公兵書　智囊補各國鐵路圖考　事類編　正續盛世危言　日本地理兵要　士商賜顧者請至本齋庶不致悞

普安醫室

楚北咸寧任棟臣字文爲籲門先生仲子少承家學舉業外兼習岐黃方術所施有起死回生之妙現寓天津道西箭道內鹽庫廳章宅對門謹代登報首以告求醫者

成鶴郭天錫洪思齊同啟

VACUUM OIL COMPANY
SHANGHAI

本行開設有年專售各色機器火車等油素蒙諸局光顧然恐信購未便故今托天津法界鐵路公司西首元亨洋行代爲經理如諸商局欲辦者請向該行買辦李在田取油試用可也特此佈 聞

上海光裕洋行啟

取材於電

本行經理西門子廠專辦電報各種材料各種電機及水雷用電綫並兵船礮臺以及各廠各礦暨街路需用各種電燈一切俱全貨眞價廉各省官商如須購辦請惠臨敝行看圖議價可也

天津信義洋行謹啟

福建賴天生皮絲煙德莊

本號專辦皮絲加工監製向在湖南江南等處開設歷有年所四遠馳名今分設天津東門外宮南天后宮隔壁第一家開張請諸君降臨光顧是幸特此佈 聞

新出中東戰紀本末

此書八本係美國林樂知華蔡爾康先生纂輯所錄皆電報公牘及名儒偉論其紀事之切實論事之精當較各種戰紀戰議誠爲遠過並附日皇日后中東將領小像每部津錢三吊

在天津宮北格致書室寄售

烏利文洋行

啓者本行開設香港上海三十餘年四方馳名專售各式金銀鐘錶鑽石戒指八音琴千里鏡眼鏡等物並修理鐘表價錢比別家格外公道今本行東家米士得巳克由上海來津開設在紫竹林裕泰飯店旁請諸君降臨光顧是幸特此佈 聞

丙申年四月二十一日禮拜二

天津美昌字號

本號自辦各國鐘表玩物大小八音琴各款新式保安座燈掛燈各樣紙烟呂宋烟御用香胰皂廣貢各名家臘丸黑白烟膏各省東土西土一概發莊貨高價廉本號修理鐘表格外價廉諸君賜顧者請 光降是幸特此佈 聞

新開在鍋店街中間坐北門面

浙杭元吉永號

本莊自置紗羅綢緞新樣洋辮花素洋布川廣夏貨團摺雅扇南貨頭油俱全祇爲近時錢市漲落不同故而各貨減價開設估衣街中間路北凡 仕商賜顧者無悞特此佈達

德商元亨洋行

本行開設本國上海香港廣東漢口等處歷有年矣今分設天津專辦進出口貨現初開辦所有進口各國貨價格外克已以廣招徠兼保水火二險暫寓法界鐵路公司西首恐未周知特再佈 聞

保命險告白

啟者本行代理長明人壽保險公司如 紳商欲保者請移玉 主紫竹林法租界第一樓東間壁華昌洋行面議可也此佈

英商華昌洋行啟

四月二十一日銀洋行情

天津九七六錢
銀盤二千六百二十文
洋元一千八百六十文
紫竹林九六錢
銀盤二千六百六十文
洋元一千八百九十文

四月二十二日進口輪船禮拜三
順和　輪船由上海　怡和行
四月二十二日出口輪船禮拜三
武昌　輪船往上海　太古行

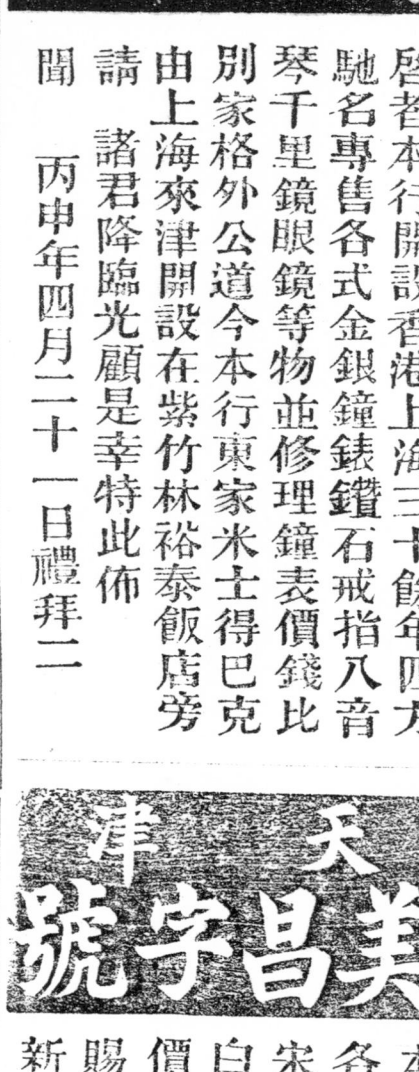

直報

光緒二十二年四月二十二日　第四百十九號
西歷一千八百九十六年六月初三日　禮拜三

上諭恭錄

上諭陳寶箴奏知府因案被控請革職審辦等語湖南常德府知府文杰信任劣紳招搖訛詐聲名甚劣並藉端苛罰因案索賄情事文杰着先行革職交陳寶箴督同藩臬兩司提集人證審明擬辦該部知道欽此　上諭御史孫賦謙奏考試廕生請嚴密關防一摺着吏部議奏欽此　上諭前據御史黃均隆奏參湖南水師統帶各官收受盜規當經諭令陳寶箴確查具奏茲據查明水師營官記名提督楊作霖聲名本劣雖無收受盜規情弊惟營務廢弛利心太重着即行革職永不敘用以示懲儆該部知道欽此　上諭陳寶箴奏特參貪劣不職各員一摺湖南衡陽縣知縣前署[illegible]泉縣景天相釀盜殃民怨聲載路代理龍陽縣龍潭巡檢余國屛貪擾民行同無賴均着革職永不敘用撤任黔陽縣知縣候補知府徐澤綸辦事顢頇玩視民瘼撤任署麻陽縣知縣試用通判洪成鑒聲名平常居心近利撤任署安化縣知縣沈祖憲性情乖謬不洽輿情湘潭縣典史汪廷燦貪鄙嗜利任性妄為均着一併革職沅州府知府松增人尚安詳才欠開展着開缺另補候補知縣祝廷琛迹近招搖不知檢束着以縣丞降補大挑知縣陳徠松不諳事體難膺民社惟文理尚優着以教職選用餘着照所議辦理該部知道欽此　旨分發直隸補用道李竟成湯紀尚江蘇道陳樹森吳學廉倪世熙江蘇知府譚嗣同湖北知府郭發源廣西知府馮德材直隸同知楊樹統江蘇同知張家瑞江西同知徐嗣龍江蘇同知常堃李念與南河同知徐乃斌吳鼎椿湖北同知吳學莊四川直隸州知州陳德薰趙文偉廣東直隸州知州李象辰直隸直隸州知州王崇烈江蘇知州閔家鈞安徽知州　世宛湖北知州程遷皋湖北通判鄧慶麒林燕愉四川直隸州州同魏汝騊直隸知縣林廷晃劉顯謨陳錦標吳立達熱河知縣崇齡江蘇知縣武麟黃樹臣鍾進賢李承淵胡智澄謝謙山東知縣劉家善楊春輝山西知縣劉世珍河南知縣石巖陝西知縣薛華鏊四川知縣彭修廣西知縣祝鴻泰錢宗淑直隸知縣李士田張源督江蘇知縣胡道成葉光祖劉廷輔楊覲圭李福　福建知縣張紹[illegible]湖北知縣張震福何慶濤藍汝濟四川知縣張炳璜周元廣西知縣彭世芳雲南知縣謝春生兩浙鹽大使程祖　趙奎福建鹽大使徐增祥王旭徐藜青章廷璜唐人鴻俱照例發往欽此

誌河間獻縣胡大令詰盜事　續前稿

去歲春夏之交在鄉均糧於路掠物凡沿河裝載糧石者按船所載之多寡酌留數成各不允者則戕其人而盡留其貨初則無驃丁之船不免繼則雖有驃丁亦不免焉惟船有某內翰驃局之旗號則絲毫無犯詢之個中人乃知某驃局於客雇驃時已於驃價中計客貨多寡酌以數成為該老掯底坐其掠物之分數以先俾其黨故其黨於路放行而客獲無恙也所劫錢穀貨物名為分給於該處飢民實則飢民無與其事其沿途老少男婦登舟騷擾者乃為匪黨所雇之人每日每名給錢數百文其所掠取匪黨則自據而有之謂飢寒之民聚眾者則匪黨藉詞以嚇人耳先是該處因被水情亟眾農民擬扒對岸河隄蓄志已久文淫亦慮及於是爰請委員駐隄守之至是則不約而

同者以數百計荷叅揭前往委員阻之不克隱遂爲毀並無劫船掠物等事劫物之匪首遂借此聲勢以要官皆以所掠錢發送給飢民飢民皆力爭弗受蓋農民之務正業者守正不阿抵死不能易其正肯以一掬爲盜泉汚耶彼匪徒之慣劫掠者仍係慣賊原非與飢民爲伍也此等情形遠近共知豈官斯土者絕不與聞乎縱曰係異邦之人雖名爲知其縣事實則事事不知而官所用之書差孰非土著其與該處盜賊卽非親戚當亦鄰里豈有鄰里與鄰里彼其所作所爲縱不與謀豈不或一聞知乎

品重天閑　○向來　皇上乘用　御馬例由伊犂將軍暨叅贊大臣每年循例呈進昨經伊犂將軍派員呈進　貢馬八匹已於四月十二日辰刻赴　上駟院交納矣

引見示期　○吏部爲知照事現有兵科給事中一缺定於本月十五日帶領引　見所有應行引　見人員改在西苑門外六班公所伺候相應知照可也

內監逞兇　○內監滋事久干例禁甚至聚衆逞兇持刀連砍數人者實所未聞也四月十八日京師前門外大柵欄廣和園戲館係四喜菊部輪應演唱之期該園座無虛位適有內監甲乙丙丁四人赴園定座觀劇此時尚未開場內侍等隨赴某處池邊道口台演唱時內侍等方回因座位狹窄向賣座人肆詈負氣而出頃刻間糾約內侍十數人各持利刃闖入櫃房該園主人等見來勢甚兇不敢支吾任將櫃房拆毀隨卽出園同至鮮魚口天全茶社吃茶甫經落座練勇局哨官奉中城院憲諭令嚴拿懲辦帶領勇丁數十名擁入茶社適因茶客衆多未便得手不料內侍黨羽甚衆反將勇丁砍傷二名一係頭破腦漿流出一係腹破腸流傷勢甚重立時斃命者一名尚有一名亦性命不保當將內侍捆縛五名解交中城司管押詳城專摺具奏請　旨交刑部按律懲辦餘黨皆由房上逃逸現聞已行知內務府慎刑司諒不日專摺具陳上聞矣倘有受傷勇丁數名未知能否痊愈謹據登大畧一切詳細俟訪明再錄

水火無情　○民非水火不生活以水火能養人也然能養人者亦能害人故諺有朝朝防火之語若家有婚喪等事則防之尤不可不預京師東直門內王大人胡同居民某姓因母喪搭蓋蓆棚佈置齋壇預備四月十二日辦理齋醮等事詎是夜一點鐘時忽焉火起延及棚頂迨經家人驚見喊救已措手不及惟聞人聲鼎沸勢若亂絲隣佑一齊動手將靈柩擡出幸是夕無風只將蓆片畧焚數張當卽撲滅並未延及房屋此乃不幸中之大幸也然受驚已不小矣

明鏡高懸　○四月十九日據十段鄉甲局拏獲娼妓七名送縣驅逐原爲整頓地面起見嚴大令提訊飭差將該妓等本夫傳到囑令領回安度不准再行爲娼詎該差等勾串胥領意在變賣得利幸大令明鏡高懸洞燭奸謀除三名實係本夫立准具領外其餘四名冒充混領者經大令隔別研訊供詞自相矛盾立飭分別覊押候訊究辦

鼠食官粮　○本屆漕運白粮可稱上等成色聞有人向某局定購百石旣不論秤亦不論斗但一袋卽爲一石似此明目張胆盜賣官粮殊駭聽聞昨日有二把小車裝載官粮行至估衣街被該管地方查見隨經護送人將該地方拉至一傍酬以孔方仍卽運載而去按監守自盜與貪臟放賊均有應得之咎但恐賢有司未能周知也

熟能生巧　○頃聞通局帳房某甲歷辦多年共推熟手因熟生巧遂有倒海移山之力終日票號錢莊紛紛邀請或酒樓或飯館南北樂部中不但徵歌點曲一經中意定作竟夜之遊揮霍金錢如同糞土卽現任州縣亦未必有此奢華不知賬房一席進欵竟如是之多也

與馬同槽　○近來風氣日靡富貴子弟無不好風月戀烟花相習成風頗無足怪然未聞雞鳴求牡反委身事人者本埠某姓豪富也子甲少年韶秀雅擅風流而生有嗜痂癖好與偉男同臥起不知烏之雌雄家有僕人名馬者以其善馳驟尤親暱朝夕不離竊有以牛易馬之意將欲置之外廐該馬戀棧情殷昂馬長嘶遂至醜聲四達現煩善於制馬之孔方兄欲以鉗其口而爲之閑未知該馬能受覊勒否也一笑

服毒有因　○東門外南斜街某甲曩充縣役嗣在烟台開設茶園早娶城內任姓女爲妻性頗和順已生有一女並抱養一子此刻雖非巨富然衣食亦頗充裕昨日甲欲前往烟台料理舖事妻因家中頗有難言之隱欲與同往甲未應允遂小有口角亦未着意詎料於是晚將配藥所剩紅礬暗自吞服及至知覺已灌救不及延至十七日早毒發身死甲一面給屍親送信一面將屋中所有均挪至同院寄存卽自行赴縣首告及屍親來時屋內已空搜至暗室有衣箱二隻均是綢綾衣服遂夺行撕毀以洩其忿今早委員親詣相驗委係服毒而死遂將甲及其胞姊等一併帶署訊究尚未悉如何定案俟訪再報

誕置隘巷　○拴馬樁北胡同內有婦人席地生孩覩者林立該婦稍蘇置孩不顧而去衆人見係男孩爭欲拾取有某宅傭工苗姓捷足先登搶抱懷中不放旋有附近某富戶乏嗣擬向索取此子並許出錢五十吊作爲酬謝而苗視爲奇貨可居尚未應允云

匪棍逞兇　○馬駒谷地方近有一種惡少串屬旗下時常佩帶夾把刀名曰夾把會專以強借搶刼爲生並有霸占婦女等事雖地面汛官莫敢誰何近有旗人名連起者在會中多人將德茂永舖掌搶去逼令寫立一千餘吊借約始行放還昨連起等持帖取錢被差役拏獲六人經馬蘭鎮派兵押送赴郡此等兇徒尚不嚴加懲辦必

續咸戶息無疑矣

集善社二月清單　○計開　丙申正月現存銀四百五十五兩三錢八分錢一千三百六十六吊二百五十文　二月入欵　益照臨張宅助銀五百兩欽求子助錢十五吊劉俊德助錢十吊裕盛成錢鋪正二兩月助錢十吊日興昌錢鋪正二兩月助錢四吊裕興昌正二兩月助錢四吊德義厚錢鋪助錢三吊利息銀十兩錢四百八十吊　易進銀二百二十三兩八分　出欵　易出錢五百七十五吊八百二十文虧平銀五分　放本月恤嫠米合銀一百三十四兩五錢九分計米五十一石內六石七斗二升八七五每石價銀二兩五錢六分七厘四十四石二斗七升一二五每石價銀二兩六錢五分計嫠婦三百十戶內二百戶各吃米二斗一百十戶各吃米一斗　出生息銀五百兩錢五百吊　統結現存銀五百五十三兩八錢二分錢八百十六吊四百三十文　外計現存生息房產等銀四千八百二十三兩　錢一萬六千五百吊

路透電音　○支那貴臣李鴻章曾對人云賀大俄皇帝加冠之後將往歐洲各國察其善政以備振興支那使有以立於天壤間云又云支那幷未與俄立約第竭誠與俄和好耳欲與各國和好與俄從同○西報云前德國駐北京大臣　爾芬卜蘭得現已奉派在支那總理衙門襄辦一切事務宜升特授大臣之職

光緒二十二年四月十九日京報照錄

宮門抄　上諭恭錄前報○四月十九日戶部　通政司　詹事府　八旗兩翼值日　無引見　肅王因伊子賞二等侍衛謝　恩　恩輝英俊各假滿請　安　椿壽續假五日　興伯陳彝各續假十日　召見軍機　敬信　張蔭桓

○○二品銜雲南按察使臣湯壽銘跪　奏爲恭報微臣交卸藩篆仍回臬司本任日期叩謝　天恩恭摺仰祈　聖鑒事竊臣於光緒二十一年九月間奉委兼署雲南藩司旋又奉委署理雲南藩司當將奉委任事並交卸臬司篆務各日期先後　奏報在案茲於本年二月十三日奉雲貴總督兼署雲南巡撫臣崧蕃檄知雲南藩司裕祥現已到省應飭赴任飭臣仍回臬司本任各重職守等因臣謹遵於本月十五日將藩司印信文卷移交裕祥接收即於是日准署按察使鹽法道黄㴞將臬司印信文卷派員齎送前來當即恭設香案望　闕叩頭謝　恩祗領任事伏念臣一介庸愚迭叨　寵眷溯藩條之暫綰時如履薄臨深茲臬司之重膺敢謂駕輕就熟惟有勉循軌轍倍矢慎勤隨時隨事稟商督撫臣悉心經理不敢稍涉因循以期仰答　高厚鴻慈於萬一所有微臣交卸藩篆仍回臬司本任日期並感激下忱理合恭摺叩謝　天恩伏乞　皇上聖鑒謹　奏奉　硃批知道了欽此

今之扁鵲　僕患氣痛多年百藥罔效今秉　普安醫室任棣臣兄診治應手即愈殊令沉疴感激萬分登報鳴謝

朱鈍翁近治瘟痧驚瘧崩帶產瘕痘癇均愈寓彌勒菴

皖北左襄廷敬

本行現今由外洋新到各樣花色料器花盆花瓶並酒盃各樣相冰洋酒出賣如有買者請至本行看明面議可也

西賓館洋行謹啓

奇門課命

本館奇門理數得其異人秘訣凡推終身休咎先將本命叅合八門九星然後據理直斷絲毫不爽今來津門停車行道　諸公如有懷疑不決者請來試之

寓紫竹林中和棧

文美齋

本齋開設天津府北門外鍋店街自製石青硃砂細箋冷金赤金園屏描金頁箋各種詩箋徽墨湖筆八寶印色歙硯漂淨顏料精表册頁屏對時欵雅扇箋簡帖套各色南紙並辦各省家藏板官局板石印等書一應俱全又新出書籍列後　論語經正錄　洋務實學新編　奏疏錄要　公車上書記　拍案驚異記　通商始末記　中日始末記　萬國史記　使俄草　曾惠敏公全集　左文襄公兵書　智囊補各國鐵路圖考　事類編　正續盛世危言　日本地理兵要　士商賜顧者請至本齋庶不致悞

普安醫室

楚北咸甯任棣臣廣文爲龢門先生仲子少承家學舉業外兼習岐黄方術所施有起死回生之妙現寓天津道西箭道內鹽庫驄章宅對門謹代登報首以告求醫者

成鶴郭天錫洪思齊同啓

VACUUM OIL COMPANY
SHANGHAI.

本行開設有年專售各色機器火車等油素蒙諸局光顧然恐信購未便故今托天津法界鐵路公司西首元亨洋行代爲經理如諸商局欲辦者請向該行買辦李在田取油試用可也特此佈聞

上海光裕洋行啟

取材於電

本行經理西門子廠專辦電報各種材料各種電機及水雷用電綫並兵船砲臺以及各廠各礦暨街路需用各種電燈一切俱全貨眞價廉各省官商如須購辦請惠臨敝行看圖議價可也

天津信義洋行謹啟

福建賴天生德皮絲煙莊

本號專辦皮絲加工監製向在湖南江南等處開設歷有年所四遠馳名今分設天津東門外宮南天后宮隔壁第一家開張請諸君降臨光顧是幸特此佈聞

新出中東戰紀本末

此書八本係美國林樂知華蔡爾康先生纂輯所錄皆電報公牘及名儒偉論其紀事之切實論事之精當較各種戰紀戰議誠爲遠過並附日皇日后中東將領小像每部津錢三吊

在天津宮北格致書室寄售

烏利文洋行

啓者本行開設香港上海三十餘年四方馳名專售各式金銀鐘錶鑽石戒指八音琴千里鏡眼鏡等物並修理鐘表價錢比別家格外公道今本行東家米士得巴克由上海來津開設在紫竹林裕泰飯店旁請諸君降臨光顧是幸特此佈聞

丙申年四月二十二日禮拜三

天津美昌字號

本號自辦各國鐘表玩物大小八音琴各款新式保安䃅燈掛燈各樣紙烟呂宋烟御用香胰皂廣貨各名家臘丸黑白烟膏各省東土西土一概發莊貨高價廉本號修理鐘表格外價廉諸君賜顧者請　光降是幸特此佈聞

新開在鍋店街中間坐北門面

浙杭元吉永號

本莊自置紗羅綢緞新樣洋辦花素洋布川廣夏貨團招雅扇南貨頭油俱全祇爲近時錢市漲落不同故而各貨減價開設估衣街中間路北凡仕商賜顧者無悞特此佈達

德商元亨洋行

本行開設本國上海香港廣東漢口等處歷有年矣今分設天津專辦進出口貨現初開辦所有進口各國貨價格外克已以廣招徠兼保水火二險暫寓法界鐵路公司西首恐未周知特再佈聞

保命險告白

啟者本行代理長明人壽保險公司如紳商欲保者請移玉至紫竹林法租界第一樓東間璧華昌洋行面議可也此佈

英商華昌洋行啟

四月二十二日銀行情

天津九七六錢　銀盤二千六百二十五文　元一千八百六十文

紫竹林九六錢　銀盤二千六百六十五文　元一千八百九十文

四月二十三日出口輪船禮拜四

順和　輪船往上海　怡和行

豐順　輪船往上海　招商局

重慶　輪船往上海　太古行

直報

光緒二十二年四月二十三日　第四百二十號

西歷一千八百九十六年六月初四日　禮拜四

啓者本館售報需人如有情願承辦者至本館帳房面議可也

本館告白

上諭恭錄

上諭湖南常德府知府員缺着湯似宣補授欽此

誌河間獻縣胡大令詰盜事　續前稿

是事也余嘗疑之疑夫盜爲鼠竊之輩其行似鼠夫鼠晝伏而夜動不穴於寢廟畏人故也春秋傳已嘗言之今此之盜不特不畏人知抑且恐人不知轉無以張其勢然且古昔著名嗜殺之巨盜如跖者雖不見化於柳下聖兄杏壇雅教然稽其夙行皆自有其仁自有其義自有其禮自有其智自有其信所謂盜亦有道非如該盜之謬且悖也縱隋唐興革間當其土宇未一伏莽之雄嘗有佔山據寨搶奪殘殺事而大統既定之後或伏誅或受降凡諸版章無不肅清乂安初未有肆行至此者胡乃以畿輔之區承平之世竟敢肆行無忌屢屢成案屢屢不獲甚至劫掠無虛時行李無幸免客雖身受其殃竟不敢一鳴官府恐與該盜結仇且不欲一鳴官府恐受公門訟累也噫嘻孰爲爲之孰令致之故疑其盜之無人治非眞盜之必不可治也昨有客自子牙河上游來者據云沿河一帶一律肅清老搶砍刀諸人俱爲獻縣新令尹剷除殆盡蓋新令於到任之前先行輕裝易服秘至其境到處信宿或賣卜或賣藥或冒爲過客於鄉於鎮遍訪該盜主名里居黨羽與其平日所爲之事所倚之人出入聚散之地之時無不詳悉熟記盜不知其爲官人亦無知其爲官者比及到縣甫接印驛卒家丁督差役乘騎突出衆問何往諭曰視余馬首所向切緊隨之遲則必干重責也遂飛馳蜂擁直造賊巢立縛之無遺無濫盜或有所扳令曰勿以仇口誤吾聽也民於是畏其威懷其德服其神商旅往來口碑載道余乃喜而據客所言泚筆誌之爰查獻縣大令安徽人爲胡君名良駒奉檄以來需次直省有年歷任邯　等處政有聲然不遇盤根錯節不足以別利器不有東施之顰亦無以愈識西施之美也且夫民爲良民盜爲莠民良民民也莠民亦民也官吏書差之轄於民與民之受轄於官吏書差也敬之如神畏之如虎良民卽無一失足猶懼官吏書差之搜剔挑駁吹毛求疵時指責以誅求之而莠民之聚衆爲盜劫掠殺越時時爲之官吏書差不一過問盜果何恃而不恐乃知盜之公然犯法玩法者當仍不外以執法爲護法之人此盜之所以難治殃民之莫甚於釀盜也而古今善治盜者莫如孔子其法要約而切實昔季康子以患盜爲問子告以苟子不欲雖賞不竊千古治盜之法夫子早以一言決其機若是則人患不欲治盜耳果欲治盜盜何難治顧安得盡如胡令者以爲宣聖護法乎余萬不敢以君子自期奈舍君子實別無可法故每樂道人之善以成其美不敢有外於君子之法程至是縣之舊令其人其事則不願置一詞非畧而忽也閱者諒之

簡閱軍實　○査向例凡親王郡王貝勒貝子公以下暨世爵世職文武官員應備弓箭腰刀長槍撒袋箭壺等軍械每屆三年奏請　欽派王大臣點驗一次如有不堪使用者立飭製換以重軍實本年輪應點驗之期經兵部開列王大臣銜名請　旨　欽派四月十三日奉　硃筆圈出肅王那王貝勒麟中堂敬信松桂啓秀裕德

欽此已見宮門抄茲聞須俟兵部司員稟請龐邸等議定日期然後再將某日在某處點驗某項軍器傳知武庫以門慣重云

任俠餘波

○任俠一流見於太史公列傳中若朱家郭解輩慷慨激昂救患卹災至今談及凜凜然猶有生氣不謂都中近有假託任俠之名而暗行爲非之事者亦能權行閭里名動公卿紈袴則願效輸將簪纓且樂相結納履絲曳　乘堅策肥誠事之不可解者也一爲琉璃廠南紙店舖夥某甲自舖東逝世後居然大權獨攬好結納官紳包攬詞訟甚至每夕招集多人作四君子會共較低昂從中漁利一爲某乙藉辦善舉爲名無惡不作與甲大略相同有某氏毆傷本夫服毒身死竟敢出首承攬私埋滅跡一爲某丙開設金店又充部書與官途結交屢次賄買摺奏誣害平民一爲某回回該教中首領也外託揮霍內蓄奸謀凡營城司坊八旗兩翼中差弁大半受其牢籠而樂爲之用復捐納千總職銜出入公門代回民總納牛羊課稅從中上下其手尤善降服妓寮中蝦兵蟹將故雖顯宦豪富欲作俠邪遊者非與某回相識則多所牽制一爲某商人在西河沿開設生意氣燄尤盛雖縉紳亦望風納交專與部書輩勾串作奸舞弊一爲部書某曾因案斥革在京逗遛冒名報捐職官捏稱候選慣能經管詞訟顛倒黑白以上諸人情同鬼蜮勢若虎狼同列前門光棍班次雖婦人孺子皆耳其名現五城院憲因若輩惡蹟昭彰明查暗訪倘一經拏獲置之典刑吏治民風大有裨益焉不禁拭目俟之

棍徒被獲

○京都首善之地而土棍最多平日游手好閒習爲强悍虎踞一方始則向人借貸繼且藉端訛詐欺壓善良人畏其勢忍氣吞聲甘受魚肉而不敢告發者比比皆是此等兇惡棍徒大爲閭閻之害日前觀音寺地方有棍徒糾衆搶門內未獲各犯正在嚴緝之際又經西城練勇局勇丁在彰儀門大街大來軒茶社內見有著名綽號棍徒白馬李七猴糾集多人各攜火鎗器械欲肆逞兇被哨弁勇丁隨將李七猴拏獲詳城咨送刑部按律懲辦以爲目無法紀者戒

奉　旨校閱

○東日和議成後所有榆關內外調集各營紛紛遣撤歸伍已陸續分別各回原省惟以陪都畿輔重地要區不得不宿重兵曾經精練一百六十營由依軍帥聶軍門諸鎮公分統駐守要隘事經半年已著成效現聞奉　旨派大金吾榮仲華大帥出京校閱約計二十七八等日帥節可以抵津官塲已於吳楚公所預備行台矣或又言甘省軍務仍未得手榮帥此次簡閱係挑選精銳數十營以備西征云

分道揚

○胡雲楣大京兆履任信息已據閣鈔報茲悉尹憲於二十三日早九點鐘乘官　由北河上駛本埠自制憲以次均於吳楚公所　聖安棚跪迓　聖安卽與京兆話別至練軍各營皆出路隊祇送云○又黔臬李亦青方伯希蓮已於二十日啓行赴任

新建成軍

○督練新建陸軍袁慰庭星使晉京公幹已紀前報茲悉星使已於十九日吉旋傳聞該軍已練有成効星使此行係請　派大員來營簡閱此次榮仲華大金吾來津該軍亦在揀選之列謹按星使自督練至今瞬經半載其精心訓導孜孜不倦而又軍令森嚴不僅如李臨淮壁壘一新已也

天庾折耗

○北運河一帶水勢極形淤淺所有運糧撥船距通倘有二三十里均不能前進現在換用大車起運赴倉不但花費浩繁卽沿路遺漏米糧爲數已屬不少或謂布袋破壞所致或謂奸徒勾串車夫故意飛洒藉作影射以爲盜賣地步據此二說皆近情理但不知司其事者曾一留心稽察否也

幸離水火

○河北閘小店劉某昨協同該管地方在縣報稱有一幼女年約十五六腰帶銀兩既不敢私留又不敢使去恐日後誤被牽連情愿自首乞官立案云云邑尊立卽親訊該女供係姜公館使女因被凌虐思欲逃生並聞人言親母現從家來住河北店中故竊取主人銀錠四塊備作歸家路費言畢將銀錠呈上邑尊言恐爾所竊不止四錠必被人誘去女言無有遂喝用刑該女畏打卽供實偷銀六錠其二錠一給店主一給地方當將店主劉某提訊供稱銀係該女送爲酬謝非身强索質之該女樂送屬實大令怒謂爾來報案呈稱恐被牽連爲防後患起見而私取謝銀獨不怕牽連耶遂飭責手四十立將原銀追繳復訊地方供稱銀已換錢充作一應花費大令震怒謂爾係該管地方辦該管事件竟敢向幼女索取花費較之店主由女自送者殊屬無理卽飭板責三百限一日將原銀呈繳如違重辦然後派差將女送還姜公館該女叩頭大聲哭求言若送回斷無生理不但太太不容卽六位少爺必將我打死現時身上猶有傷痕未愈邑尊飭驗果遍體鱗傷擢髮難數邑尊首肯久之隨飭將女片送廣仁堂暫行收養並將原錄封固存庫候明日地方將銀繳案再爲訊辦店主自首從寬省釋大約今日當覆訊矣

棺何無主

○河東鹽　向有義地一區昨經義阡局將塚墓添好復擬在四圍修立土牆以分界限當經黏貼告示所有靠地邊掩埋棺木如係有主速行遷移無主者由局出資移至西頭義地倘年深棺朽卽將骨骸用木匣裝好一併代移日昨地邊起出棺木不少有主認領者不過數家餘皆無主認領然棺木尚未朽敗大約葬埋年數無多爲子孫者豈皆死亡乎抑或遷徙乎何視祖宗墳墓如弁髦而不一置念也噫

民生在勤

○東陵一帶出產甚旺山民皆賴以爲生馬蘭鎭陸營兵勇每公暇輙入山砍柴一日可獲東錢三千而婦女輩坐享溫飽習慣成風不理生業惟以鮮衣美服鬭美爭妍爲務該勇等亦視爲分所當然不加督責倘一朝失事卽不免啼饑號寒然則作家長而操家政者何弗爲蓄旨禦冬之計乎

光緒二十二年四月二十日京報照錄

宮門抄 上諭恭錄前報○四月二十日禮部 宗人府 欽天監 侍衛處值日 無引見 車王由了髻山回京請 安 懷塔布賡音布文熙各假滿請 安 麟中堂考驗軍政覆 命 呼倫貝爾副都統烏善請 訓 補用道府李竟成等謝 恩 召見軍機 坤岫烏善 皇上明日辦事召見大臣後至 醇賢親王府 神殿前行禮畢還海

○○頭頂品戴山西巡撫臣胡聘之跪 奏爲查明各屬交代案內並無徵存未解銀兩循例繕單奏 聞仰祈 聖鑒事竊准部咨各省交代冊報徵存未解銀兩如逾三參日久未據題解報部卽由戶部奏參將結報之員革職並令分別已未完結半年彙奏一次等因歷經遵辦在案茲自光緒二十一年七月初一日起至十二月底止各屬已結交代共二十一案均無徵存未解銀兩據布政使員鳳林造冊詳請具 奏前來臣覆核無異除清冊咨部外理合開繕清單恭摺具陳伏乞 皇上聖鑒謹 奏奉硃批戶部知道單併發欽此

今之扁鵲 僕患氣痛多年百藥罔效今蒙 普安醫室任棟臣兄診治應手郎愈頓失沉痾感激萬分登報鳴謝

皖北左襄廷啟

本行現今由外洋新到各樣花色料器花盆花瓶並酒盃各樣冰洋酒出賣如有買者請至本行看明面議可也

西賓館洋行謹啓

金陵仁記南味坊

自製本機元淺京緞寧綢紗縐絨線糟貨食物金腿海味南貨俱全近因錢市漲落不同分別減價抑因無恥之徒假冒南味者甚多雖云謀利誠恐亂眞欲辨薰䕸用煩楮墨

寄售雨前龍井每斤津錢一千二百文八百文福建條絲格外公道 開設宮北大獅胡同內

鐵路圖考 普法戰紀 萬國史記 四元玉鑑 算草叢存 時務要覽 時事新編 游歷日記 行軍鐵路工程 西法算學入門 洋務實學新編 通商約章成案 中西匯通醫書 原板中西算學 正續盛世危言 通商始末記 西洋易筋經 華英尺牘 全圖清烈傳 三寶太監下西洋

北門東文德堂發售

普安醫室

楚北咸寧任棟臣廣文爲籲門先生仲子少承家學舉業外兼習岐黃方術所施有起死回生之妙現寓天津道西箭道內鹽庫廳章宅對門謹代登報首以告求醫者

成鶴郭天錫洪思齊同啓

VACUUM OIL COMPANY
SHANGHAI.

本行開設有年專售各色機器火車等油素蒙諸局光顧然恐信購未便故今托天津法界鐵路公司西首元亨洋行代爲經理如諸商局欲辦者請向該行買辦李在田取油試用可也特此佈　聞

上海光裕洋行啟

取材於電

本行經理西門子廠專辦電報各種材料各種電機及水雷用電綫並兵船砲臺以及各廠各礦暨街路需用各種電燈一切俱全貨眞價廉各省官商如須購辦請惠臨敝行看圖議價可也

天津信義洋行謹啟

福建 賴天生德皮絲煙莊

本號專辦皮絲加工監製向在湖南江南等處開設歷有年所四遠馳名今分設天津東門外宮南天后宮隔壁第一家開張請諸君降臨光顧是幸特此佈　聞

新出

中東戰紀本末

此書八本係美國林樂知華察爾康先生纂輯所錄皆電報公牘及名儒偉論其紀事之切實論事之精當較各種戰紀戰議誠爲遠過並附日皇日后中東將領小像每部津錢三吊

在天津宮北格致書室寄售

烏利文洋行

啓者本行開設香港上海三十餘年四方馳名專售各式金銀鐘錶鑽石戒指八音琴千里鏡眼鏡等物並修理鐘表價錢比別家格外公道今本行東家米士得巴克由上海來津開設在紫竹林裕泰飯店旁請　諸君降臨光顧是幸特此佈　聞

丙申年四月二十三日禮拜四

天津 美昌字號

本號自辦各國鐘表玩物大小八音琴各款新式保安座燈掛燈各樣紙烟呂宋烟御用香胰皂廣東各名家臘丸黑白烟膏各省東土西土一概發莊貨高價廉本號修理鐘表格外價廉諸君賜顧者請　光降是幸特此佈　聞

新開在鍋店街中間坐北門面

浙杭 元吉永號

本莊自置紗羅綢緞新樣洋蘇花素洋布川廣夏貨團摺雅扇南貨頭油俱全祇爲近時錢市漲落不同故而各貨減價開設估衣街中間路北凡　仕商賜顧者無悞特此佈達

德商元亨洋行

本行開設本國上海香港廣東漢口等處歷有年矣今分設天津專辦進出口貨現初開辦所有進口各國貨價格外克巳以廣招徠兼保水火二險暫寓法界鐵路公司西首恐未周知特再佈　聞

保命險告白

啟者本行代理長明人壽保險公司如　紳商欲保者請移玉至紫竹林法租界第一樓東間壁華昌洋行面議可也此佈

英商華昌洋行啟

四月二十三日銀洋行情

天津九七六錢
銀盤二千六百一十五文
洋元一千八百五十文
紫竹林九六錢
銀盤二千六百五十五文
洋元一千八百八十文

四月二十三日進口輪船禮拜四
武昌　輪船由上海　太古行
北直隸　輪船由上海　怡和行
四月二十四日出口輪船禮拜五
順和　輪船往上海　怡和行

直報

光緒二十二年四月二十四日　第四百二十一號
西歷一千八百九十六年六月初五日　禮拜五

本館告白

啓者本館售報需人如有情願承辦者至本館帳房面議可也

答趙君式如書　來書附後

來示以跋前疐　上書條陳各欵辱　賜齒棻益增顏汗鄙人學淺才踈識筆俱劣佛頭着糞奚啻游夏之贊宣尼無補麟經適成蛇足耳然泰山北斗原不擇人而俾之仰企亦未嘗禁人而不許仰企以阻其向慕之殷也以故率爾操觚妄肆唐突其於計臣議定官員報効息借商富派捐當行贊蘆綱商捐漢口房稅並江南紳戶認助軍餉百二十萬煌煌巨欵非不稔見稔聞義之壯之以爲毁家紓難破產助邊子文卜式之忠誼今且遠勝於古我　國家　列聖德澤漸被淪洽入人之深食德服疇輩尊君親上之誠於此均足以概見而人心所繫卽天命所留此以知中國之大有可爲外侮之不足介意也善爲國者於此時當急固人心以培國脈不可多生枝節搜括無遺重民困以解國體也且江南紳戶認助軍餉之百二十萬也固屬捐生慕義急公實亦勸捐者之善政善教仁言仁聲先有以得民之心入民之隱譬諸鼓琴使易一手爲之則琴心稍殊必致琴聲頓變恐或有彈之而不成聲者當亦人人意中事也香帥之在今日直如璞玉渾金無施不可此舉之所以立集捐欵而無所驚擾者固自有說所謂惟上上人爲能行下下策譬以浮游不能撼樹猶麒驥之不可使以捕貍鼬非引喻失義猶覺心不甚安誠如君言所謂辦天下之事必具有天下之才也才者何綜其人之夙昔德政而言非獨恃一策之可以勉强行之遂足有濟也夫自古因兵議餉君反憂餉而不憂兵爲民立兵民反苦兵而不苦寇因變益兵變已而兵如故因事加賦事罷而賦猶存昔之人已慨乎言之今之兵政弊縱少異乎此然卽今而蠡測之兵則招之無難遣之非易餉則籌之不易繼之更難而兵又不能有聚而無散餉又不能僅此一發無須再給泒捐之事一之爲甚再籌之餉更將何術以出此故凡爲一事立一言則必先慮其所終使行必可言言必可行不可據幸中之端以爲典要也故當維其終以圖其始當東事方興時衆議調集招募惟慮兵力之不厚而鄙人私議則深慮將來潰散之難倘執事者不能善爲安置其患恐尙未艾也且謂與其兵厚餉薄以博虛聲不如減兵加餉以收實效而利遠征也比以人微言輕不合衆議衆咸笑之謂腐儒焉識急務爾以和議將定恭讀　上諭約言近日廷臣奏章甚夥意多主戰然將非夙選兵非素鍊紛紛調集不出烏合以致水陸交綏無一勝仗等因欽此大哉王言已早悉全局之要義矣　此稿未完

謝恩傳示

〇吏部爲傳示事所有本部帶領引　見之廕生譚傳贊秦光弼何立坦高承惠黃昌元馬德駿許濟均李聯鈺同林詹事府右庶子溥徵右庶子瑞洵兵科給事中麟趾山東道監察御史宋伯魯內閣中書陳惠愷河南城守尉衙門筆帖式聚升卓異俸滿廣西太平思順道蔡希邠卓異貴州開泰縣知縣趙一鶴病痊前直隸天津道方恭釗年滿烏里雅蘇台內閣章京侍讀英奎保舉東河儘先同知試署期滿河南衛輝府衛糧通判陳增壽保舉雲南補用知州蔡鍔蓉山東補用知縣呂景曾碩儒浙江補用知縣曹詔南廣西補用知縣夏承宗　慕陵禮部郎中存輝　盛京禮部員外郎巴克坦布　刑部司庫恒廉　盛京刑部堂主事煜綸兵部司務錫垣吏部學習司務章定基等均限於本月二十四日辰刻赴鴻臚寺署內望　闕謝恩毋得違悞特示

咎由自取

〇日前欽奉　上諭內務府員外郎文麒胆大[illegible]營私[illegible]着卽革職永不敘用欽此已見邸抄茲聞文麒膽敢在　頤和園內擅自騎馬遊行經僧

班護軍阻止竟僞傳奉　皇太后懿旨准其騎行並　內廷應派各差胆大異常於　頤和園演劇之期往往將優伶戲衣盔頭穿戴在　御前行走是以罷職實屬咎由自取耳

子評爲害　○子評之說不知始自何時而愚夫愚婦信之如神往往取決於一言以定趨避豈知死生富貴命稟於天算之而中豈得謂彼之功算而不中反以滋人之惑故仲尼目爲小道子輿氏亦謂夭壽不貳修身以俟之而已京師前門外某甲業此多年娶妻數月即挾其術遨遊江湖久而不歸其妻偶將甲八字倩人推算據星者曰此人運數終身不能發迹以愚見推之數月前當客死外鄉妻信之意將改嫁與母私逃至京南龐各庄適甲歸遇之飾言尋夫至此遂偕回京師奈心腸已變屢求下堂甲不之許交讁時聞日昨甲怒甚痛加鞭責以冀改悔而仍然堅執不從女子之心易存勢利因過信推命之一言遂决裂至此然則甲操其術以愚人而人即借術以愚其妻世之篤信子評者亦當恍然悟矣

藉資熟手　○胡大京兆奉　旨赴任各節迭經列報茲悉遞遺津蘆鐵軌總辦一差已由王夔帥檄委戶部員外郎毛副郎慶蕃接辦聞副郎曾經陳中丞寳箴在直隷任內時稟由制憲咨會兩江督憲　奏調來津襄辦湘軍粮台因在津日久歷練已深故藉資熟手耳

移節柏靈　○出使俄國全權大臣李傅相行抵俄都情形已迭據電音錄報茲悉相節於本月二十二日由俄都啟行前往德國游歷俄京王公大臣祖餞禮儀十分優渥且有依依不捨之情徵傅相德望崇隆何克臻此

帝心簡在　○徐與齋太守慶璋前守遂陽當鄰境蹂躪迫徧烽火相望出奇制勝終能保守嚴疆不使敵兵越雷池半步豐功偉績早已布滿陪都近因甘省回逆猖獗慶陽爲關隴要隘　帝心簡在晉擢太守往守慶陽乘輪車來津日內尚須北上引　見後即赴新任吾知太守韜鈐素裕此行必當迅掃回氛矣

式煥新猷　○靜海爲水陸通衢地方緊要年來水災迭告民不聊生宰其地者非教養兼資不足以資治理史大令煚任年滿現奉憲委成大令犖麟前往接替式煥新猷當於大令卜之已

特衆逞兇　○自海防吃緊天津營壘相望兵勇駐紮往往滋生事端四月二十二日城內金聲園開台演劇正值興高采烈忽有練軍營勇數名因爭坐起釁一片聲喧霆　齊飛園主不能彈壓立請縣署值日差役前來將該勇等扭獲三名隨即送案聞看戲人亦有被傷者一併赴縣具控

命案續登　○昨報登某甲妻服毒身死一則頃悉相驗後屍親不肯具結完案甲煩親友調停並親到岳家屈膝長跪懇求寬恕復經衆人再三婉勸始行首肯由甲製備棺槨衣衾十分豐厚即於昨日成殮諒不至再起風波矣據傳言甲別有暗昧情事致妻憤激服毒未知確否

火災再誌　○日昨東門外宮南顏料舖失愼業經錄報茲悉共計焚燬桐油十數簍拆毀棧房一間影壁一座旋即撲滅並未殃及街鄰該舖之不幸實街鄰之大幸也

行兇自首　○前報載康某妻被某甲誘入娼窰經康內弟撞遇等情未知即係康五否茲聞二十三日早四點鐘時有康五持刀赴縣投案旋據該管地方亦來具報緣康五妻被朱大成誘下賍傍娼窰起名雙喜康得耗旋到賍處偵尋詎賍將雙喜移在河北康密行訪知因於二十二夜間前至該處將雙喜用刀砍死瞻找至朱大成家將朱連砍數刀雖未立斃而傷勢甚重即照前情具呈自首當蒙邑尊批飭預備詣驗先將該犯覊押候訊至所具呈詞不知果屬實情抑或別有遁飾一經驗訊當即水落石出矣統容訪明再佈

吃醋傷生　○海大道某甲充某行工頭素與某氏狎暱雙宿雙棲儼同伉儷鄰有少婦某者年輕性蕩搔首弄姿因常在氏家出入甲亦通焉然兩雌共一雄勢不相下朝夕時聞詬誶聲甲無如何遂別賃一椽令婦移居而一身往來其間奈婦尤悍妬防閑之不准再與氏通甲以舊好情深未肯決絕拒不受命婦恚甚於昨午後購取芙蓉膏意在威嚇詎料吞服過多灌救不及毒發殞命尚不知作何辦理也容俟再訪

車夫晦氣　○本埠自創用東洋車價省行速人每樂於乘坐昨有老嫗坐車一輛並挾有四孩以一車載五人未免過重由西而東行至估衣街西口軸折車翻有二孩磕傷頭臂等處幸不甚重當即另雇兩車分坐而去該車夫垂頭喪氣徒喚奈何而已

慣賊被獲　○豐潤縣捕役頭馬金山者回民人也素係慣賊號稱飛腿經前任某大令派充捕役因護身有符益無忌憚窩養快贼百餘名附近居民皆有月規因與玉田捕頭王景文有隙縱賊玉境以致屢有搶劫偷竊等案王不堪其擾率役在新軍屯鎮將馬捕獲又連獲窩賊之孟廣玉經洪大令嚴刑審訊供認七十餘案想經此番懲頓盜風庶可稍息乎

姦商傾騙 ○馬蔚谷錢行與茂永字號素稱根深帶固各城鎮舖戶無不往來川換錢帖出至二十餘萬之多官塲富戶存款亦復不少不意舖掌頓昧良心將銀兩貨物等暗行運出並囑舖夥逃走然後倒閉凡存銀者皆持帖向取一擁而進僅將零碎物件搶去聞包修陵工木廠存銀若干因事關緊要經州牧派役將舖掌拿獲押追似此安心傾害何異强盜非嚴行究辦不足以懲姦商而維市面

光緒二十二年四月二十日京報照錄

宮門抄 上諭恭錄前報○四月二十一日兵部太常寺 太僕寺 鑲黃旗値日 無引見 熙貝勒假滿請 安 湯似 謝授湖南常德府知府 恩倉塲奏漕船五日回空 兵部奏派考試幼官出學之王大臣派出鄭王敬信松桂裕德 召見軍機 湯似

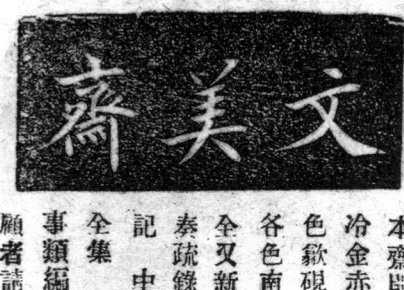

○○德壽片 再查案准戶部咨具奏單開江西省州縣交代各案行令分別已未完結半年彙奏一次等因業已行據藩司將江西各廳州縣自光緒十二年起至二十年止所出交代查明已未完結分別上下各半年詳經 奏報並開摺送部查核各在案茲據署布政使翁曾桂詳稱自光緒二十一年正月起至六月底止江西各州縣所出交代正署代理計三十三任並作二十八案均經算明內惟已故前署湖口縣知縣萬世毓前任宜黃縣知縣吳大惇二員交代虧短銀兩迭催未據完解即經照章指款參追現仍勒限完繳如再逾延另行從嚴復參此外各任交代悉已清楚並無虧短先後造具冊結詳咨送部合將光緒二十一年上半年各州縣所出交代分別已未完結彙開銜名清摺詳請具 奏等情前來臣覆查無異除清單咨送戶部查核外理合附片陳明伏乞 聖鑒謹 奏奉 硃批戶部知道欽此

VACUUM OIL COMPANY
SHANGHAI.

本行開設有年專售各色機器火車等油素蒙諸局光顧然恐信購未便故今托天津法界鐵路公司西首元亨洋行代爲經理如諸商局欲辦者請向該行買辦李在田取油試用可也特此佈聞

上海光裕洋行啟

取材於電

本行經理西門子廠專辦電報各種材料各種電機及水雷用電綫並兵船砲臺以及各廠各礦暨街路需用各種電燈一切俱全貨眞價廉各省官商如須購辦請惠臨敝行看圖議價可也

天津信義洋行謹啟

福建賴天生德皮絲煙莊

本號專辦皮絲加工監製向在湖南江南等處開設歷有年所四遠馳名今分設天津東門外宮南天后宮隔壁第一家開張請諸君降臨光顧是幸特此佈聞

新出 中東戰紀本末

此書八本係美國林樂知華察爾康先生纂輯所錄皆電報公牘及名儒偉論其紀事之切實論事之精當較各種戰紀戰議誠爲遠過並附日皇日后中東將領小像每部津錢三吊

在天津宮北格致書室寄售

烏利文洋行

啓者本行開設香港上海三十餘年四方馳名專售各式金銀鐘錶鑽石戒指八音琴千里鏡眼鏡等物並修理鐘表價錢比別家格外公道今本行東家米士得巴克由上海來津開設在紫竹林裕泰飯店旁請諸君降臨光顧是幸特此佈聞

丙申年四月二十四日禮拜五

天津美昌字號

本號自辦各國鐘表玩物大小八音琴各欵新式保安座燈掛燈各樣紙烟呂宋烟御用香䐑皂廣東各名家臘丸槊白烟膏各省東土西土一概發莊貨高價廉本號修理鐘表格外價廉諸君賜顧者請光降是幸特此佈聞

新開在鍋店街中間坐北門面

四月二十四日銀洋行情

天津九七六錢

銀盤二千六百三十文

洋元一千八百六十文

紫竹林九六錢

銀盤二千六百七十文

洋元一千八百九十文

四月二十四日進口輪船禮拜五

武昌　輪船由上海　太古行

永平　輪船由上海　礦務局

四月二十六日出口輪船禮拜五

北直隸　輪船往上海　怡和行

浙杭元吉永號

本莊自置紗羅綢緞新樣洋辦花素洋布川廣夏貨團招雅扇南貨頭油俱全祗爲近時錢市漲落不同故而各貨減價開設估衣街中間路北凡仕商賜顧者無悞特此佈達

敬啟者京城售報處啟在前門外琉璃廠小沙土園路西寶興木廠又楊梅竹斜街中間路南聚興隆小器作內兩處分售此白

售報人陳午清謹啟

寓前門內刑部後身草帽胡同北頭大院內

保命險告白

啟者本行代理長明人壽保險公司如紳商欲保者請移玉至紫竹林法租界第一樓東間壁華昌洋行面議可也此佈

英商華昌洋行啟

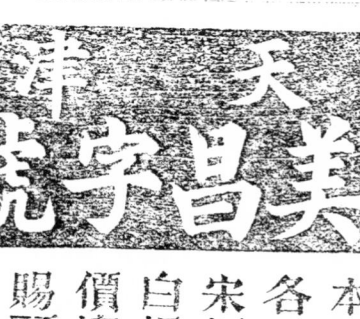

直報

光緒二十二年四月二十五日 第四百二十二號
西歷一千八百九十六年六月初六日 禮拜六

上諭恭錄

上諭巡視中城給事中桂年等奏太監在外結夥逞兇拒傷弁勇殞命請交部審辦一摺本月十八日正陽門外大柵欄地方有太監多人執持刀械在慶和戲園尋釁經該城副指揮楊紹時傳知練勇局派勇緝拿該太監等胆敢拒傷勇丁並將隊長趙雲起砍傷殞命實屬不法已極必應從嚴懲辦所有拿獲之太監李長才張壽山閻寶維孫連元陳和玉民人畢文祿等六名着交刑部嚴行審訊按律定擬並究明在逃餘黨一併飭拿務獲究辦至被傷殞命之隊長趙雲起着兵部查案辦理另片奏太監滋事請加等治罪等語着刑部遵照康熙年間 諭旨從嚴定議具奏欽此 上諭巡視中城給事中桂年等奏近來京師匪衆持械鬥毆搶人奪財及行兇拒捕之案層見迭出請飭加重定罪等語着刑部議奏欽此

答趙君式如書 來書附後

夫上既厭此無實之兵下何須此虛縻之欵若謂邇來 國用支絀不得不集思廣益以佐正用惟問近日 國家徵收正欵之外釐金雜稅視 國初歲增幾倍昔何以足今何以不足對鏡以觀其得失自當立見乃復設此謀徒取損下益上之名於軍國未嘗絲毫有益以其倒愈揩愈甚入愈多出愈廣也如以 國用不足爲慮則外減無用之兵而留有用之士內節無名之費以備不時之需論語所謂先去兵繼去食者正爲此必不得已之急務後人乃反其道而妄思有濟此古今聖愚之所以相背而馳也中東一役議者紛紛各有所見要不出此籌兵籌餉兩端平心思之彼此得失之由不獨在兵之不精餉之不裕兵之與餉特其衆著者耳若第以兵之多寡餉之厚薄而論當日平壤旅威等處兵亦何嘗甚薄餉亦何嘗甚闕鐵甲兵船快鎗快砲又何嘗不堅不利而竟未及鋒一試何哉春秋傳曰國家之敗由官邪也官之失德寵賂彰也推卷長思千古遺恨至謂出其不意攻其不備率勁旅直搗日京以牽制日兵令其憂生內顧恐之甚易行之甚難即忠謀勇毅如劉淵亭者恐亦動多掣肘不然當時淵亭固自在也全台之衆淵帥主之操縱更無須稟命於人以淵帥之老於軍行强將屬下豈有弱兵參贊之人不乏賢智謝竟未一計及於此抑必熟思之而知其有萬不能行者嗟乎全台之衆守且不足何暇言戰由事後觀之固已大彰明衆著也書中又謂俟彼南路搖動敵勢周張經略宜將威海守口甲艦趣規仁川另調松花江水師下圖們由東艮出吉州繞由端川直薄咸興經略仍宜躬統陸隊取道安定諸州會師平壤三路出兵敵必驚相機亂朝鮮舊黨夙懷効順將必因利反正我兵於此奪據要隘然後攻日人深入之師以戰爲退敵知我不憚大舉彼將亟圖自守至此而許以行成可保百年無事云云夫諸將帥之忠謀勇毅未必皆淵帥若也淵帥尙不克必決一戰所謂三路出兵者又將責成誰氏倘三路有一不守則全局必爲撤動前謀不俱成畫餅乎當日湘撫吳公久歷戎行力學洋戰曾以精心結撰鍊成一軍敎以五排鎗爲陣其法槪仿春秋之魚麗陣所謂先偏後伍伍承彌縫者親率將勇打把公則鎗無虛發擬敎勝國末造八大名臣中之豫撫元公躬自爲將爰舍封疆之寄入 告奮勇 上壯其獻命副桂公馳赴前敵公臨行與衆大臣言別曰此役班師約以明歲暮春爲度蓋師未出而氣已吞敵矣故先以所鍊之陣繪刊成圖名曰得勝圖逢人輒贈比至前敵未師

祝三極謂公曰君師切勿我先恐麾下之勇未曾經敵不克當衝倘一軍動衆軍俱爲撤動深可慮也公不聽遇敵勇果鳥散衆軍皆爲不守猶幸宋帥調度有方早有安置於是退守摩天嶺否則敵人長驅直入寇深矣可奈何所云三路出兵者苟或不虞毋乃類是茲姑無須深論也　此稿未完

光緒二十二年四月分缺單　○知府浙江嚴州鶴山開缺送部引見　知州雲南霑益李春霖丁　通判湖南衡州劉友彥不諳　知縣陝西宜川張世恩丁福建德化胡永棻近甯化武頌揚修墓湖北安陸張源深革貴州安南楊毅成丁浙江天台李光益丁湖北長樂葛鴻恩近湖南甯鄉鄭之粱不及新田王鶴春不諳山西蒲縣梁懷顏近安徽建德黃國城革　府經湖南岳州劉守正浮躁安徽池州張文照革縣主簿安徽懷遠湯潔迴避　府照磨江西吉安錢陰　丁吏目安徽六安殷葆廉迴避巡檢安徽建德鄖錫恩迴避浙江開化張昌故　典史山西武鄉邢廷燮故安徽太平劉用中太湖劉松琴鳳台李文藻定遠楊頌三俱迴避江西樂安龔鏡淸丁

禁衛淸嚴　○皇太后現由　頤和園回鑾駐蹕　南海所有西苑外圍各朱車値班官兵夜間傳籌等情已列前報今奉神機營總理海班公所傳諭西苑外圍各項値班營總章京隊官所有守衛西苑外圍各朱車値班業由本營暨旗營分派守宿相間劃估地址俾得互相稽察期於周密自應仿照　紫禁城各朱車値班辦理嗣後各朱車無論何項官兵夜間籌支傳到卽送勿遲每朱車出派送籌二名執燈引路口傳西虎口號連聲接遞遇有各項抽察各朱車則以加丹比傳號彼此一體接傳無分畛域以期聲勢聯絡稽察益形嚴密至白晝遇有各項抽察則以播勒和口號各朱車聞信遞傳該官兵出外排立呈遞本朱車値班官兵名摺相應傳諭各朱車卽將此諭各抄錄一分貼於屋墻俾衆周知

諫垣晉秩　○巡視北城察院林瑞山侍御因病出缺所遺巡視一差現經都察院委派掌廣西道監察御史高侍御燮曾署理候帶領引　見恭候　命下再行實授云

烟花陷阱　○宣武門內皮庫胡同烟花藪也香巢深築穩護鴛鴦艷幟高張慣招蜂蝶則有豪華公子錦繡王孫賞當筵之一曲淚費紅銷証好夢於三生輕拋白强其始也流連忘返儼同下水之船其繼也欲罷不能誰勒懸崖之馬卒至牀頭金盡客路囊空前度蕭郎今朝陌路矣更有門半掩而半開人似眞而似贗桃花紅處隋約含情楊柳綠時低徊作態引得漁郎入洞頓起風波待他蕩子寨幃遽興兵甲迫於勢則剝服請囚劫以威則納金贖命豈非誤認良緣自尋苦惱哉傾聞前門外某姓家有女及笄頗饒丰韻性好倚門逢人嗜笑適某甲過之見該女楚楚憐人不覺神魂飛越因而眉情目語款洽潛通恰幸犬吠無驚遂至鵲橋偷渡自謂平生好夢訂在今宵矣乃倚翠偎紅之際突有偉丈夫推門而入手持白刃指而罵曰何物狂且入人閨閫甲倉皇無措不覺長跪求饒隨將時辰表赤金鐲及翡翠撤指雙手奉獻爲長者壽丈夫叱曰名節事大區區微物何足贖愆暫將此物留下再寫立三百金借約方可寬恕不然吾刀無情也甲無可奈何一一從命始行釋放回家後垂頭喪氣且恐父知正在多方籌畫間而索欠者已持據到門勢甚兇橫甲父詢悉情由且閱字據係子親筆無可推託祇得如數付之而去嗣知該女與父合謀慣設陷井引誘輕薄子弟供其魚肉受害者指不勝屈然事已無可如何徒深悔恨而已

無故自戕　○北閣外恩公館昨有司廚某甲自戕身死當遣家丁報案蒙縣委江大令帶領吏仵親詣相驗研訊衆僕人委係因瘋所致並無別情當卽具結完案由恩宅賞給棺木一具業已飭屬具領埋葬矣

險成命案　○河北杜某在汴省辦理廳務昨日榮歸在西大灣子下船雇東洋車拉運行李到家後開付車錢車夫某甲因錢少求添杜斥其煩瑣甲復嘵嘵不休杜大怒揚掌向甲臉猛打詎料鼻口流血猝然倒地幸經旁人救起逾刻方甦杜且懼且悔遂煩人說合給甲津錢一千五百文作養傷之費始能了結云

雌雄莫辨　○河東有某學究設童蒙館性拘謹不苟笑言望而知爲道學中人也昨有美少年造訪相見歡甚款接殷勤茶話良久晚卽下榻齋中次晨紅日三竿猶酣眠不起同院某甲業皮匠素與學究相投洽恐生徒久候有悞課功因將窗紙揭破就隙窺探見二人共枕臥狀甚狎褻且被底微露蓮鈎心異之而未敢言故在窗外作咳嗽聲學究驚醒匆匆披衣起遲之又久始啓雙扉甲入視則少年衣履依然男子矣按女扮男裝常見於小說中大半子虛原無足信今竟實有其事乎抑傳者失其眞乎姑錄之以供一笑

死甚模糊　○昨有貧婦年約四旬携一子一女俱各十餘齡在鬧口大街且行且泣悲楚萬狀有好事者問之據云靜海縣人因地方屢經水患貧苦難度隨夫某甲來津謀食夫以挑水爲業前日忽患頭疼購藥無資因赴紫竹林醫院求治數日未回甚不放心親到該院尋問據門役言果有此人因頭疼求醫服藥不愈隨卽身死已經討棺殮埋噫某甲之死是否因病抑或係有別故均應報官相驗豈可遽行掩埋果如所云未免太草草矣

捉姦笑柄　○城內有唐懷德者向在某舖作事舖中規矩每半月下宿一次昨値下宿之期至家已交二鼓門猶未關屋中燈火未熄忽見窗上人影兩[illegible]無疑究

假和尚模樣心疑之潛至窗外竊聽語喃喃不甚可辨竊意內人必參歡喜禪矣欲入捉姦又恐勢孤力不能敵即抽身出往邀族兄唐懷忠暨甥王奎令二人相幫比至回來已閉戶息燈而語聲未絕唐怒火中燒大呼動手窗隨聲下屋中聲喊有賊唐曰特來捉姦何賊之有妻急嚷曰且勿動手待看明再捉未晚急取火燃燈唐厲聲曰若個和尚胡爲而來妻曰請再視之唐仔細端相並非和尚乃某菴尼僧也目呆口獃不能置詞惟時同院隣人紛紛驚起問悉情由不禁撫掌大笑蓋尼與唐妻素識常相往還是日妻意唐未必回家故留尼作伴耳竊謂此事險甚尤幸甚倘屋中人已經睡熟不分皂白倉卒行兇豈但傳爲笑柄且將釀成奇案也噫

人財兩空　○徐甲妻故已久因中饋無人急於膠續屢託親友代爲物色適有王某性奸詐慣能巧取人財乘間言某處有孀婦現擬改嫁帶有一男一女貌頗不陋徐信之約定日期同往相看及見該婦果與所言相符頗覺愜意言明聘資若干謝金若干擇定四月十八日過門王言須先將財禮付清以便該婦料理一切不然須再遲幾日徐急不能待一一從命比至吉期而王去如黃鶴矣徐甚詫異爰向從前相看處訪問據鄰人言前日所相係向娼窰雇來此處並無所謂孀婦者徐聞言知爲所騙而無如何惟有頓足捎膺大罵王某無良而已

東京鼓鑄　○盛京將軍依堯山留守克唐阿在東三省佈置一切兵民交賴近日錢貴銀賤民用殊多不便因拜摺奏請倣照南五省鼓鑄小銀元擬鑄五種銀元及錢串等以濟商民聞已奉　旨俞允留守即派候補縣陳怡堂大令到滬採辦機器并赴鄂訪問鑄元鑄錢詳細章程并議購小輪三四艘以備行駛奉天內河之用

光緒二十二年四月二十二日京報照錄

宮門抄　上諭恭錄前報○四月二十二日刑部　都察院　大理寺　正黃旗值日　御茶膳房引　見四名　懷塔布等得賞謝　恩　明棣請假十日　召見軍機　裕德　李端棻

○○饒應祺片　再署沙車直隸州知州潘震調省遺缺委該州實任署和闐直隸州知州劉嘉德飭赴本任所遺和闐直隸州知州員缺查有在任候補知府借補喇瑪當什直隸廳通判譚傳科堪以調署遞遺瑪喇巴什廳員缺查有候補直隸州知州蔣士修堪以委署又署溫宿直隸州知州彭緒瞻飭署遺缺查有候補直隸州知州傅壽森堪以委署據護理新疆布政使丁振鐸署鎮迪道兼按察使銜英林會詳前來除由臣批飭分別給委外謹會同陝甘總督臣楊昌濬附片具陳伏乞　聖鑒謹　奏奉　硃批吏部知道欽此

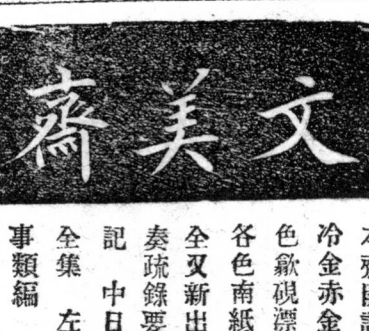

VACUUM OIL COMPANY
SHANGHAI.

本行開設有年專售各色機器火車等油素蒙諸局光顧然恐信購未便故今托天津法界鐵路公司西首元亨洋行代爲經理如諸商局欲辦者請向該行買辦李在田取油試用可也特此佈聞

上海光裕洋行啟

取材於電

本行經理西門子廠專辦電報各種材料各種電機及水雷用電綫並兵船砲臺以及各廠各礦暨街路需用各種電燈一切俱全貨眞價廉各省官商如須購辦請惠臨敝行看圖議價可也

天津信義洋行謹啟

福建賴天生德皮絲煙莊

本號專辦皮絲加工監製向在湖南江南等處開設歷有年所四遠馳名今分設天津東門外宮南天后宮隔壁第一家開張請諸君降臨光顧是幸特此佈聞

新出

中東戰紀本末

此書八本係美國林樂知華蔡爾康先生纂輯所錄皆電報公牘及名儒偉論其紀事之切實論事之精當較各種戰紀戰議誠爲遠過並附日皇日后中東將領小像每部津錢三吊

在天津宮北格致書室寄售

烏利文洋行

啓者本行開設香港上海三十餘年四方馳名專售各式金銀鐘錶鑽石戒指八音琴千里鏡眼鏡等物並修理鐘表價錢比別家格外公道今本行東家米士得巴克由上海來津開設在紫竹林裕泰飯店旁請諸君降臨光顧是幸特此佈聞

丙申年四月二十五日禮拜六

天津美昌字號

本號自辦各國鐘表玩物大小八音琴各款新式保安座燈掛燈各樣紙烟呂宋烟御用香胰皂廣東各名家臘丸黑白烟膏各省東土西土一概發莊貨高價廉本號修理鐘表格外價廉諸君賜顧者請 光降是幸特此佈聞

新開在鍋店街中間坐北門面

浙杭元吉永號

本莊自置紗羅綢緞新樣洋辦花素洋布川廣夏貨團摺雅扇南貨頭油俱全祇爲近時錢市漲落不同故而各貨減價開設估衣街中間路北凡 仕商賜顧者無悞特此佈達

敬啟者京城售報處改在前門外琉璃廠小沙土園路西寶興木廠又楊梅竹斜街中間路南聚興隆小器作內兩處分售此白

售報人陳午清謹啟

寓前門內刑部後身草帽胡同北頭大院內

保命險告白

啟者本行代理長明人壽保險公司如 紳商欲保者請移玉至紫竹林法租界第一樓東間壁華昌洋行面議可也此佈

英商華昌洋行啟

四月二十五日銀洋行情

天津九七六錢

銀盤二千六百三十文

洋元一千八百六十文

紫竹林九六錢

銀盤二千六百七十文

洋元一千八百九十文

四月二十六日進口輪船禮拜日

盛京 輪船由上海 太古行

海晏 輪船由上海 招商局

四月二十六日出口輪船禮拜一

北直隸 輪船往上海 怡和行

直報

光緒二十二年四月二十七日
西歷一千八百九十六年六月初八日
第四百二十三號
禮拜一

啟者本館於去臘自行購辦機器鉛字建造房屋延請名人主筆曾登報章佈　聞以採辦人昧於字體將三號五號兩種鉛字先行寄到四號字開爐傾鑄須今春始能來津因急於開辦姑用三五兩號暫爲排印明知字形微小多費　閱者清神所幸俱屬新鑄點畫逼清尚可厲目現在四號報字已經運到由手民揀查裝架定於五月初一日起凡論說新聞一律改用四號擺印至承　仕商惠登告白則三四五三種字體俱全可隨客便價各公道如有珍奇秘本書籍本館亦可代爲排印價必從廉卽各種洋文鉛字本館亦各備齊如蒙　賜顧亦可照辦特此佈啓伏希　垂顧是幸

直報館謹啓

上諭恭錄

上諭崑岡著補授大學士欽此　上諭榮祿著以兵部尙書協辦大學士欽此　上諭步軍統領著麟書署理欽此

答趙君式如書　來書附後

若夫書中所云籌全局在伐敵謀一曰　簡重臣以一戰守此乃理之定不可移四曰資遊說以褫敵氣此乃事之所不可少五曰因朝鮮變通國政此則從長計議遠慮深謀誠皆篤論其援古証今按時切勢設非上下古今暸如指掌者又烏能侃侃而談洞中利弊有才如此能不欽佩夫言有物則不朽非人不朽之實欲朽之而有所不能也鄙人腐氣塡膺不知兵故不敢言兵不識會計故更不敢議餉每遇賢智之議兵議餉者則鉗口不敢置一詞誠以附和言之則人悅而心不安不附和言之則人不悅而心安人之相知貴相知心便佞善柔友道所忌與使　君悅不如使　君之不悅況常人之所悅未必卽賢智之所悅何敢以悅常人者悅賢智且鄙人與　賢智締交皆以義合不至阿其所好當亦　大君子所不深罪歟至以豫州文舉爲喩尤知　君之情義俱高令人心折對眞人何敢更作假語耶戇直之言不識忌諱不敢信爲孟孫之藥石要不致竟爲季孫之疾疢諒之惟　君不諒惟　君據情直書聊當問難肅此祗復順候　勛祺

書冡　華館主人頓復

附錄來書　閱二月十八九二十二十一等日報紙知敝稿刊錄跋文過承奬許論著大畧深惟始終知言哉籌備急餉在爾時實別無上策嗣觀計臣議定官員報効息借商富派捐當行以豐蕭綱之商捐漢口之房稅皆與敝論不甚齟齬最著者江南一省紳戶認助軍餉百二十萬香濤制軍拾瀋方集未聞有所驚擾綜之辦天下之事者必具有天下之才浮游不能撼樹猶騏驥之不可使捕狸也至謂行之維艱將與兵皆不足恃惟兵亦深悉其故平心思之當日苟大舉直搗牽制日兵微劉淵亭之忠謀勇毅更有誰堪負此鉅任者若以鄙人一身之顯晦爲關　國家之運會環顧三十年來自曾胡二公天爲社稷而生其餘遭際風雲洊歷通顯有一非因人成事者乎鄙人於天下古今興墜治亂之由不過微究端倪差免于腐　大君子竟許以不朽之名令我慙汗浹背矣每讀館報時有濟時之論淵懿之詞係何人秉政欽挹有素雖異地神交相與無與第北海有心先知劉備彼爲豫州者若並文舉之姓氏忽之亦覺太忘情矣云云

樂亭趙式如頓上

官學試期　○幼官學八旗滿蒙漢官學生年逾十六歲者例應出學考試現値出學之期經兵部奏請　欽派考試幼官學生之王大臣鄭邸敬子齋大司農擬於

泉大司寇裕壽田總憲傳集八旗滿蒙漢幼官學生等於四月二十二等日齊集東華門外南池子　御箭亭考試分列等第卽行覆　命恭請　命下分別以何職錄用云

局員推諉　○前門外東大市估衣局林立遇有主顧購衣若該鋪實無此等衣服卽向同行處通融挪借買賣中原有此等川換四月十四日清晨有某估衣局遣學徒向復源成估衣局尋取紗袍褂二身送至買主閱看詎料甫經出門卽有匪人見物垂涎尾隨其後至僻靜處猛用利刃向學徒腰間連刺學徒負痛倒地該匪將所携衣服搶刦而遯當經稟報營坊驗明傷痕飭捕上緊巡緝務護究辦毋任遠颺並經南城院憲裴侍御詢及是日値班係是總局抑是分局委員含混推諉分局及閘報哨弁勇丁名姓核與是日値班花名均不相符現院憲諭令詳細查明稟覆似此遇案推諉平日捕務廢弛已可概見諒經此番查辦該哨弁等恐難免斥革之咎也

整頓地方　○明火執仗謂之盜穿窬　篋謂之竊更有一種無業游民專於肩摩轂擊之區竊人財物非盜而巧于盜非竊而甚于竊名曰小綹若輩慣在京師施其伎倆鄉會兩試黨羽尤夥受其害者異鄉人居多土著尙鮮蓋因地方情形熟悉故不至墜其彀中也昨經五城察院會議每日派撥勇丁嚴密稽察有犯必懲務使根株盡絕免爲閭閻之患經此番整頓地方驟形安謐足見巡緝得力果能終始認眞安知路不拾遺之風不復見於今日乎日前西河沿有三人同行形跡可疑經巡兵向前盤詰語涉支離當將該三人鎖解營汛研訊據供前在安定門外結夥搶刦某客銀兩先未爲匪亦無別案等語錄供詳解步軍統領衙門覆訊按律擬以應得之罪　國法森嚴恐不能爲若輩寬矣

魂猶愛女　○順治門內西單牌樓甘石橋地方有某氏婦先適某某生一女甲因感受時疫而故臨終時曾遺囑該氏善視此女後因家徒四壁贍養無資隨憑冰上人說合再醮與某乙挈女隨嫁過門至今三載前夫遺囑早置之度外看待該女漸就凉薄四月十六日該巷有娶親者花轎燈彩鼓樂喧闐該婦正在觀看忽然兩眼朦朧不省人事口內亂囈三載沉冤今須伸雪云云幽乙及女目覩情形知係甲魂爲祟急同祝告并許供祀粟主誦經超度氏隨甦互述前情均各悚懼於是善視其女急爲擇婿並延僧禮懺以慰幽魂

牌示礦務　○督憲牌示　爲牌示事前據候選同知吳恩溥等稟籌股開採奉省通化縣屬金礦一案當經咨會奉天軍督部堂査明見覆茲准來咨通化縣大小廟溝之礦已經有人領票開採請轉飭該丞等勿庸前來俾免週折等因合行牌示

貞義可風　○本城孫甲家小康素與金乙爲莫逆交有女方數歲與金子年相若遂結婚姻嗣後金日陵夷子長成欲爲完娶終以力不從心而止未幾夫婦相繼沒子流離失所餬口他鄉十餘年無音耗會有傳其死者孫欲女別字女不可孫曰所以沾沾坐守者爲壻在耳今已死復何所爲豈將以丫髻終耶女曰事屬風聞固不可信縱有不測兒當長齋誦佛守節終身决不以死生渝初志也孫不能奪亦姑聽之前月金忽歸狀頗狼狽孫聞之倩人關語許銀三十兩退還婚帖金已首肯女得耗以死自誓百折不回有許姓人慕女賢欲成其志呼金至家出錢數十千付之以爲婚費因得稍備吉禮昨日已賦桃夭矣嗚呼許之義女之貞雖謂今之古人也可

巡丁舞弊　○本埠通商以來商賈雲集百貨堆積如山因設有百貨釐捐局抽釐濟餉興辦有年但貨有貴賤卽捐有重輕自應核定章程懸示門首俾商賈按捐交納庶有遵循且使往來販運者通盤核算除稅釐若干外是否有無餘利不但裕國亦可便商惟津中捐局向無定章司事巡丁遂得上下其手不論價値貴賤但視其貨來源暢旺卽漸行加捐聞北山有一種苦樹該處居民剝皮煎煉成膏可以攙入烟土當初運津時每百斤捐津錢三百文近因販運甚多銷場亦旺經巡丁等一再勒加至刻下每百斤增至三千餘文不知所增之項果係交官抑係肥已况本埠出入貨物指不勝屈安知他貨不皆有勒加情事於　國課商務大有關係是不可不留心稽查也

是眞幸事　○昨有東街某號學徒持摺討欠由喬姓家付津帖四十吊點兌清楚用手巾包好匆匆而去行至半途竟將手巾帖摺盡行失去因念回號作何交代輾轉尋思計無復之遂尋短見至大口北自行投河正在浮沉間適來有小船赶緊撈救幸未淹斃噫學徒之幸亦某號之幸也倘有不測不知將費多少周折矣

亡夫索命　○東鄉馮家台某姓孀婦業經守節數年忽然起意改醮憑媒說合嫁與某甲爲妻擇日過門該孀乘坐大車至甲門首方將下車恍見亡夫在前咬牙切齒神情可畏大驚仆地經衆人扶掖而入從此患病輾轉月餘遂至不起按孀婦改醮固屬失節然王法不禁何至因此戕生想由該孀壽數將終神虛目眩致生此幻象耳然乎否乎

妬斃再紀　○昨報紀吃醋傷生一則死者爲徐某氏因與姤永成姸識姤宋姓婦出此下策其母家遠在北塘經其夫徐某報信岳家迄今尙未來埠地方報案已搭屍棚因屍親未齊倘未詣驗當此天氣炎熇屍已腐變其鄰居聞臭味者莫不疾首掩鼻若再逾數日則恐潰爛不能成殮矣輕生者前生造何罪孽今生若此耶近日婦人服毒而死者已三數起似此吃醋而遽殞其生者事爲僅見噫

梟黨難馴　○昨登營勇在金聲園滋事一節被邑尊飭差抓獲八名聞係前營六名護衛營二名未及訊辦均於是晚經各該營派差官要回自行管束分別提責

將落但不知該勇等此後能守營規否也

盜風未熄 ○玉田縣南鄉有徐會元王長春二人由京辦貨回鄉行至于蠻鋪西突遇三人手持洋槍利刃向之威嚇二人束手受縛一切行李貨物均被搶去並將衣服剝下攜之而逸幸遇路人解救赴縣喊報當蒙勘驗飭捕嚴緝不知果能弋獲否

美運紋銀 ○西國一千八百九十五年美國紋銀自金山上船出口者較常年爲數愈多其赴中國日本印度等處者所值之價計英錢三百餘萬磅而往中國者居其大半同年由英國上船之銀前往蘇彝士新河以東口岸者約值英錢五百五十五萬磅

光緒二十二年四月二十三二十四日京報照錄

宮門抄 上諭恭錄前報○四月二十三日工部 鴻臚寺 正白旗值日 無引見 溥公銘公成公玉書各假滿請 安 榮祿前往天津請 訓海公繼祿各請假十日 溥侗續假五日 慶公大鞠駙各續假十日 召見軍機 榮祿 二十四日內務府 國子監 正紅旗值日 上駟院引 見二名 咸安宮二名 內務府十二名 卓公克公楙壽各假滿請 安 麟中堂等謝署授缺 恩 官祥謝稽察三海官兵 恩 松蕃由口外賜奠回京請 安 睿王續假五日 黃伯續假二十日 召見軍機 麟中堂

○○陳寶箴片 再臣訪聞湖南常德府知府文杰信任劣紳吳愛亭招搖訛詐聲名甚劣正飭查間據武陵縣職員戴翼誠及生員唐兆南各以文杰藉端科罰因案索賄等情來省具控經臣批司查訊所控各節均非無因旋據岳常澧道揭報由布政使何樞按察使俞廉三會詳前來除委員前往接印署理外相應請旨將常德府知府文杰先行革職由臣督同藩臬兩司提齊人證澈底審明照例擬辦以儆官邪而肅吏治是否有當謹會同湖廣總督臣張之洞附片具陳伏乞 聖鑒 訓示謹 奏奉 硃批另有旨欽此

念一班寄到 救時提要 快心醒睡錄 萬國史記附五大洲圖 洋務抉要 洋務十三篇 英語問答 西學新法 中西算學大成全圖 火器略說破式圖 時事新編 各國地救新錄 各國時事類編 西事類編 中東戰紀本末 鐵路圖考 中外一統全圖書 中日始末記 西法操練 游歷日記 西海記天外歸樓 湘軍記 新政論議 名公奏議 新編算學啓蒙 算法大成全圖 淵海子評 天文算學 萬法歸宗 葛仙翁肘後三奇真方 經驗真方 百經急方 文學與國策 詞林二妙 玉壺山房詞引 蕙蘭同心錄 嶺百鳥音譜 唐演竹譜 全像大明十美圖 歷代百美圖 雙龍精全傳 明珠緣全傳 玉燕姻緣傳 意外緣 得意緣 百子金丹全書 任述記 七十二件無頭大案 銀瓶梅 玉瓶梅 玉鴛鴦 鴛鴦夢 封神演義 說唐全傳 前後施公案 後淸烈傳 飛蛇傳 金如意 各樣尺幅各色畫報 滬報附送異跡仙踪 新聞報 代送申報 本津直報 餘者閒書不係全載每日午後至申後靜候 主顧遍覽閱報賜函分送不悞

天津府署西三聖菴西直報分處內紫氣堂啟

朱鈍翁近治瘋痨臌癆崩帶產瘕痘瘤均愈寓彌勒菴

金陵仁記南味坊

自製本機元淺京緞寧綢紗縐絨線糟貨食物金腿海味南貨俱全近因錢市漲落不同分別減價抑因無恥之徒假冒南味者甚多雖云謀利誠恐亂眞欲辨薰貓用煩楮墨

寄售 雨前 龍井 每斤津錢一千二百文 八百文 福建條絲格外公道 開設宮北大獅胡同內

義興順號

本店自置綢緞顧繡綾羅紗絹哈喇大呢花素洋布俱全貨高價廉開設天后宮北仕商賜顧無悞特此佈 達

頭號杭甯綢三錢八

頭號江甯綢二錢八

頭號摹本緞三錢二

普安醫室

楚北咸甯任棟臣賡文爲籲門先生仲子少承家學舉業外兼習岐黃方術所施有起死回生之妙現寓天津道西箭道內謹代登報首以告求醫者

成鶴郭天錫洪思齊同啓

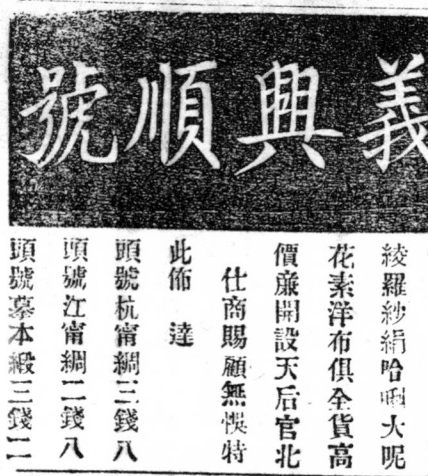

VACUUM OIL COMPANY
SHANGHAI.

本行開設有年專售各色機器火車等油素蒙諸局光顧然恐信購未便故今托天津法界鐵路公司西首元亨洋行代爲經理如諸商局欲辦者請向該行買辦李在田取油試用可也特此佈　聞

上海光裕洋行啟

今之醫扁鵲

僕患氣痛多年百藥罔效今蒙普安今蒙醫室任棟臣兄診治應手卽愈頓失沉疴感激萬分登報鳴謝

皖北左襄廷啟

福建　賴天生德皮絲煙莊

本號專辦皮絲加工監製向在湖南江南等處開設歷有年所四遠馳名今分設天津東門外宮南天后宮隔壁第一家開張請諸君降臨光顧是幸特此佈　聞

新出　中東戰紀本末

此書八本係美國林樂知華蔡爾康先生纂輯所錄皆電報公牘及名儒偉論其紀事之切實論事之精當較各種戰紀戰議誠爲遠過並附日皇日后中東將領小像每部津錢三吊

在天津宮北格致書室寄售

烏利文洋行

啓者本行開設香港上海三十餘年四方馳名專售各式金銀鐘錶鑽石戒指八音琴千里鏡眼鏡等物並修理鐘表價錢比別家格外公道今本行東家米士得巴克由上海來津開設在紫竹林裕泰飯店旁請　諸君降臨光顧是幸特此佈　聞

丙申年四月二十七日禮拜一

天津　美昌字號

本號自辦各國鐘表玩物大小八音琴各款新式保安座燈掛燈各樣紙烟呂宋烟御用香胰皂廣東各名家臘丸墨白烟膏各省東土西土一概發莊貨高價廉本號修理鐘表格外價廉諸君賜顧者請　光降是幸特此佈　聞

新開在鍋店街中間坐北門面

浙杭　元吉永號

本莊自置紗羅綢緞新樣洋辮花素洋布川廣夏貨團摺雅扇南貨頭油俱全祇爲近時錢市漲落不同故而各貨減價開設估衣街中間路北凡　仕商賜顧者無悞特此佈達

敬啟者京城售報處改在前門外琉璃廠小沙土園路西寶興木廠又楊梅竹斜街中間路南聚興隆小器作內兩處分售此白

售報人陳午淸謹啟

寓前門內刑部後身草帽胡同北頭大院內

保命險告白

啟者本行代理長明人壽保險公司如紳商欲保者請移玉至紫竹林法租界第一樓東間壁華昌洋行面議可也此佈

英商華昌洋行啟

四月二十七日銀洋行情

天津九七六錢
銀盤二千六百四十五文
洋元一千八百七十文
紫竹林九六錢
銀盤二千六百八十五文
洋元一千九百文

四月二十九日出口輪船禮拜三

海晏　輪船往上海　招商局
盛京　輪船往上海　太古行
通州　輪船往上海　太古行
連陞　輪船往上海　怡和行

直報

第四百二十四號
光緒二十二年四月二十八日
禮拜二
西歷一千八百九十六年六月初九日

上諭恭錄

上諭麟書着管理戶部事務崑岡着管理工部事務欽此　上諭禮部尚書着懷塔布調補剛毅着補授工部尚書溥良着調補戶部右侍郎兼管錢法堂事務綿宜着補授理藩院左侍郎欽此

答客問子牙河上游人民阻修東岸新隄事

客有以子牙河上游居民阻修東岸新隄問者曰吾鄉夾南運子牙河跨黑龍港而村南運西決水控入港港無去路注於靜海縣城西之賈口窪專候子牙下游之新正河十月既望暮春之初河水大涸然後掘新正南岸放歸河內然南運決口以漕運所關官獨或堵決隨堵子牙河西岸上游決口亦控入港注於靜西往往決而不堵堵亦必特來年禦懇上憲籌欵方議動工故子牙東岸一決靜西必累歲不獲情緣子牙河東岸上游河間縣地方自小周村以上計約八九十里河捻河隄是鄉均不修守小周村以下其舊隄迤東北下去河甚遠經白馬堂苦水務蘇莊關家務十王堂而東而北而西至大城縣之東賈村復與河身近接該處河套內河大兩縣所屬共二十四村隄外則大城所屬五十三村東賈村以下自大屬之大流灘村西起復迤里又東又北又西至大屬之沧庄舊隄復與河身相近其處河套內有大城之楊家口等八村隄外則順屬之大城津屬之青縣靜海三縣共九十餘村沿庄以下舊隄依河身北去經靜西之瓦頭橋北至大屬之垍台村河折而東名爲新正河實即子牙下游先是子牙舊有兩河下游皆歸東澱偕台頭勝芳諸清流同歸天津之三岔河以達於海嗣因子牙河受乎沱之水性濁易淤故使別爲一支由津北之紅橋達三岔河以入海爰名其河爲新正新正之北岸與東澱爲夥築隄障之隄名隔澱防淤澱也新正南岸之南則靜西之賈口窪實即黑龍港之下游南運河上游西岸決水與子牙河東岸決水胥注於是其水向由靜治之獨流入蓮花澱經津北之一帶連橋達三岔以入海道光間獨流以蓮花澱田畝膏腴因修牆捻障港流使歸新正藉以達海同光以來上以順屬之文大雄縣等處暨天河所屬各縣久被水患東委沿河大員爲文窪建數閘冀向東洩入子牙新正河而文窪形如仰釜萬難東洩閘已屢建皆廢又以靜西賈口以上至青大所屬等處既畏南運西決子牙東決與黑龍港所受上游數百里田間瀝水悉注靜西苦無去路爰稟督憲飭各該屬邑令於子牙河兩岸培築舊隄於河套取土築堤即以挖河東岸民力不足則地方官籌欵攤派協督民修時靜邑瀚大令陳公序東及前代理縣張公冰壬力任其事稟請批准令河套展寬三百丈以暢河流二公皆於春建夏初

水涸農隙時計田畝分堤段派農民親往河堤認眞加高培厚督修工竣河水盛時卽照段撥民守堤防汛又以黑龍港南來游水與滏陽決積水之勢實甘洋者勢難立候集涸復稟憲准於獨流西之八堡掘堤放入新正又以新正北辮東殿殿以永定南決塹寺流並挾而南每於楊柳青獨流一帶南決勢能頂阻新正不能暢其東下一瀉北風簸揚則或嚙南運或倒灌靜西賈口濼及靑縣之廣福樓地方所在田廬立爲淹沒經金佈兩道憲復於新正南岸各築橫堤民乃各姓其堤曰金曰佈示不忘也其時子牙一河自臧家橋以下兩岸未嘗患決歲皆大熟修堤防汛地方官皆躬親督率亦未聞有阻修偷扒者　此稿未完

宜正典刑　○內務府奏准凡太監等除出城置買什物不禁外毋許在外飮酒聽戲如敢故違責成該管營汛及司坊官查拿送交內務府辦理等語向有專條目前有內侍張某等結夥逞兇拒傷弁勇斃命已疊列報端嗣奉　上諭云云等因欽此亦恭紀昨報聞　皇上特召都察院裕壽田總憲諭令嚴飭五城整頓地面濕有聚衆逞兇之案立卽嚴拿懲辦以靖閭閻並聞李長才等均經城憲重責於二十二日派勇解送刑部箍押江蘇司審訊復經松壽泉許雲階大司寇另派秋審處司員會同審訊又供出在逃太監四名行知愼刑司交案按律懲辦諒不日當正典刑矣

藉差行詐　○欽奉　上諭巡視中城給事中桂年等奏近來京師匪衆持械鬥毆搶人奪財及行兇拒捕之案屢見迭出請飭加重定罪等語著刑部議奏欽此已見邸報玆聞前門外煤市街萬隆客棧窩藏匪徒傅德壽等十數名俱携有刀械洋鎗等物經中城練勇局哨弁訪悉於四月二十二日三鼓時率帶勇丁闖往店門立將傅德壽拿獲解局審訊據供伊向充通州捕快携有票據奉差來京捕拿匪棍楊老陳小禿等語訊無別情隨將開釋旋經訪聞傅德壽前在京師各賭局中以辦差爲名歛索千數百金携欵返通現復來京向各妓寮肆行索詐復經勇局哨弁拿獲傅德壽等十三名並由柏興胡同寳珍妓寮內拿獲數人一併解交中西坊嚴訊該犯所稱充當捕快及携帶印票等語難免有假冒情弊現經備文行查通州一經覆回不難水落石出也至如何澈底根究俟訪明再錄

嚴懲賭匪　○京師賭風日熾前經順天府五城步軍統領衙門嚴行禁止而嗜賭者流未免陽奉陰違昨聞前門外興隆街地方有常姓者都人皆稱爲老虎常聯等盤踞行同老虎輪打贏要同類中皆畏而避之四月十三日復招集多人喝雉呼盧竟敢通宵達旦當經南城陳子承少尉督同差役拏獲常姓等三名解案責押詳城究辦並將該局封禁以儆賭風云

星使到津　○二十七日午後三鐘砲聲隆隆詢悉練軍全隊郊迎　欽差查辦事件閱兵大臣大學士兵部尚書九門提督榮仲華中堂到津直督王夔帥率司道在玉皇廟　聖安棚恭請　聖安畢與榮中堂晤敘片刻卽送至吳楚公所行轅駐節聞中堂須三日後甫至小站等處閱兵至查辦何事則關防嚴密外人不得而知俟有確聞再爲錄報以符體例

嚴禁厝棺　○本府沈太守查悉城根一帶積有浮厝棺木歷年既久骨骸暴露當卽傳集天左兩衛地方當堂面諭凡在城根厝棺者諒皆附近居民今自奉諭之日起傳知該居民務於二十日內各將浮厝棺木移置西南義地如係無力之家一應抬費來府具領倘逾限不移卽責成兩衛地方協同義阡局夫役盡數遷移將地方一律修治平坦或棺木朽毀卽行另換新棺纇後仍須該地方認眞稽查不准再行厝棺云云

買笑逞兇　○有宋甲者素好尋花問柳不務正業因與某妓情好綦篤許爲製辦衣衫首飾等件信口鋪張以爲非此不足買紅顏一笑也然兩手空空實無從措此巨欵向族弟宋乙借貸乙知非正用不肯照允甲因羞成怒任意逞兇持刀威嚇該管地方彈壓不服因將二人帶案旋由嚴大令提訊備悉前情卽喝令笞責甲供認訛詐等情不諱遂將甲嚴押聽候覆訊云

塾師被竊　○土城張姓家小康延師孫某教讀卽在本院開館昨有偷兒撥門進屋不知用何藥物將塾師薰迷室中物件攘竊一空至天明主人見房門大開查看情形知係被竊而塾師尙擁被酣眠呼之不應急用涼水噴之始漸蘇醒當卽知會地方將赴縣報案而該路捕役煩人關說情願如數包賠尙未知先生應允否

阻善被懲　○義阡局係奉府憲札飭督修義塚昨有河東某水會首事出爲關阻經監修委員據實面稟府憲立將該會首事拘案送縣板責嚴押以爲阻撓善舉者戒

小店窩賊　○南門外李某在亘室執鞭前夜被賊撥門入室竊去銅壺一把坐褥一個次早訪悉李不動聲色親往各小店假託尋人到處偵探見一人正在酣睡身底褥角正是原贓因謂該店主我家昨夜被盜此係原贓原賊俱交爾看守待我喚地方來拿獲店主恐受拖累遂央云所竊幸不甚多請卽拿去但求免究感恩非淺李不肯深究只得首肯携贓而回似此情形則小店之窩賊誠不虛也有地方之責者曷一譏察之

路死堪憐　○南門外丙安局水溝邊日昨倒斃一無名男子年約四旬上下身穿藍布小夾　月白單褲經該管地方稟官相驗將年貌服色塡格立案飭地方掩

埋並插立標誌候親屬認領云

詼諧釀禍 ○大土地廟東鄰甲娶妻關氏頗不恢意翁姑因亦白眼相看鄰居趙姓有已嫁女昨日歸甯與甲時相諧謔情形狎褻氏嫌不雅向之衦斥甲大怒肆口辱罵翁姑復從而助之氏悲忿交集於二十七日將家中所存某膏吞服立時斃命聞該管地方將甲與趙女看管隨即赴縣報案矣

案何易結 ○昨報登某氏與某婦吃醋服毒斃命一節該管地方搭就屍棚候官相驗遲之又久屍已臭腐官竟未來已堪詫異頃聞屍親來津並無異詞遂艸艸成殮抬出掩埋前何鋪張揚厲今竟閴寂無聲此中情事眞令人索解不得矣

鬨關胡爲 ○河東小口前某甲者充天津關三班差使不知因何起衅日昨率衆持械赴天津抄關堵門辱駡許久無人答聲隨闖入大堂大肆咆哮後經該關總辦送縣訊究飭差將甲拘案並將幫打之人抓獲一名當堂各責掌頰二三百不等責畢即釘鐐收押聞此事重大不易了結俟覆訊後作何辦理再行詳報

路透電音 ○得北春賽共十一馬第一爲白古門之馬第二 法昆第三葉衛格餘無彩不錄按此役狀頭乃英太子衛利斯王也馬首至標早於他馬者刻許王歡欣鼓舞雍艮蠓者再○莫斯科地陷一事茲詳加察驗計遭斯戹者共兩千七百人云

光緒二十二年四月二十五日京報照錄

宮門抄 上諭恭錄前報○四月二十五日理藩院 鑾儀衛 光祿寺 鑲白旗值日 無引見 慶王等得賞謝 恩 廣西臬司桂中行到京請 安 義州城守尉義秀請訓 召見軍機 桂中行 義秀

○○長順等片 再據 乾淸門藍翎侍衛恩科稟稱竊侍衛因原籍雙城堡祖塋年久失修被水冲塌請假三個月回旗修墓當蒙代奏奉 旨允准在案嗣回旗後適值冬令地凍未能鳩工修墓現在假期早滿祖墓尙未修竣母柩浮厝亦未安塟家無期功强近之親墳墓亦乏人照管懇請開去侍衛差使以對品調轉留於吉林供職俾塟母修墓等情請轉 奏前來奴才等查該侍衛恩科母柩浮厝並其祖塋無人照料係屬實情可否開去侍衛留於原籍以對品驍騎校缺出坐補之處出自 鴻慈逾格謹附片陳明伏乞 聖鑒謹奏請 旨奉 硃批着照所請兵部知道欽此

VACUUM OIL COMPANY
SHANGHAI.

本行開設有年專售各色機器火車等油素蒙諸局光顧然恐信購未便故今托天津法界鐵路公司西首元亨洋行代為經理如諸商局欲辦者請向該行買辦李在田取油試用可也特此佈聞

上海光裕洋行啟

今之扁鵲

僕患氣痛多年百藥罔效今蒙 晉安醫室任棟臣兄診治應手即愈頓失沉痾感激萬分登報鳴謝

皖北左襄廷啟

福建賴天生皮絲煙莊

本號專辦皮絲加工監製向在湖南江南等處開設歷有年所四遠馳名今分設天津東門外宮南天后宮隔壁第一家開張請諸君降臨光顧是幸特此佈聞

新出 中東戰紀本末

此書八本係美國林樂知華蔡爾康先生纂輯所錄皆電報公牘及名儒偉論其紀事之切實論事之精當較各種戰紀戰議誠為遠過並附日皇日后中東將領小像每部津錢三吊

在天津宮北格致書室寄售

烏利文洋行

啟者本行開設香港上海三十餘年四方馳名專售各式金銀鐘錶鑽石戒指八音琴千里鏡眼鏡等物並修理鐘表價錢比別家格外公道今本行東家米士得巴克由上海來津開設在紫竹林裕泰飯店旁請諸君降臨光顧是幸特此佈聞

丙申年四月二十八日禮拜二

天津美昌字號

本號自辦各國鐘表玩物大小八音琴各欵新式保安座燈掛燈各樣紙烟呂宋烟御用香胰皂臙脂各名家臘丸黑白烟膏各省東土西土一概發莊貨高價廉本號修理鐘表格外價廉諸君賜顧者請 光降是幸特此佈聞

新開在鍋店街中間坐北門面

浙杭元吉永號

本莊自置紗羅綢緞新樣洋綵花素洋布川廣夏貨團摺雅扇南貨頭油俱全祇為近時錢市漲落不同故而各貨減價開設估衣街中間路北凡 仕商賜顧者無悞特此佈達

敬啟者京城售報處改在前門外琉璃廠小沙土園路西寶興木廠又楊梅竹斜街中間路南聚興隆小器作內兩處分售此白

售報人陳午清謹啟

寓前門內刑部後身草帽胡同北頭大院內

保命險告白

啟者本行代理長明人壽保險公司如 紳商欲保者請移玉至紫竹林法租界第一樓東間壁華昌洋行面議可也此佈

英商華昌洋行啟

四月二十八日銀洋行情

天津九七六錢

銀盤二千六百六十三文

洋元一千八百八十文

紫竹林九六錢

銀盤二千七百零三文

洋元一千九百一文

四月二十九日出口輪船禮拜三

海晏 輪船往上海 招商局

盛京 輪船往上海 太古行

通州 輪船往上海 太古行

連陞 輪船往上海 怡和行

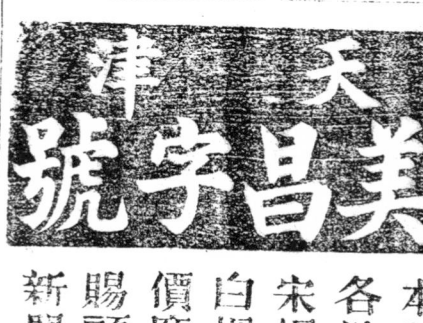

直報

光緒二十二年四月二十九日　第四百二十五號
西歷一千八百九十六年六月初十日　禮拜三

啓者本館於去臘自行購辦機器鉛字建造房屋延請名人主筆曾登報章佈　聞以採辦人昧於字體將三號五號兩種鉛字先行寄到四號字開爐傾鑄須今春始能來津因急於開辦姑用三五兩號暫爲排印明知字形微小多費　閱者淸神所幸俱屬新鑄點畫逼淸尚可厲目現在四號報字已經運到由手民揀查裝架定於五月初一日起凡論說新聞一律改用四號擺印至承　仕商惠登告白則三四五三種字體俱全可隨客便價各公道如有珍奇秘本書籍本館亦可代爲排印價必從廉卽各種洋文鉛字本館亦各備齊如蒙　賜顧亦可照辦特此佈啓伏希　垂顧是幸

直報館謹啓

上諭恭錄

旨理藩院奏回子親王捐輸如何獎勵之處請旨一摺該親王捐輸實屬因公起見回子親王沙木胡索特著賞穿黃馬褂欽此　上諭巡視西城御史齊爾等奏遴保獲盜出力之司坊紳董懇恩獎勵一摺着該部議奏單併發欽此　上諭山東督糧道員缺着桂春補授欽此　上諭順天府奏報解祀牛不敷情形據實具陳一摺着禮部太常寺議奏欽此　旨正紅旗蒙古副都統着溥善補授欽此

答客問子牙河上游人民阻修東岸新隄事　續前稿

自靜令陳張兩公去後修隄防汛之役初猶奉爲具文事則委之紳民功則歸之縣主無論其時急與不急第課其工竣與不竣甚至上游河決下游已爲水庫官猶速催下游隄工以爲居水牆垣可嘆也往年子牙東岸上游河套內之楊家口及小河等莊以其腴田多在套內河水一經出坎入套隄內各村方懼淹沒田廬日夜修守套內各村則恐傷害蔬果日夜偷扒甚至各持火銃刀矛明目張胆以相拒卒之守者皆據隄較遠之村人毀者皆依隄爲近之土著故毀之甚易守之甚難且官不在場民與民誰復誰懼況河水驟漲數尺戶與堤平隄上新築之處土甚鬆浮隄根除外之土歲歲愈取愈窪較諸套內平地低幾尋丈決水自上而下奚翅建　決口尺餘頃即數十百丈勢使然也比至已決守堤人各顧家室急欲逃回又被決水湍急橫衝失足者則落水殞命捷足者雖得保命而套內之人又復挾仇截殺斷其去路狼狽之狀直與戰北逃命無殊村愚無知固無足怪可怪者決水已入靜西賈口窪水陡增數尺而下游新正河南岸八堡地方前任稟准歷年掘口放水處時方興築民請掘口放水官惟遵例催竣堤工再四哀憐官始令民出具甘結存案以後洩水之口民毀民修方准掘口民以家室幾沒無可奈何只得遵依具結官猶以堤工未竣報銷不便爲難何計之相左如是也嗣以賈口一帶被淹情亟不期而會擬與楊家口小河等村拚命者船數十隻衆各持械洶洶馳赴路經瓦頭幸其善紳聞知急出排解一面稟官官又出爲調停許以代民稟憲繼又不稟數旬之後河水漸消楊家口等處卽遍野播種秋麥而下游九十餘村宛在水中不及翻犂者累歲焉及九十餘村所稟憲蒞斷令楊家口次歲賠修該決口之工籌款派員督辦楊家口復行賄舞弊於新修堤內暗作涵洞十數處工竣事過被九十餘村告發查實各在案上憲繼以均係子民均爲水患議令將堤依河更修新隄將楊家口等村圈入隄內舊缺口則任其荒廢每歲修堤防汛之舉竟作罷論矣由楊家口沿河而上爲白楊橋村在河之東套內其處舊有東西橫堤御套內蘇莊府南

來之水蘇莊等村惡其截流持鎗械往毀橋北衆田戶拒之彼此殘傷各有命案橋有善紳某太守畏其牽連憂而病病而卒又其南舊堤係河大二縣屬地套內二十四村沿堤者爲十王堂關家務蘇莊南北窪苦水務白馬堂以次俱決守堤毀堤之人皆有死傷苦水務傷人尤衆延訟不休決口亦經年不堵淪沒之後繼以流離死者已矣生者失業害何如慘何如也自去歲津城建設水利總局河間官紳以其處舊堤去河既遠套內村落過多稟請局憲依河更修新堤將套內患水各村圈入堤內冀使與下游患水諸鄉爲脣齒憂樂與共息爭端也爰置舊堤決口不顧一意專築依河新隄上允其請遂於今春動工計北自大屬之沿莊以南起依河興修直赴河間之小周村直與舊隄相接計核工程百數十里如此則子牙河東岸南北二三百里同仰保障於一堤既可以息上下之爭並可以厚修守之力計莫善於此者矣　此稿未完

朋比爲奸　○都察院六部各衙門募設書辦不過繕寫文書收貯擋案而已但定例五年方滿爲日既久百弊叢生甚至已經考滿復改換姓名竄入別部濟蹤混蹟無所不爲更有一等名爲缺主獨掌一司之事根深蒂固事無大小一手把持無論京外各官莫不受其挾制朋比爲奸莫能窮詰況且子孫相承竟成世業其弊可勝言哉日前因張煥亭賄買增奏誣害趙容第一案比時張煥亭逃逸已經刑部將張煥亭緝獲另結完案嗣經張煥亭來京刑部堂書丁壽堂因詐財不遂復誘令投案以除後患迨投案收禁後丁又串通馬子恒向張妻索銀一萬五千兩作爲打點刑曹一切費用迨銀入手二人瓜分肥已致張屢受嚴刑因傷殞命經張妻查知當將丁馬二人控告於四月二十三日將馬子恒鎖送刑部嚴加審訊丁壽堂聞風遠颺丁有二子充湖廣江西司缺主現被堂憲訪悉前情亦恐難免株連也至如何訊辦統俟再誌

盜風可患　○京師爲輦轂重地而街巷間竟有攔路搶刦之案層見疊出平日捕務廢弛已可概見前門外廊房頭條胡同恒茂號鋪主崔穆之於四月十八日夜三鼓時行至南火扇地方忽聞洋鎗聲隨卽突來一人先用刀背向崔手腕砍來崔急閃躲致將手腕劃破血流如注崔大懼魂不附體該匪將烟袋錢帖等掠取在手復欲剝取衣服適由西首有二人手持燈籠緩緩前來該匪始行携贓逃逸當卽赴營坊稟報嚴緝務獲究不知能弋獲與否

骨肉重逢　○曹陳氏者直隸甯津縣人也夫甲世業農咸豐年間髮逆之變爲賊擄去陳携二女避難於鄉途次風聲鶴唳草木皆兵急遽倉皇致將次女遺失爲畿南趙村店某富翁收養因女明慧頗相愛憐富翁有子年與女相若卽訂爲婚姻承平後陳雖思女而無如何亦姑置之長女嫁都門某姓家道殷實迎母同居甘旨無缺故陳雖流離而與女相依亦堪自慰次女自翁姑歿後內政獨操人歎馬騰富甲一鄉近且年將半百含飴弄孫惟以不知母耗意常鬱鬱憂形於色鄰有王氏婦在京傭工有年上月告假回鄉偶過女家瑣述家常謂女曰看奶奶子孫滿前良田徧野而面有愁容何也豈尙以爲未足耶女告以當年母女相失之故淚隨聲下氏大驚曰若然則我家主母得毋卽奶奶姊乎蓋陳母女亦嘗談及當年事該氏耳熟故聞女言亦料得八九遂力承代爲通信女轉憂爲喜歛袵氏前請卽日入城並將當年情事一一縷述以爲憑據迨氏往還質証確切無訛女卽帶領兒孫製辦土儀親赴京城母女姊妹遂得骨肉重逢焉嗚呼乍見翻疑夢相悲各問年此景此情殆彷彿似之與

學海課題　○四月二十二日學海堂考試經古　期謹將課題照錄如左　重較解　遷書傳儒林不傳文苑說　謝文節公號鐘琴賦以山之桐梓合垂萬古爲韻　擬陸宣公奏議序　擬韓昌黎荐士詩

小心火燭　○南門外某姓家小康前晚合家安寢適某患肚瀉如廁方出屋門滿院烟氣蒸騰大駭急呼家人俱起火燄已由柴棚噴出卽用水盡力向潑幸存柴不多旋卽撲滅事後查看灰燼內有燒殘舊布數塊帶煤油氣味始悉被人下此火種險哉況刻下天氣乾燥爍石流金居家者尤當小心火燭也

殃及枯骨　○津邑人稠地窄遇有死亡棺木卽在荒郊寄厝家有塋地者甚少南門西馬道水竇等處寄厝者何止數百去秋有貧人張姓婦染疫暴亡用薄棺成殮在水竇迤東城缺處停放近有輕薄少年每日申酉之交上城嬉遊均由此棺登之而上任意作踐致將棺木踏散死屍暴露實爲可慘似此殃及枯骨有地方之責者何不嚴行禁止耶

黃冠行竊　○本埠每值香火廟場閒雜人等實繁有徒現在峯山廟內以尤遊方道士爲最焉若輩未必實係道士大半遊手好閒之無賴輩身穿大領袍將頭髮挽起左手托鉢右手托盤盛泥娃娃數個專向婦女募化挨及身傍口中絮絮叨叨殊屬厭惡已極且自負神仙者流斷絕情慾擠入婦女隊中毫無瓜李之嫌日昨城內某甲妻年正少艾求子心虔因前往燒香適有道士口稱某廟送生娘娘最靈應若能破格佈施定致麒麟送子甲妻信之當付錢百文適人多擠散移時摸及頭上失落簪子二支不勝駭異始知被道士乘間拔去急向廟前後追尋已無踪迹嗚呼甲妻僅被拔去簪子猶其小焉者也

新臺可醜　○二十五日晚間紫竹林北木作鋪楊發被其親家李義之子用刀砍傷言人人殊頗可怪異頃據訪事聲稱李義幼女配楊發之子一對小夫妻尙好無尤是日晚二更時楊發陡起歹心欲詠新臺之什李女憤極奔告父兄其兄聞言怒火中燒以爲禽獸之行不如殺却於是手提菜刀詣楊宅叫門適楊出應暗中亂砍致楊受傷數處旋經鄰居和說楊反砌辭將說事人連累云云據此則楊實非人李子迫於義憤冒昧從事誠鄉愚也

隙起尋花 ○[illegible]乙者貴人子風流自賞日在烟花中作生活因與某妓結不解緣昨際峯山香會多有携帶優妓作逍遙遊者乙畏父兄尚未敢公然出此適有某甲乃鹽商家子弟較乙尤揮霍意携該妓前往峯山流覽巳畢赴酒館吃飯被乙撞見不勝大怒因與友謀如能設法雪恥多金不惜友再四尋因人地生疎縱有勢力無可施展宜入速回家邀人於城外刧而辱之亦足洩忿乙首肯急邀無賴四五人在南門外埋伏友在傍窺探日既夕果見甲馳騁而來無賴輩方欲動手而車水馬龍其行甚速轉瞬巳過追之不及矣後甲亦風聞此事出入挾二健僕以備不虞似此烟花閒情致成仇隙究不知洩忿於何日解隙於何時也噫

獻藝行成 ○夏三者操鞋行手藝學徒二人中有白姓者頗韶秀夏屢戲之昨據白姓往愬於家白父甲大怒立將夏三作坊碎毀隨卽赴縣以强姦幼童等詞指名具控旋有將乙邀集街鄰將甲勸回並囑託値日班頭將呈暫壓速爲調處初甲頗執拗後經大家開導始應了結現聞了事人商議擬令夏三將女許該徒爲妻從此化仇爲親言歸於好則一切葛藤悉化雲烟矣白巳首肯不知夏三應允否

燒香被竊 ○河東小關居住馬某者夫妻兩口度日頗有積蓄與本族並外姓人共三四家同居一院昨馬妻因有心愿赴廟燒香將屋門鎖閉而去及晚回家見屋門大開心知有異入室檢視箱上鐵鎖亦被扭斷查點物件共失去洋銀三十元手鐲三付並銀若干兩聞馬某己赴縣呈控矣

光緒二十二年四月二十六日京報照錄

宮門抄 上諭恭錄前報○四月廿六日吏部翰林院 鑲紅旗値日 無引見 恭王等謝賞紗葛 恩 樹貝子假滿請 安八額駙等由南苑回京請 安 麟中堂等各謝調授 恩 順天府府尹胡 燊到京請 安 澍貝勒請假十日 王文錦請假五日 倉場奏漕船五日回空 吏部奏派驗看月官 派出徐中堂長萃徐樹銘鳳鳴裕德楊頤薩廉張英麟謝雋杭富亮麗鴻書張仲 李念茲胡燕馨裴維 王綍 召見軍機熙敬胡 燊 皇上明日辦事召見大臣後至 醇賢親王府看視

○○臣邊寶泉跪 奏爲恭報微臣交卸福州將軍印信並閩海關關防日期恭摺仰祈 聖鑒事竊臣於上年八月間欽奉 諭旨福州將軍著邊寶泉暫行兼署欽此謹將接印日期恭摺奏報在案嗣准兵部咨光緒二十一年八月二十五日奉 旨福州將軍着裕祿調補欽此茲新任福州將軍臣裕祿於本年三月初九日抵閩臣卽於十三日委委左司協領平慶等將將軍印信閩海關關防暨 勅書令箭文卷等項齎交將軍臣裕祿接授任事臣卽於是日卸事所有微臣交卸福州將軍印信閩海關關防日期謹繕摺 奏報伏乞 皇上聖鑒謹 奏奉 硃批知道了欽此

天師親筆避瘟去邪靈符幷鍾魁圖像原板由江西省龍虎山二班寄津每張符外加飛雲館畫報一本附送石印堂幅一張每份共取津錢一百五十文來者無多端陽用者先取爲快 出售各色尺牘列後 新花樣生意尺 合解新編 初恍尺 新式分類經營 無師自通生意 增廣句解 句解續集 管註雪鴻軒尺 續增批分類 分類備覽 採新 合璧 大商賈 百子金丹全集 餘者時書不係全載代售點石齋畫報飛雲館七號畫報附送石印天官 八號畫報送人物士女 八號畫報送唐孝女出兵圖中堂一幅 新到五色墨分五彩五塊三吊買單塊者陸伯五十文用者快取 上海滬報 新聞報 代送申報 本津直報 遍覽閱報賜函分送不悞購取書籍每日午後至申後靜候餘時無暇面圭莫怪

天津府署西三聖菴西紫氣堂啓

朱鈍翁近治瘟痧臌瘧崩帶產瘕痘瘋均愈寓彌勒菴

文美齋

本齋開設天津府北門外鍋店街自製石青硃砂絹箋冷金赤金園屏描金貢箋各種詩箋徽墨湖筆八寶印色歙硯漂淨顏料精表冊頁屏對時款雅扇箋簡帖套各色南紙並辦各省家藏板官局板石印等書一應俱全又新出書籍列後 論語經正錄 洋務實學新編 奏疏錄要 公車上書記 拍案驚異記 通商始末記 中日始末記 萬國史記 使俄草 曾惠敏公全集 左文襄公兵書 智囊補各國鐵路圖考 時事類編 正續盛世危言 日本地理兵要 士商賜顧者請至本齋庶不致悞

義興順號

本店自置綢緞顧繡綾羅紗絹哈喇大呢花素洋布俱全貨高價廉開設天后宮北 仕商賜顧無悞特此佈 達

頭號杭甯綢三錢八
頭號江甯綢二錢八
頭號蘇本緞三錢二

普安醫室

楚北咸甯任棟臣曆文爲鐵門先生仲子少承家學舉業外兼習岐黃方術所施有起死回生之妙現寓天津道西箭道內謹代登報首以告求醫者

成鶴 郭天錫 洪恩齊 同啓

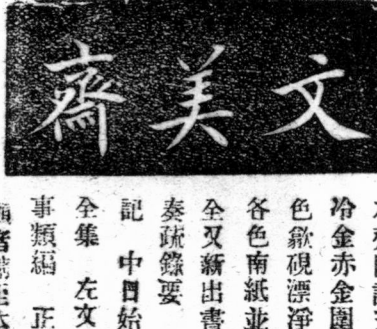

鐵路圖考　普法戰紀
萬國史記　四元玉
鑑　算章叢存　時務
要覽　時事新編游
歷日記行軍鐵路工
程　西法算學入門
洋務實學編通商
約章成案新西匯
醫書　原板中算學
正續世中西通
始末感危言算
商記　西洋易筋
經華英尺牘全圖
清烈傳三寶太監下
西洋
北門東文德堂發售

僕患氣痛多年百藥罔效今今蒙普安之醫室任棣臣兄診治應手今即愈頓失沉扃痾感激萬分鵠登報鳴謝
皖北左𤩽廷啟

福建　賴天生皮絲煙德莊

本號專辦皮絲加工監製向在湖南江南等處開設歷有年所四遠馳名今分設天津東門外宮南天后宮隔壁第一家開張請諸君降臨光顧是幸特此佈聞

新出

中東戰紀本末

此書八本係美國林樂知華蔡爾康先生纂輯所錄皆電報公牘及名儒偉論其紀事之切實論事之精當較各種戰紀戰議誠為遠過並附日皇日后中東將領小像每部津錢三吊
在天津宮北格致書室寄售

烏利文洋行

啓者本行開設香港上海三十餘年四方馳名專售各式金銀鐘錶鑽石戒指八音琴千里鏡眼鏡等物並修理鐘表價錢比別家格外公道今本行東家米士得巴克由上海來津開設在紫竹林裕泰飯店旁請諸君降臨光顧是幸特此佈聞
丙申年四月二十九日禮拜三

天津　美昌字號

本號自辦各國鐘表玩物大小八音琴各欵新式保安座燈掛燈各樣紙烟呂宋烟御用香胰皂廣東各名家臘丸黑白烟膏各省東土西土一概發莊貨高價廉本號修理鐘表格外價廉諸君賜顧者請光降是幸特此佈聞
新開在鍋店街中間坐北門面

浙杭　元吉永號

本莊自置紗羅綢緞新樣洋辮花素洋布川廣夏貨團摺雅扇南貨頭油俱全祇為近時錢市漲落不同故而各貨減價開設估衣街中間路北凡仕商賜顧者無悞特此佈達

敬啟者京城售報處改在前門外琉璃廠小沙土園路西寶興木廠又楊梅竹斜街中間路南聚興降小器作內兩處分售此白
售報人陳午清謹啟
寓前門內刑部後身草帽胡同北頭大院內

保命險告白

啟者本行代理長明人壽保險公司如紳商欲保者請移玉至紫竹林法租界第一樓東間壁華昌洋行面議可也此佈
英商華昌洋行啟

四月二十九日銀洋行情
天津九七六錢
銀盤二千六百八十三文
洋元一千八百九十五文
紫竹林九六錢
銀盤二千七百二十三文
洋元一千九百二十五文

四月二十九日出口輪船禮拜三
海晏　輪船往上海　招商局
盛京　輪船往上海　太古行
通州　輪船往上海　太古行
連陞　輪船往上海　怡和行

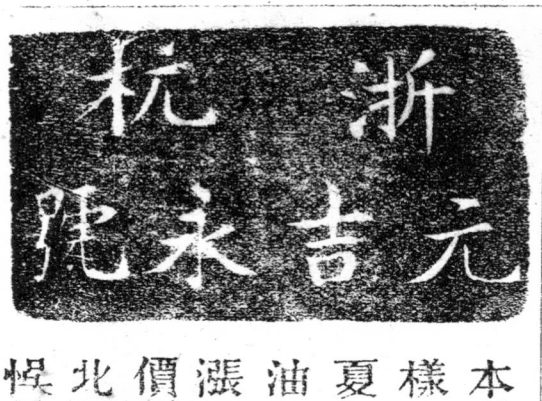

光緒二十二年五月

直報

光緒二十二年五月初一日　第四百二十六號
西歷一千八百九十六年六月十一日　禮拜四

上諭恭錄

上諭依克唐阿奏遵保薦人才等語候選直隸州知州晉昌交吏部帶領引見欽此

答客問子牙河上游人民阻修東岸新隄事　續前稿

惟今歲所修之工係自沿庄以北之隄工上憲以款項未充諭飭緩修所有坍塌衝刷之區已屬在在可慮第使自沿庄以南迄至河間之小周村一帶新隄果能修築堅實不令子牙河伏秋暴漲從上灌頂而下縱黑龍港瀝水南來北有靜西八堡之閘亦或可相時宣洩不特河東上游之河大七十餘村可無水患卽下游之靜西百有餘村水患亦得少從末減高阜處可望一半種禾低窪處可望一半種稻則十餘年流離轉徙之民數千頃累欠未完之課於今歲庶有轉機起色矣新隄工程南去百有餘里已至小周村地界其與舊隄未接者計止三百餘丈耳方冀不日可以竣工詎該處民人竟敢抗違憲令力出阻撓致使九仞之山功虧於一轉瞬河流一漲定必由此三百丈直灌而下儼然歸壑是前此之決猶爲一決一口今則將一決七口也前此猶必漸刷漸深今則不刷已深愈刷愈深沛若江河其何以禦耶彼處地居上游水過正好種麥此處地居下游惟有翕受無路行消消亦有所不及此視爲切膚之痛者彼則秦越視之焉顧民爲彼處之民故任私意行之但知爲已官非一處之官若以公法論之曷弗一視同仁乃彼處之民悍然阻之而督修之官遂戛然停工是强梁抗法者反可任意馳懦守法者轉無以爲活此間情節誠索解人不得也願先生爲我解之曰坐我明語子夫治水當顧全局不可持一隅之見水縱百其河總皆爲歸海之水猶之民縱百其姓總皆爲一國之民由中國一人觀之無尺寸之膚不愛卽無尺寸之膚不養善治民者不欲使一夫不獲一夫不獲則百夫爲之抑騷不安善治水者不可使一水無歸一水無歸則衆水爲之壅遏不暢竊嘗援昔證今由今思昔而蠡測之且卽北直之水而約言之更卽子牙之水而分言之自古言治水者莫善於禹禹之治水也疏瀹決排皆宣洩之以行水非遏抑以禦水也故禹貢無隄字行之法則自下而上其書俱在鑿鑿可考孟子云治

水先從低處下手實卽此意譬之於人尾閭不通則心腹病下不暢行上必潰決其義也北直之水河爲大沽港溝窪皆納於河河道自下而上言之則治法當以海河爲急蓋海河爲直北諸河朝宗正軌自天津之三岔河抵海口大沽百二十里河流會下潮水逆上卽禹貢所謂逆河者夫水爲天地之氣一陽動於二陰之中升則盈降則縮盈則長縮則消河與海一氣相通消則俱消長則俱長其消也俗則以爲海收水而不知適逢其俱消也其長也俗則以爲海不收水而不知適逢其俱長也至欲治上游潰決之病當先擴入海之口欲擴入海之口當先分入口之水如禹貢所謂又北播爲九河同爲逆河者實卽治潰決之要義也　此稿未完

京兆履新　○順天府府尹胡大京兆於四月二十六日來京赴　闕請安暫居東安門外煤炸衚衕賢良寺伺候宣　召諒不日擇吉履新聞悉各國駐京欽使暨順屬二十四州縣屬員等均呈遞履歷挨次稟謁云

赫聲濯靈　○本年軍政屆期校閱八旗各營以次竣事惟神機一營向以鎗炮制勝亦須一律校閱以示鼓勵現　欽派軍政王大臣暨神機全營管營諸大臣均齊集南園校視鎗炮自四月二十七日清晨五點鐘起雷霆震地山谷應聲大有喑嗚則山嶽崩頹叱吒則風雲變色之勢至十點鐘乃止遜聽之餘可想見　聲靈赫濯威及邇遐焉

曇花一現　○崇文門外東河沿嚴姓家有女及笄幽嫺貞靜貌亦都雅雖小家碧玉頗具有林下風父某操業卑微女志鬱鬱已有難言之隱昨聞貪得某宦多金竟以掌珠許作小星女得耗知不可挽潛於二十二日乘間投河雖經行人聞聲援救而水深滅頂無從尋覓次日其父將屍身撈起當卽報驗殮埋矣

欽師啓行　○閱兵大臣大學士兵部尚書九門提督榮中堂到津日期已紀報牘玆悉帥節於五月初一日早七點鐘排道出轅至紫竹林海軍公所茶座同城司道文武各官先至該處伺候祗送鐘鳴八下中堂乘小輪下駛先赴小站後至北塘等處云

建局興工　○津城內外海防支應局向在鹽運署內一應餉項銀兩亦卽借貯司庫近由總辦與運憲妥商另行拓地建局以免轇葛刻在沈家柵欄內置買民宅一所鳩工庀材興工修造一俟新局建成凡支應局一切公務卽歸局辦理司署盡行騰交云

鐵路傳聞　○新鐵路現已動工由舊鐵路碼頭至官汎前所有民間塋地凡在插標以內者皆令騰出飭該管地方傳知各地戶不論地畝多寡但視墳給價每墳一座給錢二十吊以便遷移現聞墳多地少者皆願領價而墳少地多者尚在觀望不前以墳多則獲利地多則吃虧也但此係傳聞未知實有其事否

僧俗聯盟　○歃血聯盟始於列國諸侯原取合好以罷兵至後世金蘭簿之說亦謂喜得良朋互相切磋故書之於簿以示珍重不聞有盟也頃聞義倉後某甲油作手藝常在附近某廟閑坐與該廟住持相投契旋於四月二十五日一僧一俗焚香結拜以清濁之異趣竟臭味之忽投不知其何所取也一笑

詘其良人　○河東西方菴前王某負販爲業而性好賭博日昨三戰三北貲本一空歸家仰屋至一二日不能舉火妻無可如何向同居鄰人借衣物數事質錢二三千作本暫謀餬口詎料良人舊技作癢故態復萌尋入局中竟作孤注一擲妻聞之不禁大哭以爲遇人不淑終身無出頭時矣至三更時視王睡熟悄然出門意欲投河畢命適幼女在後且赶且啼經鄰人聞知赶緊救下不知王果能頓改前非爲牀頭人吐氣否

花隨蝶去　○河東張甲在生鹽船爲管駕衣食頗豐一女年及笄玉肌花貌艷麗非常張無子嗣將以女爲養老計擇壻殊苛故迄今未字也昨日母往峯窩進香囑女守門戶及晚回家雙扉扃閉闃寂無人疑赴鄰居閒話挨家問訊踪跡毫無心中忐忑知有不妥遣人往親族遍尋亦無音耗將張喚回夫妻大肆吵鬧然亦無可如何數日後訪悉張有內姪某乙年輕貌美在省垣當差因與女中表兩小無猜眉目傳情各經心許前由省回津往探姑母適天假之緣卽僱洋車一輛比翼雙飛先在西關某店暫住一日隨乘船赴省諒早作交頸鴛鴦矣現有好事者代設一謀欲令作買女嫁韓椽故事不知兩家意見何如

甘爲禽獸　〇日昨鄉祠前有婦人年四十左右在某烟館門首長跪館主出勸置若罔聞惟口念彌陀見者莫不詫異嗣訪悉該婦姓徐子甲游手好閑非嫖卽賭近復學吸鴉片伊母訓戒不聽無可如何因作此態以恥之冀其悛改也嗚呼誰非人子不能養親娛親而反以辱親謂爲禽獸誰曰不宜

死貨有命　〇城內某姓人不知作何事業妻早故剋下子已完婚某每日晨出暮歸在家時恒少昨於二十五日見濃雲密佈大雨將來因趕緊回家媳見翁至亟應入房伺候某將大衫脫下該媳正在摺疊間忽暴雷震響霹靂一聲將房山轟塲翁媳二人登時斃不知已否報官雖曰死生有命抑何慘哉

雷電以風　〇某甲駛船爲生往來北運河一帶前日裝貨赴通二十五日行至武清縣屬沿河之某村陡起怪風雷電交集大雨傾盆急將船繫纜村岸並搭好跳板忽見一物走上船頭似犬非犬方措愕間霹靂一聲如天崩地拆該物不知所之而雨住天晴矣有船夥某乙看守後艙周身如火燎傷且有硫磺氣味或謂係狐精遭刼未知是否據該處來人所述如此爰錄之以符新聞體例

馬驚並誌　〇東門內李姓幼子年八九歲出買食物行至當街適某甲騎馬由對面而來正遇馬驚將幼子踢倒在頭頂上連肉代骨踢去約有二三寸許某甲一面煩人說合一面請正骨科醫治據云傷勢雖重尚有生機又二十九日早八點鐘老菜市北有某洋行馬夫王三虎者在街騎馬正馳騁間將新泰興揀猪毛之十六歲童子撞倒腦漿崩流延至二點半鐘斃命此二事不知作何結局訪明再錄

大英國駐津工部局諭　査東洋車捐一項每月每輛本局向章收捐洋五角惟近來工程浩大事務殷繁自本年西歷八月一號起每輛收捐洋七角五先以資辦公爲此諭知各車夫一體遵照勿違切切此諭　光緒二十二年四月二十九日

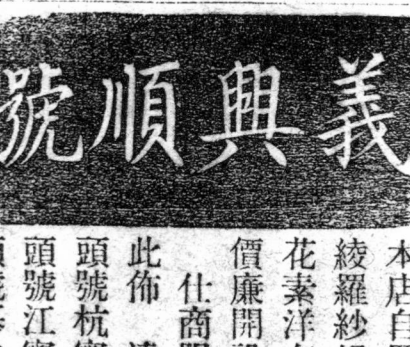

福建
賴天生德
皮絲煙莊

本號專辦皮絲加工監製向在湖南江南等處開設歷有年所四遠馳名今分設天津東門外宮南天后宮隔壁第一家開張請諸君降臨光顧是幸特此佈聞

今之扁鵲

僕患氣痛多年百藥罔效今蒙普安醫室任棟臣兄診治應手郎愈頓失沉痾感激萬分登報鳴謝 皖北左襄廷啟

金陵
仁記南味坊

自製本機元淺京緞寧綢糟紗縐絨線貨食物金腿海味南貨俱全近因錢市漲落不同分別減價抑因無恥之徒假冒南味者甚多雖云謀利誠恐亂眞欲辦薰獵用煩楮墨寄售雨前龍井每斤津錢一千二百文八百文福建條絲格外公道 開設宮北大獅胡同內

烏利文洋行

啓者本行開設香港上海三十餘年四方馳名專售各式金銀鐘錶鑽石戒指八音琴千里鏡眼鏡等物並修理鐘表價錢比別家格外公道今本行東家米士得巴克由上海來津開設在紫竹林裕泰飯店旁請諸君降臨光顧是幸特此佈聞 丙申年五月初一日禮拜四

天津
美昌字號

本號自辦各國鐘表玩物大小八音琴各欵新式保安座燈掛燈各樣紙烟呂宋烟御用香胰皁廣東各名家臘丸黑白烟膏各省東土西土一概發莊貨高價廉本號修理鐘表格外價廉諸君賜顧者請 光降是幸特此佈 聞

新開在鍋店街中間坐北門面

浙杭
元吉來號

本莊自置紗羅綢緞新樣洋蘇花素洋布川廣夏貨團摺雅扇南貨頭油俱全祇為近時錢市漲落不同故而各貨減價開設估衣街中間路北凡 仕商賜顧者無悞特此佈達

敬啟者京城售報處改在前門外琉璃廠小沙土園路西寶興木廠又楊梅竹斜街中間路南聚興隆小器作內兩處分售此白

售報人陳午清謹啟

寓前門內刑部後身草帽胡同北頭大院內

保命險告白

啟者本行代理長明人壽保險公司如紳商欲保者請移玉至紫竹林法租界第一樓東間壁華昌洋行面議可也此佈

英商華昌洋行啟

五月初一日銀洋行情

天津九七六錢
銀盤二千六百八十三文
洋元一千八百九十五文

紫竹林九六錢
銀盤二千七百二十三文
洋元一千九百二十五文

五月初一日進口輪船禮拜四

新裕 輪船由上海 招商局
新豐 輪船由上海 招商局
通州 輪船由上海 太古行
景星 輪船由上海 怡和行

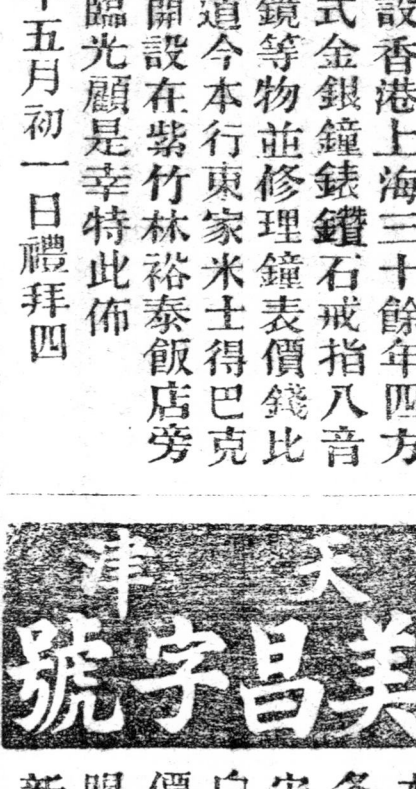

光緒二十二年五月初二日　第四百二十七號
西歷一千八百九十六年六月十二日　禮拜五

直報

上諭恭錄

硃筆吳樹梅轉補左春坊左中允惲毓鼎補授右春坊右中允欽此

答客問子牙河上游人民阻修東岸新隄事　續前稿

更查子牙一河自近年改受新挑橫河之滹沱正派路近勢猛伏秋暴漲苟隄非舊築幾經雨水土已堅實護險有道稍一疏忽不決諸東卽決諸西西隄向係官修歲有儲欵易於集事鄉俗亦以慮害深籌畫切各村向有隄長尊其稱爲鄉老重其事也西套內無多村落禾縱被淹無妨二麥不必偸毀西隄者其情西堤高厚不易偸毀守汛人多不敢偸毀者其勢至東隄則反是且西人每利於扒東東決則西可保也是東隄之守防西人之偸毀已難況東套地寬多窪套內村落動以數十爲計地窪則畏積水人多則良莠不齊易於生事昔之偸扒今之阻修職是故也使河東各村修堤守汛盡如河西之和其衷齊其力重其事縱有强橫亦不至遽出乎此今旣明敢阻修卽藉官勢强修他時河水瀰漫勢必暗行偸毀彼時水利之員堤工已竣而去誰復過問潰決之後又誰執其咎俟再嗚呼憲轅批准委查提辦勢必又須延訟經年不能堵築百餘里依然澤國安免其魚然則計將安出曰彼以勢我以理彼恃强橫阻修我不必以强橫相當也民各有主地各有官縣號曰知所知何事水旱凶荒非其急且大焉者乎我衆各自瀝情哀懇縣主縣主果如前之靜令者力請憲台命河套展足三百丈築堤之土取於河內則修堤之工雖爲治河下策而修堤卽以挖河其與加濬舊河另開減河何異旣築新堤不廢舊堤當護險時急則借舊隄之土以培新隄緩則並修舊隄之工以備決口使新隄內復有舊隄縱決亦所淹無多王方伯使俄艸客云外洋防河之隄率於隄內更作橫竪複隄式若方田以防堤決所淹不過方許其式實爲中國修堤者所當取法大致類此然非其人莫任其責凡事皆然何也民愚習惰貪尺寸之利省旦夕之工知有已不知大家爲已顧眼前之利不顧日後之害則慮始難地方官顧已考成玩視民瘼朝更夕代不能久任則觀成難浮議旁撓訖無專責奉委者皆以無事爲榮則獨任難不然昔年黑龍港下游去路何

以竟任私烩堵塞逼令改歸新正近年苦水務等處決口竟任聚衆搶扒楊家口決口憲判罰令修堤竟敢行賄暗置涵洞且子牙東岸自河間以迄靜西一帶二百餘村向非前任靜令陳公早已廢爲巨浸矣前此治河某大員急欲除文窪之害既於瓦頭上下向東建閘並擬於子牙上游決東岸灌入靜西黑龍港已奉督憲批准時靜尹陳公得耗卽於歲底趕赴保陽面禀督憲力陳利害以子牙河東之黑龍港苦無去路仍須放入新正新正卽子牙下游是直以子牙一水自上游決入下游而下游獨流楊柳青一帶既有東淀諸流暨永定泛濫入淀之水屢歲南決以橫阻子牙正流紅橋以下復有北運諸河及海河潮汐遏其去路此東岸決口既不能減上游之流又不能暢下游之路而文窪釜底之水又不能因此少洩涓滴徒使靜西百數十村枉罹水害耳憲始囘聽爰諭陳大令督民修築東堤東民乃粒大令去堤工弛訟門無已此與前文安故事同爲一恨前代理文安縣徐司馬元禹擬爲文窪營田於保定建閘引水於龍塘灣建閘洩水窪內量高下種稻禾事上於憲而司馬去任新令置之不問其議遂寢文民至今惜司馬之去猶靜民之懷大令不置也嗟乎令而賢一切善舉胡不可爲否則無一可爲者居上台者任重事繁所持皆軍國大計至農民之故原已諉諸親民牧令上憲第考成功聽其具禀前來復查無異以息民爭冀不使一夫之不獲足矣經所謂官盛任使所以敬大臣者此也然則既不暇躬勤其事又不能遍履其鄉雖有專委治河人員其地勢之高低風俗之情僞終不如知縣事者知之眞持之平而令出法隨求無不得也吾故曰事宜各求縣主不求以勢惟求以理令果賢則治無不平事無不濟矣客聞之唯唯而退

質明將事 ○凡壇 廟祭祀 大典 皇上親詣行禮者例有一定時刻總當在寅卯兩時行禮方合禮經質明將事之義卽執事陪祀人員有失儀不到等處亦便於糾察經太常寺於奉 旨後通傳各衙門謹遵祇候屆時自可齊集至遣官行禮者不定時刻則陪祀人員恐未能一一無誤糾儀御史何從稽察現聞遇有遣官致祭者禮部太常寺按照向章時刻傳知行禮大臣及執事陪祀各員一體遵照其派出行禮大臣是日卽遇值日奏事亦不必因禮畢後尚須趨赴宮門呈遞膳牌遂將事過早致有歧悞如有不遵傳定時刻率意遲早者照例糾參以重典禮而昭誠敬

禮重恭陪 ○五月十一日恭祀 地於 方澤典禮綦重所有陪祀大臣均宜恪恭將事現經太常寺堂司各官議定祭祀禮成後槪不准先行散歸卽在彼督率夫役恭徹祭品祭器如有閑雜人等混入喧譁者立卽查拿究辦以昭嚴肅

鳥革翬飛 ○官之有衙所以便聽斷亦以壯觀瞻也現今北城察院與西城察院各衙署均因歷有年所木植朽壞瓦片脫落幾於不蔽風雨均經城憲咨請工部派員估修已於四月二十二日鳩工庀材一律營造諒不日卽可竣工云

輕重有權 ○正陽門外觀音寺地方棍徒糾衆械鬭案內續獲人犯毛疆李三等八名前經步軍統領衙門奏送刑部歸案審辦現經刑部陝西司已將糾衆械鬭首犯趙老擬斬爲從之毛疆李三郎李全益張二楊六韓盛永王羣山等六名均擬枷號四個月發交中西坊每日派差押解犯事地方示衆俟枷滿日再行發遣以爲逞兇者戒

直藩牌示 ○密雲縣知縣殷謙升補北路同知遺缺奉 尹憲示以候補知縣屠義容請補 三河縣知縣張肇標丁憂遺缺奉 尹憲示以保定縣知縣劉俊升請補 定興縣知縣王遂善署事期滿遺缺詳委候補知縣石立坊接署 天津府海防同知李毓琳期滿史善詒飭囘本任 靜海縣詳委大挑知縣成肇麟署理 署任縣知縣蘇景泉病故遺缺輪委第一候補知縣趙景升署理 南樂縣知縣恭寅容城縣知縣俞廷獻均詳請飭囘本任 遷安縣沙河堡巡檢方延祺期滿遺缺以飭令實缺之洪恩囘任 阜平縣典史段溥源期滿遺缺以儘先吏目孫之慶署理

徵調傳聞 ○自榮中堂抵津後所有親兵前營砲隊由敎場移駐河北窰窪二十九日午刻該營親兵十數人各持繩扛前往運署暫借遺散蘆勇之帳棚數十座詢悉 中堂五月朔日早四點鐘赴小站閱操後嗣赴北塘蘆台等處待校閱畢揀選勁旅數營調遣西征此信未知確否因係軍務機密故局外不能預知也

狠狽爲奸　○某甲者在某號錢舖經理銀櫃事歷有多年竟挪用二萬餘金自立粮行建造房屋並有別項生意公然大發財源詎料日久事洩被掌櫃查出虧空一經研究前情合盤托出遂經人說合將一切生意房屋悉行抵還尙短一二千金由甲父承認歸還始得了結按甲父在某雜貨舖掌櫃既係買賣中人應知買賣規矩伊子所作所爲豈有不相聞問之理迨事經敗露始行認還顯係明知故縱狠狽爲奸誠不知其心居何等也噫

藉花招賭　○東門外某甲曩在茶園司提壺之役妻某氏美而艷淫蕩不羈因甲生意不佳恐難供衣食費遂起意開局輾轉招誘大半皆紳商之僕夫家丁氏以身爲餌明聚賭暗爲娼人爭赴之其門如市不僅如賈之三倍也嗣後甲棄舊業開設賃貨舖生理迄今多年賭未嘗一日斷數年前甲物故徐娘雖老猶尙多情又與乙結交係甲同姓以叔嫂而成夫婦現在某巨紳家爲僕身有護符氣燄甚盛於是狐假虎威肆無忌憚喝雉呼盧連宵達旦輸贏動輒數十百千廢時失業傾敗家產者難以指數似此設阱陷人有干例禁而鄉甲局足羅棋布終未一事查拿畏其勢耶貪其利耶是誠索解人不得者

異端惑衆　○城內滅台子地方有流氓蔣姓者託神治病名噪一時受其愚惑者實繁有徒晝則祈神作法夜則號佛諷經徒衆中更有所謂二仲者盡女流也非大家婢僕即小家婦女男女混雜以致醜聲四達敗俗傷風莫此爲甚爲家長者倘不嚴加約束必至釀滋事端悔之晚矣

悔婚被控　○王甲者香河縣人寄居河北大寺西有年矣所生一女自幼許字同鄉高乙次子爲室今年已及笄明眸皓齒頗不似蓬戶中人甲被人慫恿謂如此一朶靑蓮花插向糞土堆中豈不可惜倘肯俯就躋入朱門饜粱肉曳綺羅坐享富貴即爲父母者亦養老有資何與作農家婦勞碌終身耶甲惑之決意悔婚將女轉聘於某富戶爲側室得錢若干業已迎娶過門日昨乙忽來津送信言擇於某日就親甲左右支吾被乙看破遂赴毘盧室守望局喊冤聞已送縣審理矣

允係誤傷　○四月二十九日報登某行馬夫騎馬撞斃幼童一則玆經訪悉某行有馬三四匹在野外放靑被牛蒙咬驚放馬人年幼控勒不住一時飛跑由海大道自南而北致將某姓幼童撞傷踰時斃命旋有同人調處謂允係馬驚誤傷並非騎馬馳驟所致屍親亦無異詞遂行了結由某行製備棺衾於五月初二日成殮諒不久即當出殯云

路透電音　○歐洲六大權已合戒沙駁賴波得嚴備克利德兇徒矣此事俄羅斯尤加愼重焉○卜拉司路特斯函云法國征奈階之師在於報沽地方全行敗潰陣亡者不計其數所有潰兵已於五月十二逃至開碼矣玆聞奈階公司復發援兵前往○李中堂於禮拜一在尼臼格婁告辭後擬於六月十一前往柏靈維也納及卜德挑司再由該處往巴黎比拉塞爾海格倫敦末至美國歷地球一周始回支那也○麥代蓋司加現已爲法征服入於版圖聞前與各國所立之約概須廢而不用也○得非穴司在阿開墟左近全行潰散傷夷頗重埃及則所失無多○阿比細尼亞滿立柯王已允助茄里發禦埃及矣○大勞沙已回至比拉塞爾該處人衆欵伊甚洽○得飛穴司在佛開大敗將帥兵勇陣亡者共千人被擄者數百人○得飛穴司軍容甚盛但一遇智勇之敵則如喪家之犬僅勝支那將士一籌而已○埃及陣亡者二十人傷者八人而已○不列顛在布路衛由大勝瑪他必爾共殺死瑪人三百名

浙紹朱鈍翁脉精方安屢治險證久已揚名近救瘟疹多人仍寓彌勒菴

福建賴天生皮絲煙莊

本號專辦皮絲加工監製向在湖南江南等處開設歷有年所四遠馳名今分設天津東門外宮南天后宮隔壁第一家開張請諸君降臨光顧是幸特此佈聞

今之扁鵲

僕患氣痛多年百藥罔效今蒙黃安醫寓任棣臣兄診治應手即愈頓失沉痾感激萬分登報鳴謝

皖北左襄廷啟

文美齋

本齋開設天津府北門外鍋店街自製石青硃砂絹箋冷金赤金團屏描金貢箋各種詩箋徽墨湖筆八寶印色歙硯漂淨顏料精表冊頁屏對時款雅扇箋簡帖套各色南紙並辦各省家藏板官局板石印等書一應俱全又新出書籍列後 論語經正錄 洋務實學新編 奏疏錄要 公車上書記 拍案驚異記 通商始末記 中日始末記 萬國史記 使俄草 曾惠敏公全集 左文襄公兵書 智囊補 各國鐵路圖考 時事類編 正續盛世危言 日本地理兵要 士商賜顧者請至本齋庶不致悞

烏利文洋行

啓者本行開設香港上海三十餘年四方馳名專售各式金銀鐘錶鑽石戒指八音琴千里鏡眼鏡等物並修理鐘表價錢比別家格外公道今本行東家米士得巴克由上海來津開設在紫竹林裕泰飯店旁請諸君降臨光顧是幸特此佈聞

丙申年五月初二日禮拜五

天津美昌字號

本號自辦各國鐘表玩物大小八音琴各款新式保安座燈掛燈各樣紙烟呂宋烟御用香胰皂廣東各名家臘丸黑白烟膏各省東土西土一概發莊貨高價廉本號修理鐘表格外價廉諸君賜顧者請 光降是幸特此佈聞

新開在鍋店街中間坐北門面

浙杭元吉來號

本莊自置紗羅綢緞新樣洋辦花素洋布川廣夏貨團招雅扇南貨頭油俱全祇為近時錢市漲落不同故而各貨減價開設估衣街中間路北凡仕商賜顧者無悞特此佈達

義興順號

本店自置綢緞顧繡綾羅紗絹哈利大呢花素洋布俱全貨高價廉開設天后宮北 仕商賜顧無悞特此佈 達

頭號杭寗綢三錢八

頭號江寗綢二錢八

頭號摹本緞三錢二

保命險告白

啟者本行代理長明人壽保險公司 如紳商欲保者請移玉至紫竹林法租界第一樓東間壁華昌洋行面議可也此佈

英商華昌洋行啟

五月初二日銀洋行情

天津九七六錢

銀盤二千六百八十三文

洋元一千八百九十五文

紫竹林九六錢

銀盤二千七百二十三文

洋元一千九百二十五文

五月初三日進口輪船禮拜五

新裕 輪船往上海 招商局

新豐 輪船往上海 招商局

通州 輪船往上海 太古行

景昆 輪船往上海 怡和行

直報

光緒二十二年五月初三日　第四百二十八號
西歷一千八百九十六年六月十三日　禮拜六

啓者本館於去臘自行購辦機器鉛字建造房屋延請名人主筆曾登報章佈　聞以採辦人昧於字體將三號五號兩種鉛字先行寄到四號字開爐傾鑄須今春始能來津因急於開辦姑用三五兩號暫爲排印明知字形微小多費　閱者清神所幸俱屬新鑄點畫逼清尙可厲目現在四號報字已經運到由手民揀查裝架定於五月初一日起凡論說新聞一律改用四號擺印至承　仕商惠登告白則三四五三種字體俱全可隨客便價各公道如有珍奇秘本書籍本館亦可代爲排印價必從廉卽各種洋文鉛字本館亦各備齊如蒙　賜顧亦可照辦特此佈啓伏希　垂顧是幸

直報館謹啓

上諭恭錄

上諭福潤奏特參貪滑知府請旨革職一摺安徽省各州縣承辦考試供應繁多現經福潤議給公費將浮費概行裁革廬州府知府范葆廉輒敢藉詞阻撓仍向所屬索取濫費迨聞撤任之信該府意圖規避卽以親老多病開缺終養爲請實屬貪婪狡滑有玷官箴范葆廉着卽行革職以示懲儆餘着照所議辦理該部知道欽此　上諭恩澤奏遵旨保舉人才一摺四川候補道前署建昌道安成福建補用知府試用同知前署平和縣知縣劉輝元雲南南安州知州金福英荆州駐防正藍旗滿洲協領良續着該將軍督撫給咨送部引見欽此　上諭福潤奏已故知州遺愛在民請將政績宣付史館一摺已故安徽無爲州知州穆其琛於同治年間賊竄該州時該員繕完修守州城賴以保全其餘地方一切應辦事宜無不實心實力洵屬遺愛在民着准其將事實宣付史館立傳以彰循績該衙門知道欽此　上諭安徽鳳穎六泗道員缺着李希杰補授欽此　上諭陳彝奏假期屆滿病仍未痊懇請開缺一摺內閣學士兼禮部侍郞銜陳彝着准其開缺欽此

志西河路劫事

津北新正河卽子牙下游子牙卽滹沱下游俗名下西河自大紅橋泝流而上其泊船碼頭爲楊柳青獨流王家口子牙白楊橋劉各庄橋沙河橋範屯小範津河兩屬外則衡水南宮冀州暨深武饒安趙州一帶上下裝運米鹽雜貨路皆出此估帆梭織晝夜繹絡惟河內橋座過多除紅橋五頭白楊等橋不滯征人行李外餘則動輒攔河鎖空索捐費討飯鹽蓋地愈南則去憲愈遠憲典愈寬風俗易弊估客苦之然豐樂之年猶不至時時處處戒嚴也自高大窪新挑橫河滹沱直來子牙河上既不容下復達海不暢以致上游歲歲潰決沿河匪人砍刀會老搶者流遂趁歲荒則肆劫奪以飢民均糧借糧爲名實則無物不搶賈其間者携有貲財必雇鏢丁護送船上插某鏢局旗號路經碼頭則吶喊示威意蓋將以賈禦盜特先以聲驅盜也去歲春夏以來劫案時聞初則樹鏢旗者不劫繼則樹鏢旗者間亦

此稿未完

被刼又久則樹鏢旗者無不被刼嗣聞以獻縣新任胡大令訪劉查拿盜巳斂迹喜誌其事屢登報牘適又有西河估客續道其詳知餘蘖尙有未盡猶可慮也據云去冬封河前有南宮萬通李鏢局赴王家口天津等處送鏢路出範屯左近鏢丁未及吶喊賊衆見樹鏢旗遂先大罵蜂擁而來鏢丁出艙對以好言苦苦哀告賊罔聞愈罵愈怒亟呼泊岸不泊卽出洋鎗向船連轟鏢丁隱艙底催榜友速棹船行榜友棹頻搖臂頻聳鎗子頻來屢中臂臂血殷注滴滴下不言疼不遑避棹愈不敢少停畏追及也所喜順風下水利不得泊跟蹤以逃賊舍之鏢丁獲幸免不數日有南宮廣生標局標丁押標船二由天津王家口開赴南冀州趙州等處路經範屯一帶標丁正在吶喊老搶數十輩東西夾岸而來且追且罵船因上水挽以牽東岸賊先攬牽索以登衆見該賊外裼青洋縐小毛皮袭敞其襟著身褲襖亦洋縐而靑也襟掩束以疋綢露胸腹有半捲袖舒拳見雙鐲黃輝輝乃渾金之赤者驟進奪取標丁械意因前欺萬通標丁胆益肆也

光緒二十二年四月分選單　○小京官刑部司務蔡思榮福建附貢　知府浙江嚴州劉篤康山西舉　知州雲南霑益王坦臨江西監　通判湖南衡州陳祖貽江蘇監　知縣貴州安南楊宗瀛江蘇舉安徽建德梁懷顏山東福建德化陳其奎浙江俱附貢湖南新田陸仰賢浙江甲湖南寧鄉錢保壽浙江湖北長樂巢序庸江蘇浙江天台張紹愷陝西俱舉湖北安陸鄒經鎔浙江監山西蒲縣魏均江蘇監陝西宜川鄭宗光浙江舉福建寗化羅錫瀆湖北舉　府經湖南岳州周繼康四川監安徽池州張　雲南歲　主簿安徽懷遠單桂芬山東貢　府照磨江西吉安斯啓漢浙江監　吏目安徽六安滕鈞湖南監　巡檢浙江開化蔡紹沅湖北安徽建德幹樹森四川俱監廣東封川楊錦標山東供　典史山西武鄉王樹之河南監安徽定遠陳肇麟湖南監江西樂安陳均浙江監湖南湘潭李玉書直隸監安徽太湖李根善直隸人太平張鼎祚山東監鳳台燕慶恩順天吏員

聖人孝子　○孝子之至莫大乎尊親尊親之至莫大乎以天下養誠哉是言也日前　醇福晉聖體違和雖報大安惟　皇上情深眷戀昕夕不忘傳於四月二十七日辦事召見大臣後至　醇賢親王府看視並派宮娥六人太監四名日侍　醇賢親王府敬伺　福晉飲食起居以便隨時奏報詩曰永言孝思孝思維則其此之謂乎是日由神武門至地安門外十剎海一帶地方經步軍統領督飭八旗兵丁平墊　御路以昭愼重云

忤媳虐姑　○西直門內鄭某讀書不成而心計頗工在三泰茶葉店學習生意不數年薄有積蓄因思父亡母老理宜授室憑媒聘汪氏爲妻過門後伉儷尙無間言嗣爲茶店買貨坐莊於黃村冏家時恒少氏忤逆異常動輙虐使其姑姑悉隱忍之不與較汪以爲畏之也兇横愈甚一日將姑頭顱打破血流被面鄰舍共抱義憤擬將汪送官懲辦姑以案情重大恐累及子反向鄰佑約保求免姑因屢遭折磨鬱成癲病兩目失明汪遂以犬豕畜之日給一餐偶或呻吟則鞭打從事前日地保鄰佑又爲不平決計控官卒經汪父再三央懇得以中止噫此種忤逆直令見者皆裂聞者髮指縱逃陽律其能免於陰誅乎

惡風宜禁　○北方風氣剛勁俗尙鬥爭曾經地方官嚴禁此風稍戢近聞宣武門外南横街東口等處動集多人演習拳棒附近少年互拜門墻如蟻附羶此端一開竊恐鬥毆之風死灰復熾查雍正五年十一月二十八日　上諭近來外間常有演習拳棒武藝之人自號教師召誘徒衆甚有害于民生風俗此等多係游手好閒不務本業誘惑愚民而强悍少年從之學習廢弛營生正道且尙氣角勝賭博酗酒鬥狠等事往往由此而起甚有以行教爲名窺探村庄人家虛實因而勾引盜賊擾累地方者著各省督撫轉飭地方官嚴行禁止如有仍前自號教師以演弄拳棒教人及投師學習者卽行拏究欽此　聖諭煌煌凡屬臣民均當凜遵勿替何物狂徒尙敢演習拳棒悞人子弟耶所望地方官剴切曉諭嚴密查拏則惡風熄而民俗厚矣

館師受辱　○朝陽門內南小街周茂才家綦貧教讀餬口今歲設館某姓家主人善經紀文墨一道冏門外漢也四月下旬因學生犯規威以夏楚某出攔阻周斥之於是兩相齟齬遂成口角某姓怒甚大肆咆哮隨奪夏楚在手卽以威學生者威先生周大受折辱將其詞控官旋經魯仲連輩出爲排解將端節束修如數付淸外贈白金十兩其事始寢

片言折獄　○義阡局奉府憲札飭修添義塚清理地址迭經列報茲聞有局中工人向附近之湧濟水會借用水脊會首某甲以面生不肯借給致有口角一特公事一特官差兩不相下遂至門毆甲喝令將工人毆傷該工人不服糾集同夥多人欲往報復經和事人勸住局員隨赴府署面稟甲亦邀同各會首聯名具狀府憲委員提訊兩造各持一詞且均情面相關礙難判斷遂以不善辦理爲詞歸罪於地方責板二百枷號義地前示衆以平兩造之氣云

古道照人　○范某者作糧行生理素行忠厚與人無爭日昨赴永豐屯辦事僱坐某乙洋車因事忙迫未將價值言明行抵太平街下車付錢時乙貪得無厭再三勒索范厭而斥之乙大肆咆哮反將范某推倒致跌傷右臂旁人均抱不平欲將乙送官究治范以乙本窮人頗不願爲已甚反代爲緩頰大家議令車夫討保待傷平復後再行磕頭賠禮

忍心害理　○南人粵人之購買婢女無故虐斃者近來時有所聞忍心害理莫此爲甚頃聞本埠紅樓後居住之花月紅者入皆以上海野花目之買一十歲幼女形質瘦弱的係被災戶可憐蟲花氏欲修理作錢樹子百般苛虐昨竟立斃棍下見者皆以爲偏體鱗傷無人過問卷以蓆埋諸荒郊噫是豈前生冤孽耶昔人云要知來世因今生作者是雖幸逃王法恐冥冥中報應必不爽也

力同扛鼎　○東鄉有柴車一輛將柴賣畢放空回家行至河東于家廠有劉姓幼童被車撞倒經行路人某甲瞥見急呼車夫住車語猶未畢車已行至幼童身邊不及停輪某甲壯年多力赶緊將車尾掀起車輪從幼童身上懸空而過劉姓聞知向前攔阻不准車走當經衆人勸解謂如此危險却未受傷便當知福不必再事糾纏劉始了手後至甲家再三申謝云

名實不副　○洋火柴一宗近來銷場最旺以其價廉而用便也然字號既多貨物亦因之不等向惟福昌洋行製造最工盒上有蜂猴掛印爲記並書明每盒七十餘根陰雨不潮包管回換意其貨必有高人一等者乃驗之殊不盡然一盒之中往往三分眞七分假其假者每至取火其火頭不定墜落何處尤易惹禍歷試皆然是否該行慮名射利抑係有假冒字號魚目混珠者此事雖小聲氣攸關恐該行未能周知故登之以相質証耳

愚婦逞兇　○昨有楊彭氏赴縣鳴冤手掌帶有剪傷乞驗等情旋經委廉江大令勘驗據仵驗得剪傷一處長一寸五分寬分餘深不及五分喝報畢復訊起事情由供稱鄰有呂姓李姓兩子將氏子因口角攢毆氏子至晚未歸不知死活因向該兩家理論詎呂婦兇悍非常持剪拚命以致受傷等語大令囑令養傷靜候傳訊

尼僧惡化　○昨有尼僧沿街叫化據稱在武邑某菴焚修因殿宇坍塌特募善男信女隨意布施重金佛面惟該尼行處後隨一二幼孩有某甲好事疑爲誘拐遂將該尼攔阻並詢幼孩來歷實係隨看熱鬧者因各散去而尼反大怒謂甲有心攪擾撓阻善緣勢將爲難後經元華樓掌櫃張乙出爲調停措集香資若干該尼始化怒爲喜持之而去

冒官捉賭　○前報登南門外有頭戴頂翎人口稱大局子抓賭一節茲悉大局子聞有此事殊深詫異隨將該管地方傳去詰問地方稟稱小的探訪實係某署差役冒充官長設計詐財招局人不辨眞假煩人說合已經了結矣

俄購車輛　○英國雲士碧火船近由義國飛理地飛埠闈行載有車輛十六架前赴俄國理泉埠聞此車係西伯利鐵路所用車上發機或用柴或用煤或用煤油均聽其便該車照金價中算共值銀二十二萬元云

測量水道　○日本駐蘇領事況川君前日飭人從黃天蕩毒池河鶯豆河直至南黃浦一帶探測水道究竟輪船往來有無阻滯聞鶯豆河吃水最淺須挖深二十四尺外洋大輪方可至蘇其開挖與否則未可知也

福建 賴天生德 皮絲煙莊

本號專辦皮絲加工監製向在湖南江南等處開設歷有年所四遠馳名今分設天津東門外宮南天后宮隔壁第一家開張請諸君降臨光顧是幸特此佈聞

敬啟者京城售報處改在前門外琉璃廠小沙土園路西寶興木廠又楊梅竹斜街中間路南聚興隆小器作內兩處分售此白
售報人陳午清謹啟
寓前門內刑部後身草帽衚衕北頭大院內

文美齋

本齋開設天津府北門外鍋店街自製石青硃砂絹箋冷金赤金團屏描金貢箋各種詩箋徽墨湖筆八寶印色歙硯潔淨顏料精表冊頁屏對時款雅扇箋簡帖套各色南紙並辦各省家藏板官局板石印等書一應俱全又新出書籍列後
論語經正錄　洋務實學新編　奏疏錄要　公車上書記　拍案驚異記　通商始末記　中日始末記　萬國史記　使俄草　曾惠敏公全集　左文襄公兵書　智囊補　各國鐵路圖考　時事類編　正續盛世危言　日本地理兵要　士商賜顧者請至本齋庶不致悞

烏利文洋行

啓者本行開設香港上海三十餘年四方馳名專售各式金銀鐘錶鑽石戒指八音琴千里鏡眼鏡等物並修理鐘表價錢比別家格外公道今本行東家米士得巴克由上海來津開設在紫竹林裕泰飯店旁請諸君降臨光顧是幸特此佈聞

丙申年五月初三日禮拜六

天津 美昌字號

本號自辦各國鐘表玩物大小八音琴各款新式保安座燈掛燈各樣紙烟呂宋烟御用香胰皂廣東各名家臘丸黑白烟膏各省東土西土一概發莊貨高價廉本號修理鐘表格外價廉諸君賜顧者請　光降是幸特此佈　聞

新開在鍋店街中間坐北門面

浙杭 元吉永號

本莊自置紗羅綢緞新樣洋獭花素洋布川廣夏貨圖招雅扇南貨頭油俱全祇爲近時錢市漲落不同故而各貨減價開設估衣街中間路北凡仕商賜顧者無悞特此佈達

義興順號

本店自置綢緞顧繡綾羅紗絹哈利大呢花素洋布俱全貨高價廉開設天后宮北仕商賜顧無悞特此佈　達

頭號杭寗綢三錢八
頭號江寗綢三錢八
頭號摹本緞三錢二

保命險告白

啟者本行代理長明人壽保險公司如紳商欲保者請移玉至紫竹林法租界第一樓東間壁華昌洋行面議可也此佈

英商華昌洋行啟

五月初三日銀洋行情

天津九七六錢
銀盤二千六百六十五文
洋元一千八百八十文
紫竹林九六錢
銀盤二千七百零五文
洋元一千九百一十文

五月初三日出口輪船禮拜五

新裕　輪船往上海　招商局
新豐　輪船往上海　招商局
武昌　輪船往上海　太古行
景星　輪船往上海　怡和行

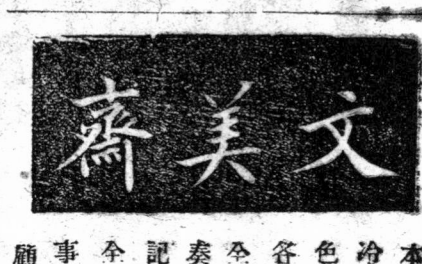

直報

光緒二十二年五月初五日　第四百二十九號
西歷一千八百九十六年六月十五日　禮拜一

上諭恭錄

上諭巡視南城御史如格等奏遵保獲盜出力之司坊紳董懇恩獎勵一摺着吏部議奏單併發欽此　上諭王文韶奏請將道府等員留省並調員差遣等語分省試用道張雲路分省補用知府陳守淑雲南補用知縣陳時福均着准其以本班留於直隸補用開復原銜前四川石泉縣知縣葛起鵬着准其調赴北洋差遣該部知道欽此

端五瑣記

客有以端節詢者曰五月五日人家飲蒲酒食角黍中堂懸天師符或鍾馗畫象事雖畧有所聞然未得其詳且是日也或謂端五或謂端午字果孰是余曰考據之學非我所長竊卽所聞知者爲舉一二以相質不遑避博雅粲也端五之名見於荆楚歲時記謂京師以五月初一爲端一二三四五皆從之故以五日爲端五珊瑚鈎詩話謂端五之號同於重九後世誤五爲午意者卽端五之所昉歟至蒲酒則孫思邈千金月令記言端五以菖蒲或縷或屑用以泛酒近世吳曼雲江鄉節物詞序云杭俗五日剉蒲根入火酒和雄黃飲之或以塗小兒額上詩曰細切蒲菖勸舉觴不須九節認靈菖嬌兒法試燒春味一抹妝成半額黃是蒲酒之說今昔相似踵而增者有其過之無不及焉角黍則其義最古續齊諧記五日以筒貯米投水祭屈原後有人夢三閭大夫謂苦爲蛟龍所竊願以蒲葉裹五色絲纏之則蛟龍畏也好事者乃製爲角黍緣屈子於五月五日投汨羅江是日命舟拯之後更沿爲競渡之戲角黍卽祭筵中所設者若是則此俗實起於周末豈非古制尙未亡乎客曰端五旣爲屈子投江之日後人宜同深哀痛何爲興高采烈咸思慶賞良辰乎曰慶賞之事於傳有之其見於宮闈者則開元遺事載端午宮中造粉團角黍貯盤中以小弓射之中者得食唐書錄要午日太宗謂長孫無忌曰各賜飛白扇二枚庶動淸風以揚美德劉公嘉話晉謝靈運鬚美臨刑施爲南海寺佛鬚唐中宗朝安樂公主五日鬥百草欲廣其物令馳騎取之又唐時五月五日賜百官綵服杜工部詩曰宮衣亦有名端午被恩榮細葛含風軟香羅疊雪輕蓋其時承平無事上恬下嬉每値芳

時恣爲游戲有以也至民間繫五色絲者風俗通云五日以彩絲繫臂避鬼及兵又名長命縷一名朱索或組織雜物以相遺送爲天師鍾馗之說事多起於都下而盛於江鄉歲時記端五都人畫張天師像以賣又泥塑其像以絲爲髩以蒜爲拳置於門上續漢禮儀志五月五日朱索五彩桃印爲門戶飾以除惡氣風土記端五賁鶩風俗通賁肥龜去骨加鹽豉名曰菹龜取陰陽包裹之義文昌雜錄軍中以端五走馬謂之藉柳月令事宜五月五日收藏浮萍晒乾爲末和雄黃作紙纏香焚之能避蚊夢梁錄五日采百草修製藥品爲避瘟疫事與懸天師象義多相類江鄉特重其事以江俗信鬼張眞人誕於江西之廣信府所在頗有靈蹟要不出於降魔驅鬼者近是歷朝隆之意主驅祟爲安民也至今尚沿其號江鄉節物詞序大畧謂杭俗道家於端五送符必書天師二字以爲神受者答以錢米嘻天豈有師也哉天果有師豈道家所能褻越哉、

此稿未完

光緒二十二年四月分教職單　○教授直隸保定洪兆麟正白旗漢軍甲廣東廣州曾蘇嘉應舉貴州黎平周文瀾石阡甲　正論直隸　開州吳指南河間歲順天固安王森廣平山東東平王漸鴻登州滋陽蔡曾源沂州浙江黃巖王爲幹杭州江西高安江獻琛建昌湖南耒陽曹昌蓮長沙廣東番禺梁廣軒高州四川茂州譚丕基　川俱舉訓導直隸新樂劉遡本遵化安徽五河胡洪度徽州陝西畧陽張微銘同州孝義謝仁永興安福建泰寧柯雍福州廣西義寧陳書平樂俱舉山東樂安王熙　登州山西芮城喬天秩代州縣楊春第蒲州河南扶溝曹鎔開封陝西淳化安純粹同州陝西澄城霍金斗綏德甘肅清水王尙清平涼江西安仁歐陽逛　州四川懋功楊令昕成都俱挨山西沁水王光祖平陽歲陝西　陽郭日章興安優廣東龍川范公詒廣州優　復諭直隸盧龍趙銘正藍旗漢軍山東莘縣黨延封兗州河南靈寶賀作霖南陽江西靖安彭瞻淇瑞州湖北羅田張繼易荊州湖南嘉禾李芬常德四川南部李紹南松潘納溪史之良成都俱廩山東長清丁庭聞登州河南新蔡鄭於琮開封宜陽蘇毓桂開封俱舉山東濟陽姜述銘萊州附甘肅華亭劉兆鵬秦州副靈台王之臣秦州恩福建寧德廖以仁龍岩拔光澤王登琦泉州恩廣東開建李文松韶州增雲南呈貢吳鵬徽江副　復訓直隸曲周王官清正定江蘇甘泉崔朝慶通州安徽太平葛萃廷穎州山西汾州劉石玉代州貴州都勻許恩齡平越俱廩河南衛輝劉鳳來陳州歲江西宜春黃蘭芳南康舉廣西賓州周善元平樂附

駿奔在廟　○太常寺題五月十一日夏至大祀　地於　方澤奉　旨朕親詣行禮四從壇遣立瑞英俊錫光鍾秀各分獻欽此已見邸報茲將各部院陪祀司員訪錄於左　宗人府經歷宗室阿查本漢堂主事郭萬俊理事官經文泰主事吉爾春　內閣中書克蒙額慶齡鍾慶祺潘葆良　翰林院編修宗室載昌熙元徐繼儒黃曾源　詹事府主簿文明許崇樞王玉麟黃聯珠　吏部員外郎恩林主事鍾祿員外郎焦錫齡張祖厚　戶部郎中德泰主事覺羅清海員外郎宋兆綸主事李如湘　禮部員外郎祺章主事麟祥郎中李光宇主事朱贊廷　兵部員外郎信勤主事恩光郎中段曉雲主事張廷霖　刑部員外郎鐵珍主事覺羅鳳祺郎中江聯葑員外郎張瑞蔭　工部員外郎宗室英綿主事中興員外郎馬錫祺主事陳宗濂　太常寺寺丞祥厚博士成霖　贊禮郎宗室松鈺廣隆伊里布世蔭吉昌德祿覺羅岳秀春福　讀祝官廣安裕晉景存貴昌色欽志驤　司樂徐鳳祥任永福宋玉麟李兆墀汪原慶黃家瑞馬嗣元趙嗣鳴　方澤壇奉祀吳遠潤等於是日寅刻伺候陪祀以崇典禮

鹽商睦鄰　○日昨山東鹽務綱總李某來津寓河北通義店一時鹽務中人衣冠拜會者輿馬紛綸聞該綱總此來係因山東海溢爲災鹽場被水冲刷殆盡恐淡民食特稟請運憲撥借生鹽五百萬以便接濟蒙運憲余觀察諭令回寓候示一面傳集本埠商總等六人公同妥議其覆核辦現於五月初一日由商總等覆稱溯查道光年間天津陡犯水災鹽場淹沒幾淡民食經楊商總等稟請往山東借鹽曾經借撥三百萬以濟時需後即如數繳還今山東海嘯乏鹽自應准照前案籌借三百萬飭運山東至應如何繳還如何作價未敢擅擬等情旋蒙運憲飭知山東李商總准予撥鹽三百萬仍令自向本埠商總等面議將來如何繳還價值復據該商總等稟稱三百萬之數當可照撥至於價值只按造費收取不願加利何日繳還並由山東自行斟酌不必限期等語觀察大悅嘉其卹患睦鄰深

明大義現已飭下赶造成包以便起運赴東云

廠工舞弊　○自同治初年設立東南二局製造洋槍洋砲並派委總辦會辦提調等官住局經理各廠有各廠之首領各工有各工之頭目所以重軍械而經武備者至嚴至密無如工匠等賢愚不一弊竇叢生四月二十九日晚五點鐘放工關餉每至是日例應搜查經總辦選派公正差兵二名在廠門驗搜在銅廠某匠盛飯之洋鐵罐內搜出紅銅五六斤赶即回明總辦棍責二百枷號示衆不料五月初二日放早工時又有鋼廠某匠故智復萌被本廠首領在腰間搜出鋼條五支當經扣留本局候回明總辦從重責懲云

燒香何益　○婦女入廟燒香有干例禁所以別嫌疑維風化也乃積習相沿不知防檢往往滋生事端悔之已晚德起順香店附近某姓家有女及笄尚未許字日前欲往河東藥王廟行香當經兄甲雇洋車一輛跟隨而去燒香畢甲至某處假坐暫歇而該女郎乘間逸去今已三日仍秘而不宣四出偵尋查無踪影不知能珠還合浦否

內外宜嚴　○鼓樓東有客民楊某常在書辦某甲家出入人頗殷勤託辦一切事件亦極可靠因之出入閨閤內外不避雖婦女輩所需瑣屑亦皆託楊置買甲有弟婦孀居守志業經三年不料於前月乘雨夜潛逃而楊因依然尚在甲頗能鎮靜絕不聲張因與楊閒話問其里居甚詳楊具以實告急遣人投楊原籍偵尋果將孀婦找回若甲者可謂有應變才矣然前日之疏於防閑則有不得辭其咎者

假官行竊　○城內二道街某官以佐貳需次津門昨忽有人到門涼帽皂靴揮汗若雨向門丁云敝上現由京引見來津與貴上同鄉特來拜會刻在某公館移時即到門丁不敢延遲立即持帖入內恰值某官吐霧噴雲之後瞑目小睡女僕輕輕喚醒呈視名片並不相識亦不知係何官職因傳諭擋駕隨後謝步該門丁回至門房來人已去追至門外亦踪影毫無心知有異急檢點屋內失去包袱一個單衣數件並新鞋一雙始悉被人誆騙然已無如何矣

騙術生新　○近來人情詐僞日甚一日誆騙之事層見疊出屢紀報端今又有別開生面愈出愈奇者陳某住西北城角素不務正今春二月上旬頭帶白帽身穿凶服手持老人會簿內夾五十千津帖一帋赴河東義發材廠置買棺木言明價錢三十二千當將價錢扣清找回帖十八千即令腳行抬赴西門內本宅交納該廠掌櫃因買主既有住址又係老人會來帖諒無舛錯不料行至神機庫內陳詐言忘買帋張令抬材人少待片刻買齊同行竟一去不返各處尋覓渺無踪影腳行等無奈仍將抬回該掌櫃心知被騙持帖向錢舖對號果係假鼎無可如何惟有頓足大罵而已迨四月二十九日進城催討節賬在劉家衚衕忽遇陳某赶即揪扭意欲送官究治經衆人理處命陳償錢十千其事乃寢

塗面刦人　○城內經司衚衕徑僻而長兩傍俱係民居並無舖面每至夜深尤覺寂靜昨有某姓從親家應酬回來行至中間忽對面迎來一人面色如漆不辨眉目手持斧把欲作當頭棒喝某大驚失措不敢作聲遂將烟袋小包袱一併搶去按塗面行刦盜賊慣技大約本地人居多恐事主易於辨認故塗抹之以掩本來面目但城內通衢竟敢出此胆大已極況鄉甲局林立亦毫無覺察尤屬咄咄怪事

敬啟者京城售報處改在前門外琉璃廠小沙土園路西寶興木廠又楊梅竹斜街中間路南聚興隆小器作內兩處分售此白

售報人陳午清謹啟

寓前門內刑部後身草帽胡同北頭大院內

五月初五日銀洋行情

天津九七六錢

銀盤二千六百六十五文

洋元一千八百八十文

紫竹林九六錢

銀盤二千七百零五文

洋元一千九百一十文

五月初七日出口輪船禮拜三

豐順 輪船往上海 招商局

順和 輪船往上海 怡和行

永平 輪船往上海 礦務局

直報

光緒二十二年五月初六日　第四百三十號
西歷一千八百九十六年六月十六日　禮拜二

上諭恭錄

硃筆恩順着掌河南道事務欽此　上諭李端棻奏請推廣學校以勵人才一摺着該衙門議奏欽此

端五瑣記　續前稿

鍾馗見於唐逸史明皇晝寢夢藍袍鬼逐一小鬼擘而啖之自稱終南山進士誓除天下虛耗之孽乃詔吳道子如夢圖之後世轉相仿效圖一蚪髯黑面者懸諸中堂謂可袪逐幺魔蕩除邪穢此李福所以有面目猙獰膽氣粗榴紅蒲碧座懸圖仗君掃蕩幺魔技免使人閒鬼畫符之詩也更有閨閣之中門角鉤心藉以點綴佳節者南宋遺事五日爭造花花巧扇百索文花銀樸鼓兒歲時雜記端五以艾爲虎形至如黑豆大者或翦綵爲小虎黏艾葉以戴之酉陽雜俎北朝婦人五日進五時圖五時花施之帳上雲仙雜記洛陽人家端五造朮羹艾酒以花絲樓閣插鬢贈遺避瘟扇此則蕙質蘭心別著風流佳話者也客曰然則人皆以重五日爲惡日是何取義曰天數五地數五五月五日則地臘天中數家謂天地交泰男女各宜齋戒異處厭其勝也道家或以爲毒日爲惡日約以火盛而防其過亦厭勝意也是日也王鎮惡生家人以俗忌欲令出繼疏宗祖猛見之奇曰此非常兒昔孟嘗君惡日生而相齊是兒亦將興我門矣因名之曰鎮惡蓋五日生者未必果不祥也輟耕錄載虢州有萬回法雲公者生於貞觀六年五月五日有兒萬年久征遼左相去萬里母程氏思其音信回則晨而往暮而回人異之唐崔信明傳信明生於五月五日日方中有異雀齊集庭樹太史令史良占曰五月爲火火主離離爲文日中文之盛也雀五色而鳴此兒將以文顯然則五日固極吉祥何得云惡大抵天下之事從俗從宜無須膠滯而信於數不如信於理信於理又不如信於情準情以相推則卽邇可以見遠卽今可以證古雖云風俗與化移易然聽其自移則可强使驟更則不可故曰齊其政不易其俗蓋俗之成也非一日亦非一人但使不害於情無傷於理則禮失猶將求諸野因以見天理之大公人情之好惡焉如三閭大夫當日雖賢亦何厚於千百世之黎元臣庶而千百世之人人皆欲尸祝之頂禮之東西朔南無少間者其情同其理同也況

天師鍾葵能驅邪祟以衛善良卽與田祖共享烝嘗不爲過若狃於俗溺於數因信數而傷理害情則非吾儒所敢出矣客喜曰善我與子各浮一大白酣飫蔗漿欹柏枕而少憩趁此好雨知時山光滿郭携手出遊庶無負良辰美景也少頃夕陽在山人影散亂客復告曰曷歸乎來歸則楮先生卽墨侯龍賓十二友已相須於眠琴枕劍之室乃與商畧而成瑣記焉

司員陪祀　○太常寺題五月十三日祭　關聖帝君廟奉　旨遣載勛行禮後殿遺徐承煜行禮欽此已見邸抄茲將各部院陪祀司員訪錄於左　宗人府理事官宗室英慈主事奕賡筆帖式宗室榮普宗室恒廉　內閣中書衡祺覺羅海溥鄭克昌楊樹翰林院編修恩祥惠彬王安瀾米毓瑞　詹事府主簿周守信陳時增筆帖式普霖斌奎　吏部員外郎熙彥主事裕陞員外郎王榮光主事劉錦榮　戶部郎中文英員外郎銘鍾主事趙振鐸梁承福　禮部員外郎裕光主事益壽郎中韓大庸主事姚桐生　兵部堂主事普英員外郎寶泉郎中王瑞蘭主事劉蔭章　刑部員外郎覺羅桂恩主事志善員外郎張桂林主事陳占雲　工部郎中覺羅鈺寶主事廣銓員外郎吳景豐主事周祖蔭　太常寺典簿崇山潤和　贊禮郎覺羅德齡慶勳英祥斌福　讀祝官宗室崇秀啓順貴印英勳司樂王澤順李肇禕祁有麟宋玉麟等均於是日寅刻前往陪祀以昭愼重

戲園公議　○前門外大柵欄慶和戲園日前因太監李長才等逞兇拒捕致將勇丁趙雲起砍傷斃命等情已列前報茲聞各戲園公議行規每逢演戲日期由戲資項內另提公欵京錢八吊存交值年戲園以備同行遇有前項情事作爲一切費用庶不至臨事張皇致費周章云

火災迭警　○京師自本年正月以來失愼之事視往年爲多四月二十五日三更時西四牌樓地方福泰公雜貨店不戒於火當卽警鑼四起各水會善紳前往竭力撲救至次日午後回祿君始行返旆共計延燒房屋三十餘間旋經該管地面官廳將福泰公舖主鎖拿訊究起火緣由據供因祀神焚化紙箔以致火起卽解交步軍統領衙門責懲以爲失愼者戒至二十七日時交二更又聞鑼聲傳下詢係西單牌樓蜈蚣衞衕吏部惠郎宅第因煤油起火復經東安西安崇正各水會一齊往救至天曙時火熄共計燒燬房屋四十餘間當將家人解交步軍統領衙門懲辦云

弭盜詰奸　○保甲之行所以弭盜詰奸意至周法至善也近來地方官視保甲爲故事曾經分飭各屬地面認眞編查毋得稍有懈怠京城内外順天府五城分別旗民編查保甲應視外省城鄉畧爲變通所有五城地方王公大臣及大小文武官員第宅該本家自行嚴查其餘軍民商賈吏役人等以及菴觀寺院均應一體編次設立門牌註明人口數目責令互相稽察客民投住舖店寺廟者令該屋主詢明來歷塡註循環號簿送官查驗倘有隱飾別經發覺從重治罪立法何等嚴密日前煤市街萬隆客棧內經中城練勇局拿獲匪徒傅德壽等十三名並起獲洋鎗刀械等物解局研訊據供充當捕快奉有印票來京辦案旋卽備文前往通州行查等情迭經登報今據該州來文覆稱傅德壽向充本署捕役業經因案斥革今既被獲其有無爲匪不法情事應聽貴局自行究辦云云刻間正在嚴拏械鬥之案該匪胆敢聚衆持械潛居客棧該棧並不先行稟報難保無容隱情弊因將該店主一併鎖拏按律懲辦諒不日據情直陳
上聞矣

欽憲視局　○榮中堂於初一日赴小站閱操查辦事件已於初二日竣事旋津本擬初四日赴機器局查勘局務因雨改期初五日早十點鐘起節制軍王夔帥陪同前往六點鐘回轅聞各廠皆經閱過並閱駐紮該局兩營操演惟查閱各廠時有不滿意於某總辦之說未知確否聞日內復赴北塘閱視提標練軍云

直藩牌示　○慶雲縣夏聲喬鹽山縣銘彝詳請各飭回本任　署大名縣孫清華調省另有差委所遺大名縣一缺詳請以交河縣原恩瀛調署　易州直隸州州判傅徵源丁憂遺缺以試用縣丞彭大坤署理　宛平縣龐各莊巡檢繆楷病故遺缺以候補巡檢沈春泉咨補署故城縣管河縣丞劉斯衡病故遺缺以河工試用縣丞何雲章署理

報案笑柄 ○河東于家廠方甲與孫乙因口角起衅甲邀集多人各持器械將找孫乙鬬毆旋經鄰人勸住該管三甲地方風未及查明某處某人遽赴河東汛呈報汛官問在何處鬬毆答云不知又問兩造姓名亦云未曉汛官大怒當將地方鞭責四十飭速行查明再報迨地方回時事已了結矣

拒斃船戶 ○歷年海運江浙各沙船均停泊閘口紫竹林一帶近因河水淤淺不能上駛均在白塘口用剝船起米赴馬家口河干候齊再行過關北上五月初一日晚某剝船疎於防範被賊竊去飯米二包該賊得隴望蜀復於初二日晚前往行竊被船戶知覺喊捕該賊胆敢將船戶用刀扎傷落水身死經水地方稟明日昨在掛甲寺撈獲屍身蒙邑尊驗明飭差嚴緝矣

有子如無 ○東門外有張姓者夫婦年將花甲膝下一子愛如拱璧上年完婚婦小家碧玉伉儷亦頗諧和但漸生異心往往訴詐勃谿父母悉含忍之近來竟將積蓄竊出意欲携妻遠遁被張查悉憤欲送逆經親鄰說合令子磕頭服罪事雖了結終屬貌合情離老夫婦日日如防盜賊不知其何時逃走也此等忤逆視父母如路人謂之梟獍誰曰不宜

雷殛妖蛇 ○河北劉香廟董某以神道行醫家中修有仙壇求醫者先在仙壇焚香叩頭若干董口中念念有詞不甚可辨視畢以香包爐灰少許令病者用清水沖服頗有效驗日昨大雨霹靂一聲將房山轟塌見有火光一道如飛電掣影雨過後房山塌處有大蛇長約丈餘半垂屋內半垂屋外已被轟死董急將蛇移下掩埋說者謂仙壇所供即此物也果爾則董某不將失所憑依乎

險成命案 ○東門外混混某甲素與南門內混混積有仇隙屢次鬬毆糾纏不解茲又頓起風波約日交戰共決雌雄鬬兩邊所備器械竟有洋槍牛腿小砲等聲勢洶洶如臨大敵幸南門外有某姓者乃著名鍋匪近來頓改前非最好解紛排難於是出爲調停將事寢息否則一經交鋒定成命案矣吁嘻險哉

私錢爲害 ○街市行用私錢日多一日雖錢莊當舖在所不免良由禁令不嚴遂至毫無忌憚前已屢經登報茲復風聞南鄉一帶頗有私爐鑄錢運往城市銷售私錢一吊買制錢五百六百不等奸商收買牟利攙和使用每吊獲利約四五百文若當舖錢莊每日出錢成千累萬以十中攙一計之每千吊可攙百吊萬吊可攙千吊其利何厚而賣力傭工之窮民每日得錢二三百文以此錢糴買米糧舖家任意挑剔多所滯碍小民萬分吃虧不特無計可施抑且無處可訴此等情形官府未必周知不然豈有縱容奸商而不體恤窮民者斷無是也

福建 賴天生德皮絲煙莊

本號專辦皮絲加工監製向在湖南江南等處開設歷有年所四遠馳名今分設天津東門外宮南天后宮隔壁第一家開張請
諸君降臨光顧是幸特此
佈 聞

告白

敬啟者京城售報處改在前門外琉璃廠小沙土園路西寶興木廠又楊梅竹斜街中間路南聚興隆小器作內兩處分售此白
售報人陳午濤謹啟
寓前門內刑部後身草帽胡同北頭大院內

拍賣告白

啓者本月初七日禮拜三下午二點鐘在正廣和院內拍賣外國家俱桌椅床鋪紅毯皮子鏡子料器馬鞍臺燈掛燈燈罩各樣玩物俱全請早來細看面拍可也
集盛洋行啓

奇門課命

秣陵雪峯散人奇門理數得其異人秘訣凡推終身休咎先將本命参合八門九星據理直斷絲毫不爽今來津門停車試道　諸公果有懷疑不決者請來試之
寓紫竹林中和棧

烏利文洋行

啓者本行開設香港上海三十餘年四方馳名專售各式金銀鐘錶鑽石戒指八音琴千里鏡眼鏡等物並修理鐘表價錢比別家格外公道今本行東家米士得巴克由上海來津開設在紫竹林裕泰飯店旁
請
諸君降臨光顧是幸特此佈
聞
丙申年五月初六日禮拜二

天津 美昌字號

本號自辦各國鐘表玩物大小八音琴各款新式保安座燈掛燈各樣紙烟呂宋烟御用香胰皂廣東各名家臘丸黑白烟膏各省東土西土一概發莊貨高價廉本號修理鐘表格外價廉諸君賜顧者請　光降是幸特此佈　聞
新開在鍋店街中間坐北門面

浙杭 元吉永號

本莊自置紗羅綢緞新樣洋辮花素洋布川廣夏貨團摺雅扇南貨頭油俱全祗為近時錢市漲落不同故而各貨減價開設估衣街中間路北凡仕商賜顧者無悞特此佈達

義興順號

本店自置綢緞顧繡綾羅紗絹哈喇大呢花素洋布俱全貨高價廉開設天后宮北仕商賜顧無悞特此佈　達
頭號杭甯綢三錢八
頭號江甯綢二錢八
頭號摹本緞三錢二
哆囉蔴正　四分五
疋按原碼

保命險告白

啟者本行代理長明人壽保險公司如　紳商欲保者請移玉至紫竹林法租界第一樓東間璧華昌洋行面議可也此佈
英商華昌洋行啟

五月初六日銀洋行情
天津九七六錢
銀盤二千六百七十五文
洋元一千八百九十文
紫竹林九六錢
銀盤二千七百一十五文
洋元一千九百二十文

五月初七日出口輪船禮拜三
豐順　輪船往上海　招商局
順和　輪船往上海　怡和行
永平　輪船往上海　礦務局

直報

光緒二十二年五月初七日
西歷一千八百九十六年六月十七日
第四百三十一號　禮拜三

志西河路刼事　續前稿

由是西河上下估客遠近宣傳而王老永之名一噪然與王近者咸爲王懷隱憂憂夫賊衆王寡王處於明賊處於暗王戕一賊之命卽以刼衆賊之財且與賊同出一途其路狹與賊永爲仇敵其日長盛名之下不可久居凡事皆然何况業此爰以此語告諸王勸王改業否則隱姓名勿宣示或可混迹以求全王憤然曰是偷生狗子長畏人何乃無丈夫氣耶我自做我自當勿得以累衆戚友王乃到處揚其事以語人且口自呼姓名隨以手自指令人識面目並異其服衣戰士衣頭束巾腰束裙皆以王老永三字標其上自今歲河泮以來爲廣生局往返送鏢賊竟未之或犯也廣生局名亦大振生意愈多標夥亦愈衆至四月間該局鏢丁復從上游北來赴王家口天津一帶送鏢又經王老永戕賊之處時薄暮日將沉賊見廣生旗號復嚣集蜂擁以進前夥約數十輩後來旅旅未絕也喝船令泊直言將報夙仇且有聲言不共戴天者噫其中豈眞有前此被戕之賊子耶又喜趁下水順風船駛如箭岸追不及未得交鋒酣戰賊望船急發洋鎗如連環響聲未斷一賊忽倒乃知鏢夥中更有一王姓者見賊舉鎗急伏避鉛子甫過驟起以鎗還發輙中賊首賊懼乃不追鏢夥亦自喝曰我非老永然亦王姓與老永實爲二王衆夥友亦以勸老永者勸王噤勿聲王曰是謂我不成丈夫也嘻是人也其將與老永並駕乎老永知之當亦如昔賢之遠聞佳士輙心許矣或問客曰前聞獻縣胡令善緝盜盜幾絕胡尙狂若是客曰君所聞非妄聽余亦不敢妄言也胡令緝盜前所共聞今則又有所聞也卽此一事亦爲胡令所聞胡令復訪於其處信宿焉今日住河東明日住河西時與士著閒談時與行旅耦俱時嘆行路甚難頗有欲前忽刼之狀故遍詢諸羈旅主人主人或答或否答者類多諉爲不知情或言並無其事突一主人告令曰此事何妨君行矣勿過慮如遇若輩但以我姓名對言係我友則夜行無阻也令佯喜僞謝之主人愈肆曰君且試行如有所失我甘償之不食言令暗誌其門肩行李而去令去有識令者秘告主人曰汝危矣此客係獻縣胡大令爲訪盜來汝何濫言禍不遠矣主人遂夜遁令回署果卽籤拘其人已去如黃鶴矣客言之意若甚惜其未獲者余曰是不必惜或亦無知鄉愚好爲妄言妄語

耳不然令果實力緝盜盜無往而不可獲何必是使非實力緝盜縱即獲此則盜之護符亦必百計鑽營巧爲出脫何能窮詰天下事做得出想不出者豈勝計哉況盜之黨旣衆且著設無護符奚以至是故善治盜者或懲一以儆百或擒賊先擒王餘固不必盡誅也語曰舉直措諸枉能使枉者直以大視小理固如是使本此義以治盜則即以其鄉之人還治其鄉之盜當亦無之而不可管見如是寄語大令以爲芻蕘可採否

御醫輪值　○太醫院御醫向在　內廷值班住宿係按五日輪流換班前因某御醫接班遲悞幾遭嚴處今據太醫院堂憲將輪應赴　內廷值班往宿之御醫李壽昌等三十二員分爲八班每班四員均按五日一班赴　內輪值必待接班值差之員赴　內始准交班若有不候接班之員赴　內而值班之員先行散去者一經査出即治以曠職之咎諒經此番整頓必當謹愼從公不至仍前懈怠矣

死有餘辜　○予以財而責以死貪者不爲蓋得財亡身財將焉用命固重於財也獨至强盜則不然祇知當前之得財足樂不顧日後之被獲殺身愚已甚矣然或飢寒交迫生計毫無自計爲盜死不爲盜亦死於是行險僥倖性命苟延固無足怪若夫身隸甲兵歲有廩餼則作奸犯科之事似乎在所不爲矣宣武門外四川營地方程老者營兵也日前糾約匪黨十數人各持洋鎗刀械向鐵老公廟地方刑部王部郎宅第撞門入室傾箱倒篋搶刼一空携贜逃逸並聞將女媪右臂砍傷甚重當經禀報營坊勘驗隨即飭差緝捕立將贜賊俱獲現已供認不諱詳城沓送刑部先行革去兵粮一俟供招落實當即立正典刑夫設兵所以防賊不能防賊何足爲兵今乃不惟不能防賊而竟敢於作賊兵乎賊乎一死不足蔽辜

嚴拿賭匪　○京師匪棍最多往往開場聚賭設局抽頭以致宵小繁興盜賊充斥良由於此曾經中城察院會議專摺奏請一律禁止嚴飭地方文武各官不時巡察緝拿懲辦此風少熄詎法久玩生今聞中城所屬地面有前門外西月墻肉市排子衚衕煤市街蔡家衚衕李紗帽衚衕給孤寺夾道柳守衛等處共設賭局八處與營坊勾通每節許給白金二十兩作爲陋規中城某副指揮以爲未足復每節索欵五十四金各局無不樂從於是益無忌憚喝雉呼盧通宵達旦幾與錢號當商之開張鋪面者無異昨經院憲訪悉拿獲數名定將嚴行懲辦矣

行程紀錄　○合肥相國由俄起程日期已據電音錄報玆聞官場友人聲稱初五日續由俄德兩國來電云四月二十六日謁見俄皇辭行即起節赴德先由德廷派漢納根德璀琳二君迎於境上約五月初四日謁見德皇迨相節行抵柏靈德政府文武各員均相接如儀於初四日午正晉德皇宮呈遞國書德皇優禮相待云

相節赴蘆　○榮中堂初五日査閱機器局已恭紀報端玆聞相節定於初八日早車赴蘆台看操云

變法先聲　○運憲牌示　爲牌示事案蒙　督憲札開轉准山西巡撫胡咨稱請將各書院肄業生童變通章程課考天學格物等因査天學格物乃當時要務學法深奧未便遽事更張恐赴考者更屬寥寥自應先行諭知嗣後將天學格物按課講求俟該生童等稍諳再爲課考合亟牌示

課題照錄　○五月初二日問津書院學海堂課題　生題嘗獨立鯉趨而過庭曰學詩乎對曰未也不學詩無以言鯉退而學詩　童題聞詩　詩題賦得五月榴花照眼明得花字

相觀而善　○前三月十八日輔仁書院輪考府課已紀前報玆悉卷已閱畢昨經發榜照例錄取生則超特一童則上中次各分三等並將超等之陳奎齡特等之何家駒上卷之丁名珍中卷之周之銘等卷裝訂成編留院傳觀以取觀摩之義俟下課再行拆分給領惟某甲與某乙二卷雷同經府憲査出照章扣除另補巳牌示備補之辛承培等下課准來院肄業云

假勢作威　○某甲者回民也現在某營充當馬小隊昨在大胡同某寮作狹邪遊因該妓等不善應酬拂袖而去旋率二三同

人前來尋衅大毀風景並持楊某名片將妓送縣値日班頭知楊係營官然只憑名片一帋未肯遽信詭云敝上前有明諭凡囑託公事須有函信方可投遞如僅係名片概不准收甲無奈祇得回取函信然一去不返儼同黃鶴矣

子悍毋刁　○前有縣署護院某甲被盧乙柴丙等刀傷當將乙丙等收禁各節迭經列報茲聞盧母某氏赴縣求釋並分析民人與護院滋事不應重辦等情蒙批查盧乙實係著名棍匪屢經行兇人人側目故飭收禁候辦以除兇頑而儆效尤該氏不察輒來混瀆殊屬非是云云該氏於奉批後不肯恪遵復以偏袒妄辦等詞赴府翻控刻尙未蒙批示云

死有別情　○侯家後名妓鳳仙者色藝俱佳性情揮霍服用務極華美傭有甲乙女僕二甲司漿洗烹調乙司針線鎖鑰妓爲河東某少年所賞將爲脫籍另營金屋貯之鴛侶旣諧鶯遷有日因向乙查點一切爲移居計乙聞信卽吞芙蓉膏斃命該管地方赴縣禀報經林大令相驗屬實飭傳齊屍屬一干人証再爲覆訊按女僕之死似有別情不然何輕生若此也一經覆訊定當水落石出

贖灘搆訟　○上年四月間海嘯爲災晒鹽灘地盡行淹沒以致引水溝渠全被冲淤經升任臬司前運憲查悉灶戶困苦異常禀請督憲奏准籌措欵項分借各戶承領開溝晒鹽以濟商運洵爲一舉兩得法良意美張甲曾承借若干充作整理灘地之用而張甲灘地係向豐財廠屬下萬乙租出刻下灘鹽指日告成萬乙知照中人擬欲回贖張不允萬卽赴廠以霸地爲詞具控當經傳訊張稱庫欵未還鹽將晒成尙未出灘焉能帶鹽贖去致虧借欵該廠大使諭令兩造調處必須按照灶戶則例循章辦理萬尋上控蒙批候飭該廠查照灶戶章程具詳核奪嗣據詳稱查定章凡灶戶灘地無論租當均須俟下沫灘時回贖自應遵照辦理照例租銀七十五兩歸萬作爲修理灘費核與定章相符卽飭將案訊結詳銷惟萬意猶未服旋赴分司衙門具陳現於初五日批示查該廠詳文均屬公允合依擬結至前承借修浚灘費庫欵攸關自應仍向張甲名下追繳云云

龍舟誌盛　○五月五日龍舟競渡江漢間頗稱巨觀近來津郡亦間扮演實足步武後塵是日用巨舟數艘首尾裝作龍形復以燈彩點綴之後懸鞦韆一架童子數人作諸色雜劇變幻靈巧舟中笙簧迭奏以爲之節上自西市口下至鹽坨往來容與觀者霧集雲屯凡南朝金粉北地胭脂爭欲一拓眼界鬢影衣香與波光相掩映美哉洋洋乎誠極樂世界也直至紅日西沈始行撤會遊人亦逐隊散歸焉

禁人赴鮮　○上月二十九日東洋消息言日本現議有則例凡日人若未由官領取執照不准擅赴朝鮮

設立捕房　○蘇垣以開埠在邇須設立捕房從滬上調取西捕一名來蘇教習等情早誌前報茲悉該西捕蒞蘇以來經洋務局在撫標中營挑取年輕力壯狀貌魁偉之勇丁二十四名交該捕頭教習規矩俾資日後巡街之用現以捕房尙未興造均暫住葑門外官廨云

文美齋

本齋開設天津府北門外鍋店街自製石青硃砂絹箋冷金赤金團屏描金頁箋各種詩箋徽墨湖筆八寶印色綠硯漂淨顏料精表冊頁屏對時欵雅扇箋簡帖套各色南紙並辦各省家藏板官局板石印等書一應俱全又新出書籍列後　論語經正錄　洋務實學新編　奏疏錄要　公車上書記　拍案驚異記　通商始末記　中日始末記　萬國史記　使俄草　曾惠敏公全集　左文襄公兵書　智囊補各國鐵路圖考　時事類編　正續盛世危言　日本地理兵要　士商賜顧者請至本齋庶不致悞

告白

敬啓者京城售報處改在前門外琉璃廠小沙土園路西寶興木廠又楊梅竹斜街中間路南聚興隆小器作內兩處分售此白

售報人陝午清謹啓　寓前門內刑部後身草帽胡同北頭大院內

拍賣告白

啓者本月初八日禮拜四下午二點鐘在正廣和院內拍賣外國家俱桌椅床鋪紅毯皮子鏡子料器馬鞍臺燈掛燈燈罩各樣玩物俱全請早來細看面拍可也

集盛洋行啓

奇門課命

秣陵雪峯散人奇門理數得其異人秘訣凡推終身休咎先將本命參合八門九星據理直斷絲毫不爽今來津門停車試道　諸公果有懷疑不決者請來試之

寓紫竹林中和棧

烏利文洋行

啓者本行開設香港上海三十餘年四方馳名專售各式金銀鐘錶鑽石戒指八音琴千里鏡眼鏡等物並修理鐘表價錢比別家格外公道今本行東家巴克由上海來津開設在紫竹林裕泰飯店旁請諸君降臨光顧是幸特此佈聞

丙申年五月初七日禮拜三

鐵路圖考　普法戰紀　萬國史記　四元玉鑑　算草叢存　時務要覽　時事新編　游歷日記　行軍鐵路工程　西法算學入門　洋務實學新編　通商約章成案　中西匯通醫書　原板中西算學　正續盛世危言　通商始末記　西洋易筋經　華英尺牘　全圖清烈傳　三寶太監下西洋

北門東文德堂發售

普安醫室

楚北咸甯任棟臣廣文爲籲門先生仲子少承家學舉業外兼習岐黃方術所施有起死回生之妙現寓天津道西箭道內謹代登報首以告求醫者

成鶴　郭天錫洪思齊同啓

浙杭元吉永號

本莊自置紗羅綢緞新樣洋辮花素洋布川廣夏貨團摺雅扇南貨頭油俱全祇為近時錢市漲落不同故而各貨減價開設估衣街中間路北凡仕商賜顧者無悞特此佈達

義興順號

本店自置綢緞顧繡綾羅紗絹哈喇大呢花素洋布俱全貨高價廉開設天后宮北仕商賜顧無悞特此佈　達

頭號杭甯綢三錢八

頭號江甯綢二錢八

頭號摹本緞三錢二

哆囉嘛整疋按原碼　四分五

保命險告白

啟者本行代理長明人壽保險公司如紳商欲保者請移玉至紫竹林法租界第一樓東間壁華昌洋行面議可也此佈

英商華昌洋行啟

五月初七日銀洋行情

天津九七六錢

銀盤二千六百八十文

洋元一千八百九十文

紫竹林九六錢

銀盤二千七百二十文

洋元一千九百二十文

五月初八日出口輪船禮拜三

新濟　輪船往上海　招商局

桂陽　輪船往廣東　太古行

直報

光緒二十二年五月初八日　第四百三十二號
西歷一千八百九十六年六月十八日　禮拜四

上諭恭錄

上諭麟書着授爲武英殿大學士崑岡着授爲體仁閣大學士欽此　上諭廂白旗滿洲副都統賡音布於同治年間由護軍校從征直隸山西等省曾著勞績歷任御前侍衛護軍統領均能稱職茲聞溘逝軫惜殊深加恩着照副都統例賜卹任內一切處分悉予開復應得卹典該衙門察例具奏欽此　太常寺題五月十一日夏至大祀　地於　方澤看視牲隻奏　旨遣魁斌視牲溥善看牲欽此

書直省變通書院肄業章程事

長蘆運憲李都轉昨奉北洋大臣直隸督憲王制軍轉准山西巡撫胡中丞咨稱請將各書院肄業生童變通章程課考天學格物等因據行牌示約謂查天學格物乃當時要務學法深奧遽言更張恐赴考者寥寥合先諭知嗣後將天學格物按課講求俟生童稍諳再爲考課云云仰見留心時務爲國育材諸鉅公目擊時艱孳孳求治殊爲明體達用之實意謹按晉撫胡聘之摺奏畧言時事多艱需才孔亟擬請變通書院章程併課天算格致等學以裨實用查上年欽奉　諭旨自來求治之道必當因時制宜況當國事艱難尤應上下一心圖自强而弭隱患朕宵旰憂勤懲前毖後惟以蠲除痼習力行實政爲先疊據中外臣工條陳時務詳加披覽採擇施行着直省將軍督撫各就本省情形悉心籌畫酌度辦法等因欽此遵查升任順天府府尹胡燏棻等條奏內如練兵籌餉諸大端皆爲當今急務應酌核情形次第奏明辦理惟裁改書院一事關係人材之消長學術之純疵不可不孰籌審議夫　國家書院之設固欲多方造就廣育人材以備任使自教失其道名存實亡合天下書院養士無慮數萬人而　朝廷不免乏才之歎議裁議改誰曰不宜又云但能不悖於正道無妨兼取乎新法顧深詆西學者既滯於通今未能一發其扃鑰過尊西學者又輕於蔑古不憚自決其藩籬欲救二者之偏失則惟有善變書院之法而已又云書院之弊或空談理學或溺志詞章既皆無裨實用其下者專摹帖括注意膏獎志趣卑陋安望有所成就宜將原設之額大加裁汰每月詩文等課酌量併減然後綜核經費更定章程又云凡天文地輿農務兵事與夫一切有用之學統歸

格致之中分門探討務臻其奧此外水師武備船砲器械及工技制造等類儘可另立學堂交資互益以儒學書院會衆理以挈其綱維而以各項學堂操衆事以效其職業必貫通有所宰屬然後本末不嫌於倒置體用不至乖違臣前在藩司署巡撫任內察看士風樸質類能好學深思曾就省城令德書院勖其專治實學兼習算數因院長已革御史屠仁守嘗受業於同文館總教習李善蘭於天算格致頗能精曉爰屬其併教諸生俾識途徑臣此次到任後調閱算學課卷所有三角測量代數幾何諸題多能精核相繼來學者人數亦增惟未嘗議定章程另籌膏火經費博收廣勵其道無由今幸明奉 諭旨頒發條陳整頓書院誠爲陶鑄人才之大機臣與學臣錢駿祥再四籌商擬就令德書院別訂條規添設算學等課擇院生能學者按名註籍優給膏獎省外各府屬如有可造之士由臣與學臣隨同甄錄調院

此稿未完

御路蕩平 ○五月十一日夏至 皇上大祀 地於 方澤親詣行禮已見邸抄各部院陪祀司員銜名復列前報茲聞
皇上於祭前三日齋戒陪祀之王公大臣亦一體齋戒至祭前一日升 太和殿看視祝版屆期丑正出順直門神武門地安門安定門恭詣 地壇行禮禮成進安定門至 雍和宮更衣用膳畢由地安門經北長安街回南海沿途 御道預由步軍統領衙門督飭八旗兵丁塡築蕩平以昭愼重

喜占勿藥 ○醇賢王福晉聖體違和日前 皇上幸 醇賢王府第看視已列前報今聞初四日 皇太后 皇上同詣 醇賢王府第看視並派 御醫周之楨莊守和前往診視諒大孝格天尊養備至定占勿藥有喜云

旌旆飛揚 ○新簡總理工部事務大學士麟芝菴中堂定於五月初八日卯刻上任示仰闔署司員筆帖式寶源局木倉琉璃窰各監督書皂人等至期一體謁見毋違特示○新簡禮部尚書剛子良大宗伯定於五月初八日辰刻上任示仰闔署司員筆帖式鑄印局大使僧錄司僧官道錄司道官暨書皂人等至期一體謁見毋違特示○順天府府尹胡大京兆到京後宮門跪安曾見邸抄茲悉定於五月初八日辰刻上任示仰闔屬官吏人等至期一體謁見毋違云

有秋預兆 ○節近夏至每日赤傘高張炎熱非常都門一帶禾苗已覺乾旱今於五月初三日午後五點鐘天氣陰鬱雷聲隆隆雨師稅駕至初更大雨如注通宵達旦初四午前稍放晴霽至三點鐘忽又細雨濛濛都人皆謂此番甘霖殊覺深透高下田疇均形沾足農家者流莫不額手稱慶云

憲轅批示 ○海下人某甲昨在道署投呈據稱某有祖遺地若干前被盛軍佔去畏勢不敢過問今該總統已經被罪懇恩如數賞還以便耕種現有印契爲據等語蒙批查盛軍所占稻田均係價買有當日立契可憑繪圖可考今以多年廢契來轅混瀆顯因盛軍已去現立營田局事屬創始乘間蒙混所懇碍難率准並加申斥云云

膽地移棺 ○津邑地窄人稠民居鱗比兼以連年水患災區難民流寓者尤屬不少城廂內外房價昂貴以致從前隙地盡行搭蓋房間河東朱家坟附近亦有窮民草房暫庇風雨者現因府憲轉蒙 督憲札飭令將四郊無主棺木移厝義地以免暴露所有置買義地尙不敷用擬將靠近各草房一律拆毀以備移棺之用有紅契者每間給價五十吊無紅契者概不給價並勒令赶緊拆毀以爲侵佔官地者戒

藉媒作拐 ○本郡王甲前數年爲子締姻憑媒某聘定黃莊齊乙女爲媳現因子及歲信知齊乙諏吉完娶齊本爲他人作嫁刻未在家妻某氏聞信因奩裝一切毫無預備正在倉皇無措忽有人到門據稱王知親家在外無人料理且道路遙遠往返送親亦屬難事因遣車來接女就婚氏信之將女交原媒偕來人同去昨齊由外回家聞女過門以爲事太倉猝頗涉疑怪遂來津看女及與王見面始知並無娶婦事急找媒人查問已作鴻飛冥冥矣

恐釀事端 ○東門內府學附近新開茶舖一座掌櫃不知何許人名爲茶園實則開局招賭漁利抽頭尤可異者內有密室暗

藏野花數枝無知少年如蜂覓蕊如蟻附羶絡繹不絕似此明目張胆肆行無忌不至釀成事端不止也

贓輕情重 ○河東郭甲學校中人日前遣僕某持錢帖一竿赴河西購物行至東浮橋忽背後來一莽漢猛將肩胛一拍卽將錢帖搶去僕跟踪抓獲詎該賊執有小刀將僕手劃傷痛不可忍只得放鬆遂乘間而逸僕回稟主人郭以清天白晝硬搶錢文反被拒傷殊屬藐法已極當卽具稟報案懇請嚴緝惟近來街市間無論晝夜硬行搶奪者時有所聞此風斷不可長若不嚴拏懲辦恐養癰成患於地方大有關係

自投羅罔 ○客民王三素與本埠張某相往來日益親昵久之穿房入屋女眷亦毫無避忌一日乘張外出竟將張妻某氏誘拐偕逃張父遣人到處偵探殊無踪影事隔月餘不知劉因何事潛來津郡因乏路費在西沽某當舖質典衣服被張內弟撞見狹路相逢詎肯放手當卽扭赴該管武汛移縣訊究據供誘拐屬實現氏寄寓京都云云除板責三百嚴押外限十日內赶將該婦交案一面飭傳張父屆限具領

兇徒太橫 ○古稱北方風氣剛勁好鬥喜爭而天津爲尤甚昨西大藥王廟前某甲有房數椽賃與某乙居住房係硬山前後攢草把爲墻城廂內外除富貴家大半皆然乙因天氣漸熱屋內不便炊爨欲在外另修涼竈就墻竪立烟筒甲阻之謂墻皆草把豈堪烟薰火燎倘有疎虞貽害殊非淺鮮乙不但不聽反逞兇橫致相鬥毆用刀將甲頭顱砍傷血如湧泉當卽抬赴縣署鳴冤蒙邑尊驗明已差拘案訊究矣

一絲不挂 ○盜賊種類甚多小則祛篋穿窬大則明火執仗固已防不勝防近更有一種匪徒專在澡塘內混迹每値人多忙亂之時乘間竊取衣物名曰頂箱日昨某公館門丁在津道前陳姓澡塘洗澡將藍紬褲掛綢紬大衫搭連一個錢帖六千五百文及鞋襪零星等物一概竊去該門丁赤條條一絲不挂不能回寓經掌櫃借取舊衣暫爲蔽體現聞陳姓掌櫃煩人央懇情願如數包賠尙不知能應允否

俄船詳誌 ○英國水陸軍報云俄國摩斯科報載俄國派駐各處兵船名單一則頗爲詳晰駐太平洋戰船名尼古剌第一船上官三十一員兵水手共五百八十名頭等巡船四艘船上官自二十三員至三十一員不等水手兵自四百五十至六百不等二等巡船二艘一官十六員兵一百四十人一官十七員兵一百七十七人水雷砲船五艘一枝桅砲船五艘水雷艇二隻駐大西洋頭等巡船一號船上官三十四員水手兵士五百一十九名駐地中海頭等巡船三艘二等巡船一艘礮船一隻查此單當是去歲十一二月間刊布者與現在所有之數微覺不同

日稽華人 ○日本官報載稽查旅居人數淸册截至上年十月華民旅居日本者共三千三百七十五人寓東京者九人北海道三十七大坂一百八千九橫濱一千七百一十神戶八百七十九長崎五百五十一人較諸從前似覺大減云

僊遷老墳 去年買顧崇德在海二大道地一方後有水璺現欲塡土因有坟三座查無着主未便塡上爲此登報倘有知底細者祈關照原主在五月內速來起去逾限不起俾代遷往義地浮厝立有標記聲明　閱報諸君

怡和煤油公司啓

遺失銀條 本月初四日遺失洪源莊三千二百十四號存條一紙計公砝銀二百兩已向該莊說明如有人拾得作爲廢紙特此告白

劉具

普安醫室 楚北咸寗任棟臣廣文爲籲門先生仲子少承家學舉業外兼習岐黃方術所施有起死回生之妙現寓天津道西箭道內謹代登報首以告求醫者

成鶴　郭天錫洪思齊同啓

文美齋

本齋開設天津府北門外鍋店街自製石青硃砂絹箋冷金赤金團屏描金貢箋各種詩箋徽墨湖筆八寶印色歙硯漂淨顏料精表冊頁屏對時款雅扇箋筒帖套各色南紙並辦各省家藏板官局板石印等書一應俱全又新出書籍列後　論語經正錄　洋務實學新編　奏疏錄要　公車上書記　拍案驚異記　通商始末記　中日始末記　萬國史記　使俄草　曾惠敏公全集　左文襄公兵書　智囊補各國鐵路圖考　時事類編　正續盛世危言　日本地理兵要　士商賜顧者請至本齋庶不致悞

新書出售

分類洋務經濟時事新論者長白仲英部郎所採輯也凡練兵鐵路製造以及化學光學重學諸法紡織格致開礦等事無不網羅著爲論說并各國名士所撰時事議論中西關係輯要秘法製造無烟火藥說亦均附載洋洋數十萬言誠大觀也石印六本裝以錦函實價洋八角托天津萬寶堂壽字山房嫏嬛書莊京都宏文書局出售

上海文運書莊啓

奇門課命

秣陵雪峯散人奇門理數得其異人秘訣凡推終身休咎先將本命參合八門九星據理直斷絲毫不爽今來津門停車試道　諸公果有懷疑不決者請來試之

寓紫竹林中和棧

烏利文洋行

啓者本行開設香港上海三十餘年四方馳名專售各式金銀鐘錶鑽石戒指八音琴千里鏡眼鏡等物並修理鐘表價錢比別家格外公道今本行東家巴克由上海來津開設在紫竹林裕泰飯店旁請諸君降臨光顧是幸特此佈聞

丙申年五月初八日禮拜四

金陵仁記南味坊

自製本機元淺京緞甯綢糟紗縐絨線貨食物金腿海味南貨俱全近因錢市漲落不同分別減價抑因無恥之徒假冒南味者甚多雖云謀利誠恐亂眞欲辨薰蕕用煩楮墨

寄售　雨前龍井　碧螺春　每斤津錢一千二百文　三千文　一千八百文　福建條絲格外公道　開設宮北大獅胡同內

浙杭元吉永號

本莊自置紗羅綢緞新樣洋辦花素洋布川廣夏貨團摺雅扇南貨頭油俱全祗爲近時錢市漲落不同故而各貨減價開設估衣街中間路北凡仕商賜顧者無悞特此佈達

義興順號

本店自置綢緞顧繡綾羅紗絹哈喇大呢花素洋布俱全貨高價廉開設天后宮北　仕商賜顧無悞特此佈　達

頭號杭甯綢三錢八

頭號江甯綢二錢八

頭號摹本緞三錢二

哆囉蔴整疋按原碼　四分五

保命險告白

啟者本行代理長明人壽保險公司如　紳商欲保者請移玉至紫竹林法租界第一樓東間壁華昌洋行面議可也此佈

英商華昌洋行啟

五月初八日銀洋行情

天津九七六錢

銀盤二千六百八十文

洋元一千八百九十文

紫竹林九六錢

銀盤二千七百二十文

洋元一千九百二十文

五月初九日出口輪船禮拜五

新濟　輪船往上海　招商局

桂陽　輪船往廣東　太古行

直報

光緒二十二年五月初九日
西歷一千八百九十六年六月十九日
第四百三十三號
禮拜五

啓者本局向章每年五月朔日派分股利前於上年應派甲午年第八次股息因東省多事營口等分局帳目未能如期送山彙結爰改在六月朔派利在案今本年應派乙未年第九次股息又因上年將各外口分局售煤事宜煩洋人代辦本年收回自理所有接收帳欵存煤核算清楚造送到山爲期較遲嗣經總局彙結後請　各股友到山看帳又復延候多日以致派利之期在邇其總結帳畧寄南刊印尚需日時現擬仍援照上年辦法展至六月朔在天津上海香港三處派利請　有股諸君屆期持息摺赴取天津上海俱在本分局恭候香港仍派友前往擇地辦理另行登報奉　聞至明年應仍按五月朔日派利以符定章特此佈　達　開平礦務總局謹啓

上諭恭錄

上諭劉樹堂奏鄭州文廟不戒於火請將該學教官及地方文武分別議處一摺本年二月間河南鄭州文廟殿宇被焚該教官等疏於防護地方文武不能立時撲滅均難辭咎鄭州學正朱炎昭訓導王鶴山知州邵承裕城守汛把總常照奎均着交部分別議處欽此　上諭兵部題考試八旗文童監馬步射開列請點一本奉　硃筆着派載瀛裕德監馬步射欽此　硃筆這監試着恩綸去欽此　上諭巡視北城御史達椿等奏遵保獲盜出力官紳開單呈覽並遵駁改奬各摺片着該部議奏單併發欽此　旨廂藍旗滿洲副都統着永隆調補廂黃旗漢軍副都統着載瀛補授欽此　旨廂白旗滿洲副都統着敬昌調補鑲黃旗蒙古副都統着溥倫補授欽此　旨廂藍旗滿洲副都統着永隆調補廂黃旗漢軍副都統着載瀛補授欽此　旨正黃旗護軍統領着果勒敏調補正藍旗護軍統領着彭壽補授欽此　旨着派載灦管理鑾輿處事務欽此　旨鑾儀衛鑾儀使着色楞額補授欽此　上諭陶模奏補報甘省添募各軍請飭部立案開單呈覽一摺各省添募營旗餉項攸關例應隨時奏咨上年甘省辦理防勦楊昌濬添募各軍竟有未經奏銷之案殊屬疏漏楊昌濬着交部議處此項營務着陶模認眞裁汰以節餉需該部知道單併發欽此

書直省變通書院肄業章程事　續前稿

又云課程立而人知奮遇有材能超越新法明通兼達時務者不拘年限由臣咨送總理衙門考試以備器使此外學有心得算法通曉者准令分教外府屬各書院遞相傳習藉資鼓舞如此變通辦理自可收實效而袪流弊擬請　旨飭下各省督撫於現在所有書院詳議推行不惟其名惟其實不務其侈務其精庶禮失而求諸野修古而不忘其初學術愈純人才日衆庶幾自强之道無待外求等因於四月廿九日發抄官局彙報恭讀之下竊思自强不外育才中夏人材所以不及泰西可用者因泰西諸國皆廣設學堂書院舉凡當務急用無不各有其學各專其學自貴介以迄寒素亦幾無人不學無日不學所以造就多而材足用也中夏自沿前朝制藝科舉以來其相率而爲無用並有害於世道人心者前賢論之時賢已屢屢論及約而言之名爲代聖賢以立言仿唐虞之敷奏實則逐逐於名卽逐逐於利誠有如某公原奏所云專摹帖括注意膏奬志趣卑陋者適以開梯榮之捷徑啓揣摹之先機使學校經生竭其才力心思盡以

消歸於無用而經書爲何如物聖賢爲何如人孟子所言幼學壯行爲何如事學校中日日讀之不啻沙彌誦課佛自佛我自我不過取頓挫抑揚按腔合拍適於口入於聽儼如伐鼓考鐘下界人詡爲殿角春雷半天風雨自梵王弟子聞之適以爲囂塵汚穢俗不可耐而已其入彀者雖以書理文法相矜尙究亦未免爲講章唾餘坊刻花樣其於以人治人就事論事因物付物將心比心之端毫無理會更不必言聖功王道也一旦出身與人家國事夢夢然爲學優登仕之人兵刑不解錢穀弗知乃悟所習非所用所用非所習一切公務不能不諉諸他人其他人者除蓮幕或以廉隅自愛不肯妄爲餘則無非喻利爲之官者倘非秉質過人學養兼到久與不善人處鮮不終易其操盡棄其學而學焉以致身現宰官心存市儈迫於勢囿於俗居然衣鉢相傳夫有所授之也回思讀書談道時薄天學爲術數鄙格物爲小學此時平心按之卽此術數小學生平實未聞崖畧學使然敎使然病深矣可奈何大臣以人事君卽思以材馭世當此中原多故世變旣亟人材愈鮮創鉅痛深之下殷憂啓 聖 宵旰勤勞內外臣工自宜實心實力以爲臥薪嘗胆之謀然非儲其材於平日烏能收其效於臨時以故當道諸公咸思以育材爲急 此稿未完

情同局騙 ○都門九城買賣惟錢店爲最多亦惟錢店爲最惡其作奸牟利重入輕出猶未也往往恣意揮霍虧累過多以致閉門逃逸爲害居民者不勝枚舉德勝門外廣盛錢店暗將銀錢運出旋於五月初一稟請封閉當經北城副指揮將該錢店査封起獲底賬卽將舖主聶某管押准令當堂核算勒限措繳倘敢違限按照設局誆騙律咨送刑部辦理至共虧票存若干俟核算後再行續錄

賊善脫身 ○近日京師竊盜之案層見迭出以致居民夜不安枕頃聞五月初二日夜間時交三鼓前門內新簾子衚衕某宅主僕皆在睡鄉被樑上君子撥門入室翻箱倒篋搜竊衣飾翩振有聲僕人由睡鄉驚覺赶卽披衣追捕將賊抱住詎該賊竟以身携利刃向之威嚇僕恐遭不測只得鬆手遂携贓而逃次晨赴該管官廳報案勘驗嚴飭兵丁上緊勒緝然鴻飛冥冥究不知何時弋獲矣

厚葬殃屍 ○西便門外駱駝灣村王姓者富翁也一女年二八愛若掌珠日前患病遽赴泉臺棺木浮厝荒郊俗曰寄葬相傳棺中有金鐲玉器等物五月初二日忽有匪人乘夜深時竟至開棺見屍聞屍雖黧黑尙未腐爛現已報官勘驗飭捕嚴緝噫慢藏誨盜古有明訓顧可以金玉殉葬自作盜媒乎若富翁者特溺於情而昧於理耳

作僞成擒 ○京師崇文門外蒜市口粂戎轅前經官廳弁兵拿獲行使僞銀高某一名先是鮮魚口某舖向高購得烟土三十兩價錢付清比及責烟皆係泥土始知被騙於五月初二日被舖夥撞獲致高無可强辯將身携洋銀作抵意圖脫身不料該舖夥持赴復盛錢店估看又係僞鼎當卽向高爭論彼此互毆被兵丁拿獲又在高身搜出僞洋銀五元經官廳研訊確供將一干人證解送步軍統領衙門按律懲辦云

直藩牌示 ○易州直隸州汪瑞高署事期滿遺缺飭令准補易州直隸州知州郭宗仁赴任 武清縣楊村縣丞王履虹保升遺缺擬以新海防遇缺先用縣丞徐振旬咨補 委署武清縣楊村縣丞宋如鎬因差未能赴任遺缺委代理是缺之河工試用州判鄭其琛改爲署理 滄州風化店巡檢汪肇起病故遺缺飭令實缺之凌家麒回任 固安縣敎諭吳寶善回籍修墓遺缺詳委前次迴避同府之効用二等舉人孫勇泉署理 景州訓導趙韞輝丁憂遺缺詳委孝廉方正敎職劉尙文署理 新城縣訓導李春華與雞澤縣敎諭賀家駿互相調署 咨補蔚州吏目兪光琳咨補阜城縣典史范奎垣均奉部覆准自應各飭赴任

市菜價昂 ○津郡人烟稠密自創立保甲局編査戶口共計城內外不下二百數十萬戶加以四方流民與候補各公館連年遞增又不知凡幾故食物昂貴較勝他處五月初七日市中鮮菜陡然騰貴較往日價漲一倍詢悉海河菜船因水大船小裝載過重沈没二隻船內葱韭等菜五百餘捆盡逐浪隨波而去坐船者二十餘人紛紛落水如鵝鴨幸被撈救上岸未遭滅頂菜價之貴職是故耳

水手淹斃 ○本埠乃九河總滙又兼潮汐項托從無淤淺之時今年四月內連日晴霽上游各河皆涸失於灌注故海河亦極形淺狹鹽糧雜貨等船幾不能開行自五月初三日大雨以後河水驟漲數尺各船遂得連檣上駛日昨有裝蘿蔔小船船上水手三人

行抵大口被溜攪翻當經別船赶緊拯救僅撈獲一人其餘二人不知去向想與屈大夫把臂去矣

身死不明 ○朱家坟附近小道旁有無名男屍一具該管地方已循例報縣請驗以便殮埋待屍屬認領嗣聞該屍年十九歲住侯家後早失怙恃性懶惰不務正業兄嫂頗不靑眼擯斥之遂至流落常在楊家台王姓小店住宿困頓情形不問可知日昨出外閒遊半晌始行回店該店主見其神情不類往日恐有變故逐之出店行至該處忽然倒地身死此係得諸傳聞未知確否現屍兄已具詞呈控蒙邑尊批飭預備相驗刑招仵以及值日差役均須於初八日先至屍塲伺候一經驗訊所控是否實情抑係揑飾另有他故定當水落石出矣

跪門討賬 ○南門內小費家衚衕坐北第二門首初七日有一少年約二十餘歲兩手拈香長跪門外聲聲稱求恩典門內有五十餘歲婦人笑謂賢姪請起本因交好通財何必作此模樣惹他人笑話少年置若罔聞仍聲喊不止視者擁擠幾乎塞巷訪悉少年姓孟係某署房書婦人姓楊楊之姪欠孟錢若干屢討不給因作此態嘗見街市討賬者或爭吵或鬥毆或甚至搆訟從未有拈香跪門者殃之乎抑辱之乎

街鄰息事 ○昨有少婦年不及三旬在縣鳴冤由值日差役帶至代書處囑具呈詞據稱謝姓住河東四甲夫甲出外營生夫弟乙時向調戲氏皆不理茲因翁姑均未在家伊竟敢大事囉皂勢將行强經氏高聲喊叫伊始退避等語呈方繕就忽有街鄰四五人央見班頭將婦陪同調處但不知能了結否

不值一笑 ○日報創自泰西意在勸善懲惡故本館開辦以來皆係據事直書無毁無譽近有無知之徒妄事猜疑抑何可惡日前報登微調風聞一則因事屬採訪未敢輕信姑作疑詞乃由某營寄來一紙指爲賄賂之報試問賄賂何來何不據實聲明殊屬乖謬且措詞鄙俚不通竟敢殃及筆墨謂之妄人誰曰不宜

慘遭浩刼 ○豐潤縣城北黨谷一帶於四月二十五日晚四點鐘時濃雲密布風雷交作霎時間大雨傾盆繼以冰雹大者幾如鷄卵二麥無存木葉盡脫尤可慘者狠仲闗地方有古廟一座正當演戲酬神進香者絡繹不絕詎山水陡發猝不及避淹斃男女共二十七名口牛馬車輛隨波逐流者無算按往年原係十八日演戲今年因故改期竟遭此難想亦有數存乎噫

俄又添船 ○英陸路郵報載云俄國政府擬於本年添設大洋輪船五艘往來俄國通商口岸及中國日本高麗等處辦理商務此項船隻遇有警信安配大礮足比巡船云

屹然大國 ○俄國幅員之廣已跨亞細亞及歐邏巴二洲茲有人計俄國在歐邏巴二洲得地有二百零九萬五丁方里亞細亞洲有六百五十萬丁方西里合計得八百五十九萬五丁方西里通天下之國以俄爲最大蓋其地莫之與京也

鬧教又聞 ○離浙江温州約三百九十餘里該處地名松陽於前禮拜一又有鬧教情事該堂教士二人俱德國人其一受傷甚重因該處地方官辦理此案不甚得力故未經受傷者昨已乘輪來滬稟請該管領事爲之妥理云

文美齋

本齋開設天津府北門外鍋店街自製石青硃砂絹箋冷金赤金團屏描金貢箋各種詩箋徽墨湖筆八寶印色歙硯漂淨顏料精表冊頁屏對時欵雅扇箋角帖套各色南紙並辦各省家藏板官局板石印等書一應俱全又新出書籍列後　論語經正錄　洋務實學新編　奏疏錄要　公車上書記　拍案驚異記　通商始末記　中日始末記　萬國史記　使俄草　曾惠敏公全集　左文襄公兵書　智覽補各國鐵路圖考　時事類編　正續盛世危言　日本地理兵要　士商賜顧者請至本齋庶不致悞

新書出售

分類洋務經濟時事新論者長白仲英部郎所採輯也凡練兵鐵路製造以及化學光學重學諸法紡織格致開礦等事無不綱羅著爲論說并各國名士所撰時事議論中西關係輯要秘法製造無烟火藥說亦均附載洋洋數十萬言誠大觀也石印六本裝以錦函實價洋八角托天津萬寶堂袁字山房嫏嬛書莊京都宏文書局出售

上海文運書莊啓

奇門課命

秣陵雪峯散人奇門理數得其異人秘訣凡推終身休咎先將本命恭合八門九星據理直斷絲毫不爽今來津門停車試道　諸公果有懷疑不决者請來試之

寓紫竹林中和棧

烏利文洋行

啓者本行開設香港上海三十餘年四方馳名專售各式金銀鐘錶鑽石戒指八音琴千里鏡眼鏡等物並修理鐘表價錢比別家格外公道今本行東家巴克由上海來津開設在紫竹林裕泰飯店旁請諸君降臨光顧是幸特此佈聞

丙申年五月初九日禮拜五

鐵路圖考　普法戰紀
萬國史記　四元玉鑑
算草叢存　時務要覽
時事新編　游歷日記
行軍鐵路工程　西法算
學入門　洋務實學新編
通商約章成案　中西
匯通醫書　原板中西算
學　正續盛世危言　通
商始末記　西洋易筋經
華英尺牘　全圖清烈
傳　三寶太監下西洋
北門東文德堂發售

催遷老墳

去年買顧崇德在海大道地一方後有水塋現欲墳土因有坟三座查無着主未便墳上爲此登報佈　閱報諸君有知底細者祈關照原主在五月內速來起去逾限不起俾代遷往義地浮厝立有標記聲明

怡和煤油公司啓

浙杭元吉來號

本莊自置紗羅綢緞新樣洋辮花素洋布川廣夏貨團摺雅扇南貨頭油俱全祇爲近時錢市漲落不同故而各貨減價開設估衣街中間路北凡仕商賜顧者無悞特此佈達

義興順號

本店自置綢緞顧繡綾羅紗絹哈喇大呢花素洋布俱全貨高價廉開設天后宮北仕商賜顧無悞特此佈　達

頭號杭寧綢三錢八
頭號江寧綢二錢八
頭號摹本緞三錢二
哆囉蔴整　四分五
疋按原碼

保命險告白

啓者本行代理長明人壽保險公司如紳商欲保者請移玉至紫竹林法租界第一樓東間璧華昌洋行面議可也此佈

英商華昌洋行啓

五月初九日銀洋行情
天津九七六錢
銀盤二千六百九十七文
洋元一千九百文
紫竹林九六錢
銀盤二千七百三十七文
洋元一千九百三十文

五月初十日進口輪船禮拜六
海晏　輪船由上海　招商局
連陞　輪船由上海　怡和行

五月初十日出口輪船禮拜六
桂陽　輪船往廣東　太古行

直報

光緒二十二年五月初十日　第四百三十四號
西歷一千八百九十六年六月二十日　禮拜六

上諭恭錄

上諭本月十一日　方澤大祀着派禮親王世鐸恭代行禮欽此　上諭稽察前鋒護軍營事務御史恩溥奏章京承領餉銀揑報欠平據實糾參一摺所有右翼前鋒營承領五月分餉銀之前鋒侍衛永瑞參領松聯是否揑報欠平有無情弊着該前鋒統領查明據實具奏另片奏各旗翼參領藉口庫虧私扣俸餉等語嗣後每屆發放俸餉之期着管庫大臣八旗都統兩翼統領認眞稽察如再有尅扣情事即着嚴參懲辦該衙門知道欽此　上諭譚鍾麟奏遵查已故提督子孫恭候恩施等語已故廣東水師提督鄭紹忠之長子二品廕生鄭潤輝着賞給員外郎分部行走長孫鄭應韶着俟及歲時帶領引見該部知道欽此　上諭廂藍旗護軍統領恩普等奏章京辦事疏忽請開去差使一摺廂藍旗護軍參領福謙於本營發放餉銀該章京將扣存之欵籠統聲報誤稱欠平二百十一兩之多以致兵丁懷疑不服實屬辦事疏忽福謙着開去續辦事差使以示懲儆欽此　旨刑部司務着蔡恩榮補授浙江嚴州府知府着劉篤康補授雲南霑益州知州着王垣臨補授福建德化縣知縣着陳其奎補授安徽建德縣知縣着梁懷顏補授湖南新田縣知縣着陸仰賢補授湖北長樂縣知縣着巢序庸補授浙江天台縣知縣着張紹愷補授山西蒲縣知縣着魏均補授貴州安南縣知縣着楊宗瀛補授奉滿教職趙汝相着以知縣用曹汝楫着以知縣用截取舉人陳善慶着以教職用戶部筆帖式着愛紳補授起居注筆帖式着桂昌補授兵部筆帖式着玉璞補授吏科筆帖式着阿聯補授鴻臚寺少卿着慶常補授國子監司業着貽穀補授山東道監察御史着文栗補授福建福州府理事同知着桂亭補授保舉廣西補用道蔣兆奎着照例用升補貴州畢節縣知縣繆繼彤着准其升補擬補盛京戶部筆帖式德馨明安俱准其補授欽此

書直省變通書院肄業章程事　續前稿

獨是育材之道由今論之則推外洋自昔言之則推中國中國開闢最久有聖皆神遂古無文字而河洛並傳羲皇不讀書而繼天立極因人作則唐虞三代列聖創垂文哉郁郁夏效殷序周庠其制最精其道最大皆所以為教即皆所以為學其間雖治亂迭乘自孔氏出

而大成孟氏出而經正信乎先孔子而聖非孔子無以明後孔子而聖非孔子無以法守先待後固不僅制木揉木剡木尙象以制器等西人之算學化學光學重學如周末諸子所載漢制天文所志已也其學俱在於今爲烈且今之學制邁乎古者多矣古有學校無書院今則學校之外如官學如義塾如書院所在已夥各有專官又恐一官之耳目難周也國學則祭酒而外司業助教學正學不一官官不一人廿餘行省府州廳縣如教授學正教諭訓導類約多一正一副給以廪祿畀以事權爲弼教也爲勵學也書院之制不過爲日省月試推學校之餘波補學之罅隙聊以匡其不逮云耳乃當世諸名公不加意於學校而專加意於書院海禁大開以來京師而外天津除舊設書院名目不計復增武備水師電報諸學堂集賢稽古學海博聞中西各書院鄂垣則有兩湖書院暨陽則有南菁書院蘇州則有學古堂上海則創求志書院分爲經學史學掌故輿地算學詞章六齋寧波則設辨志文會分漢學宋學輿地史學則兼掌故天文算學詞章亦六項陝西書院肄業舉人邢廷莢等亦請自籌欵項創建格致學書院已籲護陝西巡撫張學使趙會同陝甘總督陶合詞具陳當蒙

硃批着照所請君臣上下舍學校而專講書院動云法西豈其舉孔孟所守數十年神聖創垂之統一旦弁髦棄乎果爾則不揣其本而齊其末不幾如胡公原奏所云眩於新法標以西士之名督以西士之教變本加厲流弊更何所底止也哉　此稿未完

規復舊制　○京師第宅雲連市廛林立爲四方會極之區大小街巷設立堆撥柵欄分派弁兵晝巡夜察法至備也向例房舍墻垣遇有傾圮卽應報官修整以復舊觀乃近年以來竟有私拆房間將磚瓦木植零星售賣者積日既久衢巷間漸多隙地皇都四民輻輳何以肅觀瞻甚至巷宇毘連之處來往成蹊而柵門啓閉轉同虛設於擊柝禁暴之義殊多未合現經步軍統領衙門逐段查勘諭飭內城房屋遵照定制概不准私行拆毁其歲久坍塌者責令隨時修葺完整倘有仍前私售磚木情事該管地界官兵立卽報明鈎禁若官兵明知故縱一經查明嚴懲不貸

先事預防　○宣武門外南横街地方無賴最多自恃孔武有力往往聚衆逞兇實爲閭閻之害昨有甲乙丙丁等十數輩平時狠狽爲奸氣求聲應今復糾合黨羽結爲兄弟並於五月初一日租就清慈菴廟內房屋數間同住一處卽於是晚拜盟作會觥籌交錯燈燭輝煌熱鬧情形驚動鄰右聞約定凡遇爭鬥等事同心幫助並立有暗號以相呼應按拜會結盟本干例禁今若輩無故聚集十數人結爲死黨恐人多勢衆難保不滋生事端所望賢有司爲先事預防之計也

謠言惑衆　○黄冠者流動稱羽化登仙然皆小說家無稽妄語未可深信也頃聞安定門外玉清觀中有老道士宋某者于四月二十八日飛錫而來自言雲夢山人願與諸君作談元會衆道侶見其仙風道骨皓髮童顏有洒洒出塵之致爲設繩牀丹灶供養之數日以來了無他異惟晰宵兀坐不輕言語而已至五月朔日忽張目曰某當來處來去處去衆猶不解入夜穩坐蒲團示寂而去都中哄傳謂爲登仙競獻鮮花香菓項禮維虔現雖供奉缸中而瓣香敬祝者仍絡繹不絕甚哉人之好異也人誰不死何獨道士之死輒神異之彼示寂時來處來去處去兩語果誰聞之安知非觀中道士固神其說以惑人也乎噫

狠狽爲奸　○鮑久香者福興潤信局鮑瑞芝之從堂弟也向在寧波作小生意瑞芝憐其貧携之來津令在福興潤司帳嗣派往京局掌櫃詎久香狠子野心一旦握權侵吞信貲多金私買京城胡萬昌字號肥已適天津胡萬昌亦支拄不開事爲瑞芝所聞因將津萬昌租管十年立有字據交割清楚瑞芝於去冬病故久香頓起傾陷之心糾同已革雲南知縣丁某欺壓寡婦孤兒勁贖未滿年限之胡萬昌並勒福興潤交銀五百兩留作賠償等費試思胡萬昌尙短五年照例不應回贖津局亦未貽悮信客銀兩何須儲欵留賠種種仗勢欺人顯然易見雖經浙江會館董事代抱不平而婦孺性懦何敢與較不得已典賣借貸湊銀五百兩交會館存儲現在久香約同丁姓尙欲將福興潤生意據爲已有令丁姓懷挾狀詞日向瑞芝夫人恫喝百般刁詐聞者髮指丁姓以被革知縣仍不思安分憑空覇人產業當得何罪久香以怨報德試問尙有人理否

路死驗明　○昨朱家攻附近路斃男屍經屍兄具詞呈控已列前報現蒙邑尊片委嚴大令詣驗該屍實係被傷後服毒身死

當飭招作墳格錄供據屍兄劉某供稱屍身係伊胞弟因被范某之子范大毆打羞忿難當自行短見懇求作主等語大令飭備棺殮埋再候訊辦隨卽鳴鑼回署

索謝啓爭　○刻下南局製造洋皮藥囊河東王某欲攬作工程託劉某從中關說曾許事成後三分致謝迄今工果攬妥先領銀若干買外洋紅皮鳩工如限交齊劉卽遣人索謝王如數付淸不料來人却是冒充及劉親來王不肯再付於是兩相口角遂至鬥毆彼此互有傷痕勢將興訟不知能了結否

學徒畏打　○日昨有婦人在縣鳴寃蒙大令堂訊供稱伊子從王某學習手藝連日未曾歸家訪悉被王責打因而畏懼潛逃至今生死莫卜懇求飭王將子交出等語訊畢諭退准否尙未可知

見財起意　○某甲將往通州由大紅橋搭船乙先在焉因閒談問其姓名乙具告之甲言我有老友某與君係一家否乙曰是我伯父何處相識甲曰前在某處同事交情最厚別來已數年矣因問乙何往答云赴都甲曰我亦赴都正好作伴同行於是認成世交極加照應凡乙所需一切皆代爲墊辦船到通州令乙先去雇車甲亦下船辦事及乙雇車回來見甲不在遽變心腸將甲所有行李盡行搬運上車揚鞭而去迨甲回船見行李一空向船戶理論船戶謂二位旣屬世交又係同伴我等何敢攔阻甲無可如何赶緊雇船回津知會捕快將乙抓獲將欲送官乙父聞信卽煩人央懇許將原物交回甲念多年舊友不肯已甚遂作罷論

乞分良莠　○凡人心慈者面必善望而知爲正人君子故小人易於行詐也有某姓者貿易中人素行忠厚仗義疎財前晚往某號辦事行至估衣街來一壯年人乞錢遂給二文移時又由左傍伸手告哀某謂適讒付給何得再乞乞言少一文便不能住店知公長者故敢再瀆某憐之又給二文隨雇洋車乘坐行至某號門首忽該乞飛步向前出其不意將手中摺扇搶去跑入楊家衚衕便無踪影矣摺扇一柄所値固屬無多竟敢於街市往來之地乘間搶奪殊屬藐法已極然乞丐亦分良莠其困頓者誠可憫其狡獪者大可恨是在自巳留神而巳愼勿因此一事頓阻好善之心也

幸不破財　○河東白衣菴南魏某家小康昨夜有賊二三人撥門入室將衣物等件偸出許多正在院中包裹適幼孩啼哭魏妻驚醒一睜眼見屋門大開朦朧間大呼有賊魏與鄰人急起遂將賊赶走查點衣物竟一件不少旣未破財遂亦未嘗報案說者謂一得一失皆關運數不然幼孩之哭何適當其會也誠哉是言

烟霞饑饉　○豐邑城南韓城一帶土性最宜洋烟較種禾麥利增數倍故農家不種穀而種烟年盛一年今不知係受何病苗半枯槁所存不過十二三因之烟土行情陡漲按穀不熟曰饑菜不熟曰饉然則洋烟不熟當作何稱饑耶饉耶請質之烟霞中人

德印貨報　○倫敦來電云德國政府欲在日本境內以日本之文刋印新報然尙不知從何措置因飭駐日本之德國公使暨各領事等妥籌善策具報候行觀其立報之意欲使日本民人知德國所產之物所製之貨將來售報取價必廉使人易購也現在有確實傳聞德國官場決意欲印德國貨報發售由德京東文書院秉筆刷印寄往日本分散據云德國行家作廠於貨報內附印告白所出之費足敷印報之需可知印報之意爲將來生計起見使賣者買者彼此徑通信息互相交易也

妙手回春　今春予媳小產血崩暈絕當延天津道西箭道內普安醫室任君棟臣診視服藥二帖全愈嗣後長孫偶染時疾復蒙一藥而愈感激無已登報鳴謝

析津孟春棠啓

普安醫室　**楚北咸甯任棟臣廣文爲籲門先生仲子少承家學舉業外兼習岐黃方術所施有起死回生之妙現寓天津道西箭道內謹代登報首以告求醫者**

成鶴　郭天錫　洪思齊　同啓

文美齋

本齋開設天津府北門外鍋店街自製石青硃砂絹箋冷金赤金園屏描金貢箋各種詩箋徽墨湖筆八寶印色歙硯漂淨顏料精表册頁屏對時款雅扇箋簡帖套各色南紙並辦各省家藏板官局板石印等書一應俱全又新出書籍列後　論語經正錄　洋務實學新編　奏疏錄要　公車上書記　拍案驚異記　通商始末記　中日始末記　萬國史記　使俄草　曾惠敏公全集　左文襄公兵書　智囊補各國鐵路圖考　時事類編　正續盛世危言　日本地理兵要　士商賜顧者請至本齋庶不致悞

新書出售

分類洋務經濟時事新論者長白仲英部郎所採輯也凡練兵鐵路製造以及化學光學重學諸法紡織格致開礦等事無不網羅著爲論說并各國名士所撰時事議論中西關係輯要秘法製造無烟火藥說亦均附載洋洋數十萬言誠大觀也石印六本裝以錦函實價洋八角托天津萬寶堂賚字山房嫏嬛書莊京都宏文書局出售

上海文運書莊啓

遺失銀條

本月初四日遺失洪源莊三千二百十四號存條一紙計公砝銀二百兩向已該莊說明如有人拾得作爲廢紙特此告白

劉　具

烏利文洋行

啓者本行開設香港上海三十餘年四方馳名專售各式金銀鐘錶鑽石戒指八音琴千里鏡眼鏡等物並修理鐘表價錢比別家格外公道今本行東家巴克由上海來津開設在紫竹林裕泰飯店旁請諸君降臨光顧是幸特此佈聞

丙申年五月初十日禮拜六

北門東

文德堂

新出許眞人擒蛟全傳　新出格致須知十六種　新出蘭蕙同心錄　三寶太監下西洋　各國約章纂要　行軍鐵路工程　四元玉鑑細草　原板中西算學　增删算法　洋務新編　鐵路圖考　拍按異記　游歷日記　螢窗異草　中東戰紀本末　蜃樓外史

催遷老墳

去年買顧崇德在海二大道地一方後有水甕現欲填土因有坟三座查無着主未便填上爲此登報倘　閱報諸君有知底細者祈關照原主在五月內速來起去逾限不起俾代遷往義地浮厝立有標記聲明

怡和煤油公司啓

浙杭　元吉永號

本莊自置紗羅綢緞新樣洋辮花素洋布川廣夏貨圖摺雅扇南貨頭油俱全祇爲近時錢市漲落不同故而各貨減價開設估衣街中間路北凡仕商賜顧者無悞特此佈達

義興順號

本店自置綢緞顧繡綾羅紗絹哈喇大呢花素洋布俱全貨高價廉開設天后宮北　仕商賜顧無悞特此佈　達

頭號杭寧綢三錢八
頭號江寧綢二錢八
頭號摹本緞三錢二
哆囉蔴整疋按原碼　四分五

保命險告白

啓者本行代理長明人壽保險公司如　紳商欲保者請移玉至紫竹林法租界第一樓東間壁華昌洋行面議可也此佈

英商華昌洋行啓

五月初十日銀洋行情

天津九七六錢
銀盤二千六百九十七文
洋元一千九百文
紫竹林九六錢
銀盤二千七百三十七文
洋元一千九百三十文

五月十一日進口輪船禮拜日

海晏　輪船由上海　招商局
新豐　輪船由上海　招商局
連陞　輪船由上海　怡和行

直報

光緒二十二年五月十二日　第四百三十五號

西歷一千八百九十六年六月二十二日　禮拜一

上諭恭錄

上諭御史熙麟奏請將捐納州縣並非正途出身人員定限銓選等語著該部議奏欽此　上諭御史熙麟奏請將難廕一班與恩廕外用人員一律准予分發一摺着該部議奏欽此　硃筆李昭煒轉補翰林院侍讀陳秉和補授翰林院侍講欽此　上諭左庶子濟澂奏外省鄉試房考暗帶私人入闈閱卷請旨嚴禁一摺科場條例本極嚴密嗣後各省鄉試該督撫等務當選擇品學兼優之員充當同考官入闈後如查出暗帶私人情弊即着據實參奏以示懲儆欽此

書直省變通書院肄業章程事　續前稿

當即日前之時勢而私忖度之事專欲而無成勢積重則難反驚世駭俗則勞而無功順勢利導則事半功倍情如是理固不得不然也中華自沿前代數朝科舉之制試官則崇如天教官則卑如地試官則重如泰山教官則輕如鴻毛蓋惟有權力者可以號令及人否則賞不勸怒不威耳試官一朝棄取人才之升降係之朝野之治忽係之即以士子一身而論取則宜室家樂妻孥親戚畏懼閭里爲榮棄則妻妾爲羞父母不子側身以望四海無家至教官之喜怒僅足加於學內書斗數人餘無所及雖名爲官實爲朝廷所不甚愛惜已亦以不甚愛惜自居人亦以不甚愛惜視之然則授何授正何正諭何諭導何導不過授書斗以正言使之論導諸生以納節壽之例規歲科之印結而已奚暇計士子之勸學爲何如國家之設教爲何如縱有意振興學校則言微人輕不堪入聽輩且以迂腐笑之又烏能使人之敬教勸學乎此項閒曹本堪裁汰所以不即裁汰者特以就教之人黃卷青燈半生辛苦老博一第藉養餘年沾　聖朝養士之餘恩食寒士讀書之晚報耳咸同閒言臣議裁　上固知係冗員祗以尊至聖先師有關於重道崇儒之體故留以等告朔餼羊之存且凡膺此選者設非年力就衰即爲才力不及以之立教興學精神未必振刷時務料多未諳固不如就書院肄業中衆志所趨變通章程因勢利導潛移默化復不致畔道離經彼教職中一二有志者亦可參入其間相觀而善俾知吾孔孟之學明體猶須達用於以廣儲人才

以收實用焉此原奏所謂自強無待外求歟蒙竊有更進一解者　國家操不次之爵賞以求才不殊操無數之貲財以購貨利之所在人盡趨之則懷寶者必不憚重洋絕險而來況在一洲一域者士之趨名猶商賈之趨利也上以是求下即以是應天學算學中邦具有成書洋務時務坊刻豈乏秘本若仍以考課論策求之其與制藝試帖夫復何異書之吏冊當與求不求聞達之科者同爲話柄且說者謂中夏列聖之道不患不明特患不行一似四子五經吾膠庠中無一不曉者蒙又竊有未安何也孔孟之道體用一源士不通經不堪致用是通經致用初非兩端明則俱明昧則俱昧不明不行之理中庸已詳辨之從未有達用而猶未明體明體而不知達用者正不得以諸生默寫全經動輒引古遂謂經已通體已明也彼世之口談忠信心蓄譎謀關捷徑於終南借新章爲進步者縱令其天學算學無一不精而遇事射利一朝得志將必存一網打盡之思其於病國病民較諸未變章程所取者爲尤劣此理又必爲當軸名公所共喻而權衡獨運有非蒙所能盡識者然杞人之憂不無過慮或亦不以蒙言爲罪也歟

福壽兼隆　○前因　醇賢親王福晉慈躬違和　皇太后　皇上親詣看視迭經列報旋聞五月初八日辰刻　聖躬甕逝婺女星一霎沈光西池返駕菩提樹百年失蔭中夏含悲我　皇上雖繼承大統而恩切本生所有一切典禮自必至優極渥以展孝思況　福晉年屆花甲親重椒房又得　聖人爲子尊養兼隆所謂福壽全歸者與

變通成例　○五城司坊等官各有管轄地方專責越界拿人固不免滋擾然或路遇鬥毆酗酒拐騙嚇詐等事若因地非管轄遂置而不問以致逃遁無踪亦非稽察整飭之道似應不論何地皆准其拘執移送該城司坊官詳城憲審訊發落至事屬曖昧不明雖訪聞的確猶非刻不容緩准其嚴密詳城查拿並一面密詳本城存案似此變通辦理庶不至推諉廢弛云

棄親不孝　○彰儀門外南觀音寺古剎也曲徑通幽禪房寂靜老僧卓錫其間昨有昌平州農家子俗姓安逸其名聘某姓女爲婚佳期已卜不知何故乘夜潛逃至該寺匍匐老僧前願借蒲團地靜聆梵語僧見其意誠遂具廣大慈悲用戒刀將八千根煩惱絲盡行割斷父尋至逼令還俗子不從苦勸之竟自行斷勢以絕其意噫安氏子其有宿根乎何決絕若此也雖然當以不孝論

修浚溝渠　○京城前三門外街道溝渠例應隨時修浚以資宣洩乃行之日久漸成故事每逢雨後積水泥滓以致道路不通現經五城會議凡各小巷仍令街道廳督飭五城該管官董率居民舖戶遇有坍塌者即行修整務使接連大溝一律通順云

亮節清風　○日前榮中堂蒞津簡閱諸軍查驗各局業經登報嗣於初八日相節乘坐火車前赴蘆台閱視武毅全軍先期預飭該軍諸事悉從節省無須供帳並約束隨帶員弁不准稍有需索諄諭聶軍門嚴密稽查倘有前項等弊按照軍法辦理即此一端中堂之亮節清風已可概見

申明院例　○運憲牌示　爲諭知事諭問津三取兩書院肄業生童知悉所有考課生童定例三次不到即行扣除另補茲查有童生劉某四月初二官課十六日齋課五月初二日官課三次均未赴考按例即行扣除以備取第二名童生趙元皆項補合亟牌示

濟人實政　○昨有友人由下西河來津路經靜海縣之瓦子頭村正值該村修建大橋木工鐵匠及辦事人等不下百餘名十分忙迫據該村人云合西河上下數百里除天津大紅橋外惟此橋工最巨而路最衝跨岸騰空勢如天半晴虹橫亘水上且地界文大青靜四縣之交商賈貿易車馬馳驅多半由此經過自上年被鹽船撞塌極形窒礙該村董事急欲興修奈因連年水患欵項難籌萬分棘手幸縣尊史司馬代爲區畫殺費苦心凡措資請欵等事一經具稟立即准行以故巨萬大工將次告成從此攘往熙來無須問渡咸謂司馬之力居多焉

命案將銷　○劉五被毆服毒身死暨控官驗訊各節迭經佈達茲悉邑尊以案關人命不得不澈底根究立拘范姓等質訊未及赴案旋經親友居中調停罰令范姓棺殮殯葬並衙署一切規費均歸一手承辦劉以情面相關不便再事追究即行照允聞不日當投遞息呈請予銷案矣

不孝當誅　○昨有葉某在縣署後門喊寃立蒙傳訊據供住河東三甲生有四子身夫婦年老無能只仗次子養贍長子甲不務正業恣意游蕩日昨次子患病不能工作家將斷炊因向甲討要錢文暫行接濟詎不但不給反行呵斥並將身推打復負氣到家滋鬧患病之次子亦被按打有傷可驗委廉聞供囑令暫行回家靜候究辦

庸醫殺人　○牛豆局迤南某姓門首昨午有婦人年約三十餘懷抱死孩堵門哭且罵訪知門內某甲在本地行醫歷有年所氏子患痘疹延請調治竟一劑而斃氏痛子情急故携屍滋鬧甲見來勢甚兇不敢出與理論氏愈哭愈痛以頭觸階鮮血并流後街鄰恐釀事端不肯坐視極力勸解擬罰甲出資棺殮該婦始去

罪重報輕　○劉甲北鄉人業屠牛平生剝割以數千百計刻下家稱小康年逾知命一子甫七齡聰秀異常愛如拱璧已能入塾讀書所親勸之改業甲弗聽四月二十九日午刻正在操刀欲割牛忽將繩扭斷狂奔而出適甲子自塾歸家被牛角觸傷左目貫穿頭腦登時殞命殺生之報可謂慘矣雖然以一命抵百千命尚覺罪重而報輕

險被踢傷　○津郡街窄人多車水馬龍最易滋事稍不留神非被撞傷即挂破衣服昨有洋車一輛上坐少婦携帶數歲幼童行抵天后宮戲樓後板廠門首該處適拴有黃馬一匹車夫未及躲避誤撞馬尾馬即驚起後蹄往上一踢正中洋車後箱幾至翻倒婦吽兒啼面如土色當經衆人將馬揪住該婦幸未受傷然亦險矣

微嫌闖禍　○本地人情强悍每以微嫌闖大禍何其愚也河東于家廠吉甲孫乙均係糧店街脚行素無仇怨日昨因事口角甲用木棍猛將孫乙頭項打塌立時暈絕遲之許久始有吸呼之氣當即抬赴縣署喊告該管汎官聞信亦赶緊派兵將甲抓獲送案倘因傷身死固當抵命無疑即幸而不死亦必受嚴刑困累縛後悔何及哉噫

以告者過　○前報紀紅樓後花姓凌虐婢女致死一則今有知其事者來言該婢實因病身死醫方十餘紙歷歷可驗且花姓平日恩養該婢不異所生然則前言詎可信耶

韓城近事　○駐鮮法國辦事大臣兼總領事葛林德君於上月十八命駕至漢城十九午前進俄公使館恭見鮮王晤談良久始別○連日風聞漢城至仁川一帶鐵路由美國公司承辦業已立有合同又聞自漢城以達邊門自義州府以達鴨綠江至西比利亞國止各處鐵道現在均需修理亦由美國公司包辦法國總辦當於六月一號開工之說不知確否○邇來忠淸道所屬晉州丹城宜寧三縣變民又起約有二千餘名並不刼掠民間且爲榜示鄉人不必驚恐祗須告知國王暫貸錢糧若干以備養兵之費一俟兵精糧足定與日人一決雌雄等語是亦亂民中別樹一幟者也○京畿道所屬地方刻下乂兵砲手俱已退去祇餘土匪四處搶奪甚至明火執杖騷擾閭閻朝鮮外部大臣轉派鮮捕一百五六十名下鄉拿捉如有所獲立即就地正法聞斬馘至七八十名之多始獲稍稍安靜云

出　售　中外一統全圖書　各國地球書　西海記天外歸槎　西事類編　洋務十三篇　快心醒睡錄　洋務捷要　中東紀事本末　中日始末記　劉帥地營法　名公奏議　湘軍水戰記　天文算學　文學興國策　鐵路圖考　西算新法　中西全圖算法大成　救時抉要　全續盛世危言　算法啓蒙　電報新編　儒林外史　詞林二妙　各様閒書　各色尺牘

天津府署西三聖菴西紫氣堂啓

浙紹朱鈍翁脉精方妥屢治險證久已揚名近救瘟疹多人仍寓彌勒菴

普安醫室　楚北咸寗任棟臣廣文爲籲門先生仲子少承家學舉業外兼習岐黃方術所施有起死回生之妙現寓天津道西箭道內謹代登報首以告求醫者

成鶴　郭天錫　洪思齊　同啓

五月十二日銀洋行情

天津九七六錢
銀盤二千六百九十四文
洋元一千八百九十文
紫竹林九六錢
銀盤二千七百三十四文
洋元一千九百二十文

五月十三日出口輪船禮拜二

海晏 輪船往上海 招商局
新豐 輪船往上海 招商局
連陞 輪船往上海 怡和行

直報

光緒二十二年五月十三日
西歷一千八百九十六年六月二十三日
第四百三十六號　禮拜二

上諭恭錄

上諭朕欽奉　慈禧端佑康頤昭豫莊誠壽恭欽獻崇熙皇太后懿旨前者醇賢親王之喪當經博考彝章恪遵　祖訓定稱號曰皇帝本生考令醇賢親王之嫡福晋葉赫那拉氏薨逝宜稱曰皇帝本生妣一切典禮着照該衙門詳議具奏欽此　上諭朕欽奉　慈禧端佑康頤昭豫莊誠壽恭欽獻崇熙皇太后懿旨皇帝本生母醇賢親王嫡福晋葉赫那拉氏宅心和厚秉性堅貞百度馨宜六親咸仰洵足佐賢王之內治垂彤管之儀型深宮誼篤懿親特隆典禮而福晋每懷謙挹謹愼有加頃因肝疾日增寢食頓減屢次率同皇帝臨邸看視慰問再三方期藥餌奏功遐齡克享乃竟於本月初八日辰刻奄然長逝撫今追昔擢悼良深着賞給陀羅經被卽日親往賜奠皇帝詣邸成服行禮派大學士管理工部事務崑岡禮部尙書總管內務府大臣懷塔布刑部右侍郞總管內務府大臣文琳工部右侍郞英年辦理喪事一切事宜官爲經理以示篤念宗親至意欽此　上諭河南南陽鎭總兵崔廷桂着開缺交部帶領引見欽此

紀榮中堂蘆臺閱軍事

語曰天下安注意相天下危注意將又曰守成以文戡亂以武歷覽古今從未有將相得人文武和衷而天下不致乂安者今於中堂之閱軍有厚望焉天津爲畿疆重鎭北洋要區舊有防營藉資鎭撫自中東和議告成朝廷於痛深創鉅之餘爲思患預防之計特簡聶功廷軍門提督直隸等處軍務總統武毅馬步六軍駐紮蘆臺事綦要任綦重也軍門感恩圖報訓練有方營中一切事宜悉參酌西法而加以變通部下將弁以及幕府僚屬皆取忠勇樸誠深諳韜鈐者而士馬精强器械犀利隊伍整肅號令嚴明尤爲獨出冠時眞不啻望臨淮之壁壘耳目一新瞻順昌之旌旗風雲變色所謂節制之師非與日前新簡協辦大學士榮仲華中堂祿持節抵津查辦事件後旋於月之初八日由鐵軌蒞蘆簡閱武毅全軍軍門暨與鎭軍以下各員弁恭迓入營先操中軍小隊技藝之嫻熟則電掣風馳也次看演燈號變化之神速則陽開陰合也軍門之善戰知兵已可概見次晨詣演武廳大閱行至教場四顧無人不知隊札何處心竊異之俄而

號旗一揮砲聲三響左邊突出一軍勢若長蛇洋號嗚嗚然倏又變爲魚麗陣先偏後伍伍乘彌縫鼓譟而前先發巨砲排槍繼之且攻且進勢甚猛厲正當霧集雲屯之際槍林彈雨之中忽見右邊旌旆飛揚一軍至焉不知從何而來所謂地中鳴鼓角天上下將軍者彷彿似之不爲好整以暇而爲急雨飄風直奔左軍遂相轟擊如潮湧如山摧久之左軍亂旋聚旋散且却且前蓋撒星陣也右軍勇氣百倍再接再厲左軍勢不支漸漸收隊隊後伏兵猝起分爲兩枝直抄右軍之後前隊之敗者亦反身回鬥右軍四面受敵陷入重圍乃急作方城陣發連環槍酣戰許久始得潰圍而出紛紛敗退大有轍亂旗靡之勢左軍跟蹤急追忽聞霹靂一聲天驚地震塵土迷空則地雷發矣時作壁上觀者無不目眩心驚嘖嘖稱奇步隊退馬隊復前其止也則爲山之立其行也則爲川之流其往來衝突參伍錯綜也則又爲鷹擊爲雕抄爲鬼出神沒五花八門千變萬化孫吳復生何以加此最後看打把若槍若砲均能命中及遠較之百步穿楊射穿七札有過之無不及焉中堂慨然曰素聞將軍智勇兼長飽諳韜畧今果然矣萬里長城舍君誰屬因指所乘大宛馬曰此良驥也吾無所用之以遺將軍爲他日封侯劵軍門祗領訖其餘將士亦賞賚有差嗚呼國家中興之兆其在斯乎古今來或賢相居中秉政而藩鎭撓之或大將在外立功而權臣忌之齟齬猜嫌以致喪師誤國者比比皆然今中堂與軍門一則公忠體國一則曉暢兵機而又能同寅協恭和衷共濟國家無事坐鎭雍容則亦已矣即不然運籌帷幄之中決勝疆場之上如身之使臂臂之使指進攻退守何往而不利國之福也民之幸也爰泚筆書之以當龜著之卜

備遊靈囿 ○奉天將軍派委解到貢鹿十隻角盡生芝斑皆錯錦或眠於草或飲於泉其高如馬其馴似牛方之紫頡青裙單衣黃練貞幻立分對此綠柳垂楊之境精神煥發與前次呈進仙鶴一併發往 頤和園畜養訛寢毋拂其性飲食毋失其時以備
皇太后遊幸賞覽夫鶴鹿皆延齡仙種一時畢集誠足見 聖天子孝養之隆休徵立應已

懸示國門 ○崇文門監督有總滙稅務之責欲期便商裕課必須剔弊除奸此固自然之理亦當今之亟務也是以正副監督前經訪聞都門有等無賴匪徒冒充海巡向往來客商任意訛詐及包攬偸漏各情事殊屬大干法紀業經出示嚴禁稍爲歛迹乃近日故態復萌爲此再行出示曉諭嗣後倘再有前項情弊或客商等希圖小利受人誆騙者皆須責罰有差云吾知此示一出日後作奸犯科之輩必不敢仍前㴱迹矣

義著鹽關 ○鹽關廳係運憲監掣驗鹽行台現因連年失修不無滲漏恐不足以壯觀瞻也昨由姚商總捐銀一千兩鳩工興修丹雘一新不日當稟請驗收工程矣

分猷贊理 ○北段壕墻委員孫用釗現由運憲佘觀察札委管理支應局護庫差使遞遺管理壕墻一差另委查辦義塾之惲永元接管遞遺查學之差即以候補鹽巡檢項壽增查理○又駐箚保陽綠旗各營軍餉現派鹽巡檢孟慶棨儘先千總李恩鈺循例由水師砲船赴省投交藩庫

商綱重義 ○昨山東海嘯積鹽被冲該省李商總來津向運憲稟請借鹽各節已紀前報茲悉實由運憲批准赶造三萬包交李商運赴山東俾資挹注其鹽價已由李商約期三個月滙兌紫竹林滙豐銀行解津由新商總照領按每包重五百七十斤以三萬包計之較三百萬之數又增數倍矣

竟不到案 ○前盧三刀傷護院張某一案迭經列報茲經邑尊訪明盧三實係著名土棍與董六並稱鍋首盧三之父因羣毆重案在押斃命伊兄亦有站籠經辦底案惟盧三之母嘵嘵屢經辯瀆若不將董六質明似不足以折服其心遂嚴飭快役務將董六遞案方可以成信讞及役遞到董六嚴大令提訊恐有詐謀使人指認識者知爲韓四並非董六韓亦不能支吾即據實招認因查韓四案積累累亦屬著名棍匪除立責五百板嚴押候辦外仍限三日飭差將董六獲案以憑質辦

是謂黠刼 ○有韓城鎭之張某來津辦理事件適値關帝聖駕出巡香侶偕來遊人更夥張亦混迹隨往晚間散歸佛燈已上

行至小道子義地迤南開有後至者大呼老哥哥那裏去張即回顧見有二人初不疑其爲匪答曰叫誰二人用手東指曰爾望那方看及張方隨指轉顧二人乃用力從背後猛推張倒一按一搜將腰中物件交摺一齊搜出甫經到手適從南來數人二人見有燈光遂釋手而去張僅失去一摺餘物盡遺於路張亦不幸之幸矣

○津邑械門之案層見疊出屢經登報自官府嚴行懲辦後該匪等稍知歛跡乃五月十二日鹽坨關帝廟酬神之期各會例應赴廟燒香故看會者絡繹不絕極行擁擠某甲者素與西頭土棍乙丙等有隙適在東浮橋相遇乙丙三四人將甲攢毆刃傷數處同時並有水夫某亦被撞落河中經人撈救未遭滅頂聞甲已抬赴縣中控告矣　持刃傷人

○前月府憲奉　督憲諭飭在城西稍口購買義地計數十畝命將各處荒塚遷移有主者任其自行安置無主者均歸義阡局辦理日昨業經開辦惟南門西馬道一帶厝棺尤多遂次第遷移間有棺木糟朽者揀拾骨骸用葦蓆包裹亦歸義地掩埋水費迤東舊有劉姓糞廠正値遷棺揀骨之際該廠工人在上風洒晒乾糞臭味薰人局董隨向理阻詎工人粗野無知不但不聽反出言頂撞當即回明總辦揪赴本局究辦並將該糞廠一併驅逐　咸與維新

○皮利特立亞更新會董各納二千五百磅爲贖金蒙赦放矣並約以不准干預國政否則流徙云○德國某報謂德與英竭力修睦云○路淞不遵不准干預政事之條故已辦有流罪○有數民政國現將黃金色價定有專約頒行聞美國亦亟亟於此事○李中堂已抵柏靈德皇以至隆之禮接見○德國各大製造局均預備中堂往閱○瑪牙喀已安抵柏靈○何希斐王爵往拜瑪君相見之下各極欣幸○當李中堂呈遞國書與德皇時聲稱中與德之友誼較與他通商各國爲尤篤并以德前年竭力扶持中國使遼東失而復得倍深感謝○威廉第二答稱朕深望中德情好有加無巳實兩國均有裨益幷囑中堂回國時敬謝中國皇帝派使之情○李中堂在包司丹赴德國王公大臣筵宴主座者係樞密大臣和王爵外務大臣馬子爵尙有尊者數位及中國使署諸公　路透電音

文美齋

本齋開設天津府北門外鍋店街自製石青硃砂絹箋冷金赤金圖屏描金貢箋各種詩箋徽墨湖筆八寶印色歙硯漂淨顏料精表冊頁屏對時款雅扇箋簡帖套各色南紙並辦各省家藏板官局板石印等書一應俱全又新出書籍列後 論語經正錄 洋務實學新編 奏疏錄要 公車上書記 拍案驚異記 通商始末記 中日始末記 萬國史記 使俄草 曾惠敏公全集 左文襄公兵書 智囊補 各國鐵路圖考 時事類編 正續盛世危言 日本地理兵要 士商賜顧者請至本齋庶不致悞

遺失銀條

本月初四日遺失洪源莊三千二百十四號存條一紙計公砝銀二百兩向已該莊說明如有人拾得作爲廢紙特此告白 劉 具

普安醫室

楚北咸甯任棟臣廣文爲籥門先生仲子少承家學舉業外兼習岐黃方術所施有起死回生之妙現寓天津道西箭道內謹代登報首以告求醫者

成鶴 郭天錫 洪思齊同啓

烏利文洋行

啓者本行開設香港上海三十餘年四方馳名專售各式金銀鐘錶鑽石戒指八音琴千里鏡眼鏡等物並修理鐘表價錢比別家格外公道今本行東家巴克由上海來津開設在紫竹林裕泰飯店旁請諸君降臨光顧是幸特此佈聞

丙申年五月十三日禮拜二

北門東

文德堂

新出許眞人擒蛟全傳
新出格致須知十六種
新出蘭蕙同心錄三寶
太監下西洋 各國約章纂要
行軍鐵路工程
四元玉鑑細草原板
中西算學增刪算法
洋務新編 鐵路圖考
拍按異記 游歷日記
螢窻異草 中東戰紀本末
蜃樓外史

催遷老墳

去年買顧崇德在海二大道地一方後有水璺現欲塡土因有坟三座查無着主未便塡上爲此登報倘 閱報諸君有知底細者祈關照原主在五月內速來起去逾限不起俾代遷往義地浮厝立有標記聲明

怡和煤油公司啓

五月十三日銀洋行情

天津九七六錢
銀盤二千六百八十五文
洋元一千八百八十文
紫竹林九六錢
銀盤二千七百二十五文
洋元一千九百一十文

五月十四日出口輪船禮拜三

豐順 輪船往上海 招商局
通州 輪船往上海 太古行
景星 輪船往上海 怡和行

浙杭元吉永號

本莊自置紗羅綢緞新樣洋辮花素洋布川廣夏貨團招雅扇南貨頭油俱全祇爲近時錢市漲落不同故而各貨減價開設估衣街中間路北凡仕商賜顧者無悞特此佈達

義興順號

本店自置綢緞顧繡綾羅紗絹哈喇大呢花素洋布俱全貨高價廉開設天后宮北仕商賜顧無悞特此佈 達

頭號杭甯綢三錢八
頭號江甯綢二錢八
頭號摹本緞三錢二
哆囉蔴整疋按原碼 四分五

保命險告白

啓者本行代理長明人壽保險公司如 紳商欲保者請移玉至紫竹林法租界第一樓東間壁華昌洋行面議可也此佈

英商華昌洋行啓

直報

光緒二十二年五月十四日　第四百三十七號
西歷一千八百九十六年六月二十四日　禮拜三

上諭恭錄　論格致無分中西　遵例減刑
禁傷義塚　吾道將西　命婦可憐　私錢有因
刀傷要害　坐車被搶　頑鈍之尤　波平復起
賊人裝鬼　防閑宜早　未雨綢繆　俄員測路
各行告白　京報照錄　及時閱武

啓者本局向章每年五月朔日派分股利前於上年應派甲午年第八次股息因東省多事營口等分局帳目未能如期送山彙結爰改在六月朔派利在案今本年應派乙未年第九次股息又因上年將各外口分局售煤事宜煩洋人代辦本年收回自理所有接收帳欵存煤核算清楚造送到山爲期較遲嗣經總局彙結後請　各股友到山看帳又復延候多日以致派利之期在邇其總結帳畧寄南刋印尚需日時現擬仍援照上年辦法展至六月朔在天津上海香港三處派利請　有股諸君屆期持息摺赴取天津上海俱在本分局恭候香港仍派友前往擇地辦理另行登報奉　聞至明年應仍按五月朔日派利以符定章特此佈　達　開平礦務總局謹啓

上諭恭錄

上諭朕欽奉　慈禧端佑康頤昭豫莊誠壽恭欽獻崇熙皇太后懿旨本日禮部奏遵議醇賢親王嫡福晋薨逝一切典禮分別條欵請旨遵行一摺皇帝服制卽着定爲持服期年御縞素十一日輟朝十一日期年内除請安卽聽政召見外御便殿時仍用素服　壇　廟大祀皇帝親詣行禮中祀均遣官恭代元旦詣　堂子行禮仍御禮服詣慈寗宮行禮御禮服作樂其太和殿朝賀御禮服升殿不宣表樂設而不作蒙古朝正來京王公例賜筵宴照舊舉行宗親廷臣筵宴均着停止其祭文書皇帝名餘着照所議行該衙門知道單併發欽此　上諭吉和奏假期又滿病仍未痊籲懇開缺一摺杭州將軍吉和着准其開缺回旗調理欽此　上諭河南南陽鎭總兵員缺着郭廣泰補授欽此　上諭朕欽奉　慈禧端佑康頤昭豫莊誠壽恭欽獻崇熙皇太后懿旨崑岡等奏醇賢親王嫡福晋初祭大祭奉移各日期一摺所有五月二十日行初祭禮二十九日行大祭禮六月初八日奉移園寢皇帝均親詣行禮御青長袍掛冠摘纓奉移前期一日皇帝親詣行禮照大祭禮讀文致祭奉移日皇帝詣邸第恭送後至倚虹堂候過還西苑門初十日仍詣園寢奠酒行禮該衙門知道欽此　上諭張之萬奏假期又滿病仍未痊懇請開缺一摺張之萬着再賞假兩個月調理毋庸開缺欽此　上諭王文韶奏特參營員廢弛捕務擾累地方請旨懲辦一摺儘先都司梁明有在駐防處所遇有匪徒搶掠延不追捕且有誣拿平民刑訊詐索情事候補守備陳桂清平日不能約束兵丁遇事輒捕多人刑訊詐贓梁明有陳桂清均着卽行革職不准留營効力以肅營伍餘着照所議辦理該部知道欽此

論格致無分中西

吾心虛靈涵天下之理天下廣大應吾心之用心觸於物如火傳薪漸至燎原而燼爲烟塵理會於心如水歸壑馴至納海而騰爲雲霧此物之所謂格知之所謂致者勢有必至理有固然古今不易中西豈有殊乎今滬北立格致書院晋撫奏請於山西令德書院添天算

格致等課護陝撫亦請於會垣創建格致實學書院皆蒙　諭允飭下各省督撫於現在所有書院詳議推行體　宵旰之憂勤以懲前而毖後蓋將繼方言同文各館船政製造等局以及水師武備諸學堂之意廣而推之欲使天下破除錮習力尚實學以爲自强之本一二卓識之士奮身其間應運而起而村學下士拘制藝科舉之舊智反目格致爲異途爲新學爲務末而不務本不識明體惟識達用一似堯舜以來鄒魯所紹列聖之統八股外舉無所謂正途者遂以中華列聖格致之功舉而委之西人儼若非中華所素有嗚乎何其生於八股囿於八股如人之病入膏肓不可救藥也夫漢唐以前士人讀書概思致用卽如周秦之際世衰道微俗工遊説苟得古人秘書數卷簡練揣摹奉而行之或將抱其道以爲帝王師或將抱其術以博取人間富若貴其於秘書中旨趣必將以身嘗試若匠石之於斧斤操之以入山林遇目程材得心應手而運其器以鑿削器不待與手謀手不待與心謀心不待與目謀覩指知歸因材製器見之者無不訝爲奇出天成幾非人力所能致而不知其所取之材實卽拙工熟視付諸擯棄不可少奏其技者蓋一以物理格而知致一以物未格而知不致也故士不通經不堪致用宰相必用讀書人爲有用也漢唐以後以策論八股爲製藝科舉周程張朱皆由科舉成進士號大賢而讀書之旨遂若爲著述張本然程朱猶務談性命言格致也卽大學補傳一章已可概見其旨　　此稿未完

及時閱武　○本年輪應軍政之期所有京城內八旗護軍營內滿洲八旗火器營內務府三旗護軍營除各項站役出差穿孝患病空缺不計外實入看者一萬七千數百名馬步六枝全中記雙圈者二千二百六十五名或步射五枝全中者或馬箭中的步射中在二三矢以上而記單圈者一千九百五十五名記直者僅有三人其餘各營軍政尚未開棚容後再將雙單圈數續錄按例記雙圈者給銀六兩記單圈者給銀五兩現由部折放每名僅得四成之一若記者直照例分別革換云

遵例減刑　○凡問刑各衙門夏季向有減刑之例現經都察院行知每年夏至後起立秋前一日止如立秋在六月以內則以七月初一日爲止除一切盜賊及鬥毆傷人罪應杖笞各犯不減外餘則罪應杖掌者減等八折發落罪應笞責者槪免枷號交保暫釋立秋後再行補枷今年五月十一日夏至六月二十八日立秋自應照例辦理等因雖係奉行故事具見仁民愛物之實心焉

禁傷義塚　○義仟之設半瘞無主屍骸蓋欲使曠野髑髏免於暴露且可令他鄉魂魄得所憑依所謂仁人之用心澤及枯骨者也左安門內法塔寺一帶竟有胆大匪徒私向各義塚內挖土打坯或運土出賣致使白楊衰草間白骨縱横殊覺傷心慘目死者何辜竟罹此刼現經順天府尹憲訪悉前情深爲痛恨業經出示嚴禁想見冥冥中無數孤魂莫不感激涕零矣

吾道將西　○閩洋行中友人云俄國現在遣人來津延聘中國飽學夙儒前往該國教習中國經書詩文等藝願應聘者須先立合同以十二年爲滿每月修金二百元聞刻有陳姓情愿應聘但該國聘請不止一二須待足額後會齊一同前往按此事雖未必眞亦頗近情理蓋論聰明才力西人不亞中華特因聖敎未及故於倫理綱常茫然不解爲何物自通商以來習聞中國一切聲明文物未嘗不翕然向化然則吾道其殆西行乎

命婦可憐　○昨有貧婦沿門乞討衣服藍縷如痴如呆語音不似北省人有好事者詢之據稱夫某甲曾保花翎副將爲人骨鯁不善逢迎遂至賦閒毫無差使前年赴關外投營亦未蒙收錄由此鬱結成疾年餘而歿零丁孤苦舉目無親惟有乞討度命而已隨向腰中取出紙包一個乃當日所得功牌奬札確切無疑噫副將雖係武職居然二品大員竟至貧病以死妻室漂流然則宦海茫茫何堪回首耶

私錢有因　○津城行用私錢前報屢登茲聞大口袋某甲者專與各錢舖取錢每值現錢到手先運至家內將私錢攙勻再與錢舖分送從中取利故販賣小錢之徒皆與某甲交結往來狠狽爲奸以致私錢盛行如有源之水流而不息據此一說則弊端全在某甲不與錢舖相干雖然亦必有勾串合謀情事倘該舖認眞檢查一經查有私錢立卽駁回某甲豈能售其伎倆乎

刀傷要害　○河東官汎後李甲者開設押當局有董乙在該局押當一票該錢若干如數付淸旣查內有私錢持回令換李不

允因相口角董卽持刀將李砍傷小腹血流不止李赴縣控告河東汎隨卽抓獲董乙送縣大令驗訊將董鞭責六十鎖押候辦李甲取保待傷痕愈後再行詳訊

坐車被搶　○估衣街洋貨舖同事某甲家住西頭有至戚在外作事煩某代購紗帽襯一項前晚甲携帽回家將欲裝盒在針市街雇坐洋車行至西頭賀家樓後由後突來一人硬從手中將帽搶去飛跑而逸及至下車追赶已杳無踪影矣按近來坐車被搶者屢見迭出皆因事屬細微不便經官故若輩遂至毫無忌憚耳

頑鈍之尤　○訪事人云前日行至某號門首見車馬紛紜衣冠濟楚詢悉號東某姓今日壽辰故紳商富戶皆來致祝旁有知其事者悄謂何必如此鋪張尙自以爲人類耶十餘年前在家曾有亂倫之事因而携眷搬出卽在該局居住正人君子亦無與往來者至今日久漸忘前事正當縮項埋頭以了餘生復敢明目張胆作此等排塲而其人其事尙在目前竟不畏旁觀議論亦可謂頑鈍之尤矣

波平復起　○河東大佛寺前田某跑河爲業素好滋事昨與馮姓因口角微嫌兩造各邀多人欲決勝負當經河東汎訪聞帶兵赶到衆人作鳥獸散田姓馮姓一並被獲未及送縣旋經鄰人等保出欲爲了結詎兩造見面時頓起風波互相毆打又被該段守望局抓獲略訊數語竟將馮姓及帮打人棍責若干一並開放田姓轉得逍遙法外聞馮姓心大不服諒不久定有一塲惡戰云

賊人裝鬼　○前報曾紀某姓在經司胡同被賊奪去烟袋書籍一節頃又訪悉被奪之先有山東人某甲在染布店作事因訪友行至該處忽聞鬼聲嗚嗚不覺毫毛倒豎隨聲突出一物貌甚醜怪向甲揪扭詎甲年壯力雄兼有胆氣將鬼按住奉以老拳且將送官究辦鬼大懼遂作人言央懇饒恕甲不允再三叩頭始行釋放該賊不知改悔仍敢塗面嚇人搶得烟袋書籍携回烟館欣欣然以爲發財不料烟袋乃係假嘴書籍亦不成部所值無多大失所望烟館人述之以爲笑柄倘經馬快聞知則此人定當吃苦矣

防閑宜早　○北門外樂壺洞鞋舖掌櫃某甲僅一子愛若掌珠因此嬌養性成時與無賴輩爲伍日昨與街隣鮮菜攤某乙因細事口角卽邀西門外匪棍四五人將乙痛毆幸經街鄰苦勸方罷乙懾於勢力只得忍氣吞聲似此敗類倘不及早防閑恐非家門之福也

未雨綢繆　○英泰晤報載英人以外國日益振作亟籌增拓海軍且議增經費以資挹注衆人諒亦樂從前任政府諸人深以此欵從何籌措爲念或由息借或由議院酌在本屆度支週年期限之內定列增收羸餘銀兩凑足現擬六百萬之數俟其定局英京人士必有一番議論然加增羸餘究不至添重國債誠爲彼善于此

俄員測路　○西報載俄國總理鐵路郵報等事大臣由西伯利亞已成鐵路行抵克拉斯奴雅斯克城與接築由斯特列顚斯克城經滿洲境達海濱鐵路諸機器師測勘委員會商一切駐華欽差希呢喀將往俄境會辦此事

文美齋

本齋開設天津府北門外鍋店街自製石青硃砂絹箋冷金赤金團扇描金貢箋各種詩箋徽墨湖筆八寶印色歙硯漂淨顏料精表冊頁屏對時欵雅扇箋簡帖套各色南紙並辦各省家藏板官局板石印等書一應俱全又新出書籍列後 論語經正錄 洋務實學新編 奏疏錄要 公車上書記 拍案驚異記 通商始末記 中日始末記 萬國史記 使俄草 曾惠敏公全集 左文襄公兵書 智環補各國鐵路圖考 時事類編 正續盛世危言 日本地理兵要 士商賜顧者請至本齋庶不致悞

遺失銀條

本月初四日遺失洪源莊三千二百十四號存條一紙計公砝銀二百兩向已該莊說明如有人拾得作為廢紙特此告白 劉 具

天津 美昌字號

本號自辦各國鐘表玩物大小八音琴各欵新式保安座燈掛燈各樣紙烟呂宋烟御用香胰皂廣東各名家臘丸黑白烟膏各省東土西土一概發莊貨高價廉本號修理鐘表格外價廉諸君 賜顧者請 光降是幸特此佈 聞 新開在鍋店街中間坐北門面

烏利文洋行

啓者本行開設香港上海三十餘年四方馳名專售各式金銀鐘錶鑽石戒指八音琴千里鏡眼鏡等物並修理鐘表價錢比別家格外公道今本行東家巴克由上海來津開設在紫竹林裕泰飯店旁請諸君降臨光顧是幸特此佈 聞 丙申年五月十四日禮拜三

妙手回春

今春予媳小產血崩暈絕當延天津道西箭道內普安醫室任君棟臣診視服藥二帖全愈嗣後長孫偶染時疾復蒙一藥而愈感激無已登報鳴謝 析津孟春棠啓

催遷老墳

去年買顧崇德在海二大道地一方後有水壅現欲墳土因有坟三座查無着主未便墳上為此登報備 閱報諸君有知底細者祈關照原主在五月內速來起去逾限不起俾代遷往義地浮厝立有標記聲明 怡和煤油公司啓

浙杭 元吉永號

本莊自置紗羅綢緞新樣洋辮花素洋布川廣夏貨團摺雅扇南貨頭油俱全祇為近時錢市漲落不同故而各貨減價開設估衣街中間路北凡仕商賜顧者無悞特此佈達

義興順號

本店自置綢緞顧繡綾羅紗絹哈喇大呢花素洋布俱全貨高價廉開設天后宮北 仕商賜顧無悞特此佈 達

頭號杭寧綢三錢八
頭號江寧綢二錢八
頭號摹本緞三錢二
哆囉蔴整 四分五
疋按原碼

保命險告白

啟者本行代理長明人壽保險公司如 紳商欲保者請移玉至紫竹林法租界第一樓東間壁華昌洋行面議可也此佈 英商華昌洋行啟

五月十四日銀洋行情
天津九七六錢
銀盤二千六百八十文
洋元一千八百八十文
紫竹林九六錢
銀盤二千七百二十文
洋元一千九百一十文

五月十四日出口輪船禮拜三
豐順 輪船往上海 招商局
通州 輪船往上海 太古行
景星 輪船往上海 怡和行

直報

光緒二十二年五月十五日　第四百三十八號
西歷一千八百九十六年六月二十五日　禮拜四

上諭恭錄　論格致無分中西　事難解索　三農慰望
撈獲阿珠　整頓風化　宜務民義　蝗蟲爲災
潑婦毒手　冬烘先生　難得糊塗　竟失掌珠
大夢未醒　傾財喪品　不驕不吝　茶商會議
各行告白　京報照錄

啓者本局向章每年五月朔日派分股利前於上年應派甲午年第八次股息因東省多事營口等分局帳目未能如期送山彙結爰改在六月朔派利在案今本年應派乙未年第九次股息又因上年將各外口分局售煤事宜煩洋人代辦本年收回自理所有接收帳欵存煤核算清楚造送到山爲期較遲嗣經總局彙結後請　各股友到山看帳又復延候多日以致派利之期在邇其總結帳畧寄南刊印尚需日時現擬仍援照上年辦法展至六月朔在天津上海香港三處派利請　有股諸君屆期持息摺赴取天津上海俱在本分局恭候香港仍派友前往擇地辦理另行登報奉　聞至明年應仍按五月朔日派利以符定章特此佈　達　開平礦務總局謹啓

上諭恭錄

上諭朕欽奉　慈禧端佑康頤昭豫莊誠壽恭欽獻崇熙皇太后懿旨本年六月皇帝萬壽照常行禮樂設而不作停止聽戲欽此　旨
杭州將軍着濟祿補授欽此

論格致無分中西　續前稿

有宋而後文人學士專務詞章類以沉浸濃郁含英咀華作爲文章爲讀書稽古之士舍身心性命於不問久之遂以製藝爲身心性命焉而國家之求賢求以此多士之進身進以此以此而治以此而亂實則治亂俱不係乎此何也祖龍爲虐以還書爲焚儒爲坑得天下者率以馬上馬上得之又非以馬上治之故於格致多畧不講及士宇既一則聽其臣下潤色承平鋪張揚厲概以繁稱博引典麗矞煌爲實學而於格物致知之旨卽無復過問亦卽無復用之自海禁大開泰西之天算格致等書流入中國八股家驟聞而駭乍見而驚遂以格致爲西學嗚乎抑何弗思之甚也夫中華列聖平治之道不外於誠正修齊而誠正之功基於致知實卽基於格物明德新民皆物也使其物一有未格卽其知一有未致而明新之至善無定處隨所在而各有其宜明新之止至善也無定時隨所遇而各有所當聖經雖未明言玩知止而后等慮字其旨已在言外補傳所以有卽凡天下之物莫不因其已知之理而益窮之以求至乎其極之說也至乎其極則物格物格則知致全體大用無不明無不明則知止知止斯能得止是知止爲大學第一步工夫卽致知爲知止第一步工夫入大學者先致知而能不先格物乎由孔子而上上至堯舜其傳心之法則曰惟精惟一惟之云者知必由未精者事事格之然後必使至於精由未一者處處格之然後必使歸於一此其義蓋包舉萬事萬物以爲言非空空以精一二字爲萬法歸宗之咒語也由孔子而下下至諸子以孟氏爲名世孟子則曰博學而詳說之博也詳也卽格也卽致也不特此也卽黃老荀楊墨子莊子列子文中子及諸儒百家之書雖曰擇焉不精語焉不詳而緯地經天舉足存其說以俟百世之聖而相質亦非空空談元也若夫五經所載書言事而禹貢之地學洪範之天學卽近日機汽化電諸學之證詩以言情而可以興可以觀可以羣可以怨者讀詩而奚爲可以其於事事物物之情理

必有以格之至乎其極也何待言哉至邇之事父遠之事君多識於鳥獸草木之名則其格致又爲顯而易見者也禮謹節文實爲天經地義所關其月令言天即與夏正爲表裏而宜次之體次之稱次之又何一非從格致中來至於易之取象占爻春秋之屬辭比事上蟠乎天下際乎地達明通幽極人物之常變怪力亂神何所不有而陰陽之變化鬼神之情狀無不詳之無不知之實則無不格之也使非漢唐以後以文勝質黜實崇華致使先聖格致精義入神之學中途隔絕孟子所爲嘆君子之澤五世而斬者殆先有以見盛極必衰欲挽回而無術其太息痛恨之聲讀之若言猶在耳也所可惜者泰西格致之初未聞中華列聖格致之道使其聞之當更有進或不止爲化學光學等事已也所可幸者海禁大開泰西格致之事先入中土使中土豪傑之士不待文王而興者寓目會心見其禮而知其政聞其樂而知其德於是因其物而習其事追其學使西道大行於中土因以繼吾中土數千年列聖格致就湮之茫茫墜緒焉是正中西之文運天開爲古今一大變局天地之一大交泰也而無識者反駭之怪之一似各有隱憂恐爲吾道之大病者彼其胸中所見之道八股格律外原不容一物入乎其間以爲此間有孔孟嗚乎是何異文仲之山節藻梲實爲盧器蔡如有靈豈其神在此中乎適足以形其不智而已矣總之人同此心心同此理東海有聖人出焉此心此理同西海有聖人出焉此心此理同推之朔南無不如是何分中西質諸通人以爲然焉否耶

事難解索 ○東直門內北新橋有陳某者貿易爲生五月初八日爲第三子完婚親朋異常熱鬧新婦貌亦娟好咸嘖嘖稱羨乃夜間送入洞房次晨日上三竿門猶未啓呼之不應衆疑駭脫門而入則一對鴛鴦竟身冷如冰氣絕多時矣檢驗二人並無傷痕新婦已非女孩兒身然究係何故雙雙長夢殊難索解也

三農慰望 ○京師自端陽以來陰晴不定時而細雨廉纖時而旭日當空初八日清晨忽見東南方黑雲驟起一輪紅日不知消歸何處少頃電光灼灼雷聲隆隆既而大雨如注不啻銀河倒瀉直至傍晚始止初九等日細雨濛濛鎭日不斷四野麥穗青葱可愛鋤雲犁雨之夫抱甕灌園之叟莫不欣欣然有喜色云

撈獲阿珠 ○浮家泛宅不過曠達者流藉爲嘯傲湖山計耳而今之漁人竟以此養生京師東便門外普濟閘一帶漁舟麕集白舫烏蓬往來甚夥時或停橈唱晚得魚換酒之餘妻孥笑語丹青家往往寫作畫圖亦韻事也昨有漁舟薄暮停泊於此有嬰兒扣嬉戲忽一失手墮入河流幸老漁素諳水性隨卽奮身跳入隨波逐浪竟得提携以出說者謂老漁此舉不啻赤水求珠云

整頓風化 ○本埠爲通商碼頭茶館酒肆優伶娼妓無不利市三倍近於端陽節前山東又來女優十數人在各處演劇月之十二日又在東門外某會館借坐搭桌正值開演間經邑尊訪知派差盡數抓獲訊明後赶卽逐出境外不准在津逗遛此亦清理地面一舉也

宜務民義 ○子不語怪力亂神又曰敬鬼神而遠之非云無也特不宜諂瀆而不務民義耳是月十一日義阡局在南門西馬道一帶遷棺檢骨夜一點鐘時卽聞該處鬼叫甚爲詫異附近居民盡爲驚起詢及老人言鬼聲飄飄如絮隨風是夜之聲音直且壯是人所學非鬼聲也噫豈匪人故爲是聲以嚇居民冀其畏懼隱避於以行竊是誠不可不防者矣

蝗蟲爲災 ○本年自春徂夏雨水調和秋麥業已登場年景豐稔大秋有望不料有去年蝗虫遺子滋生成孼屆時蠢動現在衛南窪軍糧城大何庄大小圍泊村淸寗侯一帶遍地皆是晚麥均被咬壞若不設法驅除待其蔓延貽害匪輕農家者流憂水憂旱今則更憂蝗虫古人憫農詩曰誰知盤中餐粒粒皆辛苦往復讀之何勝浩歎

潑婦毒手 ○城內有名大頭者忘其姓因斷絃娶再醮婦喬氏爲妻以主中饋帶有一子一女過門後視前室子如眼中釘肉中刺恨不一時拔去昨子因病服藥竟置毒其中幸大頭覷破奸謀待藥煎好令氏先飲氏不肯大頭怒甚遽行揪打詎一時不防被氏將腎囊捋破現在性命不保大頭之兄一面將氏交地方看守一面給弟延醫調治倘不知果能無恙否觀此一事則人之再娶者可不

愼之又愼乎

冬烘先生 ○河東劉某設帳授徒昨有口操南音者到館遊學自稱江蘇丹陽縣人某年入泮某年領鄉荐某年捷南宮並題目言之鑿鑿因來津訪友不遇遂羈留於此不能還鄉劉見言談不俗以同道待之贈津錢數十臨去殷殷致謝留名片告辭及劉放學回家欲穿大衫束轄西顧竟歸烏有旋猛省曰半晌無他人來定係游學者竊去矣幸有名片在此尚可踪跡於是逢人便託如見此人可即扭住噫先生亦太冬烘哉彼既行竊豈肯以姓名告人所留名片眞耶僞耶請自思之

難得糊塗 ○日昨有殷姓人頭破血流在五段鄉甲局喊寃局員立予驗訊問傷係何人所打因何事起衅據供身同孟二閑游路遇一人將身撞倒與之理論反被揪打致有今傷實不知其姓名又問既不知姓名此人安在供稱已走去矣局員曰試去問他何姓何名回來再告可也一笑而罷

竟失掌珠 ○日昨在北局門首貼有紅帖一帋據稱姓趙住石牌當下十三日早辰因看會失迷七歲幼女一名面貌服色一一註明並稱將女送回謝儀若干知女下落給家送信謝儀若干決不食言云云乘一時之高興致失掌珠後悔何及哉噫

大夢未醒 ○津門生意稱巨擘者洋行票莊錢舖也總管人莫不高自位置局面排塲極其恢闊小班下處視爲尋常偶然消遣輒開絕大之賭局一輸一贏千金不止就中而論有四五人尤屬一時魁首雖現任道府未必及其豪華日復一日年復一年究不知費何人之資財耗何人之血本倘一蹉跌當有被其累者彼固尚在夢中也

傾財喪品 ○東鄉某甲者販賣白面往來津門據言同鄉某乙亦在津作小本生意常寓河東于家場一帶小店每至更深人靜時店主招隣近土娼開設花局引誘住店人聚賭乙曾陷入迷龍陣中所有資本貨物概行輸淨以致流落在外不能回家近爲飢寒所迫不顧廉恥昨向某家竊得錫器二件典賣花費甲以同鄉之故雖甚關切而無可如何似此窩娼招賭設計陷人稍不留神必至傾財喪品吁可畏哉

不驕不吝 ○海下某甲富家子也來津消遣寓闗口某店甫經卸裝天色已晚因癖嗜洋烟夜間必須預備干鮮菓品因令僕人持錢一弔上街購買行至店門以內見一少年因不知甫在何處便向問訊少年曰我係本店夥計例應伺候且知某舖貨物最好可替二爺去買僕信之將錢付給遂靜坐以待詎經二三時之久不見少年回來因向店掌詰問店掌詳問少年年貌衣履驚曰是必被人騙去矣僕情急即與店掌追究某甲問悉緣由笑謂僕曰是爾自不小心與人何尤不得饒舌再拿錢去買可耳聞者皆謂甲不驕不吝固忠厚長者也

茶商會議 ○漢口茶市行消甚滯昨聞六帮某鉅商呼儔引類齊集茶業公所互相酌議停辦子茶有人私辦一經查出每一箱罰銀一兩各棧私買查獲一箱罰銀一百兩蓋恐子茶辦到二茶三茶勢必愈形滯擱難覔蠅頭且子茶亦無微利可沾來年西商必不出手會議如此未知此後究竟能行否

大英國駐津工部局諭 查東洋車捐一項每月每輛本局向章收捐洋五角惟近來工程浩大事務殷繁自本年西歷八月一號起每輛收捐洋七角五先以資辦公爲此諭知各車夫一體遵照勿違切切此諭 光緒二十二年四月二十九日

妙手回春 今春予媳小産血崩暈絕當延天津道西箭道內普安醫室任君棟臣診視服藥二帖全愈嗣後長孫偶染時疾復蒙一藥而愈感激無已登報鳴謝

析津孟春棠啓

普安醫室 楚北咸寗任棟臣廣文爲籲門先生仲子少承家學舉業外兼習岐黃方術所施有起死回生之妙現寓天津道西箭道內謹代登報首以告求醫者

成鶴 郭天錫 洪思齊同啓

金陵仁記南味坊

自製本機元淺京緞窩綢紗縐絨線糟貨食物金腿海味南貨俱全近因錢市漲落不同分別減價抑因無恥之徒假冒南味者甚多雖云謀利誠恐亂眞欲辨薰蕕用煩楮墨

寄售　雨前 碧螺春 龍井　每斤津錢 一千二百文 三千文 一千八百文　福建條絲格外公道　開設宮北大獅胡同內

遺失銀條

本月初四日遺失洪源莊三千二百十四號存條一紙計公砝銀二百兩向已該莊說明如有人拾得作爲廢紙特此告白

劉　具

天津美昌字號

本號自辦各國鐘表玩物大小八音琴各款新式保安座燈掛燈各樣紙烟呂宋烟御用香胰皂廣東各名家膽丸黑白烟膏各省東土西土一概發莊貨高價廉本號修理鐘表格外價廉諸君　賜顧者請　光降是幸特此佈　聞

新開在鍋店街中間坐北門面

烏利文洋行

啓者本行開設香港上海三十餘年四方馳名專售各式金銀鐘錶鑽石戒指八音琴千里鏡眼鏡等物並修理鐘表價錢比別家格外公道今本行東家巴克由上海來津開設在紫竹林裕泰飯店旁請諸君降臨光顧是幸特此佈聞

丙申年五月十五日禮拜四

北門東　文德堂

新出許眞人擒蛟全傳
新出格致須知十六種
新出蘭蕙同心錄　三寶
太監下西洋　各國約章
纂要　行軍鐵路工程
四元玉鑑細草　原板
中西算學　增删算法
洋務新編　鐵路圖考
拍按異記　游歷日記
螢窗異草　中東戰紀本末
蜃樓外史

催遷老墳

去年買顧崇德在海二大道地一方後有水塋現欲塡土因有坟三座査無着主未便塡土爲此登報佈　閱報諸君有知底細者祈關照原主在五月內速來起去逾限不起俾代遷往義地浮厝立有標記聲明

怡和煤油公司啓

浙杭元吉號

本莊自置紗羅綢緞新樣洋辮花素洋布川廣夏貨團摺雅扇南貨頭油俱全祇爲近時錢市漲落不同故而各貨減價開設估衣街中間路北凡仕商賜顧者無悞特此佈達

義興順號

本店自置綢緞顧繡綾羅紗絹哈喇大呢花素洋布俱全貨高價廉開設天后宮北仕商賜顧無悞特此佈　達

頭號杭寧綢三錢八
頭號江寧綢二錢八
頭號摹本緞三錢二
哆囉蔴整疋按原碼　四分五

保命險告白

啓者本行代理長明人壽保險公司如　紳商欲保者請移玉至紫竹林法租界第一樓東開華昌洋行面議可也此佈

英商華昌洋行啓

五月十五日銀洋行情

天津九七六錢
銀盤二千六百八十文
洋元一千八百八十文
紫竹林九六錢
銀盤二千七百二十文
洋元一千九百一十文

五月十五日出口輪船禮拜四

豐順　輪船往上海　招商局
通州　輪船往上海　太古行
景星　輪船往上海　怡和行

直報

光緒二十二年五月十六日　第四百三十九號
西歷一千八百九十六年六月二十六日　禮拜五

啓者本局向章每年五月朔日派分股利前於上年應派甲午年第八次股息因東省多事營口等分局帳目未能如期送山彙結爰改在六月朔派利在案今本年應派乙未年第九次股息又因上年將各外口分局售煤事宜煩洋人代辦本年收回自理所有接收帳欵存煤核算清楚造送到山爲期較遲嗣經總局彙結後請　各股友到山看帳又復延候多日以致派利之期在邇其總結帳畧寄南刋印尚需日時現擬仍援照上年辦法展至六月朔在天津上海香港三處派利請　有股諸君屆期持息摺赴取天津上海俱在本分局恭候香港仍派友前往擇地辦理另行登報奉　聞至明年應仍按五月朔日派利以符定章特此佈　達　開平礦務總局謹啓

上諭恭錄

上諭巴克坦布奏假期又滿病仍未痊懇請開缺一摺兵部左侍郎巴克坦布着准其開缺欽此　旨盛京副都統着溥蔚補授欽此

書都城水會新章

京師水會林立歷有年所人夫踴躍器俱整齊爲他處所不及洵爲救災郵隣之善策第恐良法美意日久廢弛今奉協辦大學士榮大金吾諭約云自抵任以來每遇火警親往彈壓凡水會來往詳加察閱並參以平時聞見各局章程間有未盡妥善處水利不便尤爲救火時一大缺陷應卽妥籌良法另行出示曉諭所有應定條規茲先督同左右兩翼傳集東安西安各局首事人等詳細妥議開單呈送前來本衙門逐條續閱各首事所議各條均極嚴密簡便切中當時弊病若能認眞辦理實於善舉大有裨益除移會守望總局五城察院外爲此示仰各水局人等一體遵行勿得玩違是爲至要議定條規開列於左　計開　一各局伍善救災均穿號坎坎上蓋某水會字樣如無號坎不准擅入火場以防攙越滋生事端各局號衣自出示之日起限一月製備齊全如不穿號坎卽非伍善立卽逐出況救火爲危急之事尤不准兒童嬉戲攙雜其間違者立提該首事並幼孩父兄究懲　一各局只許出激筒一架不准出雙激筒以防擁擠　一原助水局本爲接濟救火而設若擅出激筒必致水少筒多如遇本管地界有災准其助水並准出激筒其火災不在本境者只准遠往助水不准擅將激筒出境接水　一火息卽傳倒鑼各水會已到廠者卽行下會未到廠者立卽折回所持響器一聞倒鑼之聲卽行停止不敲以防攙奪而安人心倘敢不遵領會查出前往稟官治罪　一救災之時如不遵會規或遇碰撞口角無論何局伍善不服約束卽由該首事人等稟送重辦並將會所查封以防恃衆挾制　一凡救災器具全歸會所收存不准私立小會名目假公濟私招集土棍聚賭窩娼倘敢故違一經査出定卽查封拿辦如遇火災除會中應用器具准其攜帶備用外如有私帶器械預備打架者一經查出稟官加倍治罪房屋査封並將首事人等酌量懲治　一京城內外原立火會先只有十五處嗣後添設已至二十處之多內大會十

小會十自應以此爲限不准再添如以立會爲名藉端圖利查出治罪　一行會之時每會只須鈴子二面作爲號令白晝以鈴子一面率領門旗夜晚以鈴子一面率領高照其餘一面留領激筒激筒坐落先有定處再爲領水尤不准搖動皮鼓以亂號令如有孩童敲擊別樣響器隨同作樂者應稟官查究將該首事人並幼童父兄懲治　一各局不准因有一二人挾有私嫌卽行停止報單違者查出稟官治罪　一各局首事所議條規如有不遵准其送究決不寬貸云云夫局面宏開人心翕合衆志所向則其善必行因勢利導則其法易立況玉京爲首善之地金吾乃掌法之官令出如山民從似水政既傳於日下化自速於風行近畿郡縣凡有水會之鄉舉當奉憲諭以爲圭臬豈非政之大善者歟爰樂書之以爲郡縣勸

喪儀大備　○本月初八日辰刻　醇賢親王嫡福晉薨逝欽奉　皇太后懿旨着賞給陀羅經被卽日親往賜奠　皇帝詣邸成服行禮派大學士管理工部事務崑岡禮部尚書總管內務府大臣懷塔布刑部右侍郎總管內務府大臣文琳工部右侍郎英年辦理喪事一切事宜官爲經理以示篤念宗親至意欽此已見邸抄茲聞　皇上於初十日辦事召見大臣後至　醇賢親王府奠祭並經內務府飭傳萬善殿萬壽寺賢良寺戒僧雍和宮旃檀寺隆福寺喇嘛番僧正大光明殿黃冠道人輪班唪經禮　齋醮並經造辦處糊紮車馬槓箱黃輿黃庫等物以備焚化每日經光祿寺飭傳廚役造做祭品以崇體制至工部屯田司如何應値槓差俟訪明再錄

間氣所鍾　○阜成門葡萄園地方有韓姓家生一子甫三歲形貌奇古面生花紋自天廷至地閣以下色赤如火左右額角至兩顴則白如點雪外有赤色數分裹之絕類優人所扮武聖模樣每見客來目光炯炯直視令人驚怖又聞崇文門外東利市營高姓子年十齡生有異稟天姿絕慧貌亦俊美每日所讀詩書可厚一寸許過目不忘十三經外已誦雜書至十數卷尤奇者目有重瞳臂有四子故能精力過人又有前門內箭廠大院齊姓子年十一歲身長已如成人膂力絕倫一手能舉磨石從容無難色此三童者生於一時相去不過十餘里之遙間氣所鍾他日定成偉器豈　國家將興帝賚良弼預儲舟楫之才備干之選耶不禁企予望之

院課示期　○本月十八日輔仁書院輪應津海關道課期當由値院事之陳紳等稟請蒙批准行現由該院牌示俾應考生童等屆期齊集伺候點名領卷無悞云

製藥訛傳　○初十日報登索謝啓爭一則內稱王姓因南局製造紅皮藥囊託劉姓包攬事成許謝以致啓爭等語茲復經訪明南局委無製造此項火藥且局憲張觀察稽查最爲周密各工人不准躭閒嗜懶及偸做外工豈有在局竟敢私製藥囊之理或該工人等當放工回家時攬做工程希圖小利抑係與劉姓因他事啓釁遂至傳聞異詞均未可知本館有聞必錄故亟行更正免滋疑惑云

市豈有狠　○冀州獻縣等處向有一種匪徒每至夜間在僻靜地方隱伏遇有行人經過暗從背後用繩套其頸項使之不能出聲負至他處或剝其衣服或刦其財物名曰套狠往往有勒斃者殊屬兇狠已極不料此風衍至天津十二日夜間樂壺洞內有賊匪卽用此法將行人衣服盡行刦去幸未斃命然亦險矣至事主姓名里居尚未訪明容俟再錄

一破兩案　○前者黃某在針市街被刦與河東肉舖夥友在興隆街被刦等案昨已將正犯拿獲緣黃某被刦後卽詳細開單送交各當舖如有前來典當者務將人扣留一面送信以便辦理適該犯向德合當典質衣物經掌櫃查看與黃某來單相符遂急與送信將犯拿獲送案一經研訊不但此案屬實卽興隆街刦案一併承招矣

幸免於難　○昨縣署護院甲乙二人奉飭辦公道出南門爲該處混混探知卽率羽黨持械尾追並聲言萬勿輕釋幸護院腿快已經走遠免卻一塲是非不然必有不堪設想者

眞堪捧腹　○昨夕在東門外水閣前有候補人員乘轎飛行不料該處道滑轎夫失脚跌倒致將轎中人摔出轎外兩掌按地胸前盡染汚泥見者無不捧腹適有兩生經過一生曰胡爲乎泥中一生曰鞠躬盡瘁死而後已微笑而去

狠心毒手　○倪甲倪乙胞兄弟也祖居蒲溝現分居各爨而勢若參商乙稍充裕甲困阨時有告貸乙妻吝頗有詬誶聲甲銜之入骨昨暗將乙五歲幼子誘至河沿拋入水中淹斃乙適由桃花口來行至隄邊遙遙望見但喊救莫及比至近前甲已遁去乙遂循河覔屍至三里外始行撈獲當即據情控官噫兄弟仇讐與幼子何涉而竟下此毒手甲眞豺狠也哉

東坡饒舌　○現據城內西坑沿居民衆口一詞僉稱近四五日內每至夜靜更深輙有鬼號聲極悽慘不堪聽聞夫以城廂地方人烟稠密安能有鬼定係以訛傳訛惟人言嘖嘖姑誌之以符新聞之例

定非善類　○日昨東浮橋正値開關忽一人由西而來神色倉皇旋從背後尾至一人厲聲曰爾好大胆因爾脫逃致我受比多次今日再想逃走萬萬不能向前揪髮而去見者無不疑怪究不知所獲者爲何許人俟訪明再登

不愧大班　○津邑各處烟館小店最易藏奸彼竊此匿轉瞬無迹日昨二更時聞槍聲隆隆詢係西門內弓箭衚衕後楊二小店內有在京行竊賊匪藏匿於此十四日順天府大班來津在縣掛號查訪明確帶領十數人施放洋槍在該店將賊拿獲並將楊二一同帶赴順天府究辦矣

戲挑丐婦　○本埠財賦之區商賈福凑貨物雲屯而四方乞丐亦麕集於此老少男婦不可以數計舖戶中實有應接不暇之勢大舖嫌其煩瑣每月出錢二三千不等交官驛代爲打發名曰包月故門面尚覺清淨若小本生意從無包月者以致乞丐勒索每滋事端估衣街某舖掌櫃冀州人素行旣吝品尤不端昨有乞婦向舖討要年約三十上下雖衣服藍褸頗有幾分姿色該舖掌語涉戲謔狎褻難堪致該婦羞惱成怒勢將拚命幸看街巡兵出爲理處付津錢數百始得了結

集善社清單　○計開丙申二月現存銀五百五十三兩八錢二分錢八百十六千四百三十文　三月入欵敏求子助錢十五吊　劉俊德助錢十吊　裕盛成助錢五吊　德義厚助錢三吊　日興昌助錢二吊　裕興昌助錢二吊　大德通助銀二十兩　利息銀十兩　易進銀二百十三兩三錢九分　出欵卸米脚力等錢三十五吊　易銀用錢五百四十八千四百十二文　耗平銀一錢五分　放本月恤米合銀一百三十五兩一錢四分　計米五十一石每石價銀二兩六錢五分　計嫠婦三百十戶內二百戶各吃米二斗　一百十戶各吃米一斗　統結現存銀六百六十一兩九錢二分　錢二百七十吊十八文　外計現存生息房產銀四千八百二十三兩錢一萬六千五百吊

剿回要電　○昨接甘電云近日回匪竄玉門關地方雖經董福祥軍門痛加追剿然其衆尙有萬餘人蓋處處有逆回可以誘脅故未能立卽蕩平云

路透電報　○有某電致鈕約臥爾得者謂不列顚與非尼修拉在巴利瑪現已開戰頗形殘忍云○李中堂與德國外務大臣子爵馬君會晤之下兩情相洽聚談有一時之久畧謂德國在支那所獲利益甚廣云○李中堂已雇得兩官按照德國格式欲建造一陸軍學院矣○鈕約臥爾得電謂不列顚現與非尼修拉開戰之事不確○德拉西司已叛且殲滅土耳其軍四隊并獲槍砲多枝○瑪沙納蘭叛賊羽黨甚衆該處土著殺死白人之在河立司北來及梅修地方者無算○開泊及梅夫京之兵已奉派前往瑪河納矣○李中堂在司德梯爾地方該處官員盛筵欵待宴畢卽赴開爾此地官員亦以禮相迓云○駐禮大臣賴德司電致屬國大臣乾伯蘭力囑其追究路濊博德哈米司諸人勿輕縱云

浙紹朱鈍翁脉精方妥屢治險證久已揚名近救瘟疹多人仍寓彌勒菴

普安醫室　楚北咸甯任棟臣廣文爲籥門先生仲子少承家學舉業外兼習岐黃方術所施有起死回生之妙現寓天津道西箭道內謹代登報首以告求醫者　成鶴　郭天錫　洪思齊同啓

文美齋

本齋開設天津府北門外鍋店街自製石青硃砂絹箋冷金赤金團扇描金貢箋各種詩箋徽墨湖筆八寶印色歙硯漂淨顏料精表册頁屏對時欵雅扇箋紙帖套各色南紙並辦各省家藏板官局板石印等書一應俱全又新出書籍列後　論語經正錄　洋務實學新編　奏疏錄要　公車上書記　拍案驚異記　通商始末記　中日始末記　萬國史記　使俄草　曾惠敏公全集　左文襄公兵書　智囊補各國鐵路圖考　時事類編　正續盛世危言　日本地理兵要　士商賜顧者請至本齋庶不致悞

敬啟者京城售報處改在前門外琉璃廠小沙土園路西寶興木廠又楊梅竹斜街中間路南聚興隆小器作內兩處分售此白

售報人陳午清謹啟
寓前門內刑部後身
草帽胡同北頭大院內

天津美昌字號

本號自辦各國鐘表玩物大小八音琴各欵新式保安座燈掛燈各樣紙烟呂宋烟御用香胰皂廣東各名家臘丸黑白烟膏各省東土西土一概發莊貨高價廉本號修理鐘表格外價廉諸君　賜顧者請　光降是幸特此佈　聞

新開在鍋店街中間坐北門面

烏利文洋行

啓者本行開設香港上海三十餘年四方馳名專售各式金銀鐘錶鑽石戒指八音琴千里鏡眼鏡等物並修理鐘表價錢比別家格外公道今本行東家巴克由上海來津開設在紫竹林裕泰飯店旁請諸君降臨光顧是幸特此佈聞

丙申年五月十六日禮拜五

妙手回春

今春予媳小產血崩暈絕當延天津道西箭道內普安醫室任君棟臣診視服藥二帖全愈嗣後長孫偶染時疾復蒙一藥而愈感激無已登報鳴謝

析津孟春棠啓

新書出售

分類洋務經濟時事新論者長白仲英部郎所採輯也凡練兵鐵路製造以及化學光學重學諸法紡織格致開礦等事無不網羅著爲論說并各國名士所撰時事議論中西關係輯要秘法製造無烟火藥說亦均附載洋洋數十萬言誠大觀也石印六本裝以錦函實價洋八角托天津萬寶堂賣字由房娜嬛書莊京都宏文書局出售

上海文運書莊啓

浙杭元吉永號

本莊自置紗羅綢緞新樣洋辮花素洋布川廣夏貨團摺雅扇南貨頭油俱全祇爲近時錢市漲落不同故而各貨減價開設估衣街中間路北凡仕商賜顧者無悞特此佈達

義興順號

本店自置綢緞顧繡綾羅紗絹哈喇大呢花素洋布俱全貨高價廉開設天后宮北仕商賜顧無悞特此佈　達

頭號杭寧綢三錢八
頭號江寧綢二錢八
頭號摹本緞三錢二
哆囉𡄻整　四分五
疋按原碼

保命險告白

啟者本行代理長明人壽保險公司如紳商欲保者請移玉至紫竹林法租界第一樓東間璧華昌洋行面議可也此佈

英商華昌洋行啟

五月十六日銀洋行情
天津九七六錢
銀盤二千六百八十五文
洋元一千八百九十文
紫竹林九六錢
銀盤二千七百二十五文
洋元一千九百二十文

五月十八日出口輪船禮拜日
海定　輪船往上海　招商局
通州　輪船往上海　太古行
順和　輪船往上海　怡和行

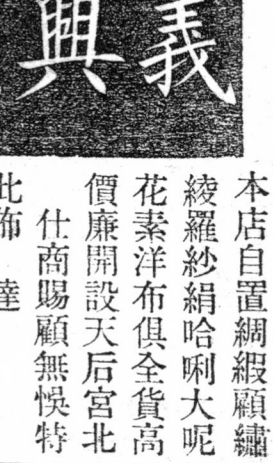

直報

光緒二十二年五月十七日　第四百四十號
西歷一千八百九十六年六月二十七日　禮拜六

上諭恭錄

上諭前據御史熙麟奏北洋總辦機器局道員傅雲龍任意妄爲列欵糾參當經諭令榮祿確查茲據查明覆奏傅雲龍被參各欵或查無不合或事屬細微惟任令伊子傅范椵傅范鉞在該局肄業親串邱錫釗派充司賬究屬不知遠嫌並輕聽委員張霨之言罰扣匠役工食亦屬操切委員張霨於應罰工食輒議罰扣以致衆心不服實屬辦理不善總辦機器局候補道傅雲龍試用直隸州州判張霨着交部分別議處餘着照所議辦理該部知道欽此　旨正白旗滿洲副都統着果勒敏調補廂紅旗滿洲副都統着長萃調補廂紅旗漢軍副都統着志鈞補授欽此　旨左翼前鋒統領着芬車調補右翼前鋒統領着載瀾調補廂黃旗護軍統領着色楞額調補正紅旗護軍統領着鈕楞額補授欽此　旨着派啓秀管理圓明園八旗包衣三旗官兵並鳥鎗營事務欽此

論古今師教之異

書曰天佑下民作之君作之師夫古亦日月今亦日月古亦人民今亦人民自古迄今無君不能養民無師不能教民民生於三事之如一故師之道尊師之權亦重原非其他之品類可與匹儔也顧三代以上道與權合其教則統歸君相三代以下道與權分其教則專屬師儒周道衰孔子出率其門下弟子往來於七十二君之朝與邦君分庭抗禮晚年修春秋操天子賞罰之權筆則筆削則削師表萬世繼衰周爲素王倘今日更有其人不幾爲大逆無道之罪魁乎何以當日尊之後世重之也且其時少正卯聞望之隆駕孔以上孔門弟子棄孔而歸少正卯者數矣何以孔甫攝相遽伏兩觀之誅同一爲師而一功一罪一薰一蕕豈非千秋疑獄此無他教不同故也少正卯之罪不獨在言實在行蓋師以言教尤貴以身教卽其不臣天子不友諸侯當誅之罪自是不容少貸若孔子則一車兩馬於魯不合則之齊之楚之衛之陳蔡皇皇焉席不暇煖止此爲君爲民憂世憫俗之苦心可以對往聖卽可以質後賢其尊也其宜也其爲教也不外人倫而作聖之基則始於弟子魯論曰弟子入則孝出則弟謹而信汎愛衆而親仁行有餘力則以學文所學何文仍係考古人孝弟

謹信之行以匡我躬行之不逮云耳世不能一日無此民卽不能一日不講此敎漢廷取士曰孝弟力田曰經明行修然後得與鄉舉里選升之於朝試之經術策文唐裴行儉猶曰士先器識而後文藝固知前代之敎人取士未有不先攷其行而後觀其文者至後世則反是上之取士但閱八股之文不察其行師之敎人不訓以行但督以八股之文嗚乎此古今學術之升降卽古今風俗政治之所由判也且孔子嘗曰文莫吾由人也躬行君子則吾未之有得此雖至聖自謙之言亦足以見文易行難其所重固有在矣又況今日之文尤非古時之文乎夫古昔聖賢之設敎也先敎人以小學之法後敎人以大學之道今之爲師者於小學之法大學之道皆茫無所覩爰視爲無足重輕不關緩急之事其平生所專心竭力以學者惟帖括一項其弟子自束髮從師而後先讀四書後讀五經其所以必讀五經四書者因功令命題必在其中否則弁此亦必不讀也

此稿未完

鳳肯隨鴉　○京師德勝門內大醬房衚衕有范甲者靑衿也素行挑達狂誕不羈妻某氏色甚美其妹尤艶絕范欲以非禮相干被投梭之拒者屢矣今春妻物故於是先弄大蛇者意欲復弄小蛇迭次央媒說合願續鸞膠妻弟乙亦庠序中人惡其不端峻拒之而另託蹇修爲妹覓佳婿近有乙姻屬黃丙爲撮合山將許字潘丁爲室已有成約范知之心大不甘尋丙將與爲難且搆蜚語故使潘聞潘知其妒婚也置不理諏吉月之初旬行納采禮前數日范致書潘之父兄行其詈云某女者緣結三生情深一笑雖未迨紅鸞之吉已早通靑鳥之音況乎密約幽期誓成連理迎風待月願作雙飛玉兜肚贈自鶯鶯早心心之相印香羅襪遺從燕燕更脈脈之多情休從赤水求珠三月之珠胎已結若向藍田攘玉一時之玉碎堪虞倘君家必欲聯姻則彼此勢將結訟云云潘父兄得信雖知爲莫須有然不欲以一婦人故致啓事端遂告冰上人寢其前約惟范某心涎女美不甘以蛾眉讓人大有不作鴛鴦死不休之意現尙託人斡旋未識一樹名花將折入誰手也

姑妄言之　○自仲尼不語怪迂儒遂膠執無鬼論以爲搜神誌異諸書不過寓言十九然中生登車伯有介行豈左氏好爲妄談哉前門外王廣福斜街通聚飯館開張伊始鋪陳華麗烹飪鮮美以故官商就飲者車馬盈門絡繹不絕五月初八日晚有四客徒步而來衣履翩翩極似貴介氣象揀一雅座而坐爲堂夥見之殷勤備至進酒進殽水陸並陳客亦豪甚大嚼狂咽豁拳猜謎極盡歡洽直至三條燭盡始罷核算飯賬共錢二十一吊六百四十文付淸外並賞堂夥大錢二千昂然而去時三鼓矣座客散盡堂夥收拾灑掃見該客座下珍饈狼藉心竊異之及管賬人檢查錢文該客所給二十餘千盡化紙灰於是譁然大駭互相質証始知爲鬼蓋鬼神有形無質祗能享其馨香之氣故珍饈依然尙在至紙灰能變爲錢錢仍變爲紙灰則不知係何幻術按此事頗涉怪誕然天下之大怪怪奇奇無所不有但未可爲眼光如豆者道也故錄之以廣異聞

鬧河刦案　○東便門外慶豐閘有張大者年四十餘駛船爲業常往來運河一帶五月十一日攬載客位四五人過渡行至三塊板地方時已昏黑岸上忽有強徒十餘人施放洋鎗躍步上船將坐客衣服物件搶刦一空呼嘯而去次早卽赴該管地方官報案經捕役等勘驗屬實應許緝捕能否弋獲尙未可知

局示照登　○水利局示大畢庄文生孫殿元等禀批前已明晰批示大畢庄減河宣洩淀水難資得力現在庫儲極絀斷難兼顧不急之工爾等如爲各保田廬起見着自行齊集民夫挑辦可也

偏之爲害　○婦人輕生之事屢見迭出大抵有所激而然也西頭先春園呂家胡同劉姓家兒媳某氏素不爲翁姑靑眼輕罵重打時有所聞昨氏不知何故服毒身死母家聞信糾來多人將劉姓大肆摔毀隨卽赴縣控告現經衆鄰人說合不知能否了結竊謂婦女一也事父母則賢良事翁姑則忤逆一家如是家家無如不是故往往釀成事端朱子云偏之爲害而家之所以不齊也誠哉是言

蠻觸交爭　○津城好勇鬥狠由來已久幾成積重難返之勢日昨鼓樓北某甲武生也與縣役某乙因細微致生口角已經人勸散甲忿氣難洩復持刀將乙右腿砍傷現已赴縣求驗一係武生一係縣役均非省事之徒現聞兩造各邀多人欲再決雌雄不久定

有一場惡戰也

防患未然　○津郡善舉最多各省勸捐助賑皆能踴躍從事故遊僧野道亦麕集於此托鉢募化者日益繁多昨有作道士裝者二人胸扎大鋼針上掛銅鍊手持皷鈸口宣佛號聲稱河間府交河縣玉淸宮因年久失修廟宇傾頹因來此募化重金佛面而村姑愚婦遂爭先佈施以結善緣然該道目有邪光絕非善類安知非藉募化爲名別生枝節所望賢有司嚴加約束防患未然也

小心門戶　○劉家大院王姓家昨晚忘却關門時交二更有人身穿白洋布小掛走進屋內王婦瞥見大聲喊叫同院鄰人某甲隨卽出赶而佛前錫器已被搶去甲追出門外不見踪影矣按此定非慣賊大半小店烟館中之無賴輩稔知該家無人故乘間售其伎倆然則小心門戶固居家第一要務也

飯館遭殃　○自上年關外用兵往來徵調天津適當其衝最易滋生事端生意人等恐惹是非凡遇兵勇過境格外小心應酬時猶不免爭競打鬧昨有遊勇二名口操南音在河東于家廠飯館打尖畢令掌櫃暫寫欠賬回來再還掌櫃答以本小利微不能賒賬該勇不聽起身便走掌櫃攔阻該勇怒云你要打搶我耶卽從腰內拿出尖刀一把勢欲行兇衆鋪夥反極力央勸猶駡不絕聲而去就此一事推之則到處之騷擾不問可知故錄之以告有管轄之責者

客死堪悲　○河東張姓家女僕劉氏係北鄉人昨得時病張惟恐斃在家內而又無處可以安置劉有本族姪婦亦在此傭工因將喚來亦面面相看無可如何張不得已另賃小屋一間將劉抬至其中一面遣人與劉子送信迨該子到時劉已氣絕隨卽棺殮掩埋噫近年以來四鄉屢遭水患貧民來津覓食苟延殘喘一經得病遂至路斃比比皆然若氏者客死他鄉骨肉不能相見吁可悲矣

干卿底事　○河東千家廠李甲有一子數歲時卽聘定某氏女爲媳至今尙未過門去歲某喪偶因中饋無人娶再醮婦爲室媳母某氏因係親家特來賀喜見孀婦年紀過少且舉止言談頗不老成大不如意回家後卽與媒人理論並斥李甲之非不當娶此少婦隱約間似恐伊女日後受屈意在退婚語爲李甲所聞不勝忿怒以爲妄與人家事因兩相齟齬幾至興訟幸經鄰人勸結噫吹縐一池春水干卿何事其某氏之謂與

金礦已開　○吉林將軍長軍憲順奏請在三姓地方開採五金之礦已奉諭旨准行軍憲愼重其事特委宋勃生觀察爲礦務總辦一面聘請西國礦師測量地段購辦機器招商集股刻已開工兩月掘地深入十餘丈初得媒鐵各質又劚下至八九丈則見五金美品爛然燦然黃氣上燭出產遠勝漠河軍憲聞而大喜此可知中土藏富之厚而向來棄置爲可惜也各省有礦產者何不聞風興起乎

旅人告苦　○日報載日本衆議院各議士以旅韓日人多被暴殺財產亦損傷不少而政府並無嚴辦之意是以由江籐新作等五人列名具稟政府代理外務大臣文部太臣西園寺候公望答曰本年二月十一號朝鮮事變以來我國臣民爲該國亂民殺害者已命駐韓各領事與韓官商議刻下正在交涉辦理且政府自聞變之後增派警察官吏已就道前赴各地察看其地種種設法凡關係居韓我國人生命財產者保護未嘗稍怠

路透電報　○瑪沙納蘭叛賊勢甚洶洶皇家軍隊在梅夫京者始北發矣○阿西利亞之哈利生叛黨情形危險之至土耳其兵已有數營被圍矣○歐洲各大國現已知照波得派一耶穌總督駐紮克利得

文美齋

本齋開設天津府北門外鍋店街自製石青硃砂絹箋冷金赤金圈屏描金貢箋各種詩箋徽墨湖筆八寶印色歙硯漂淨顏料精表冊頁屏對時款雅扇箋箭帖套各色南紙並辦各省家藏板官局板石印等書一應俱全又新出書籍列後

論語經正錄　洋務實學新編　奏疏錄要　公車上書記　拍案驚異記　通商始末記　中日始末記　萬國史記　使俄草．曾惠敏公全集　左文襄公兵書　智囊補各國鐵路圖考　時事類編　正續盛世危言　日本地理兵要　士商賜顧者請至本齋庶不致悮

妙手回春

今春予媳小產血崩暈絕當延天津道西箭道內普安醫室任君棟臣診視服藥二帖全愈嗣後長孫偶染時疾復蒙一藥而愈感激無已登報鳴謝

析津孟春棠啓

天津 美昌字號

本號自辦各國鐘表玩物大小八音琴各欵新式保安座燈掛燈各樣紙烟呂宋烟御用香胰皂廣東各名家臘丸黑白烟膏各省東土西土一概發莊貨高價廉本號修理鐘表格外價廉

諸君　賜顧者請　光降是幸

特此佈　聞

新開在鍋店街中間坐北門面

烏利文洋行

啓者本行開設香港上海三十餘年四方馳名專售各式金銀鐘錶鑽石戒指八音琴千里鏡眼鏡等物並修理鐘表價錢比別家格外公道今本行東家巴克由上海來津開設在紫竹林裕泰飯店旁請諸君降臨光顧是幸特此佈聞

丙申年五月十七日禮拜六

北門東 文德堂

新出石印唐寅竹譜　新出石印蘭石畫譜　新出蕩平奇妖傳　許眞人擒蛟全傳　蘭蕙同心錄　三寶太監下西洋　格致須知十六種　中西算學大成　增删算法　洋務新編　鐵路圖考　螢窗異草　游歷日記　中東戰紀本末　蜃樓外史　覺後傳　普法戰紀

敬啟者京城售報處改在前門外琉璃廠小沙土園路西寶興木廠又楊梅竹斜街中間路南聚興隆小器作內兩處分售此白

售報人陳午清謹啟

寓前門內刑部後身草帽胡同北頭大院內

杭浙 元吉永號

本莊自置紗羅綢緞新樣洋辦花素洋布川廣夏貨團摺雅扇南貨頭油俱全祇爲近時錢市漲落不同故而各貨減價開設估衣街中間路北凡仕商賜顧者無悮特此佈達

義興順號

本店自置綢緞顧繡綾羅紗絹哈喇大呢花素洋布俱全貨高價廉開設天后宮北

仕商賜顧無悮特此佈　達

頭號杭寗綢三錢八

頭號江寗綢二錢八

頭號摹本緞三錢二

哆囉蔴整疋按原碼　四分五

保命險告白

啓者本行代理長明人壽保險公司如　紳商欲保者請移玉至紫竹林法租界第一樓東間壁華昌洋行面議可也此佈

英商華昌洋行啟

五月十七日銀洋行情

天津九七六錢

銀盤二千六百八十文

洋元一千八百九十文

紫竹林九六錢

銀盤二千七百二十文

洋元一千九百二十文

五月十八日出口輪船禮拜日

海定	輪船往上海	招商局
通州	輪船往上海	太古行
順和	輪船往上海	怡和行

光緒二十二年五月十七日　直報　第四版　一七九二

直報

光緒二十二年五月十九日　第四百四十一號
西歷一千八百九十六年六月二十九日　禮拜一

上諭恭錄

上諭兵部左侍郎着榮惠轉補文治着補授兵部右侍郎欽此　上諭世續着補授總管內務府大臣欽此

論古今師教之異　續前稿

更有欲速之徒讀完四書師卽令讀詩文五經尙未通一經卽使往應童試其試帖之平仄或不能諧字畫之正俗概不能辨師皆以爲此事不關緊要只須八股稍順卽可採芹折桂看花長安此外又何多求哉故當從事誦讀時師之勤者於五經四書未嘗不殷殷講解但所講者不過將聖人平日談論之語言與諸賢當時紀載之文字敘說一遍訓其徒日後場中若遇此題當如何闡發實義如何描摹虛神如此已稱爲一代名師至聖賢訓人身體力行之精詣師總茫然徒更漠然其衣鉢然也近代以來自京師至外省郡縣設立學校外並設書院而其所以訓人者仍不外乎制藝試帖若有以經解古文等藝課士者則別目之曰古學諸生與其列者亦寥寥焉嗟乎士人僅知學文已屬古聖設教之末務今之帖括又爲文藝之末務師以是教徒以是學舍此並無所謂學亦並無所謂教者一旦幸博科名遂以聖賢之徒自異於衆衆亦以聖賢之徒尊之且謬謂今之文學直可與聖門文學一科後先輝映彼其於大小本末先後之序又豈可以道里計哉然此猶爲鄉曲之良工也竟有以八股爲奇貨者珍惜其敎不輕告人自以爲獨得墨卷正宗抉科秘鑰從學愈衆聲價愈高門牆愈峻庸耳俗目羣相景從以爲苟得點睛定當破壁委因名高則易於題詩也及觀其所閱之課更不認眞於文藝之稍易成就者畧施斧斤少次者則概置不議其徒旣衆豈無一二聰穎之子出乎其間又豈無一二徼倖者流厠乎其列而以耳爲目者遂共訝科名之盛以爲弟子之高皆因師傳之明而不知其師若弟皆溷得名耳然此猶不失爲正途也尤可異者謀館如鼠得館如虎鄙東家薄子弟所如不合則怨天尤人反以爲世衰道微嘆自古聖賢之多阨斯人也斯語也其自誤者罪猶小其自誤以誤聖賢也罪不容以擢髮數矣反乎此者則又以詭遇逢迎誇弟子之才高揣東人之隱曲平日置詩文於不講專導生徒爲剿襲懷挾之術一値課期或

代爲刪稿潤色使另謄清再行亂加圈點人無論賢愚東道無不喜聞學生晉益者東道苟非此道中人卽明知是假亦願誤認爲眞以混他人之聽覩比及應試則又託先生送考或設法由場外傳遞或設法於場內兌鎗但求獵取功名思一弋獲徼倖之後功遂歸師俗所謂第一進門歡喜事東家拍手好先生者其中之隱曲不堪明言實有爲人不屑明言者以此爲教無惑乎品愈卑教愈下也又況潤花梳柳不妨借桃李一行喝雉呼盧公然許書齋設局動謂名儒理學無礙風流甚或東道輿臺聯爲秘友上房婢媪仰如貴人兾其伺東人喜怒於無形便施春風爲之上下其手以遂彼臧文仲之私及不幸計左道乖出醜萬狀播於衆訟於官則又以凌辱斯文動成挾制不堪之事時有所聞師嚴道尊胡淩夷以至於斯耶古云師道立則善人多以古視今奚啻霄壤又安望善人之蔚起乎雖然授教者固有罪求教者亦不得竟謂無罪焉何也俗無不溺愛之爺孃既課兒功又縱兒懶求名之心無所不至求教之說本屬空談其責師也嚴以苛其自責也寛以恕意謂我既有錢何求不得以故求教者類多驕人授教者無不畏人當其膺聘之初東道之規例條條早已向糟邸嚴約如此則聘不如此則不聘蓋深知寒素謀食甚於謀道師誠有所求於人非人有所求於師也所以師名爲尊實則甚賤皐比一坐幾等針毡東道送學拜師之餘並不少假以辭色如此而欲師道之立善人之多直是痴人說夢耳昔年大將軍延師課子特於書房題一聯云不敬先生天誅地滅誤人子弟男盜女娼語奇實正竊願世之授教求教者時時以二語置心目中則庶乎其可矣

嚴禁窩藏　○京師居家舖戶近日被妙手空空兒所擾者層見迭出雖經報官無從追緝聞有著名慣賊渾名賽石千楊二者飛簷走壁其捷如猿其輕如鳥每日在西便門城墻上箭樓內潛匿當經五城官役暨步軍統領衙門訪知底細往緝未獲後練勇局勇丁在炸子橋地方巡夜忽見有人自西而東行走如飛該勇丁各持鈎杆等械卽行追赶至老墻根地方時將天明仍被漏網現經五城察院會議以各街巷開設烟館難保無窩藏賊盜情事派令司坊各官嚴查烟館禁止開燈如有開人吸烟及前項不法之徒立卽嚴拿究辦以靖閭閻云

棍徒惡報　○安定門外有桂某者無賴之尤平時無所不爲鄉里爲之側目娶妻魯氏伉儷甚篤自去秋懷孕腹隆隆日大桂甚喜以爲可望弄璋昨日腹忽震動知欲臨盆急喚穩婆接生及墜蓐見呱呱者狀貌怪異面黑髮赤僅一手一足穩婆驚奔魯氏亦驚絕昏倒牀上桂大恚扼殺之氏因感風寒旋亦命登鬼錄人以爲作惡之報云

課題照登　○本月十六日三取書院係齋課之期已照章考訖謹將生童題目列後　生文題　民信之矣至去食　童文題　虎之　猶犬　詩題　日向壺中特地長得長字

力遏淫風　○本埠各茶園向有說書人皆係男子稱先生所演者無非三國演義五代殘唐及大小八義諸書自數年前登台演曲率用女流塗脂抹粉事褻聲淫實傷風敗俗之厲階也前守望總局湯太守痛恨此習飭下各局員凡該管地面茶園有女妓登台者嚴行禁止此風稍戢乃日久弊生雜劇中間用流娼名曰坤角於是此唱彼和漸至故態復萌昨閩郡會館出報搭桌大書女角某某事爲本縣王邑尊訪聞差役拘拿又恐得賄包庇遂親率八班頭役詣館查勘詎該差等先爲信知比大令到時女角已經遠避大令洞燭其私囘署嚴比各差限三日務將女角盡數遞案違者重辦並諭以本縣不過爲整頓地面起見卽伊等到案亦絕不過事吹求等語該差等業前後詿到四名口俟堂訊時作如何辦理探明再報

情同强盜　○匪徒搶人勒贖殊屬兇惡曾經各風憲奏請嚴禁屢見邸抄頃聞趙某在冀州營生因歷年既久卽在該處納妾某氏昨携之來津船甫停泊趙往雇車輛以便裝載歸家適爲棍匪李某探知竟率多人將妾搶去聲言必須出錢若干始能贖給不然當自行變賣聞趙已據實控縣此事若果屬實則若輩藐法已極情同强盜不知賢有司當如何懲辦也

差役兇毆　○日昨報登因口角微嫌甲用刀將乙右腿砍傷一則現聞甲因乙係縣署差役恐縣尊或有偏袒遂赴府呈控蒙府憲批發該縣審訊旋經邑尊訊明飭將甲父子暫押候乙傷痊再行訊結詎甲下堂甫行至二門以外該役等邀集羽黨多人將甲父

子按倒在地七手八脚大肆攢毆聲勢洶洶幾乎釀成命案甲隨卽鳴宛邑尊立將滋事人等拘案但不知作何辦理耳

洋車被燬 ○自洋火入中國以來最稱方便鋪戶人家無不使用者以故銷塲愈旺製造愈多日昨有東洋車一輛上裝火柴數百盒煤油一筩行至襪子衚衕園郡會館後門口該車行走過緊未免顚簸致將火柴磨熱陡然火發延及煤油登時烈燄熊熊勢幾不可向邇經衆鋪戶赶緊撲滅而洋車已成灰炭矣

山水爲災 ○順直各州縣自光緒初至今二十餘年水災頻仍百姓流離失所困苦情形不堪言狀日昨北運河漲至五尺有餘大小船隻通行無碍旋據友人自通州來云現在牛攔山山水陡發建令而下平菓灘地方決口數十丈通州東北鄉被淹者數十村通永道憲張觀察紹華稟請督憲暫調天津練軍一千名前赴該處堵築聞已飭統領何軍門轉派中後兩營前往想不日卽當開工矣

裝鬼脫身 ○靜邑某甲好漁色踰園折柳習以爲常昨夜獨行見少婦出其前疑爲淫奔者急趨之婦轉過一灣面墻而立甲前牽其袖一轉身見面長尺許色黑如漆不辨眉目甲大驚倒地及甦而少婦杳然矣不知係何奇鬼或謂非鬼也人也恐遭强暴故以手帕障面而嚇之遂得脫身理或然與

浮雲幻影 ○曹素亭順天諸生少有雋才風流蘊藉隨伯父某宦河南以事罷官羈留不得歸遂家於汴汴有女校書王翠雲尤物也色藝冠一時生耳其名而未獲一見會赴友人約酒酣强生作狹斜遊至則紛白黛綠無當意者久之雲出見態濃意遠骨秀神淸如出水芙蓉迥非俗艷衆傾倒恣意諧謔生獨默然不語雲秋波縈繞之脈脈含情若甚屬意者臨行悄然曰明日請屈玉趾愼勿與人俱生不應雲知其窘於資也驟出白金一裹納袖中曰持此可作數次歡後果乘間輒一會歡戀備至甚於伉儷以生家故不豐反資助之如是者年餘一夕相對黯然欲言復止者再固詰之乃曰妾本良家女少失怙恃遂至誤落風塵心非所甘久欲擇人而事恨無誠篤如郎君者顧肯一援手否生倉猝未及答復曰妾薄有蓄積儘足自贖但求作季路一諾他無慮生首肯正料理間而難作矣先是臬署有門丁某甲涎雲美欲與交歡而屢被峻拒深銜之至是强以二百金委鴇母封之而去生悲憤塡膺而無可如何因寫雲小象傳以繫之名曰浮雲幻影圖以寄恨噫雲固多情然何其遇之阨也爰爲長句以弔之　慧心俠骨出娉婷不爲黃金眼獨靑曾說有情皆眷屬風波何苦妬雙星　一入牢籠百恨加檀郎咫尺隔天涯問誰肯試披雲手爲繫金鈴護落花

陽和罷市 ○營口采訪友人云奉天東邊道所屬鳳皇廳轄岫巖境內大孤山海口俗呼之曰陽和口地方官查核權衡斗石以致商民抗違禁令竟於四月二十日一律閉門有南船兩號無貨可裝放空赴山東轉運并聞安東縣境沙河口向歸山海關管轄今亦改隸東邊道忽爾同時罷市不知因何而觸怨商民也

寃情難伸　河南臨潁縣武舉軒中乾因范同恩兪拆橋梁被控挾仇聚衆將伊侄軒辰兩腿毆拆挖去兩目遍體鱗傷三十餘處當卽殞命經鄉約李春堂驗明報案相驗經縣主魯宗禮任聽門丁熊根山受賄舞弄勾串皂役王正宣等揑造巳死軒辰因强姦范同恩之妻巳成當被捉獲毆斃意圖縱兇脫罪地步旋經軒中乾云此案正兇旣獲未能審出實情何以任縱范同恩誣姦抵賴因此辯理縣主反以縱姪不法武斷鄉曲爲詞喝令釘加雙考鎖押收禁並將武舉軒中乾詳請斥革再軒中乾投標當差十餘載終年不能家宿何能武斷鄉曲縱姪不法並經縣主招告並無一人呈控似此情節違例硬按軒辰强姦巳成辦理皆係魯宗禮不揣情理剖決並將軒辰之父軒中俊一併鎖押嚴刑誣逼各情皆是范同恩錢能通神可得逍遙法外反使軒中乾軒中俊俱受縲絏之苦寃情無處伸訴現經軒中俊遣伊胞弟軒中華來京於五月十二日赴都察院呈控咨行河南巡撫親提人証卷宗澈底根究秉公研訊諒軒中乾軒中俊實情卽能伸雪矣

文美齋

本齋開設天津府北門外鍋店街自製石青硃砂絹箋冷金赤金圍屏描金貢箋各種詩箋徽墨湖筆八寶印色鈔硯漂淨顏料精表冊頁屏對時款雅扇箋縉帖套各色南紙並辦各省家藏板官局板石印等書一應俱全又新出書籍列後 論語經正錄 洋務實學新編 奏疏錄要 公車上書記 拍案驚異記 通商始末記 中日始末記 萬國史記 使俄草 曾惠敏公全集 左文襄公兵書 智囊補 各國鐵路圖考 時事類編 正續盛世危言 日本地理兵要 士商賜顧者請至本齋庶不致悞

妙手回春

今春予媳小產血崩暈絕當延天津道西箭道內普安醫室任君棟臣診視服藥二帖全愈嗣後長孫偶染時疾復蒙一藥而愈感激無已登報鳴謝 析津孟春棠啓

天津美昌字號

本號自辦各國鐘表玩物大小八音琴各款新式保安座燈掛燈各樣紙烟呂宋烟御用香胰皂廣東各名家臘丸黑白烟膏各省東土西土一概發莊貨高價廉本號修理鐘表格外價廉 諸君 賜顧者請 光降是幸 特此佈 聞 新開在鍋店街中間坐北門面

烏利文洋行

啓者本行開設香港上海三十餘年四方馳名專售各式金銀鐘錶鑽石戒指八音琴千里鏡眼鏡等物並修理鐘表價錢比別家格外公道今本行東家已克由上海來津開設在紫竹林裕泰飯店旁請諸君降臨光顧是幸特此佈 聞

丙申年五月十九日禮拜一

金陵仁記南味坊

自製本機元淺京緞寗綢紗縐絨線糟貨食物金腿海味南貨俱全近因錢市漲落不同分別減價抑因無恥之徒假冒南味者甚多雖云謀利誠恐亂眞欲辦薰蕕用煩楮墨

寄售 雨前 碧螺春 龍井 每斤津錢 一千二百文 三千文 一千八百文 福建條絲格外公道 開設宮北大獅胡同內

浙杭元吉永號

本莊自置紗羅綢緞新樣洋辮花素洋布川廣夏貨團摺雅扇南貨頭油俱全祇爲近時錢市漲落不同故而各貨減價開設估衣街中間路北凡仕商賜顧者無悞特此佈達

義興順號

本店自置綢緞顧繡綾羅紗絹哈喇大呢花素洋布俱全貨高價廉開設天后宮北 仕商賜顧無悞特此佈 達

頭號杭寗綢三錢八

頭號江寗綢二錢八

頭號摹本緞三錢二

哆囉嘛整疋按原碼 四分五

保命險告白

啟者本行代理長明人壽保險公司如 紳商欲保者請移玉至紫竹林法租界第一樓東間壁華昌洋行面議可也此佈

英商華昌洋行啟

五月十九日銀洋行情

天津九七六錢

銀盤二千六百八十文

洋元一千八百九十文

紫竹林九六錢

銀盤二千七百二十文

洋元一千九百二十文

五月日廿一出口輪船禮拜三

海定 輪船往上海 招商局

通州 輪船往上海 太古行

順和 輪船往上海 怡和行

直報

光緒二十二年五月二十日
西歷一千八百九十六年六月三十日
第四百四十二號
禮拜二

上諭恭錄

上諭鑾儀衛奏恭備要差需欵孔急請飭催解地租銀兩一摺直隸欠解鑾儀衛地租銀兩前經該衙門奏准飭催至今數月之久據稱僅解到銀四千兩其餘仍未報解實屬拖延現在該衙門差務緊要需欵甚急着直隸總督轉飭藩司無論何欵赶緊籌撥銀二萬兩務於本月內如數解到以應急需其本年地租銀兩並着儘徵儘解年淸年欵毋得稍有蒂欠該衙門知道欽此　上諭長順等奏已故大員功在桑梓請於原籍捐建專祠並宣付史館立傳一摺前庫倫辦事大臣喜昌從戎各省屢著戰功嗣會辦吉林　春等處防務諸臻妥協地方賴以安堵該處人民至今愛戴不忘加恩着於原籍捐建專祠並將該故大臣生平事蹟宣付國史館立傳以彰勞勩該衙門知道欽此　上諭長順等奏解犯脫逃請將原解官議處一摺三姓驍騎校瑞和押解人犯並不慎選兵役加意防範致要犯中途脫逃實屬疏忽瑞和着交部照例議處逃犯王永周着通飭嚴緝務獲究辦餘着照所議辦理該部知道欽此　上諭保年等奏旗營兵丁聚衆要挾滋鬧請將該管各官分別議處並自請察議一摺本年四月間廣州正藍旗閑散鍾汝拔因在街搶奪衣服經巡防營統帶知縣李家焯拿獲交協領等領回究辦旋經譚鍾麟咨行將該犯鍾汝拔先行銷去旗檔突有漢軍老幼多人在將軍衙門代該犯求免銷檔鍾汝拔旋卽因病身故復有漢軍旗人聚衆至李家焯寓所打毆並將李家焯之子李世聘等毆傷實屬藐法已極卽着保年等嚴飭查拿滋事首從各犯務獲究辦該管協領劉紹基佐領潘廣澤於兵丁滋鬧之時未能立時解散防禦談鴻春驍騎校談鴻勳失於覺察亦難辭咎着交部分別議處保年與存依克坦均着交部察議欽此　旨武備院卿着祥年補授欽此

與客論雨暘

客有以天之雨暘論感應者曰雨暘時若是謂休徵風雨不節頓成災沴天以是感人以是應古書論之尙矣乃有同値一時而寒燠殊同處一方而水旱異是誠氣候之不齊矣入夏以來大京兆以畿疆得雨四寸有餘上達　天聽以慰　宸衷軫念民艱之至意耕者亦

咸慶於野謂直省秋成大可卜也嗣接江浙各省等處友人來函松郡於初夏望後大雨連番時行時止雷聲電影排闥驚人礎潤苔痕縱橫欲活月杪月初之際雨師稅駕恒視箕伯爲勤終日滂沱行旅惡其泥濘農夫則喜其潤澤分秧可及初夏焉蕪湖之田高下攸殊下隰所蒔稻秧業巳分插高田猶時虞土拆胼手胝足輩不遑暇處朝夕從事桔槔自上月中旬迭次傾盆皆盈溝澮比戶復補插晚秧雖未即綠縟繁茂然從此滋長可視有秋甬上立夏以後秧針秀茁一碧連天雖商羊屢舞而力弱如絲恐無大濟至五月初吉則好雨知時連數晨夕淙淙檐溜晝夜幾不絕聲農民大喜是皆休徵之驗也乃京東之州縣或多被雹災或山水突來傷及人畜京西之妙峰山會期以內陡熱陡寒熱極則風狂冷極則雨注熱則頭昏作暈冷則肌粟旋生近日雨來尤勤大小屋檐宮商迭奏牛欄山水泉大發以致北運河隄岸潰決時聞人皆畏雨而津南大小團泊一帶則盼澤方殷浙之杭垣自上月中旬下旬大雨時行往往連數晝夜近河各處積水成潦湧金門及運司河下水滿數尺而天氣寒冷迥異尋常二麥既多被傷將來二蠶恐亦減色嘉興自四月旣望雨多晴少春花雜糧皆爲減色河水前巳枯涸忽漲至四尺有奇河溜湍急行船惴惴寗波因雨多寒甚疫氣侵人感者每多不起是災沴之侵也其時同其爲地也雖不同而同此一方終非秦越何氣候不齊以至於此也　此稿未完

慎重倉儲　○五月初十日倉憲提驗江蘇第二十九起漕糧浙江第二十五起漕糧前半起十一日提驗江蘇第三十起漕糧浙江第二十六起漕糧後半起十二日提驗江蘇三十一起漕糧浙江第二十七起漕糧前半起十三十四十五等日暫停未驗

稽查齋匪　○近奉步軍統領衙門嚴諭左右兩翼番役及五營各汎員弁各按所屬地方督率捕甲嚴密稽查凡菴觀寺院中如有在理教匪設立公所假託奉齋爲名聚衆生事者立即嚴拏究辦如該管地面實無此項教匪應由巡緝捕頭出具甘結並令營汎各官加具印結具文詳報此後倘經查出或別經發覺即將營汎各官一併從嚴叅辦

大殺風景　○每逢五六月間赤日當天炎風似火倘於綠雲深處聽雪竹冰絲誠一付清凉散也宣武門外黑窰廠地方有名瑤台者近臨綠水輭隔紅塵老樹千章遮天蔽日杜詩所謂竹深留客處者彷彿似之向有演唱雜劇以備遊人消遣前因匪徒等滋生事端曾經巡視北城察院嚴行封禁本年五月初十日經某等稟請啓封開市每日邀集寶德堂憑雲亭八角鼓七音連彈大鼓書詞奇巧戲法扛子男落子等劇有聲有色座客常滿日約一千餘人於是北城坊捕役西珠汎巡丁等視爲魚肉起意分肥每日索錢十千未遂所欲彼此互相口角適某侍御經過其地密派家丁訪問知有官人索詐滋擾情事恐釀巨案密諭北城兵馬司復行封禁並將滋事匪棍索詐官人一併嚴拏按律懲辦雅集歡場大殺風景遂使桃源仙境無復問津者

要犯就擒　○通州地方五方雜處本爲宵小溷迹之區五月十四日午後有形似差役者六七人在西門外柳巷地方常家小店中探實積竊四人的係綠林人物因即聲色不動布置妥當率衆圍拿當場一一就擒無漏網者遂加拷鐐押送到官該差役諒皆好身手者也或謂被擒之四賊尙非積竊確係某處刦案中要犯云云然一經琴堂研鞫定當水落石出

胎中種癮　○朝陽門外二條衚衕有富室某甲夫妻二人自少年即酷嗜芙蓉膏呑雲吐霧連宵達旦精神日鑠而雄心亦爲之暗銷生有一子體質瘦弱異常一日之間必兩三次氣喘痰塞一息僅屬若有重病者其母吸烟噴入口鼻中漸形精爽俄即欠伸而起嬉笑自如始知爲有烟癮也今年巳舞勺居然一榻橫陳克紹家傳矣嘗見十七八歲即吸食鴉片者人皆以爲罕有若某子在襁褓中巳種有癮根殆古人所謂胎教者與

輔仁題目　○五月十八日輔仁書院輪應道憲考課聞是日因有緊要公務特委員詣院點名給卷業經考訖謹將生童各題列後　生文題　晉國天下莫彊焉叟之所知也及寡人之身東敗於齊長子死焉西喪地於秦七百里南辱於楚寡人恥之願比死者一洒之如之何則可　童文題　定於一　詩題　諸君何以答昇平得平字　生五言八韻　童六韻

決口合龍　○通州迤南紅廟地方因路河暴漲漫溢成口由左岸東注香河所屬各村庄接連寶坻田地多被淹沒幸蒙通永

道憲電稟制軍即日檄飭在駐津練軍五營中抽撥二成隊速往堵築聞越一日即合龍矣至於被水田園成災輕重須經報勘後俟有確聞再佈

土娼遞籍　○張某青縣人素無正業惟倚妻作皮肉生涯借以餬口住房係從孟某價租孟初不知其所操何業因有縣役某甲作中租價即由甲轉交昨被孟訪聞即知照地方驅逐正紛紜間適捕廳差役途經其地因張狡展即予帶案當將張板責四十令具限賸房交孟收回轉賃並飭張將妻速領回籍不准逗遛云

逐出教外　○本埠有季某者每値美國耶穌堂開門講道即隨衆往聽堂主山牧師見其慕道情殷遂時與接談季亦願言入教於是約期授餐領洗結爲道友查入教規條必須去邪歸正凡一切私心妄念概行屛絕如有違犯立即除名逐出教外季初入道亦頗循規蹈矩後漸漸營私倚仗教堂名目包攬詞訟並有大不守分情事因事到官曾經荷校堂主訪聞屬實當即遵例扣除並知照道中人當以季爲前車之鑒由是觀之耶穌之教亦非倚勢橫行干名犯紀者可比特恐無賴輩藉端生事耳

詐贓受辱　○某甲皂役也因善漁利詐贓人皆稱魯湯子昨持已銷未繳之票向各土娼窰勒索錢文有綽號名杜老道者探知其僞將甲扭住言既有印票情愿到官甲自揣情虛語言失措左支右吾杜愈理直氣壯便喝魚兵蝦將按甲在地飽以老拳復將衣服撕作條縷不能蔽體經人解勸始得脫身惟揚言將以毆差扯票稟官但不知眞焉否也

榜之通衢　○昨晚四點鐘在鼓樓經過見衆人環立如堵共視東北墻粘貼黃帋一張上以三字成文寫有十數句正欲取筆抄錄突有人年約三十餘由東而來分開衆人赶即揭去據旁人云大概係鹽商某甲恃勢勒債不還等語嗣詢綱中友人始得其詳緣該商與刑部司務某乙之子丙夥辦通鄚鹽務內有轇葛情事控經長蘆副憲訊明而某甲至今並未清還帳目乙情急因貼告白俾衆共知按甲乙二姓皆縉紳巨族衣冠人物何以决裂至此也

生死殊途　○諺云天有不測風雲人有旦夕禍福誠哉是言十八日午刻天方晴霽忽見黑雲一片自西北而來霹靂一聲大雨滂沱如銀河倒瀉歷一時許雨師始行返駕嗣聞陰雨時海河波浪洶湧打翻回空桨船三隻糞船一隻船上人均經撈獲未遭滅頂同時有裝杏小船亦被波浪冲翻船上五人僅撈其二餘皆不知下落噫同時遭溺生死殊途眞有幸有不幸也

先生自取　○禮曰師嚴道尊蓋謂學規嚴肅生徒不敢玩忽然後敬業樂羣孜孜不倦此正解也今當轉一解曰道尊師嚴爲師者須德行文章取信於人人乃嚴憚否則以空空之鄙夫坐擁臯比如木偶然誰尊之而誰敬之青邑某巨紳延一鄉先生教讀衣服樸陋言語粗俗紳不悅然猶顧全局面不肯失禮紳有幹僕以先生固田舍叟儕輩視之而先生位置自高未肯遽行貶損因相齟齬一日飲食中暗置巴豆少許遂連次瀉泄委頓不堪紳疑爲時證即送還其家論者謂紳失於覺察倘有不測豈能置身事外然先生亦有自取之道焉語曰見幾而作不俟終日其未之聞乎

遍求礦產　○督憲劉峴帥重返兩江以來深以富國裕民爲急重以欽承　上諭遍求礦產設法開採以拓利源凡有紳民稟請開礦無不准行金陵棲霞龍潭各處開採煤鐵等礦早已詳誌報端茲接秦淮魚書知峴帥查悉江安兩省礦產除現已開採者不計外其餘有礦之處尙覺不少適有西國礦師多人相率來見有由峴帥聘請而來者有爲他省督撫薦者有自請報効者計有十數名之多峴帥一一派赴江安兩省各府州縣地方查勘礦產諭令一經勘實趕即飛報以便設法開採各礦師均已陸續就道源開美利定可拭目俟之

日報照譯　○日報云頃聞高廷致書前日本駐高叅贊福開塞擬請該員爲樞密贊議而福君近因韓城亂事一案被革現尙未覆書應允高廷之聘○又云法國巡船名亞勒架者現奉日政府准其自正月二十四日起三個月之內隨時駛至馬關等處十六口外部大臣現已紮飭該地方官等當該船進口時務須妥爲照料云

文美齋

本齋開設天津府北門外鍋店街自製石青硃砂絹箋冷金赤金圖屏描金貢箋各種詩箋徽墨湖筆八寶印色歙硯澱淨顏料精表冊頁屏對時款雅扇箋箑帖套各色南紙並辦各省家藏板官局板石印等書一應俱全又新出書籍刻後 論語經正錄 洋務實學新編 奏疏錄要 公車上書記 拍案驚異記 通商始末記 中日始末記 萬國史記 使俄草 曾惠敏公全集 左文襄公兵書 智囊補 各國鐵路圖考 時事類編 正續盛世危言 日本地理兵要 士商賜顧者請至本齋庶不致悞

妙手回春

今春予媳小產血崩暈絕當延天津道西箭道內普安醫室任君棟臣診視服藥二帖全愈嗣後長孫偶染時疾復蒙一藥而愈感激無已登報鳴謝

析津孟春棠啓

天津 美昌字號

本號自辦各國鐘表玩物大小八音琴各欵新式保安座燈掛燈各樣紙烟呂宋烟御用香胰皂廣東各名家臘丸黑白烟膏各省東土西土一概發莊貨高價廉本號修理鐘表格外價廉特此佈聞

諸君賜顧者請光降是幸

新開在鍋店街中間坐北門面

烏利文洋行

啓者本行開設香港上海三十餘年四方馳名專售各式金銀鐘錶鑽石戒指八音琴千里鏡眼鏡等物並修理鐘表價錢比別家格外公道今本行東家已克由上海來津開設在紫竹林裕泰飯店旁請諸君降臨光顧是幸特此佈聞

丙申年五月二十日禮拜二

北門東 文德堂

新出石印唐寅竹譜 新出石印蘭石畫譜 新出蕩平奇妖傳 許眞人擒蛟全傳 蘭蕙同心錄 三寶太監下西洋 格致須知十六種 中西算學大成 增刪算法 洋務新編 鐵路圖考 螢窗異草 游歷日記 中東戰紀本末 蜃樓外史 覺後傳 普法戰紀

敬啟者京城售報處改在前門外琉璃廠小沙土園路西寶興木廠又楊梅竹斜街中間路南聚興隆小器作內兩處分售此白

售報人陳午濤謹啟 寓前門內刑部後身草帽胡同北頭大院內

浙杭 元吉永號

本莊自置紗羅綢緞新樣洋蘇花素洋布川廣夏貨團摺雅扇南貨頭油俱全祇爲近時錢市漲落不同故而各貨減價開設估衣街中間路北凡仕商賜顧者無悞

特此佈達

義興順號

本店自置綢緞顧繡綾羅紗絹哈喇大呢花素洋布俱全貨高價廉開設天后宮北仕商賜顧無悞特此佈 達

頭號杭寧綢三錢八

頭號江寧綢二錢八

頭號摹本緞三錢二

哆囉蔴整疋按原碼 四分五

保命險告白

啟者本行代理長明人壽保險公司如紳商欲保者請移玉至紫竹林法租界第一樓東間璧華昌洋行面議可也此佈

英商華昌洋行啟

五月二十日銀洋行情

天津九七六錢

銀盤二千六百八十二文

洋元一千八百九十文

紫竹林九六錢

銀盤二千七百二十二文

洋元一千九百二十文

五月廿二日出口輪船禮拜四

新豐 輪船往上海 招商局

南昌 輪船往香港 太古行

盛京 輪船往上海 太古行

光緒二十二年五月二十日 直報 第四版

直報

光緒二十二年五月二十一日　第四百四十三號
西歷一千八百九十六年七月初一日　禮拜三

上諭恭錄

上諭刑部奏審明御史敬祐奏叅山東逃犯邢二等覇佔地畝一案據稱提集邢二等迭次嚴訊所供情節證以各衙門查覆與該御史所奏無一相符並據山東巡撫覆稱益都長山兩縣並無邢二等毆斃期親尊長之案查風憲官彈事不實律應以誣告論應如何懲辦之處請旨等語敬祐陳奏此案妄聽人言誣陷良民實出情理之外敬祐着卽行革職科道例准風聞言事若竟懷挾私見任意傾陷甚至爲人驅使藉言事爲納賄之資則是自蹈愆尤朝廷亦惟有執法從事經此次申儆之後該科道等倘再有前項情弊必當從重懲處決不寬貸欽此　上諭刑部奏遵議御史彭述奏武營扣餉缺額請嚴定罪名一摺軍營扣餉缺額本有治罪專條全在各督撫及統兵大員認眞稽察有犯必懲方足以儆貪婪而挽積習嗣後各省遇有武營扣餉缺額等弊一經審實卽行按照刑部律例計贓科罪不得曲爲徇隱並不准僅以革職留營及永不叙用等詞含糊完結以肅軍政欽此

與客論雨暘　續前稿

曰古風雨者往往覘於星之動搖石之潤澤各於其方以爲斷何也五行之生惟金生水金爲氣母在天爲星在地爲石星爲氣之精石爲氣之形水生於形精之聚其處之天地氣交則石生雲星降雨故有雨之夜星不見焉而各於其方者其來有源其指甚遠往往起於彼而見於此若北方之北斗天樞在張宿十度而分野反在南方南斗六星二十五度而分野却在北方各有其處非可以一二臆度也總之氣候之在天地猶氣血之在人身週身無無氣血之處亦無氣血不行之時一處不行則其處死一時不行則其人斃矣氣血行而猶或病中一經者則以氣血之行於其經偶有偏勝則其經失和如行旅之出於其途偶有阻滯則不平不平則爭其甚則又如獵者遇軼材之獸駭不存之地輿不及還轅人不暇施巧雖有烏獲逢蒙之技力不得用枯木朽株盡爲難矣氣候之在天地猶是也一處偏則一處壅壅則其偏愈甚而陰陽互爭過與不及時呈其象於何見之見於雨暘此別風淮雨溽暑祈寒不循其序各着一方天之災實地

之過也竊嘗考於古準諸今而知其故矣天氣也地質也亦氣也地之上陽也氣也地之下陰也水也亦卽氣也陽無形陰有迹水升爲氣氣下爲水此陰陽原始反終之義也氣自卑遇陽而散則騰爲雲氣自高遇陰而凝則下爲雨譬諸釜上蒸蒸之氣去釜漸遠則漸涼涼則爲水而下潤其驗也然則雨下自天實升自地升處則雨不升處則不雨此其故文學者或不知而物類知之耕氓亦無不知之諺云缸穿裙蛇過道野老不信拔一蓼蒿蓋其處將雨則其處之蓼蒿先生水根故信之以爲驗也物之感於陰陽也不知其然而不得不然過與不及俱從之物之靜也專動也直故陰陽之故物無不知人之靜者亦知之特難爲拘文牽義碌碌闒茸者道耳中庸曰至誠之道可以前知彼至誠則實有其眞知灼見者蒙特依稀彷彿揣之耳至因雨暘致災沴巳受者固可慘未受者尤當愼要知天將予人以大福先以小福試之要觀其能受天將予人以大禍先以小禍試之要觀其能救易言震以恐致福書言降水儆予傳記臧文仲備旱之言曰修城郭貶食省用務穡勸分此其務也誠有爲矣子其遵時養晦感時之變而躬自修省以彷彿聖賢於萬一自可冀庶免於難至各直省氣候不齊則陰陽推運之序在天地亦不得不然子又何怪焉客唯之囑筆諸簡以待質諸言天人者

晉餉到京 ○頃聞山西巡撫札委候補通判胡庸管解京餉銀五萬兩於五月十五日午刻抵戶部署內經原解丁役赴當月司掛號訖卽雇夫將餉鞘舁入部署暫就後庫院內堆存看守以俟銀庫示期驗收

案無留牘 ○近年因各衙門積案過多奉 旨飭下順天府將現審咨交案件有關罪名者註明收審月日及巳完未完月終具奏一次交吏科京畿道逐件核對按限詳查若有應行扣限者於月摺內註明倘無故遲延據實奏參其無罪可科自理之案免其列入月摺刻經尹憲嚴飭承審各員隨到隨結如或逾限立卽查取職名送部核議至遇有咨查各旗册擋及傳質人證之件按照戶部現在奏定章程於接准咨文之日起限半月咨覆

情罪重大 ○崇文門外南河槽王姓伯仲兄弟二人業經析產分居伯子甲不務正業溺於嫖賭未幾父母相繼棄世仲因甲嗜好日深未能承守祖業遂將所有家產代爲管理甲不能揮洒自如屢向爭論仲固執不交由是嫌隙愈深迭次滋鬧某日賭敗計窮復萌故態仲嚴加申斥甲惱羞成怒竟於夜間持刀撬門而入仲聞聲驚起相與格鬥仲妻亦起而助之被甲砍傷頸項深入數寸登卽斃命仲亦受傷甚重隣舍齊集當卽追獲送官現巳據實承招錄供詳辦矣

死出意外 ○五月十二日西四牌樓出有命案二起一爲師甲者銅行生意因與比隣鋪某乙挪借錢文未遂起意找向拚命由本鋪携板刀一柄思欲傷害隣鋪主見其來勢不祥登時逃逸甲一腔奮怒計無所施羞刀難以入鞘遂與比隣鋪主作刎頸之交因之斃命一爲旗尉官廳之哲什庫某因日前步軍統領查道有鄉人某丙攔輿呼寃當經署提憲麟芝菴相國飭交該廳暫行看管該鄉人以身負重寃不得伸訴反被官人管押十分不甘遂於夜間用木器將該廳哲什庫亂行擊毆翼日該哲庫竟因傷殞命昨於十三日經北城坊督地方該管官詣場勘驗矣噫人皆樂生該甲自尋其死該鄉人本爲伸寃今竟自興大獄唐詩云世事茫茫難自料其此之謂乎

官場紀事 ○親兵營王少卿軍門得勝奉委帶隊赴子牙河彈壓○提督銜總兵聶軍門榮華奉札留直差委○候補縣金大令永請咨引見○候補鹽大使孫貳尹用釗奉委支應局幫辦查庫差○候補縣謝大令汝翼奉委支應局西庫收支差○戶部員外郎毛部郎慶蕃奉委會辦海防支應局差○候補府吳太守家修自山東查勘招遠礦局回津○總兵楊福同奉委帶馬小隊五十名赴獻縣防汛○候補府繆太守彝奉委署廣平府缺○補用直隸州徐直刺禎祥奉委籌賑局管庫差

問津題目 ○五月十六日問津書院齋課之期照章考試謹將題目錄登 生題 長沮桀溺耦而耕孔子過之使子路問津焉 童題 是知津矣 詩題 賦得新荷葉小柳絲長得絲字

製藥詳陳 ○昨報登製藥訛傳一則因前報誤將工程指爲南局雖經更正尚未詳明玆復訪確實由軍械局領欵借河東鹽

關附近空閒地方選工製造每件價銀三錢九分造齊運赴西沽武庫驗收刻已造送兩起大約須六月杪始克告竣事與南局毫無干涉以訛傳訛遂至誤登採訪疎忽咎實難辭再此種藥囊係勇丁附身隨帶一槍一囊裝盛子藥以備臨陣時取用便捷非收貯火藥之藥囊也合併聲明

父奪女志 ○河東三甲地方孟姓女適大庄子林某爲妻甫二年餘林病故孟氏因有遺孤情願守節翁林三以爲門戶光寵相待有加迄今五閱歲心如古井之水誓不再起波瀾忽自前月歸甯氏父母唆令改嫁氏不可唆拒之奈蜜語甘言百般慫恿氏志漸搖遂許嫁於縣役某甲先是氏歸甯時甲過其門見氏美不禁垂涎詢係孀居因啗以利氏父母見利忘義以致死灰再熱守節不終林得耗擬於本月十七日合婚之期將氏搶回刦被甲占先着比及率衆前來已作交頸鴛鴦矣林忿極將欲控官經親友極力調停僅將遺孤索回而已

苦心清節 ○城內某姓兄弟二人家小康父故後同居各爨母某氏守節獨居一室室有箱封鎖甚嚴鑰匙自佩之啓閉從不經他人手兩兒及媳皆疑中有積蓄爲先翁所遺也昨氏病故兄弟妯娌將瓜分之適姑母來弔聞而阻之曰財物不可私分倘有此多彼少易啓爭端不若憑親族公議方覺妥當衆以爲然於是邀集男婦數輩至家啓箱共覩布衣之外僅一小匣再啓小匣則赫然者僞器也衆皆失色無言而退旁人竊議疑氏有他噫此其所以爲節所以爲守也飲食男女大欲存焉以青年少婦忽喪所天如死灰如槁木遽能斷絕私情乃上智之事豈可望之中人氏惟知欲既不能盡捐禮又不可或越不得已出此下策以自保全倘寡廉鮮恥縱欲任情儘可爲所欲爲又何需乎此物哉嗚呼其心苦矣其節昭矣

登高被跌 ○本埠地面寬闊廟宇如林有名寺院不下百餘座惟城內鼓樓水月菴河北三太爺廟鹽坨大藥王廟數處最著靈感每值朔望暨初二十六兩日進香男女絡繹不絕鼓樓舊例非届期不能闢門近數年燒香者較增數倍故執事人等希圖香資每將樓門半掩隨日皆可燒香以致無知頑童亦乘間上樓遊玩日昨有北門內謝姓子名二柱年甫十二因逃學上樓藏匿一時失脚由樓梯摔下當卽昏絕半晌方甦經人詢明住址赴家送信伊母隨至看明招回家中至今生死未卜云

傾家敗產 ○自五月望後大雨滂沱連綿數次河水陡漲拍岸盈隄以致沉沒船隻淹斃人命屢有所聞業經登報茲於五月十九日午刻有東鄉槽船二隻裝葦草數百捆行至大口水大溜急衆水手一時失愼均被打翻幸船上人皆會鳧水未遭淹斃而葦草竟逐浪隨波以去倘係小本生理不幾傾家敗產乎噫

套狼續誌 ○十六日報載市豈有狼一則因未知事主姓名籍貫故語涉含糊茲經訪明事主姓陳甯波人作藥行生理來津辦貨暫寓某藥局當晚因事外出在樂壺洞中間突遇匪人將伊勒斃拖入横衚衕内上下衣服盡行剝去後有某舖夥經過瞥見撫之已蘇當將救起送回寓中聞某藥局係與同鄉已在五段鄉甲局代爲報案矣

恐難原宥 ○津郡爲水陸通衢轂擊肩摩人烟稠密更因各國通商異言異服譏察難周故明刦暗竊以及拐帶之案層見迭出日昨東南城角某公館失迷婢女三口查找無踪旋經守望局巡勇在南門外撞遇見其形迹可疑遂被盤獲禀明總辦片送縣署蒙邑尊訊明赶卽派差送回公館噫在縣尊照例辦理固無不合而該婢等背主潛逃之罪果能邀恩免究乎眞有不堪設想者

潮水爲災 ○日本東北隅一帶被潮淹斃之人口已經官場查出共有一萬七千四百之多恐尚有未經查明者蓋伊古以來從未有如此巨災也

文美齋

本齋開設天津府北門外鍋店街自製石青碌砂絹箋
冷金赤金團扉描金貢箋各種詩箋徽墨湖筆八寶印
色紙硯漂淨顏料精表冊頁扉對時欵雅扇箋簡帖套
各色南紙並辦各省家藏板官局板石印等書一應俱
全又新出書籍列後 論語經正錄 洋務實學新編
奏疏錄要 公車上書記 拍案驚異記 通商始末
記 中日始末記 萬國史記 使俄草 曾惠敏公
全集 左文襄公兵書 智囊補各國鐵路圖考 時
事類編 正續盛世危言 日本地理兵要 士商賜
顧者請至本齋庶不致悞

妙手回春

今春予媳小產
血崩暈絕當延
天津道西箭道
內普安醫室任
君棟臣診視服
藥二帖全愈嗣
後長孫偶染時
疾復蒙一藥而
愈感激無已登
報鳴謝
析津孟春棠啓

天津 美昌字號

本號自辦各國鐘表玩物大小
八音琴各欵新式保安座燈掛
燈各樣紙烟呂宋烟御用香胰
皂廣東各名家臘丸黑白烟膏
各省東土西土一概發莊貨高
價廉本號修理鐘表格外價廉
諸君 賜顧者請 光降是幸
特此佈 聞
新開在鍋店街中間坐北門面

烏利文洋行

啓者本行開設香港上海三十餘年四方
馳名專售各式金銀鐘錶鑽石戒指八音
琴千里鏡眼鏡等物並修理鐘表價錢比
別家格外公道今本行東家巴克由上海
來津開設在紫竹林裕泰飯店旁請
諸君降臨光顧是幸特此佈
聞 丙申年五月二十一日禮拜三

北門東 文德堂

新出石印蘭石
畫譜 新出蕩平奇妖傳 許眞人擒
蛟全傳 蘭蕙同心錄 三寶太監下
西洋 格致須知十六種 中西算學
大成 增删算法 洋務新編 鐵路
圖考 螢窗異草 游歷日記 中東
戰紀本末 蜃樓外史 覺後傳 普
法戰紀

敬啟者京城售報處設
在前門外琉璃廠小沙
土園路西寶興木廠又
楊梅竹斜街中間路南
聚興隆小器作內兩處
分售此白
售報人陳午濤謹啟
寓前門內刑部後身
草帽胡同北頭大院
內

浙杭 元吉永號

本莊自置紗羅綢緞
新樣洋辮花素洋布
川廣夏貨團摺雅扇
南貨頭油俱全祗爲
近時錢市漲落不同
故而各貨減價開設
估衣街中間路北凡
仕商賜顧者無悞
特此佈達

義興順號

本店自置綢緞顧繡
綾羅紗絹哈喇大呢
花素洋布俱全貨高
價廉開設天后宮北
仕商賜顧無悞特
此佈 達
頭號杭寗綢三錢八
頭號江寗綢二錢八
頭號摹本緞三錢二
哆囉嘛整 四分五
疋按原碼

保命險告白

啟者本行代理
長明人壽保險
公司如 紳商
欲保者請移玉
至紫竹林法租
界第一樓東間
壁華昌洋行面
議可也此佈
英商 華昌洋行啟

五月二十一日銀洋行情
天津九七六錢
銀盤二千六百七十四文
洋元一千八百八十五文
紫竹林九六錢
銀盤二千七百一十四文
洋元一千九百一十五文

五月廿二日出口輪船禮拜四
新豐 輪船往上海 招商局
南昌 輪船往香港 太古行
盛京 輪船往上海 太古行

直報

光緒二十二年五月二十二日
西歷一千八百九十六年七月初二日
第四百四十四號　禮拜四

答友人論孝婦書　章京考訖　穀節延年
犬知報主　牌示照登　一麾出守
不威自服　捕盜傳疑　誤聽搆訟
聘錢誰借　義氣可風　事甚可疑
朝鮮軍警　各行告白　京報照錄　情理難容　弊絕風清　事猶未了　俄報傳聞

答友人論孝婦書

來函以趙王氏割臂療親擬彰其孝畧謂該氏系出寒門獨於婦輩談古貞烈節孝事心輙嚮往平素事姑以孝聞日前姑患寒瘟醫藥罔效氏恐姑危在旦夕也爰於前晚焚香告天潛割臂肉煎湯進姑食之轉危爲安漸卽痊可孝之愚孝之至也寥寥數語意在急表其孝而於氏之鄉貫住址外家父母氏夫名字姑章何人暨有無娣姒姑嫂概未嘗及惟云平素以孝聞夫一行之孝不難平素之孝最難旣云平素則孝非一事一時矣且孝不離友不能盡友道卽萬不能盡孝道故語稱閔子之孝以人不間於父母昆弟之言爲斷此千古論孝定例也來函皆畧而不詳者其驟聞此事喜極樂書振筆急就耶抑豈以氏之家世寒微不足掛齒遂一筆抹煞耶夫犁牛之子山川不舍狀元家出屠戶有玷家聲屠戶家出狀元有光宗祖惡得以寒微而忽諸且夫人之所以異於禽獸者謂其不僅識有生母一人耳然而幾希之異君子存之庶民去之古今人不甚相遠談何易易至女子以未嘗學問之身離家事人去本生之父母以父母他人之父母情旣不屬勢復萬難天下無不好女兒爲已出也天下無稱意媳婦非已出也新婦作羹必令小姑先嘗確有至理竊嘗論之人性本善人苟不失其性學問弗能加也故論語大註訓學爲效先覺之所爲而以人性本善著其首非第如世之以讀書爲學也世之好言學問者莫如書生不知學者莫如婦女然婦女率胸臆以成貞烈節孝迥非書生之動言學問者所能及其一二史册具在昭昭可考論者乃謂婦女奇行多出激烈或爲窮蹙感慨所逼而成然如所云趙王氏平素之孝人世間自貴至賤自富至貧綜以賢否別者莫難於平素日用飲食動靜云爲之間論語閔子騫大註父母兄弟稱其孝友而人信之數語憶自束髮授書滑口讀幾萬遍員係莫不飲食鮮能知味由今思之言之甚易行之甚難世之學者形骸爲封肝膽有畛兄弟不相容友朋交相擠夸毗形於態色忮求匿爲褊心同爲君子而自是相非共一道術而喜同仇異加之以附會搆之以詬誶漸積至於不可解古今以來何可勝嘆至於重錙銖之較愛尺寸之膚好貨財私妻子不顧父母之養蚩蚩小民而外讀書識字中往往或有以視趙王氏之行奚啻霄壤乃知涉獵之事毫無與於踐形愛敬之良原無待乎學慮愚夫愚婦率性而出自然而然雖古聖賢不過如是何得以家世寒微畧而不及也務卽確訪事實詳錄以聞泚筆

待誌不敢以不文辭也

章京考訖　○軍機處因章京缺額乏員充補現經轉傳六部各衙門考試軍機章經今聞吏部考試二十員戶部二十一員禮部考試十員兵部考試十一員刑部考試十五員工部考試十二員理藩院考試七員內閣考試八員惟戶部越扣者一員不能取中餘者均經諸堂憲出具切實考語咨報軍機處註册聽候挨次傳補承當要差云

敬節延年　○京師有某甲專爲人代寫稟詞下筆如刀唆訟詐財等事指不勝屈雖家頗充裕而終不改業人稱之曰鬼見愁今春遘疾醫藥罔效五月初十日昏然暈去歷一晝夜家屬見其巳死忽忽收殮正欲蓋棺身忽蠕動視之巳生遂舁置屋中久之自述云當昏憒時見有二役持票來傳自思並未與人搆訟傳我何爲因日在公門出入卽亦不懼從之去行一二里許入一署規模壯麗頗似督撫衙門役吏人等都不相識俄頃聞呼我名遂應聲而入見殿上坐一王者衣冠人狀貌兇惡厲聲數曰爾生前所爲某事當受刀山刑某事當受劍樹刑予始知巳死將欲置辨旁一吏向王者低聲數語不知何詞王者曰幸有此善事可延壽十年卽飭役速送還陽予方下堂霍然而醒云云按甲初無他善惟在敬節堂承辦事件盡心竭力不取分文果以此延壽然則作善降祥書言良不誣也

情理難容　○前門外小蔣家衚衕地方有惡棍范姓者平日拐販人口劣迹極多日前在京南見某氏女甚美奸計頓生自執斧柯求女爲妻託言進京求官並可養某氏之老氏因無子可依遂行允諾詎誘至京城卽將女暗賣與某姓爲妾女聞之泣欲覔死范約羽黨十餘將女搶去其母一痛而絕經半下鐘始醒事爲東珠汛所聞隨卽拿獲解送北署訊辦一經訊出實情該犯定難逃法網也

犬知報主　○彰儀門外大井村有盧某者以農圃起家倉箱富有騾馬成羣性愛犬畜犬有八俱碩大無朋每生客過門則狺狺然吠聲如虎且利牙鋸齒狀尤可畏過者咸有戒心盧顧而樂之謂得此守夜可高枕無憂矣某夜有賊覘覦盧富越墻入犬聞之齊出環攻吠聲大震盜以一人敵衆犬瞻前顧後左支右吾不能脫身被犬曳倒在地盧夢中驚覺携燈出視賊泥首請罪盧笑而釋之於是愛犬益甚焉聞河間紀大宗伯在伊犂時曾畜一義犬猛而馴及賜環東歸守行篋甚嚴宗伯因額其僕人之室曰師犬堂誠以僕人不犬若也嗚呼世之不犬若者豈獨僕人也哉

牌示照登　○督憲牌示　承辦鐵路商人方培堯等稟批　蘆漢鐵路工程浩大非千萬兩所能集事亦非一二商人所能獨辦前經　督辦軍務處奏明有道員許應鏘知府劉鶚監生呂慶麟暨該商方培堯等四人先後具呈承認自應俟各商到齊驗明資本再行通籌核辦該商夥等昨經本大臣傳驗人尙老成應卽前往湖北稟請　湖廣督部堂張傳驗後再行會商辦理着卽知照此批

一麾出守　○繆恒庵太守彝需次畿疆資格最久歷辦要差並權篆大名正定等府卓著政聲各憲無不刮目相待茲以廣平府員缺奉督憲檄委前往署理該處各屬悉與東省毘連號稱難治太守一麾蒞止除暴安良吾知歌來暮者有口皆碑矣

弊絕風淸　○十七日縣尊親提前後由河北店西頭店緝獲演劇女角四名並領班之趙三在二堂覆訊據趙供女角均係河間深州等處人該處風俗原以唱曲爲業故各家屬自行敎演出臺並非引誘亦非價買大令卽將趙板責一百取具永遠不准再招女角切結隨　房辦稿將女角解回原籍均於十九日起解出境矣

不威自服　○城內某姓孀婦開水舖爲生膝下一子娶妻徐氏舉止輕浮性情刁悍孫婦每以白眼相看氏更不服管束時常吵鬧聲達四鄰日昨婦言飢餓氏以隔夜陳飯與之婦嫌味酸互相詬詈適婦女趙孫氏歸寧見氏如此情狀怪其犯上當向理阻氏不但不服反行撕打致婦赴縣鳴寃蒙邑尊傳案訊明訓誡數言令氏磕頭陪罪具永不敢犯上甘結完案

捕盜傳疑　○十六日報登不愧大班一則係誤聽傳聞茲經訪明緣獻縣捕役緝捕行刼該縣境內船隻並拒傷事主案內之盜犯當經訪至西門內楊家小店將住店人按名盤詰而店主楊某畏事避匿不出獻捕疑其窩藏盜賊放槍威嚇並欲將楊某帶案究問經衆街鄰竭力具保始行釋放此係確情合亟更正

誤聽搆訟　○河東西局迤北朱姓母喪擇於二十日出殯屆期高搭蓆棚陳設紙人紙馬幡傘亭座一樣鮮明惟槓房並未發槓以致臨時不能起棺弔客光送者候至申時閧然四散朱情急往槓房催問緣該掌櫃誤聽二十爲三十因之誤事旋卽邀集人夫至酉刻始行出殯事後喪主不給賃價仍欲科罰兩造爭執遂携手同赴縣衙申理

事猶未了　○前報登某甲父子被差攢毆隨卽喊寃云云茲復行訪明旋於十六日邑尊升堂提訊除某甲被責戒尺一百外差役皆笞責有差仍將甲嚴押聞該差等意猶不滿現集黨類數十不日尚欲尋毆

聘錢誰借　○鹽坨熊姓有一子由幼時聘定郭姓女爲妻至今三十餘歲未得完娶實因家道淩夷既無恒產又無正事遂至漂流如同乞丐郭姓深以爲憂縱令草草完全不但熊子不能贍養並且無處可以存身左右思維實無善策因煩當日冰人說合欲退婚改嫁奈熊子如水上浮萍隨風漂蕩欲找向商議尚不知其下落噫以家貧之故致使牛郞織女遠隔銀河安得借聘錢三十萬遂此良緣也

義氣可風　○東浮橋地方係往來通衢非常擁擠有無賴賊數名專在該處竊取行人錢物傳聞例有橋夫月規故任令偸竊絕不理論昨一東鄉人肩挑空籃內有現錢數吊從橋經過被賊看見在身後隨至橋上當行人擁擠時伸手偸出兩吊挑担人並不覺知旁有好事者遽將賊拉住指挑担者云彼係苦人你尚忍心偸他錢文挑担者聞之急將錢收回仍欲毆打該賊經橋夫勸開始得脫身而去此雖細事亦見義氣故錄之以風世之涼薄者

事甚可疑　○河東于家廠盛某向在東局作工已升至工頭因與同人不合仍將工頭撤去盛爲人素剛直自覺臉熱昨晚回家適因細事又與妻口角天明出門自云我何面目復在人間直須跳河而已妻疑爲憤激之詞不甚理會後竟三日未歸始懼遣人各處尋找至今尚無下落果如所言未免太自輕生矣

俄報傳聞　○俄報載俄國之屬土占世界六分之一而未有過冬之船島故俄國欲得一不凍港者亦不得已之事也且俄日之交天下所屬目也而俄國既添陸兵又增兵船遂至訛言四起今俄日兩國欲協同商議免生天下各國之疑於是始開議於日京及俄都兩國駐高麗之大臣往復辯詰已見端倪尚有未妥者兩國再爲商議不久必有定論但只是一時之便法非可稱條約也計其所商之事一爲高麗王環宮之事二爲日本守備高麗之事三爲日本電綫之事

朝鮮軍警　○朝鮮京畿道所屬離漢城一百三十餘里之利川郡舊有日兵糧台駐紮日兵三百餘名存積子藥軍器無算以故各處義兵砲手皆未敢近而忠清道所屬之長湖院地面僅離利川六十餘里該處皆爲義兵佔據聲勢頗甚上月十三日鮮廷由別處調集兵丁六百名往勦未能取勝官兵心怯差軍至利川求日兵接應日兵許之全數發往城內只留二十七名看守糧台義兵見日兵來至每日出與對敵惟不按時刻或白晝或夜半或天明擂鼓吶喊搖旗放鎗及至鮮兵約會日兵出隊義兵忽又退去如是數日十七日衆義兵共四千餘名越路暗襲利川及時交三鼓一擁進城鎗砲齊施旌旗飄颺該處日兵二十七名驚荒亂竄被義兵捉獲七名遂將糧台所存子藥輜重等物搜掠一空送回大營一面放火燒房焚斃男婦老幼多至二千餘人房屋不下一二千間之譜所未燒者惟聖廟關帝廟城隍廟國王宗廟而已逮至天明飽餐戰飯復又傳令分爲兩隊在大路埋伏俟日兵及官兵聞警來援隨後趕殺十八日果有大隊兵馬經過衆義兵待其過盡吶喊而出拚命追殺日兵及各官兵以不知義兵共伏多少不敢戀戰逃回利川軍裝輜重棄其大半皆被義兵所得刻下又由漢城發去官兵五百名日兵二百名軍米輜重不計其數乃二十五六七等日所有竹山驪川振威龍仁安城陽川等共十六郡縣相繼失守盡被佔領是則東望長天干戈其何日已也

文美齋

本齋開設天津府北門外鍋店街自製石青硃砂絹箋冷金赤金團屏描金貢箋各種詩箋徽墨湖筆八寶印色欵硯漂淨顏料精表冊頁屏對時欵雅扇箋簡帖套各色南紙並辦各省家藏板官局板石印等書一應俱全又新出書籍列後　論語經正錄　洋務實學新編　奏疏錄要　公車上書記　拍案驚異記　通商始末記　中日始末記　萬國史記　使俄草　曾惠敏公全集　左文襄公兵書　智囊補各國鐵路圖考　時事類編　正續盛世危言　日本地理兵要　士商賜顧者請至本齋庶不致悞

洋樓出租

敬啓者現在海大道老柴市下直報館後院內洋樓一所每月租價行平寶銀二十五兩仕宦客商如欲租者請至德義洋行面議可也

德義洋行謹白

天津美昌字號

本號自辦各國鐘表玩物大小八音琴各欵新式保安座燈掛燈各樣紙烟呂宋烟御用香胰皂廣東各名家臘丸黑白烟膏各省東土西土一概發莊貨高價廉本號修理鐘表格外價廉諸君　賜顧者請　光降是幸特此佈　聞

新開在鍋店街中間坐北門面

烏利文洋行

啓者本行開設香港上海三十餘年四方馳名專售各式金銀鐘錶鑽石戒指八音琴千里鏡眼鏡等物並修理鐘表價錢比別家格外公道今本行東家巴克由上海來津開設在紫竹林裕泰飯店旁請諸君降臨光顧是幸特此佈聞　丙申年五月二十二日禮拜四

金陵仁記南味坊

自製本機元瓷京緞寗綢紗縐絨線糟貨食物金腿海味南貨俱全近因錢市濕落不同分別減價抑因無恥之徒假冒南味者甚多雖云謀利誠恐亂眞欲辨薰蕕用煩楮墨

寄售　雨前　每斤津錢一千二百文　碧螺春　三千文　龍井　一千八百文　福建條絲格外公道　開設宮北大獅胡同內

浙杭元吉永號

本莊自置紗羅綢緞新樣洋辮花素洋布川廣夏貨團摺雅扇南貨頭油俱全祇爲近時錢市濕落不同故而各貨減價開設估衣街中間路北凡仕商賜顧者無悞特此佈達

義興順號

本店自置綢緞顧繡綾羅紗絹哈喇大呢花素洋布俱全貨高價廉開設天后宮北仕商賜顧無悞特此佈　達

頭號杭寗綢三錢八
頭號江寗綢二錢八
頭號摹本緞三錢二
哆囉蔴整疋按原碼　四分五

保命險告白

啓者本行代理長明人壽保險公司如紳商欲保者請移玉至紫竹林法租界第一樓東間壁華昌洋行面議可也此佈

英商華昌洋行啓

五月二十二日銀洋行情

天津九七六錢
銀盤二千六百七十四文
洋元一千八百八十五文
紫竹林九六錢
銀盤二千七百一十四文
洋元一千九百一十五文

五月廿二日進口輪船禮拜四

新豐　輪船由上海　招商局
新濟　輪船由上海　招商局
連陞　輪船由上海　怡和行

直報

光緒二十二年五月二十三日
西歷一千八百九十六年七月初三日
第四百四十五號
禮拜五

上諭恭錄

上諭御史彭述奏請疏通各項班次變通遇缺先抵補章程並請定濫保處分各摺片著該部議奏欽此

書子牙河東岸新隄事宜

自古無不爲患之河而小民飢溺苦情胥關憲廑故耕田鑿井之氓身服先疇畎畝不識帝力無不知頌憲天仁人之賜者頃有人自田間來述悉上憲前派水利局紳劉學謙內翰赴河間公幹又委局憲周觀察赴該處查辦子牙河東岸隄工今又閧派親兵營王少卿軍門前往彈壓又派楊鎭軍福同帶馬隊五十名赴獻縣防汎誠有鑒於河決爲災深關民命是以如此急急也竊查河之有套蓋爲水所必爭之地勢不能不讓之於水故河套之寛例須展至三百丈爲行水計其大較也其窄處或在三百丈內寛處在三百丈外或遠至數里之遙以隄址必佔據高處乃可修築勢使然也子牙河東岸舊堤南自河間之小周村起灣向東北去河漸遠北至大城之趙買村東灣向西北去河漸近灣處套內共二十四村套外共五十三村其間舊隄決口爲白馬堂苦水務蘇莊南蘇莊北闞家務十王堂共計六處當日套外守隄套內扒堤拚命尋仇積案累累又北舊堤自大流漂村西復灣向東北去河漸遠至沿庄復與河近其灣處套內八村套外則靑大靜三屬共九十餘村是處舊隄決口則楊家口及小河村南北兩處守堤扒堤之鬥爭亦復積案累累小民皆爲身家各爭性命非得已也自水利局籌欵興修子牙河東岸新堤裁灣取直依河南去北自沿庄起南至小周村直接舊隄本爲兩造解紛一時權宜之計其工程百有餘里將及報竣惟小周村與舊堤接處尙闕三百餘丈該處之民以其地居上游田皆高埠水過不存利於歲歲添淤歲歲種麥無不大熟以致下游百數十村所恃以爲保障者彼則秦越視之在彼上游數村放利而行不顧多怨而下游百數十村之被淹者誰甘立死此新堤之修上游必阻新隄不修下游必爭也且上游今日既已明目張胆顯阻官修無論其能阻與否卽使上憲洞察地勢民情派兵壓修一時可望勉強竣工不能於此處格外加高培厚恐來日伏漲奔騰一夕陡增數尺水能猝至隄萬不能隨水猝增縱可猝增而新築鬆浮之土萬不能禦湍激暴流之怒而該處阻修新隄之衆定必乘勢强扒多方偸抉卽始見終此又勢必至情閧

然著況該處居燕趙之間劇盂之風於今未泯緩之則令出不行急之則恐生枝節延蔓難圖非得一方能識大局之善紳任以實事求是善政善教之賢宰不能爲理茲深幸上憲見遠惟明旣已籌欵興修新隄復派善紳往與商榷更委大員前爲監督又派親兵營統領帶隊親赴彈壓又派鎭軍帶馬隊前赴防汛仰見憲慮周詳計深謀遠惟東岸自沿莊以下至子牙下游之新正河東岸舊隄連年雨水衝坍有失春修一遇暴漲尙多可慮今上游旣修百有餘里之新隄則下游數十餘里之舊隄似宜一律葺補且其地旣近其工較省籌辦亦當較易想上憲軫念下游小民連年被水中澤哀鴻嗷嗷可憫定當成此九仞之功俾子牙河東岸上下均免飢溺美哉禹功仁憲之明德曷勝頌禱乎

禮詳初祭　○醇賢親王嫡福晉薨逝一切典禮已見邸抄茲聞五月二十日　皇上行初祭禮御靑長袍服冠摘纓於致祭時派翰林院經筵講官二員先期撰作祭文臨祭長跪於側高聲朗誦讀畢另派御前大臣總理喪儀大臣將祭文捧出府邸門外附於紙紮寶庫楮帛一併焚化是日値差文武大臣莫不恪謹將事以昭愼重

雷火誅妖　○都門自端陽以後天氣陰晴不定一日數變大都午前則烈日炎炎午後則迅雷虩虩日旣晡大雨如注溝澮皆盈夜未央而明星有爛雲衢彩徹矣至十五日地滑如脂礎潤欲滴宛似三伏氣象入夜陰雲潑墨閃電流光雷聲殷殷然自遠而近約刻許急雨狂風如萬馬千軍奔騰澎湃俄而霹靂一聲山崩地震石破天驚隨卽雨止雲收翌晨探悉前門內兵部街陳姓家有物突入房內色白而形似犬衆方驚疑又見火珠如斗大自門滾入倏聞雷聲一震白物不見惟聞滿室硫磺氣不知是何妖怪

解紛遭禍　○前門外草市地方屢有匪徒聚賭情事自經營汛嚴行禁止後稍知歛跡詎料日久玩生賭風又熾地方亦從此多故有鞋舖夥楊錢兩人因賭挾嫌前日在崇文門外抽分廠路遇觸動前仇互相揪扭經友人金某從中勸解楊錢二人仍不釋手金體肥而笨猝被一推立卽跌倒比及扶起早已魂赴泉台矣楊錢始撒手逃逸當經地甲赴東城司稟請相驗並提楊錢二人澈底根究聞當日驗得該屍見有靑紫色是否毆傷或係跌斃均未可知第以排解之故遽遭此禍殊嘆魯仲連之難做也

藉資彈壓　○河間以南等處素爲盜藪有老搶砍刀會等名目以故搶奪之案層見疊出屢登前報而惟河間之獻縣爲尤甚日昨該縣稟請督憲派兵彈壓蒙督憲批准現聞遴派親兵前營前往不日卽行開差矣

小心獲益　○昨有人在鼓樓東鞋舖持帖買鞋同事見衣服鮮明言詞慷爽將帖收下遂不見疑惟掌櫃某小心謹愼欲令舖夥持帖向本舖兌號同事謂看此人光景必無舛錯何必兌號若人見情形不順遂託言出恭一去不反衆同事始服掌櫃之先見不然定受其欺矣

似一似二　○二十二日報登事甚可疑一則言河東盛某在東局作工因與妻口角出門三日未歸云云茲復據友人云西方菴某甲在機器局充當工匠十八日夜一點鐘時業經睡熟忽從夢中驚醒兩目直視妻問將欲何作答言門外有人招呼赶卽穿衣開門由院內柴籬鑽出一去不反至今死生未卜此一說也與前彷彿相似但前係與妻口角負氣而出猶屬情理之常此則等等怪異若有鬼物憑之者是一是二均未可知姑存之以待質証可耳

無賴之尤　○世間游蕩之徒往往不惜錢財借以漁色雖非正用却是恒情今更有向奸婦訛索者誠無賴之尤也河東小王庄汪二者專以設賭抽頭爲生曾與陳家溝李某婦姦好昨婦將女賣出得錢五百千汪知之向婦挪借始輭語繼惡聲婦終不允汪大怒竟用木棍毆婦多傷婦寃忿莫伸投水缸自盡幸隣人知覺推倒水缸將婦救出噫若某婦者不但失身反被毆打豈非寃孽也哉

死將誰怨　○河東官汛前張某有子十餘歲昨在天后宮前過渡船適行至當河忽然落水淹斃據船戶云係爲河撥船牽縴所掛因而跌落河中然河撥來往甚多已不能定指何船故屍親先令人打撈屍身然後再作理論

先生休矣　○李某者黌膳生日昨在親友家應酬過貪杯杓大醉而歸未免步履欹斜時作顚仆之勢行至永和堂門首適有

三五小兒羣以醉鬼呼之頗爲狎褻李大怒向前扭一小兒揚拳卽打旁有賣鮮貨之劉姓前爲勸解言小兒無知看吾面上暫行饒恕李疑小兒爲劉姓之子也轉向大罵劉本粗人性且躁暴以李爲無禮按倒在地飽以老拳並將衣服撕破被鄉甲局武弁撞見當卽抓獲棍責一百飭令給李陪禮旋卽釋放李意猶未滿復赴縣具控蒙批驗係微傷姑准傳訊核究等語聞明日卽當傳案堂訊矣昔李白一斗雅擅詩豪張旭三杯書傳草聖豁拳行令本屬名士風流若鬥毆興訟不幾令歡伯笑人乎噫

腹疾若何　○津門爲諸水尾閭南西北三面諸河皆總會於此以入海宣洩或有不及易於氾濫況永定河漲落無常半挾泥沙已將兩運河全行淤淺一經伏秋大汛輙漫溢成災前者通州平菓灘因山水暴發決口下注現聞已抵津屬地方所有西北臨河各村莊盡成澤國秋禾均被淹沒該處居民連年造此水患蕩析離居當又煩上憲一番籌畫也

定有宿根　○本埠西門外九天廟西胡同張甲貧人也素行忠厚賣卜爲生每日不過一食妻某氏身懷六甲腹漸隆隆本月初五日寅刻產生一子左腕有黑痣三道狀似鐲形是晚在本院掩埋胎衣方挖地尺許堅硬異常再挖見小缸一口上蓋石板揭板視之內有津錢六十餘竿夫婦大喜以爲生子吉兆故名旺哥至初十日來一老叟鶴髮童顏迥非俗相找張索觀該子黑痣自言胡姓特意造訪前因欠銀五百現還一百交甲收存至中秋後三日再如數付清甲且疑且喜送叟出門轉瞬不見最可異者月之十六日午後有雙套轎車二輛自西來中坐一老嫗年約六旬一中年婦年約四十身着重孝二健僕隨之廑居西門外某大店找問賣卜張姓經店主領至甲家中年婦聲稱任姓祖居河南陳留縣東關家業殷富本月初四日寅刻先夫忽得暴病至亥刻卽行長逝殉葬有墨玉鐲三隻皆在左腕家母痛子晝夜哭泣憤不欲生初六日早有老叟詣舍遺信一封不辭而去拆視書云汝子任耀章魂投東北方天津西門外賣卜人姓張左腕有誌記一驗便知等語故不遠千里前來造訪旋驗孩左腕果有黑誌婆媳悲喜交加嬰兒兩目灼灼亦似有悽戀之狀盤桓三日留津錢百竿作爲記念二十一日起身回鄉言三年後再來探望該街鄰言之鑿鑿似非誕妄噫張子其有宿根乎轉輪托生之說釋家常言或亦有理然老叟果係何人欠銀又在何時且往返寄書倏忽千里非天仙化人何能如此神速耶姑錄之以當搜神誌異之一則

尼僧改嫁　○有徐某者設帳教讀因斷絃中饋無人曾託媒妁物色嘉偶旋覆云現有某氏四德兼全雖係再醮頗堪配敵徐大喜卽行聘定隨諏吉於二十日過門徐有襟弟來賀見新婦頗覺面善似曾相識者俯首久之笑曰阿姨居然如某廟尼僧也徐以爲戲言初不介意及晚入洞房細窺該婦頭上竟係包網如演劇女脚之包頭者然詰之曰因病髮脫故藉此掩醜耳徐次日復同襟弟質証實係尼僧因在廟有犯清規被方丈逐出故易裝改嫁按潘生曾娶女道士陳妙常至今傳爲佳話果能同心偕老雖尼僧何傷於伉儷乎倘妄生訾議則迂矣

勦回探報　○昨得甘肅信息云該省逆回雖經董星五軍門率師一再痛勦先後斬馘數萬然餘孽猶復　不畏死于北大通一帶併力抗拒急切難下且青海玉門關各處悍回聲東擊西出沒無常官軍幾至疲于奔命陶子方制軍深恐滋蔓難圖已檄調新兵若干營馳往防堵一面電請四川陝西河南湖北等鄰省撥營會勦以冀早日殲除紅旗捷報拭目俟之

制錢停鑄　○杭省報國寺開爐鼓鑄制錢已閱六月所出之錢不下數十萬緡近聞業已停歇是以各店鋪又形缺乏不克流通而市中換價則每洋仍換九百五六十云

文美齋

本齋開設天津府北門外鍋店街自製石青硃砂絹箋冷金赤金圖屏描金貢箋各種詩箋徽墨湖筆八寶印色欵硯漂淨顏料精表册頁屏對時欵雅扇箋節帖套各色南紙並辦各省家藏板官局板石印等書一應俱全又新出書籍列後 論語經正錄 洋務實學新編 奏疏錄要 公車上書記 拍案驚異記 通商始末記 中日始末記 萬國史記 使俄草 曾惠敏公全集 左文襄公兵書 智囊補 各國鐵路圖考 時事類編 正續盛世危言 日本地理兵要 士商賜顧者請至本齋庶不致悞

洋樓出租

敬啓者現在海大道老菜市下直報館後院內洋樓一所每月租價行平寶銀二十五兩 仕宦客商如欲租者請至德義洋行面議可也 德義洋行謹白

天津 美昌字號

本號自辦各國鐘表玩物大小八音琴各欵新式保安座燈掛燈各樣紙烟呂宋烟御用香胰皂廣東各名家臘丸黑白烟膏各省東土西土一概發莊貨高價廉本號修理鐘表格外價廉 諸君賜顧者請 光降是幸 特此佈聞 新開在鍋店街中間坐北門面

烏利文洋行

啓者本行開設香港上海三十餘年四方馳名專售各式金銀鐘錶鑽石戒指八音琴千里鏡眼鏡等物並修理鐘表價錢比別家格外公道今本行東家巴克由上海來津開設在紫竹林裕泰飯店旁請諸君降臨光顧是幸特此佈聞 丙申年五月二十三日禮拜五

新書出售

分類洋務經濟時事新論者長白仲英部郎所採輯也凡練兵鐵路製造以及化學光學重學諸法紡織格致開礦等事無不網羅著爲論說并各國名士所撰時事議論中西關係輯要秘法製造無烟火藥說亦均附載洋數十萬言誠大觀也石印六本裝以錦函實價洋八角托天津萬寶堂竇字山房嫏嬛書莊京都宏文書局出售 上海文運書莊啓

敬啓者京城售報處改在前門外琉璃廠小沙土園路西寶興木廠又楊梅竹斜街中間路南聚興隆小器作內兩處分售此白

售報人陳午清謹啓

寓前門內刑部後身草帽胡同北頭大院內

浙杭 元吉永號

本莊自置紗羅綢緞新樣洋辮花素洋布川廣夏貨團摺雅扇南貨頭油俱全祇爲近時錢市漲落不同故而各貨減價開設估衣街中間路北凡仕商賜顧者無悞 特此佈達

義興順號

本店自置綢緞顧繡綾羅紗絹哈喇大呢花素洋布俱全貨高價廉開設天后宮北 仕商賜顧無悞特此佈 達

頭號杭寗綢三錢八

頭號江寗綢二錢八

頭號摹本緞三錢二

哆囉蔴整疋按原碼 四分五

保命險告白

啓者本行代理長明人壽保險公司如 紳商欲保者請移玉至紫竹林法租界第一樓東間壁華昌洋行面議可也此佈

英商 華昌洋行啓

五月二十三日銀洋行情

天津九七六錢

銀盤二千六百七十四文

洋元一千八百八十五文

紫竹林九六錢

銀盤二千七百一十四文

洋元一千九百一十五文

五月廿五日出口輪船禮拜日

新豐 輪船往上海 招商局

新濟 輪船往上海 招商局

連陞 輪船往上海 怡和行

直報

光緒二十二年五月二十四日 第四百四十六號
西歷一千八百九十六年七月初四日 禮拜六

啓者本局向章每年五月朔日派分股利前於上年應派甲午年第八次股息因東省多事營口等分局帳目未能如期送山彙結爰改在六月朔派利在案今本年應派乙未年第九次股息又因上年將各外口分局售煤事宜煩洋人代辦本年收回自理所有接收帳款存煤核算清楚造送到山為期較遲嗣經總局彙結後請 各股友到山看帳又復延候多日以致派利之期在邇其總結帳畧寄南刊印尚需日時現擬仍援照上年辦法展至六月朔在天津上海香港三處派利請 有股諸君屆期持息摺赴取天津上海俱在本分局恭候香港仍派友前往擇地辦理另行登報奉 聞至明年應仍按五月朔日派利以符定章特此佈 達 開平礦務總局謹啓

上諭恭錄

上諭昨日道旁叩閽之河南民人劉宗仁着交刑部嚴行審訊欽此 上諭山東曹州鎮總[illegible]華補授欽此

憨生記

瀟灑書齋雨窗無事舊雨憨生至自江右排闥入坐瀹茗道契闊並述寓江時所遇如談洛水宓妃事津津入聽爰遺楮生中書君為誌之燕人憨生性朴訥從不邇女色然於詞曲絲竹頗好之大為父師禁幼曾許入空門剃度在蓮台下拜尼師以壓命俗例也少長傻婆夷暨比邱尼間調之生直罔聞羣謂此大憨生耳及娶生謂人曰虞廷作樂一夔已足此生當不二色矣或問其故生作色曰男子失節與婦人等倘婦有外交夫安之乎聞者傳笑生之名以憨噪年廿餘暮遊江右江城有百花洲者會垣之鶯花塢也地近東南東湖夾焉南有孺子亭北有蘇公圃圃中宇舍半係湖樓七曲八折通處皆複道淩虛飛渡北一橋曰萬字名之以其形也橋北有山大僅數畝天作之益以人工然頗秀頗縐頗瘦頗透有泉懸焉有林翳焉坪坂峰崕無一不具東去有隄夾植垂楊遊客每或牽挽行綠絲罥處亭突起揷雲半額曰水心仿聖湖也拾級以登則江外西山撲人眉宇生好之暇輒歷覽焉不知其與青樓近也一日自圃出驀見女郎偕嫗自東而西生頓驚生平所遇得未曾有目送之風縐湘江淩波微露蓮鈎一瓣約不盈指生候去遠甫歸寓語於同寓周生某手繪其狀周曰恐所見尚係大喬若見小喬更不知若何顛倒矣時青樓有姊妹花者長素蘭次素琴色技齊名阿妹尤絕第聲價高探花使或不一謀面周故以云翌晨生起擬即往雨師稅駕輿為阻又翌日周讌同人招妓佑酒謂生曰今為君一洗塵中目但不知其惠然否也遂招琴生暗計與至輒一眺俄牽簾出則前所見也生喜極轉羞頓作頫首狀周益奚落焉命女坐近生琴袖拂生生不忍正視時斜睇手韻天然實在鬢影花香而外衆命琴以歌行觴政遂為令共和之各奏所能不能者罰依金谷酒數生度滿江紅一折衆乃囑女依聲和女曰願學焉未能也衆强生再度琴執紅牙拍之盡歡而散琴臨去秋波轉繞周覷破曰阿尼如目成暇時枉顧可也生素與周對榻居每先周寢是夕甫交睫遽至琴家琴出子夜歌相示生讀之擊節鼓掌曰妙妙聲聞於周周呼生醒曰有何妙境毋獨尋也生以夢告述

其詞曰郎比桃花溪妾比垂楊樹溪水向東流垂楊挽不住昨夜夢見郎贈我紅豆顆明是我見郎未必郎見我恨郎不如影到處長相見恨郎只是影到處空相戀一歲一封書一字一珠淚可惜淚易乾不能乘濕寄讀己咋舌周固疑爲生作及旦琴果來周遽以歌問琴曰是妾素讀云妾作者妄也顧郎君焉知此周以生夢對且曰奇緣如此堪作好合矣我今卽月老特爲二妙交杯以當紅絲繫爰置酒各醉罷隔日琴又來周適外出琴移坐面壁未言先哽曰薄命人甫言又咽久乃曰已不足齒第不識慈悲者肯一援手否生乃正襟危坐而告曰所與卿交者以神不以迹且室有糟糠誓不負也然爲卿謀久矣欲得當而執柯焉言次周至亂以他語薄暮始去不數日生赴江左友人招年餘無耗後有自江右至者生以詢云嫁商人爲小星嫡妬甚不知若何結果矣書畢窗外雨滴瀝承簷鐵筒一點宮一點商清音猶在耳也與客洗盞更酌焉

稗觚氏曰憨生朴訥而介介秀外慧中者奚取焉何物素琴獨具青眼耶若素琴者前因已誤墮成藩溷開花老大徒傷嫁作商人小婦天乎何酷人也奚尤再卜良緣更於何處彼蒼夢夢顚倒衆生久不堪搔首問矣獨素琴也乎哉吁

生榮死哀 ○五月二十日爲 醇賢親王嫡福晉初祭之期恭登前報至日 皇太后 皇上 皇后同詣 醇賢親王福晉金棺前致祭行禮所有應値各差均令總管內務府照例預備我 皇上孝思不匱躬詣 金棺前行禮讀祝致祭 奠酒三爵祭畢 皇后亦奠酒行禮迨 皇太后祭畢暨洵濤二公先後行禮所有總管大臣暨値差 護衛旋亦各分班行禮其生也榮其死也哀惟 福晉其克當此無愧乎

歡聯萬國 ○五月十六日總稅務司赫德君在總理海關署內恭請駐京各國欽使作消夏會是日水陸並陳供帳甚盛英法德美俄日比義各國欽使先後至隨帶各國學生由晚八點鐘至夜一點鐘始各興盡回署並聞是夜有西人所教幼童演習外國音樂鸞笙鳳管響遏行雲庭前燃放花盒數架內中各色火彩千變萬化層出不窮美哉盛乎錦天繡地聯成萬國歡情雪椀冰甌滌盡一腔熱惱洵千載一時之盛舉云

蔭同樾下 ○人不幸而犯罪名黑獄埋頭赭衣被體其苦況有難以言語形容者每年秋審屆期各直省由臬憲賞給草席蒲扇錢文以示體恤而刑部監禁各犯幾與吳道子所繪地獄變相無殊尤爲苦中之最苦者也聞提牢廳某部郎心生憫惻查點南北獄人數自行捐資縫製洋布單衣褲三百身於五月十八日點名放給俾免 褐不完之嘆於是各獄囚一時歡聲雷動云

保留賢宰 ○督憲批示 分部主事郭世隆等稟批 稟留署昌黎縣駱令前據紳商高見龍等具稟當以駱署令辦事老練緝捕勤能民望允孚誠非倖致惟地方紳民保留官長有干功令未便准行已批司暫行存記酌核委用以勵賢能此批

義判公私 ○大畢庄附近向有引河一道原爲伏秋大汛宣洩各河之水而設該村生員等擬將此河上游口門堵塞以保該村田園繪圖貼說在水利局遞稟請辦當經局憲委員照查覆稱此河雖久未疏濬致淤淺狹實諸河洩水之要害該生所請係保衛一隅之私情未能顧全大局云云旋蒙局憲批示大畢庄生員請將河口堵塞一節該河雖經淤淺若當伏秋大汛實可殺各河泛濫之勢此請塡塞查於大局有碍殊屬悖謬荒唐不准特飭等語按該生所稟爲保護田園起見本屬常情未可厚非而水利局者係辦一方之水利非辦一村之水利自不能不統籌全局以分准駁竊以爲該生之稟局憲之批公事私情兩不相妨云

沉船屢見 ○津邑三岔河口乃九河總滙一經伏秋大汛諸河灌注水勢最爲湍激更兼本月望後大雨連綿沉沒船隻之事幾於無日無之屢登前報茲於二十二日酉刻有起運浙江漕米第四十一號剝船桅扯半蓬過關未及數武偶來旋風一陣將桅吹折船卽傾欹幸賴各船水手努力扶助未遭沉溺聞已另派別船起運以免貽悞漕運同時新浮橋北有裝運津蘆鐵路石塊槽船一隻悞撞樁木當卽沉沒幸未淹斃人口乘風破浪固屬快事然一或疎忽便有性命之憂可不愼哉

懷疑誤殺 ○城西北五十五里艾蒲庄有胡某在津販賣雜貨每月歸家不過一二次妻某氏頗少艾但回家時嘗見鄰人樊

某在室與妻閒談窺其情形若甚親密未免疑猜遂於往來時留心伺察之月之十二日晚由津返里時近二鼓樊又在焉不禁大怒持刀突入樊猝不及防卽被殺死比鄰佑齊出已莫救矣當經該村鄉長牌頭循例報案聞鄰里談論該婦素無劣跡樊亦非輕薄一流人委因不知避嫌遂至慘死且被不美之名寃哉現有董姓等調停未知作何了結

慣賊就擒　○有韓姓名良者永清人住河北某店作小本營生頗老實與本地人稔熟皆以鄉愚目之初不知其爲何如人也日昨忽有捕班三五人於三更後出其不意就店內擒之束縛而去嗣聞韓係該處慣賊爲某案要犯因來津避匿藏形斂跡畏人窺破底裏不料該捕等竟能偵訪明確不動聲色遂使束手就擒其亦幹役也哉

營弁識事　○日昨東門內有東洋車一輛正在行走如飛之際左輪脫落將車上婦人頭顱撞破懷中携抱幼孩抛置一旁啼哭不止忽從西來一人聞係某署轎夫大爲不平赶將車夫按倒毆打不覺失手一拳打在額角立時氣絕而轎夫亦卽驚惶失措意欲遁去適有查街官赶到訊問情節比時車夫已甦查街官便云此事非我所應管但依我看來傷均不重旣於性命無關卽各行散去可也否則任爾等自便言畢乘馬而去

綠林豪傑　○靜邑之西南鄉某富室世業農上年秋間禾稼登場正在忙迫有乞丐到門討飯年三十上下軀幹甚偉富翁斥之曰以若年富力强何苦作此等生涯倘能傭工作苦衣食何足慮丐曰非不欲傭工特患無主耳翁曰卽此便可相容無庸他去丐欣然從之農家一切活計無不嫻熟性勤謹辦事可靠翁頗加青眼但不愛惜錢財所得工價輒市酒肉與同伴飲食之田功畢卽留之家中運柴水飼牲畜家務瑣事不待富翁分心皆能井井有條理如是者年餘前月下旬晚飯後忽向翁告辭翁愕然問故曰僕本山東人綠林頗有聲巨案累累官索之急故埋頭項於此以避禍日間見有捕役數人大約爲我而來當暫避之無驚主人語畢出門聳身躍登屋頂如鳥飛集悄然無聲轉瞬間不見踪影矣

氣姦斃命　○河東黃甲者素與張乙交情最厚黃暱一土娼因往來不便移在朝鮮館後海順店內暫住張常向該店找黃與娼稔熟遂至有染黃看破情形漸與疎遠昨張復來黃村斥之張大怒持刀將黃砍有重傷立卽斃命該管地方報案經縣尊驗明委因刀傷身死將張帶案不知作何定罪俟訪明再錄

新開　蘇報館

新寄津門　蘇報出售五月十六日新聞
蘇報館開印日登上諭京報論說序篇採
選各國各省各埠聞錄續登各行告白
主顧曾先遍覽一目瞭然閱者賜函分送
不悞蘇報分寄天津北門內府署西三聖
菴西直報分處內便是至此一家別無二
處　梁子亨啓

洋樓出租

敬啓者現在海
大道老桑市下
直報館後院內
洋樓一所每月
租價行平寶銀
二十五兩　仕
宦客商如欲租
者請至德義洋
行面議可也
德義洋行謹白

天津美昌字號

本號自辦各國鐘表玩物大小
八音琴各欵新式保安座燈掛
燈各樣紙烟呂宋烟御用香次
皂廣東各名家臘丸黑白烟膏
各省東土西土一概發莊貨高
價廉本號修理鐘表格外價廉
諸君　賜顧者請　光降是幸
特此佈　聞
新開在鍋店街中間坐北門面

烏利文洋行

啓者本行開設香港上海三十餘年四方
馳名專售各式金銀鐘錶鑽石戒指八音
琴千里鏡眼鏡等物並修理鐘表價錢比
別家格外公道今本行東家巴克由上海
來津開設在紫竹林裕泰飯店旁請
諸君降臨光顧是幸特此佈
聞　丙申年五月二十四日禮拜六

北門東　文德堂

新出石印唐寅竹譜　新出石印蘭石
畫譜　新出蕩平奇妖傳　許眞人擒
蛟全傳　蘭蕙同心錄　三寶太監下
西洋　格致須知十六種　中西算學
大成　增删算法　洋務新編　鐵路
圖考　螢窻巽草　游歷日記　中東
戰紀本末　蜃樓外史　覺後傳　普
法戰紀

敬啟者京城售報處改
在前門外琉璃廠小沙
土園路西寶興木廠又
楊梅竹斜街中間路南
聚興隆小器作內兩處
分售此白
售報人陳午清謹啟
寓前門內刑部後身
草帽胡同北頭大院
內

浙杭元吉永號

本莊自置紗羅綢緞
新樣洋辮花素洋布
川廣夏貨團摺雅扇
南貨頭油俱全祗爲
近時錢市漲落不同
故而各貨減價開設
估衣街中間路北凡
　仕商賜顧者無悞
特此佈達

義興順號

本店自置綢緞顧繡
綾羅紗絹哈喇大呢
花素洋布俱全貨高
價廉開設天后宮北
　仕商賜顧無悞特
此佈　達
頭號杭寗綢三錢八
頭號江寗綢二錢八
頭號摹本緞三錢二
哆囉蔴整　四分五
疋按原碼

保命險告白

啟者本行代理
長明人壽保險
公司如　紳商
欲保者請移玉
至紫竹林法租
界第一樓東間
壁華昌洋行面
議可也此佈
英商華昌洋行啟

五月二十四日銀洋行情
天津九七六錢
銀盤二千六百五十二文
洋元一千八百六十文
紫竹林九六錢
銀盤二千六百九十二文
洋元一千八百九十文

五月廿五日出口輪船禮拜日
新豐　輪船往上海　招商局
新濟　輪船往上海　招商局
連陞　輪船往上海　怡和行

直報

光緒二十二年五月二十六日　第四百四十七號
西歷一千八百九十六年七月初六日　禮拜一

上諭恭錄

上諭依克唐阿奏道員把持稅務據實糾參一摺奉天東邊等處稅捐前經依克唐阿奏准派員會同徵收現派候補道王頤勳等前往設局會徵乃東邊道張錫鑾並不公同商酌自行分派總辦幫辦委員經收所有稅欵均送道署並未解省似此任意把持顯有希圖中飽情弊張錫鑾着先行開缺交依克唐阿嚴行查辦欽此　上諭依克唐阿奏已革道員請飭驅逐回籍等語奉天候補道余濬前經該將軍奏參革職仍復逗遛奉省招搖滋事實屬怙惡不悛已革道員余濬着即驅逐回籍不准逗遛欽此　上諭前據巳革御史敬祐奏庫倫辦事大臣衙門承審已故扎薩克台吉車林多爾濟妻妾爭產一案濫動非刑適傷婦女等語當諭令桂斌確查茲據查明定擬具奏此案已故台吉車林多爾濟之妾楊吉拉木以爭產細故揑造重情誣控多人並有行賄情事楊吉拉木應得罪名並着照所議完結餘均依議辦理前庫倫辦事大臣安德輕聽揑造之詞收受銀兩迨經該蒙婦控告始將原贓退出實屬貪鄙安德着交部議處那遜綽克圖隨同畫稿亦屬不合着交該衙門察議花翎三品銜前五品官巴圖成格勒將誣告之案不問虛實一味逼求雖未受賄實屬不安本分着革去翎銜交該旗嚴加管束該衙門知道欽此　上諭昨日道旁叩閽之鳥鎗護軍崇山着交刑部嚴行審訊欽此　上諭翰林院代奏檢討宋育仁條陳理財富國詳籌利弊一摺着戶部議奏欽此　上諭御史楊崇伊奏總署章京方孝傑私自出京意圖謀利請飭查辦等語方孝傑着開去總理各國事務衙門章京並着該衙門堂官査明參奏欽此

書中日戰輯後

東隅闕筦人

始吾不知王君何如人觀此審其爲智謀雄偉非常之士是書詳贍有體綱舉目張爲有所刺譏褒諱挹損之文詞網羅殆盡首叙釁之由終之以自强之術中間遠攬冥搜高掌遐蹠凡有關中外形勢盛衰張弛之機括者博觀而約取之其言之危悚始覽之令人神駭及與爲反復推尋而確信其情理之得昔人謂爲人君者不可以不讀春秋前有讒而不見後有賊不知防予亦謂際今士大夫不可不

觀新聞報徒讀死書不達外情敵釁既開相與持南宋以來之議論以和爲辱以戰爲强及至寇深勢岌又不肯出身爲天下當大難之衝惟是全軀保妻子之慮此外洋所深識周知而不欲發其覆以啓吾中國之人之悟也王君表而揭之用意良苦或有疑其抑中揚外是則彥和所謂曉一孔之人鄭康成所謂東向而望不見西牆者也異日者我君臣上下一德同心幷辟鏃厲發憤爲五洲之雄變法復先王之治實賴有是編爲之嚆矢耳顧不重哉抑予猶有歉者是中所輯諸名人論列於僨事之將帥柄政之樞臣筆伐口誅森然如臨斧鉞摯哉有味乎其言之也而於首相獨無一詞之挹未爲天下之公夫掌握筦鑰發縱指示者誰耶平日諸將之貪劣道路皆知豈首相而不知也者知之而復豢養之何也且其失亦不專在諸將也牙山未戰之先首相堅持和議電請英法俄德居間緩頰以爲庶幾無事詎日本意氣方盛益以中國爲可侮諸將亦因此弛備直至平壤潰敗隻輪不返始翻然悔其昨非而又不請命出關以身犯難旅順之失威海之陷詎得諉爲無過豈以人人言之而不欲言人之言耶抑以千載但觀晚節欲言之而將有待耶既而思之古今盛衰之故原非一時一事之所爲中國與海上諸邦其强弱得失大局不獨侯一戰分也久矣卽使當日微倖奏功將士將疑爲眞能外攘而日長其驕臣工將益以不事內修而日形其弛譬之愚人諱病必至沉痾錮疾不可救藥而後止豈非中邦之大不幸哉美疾不如惡石中邦自宜以東土一役爲會稽之恥以殷憂而啓聖君勿忘艱難臣勿忘啓沃未始非因弱得强之一大轉機也首相其早有以見及此乎然當時就事論事竊得一席以位置首相者昔蜀漢諸葛武鄉侯最善御將街亭一敗雖由馬謖之違節制而公則痛自引咎後世亦不諱其知人之累吾望首相處巳如武鄉侯也乃觀中日約欵有軍務獲罪人員均從末減日本之强爲之乎又篇中紀九月二十八日日兵渡江我師堵擊詳察當日宋帥先巳駐節九連城與諸軍同退日兵襲踞九連城並未接戰乙未二月牛莊失利敵襲營口蔣希夷一軍不戰先遁均宜補正至於敘買軍之渡黃河以峴帥開府牛莊亦皆失實所當考訂云爾

光緒二十二年五月分缺單　○同知山西蒲州吳杏第浮躁　知縣湖南寗鄉錢保壽湖北安陸鄒經鎔福建寗化羅錫瀛俱近四川定遠何國璋貴州綵陽樸興文俱修墓四川大寗劉炳煇丁陝西淸澗談廷瑞丁山西左雲聶鴻年罷軟永和石止榮不及　布經歷貴州馬錫壽調　直州判直隸易州傅徵源丁　縣丞山西陽曲周霖年老巡檢廣東封川楊錦標近湖北房縣楊廷棟湖南桂陽趙鴻逵俱故　典史安徽定遠陳肇麟近山西滎河姚慶武不謹浙江餘杭劉遠靖故

嚴防洩漏　○國家有史所以記言動鏡得失典至重也現今查照定例凡臣工章奏　天語批答六科每月錄送史館付翰林官分任編纂如紅本奉　旨到科未經到部有豫抄洩漏者將該科給事中議處洩漏之人交刑部治罪以及書吏提塘售京報人等除紅本　上諭外如有訛造無影之詞者立卽査拿治罪向來督撫提鎭陳奏本章例有副本投遞通政司又有揭帖知會關涉之各部院往往緊要事件未達　皇上御覽而先巳傳播於衆口又如內外咨呈文書往來各衙門尤易疎忽以致匪類探聽多生弊端間有緝拿之要犯聞風遠颺此皆不愼不密之故貽誤匪輕嗣後一切本章咨呈文書除尋常通行事件外其有案關緊要及緝拿人犯內外各衙門應密封投遞各該管官應謹愼辦理以防洩漏倘有疎忽事發究明根由必將洩漏之人從重治罪云

王法難容　○子產有言寬以濟猛猛以濟寬寬與猛固不可偏廢也倘徒務仁愛之名每至姑息養奸其勢有必然者崇文門外石板胡同魯某女年方二九姿色艷麗於五月十八日午後偶至門前小立被匪棍松三瞥見起意行强昨邀集多人刼女登車簇擁而去魯某頗有胆力一面遣人報案一面邀集鄰里同往追赶竟在半途將女奪回並將松三扭送營汎現經責押擬從重懲辦以爲目無法紀者儆

稽古課題　○五月二十日稽古書院開考玆將課題錄後　晉人及秦人戰于令狐　擬韓昌黎山火詩　振興商務論

鐵軌誌詳　○前經海軍衙門王大臣等議修鐵軌以廣利源　特簡胡大京兆履勘得津蘆一段計長二百一十六里估價需銀二百四十餘萬兩奉　旨由戶部與直隸督臣分籌欵項照勘舉修至蘆漢一節工巨用繁庫欵支絀擬令招商認股准其照官軌立

局循章舉辦至其中利益官不與聞亦經奉有明文旋據商人方祝堯在督轅投稟稱已措銀一千萬兩計尙不敷修用嗣據道員許應鏘知府劉鶚監生呂慶麟等先後稟稱各措貲本一千萬兩共成四千萬兩之譜通盤合算可敷建修之費卽據情奏聞奉　旨着直隸湖廣兩督臣先行察看該四員可否承修塡加考語一面查驗銀數果否相敷據實具奏再行候　旨核辦昨該四員已投督轅稟請制軍察看二十二日督轅牌示云商人方祝堯等各措貲本一千萬兩　奏奉　諭旨着本大臣暨湖廣督張大臣查驗旋驗看得該數人均屬老成應卽派往湖廣督張大臣再行驗看等語現有商人李德新亦在督轅投稟稱已措銀一千萬兩願自承修蘆漢鐵路卽於是日牌示批云已據方祝堯等措入貲本共四千萬兩修費諒已敷用至爾所請獨行承修此項工程應毋庸議稟繳還刻聞方祝堯等均已赴湖北稟請張大臣驗看矣

不成體統　○本城楊某令伊子乙拜武生某甲爲師習學騎射卽在學中上宿原爲早晚用功方便詎乙不守規矩乘間輙向風月塲中遊戲楊漸有風聞甚不放心昨晚到學偵探師生均未在學遂跟踪至西坑沿逐門查問適見師生二人正在該處與高采烈狎褻非常楊怒甚猝然入室面斥武生之非聲色俱厲武生以情形難堪遽行變臉遂打作一團楊力本不敵遂被毆有多傷勢將興訟現有親友出爲調停尙未知能了結否

捉姦疑案　○昨據閘口地方赴縣稟報身該管地面小店中於本月二十二日夜間有張大率衆五人破門入院將住客刀砍立斃訪客係黃姓理合稟明等語旋據該處鄉甲局將兇犯張大張三送案移稱二十二日夜間該犯等共五人各持刀械將店門撞開毆死住客聞喊立時率勇抄拏僅獲二犯餘衆逸去等因隨於二十三日委員詣驗除木傷不計外刀傷三十餘處立飭招仵塡格錄供並令地方將屍棺殮旋卽回署提犯訊究起衅原由據犯供稱已死黃二將身妻誘拐藏匿該店身暗訪六日始得確耗因一時情急領弟三人到店中窺查踰墻而入並未撞大門在各屋窻外竊聽果身妻同黃二共宿一室尙未睡着低言細語身聽明白心頭火起踢開屋門將黃二砍死身妻趁砍黃二之際遂自逃去大令謂既是捉姦能將男子殺死女子豈能脫逃其中恐有不實不盡因卽令差添傳該犯之妻並店主明日質訊一面將犯等釘鐐嚴押二十四日訊犯妻供不但不招姦情且言並不認識黃二飭將氏戒責四十仍堅不承招及訊店主供言店中並未住有婦人只有黃二自已被他們半夜砍死又供店夥亦受刀傷甚重大令遂分付原差明日將店夥帶案以憑覆訊一干人証隔別分押聽候嚴訊俟店夥到案如何訊斷探明再佈

鬥毆斃命　○日昨河東火神廟後脚行鬥毆經該管鄉甲局探知立時派勇前往彈壓及勇丁赶到岳姓已被槍傷氣絶除地方循例報案外該屍屬隨卽赴縣喊控蒙邑尊片委林大令於廿五日午後率刑招仵詣塲相驗委係受槍傷身死至起衅緣由尙未訪確

無妄之災　○津邑人烟稠密日用柴薪悉從四鄉載運開設柴廠者不下百數十家惟南門外西城根一帶尤密如林立日昨已刻有衛南窪某村四套柴車三輛裝柴數百捆前赴某廠交卸不意行至南門口橋下因道路泥滑一時失愼致將某甲右腿軋折當卽抬赴該廠經合事人許爲赶緊醫治未知能否痊愈倘從此竟成殘廢謂非無妄之災哉

日本奇災　○本埠昨接日本來電詳悉日本近忽地震潮水湧出淹斃至四萬餘人之多有某處城池竟至陸沈屋宇田廬盡化作汪洋大海是眞非常之災也

新開蘇報館

新寄津門　蘇報出售五月十六日新開蘇報館開印日登上諭京報論說序篇採選各國各省各埠聞錄續登各行告白主顧曾先遍覽一目瞭然閱者賜函分送不悞蘇報分寄天津北門內府署西三聖菴西直報分處內便是至此一家別無二處　梁子亭啓

告白

敬啟者京城售報處改在前門外琉璃廠小沙土園路西寶興木廠又楊梅竹斜街中間路南聚興隆小器作內兩處分售此白

售報人陳午濤謹啟

寓前門內刑部後身草帽胡同北頭大院內

天津美昌字號

本號自辦各國鐘表玩物大小八音琴各款新式保安座燈掛燈各樣紙烟呂宋烟御用香皂廣東各名家臘丸黑白烟膏各省東土西土一概發莊貨高價廉本號修理鐘表格外價廉諸君　賜顧者請　光降是幸特此佈　聞

新開在鍋店街中間坐北門面

烏利文洋行

啓者本行開設香港上海三十餘年四方馳名專售各式金銀鐘錶鑽石戒指八音琴千里鏡眼鏡等物並修理鐘表價錢比別家格外公道今本行東家已克由上海來津開設在紫竹林裕泰飯店旁請諸君降臨光顧是幸特此佈

聞　丙申年五月二十六日禮拜一

金陵仁記南味坊

自製本機元淺京緞窰綢紗縐絨線糟貨食物金腿海味南貨俱全近因錢市漲落不同分別減價抑因無恥之徒假冒南味者甚多雖云謀利誠恐亂眞欲辨薰豬用煩楮墨

寄售　雨前　碧螺春　龍井　每斤津錢一千二百文　三千文　一千八百文　福建條絲格外公道　開設宮北大獅胡同內

浙杭元吉永號

本莊自置紗羅綢緞新樣洋辮花素洋布川廣夏貨團摺雅扇南貨頭油俱全祗爲近時錢市漲落不同故而各貨減價開設估衣街中間路北凡仕商賜顧者無悞特此佈達

義興順號

本店自置綢緞顧繡綾羅紗絹哈喇大呢花素洋布俱全貨高價廉開設天后宮北仕商賜顧無悞特此佈　達

頭號杭寗綢三錢八
頭號江寗綢二錢八
頭號摹本緞三錢二
哆囉蔴整　四分五
疋按原碼

保命險告白

啟者本行代理長明人壽保險公司如　紳商欲保者請移玉至紫竹林法租界第一樓東間壁華昌洋行面議可也此佈

英華昌洋行啟

五月二十六日銀洋行情
天津九七六錢
銀盤二千六百三十二文
洋元一千八百五十文
紫竹林九六錢
銀盤二千六百七十二文
洋元一千八百八十文

五月廿七日出口輪船禮拜二
招商局　輪船往上海　豐順
太古行　輪船往上海　昌武
怡和行　輪船往上海　連陞

直報

光緒二十二年五月二十七日　第四百四十八號
西歷一千八百九十六年七月初七日　禮拜二

上諭恭錄

上諭總理各國事務衙門奏查明章京私自出京請交部嚴議一摺總理各國事務衙門章京刑部候補主事方孝傑託病請假潛赴天津顯有謀利情弊方孝傑業經開去章京差使著交部嚴加議處欽此　硃筆姚丙然轉補翰林院侍讀朱益藩補授翰林院侍講欽此

論　國朝中官定制之善

燭雖極高斷不能自照其腳目雖善察萬不能自見其睫若是則燭之腳目之睫其終古無可照見時乎有之則惟對鏡之一法鏡恒不自現其光又必借燭之光目之光以觸發其光光之所及遂能舉燭之所不能照目之所不能見者至是悉炳然於燭之下目之前焉此千古所貴借鏡天下事無在不然也況立法乎我　朝列聖生皆天縱齊幬載之德並日月之明而虛懷若谷事事俱借鏡於先朝其監前憲而立法最善者尤莫如中官之制中官之在朝廷猶僕隸之居衙署中官之有首領太監猶僕隸之有門政長班也水長船高主尊奴大勢使然情必至也衙署中無不舞弊之僕隸主非不知其所以知如不知者一則憐其貧一則憫其苦明知若輩拋家舍業水陸寒暑朝暮相從備歷艱辛以供吾頤指氣使是亦人子曾爲何來言念及之無在不宜體卹況彼視於無形聽於無聲伺喜怒以進言每先意而投其所好出入進退形影不離遂不由不以心腹寄之他人亦自以心腹視之而爲僕隸者於是遇事射利上下其手翻爲雲覆爲雨轉爲電激爲雷種種變象誰不知之誰不宥之其積漸也素矣受侮者力欲辨而勢總隔旁觀者心不平而情不屬且主人意自相投雖諫不聽或疑離間言者聽者毫無所益枉結私仇暗罹災禍所以公庭無諍吏不如朝廷有諍臣以諍吏禍必相隨諍臣名猶可立也獨是諍於他事君或以臣爲忠諍及中官君或以臣爲僭史冊具在可考也上世侍御僕從之官屬諸太宰其官亦不皆閹寺自漢興閹寺擅寵專權爲禍最烈忠臣義士因言此而敗官戮身者何可勝道順帝時十常侍孫程等皆封列侯更聽其以養子襲爵桓靈之世宦官中列侯唐衡等貪縱不法黃門張讓擅威權朱穆黃瓊雖極諫加以陳蕃竇武之密謀終無所濟以致大將軍何進召集外兵袁紹乃捕誅宦寺二千餘名卒釀爲廢辱之亂至蜀漢以昭烈之明貽謨之善輔以武鄉侯之鞠躬盡瘁其前出師表卷卷諄屬首則曰宮中府

中俱爲一體陟罰臧否不宜異同云云意蓋深恐嗣君之寵宦寺也而後主之朝政卒以黃皓擅作威福敗是漢之祚非滅於權臣實滅於閹人也降及勝國類以中官爲監軍將在外雖君命不受不能不受制於監軍則監軍之權豈復有可比者耶憲宗置西廠以太監汪直柄其權直遂恃寵作威逐大臣殆盡時有阿丑中官之狡猾者也每佯醉作漫罵或給之以駕至罵如故給之以某官至罵仍如故給之以汪太監至則驚惶失措或詢其故曰吾知有汪太監不復知有天子也　此稿未完

喪儀預備　○醇賢親王福晉初祭禮儀已列前報茲聞五月二十二日齋醮屆期傳集嵩祝寺喇嘛番僧二十七衆唪經追薦焚化帑紫銀庫是日五點鐘經榮振華中堂督飭左右兩翼弁兵彈壓地面並經內務府造辦處造做杏黃龍罩擔傘旗幟等件並經工部屯田司油飾大槓儀仗均於二十八日交齊以備六月初一日演槓需用票傳五城每城預備槓夫二百名於二十九日赴工部點名伺候演槓之差並聞所用大槓係用槓夫九十六名肩抬每半里路程換班一次係五城司坊官彈壓以昭愼重

莫不尊親　○庫爾哈地方於五月十九日派委呈進貢物聞悉所進貢物係象牙四大箱藏葡萄二十四簍已由內務府進呈庫爾哈離京遙遠行程幾歷星霜較之越裳獻雉重譯而來殆過數倍盛哉　國家仁恩不冒殆所謂凡有血氣莫不尊親者乎

賊贓俱獲　○左安門城垣向有兵丁巡捕輪流値宿昨於五月十七日天將曙時値班兵由城內馬道巡至太陽宮地方見有三人貿貿然來各携包袱一箇情節可疑當被兵丁捉住查驗包袱內衣服甚多並有鐘表數件連贓一併交送南營署內研訊內有馬姓一名據供同夥共七人錄供後申送步軍統領衙門按律究辦餘犯逃逸無踪現已勒限嚴緝矣

可笑可憐　○五月十七日有某客路經宣武門外大街地方突有癲婦由荒塚踊躍而出上下赤體不挂一絲始則吃吃而笑繼則申申而罵客置若罔聞掩面疾走癲婦怒俯拾瓦礫尾追於後拋擲不休客奔亦奔客止亦止約歷多時不勝其擾乃磨拳擦掌故作相擊之勢癲婦始狂呼救命聲聞遐邇衆人前來攔阻客乘間脫身踉蹌避去有識者謂癲婦盧姓今春因子痘殤啜泣三晝夜遂成瘋癲噫其狀可笑其情亦可憐矣

學海課題　○五月二十二日問津書院學海堂經古課題　寇準富弼論　益智　賦　以昔晉劉裕智克盧循爲韻　擬重修顧亭林先生祠啓　題新出土熹平石經殘石拓本不拘體韻

閨秀守貞　○趙州直隸州州判吳鏡芙別駕廣東嘉應州人第三女年十八許字現任內邱縣張立齋明府四公子爲繼室于歸有日而公子卒訃至家人秘不告女見婢媼輩切切私語疑之曰向家有事從無背我者今若此何以故旣而曰我固知之矣以處女未便直言耳父母隱詰之女垂涕曰前數夕夢張公子來神色慘淡揭帳言曰我張某也今逝矣遺孤累卿如是者三想背我固爲是乎父母曰然兒意何如女曰向聞節孝事輒心嚮往之今事已如此夫復何疑茲有兩計請父母一決過門撫孤以完兒志上計也否則誓之以死父母嘉其誠許之請於張張喜訂於四月二日于歸女兄稱陶二尹時在樂字營范受之副戎幕府別駕走伻召歸送女屆期女拜別父母乘藍色肩輿慨然就道兩家儀仗迎送前導銜牌大書過門守貞四字計趙州至內邱二百餘里道傍觀者莫不贊歎有泣下者女至翁姑迎入登堂肅拜曰兒此來盡婦道撫遺孤職也惟孤子一身重爲翁姑累用惴惴耳東光張易堂廣文與稱陶莫逆交知之最詳曾刋節畧遍送同人徵詩將見琳瑯滿冊傳頌寰區實　熙朝佳話也

仗義踈財　○日昨在南門大街經過見拉洋車人放聲大哭觀者環立如堵據稱在紫竹林遇一客雇車拉至南門內言定車價一百二十文比至該處下車客言囊中無錢須隨我去取當即置車尾客而去客入路東大門轉瞬即出手持散錢一一數淸當面付給迨回至原處尋車已無踪影赶向大門內追問據一婦人言我家並無人坐車互相質証始知適纔坐客係用弔虎離山之計將車夫引至他處其黨乘間拉車而逸車夫且哭且訴突來一人詢悉根由慨出洋銀一元謂車夫曰徒哭無益可即央求衆位集腋成裘再買舊車暫藉餬口我先給一元姑作爲領袖嗣聞此人姓趙係在儀門口開設米舖噫亦義人哉

淫僧獻醜 ○昨有一僧年約三十左右衣履整潔意氣輕佻絕不似出家人愡愡前行至東南城角忽然跌倒在地口眼歪斜旁人疑爲羊角瘋正疑怪間又來一僧驚曰眞乃慣騎馬慣跌脚久作此等生涯何竟不加小心急雇洋車拉之而去後詢悉二僧均不守清規恣意淫蕩該僧蓋得陰寒證也然則世之佈施金錢媚神求福者亦知其祇供淫僧揮霍哉

侮人自侮 ○津邑繁華熱鬧之地莫過宮南北估衣街東西單街等處而生意鼎盛亦以此爲最故買賣客商絡繹不絕日昨西單街某廣貨鋪有南船水手某甲上櫃買布布已買妥舖掌王乙嫌錢太毛令其抵換甲言無錢待再來換補乙欺甲異鄉人出言刻薄甲大怒順拾小橙砍去幸乙躲避未經受傷致將桌上茶壺茶碗盡被打碎經人勸解始罷噫生意行中每以刻薄欺人爲得意其受侮也宜哉

欺孤淩寡 ○鄉黨間往往因分家不明致啓爭競雖爲家庭之變猶屬人情之常若寡婦孤兒不加憐憫反事欺淩則忍心害理不得爲人矣西門外董甲開小烟館爲生有姪乙在屋照料一切先時尚屬安分忽於今春改變心腸非嫖即賭被甲逐出嗣甲於日昨病故遺妻某氏並一幼子尙在懷抱乙欲將烟館霸爲已有氏稍與理論乙竟將烟館器俱摔碎一空氏欲赴縣鳴冤經隣里說合未知能完結否噫若乙者謂之爲禽獸誰曰不宜

偸兒荷校 ○河東于家廠劉姓家昨夜三更時有偸兒撥開大門方欲進院適劉自外回家聞聲驚走劉跟踪追赶恰遇河東汛帶兵査夜迎頭而來偸兒無處逃匿即被拿獲訊畢送縣經縣委訊明除枷責外並枷號劉姓門首示衆候滿日再行開釋

鎖拿送案 ○二十三日晚五點鐘時正值細雨淋漓在城內大儀門北經過見有侯家後地保並差役四五人巡勇四人牽拉關上土棍甲乙二人項掛鐵鍊由北而南詢及路人言係因與本處土棍丙丁等械鬥用刀將丙立時砍斃丁亦受傷甚重當將甲等拿獲送縣稟明邑尊再爲相驗至因何起衅一切情節俟再行登佈

漁色戕生 ○大城縣小劉村有某甲者少年無賴劣蹟多端尤好漁色以故良家婦女多避之昨有某姓婦因母得急病回家看視兩村相隔不過三四里遂隻身獨行時天已昏黑出村不遠後面隱隱有人追赶婦意其爲某甲也且行且顧見相距漸近知不能脫身適路旁有古墓林木陰翳婦趨入簪珥悉納懷中解髮披面面樹立甲至遽牽之婦轉身張口吐舌甲大驚仆地婦遂得遁歸甲從此病癲狂言有女鬼日立面前向之索命醫治不愈竟宛轉以死或謂被嚇之後胆氣已虛故邪祟得乘間而入或謂因悸生疑因疑生幻象由心結非眞有鬼物也總之無論有鬼無鬼甲固有取死之道焉奚辨爲

俄商雅誼 ○中國頭等欽差李傅相此次奉使赴俄到處逢迎待以殊禮本館已迭譯西電入報矣玆接外洋來信述及俄國巨商巴勞輔欵留相節之禮其殷渥尤屬罕聞據稱相節於西歷前月十八號行抵模士高城該處官紳等欵接之厚固不待言有巨商巴勞輔者富埒王侯向以辦茶爲業其商務多在中國地面故於傅相抵俄之際殷勤邀請駐節其家免勞地方有司供給傅相以主人情重義難固却欣然允之巴於時特設盛禮以迓星車屋宇舖陳異常美麗門前高搭牌樓一座樓額即嵌傅相像以示專接傅相而設藉表敬忱四壁高懸中國黃龍旗而窗門屏幃間皆懸華字其文均吉祥頌禱語門以內氍毹貼地排列盆景花卉五光十色如在洞天相節到時巴即遣其婦子出迎并行金盤獻鹽餅之禮此禮係以鹽及餅乾置於金盤之面捧而獻上乃俄國第一大禮非君父不易有此今以施諸傅相則其傾慕之處豈尋常所得而比哉迨傅相乘車入門兩部所陳之樂洋洋齊奏先奏中國樂章繼乃續奏俄樂更預飾童子二十四人各衣紅黃緞服手捧散花一盤排立門內傅相下車諸童即排對前導各以名花佈地爲傅相墊靴七旬相國遊行萬花茵上是亦向來所未聞之韻事也入座後巴之少女恭獻花球一顆以爲相公壽旋有巴之子弟四人親導傅相憩息精舍一切供張之盛禮誼之誠可以類推夫中國大臣出使外邦者已非一人而爲他國紳商敬愛至此者實屬未聞未見乃尤難得者巴係俄人身居俄國乃倉猝間竟能書中國之字奏中國之樂藉以娛賓使非懷之有素其能若是整齊乎然則傅相此行洵足以生中國之光已

新開蘇報館

新寄津門　蘇報出售五月十六日新開蘇報館開印日登上諭京報論説序篇採選各國各省各埠聞錄續登各行告白主顧曾先遍覽一目瞭然閲者賜函分送不悞蘇報分寄天津北門內府署西三聖菴西直報分處內便是至此一家別無二處

梁子亨啓

醫術通神

今春三月予室半產失調血崩如注更醫數輩服藥二十餘帖罔效茲延天津道西箭道內普安醫室任先生診治服藥三帖血崩遂止感激之至登報鳴謝

樂壺洞萬通號于瑞堂啓特

天津美昌字號

本號自辦各國鐘表玩物大小八音琴各欵新式保安座燈掛燈各樣紙烟呂宋烟御用香膩皂廣東各名家臘丸黑白烟膏各省東土西土一概發莊貨高價廉本號修理鐘表格外價廉諸君　賜顧者請　光降是幸特此佈　聞

新開在鍋店街中間坐北門面

烏利文洋行

啓者本行開設香港上海三十餘年四方馳名專售各式金銀鐘錶鑽石戒指八音琴千里鏡眼鏡等物並修理鐘表價錢比別家格外公道今本行東家巴克由上海來津開設在紫竹林裕泰飯店旁請諸君降臨光顧是幸特此佈聞　丙申年五月二十七日禮拜二

北門東　文德堂

新出石印唐寅竹譜　新出石印蘭石畫譜　新出蕩平奇妖傳　許眞人擒蛟全傳　蘭蕙同心錄　三寶太監下西洋　格致須知十六種　中西算學大成　增删算法　洋務新編　鐵路圖考　螢窻異草　游歷日記　中東戰紀本末　蜃樓外史　覺後傳　普法戰紀

敬啟者京城售報處改在前門外琉璃廠小沙土園路西寶興木廠又楊梅竹斜街中間路南聚興隆小器作內兩處分售此白

售報人陳午濤謹啟

寓前門內刑部後身草帽胡同北頭大院內

浙杭　元吉永號

本莊自置紗羅綢緞新樣洋辮花素洋布川廣夏貨團摺雅扇南貨頭油俱全祗為近時錢市漲落不同故而各貨減價開設估衣街中間路北凡仕商賜顧者無悞特此佈達

義興順號

本店自置綢緞顧繡綾羅紗絹哈喇大呢花素洋布俱全貨高價廉開設天后宮北仕商賜顧無悞特此佈　達

頭號杭寗綢三錢八
頭號江寗綢二錢八
頭號摹本緞三錢二
哆囉蔴整　四分五
疋按原碼

保命險告白

啟者本行代理長明人壽保險公司如紳商欲保者請移玉至紫竹林法租界第一樓東間壁華昌洋行面議可也此佈

英商華昌洋行啟

五月二十七日銀洋行情

天津九七六錢
銀盤二千六百四十七文
洋元一千八百六十文
紫竹林九六錢
銀盤二千六百八十七文
洋元一千八百九十文

五月廿八日出口輪船禮拜三

豐順　輪船往上海　招商局
昌武　輪船往上海　太古行
連陞　輪船往上海　怡和行

直報

光緒二十二年五月二十八日　第四百四十九號
西歷一千八百九十六年七月初八日　禮拜三

啓者本館於去臘自行購辦機器鉛字建造房屋延請名人主筆曾登報章佈　聞以採辦人昧於字體將三號五號兩種鉛字先行寄到四號字開爐傾鑄須今春始能來津因急於開辦姑用三五兩號暫爲排印明知字形微小多費　閱者清神所幸俱屬新鑄點畫逼清尙可厲目現在四號報字已經運到由手民揀查裝架定於五月初一日起凡論說新聞一律改用四號擺印至承　仕商惠登告白則三四五三種字體俱全可隨客便價各公道如有珍奇秘本書籍本館亦可代爲排印價必從廉即各種洋文鉛字本館亦各備齊如蒙　賜顧亦可照辦特此佈啓伏希　垂顧是幸

直報館謹啓

上諭恭錄

上諭陳寶箴奏查明劣幕任麟忝欵業經據實具奏現接直隸布政使王廉印電內稱任麟無甚劣跡查辦不宜太甚等語王廉於並不干已之事輒用印電請託殊屬不合着交部議處欽此　旨巡視東城事務着連陞去欽此　旨巡視北城事務着高變曾去欽此　上諭崇光奏請開差使一摺崇光着毋庸開去總管內務府大臣欽此　旨詹事府右中允員缺着熙瑛補授分發江蘇道柯銘江蘇道劉恩訓山西道焦聯甲北河同知林際康南河同知景啓驥山西同知石耀宗祝欽直隸同知顧廷枚江蘇同知朱寶瑩薦賢鈌南河同知吳文增姚奎麟藍均直隸知州祥蔭廣西知州俞紹保四川通判李瑛直隸通判景長春江蘇通判德山春泰榮勳丁邦榕丁大綠劉松年陳鴻材安徽通判梁文啓山東通判梅壽臧雲南通判熊啓夏貴州通判談仁熙兩淮鹽運判方臻堂直隸知縣羅毓祥吉林鄭國僑江蘇知縣全善徐清鑲戴連寅山東知縣安鴻甲徐麟石湖南知縣胡沅四川知縣恩澤賴以治直隸知縣馬長豐江蘇知縣沈啓宇李瑞懋朱寶森安徽知縣王培璧山東知縣韓壽椿四川知縣王榮懋王琨張邦翰唐晉源廣西知縣張都泰雲南知縣黃澤方貴州知縣儲先登兩淮鹽大使詹樹森兩浙鹽大使宗彭年浙江鹽大使丁恩榮俱照例發往　裕陵禮部郎中員缺着阿禮罕補授　慕陵禮部員外郎員缺着福海補授刑部漢字堂主事員缺着延彬補授中書科中書員缺着英敏補授翰林院孔目員缺着桂連補授欽此

論　國朝中官定制之善　續前稿

及大學士商輅劾直謂自直用事卿大夫不安於職商賈不安於途庶民不安於業若不亟正其罪天下安危未可知也上慍責輅曰用一內監何遽危天下輅正色對曰朝臣無大小有罪悉請旨逮問直擅抄沒三品以上京官南京祖宗根本地直擅收捕留守大臣諸近侍在帝左右直輒易置直不罪天下胡可安也迨莊烈自信邸入繼始誅逆閹魏忠賢時忠賢已封至九千歲詔天下建立生祠配享孔子自是正法天下後世稱快可見好善惡惡人有同心所不同者君心之明於遠昧於近如人之莫知其子之惡莫知其苗之碩雖有義

士忠臣諫不行言不聽故愛莫能助耳我　列祖　列宗深鑒於此定例森嚴凡內監只許値班隨侍不許典政任權其或因事獲咎立卽交內務府愼刑司勘訊其或有應求結納卽在文學侍從之臣亦卽立予罷斥防微杜漸無少罅隙容縱近乃有滋事被逮之寗津縣人在　永和宮當差之太監李長才武淸縣人在　儲秀宮當差之太監張壽山南皮縣人在　鍾粹宮當差之太監閻寶維交河縣人在　儲秀宮當差之太監苑連元　膳房當差之吳太監某內除膳房當差之吳太監在逃外其餘皆已逮案屢登前報情緣李長才於四月十八日出城於正陽門外大柵欄地方慶和園聽戲與聽戲人爭座口角因約同太監張壽山閻寶維等進城各取器械又至戲園尋爭座之人不見卽將該園摔碎隨有人勸到茶館吃茶當據中城副指揮楊紹時詳城比卽到局傳知哨官點派練勇一同跟至鮮魚口茶館內緝拿詎該太監等怙惡不服胆敢夥同拒捕持刀械竟將在前之六品銜隊長趙雲起勇丁劉文生馬連恒等砍扎多傷衆勇一齊擁入携取桌腿木棍格落刀械始將太監等拿獲取具受傷勇丁生供次日趙雲起卽因傷斃命又當指揮沈墉前往驗屍時復有固安縣人在　康壽宮當差之太監陳和玉擁擠攔問不服驅逐並敢動毆遂一併帶案　　此稿未完

戎政攸關　○神機營行文八旗各營所有各旗營抬槍鳥槍刀矛等項軍器現在實存各若干內有不堪使用者各若干逐一查明務於卽日開具細冊以憑核辦事關戎政勿遲勿漏

以工代賑　○京師自朝陽門外起至大石橋止因去年被水路途坍塌不堪現在水涸高下不平車馬往來幾同蜀道經順天府尹憲派員勘驗計長五里督同紳董籌欵興修雇用災民以工代賑現將不日完工又大石橋河沙泥淤塞幾與堤平水無由洩遂致橫流爲患尹憲擬道途工竣卽將該河塡塞擇附近低下之區另開河道約深五尺俾洩雨水免成氾濫之災所用人夫仍係災民以工代賑云

刲股療親　○京師德勝門內小醋局地方李某手藝營生事親孝妻董氏亦賢淑雅能先意承志得堂上歡心今春因父患病甚危夫婦同侍床席目不交睫者月餘延醫問卜百計皆窮因於夜間焚香禱天各割股肉煎湯以進果一服卽愈于是遠近播傳咸稱爲孝子孝婦聞近日已由順天府查明彙奏請旌矣

死非其所　○京師各城垣向例嚴禁閒雜人等越墻往來曾經步軍統領衙門嚴飭守城兵認眞梭巡以昭愼重五月二十日右安門迤東城垣上有某甲年約三十許患病倒臥迄無人知迨巡城兵瞥見業氣絕矣遂赴步軍統領衙門禀報票委北城陳指揮帶領吏作相驗飭甲殮埋查訪尸親尙未聞有人認領也

直藩牌示　○雄縣知縣郭東槐撤任遺缺詳請以新樂縣知縣孫德成署理　滄州孟村巡檢温玉良告病遺缺擬以先用巡檢楊世昌咨補　臨榆縣石門寨巡檢周之瀛身故遺缺擬以舊海防卽用巡檢謝秉衡咨補　宛平縣齊家司巡檢李應潮病故遺缺以候補巡檢郭文奎咨補　咨補定州直隸州州同王徵奉部覆准飭令赴任　咨補定興縣典史孫德明奉部覆准飭令赴任　玉田縣典史周景章署事期滿遺缺委新選河間府經歷張碩第署理鹽山縣羊二庄巡檢阮本燾署事期滿遺缺以飭令實缺之署懷來縣沙城巡檢段承雲回任遞遺懷來縣沙城巡檢缺委准補東鹿縣縣丞董蔭堂署理

稽古課題　○日昨稽古書院課期業經考訖玆將題目列後　經題　晋人及秦人戰于令狐文公七年　詩題　擬韓昌黎火山詩步原韵　論題　振興商務論限二十四日繳卷聞因雨展限三日

生生不已　○泰西賦稅錢糧悉付銀號生息從無捆貯一室永久不動者是以源流充裕取用不窮獨支那則異是所征丁銀稅課一經入庫卽成死貨苟有以存放銀號爲言者則大干功令矣豈非自塞其利源哉頃聞某局有以銀二十萬兩交某銀號轉付爐房生息按月八厘另給經手二厘五之說已有爐房請領未知確否若果能按照西法秉公辦理行見盈千累萬之不動尊各自生生不已利源之擴充豈有涯哉

死頗怪樣　○黃五小木營生日昨攜籃行至劉家衚衕後忽然倒地狀似瘋癲口稱再不敢了一連數聲隨卽氣絕後訪此人素最老實絕無不法情事而臨斃數語眞是見神見鬼豈其有大隱惡特受冥誅耶眞有索解不得者死經半日其妻始討得薄棺一具成殮掩埋諺云人有旦夕禍福信哉

堂供兩歧　○王七者在軍械所充當庖丁昨忽服洋藥身死經屍屬赴縣具控邑尊片委林大令詣驗未及集訊因赴大沽另有公務遂委江大令提訊據屍妻供稱因杜姓受馬姓唆使屢次持刀尋鬥氏夫氣忿難伸遂行短見懇求作主等語當卽將杜馬兩人添傳對質供詞兩歧屍妻堅執前詞不移江大令以案關人命遂將杜姓馬姓一併押訖昨提馬姓署訊數語令卽取保候傳緣馬姓係南局工頭刻有要工需馬監造以故來函囑馬取保不悞傳喚云

盡付東流　○河東小鹽店渡口向有設立渡船一隻原爲往來行人就近過河甚屬方便昨日行至當河水大溜急將船撞在木樁登時沉沒船上人紛紛落水別船赶緊拯救僅撈獲二名下流適有漁船正在撒網捕魚頓覺沉重異常疑有大魚在內及出水乃一老人隨之而上僅有呼吸之氣療救多時始漸蘇醒當日得活者止此三人餘則盡付東流矣慘哉

何故輕生　○河東三甲某甲年逾知命妻某氏故已多年遺有一女年十九歲前年冬間招東鄉汪庄某乙爲贅今年端陽節後乙就鹽船傭工裝鹽南下父女在家安度月之二十五日夜不知因何起衅女與父大肆吵鬧當經鄰右勸息甲隨卽服毒身死該管地方稟報蒙邑尊片請江大令相驗將女暫押候傳屍屬鄰右到案再行審訊

與人爲善　○津郡城內引善社向辦各項善舉昨因恤嫠一條經費不繼經該社紳董稟請　運憲恩助欵資實以額外嫠戶太多其中貧苦之尤者岌岌乎有朝不保夕之勢爰出此萬不得已之請非敢必謂如願以償也乃　署運憲佘都轉閱稟之餘立蒙批准按年籌撥錢平化寶銀四百兩永作恤嫠成欵不准別項經費動支其欵每年分四季承領開呈清册按季報銷以免不實不盡幷詳明　督憲埀諸久遠嗚呼若　都轉者非所謂與人爲善者歟念　都轉在津有年其平素公正慈祥昭昭在人耳目久矣今當政務煩劇猶能孳孳樂善鉅細不遺行見以仁人之心行仁人之政維持風化造福蒼生胥預決之於今日矣

光緒二十二年五月二十八日　直報　第四版　一八二八

新開蘇報館

新寄津門　蘇報出售五月十六日新開
蘇報館開印日登上諭京報論說序篇採
選各國各省各埠聞錄續登各行告白
主顧曾先遍覽一目瞭然閱者賜函分送
不悞蘇報分寄天津北門內府署西三聖
菴西直報分處內便是至此一家別無二
處　梁子亭啓

盧扁復生

僕患虛癆咳喇歷十餘
年百藥罔效今春由都
假道津門復兼癆役氣
痛茲蒙普安醫室任君
棟臣診治服藥數帖氣
痛遂除二十餘帖癆證
亦愈亟登報章以誌謝
悃　濱池喻嘉泰啓

天津 美昌字號

本號自辦各國鐘表玩物大小
八音琴各欵新式保安座燈掛
燈各樣紙烟呂宋烟御用香胰
皂廣東各名家臘丸黑白烟膏
各省東土西土一概發莊貨高
價廉本號修理鐘表格外價廉
諸君　賜顧者請　光降是幸
特此佈　聞
新開在鍋店街中間坐北門面

烏利文洋行

啓者本行開設香港上海三十餘年四方
馳名專售各式金銀鐘錶鑽石戒指八音
琴千里鏡眼鏡等物並修理鐘表價錢比
別家格外公道今本行東家巴克由上海
來津開設在紫竹林裕泰飯店旁請
諸君降臨光顧是幸特此佈
聞　丙申年五月二十八日禮拜三

文美齋

新到繙繹新法化學格致水陸兵法天算等書本
齋另有細目留心經濟時務者請來購取可也
普天忠憤集　繪圖中東戰紀　中日戰紀　奏疏
錄要　洋務新論　時事類編　洋務實學　行軍
鐵路說　鐵路圖考　通商始末記　萬國史記
公車上書記　打密電報本　德國操法　中西紀
事　西學六種　正續盛世危言　西算新法　西
法筆算　西法算學入門　四元玉鑑　算學筆談

浙杭 元吉永莊

本莊自置紗羅綢緞
新樣洋蔴花素洋布
川廣夏貨團摺雅扇
南貨頭油俱全祇爲
近時錢市漲落不同
故而各貨減價開設
估衣街中間路北凡
仕商賜顧者無悞
特此佈達

義興順號

本店自置綢緞顧繡
綾羅紗絹哈喇大呢
花素洋布俱全貨高
價廉開設天后宮北
仕商賜顧無悞特
此佈　達
頭號杭寗綢三錢八
頭號江寗綢二錢八
頭號蓽本緞三錢二
哆囉蔴整疋按原碼　四分五

保命險告白

啓者本行代理
長明人壽保險
公司如　紳商
欲保者請移玉
至紫竹林法租
界第一樓東間
壁華昌洋行面
議可也此佈
英商華昌洋行啓

五月二十八日銀洋行情
天津九七六錢
銀盤二千六百五十七文
洋元一千八百七十文
紫竹林九六錢
銀盤二千六百九十七文
洋元一千九百文

五月廿九日出口輪船禮拜四
豐順　輪船往上海　招商局
南昌　輪船往廣東　太古行
景星　輪船往上海　怡和行

直報

光緒二十二年五月二十九日　第四百五十號
西歷一千八百九十六年七月初九日　禮拜四

上諭恭錄

上諭張汝梅奏保舉賢員請旨獎勵一摺陝西興安府知府童兆蓉老成練達卓著循聲候補知府李希哲精明穩練辦事勤能周銘旗忠誠謙厚心地愛民松山整頓厘務深資得力長安縣知縣楊調元才長心細措置裕如渭南縣知縣樊增祥學優才長器識淵通富平縣知縣傅汝梅爲守兼優實心實政長善州知州李端矩才識俱優循聲卓著署蒲城縣知縣張世英廉明精細知善必爲白河縣知縣尹昌齡勤政愛民興情愛戴署西鄉縣知縣張會一慈祥愷悌實心愛民鎭安縣知縣林邕實心任事能耐勞苦以上各員據該撫臚舉政績均有可觀卽着傳旨嘉獎仍飭令該員等益加勤奮勉爲循良毋得始終易轍用副朝廷勤求吏治至意欽此　旨着加恩英茂際符賞給二等侍衛承瑞倭什布文光裕樸祥瑞穆精額着賞給三等侍衛源浩長春着賞給四等侍衛均着在大門上行走欽此

論　國朝中官定制之善　續前稿

嗣據給事中柱年等片奏署謂恭查康熙三十三年奉　上諭大學士等奏凡太監犯罪斷不可宥尤宜加等治罪等因欽此又道光四年內務府奏准凡太監等除出城置買什物不禁外毋許在戲園酒肆飲酒聽戲以及飛帖邀請善會如有犯者責成該管營汎員弁及司坊官員査拿又律例內載一凡在內太監逃出索詐者均照光棍例治罪各等語乃近來太監罔知禁令任意横行卽如此次派勇往辦竟敢持刀拒捕是其强悍不法欺凌平人已可槪見相應請　旨嚴申禁令嗣後太監等如有出城前往各該處所並滋事索詐及一切逞兇不法等情均仍照光棍例卽行斬決云云奉　旨具見邸抄以視漢明兩朝之制其超越何如哉近又聞有通行傳知體例均謂向來宗室王公及一品文武大臣所有太監並未定有額數以致投充私宅太監人數過多宮內服役者轉不敷應用不得不向各王公大臣家取進而各王公家中有太監少者現用重價尋覓皆因　皇上素所深知自應分別定以成數用符體制　親王准用七品首領一名太監四十名　郡王准用八品首領一名太監三十名　貝勒准用太監二十名　貝子准用太監十名入八分公准用太監八

名　一品以上文武大臣准用太監四名　公主額駙准用太監十名　民公准用太監六名其不入八分公及二品以下民爵候以下俱不准私用太監經此次定額之後如有不願多役太監者聽其自便亦不必拘於成額倘有仍前任意濫用致踰定額者卽以違制論總之外宅各處太監之數寗絀毋盈而宮內所需太監此後亦不復再向外宅挑取將此通行傳知一體遵照並現在王公大臣宅內太監名數有浮於新定之額者卽交內務府衙門送進宮內當差宗室王公等名下太監年終報明宗人府察覈一品文武大臣等名下太監年終報明都察院察覈云云仰見　皇上法監百王治紹　列祖視遠惟明不忘遠復不遺邇恩威並濟仁如天而智如神也豈不懿歟

庫務需員　○戶部三庫爲咨行事顏料庫員外郎宗室載皆現屆年滿應行咨取內閣宗人府各部院衙門人員帶領引　見請　旨調補相應咨行各衙門卽於京察一等之侍讀副理事官員外郎內出具切實考語保送一員如一等不得其人或有經手未完事件准以二等人員出考保送務於三日內開送過庫以憑辦理

情節可疑　○某乙者游手好閑爰與不逞之徒呼朋引類謀爲奸宄於是月某日由鄉間拐一少婦携之入城中途被婦親串某丙撞見詢問緣由婦一一和盤托出丙遂一併扣住倩人召婦本夫來領不料轉瞬間乙巳乘間逃脫丙只將婦送回其家光天化日下竟敢如此妄爲賊固胆大婦豈無知何以誘之卽來從之以去耶狂且可恨彼婦可疑夫非不良胡爲頓生異念咄咄怪事姑俟續訪再登

痴兒可恨　○京師前門外東磚兒胡同鄭某夫婦年近知命子娶阮氏女爲妻過門後伉儷甚篤惟氏年幼無知未嫻閨訓與姑不睦屢於枕邊挑唆其夫願分爨另居復經氏母從傍播弄鄭子不知日用艱難私自賃房搬出未及一月始知衣食不易又商於父母復行遷回鄭某夫婦素性柔和且自揣年已半百一切皆大度容之詎氏縱性過甚藐視翁姑日前因小故又另遷居復向翁姑拚命撒潑逼索婚書鄭某知其有異執意不給其子竟從暗中將婚書竊去詎氏母將婚書扯碎隨將女藏匿意圖罷婚鄭子始行悔悟然已無可如何復向其父商議控於琴堂未悉能破鏡重圓否也

相節行程　○頃官塲傳述現接西電李中堂由德國啓程於本月二十四日已抵荷蘭國云

課期確信　○問津三取兩書院歷屆伏熱預於五月中提課否則下推至七月補試舊例也本屆六月初二日官課當在伏前經與考諸生到房科訪明據稱不提不推大約屆期准考云

年占大有　○五月望前連日晴霽田禾頗覺乾旱迨下旬雨水連綿陰多晴少二十四日晚雨師稅駕連宵達旦檐溜如繩至二十五日早八點鐘始行返旆得雨五寸有餘溝澮皆盈據老農云衛南窪一帶盼澤方殷得此甘霖普沛既優既渥均各沾足惟低窪處微有積潦三五日卽當涸復無甚傷損豐年大可預卜蚩蚩者氓無不額手稱慶云

一之爲甚　○天津縣舊設義學四處城內則一在城隍廟一在昭忠祠日昨昭忠祠塾師附生某甲在縣署投稟據稱臨街柵欄被賊拔開扭鎖入室將所有衣物席捲一空邑尊當卽比捕嚴緝旋又稟稱塾中坐位復被竊去以致學生到館均因無坐不能肄業等語復蒙嚴比捕快予限破案贜賊務獲竊謂官塲義塾竟至迭次被偷後來者倘係前賊賊胆何大後來者如非前賊賊衆何多誦李涉江村遇盜詩輙歎今與古如出一轍也噫

案無確供　○關口下海順店內刀斃黃二一案業經登報昨據本縣親提訊究該犯張大仍執捉姦前詞矢口不移遂將犯妻提訊亦復堅稱與黃二並不識面訊及店夥供店中並未住有婦人均與前供無殊時有黃二胞兄訴稱委係張姓挾仇將胞弟砍死求恩作主縣尊問爾既係胞兄昨驗屍何不投審卽在署連訊兩堂亦未見爾到案迄今突然插訟所稱係屍胞兄恐有揑飾情事黃言身在三義號傭工經舖掌遣往唐山辦事至今方回故投案較晚大令飭房檢查已死黃二前犯拐婦底案閱畢厲聲喝曰去年犯案據稱

並無父母兄弟今該犯已死又忽有胞兄非欺飾而何隨飭逐下堂而去或謂此人本非姓黃特因與張有嫌故欲乘機報復耳人言如是未敢臆決統俟再訪

駕掌自戕 ○日昨河北大街地方赴縣稟報據稱該管地方德勝客店住有雜貨船駕掌某甲因虧短客貨交代不淸暫住該店於某日自行服毒身死理合稟請相驗云云當經邑尊片請王大令驗明委係服毒身死並無別故飭令地方暫行棺殮插標掩埋候査傳屍屬認領

尋歡惹禍 ○西門南新街一帶土娼寮林立日昨有關下土棍某甲偕一薙髮人劉三赴該處作狹斜遊正在尋花問柳適遇南台子土棍乙丙丁等六人與甲素有嫌疑狹路相逢那肯放手用刀將甲砍傷甚重劉三向前勸阻亦被將右手砍傷經鄉甲局巡勇抓獲二人並受傷人一併送縣未知如何究辦訪明再登

武漢郵書 ○本月初一日兩湖書院專考時務一門題目列下 問中國今日欲設兵農工商各門學堂或云宜先習洋文方能自讀西書得其精奧然洋文非四五年不能深通收效未免過遲或云不必先通洋文但須中華文義通暢事理明徹者延西師爲教習而以繙譯較深之敎習傳達之如是則功用較速然所通者僅西師之緒餘而不能擴充精博二說各有短長今日救時之策以何爲善○現在各路來錢甚多得以周轉不似從前之掣肘大小錢肆一律鬆跌人咸稱便

路透電音 ○伊及軍隊之在帷代哈爾發者感受瘟疫日昨死九人病者二十有六人○白人之居於瑪他必爾者刻因亂事已遷去矣○李傅相行抵高洛哥地方官設筵相欵席上鋪張之美有金剛石數塊聞傳相聲稱此行與各國結好無偏但與德國尤形篤睦且於其歸也當將所見一一奏達 天聽云○李傅相已抵荷蘭國夏格地方該處官員以禮相接

新 到 新出覺世經果報圖證上下兩大本幷畫報一本某報館善愿半出半送加寄費每部九六津錢三百先來無多 天師親筆避瘟靈符幷畫册一本一百五十文 敬竈全書 連十本醒世姻緣全傳 醒夢錄全傳 古今眼前報 千金寶要方 經驗良方 急沙方 葛仙翁肘後奇方 餘者閒書不係全載各樣尺牘 均部無多 各色畫報 出售上海滬報附送異跡僊踪 新聞報 新出蘇報 代送申報 代奇萬國公報 本津直報 遍覽何樣報紙賜函分送不悞
天津府署西三聖菴西直報分處梁子亭啓

浙紹朱鈍翁脉精方妥慶治險證久已揚名近救瘟疹多人仍寓彌勒菴

金陵 仁記南味坊

自製本機元淺京緞甯綢紗綿絨線糟貨食物金腿海味南貨俱全近因錢市漲落不同分別減價抑因無恥之徒假冒南味者甚多雖云謀利誠恐亂眞欲辨薰蕕用煩楮墨
寄售 雨前 碧螺春 龍井 每斤津錢 一千二百文 三千文 一千八百文 福建絛絲格外公道 開設宮北大獅胡同內

北門東 文德堂

新出石印唐寅竹譜 新出石印蘭石畫譜 新出蕩平奇妖傳 許眞人擒蛟全傳 蘭蕙同心錄 三寶太監下西洋 格致須知十六種 中西算學大成 增删算法 洋務新編 鐵路圖考 螢窻異草 游歷日記 中東戰紀本末 蜃樓外史 覺後傳 普法戰紀

敬啟者京城售報處改在前門外琉璃廠小沙土園路西寶興木廠又楊梅竹斜街中間路南聚興隆小器作內兩處分售此白
售報人陳午淸謹啟
寓前門內刑部後身草帽胡同北頭大院內

新開蘇報館

新寄津門　蘇報出售五月十六日新開蘇報館開印日登上諭京報論說序篇採選各國各省各埠聞錄續登各行告白主顧曾先遍覽一目瞭然閱者賜函分送不悞蘇報分寄天津北門內府署西三聖菴西直報分處內便是至此一家別無二處　梁子亨啓

盧扁復生

僕患虛癆咳喇歷十餘年百藥罔效今春由都假道津門復兼癆役氣痛茲蒙普安醫室任君棟臣診治服藥數帖氣痛遂除二十餘帖癆證亦愈函登報章以誌謝悃　滇池喻嘉泰啓

天津美昌字號

本號自辦各國鐘表玩物大小八音琴各欵新式保安座燈掛燈各樣紙烟呂宋烟御用香皂廣東各名家臘丸黑白烟膏各省東土西土一概發莊貨高價廉本號修理鐘表格外價廉諸君　賜顧者請　光降是幸特此佈　聞

新開在鍋店街中間坐北門面

烏利文洋行

啓者本行開設香港上海三十餘年四方馳名專售各式金銀鐘錶鑽石戒指八音琴千里鏡眼鏡等物並修理鐘表價錢比別家格外公道今本行東家巴克由上海來津開設在紫竹林裕泰飯店旁請諸君降臨光顧是幸特此佈聞　丙申年五月二十九日禮拜四

文美齋

新到繙繹新法化學格致水陸兵法天算等書本齋另有細目留心經濟時務者請來購取可也

普天忠憤集　繪圖中東戰紀　中日戰紀　奏疏錄要　洋務新論　時事類編　洋務實學　行軍鐵路說　鐵路圖考　通商始末記　萬國史記　公車上書記　打密電報本　德國操法　中西紀事　西學六種　正續盛世危言　西算新法　西法筆算　西法算學入門　四元玉鑑　算學筆談

浙杭元吉永陞

本莊自置紗羅綢緞新樣洋辮花素洋布川廣夏貨團摺雅扇南貨頭油俱全祗爲近時錢市漲落不同故而各貨減價開設估衣街中間路北凡仕商賜顧者無悞特此佈達

義興順號

本店自置綢緞顧繡綾羅紗絹哈喇大呢花素洋布俱全貨高價廉開設天后宮北仕商賜顧無悞特此佈　達

頭號杭寧綢三錢八
頭號江寧綢二錢八
頭號摹本緞三錢二
哆囉廠整四分五
疋按原碼

保命險告白

啓者本行代理長明人壽保險公司如　紳商欲保者請移玉至紫竹林法租界第一樓東間壁華昌洋行面議可也此佈
英商華昌洋行啓

五月二十九日銀洋行情
天津九七六錢
銀盤二千六百五十七文
洋元一千八百七十文
紫竹林九六錢
銀盤二千六百九十七文
洋元一千九百文

五月三十日出口輪船禮拜五
海晏　輪船往上海　招商局
通州　輪船往上海　太古行
景星　輪船往上海　怡和行

直報

光緒二十二年五月三十日　第四百五十一號
西歷一千八百九十六年七月初十日　禮拜五

上諭恭錄　誌晴　哀榮盛舉　斬決虛驚
黠賊太狠　身隨汨沒　拾麥捐生　居家宜鑒
原差當比　汴麥價昂　供詞狡展　貪得喪身
精進無已　招尋迷失　英法商務　各行告白
京報照錄

啓者本館於去臘自行購辦機器鉛字建造房屋延請名人主筆曾登報章佈　聞以採辦人昧於字體將三號五號兩種鉛字先行寄到四號字開爐傾鑄須今春始能來津因急於開辦姑用三五兩號暫爲排印明知字形微小多費點畫逼凊尙可厲目現在四號報字已經運到由手民揀查裝架定於五月初一日起凡論說新聞一律改用四號擺印至承　閱者淸神所幸俱屬新鑄登告白則三四五三種字體俱全可隨客便價各公道如有珍奇秘本書籍本館亦可代爲排印價必從廉卽各種洋文鉛字本館亦各備齊如蒙　賜顧亦可照辦特此佈啓伏希　垂顧是幸

直報館謹啓

上諭恭錄

上諭吏部右侍郞王文錦由翰林入直上書房薦升卿貳克勤厥職前因患病賞假調理茲聞溘逝軫惜殊深加恩著照侍郞例賜邺任內一切處分悉予開復應得邺典該衙門察例具奏欽此

誌晴

連日陰雨昨忽晴霽客有以天意難測問者曰舉世無不靠天之民從古絕無愛民之天二帝三王之世大水大旱民無安息民無孑遺載之詩書者可考也以近今而論去歲中國二十餘行省旱乾水溢者居其半癘疫夭札到處傳聞如南之香港台廈北之津沽唐山流離顛沛死亡枕藉慘目傷心春夏以來都門內外染疫斃者甚至日以千計天胡不弔如此其極也今粵東春初雷鳴大雨繼至頃刻卽有積潦數尺之災然爲地無幾尙未播種禾稼無傷也入夏以來甬江淞郡苦雨浙之杭嘉湖動云數日十數日不見曦輪或云二麥不熟或云春花減色楚南粵西去歲告飢之處今歲尙未占有年雖畿疆以內前次京兆奏得雨四寸有餘今復奏得雨三寸有餘而京東豐玉一帶地方上月或聞被雹災或聞有水患最可異者浙江湖州德淸縣與杭之仁和塘棲鎭接壤處於四月十六夜大雨如注狂風怒號雷聲竟夜不絕耳十七夜仍風雨交作霹靂一聲山岳奔頹大風捲地某村宇舍悉數摧殘男女六百餘人其受傷而尙存活者僅有百餘查無下落不卜死生者尙有二百名口已死而家無人者均由戚友及善堂收殮甘陝山右毘連四川之處遭兵燹罹紅羊者不計也且天災不獨中國也新聞報載日本來電云日本近忽地震潮水湧出淹斃四萬餘人某處城池竟作陸沉田廬頓失桑田滄海此之謂歟至朝鮮義兵之變其殘殺又無論矣然此皆得諸傳聞非目見也今津埠東西朔南百數十里內十數年間旱時恒少潦時恒多偶旱則有蜚爲災蝗蟲遺孽比歲不登室如懸罄野無青草向之高閈閎厚墻垣者一往過之則爲墟矣向之美田園崇比櫛馬騰於槽人歡於室者又往過之則爲墟矣祖與祖居者今其室十無一二父與父居者今其室十無二三身與爲接起居動問欣感與聞者今其

窒十無四五焉豈皆淫人之富聚而殲旃也哉屈指一論非餓殍則徙耳吾輩以老羸之肢體效王粲之登樓限有千秋身無半畝愧此生之拙憂天下之憂憶自束髮受書卽凜敬天之訓以逮齒危髮禿恪守敬天之常而蒼天之拖我者百出其途以相試天之無情何一至於斯也前數日北運河決幸値天晴蒙憲天撥勇堵築然被災者已成澤國而人復以晴爲天助是民之有情以戴德於天非天之有情以種德於民也　此稿未完

哀榮盛舉　○潘文勤公夫人前年携同少公子扶櫬回籍安葬守制於服闋隨卽來都不料潘夫人操持家務辛勞成疾醫治罔效竟於日前駕返瑤池卽延龍泉寺法源寺叢林戒僧齋醮並在府第門首每日設擺鼓樂夫役十名合樂齊吹五月二十一日題主恭備儀仗接迎翁叔平大司農爲題主官二十四日發引靨宣武門內甘石橋恒裕槓房槓夫六十四名大槓上紅寸蟒棺罩全幅儀仗龍旗御棍提爐九龍曲柄傘黃亭誥封亭影亭魂轎魂車方元配亭松獅松亭紙花亭松人松鶴松鹿萬民傘十六柄官銜牌一百二十對鳴鑼開道槓前以槓夫三十二名肩抬銘旌亭一乘由宣武門外米市衚衕潘文勤公府第抬出路過南橫街粉房琉璃街騾馬市菜市口彰儀門大街橋子衚衕萬壽西宮猪營南下窪龍泉寺廟內停柩俟秋間扶櫬回籍安葬並聞騾馬市一帶地方經諸門生搭蓋路祭棚十餘座沿途奠祭執紼者皆係諸鉅公車馬擁擠於途誠謂哀榮盛舉矣

斬決慮驚　○五月二十四日清晨刑部署前停有囚車三輛聞悉出斬太監李長才張壽山等以致刑部街西交民巷中街宣武門大街菜市口地方觀者人山人海至午前由安徽司提出斬決人犯趙福卽趙老一名綁入囚車撥派兵丁押赴市曹行刑聞悉趙福卽趙老因在觀音寺地方聚衆械鬥喝令砍傷蕭某斃命議抵至太監李長才張壽山所擬斬決原摺留中加恩再議是否改爲斬監候秋後處決倘邀　皇恩改緩然受驚已不小矣

黠賊太狠　○侯家後某姓者日前有女僕奉命爲主人換金首飾遂由周二宅後門到鍋店街物華樓共合津錢六十千有零當以錢帖六十千零數現錢若干點交該女僕收執女僕將帖握於掌內仍由周二宅衚衕而回行至半途後面忽聲聲高喚老太太不止女僕回頭其人已赶至身畔據云我係物華樓人所合之六十千文適纔查及帖數知汝帖內少付錢二千可將原帖給我一點該女僕卽行交付其人卽云請一同回鋪說話可也言次便飛行逸去女僕大駭且追且呼直至原鋪亦未追及詢該鋪掌俱云並無此事賊多黠智信哉惟女僕以主人之金錢頓被狠賊之刼奪命旣難復寃何以伸案不報賊終無獲案縱報賊亦難緝所望該管者於平日密訪嚴查隨時留意可也

身隨汨沒　○本年五月下旬各河沉沒船隻淹斃人命者何止二十餘起日昨有金家窰某甲父子養小搖船爲生二十三日船自馬家口木廠起運槿木數百根赴西窰窪高家板廠交卸行至新浮橋上迴溜中將船沖翻所有木料被水漂流而甲父子亦皆落水甲子幸被撈獲甲至今並無影響想與伍明輔同行矣

拾麥捐生　○本月二十日北倉地方有顧姓者妻某氏向窪內拾麥被看青人毆打某氏羞愧當服洋藥身死聞該管地方並屍親赴縣呈控矣

居家宜鑒　○昨有友人由寗河縣來津言該處新河地方有某姓夫婦度日某妻方娠夫出未歸四月間數來女僧向氏募化氏於其來輒以數錢應付意欲修善緣也一日女僧偕三四徒突入氏房遽闔其戶用迷藥將氏迷倒剝盡衣服捆縛室內適被同院小孩看見大喊街隣同來將氏解救復將女僧捆縛送寗河縣訊究矣不知縣尊如何處治俟訪再錄三姑六婆不許入門傳家之寶訓也

原差當比　○古云賭近盜姦近殺伊可畏也可不愼與日昨早十二點鐘一孀婦赴縣署大堂抓鼓鳴寃詢係去年夏間南門外炮台村某工匠因姦刃傷某工頭殞命當卽逃逸至今兇犯尚未弋獲因此情急鳴寃等語聞現將原差于海寬等訊飭赶將逸犯拏獲到案如違重比云云

汴麥價昂　○天津所需各項糧食向由各鄰省及各縣販運以資周轉麥子一項則自汴省來者爲多茲聞糧行中人於麥場前携資往汴收買詎該處麥價較天津尤昂因此糧商暫爲袖手以候機會似此生意誠非易易也

供詞狡展　○河東某甲雖非衣冠人物却是土著中名望較著者膝下無子生有一女長適某乙乙故孀居依父爲活初無間言昨甲忽服毒身死報驗飭埋將女帶案二十七日堂訊究詰氏父致死根由氏供氏父鰥居巳久近忽欲效禽獸行氏因不允氏父愧憤無顏見人遂自行短見等語大令謂其言語支離爰行重責該氏於嚴刑之下矢口不移旋即退堂不知此案將來若何結局也

貪得喪身　○昨夕五點餘鐘三岔河口迤下順流漂下一包似是鮮貨有兩小兒見之以爲奇貨欣然脫去衣衫下水爭相取奪水大溜急一小兒覺緩竟被一浪打下踪影全無包亦沉沒不見在後之小兒立即登岸路人詢悉該小孩劉姓沉水不出者爲兄未遭滅頂者爲弟家住城內特來河東買糟喂猪因見包浮於水以爲可得意外財不料兄竟溺死涕泣而去說者謂此包必係鬼物引人入沉包即不見若無此包小兒亦何至於死耶噫

精進無巳　○日本自明治維新以來軍國重務採用西法二十餘年巳有勝藍之勢經商製造等事尤爲認眞竟有西人所不及者今春本館向東京築地活版製造所購辦鉛字十餘萬月初由輪船寄到開箱查檢字畫畢清鉛質美滿無大小參差之弊有整齊刻畫之觀且裝箱時逐包排印一册封緘堅固查檢既易擦損皆無而價値之廉較泰西省十分之四詢悉主人爲野村宗十郎人本儒雅辦事眞誠精益求精從無懈志凡宋體阮體庋存者數百萬字泰西字母大小各式亦各百數十種印有成書俾人檢擇噫嘻美矣備矣無以加矣即此一端可見日本經商製造等事行將於東西兩洋獨標一幟矣

招尋迷失　○鄉村小娃年至十二三歲每視前後村十數里路無異戶庭獨往獨來尋常無悞不足怪也昨訪事人由東門經過謂見一帖上寫昨日迷失小孩一名名趙六兒蔡村人右手六指身著月白粗布掛藍粗布褲青布單梁鞋由家來津行至南倉迷失至今數日信息全無此子寡母孤兒叩乞仁人慈悲如見此子求送至城內二道街金公館感謝不盡云云噫觀所書衣履手指此子年紀不過十歲上下何以使之獨行招帖何以不寫明年歲既屬孤兒寡婦情實可憐爰登報牘代爲布告倘乞四方君子心焉志之勝造浮圖七級也

英法商務　○英報載法京巴黎訪事來信言英法往來進出口貨物均有加增其由英運進法口者上年共一千九百七十八萬餘磅較前年多五十七萬餘磅由法運進英口者上年四千零二十餘萬磅較前年多三百三十餘萬磅兩相比較英法往來貨物法貨較英貨多二千零四十餘萬磅

新開 蘇報館

新寄津門　蘇報出售五月十六日新開
蘇報館開印日登上諭京報論說序篇採
選各國各省各埠聞錄續登各行告白
主顧曾先遍覽一目瞭然閱者賜函分送
不悞蘇報分寄天津北門內府署西三聖
菴西直報分處內便是至此一家別無二
處　梁子亭啓

盧扁復生

僕患虛癆咳喇歷十餘
年百藥罔效今春由都
假道津門復兼勞役氣
痛茲蒙普安醫室任君
棟臣診治服藥數帖氣
痛遂除二十餘帖癆證
亦愈亟登報章以誌謝
悃　滇池喻嘉泰啓

天津美昌字號

本號自辦各國鐘表玩物大小
八音琴各欵新式保安座燈掛
燈各樣紙烟呂宋烟御用香
皂廣東各名家臘丸黑白烟膏
各省東土西土一概發莊貨高
價廉本號修理鐘表格外價廉
諸君　賜顧者請　光降是幸
特此佈　聞
新開在鍋店街中間坐北門面

烏利文洋行

啓者本行開設香港上海三十餘年四方
馳名專售各式金銀鐘錶鑽石戒指八音
琴千里鏡眼鏡等物並修理鐘表價錢比
別家格外公道今本行東家巴克由上海
來津開設在紫竹林裕泰飯店旁請
諸君降臨光顧是幸特此佈
聞　丙申年五月三十日禮拜五

文美齋

新到繙繹新法化學格致水陸兵法天算等書本
齋另有細目留心經濟時務者請來購取可也
普天忠憤集　繪圖中東戰紀　中日戰紀　奏疏
錄要　洋務新論　時事類編　洋務實學　行軍
鐵路說　鐵路圖考　通商始末記　萬國史記
公車上書記　打密電報本　德國操法　中西紀
事　西學六種　正續盛世危言　西算新法　西
法筆算　西法算學入門　四元玉鑑　算學筆談

浙杭元吉永號

本莊自置紗羅綢緞
新樣洋辮花素洋布
川廣夏貨團摺雅扇
南貨頭油俱全賑為
近時錢市漲落不同
故而各貨減價開設
估衣街中間路北凡
仕商賜顧者無悞
特此佈達

義興順號

本店自置綢緞顧繡
綾羅紗絹哈喇大呢
花素洋布俱全貨高
價廉開設天后宮北
仕商賜顧無悞特
此佈　達
頭號杭甯綢三錢八
頭號江甯綢二錢八
頭號蕚本緞三錢二
哆囉蔴整　四分五
疋按原碼

保命險告白

啓者本行代理
長明人壽保險
公司如　紳商
欲保者請移玉
至紫竹林法租
界第一樓東間
壁華昌洋行面
議可也此佈
英商華昌洋行啓

五月三十日銀洋行情
天津九七六錢
銀盤二千六百四十文
洋元一千八百五十五文
紫竹林九六錢
銀盤二千六百八十文
洋元一千八百八十五文

六月初二日出口輪船禮拜日
海晏　輪船往上海　招商局
豐順　輪船往上海　招商局
順和　輪船往上海　怡和行